Knaur.

Knaur.

Im Knaur Taschenbuch Verlag sind bereits folgende Bücher der Autorin erschienen:
Insel der glühenden Sonne
Im Land der tausend Sonnen
Salz der Hoffnung
Sonnenfeuer
Sterne im Sand
Im Tal der Mangobäume
Weites, wildes Land
Wind des Südens

Über die Autorin:
Patricia Shaw wurde 1929 in Melbourne geboren und lebt heute in Queensland an der Goldküste Australiens. Über viele Jahre leitete sie das Archiv für »Oral History« in Queensland und schrieb zwei Sachbücher über die Erschließung Australiens. Erst mit zweiundfünfzig Jahren entschied sie sich ganz für das freie Schriftstellerleben und hat seither neunzehn Romane veröffentlicht.

Patricia Shaw

Leuchtendes Land

Roman

Aus dem kanadischen Englisch
von Susanne Goga-Klinkenberg

Knaur Taschenbuch Verlag

Die englische Originalausgabe erschien 1997 unter dem Titel
Glittering Fields bei Headline, London.

Besuchen Sie uns im Internet:
www.knaur.de

Wenn Ihnen dieser Roman gefallen hat und Sie auf der Suche sind nach ähnlichen Büchern, schreiben Sie uns unter Angabe des Titels »Leuchtendes Land« an: frauen@droemer-knaur.de

FSC
www.fsc.org
MIX
Papier aus verantwortungsvollen Quellen
FSC® C083411

Vollständige Taschenbuchausgabe September 2011
Knaur Taschenbuch

Umschlaggestaltung: ZERO Werbeagentur, München
Umschlagabbildung: Zefa
Satz: Adobe InDesign im Verlag
Druck und Bindung: CPI – Clausen & Bosse, Leck
Printed in Germany
ISBN 978-3-426-50651-6

2 4 5 3 1

Cromwell, bei deinem Heil,
wirf Ehrsucht von Dir!
Die Sünde hat die Engel
Selbst betört.

SHAKESPEARE, *Heinrich VIII.*

1. Kapitel

Jeder an Bord wünschte, die lange Reise möge enden; das heißt jeder außer Clem Price, der das herrliche Abenteuer genoss. Der Junge liebte das Schiff – von der gemütlichen kleinen Kabine in dessen Bauch bis zum schwankenden Deck hoch über ihm, auf dem er sich ebenso behende bewegen konnte wie die Seeleute. Jeder Tag brachte neue, aufregende Erlebnisse. Bei gutem Wetter war dort oben eine Menge los. Einige Passagiere spielten Ringwerfen oder Decktennis, andere vollführten Turnübungen, schlenderten umher oder setzten sich in Liegestühle, um zu lesen oder miteinander zu plaudern, während die Mannschaft unter dem wachsamen Auge des Kapitäns ihre Arbeit verrichtete. Bei schlechtem Wetter blieben die Passagiere unter Deck, quetschten sich zu den Mahlzeiten an die langen Messetische oder vertrödelten die Zeit in ihren Kojen. Clem hingegen war immer in Bewegung. Er zog mit den Stewards durch das Schiff oder schlüpfte in die Kombüse, um mit dem Koch zu plaudern, der stets einen Apfelschnitz oder ein Stück Brot mit Bratenfett für den Jungen bereithielt.

Und dann war da der Ozean selbst, der Clem grenzenlose Freude bereitete. Er klammerte sich an die Reling, ließ seine Blicke über die endlosen Wogen schweifen und genoss die Launen des Meeres. Er war dabei, als zum ersten Mal Delphine gesichtet wurden, und würde niemals den ungeheuren Wal vergessen, der wie eine riesige Dampflok in der Nähe des Schiffes aus der Tiefe hervorgebrochen war. Clems Vater hatte seinen Sohn festgehalten, weil er gedacht hatte, er fürchte sich. Der Junge aber hatte ihn weggestoßen, da er nicht eine Sekunde dieses ehrfurchtgebietenden Schauspiels hatte versäumen wollen.

Wenn er nachts in seiner Koje lag, lauschte Clem gespannt auf die Geräusche des Schiffes. Zu Hause auf der Farm waren die Nächte still und reglos, doch hier begann die Dunkelheit zu leben. Er konnte das Tosen und Gurgeln der See hören, das Knarren der Planken, das Klirren der Stahlringe am Mast, die Rufe der Wachen, das schaurige Heulen des Windes, der bei Tag so viel fröhlicher klang. Clem machte es Spaß, diese vielen neuen Geräusche den Dingen, die sie erzeugten, zuzuordnen und in sein Repertoire aufzunehmen, als gelte es, die Instrumente eines Orchesters voneinander zu unterscheiden.

Diese Töne wurden von den weniger angenehmen Geräuschen seiner Mitpassagiere überlagert: den lauten Stimmen und dem Gelächter beim gemeinsamen Singen, manchmal aber auch von wütenden Schreien oder dem Gemurmel ernsthafter Gespräche. All das vermittelte dem Jungen Geborgenheit und sagte ihm, der schöne Clipper mit den drei hohen Masten werde ihn so sicher wie eine Vogelschwinge über die Meere tragen. Eines Nachts verstummten die Stimmen. Verstört von der plötzlichen Stille spitzte Clem die Ohren. Einen Moment lang dachte er, die Welt sei stehengeblieben, doch das Schiff pflügte weiter durchs Meer, hob und senkte sich, und die Stimme des Ozeans klang lauter denn je.

Er setzte sich in seiner Koje auf und spähte in die Dunkelheit. Seine Eltern und seine Schwester Alice waren noch nicht im Bett. Alice war schon neun und durfte, da sie drei Jahre älter war, länger aufbleiben als er, doch selbst sie hätte um diese Zeit schlafen müssen. Langsam glitt Clem aus seinem Bett und öffnete die Kabinentür, um einen Blick in den schmalen Gang zu werfen. Er entdeckte zwei Frauen, die sich leise unterhielten und dann in ihren Kabinen verschwanden. Wenigstens war er nicht allein an Bord.

Obwohl ihn das nicht ganz beruhigte, kehrte er in seine Koje zurück und ließ sich vom tröstenden Flüstern des Ozeans in den Schlaf wiegen, anstatt der unterschwelligen Angst nachzugeben, die sich in ihm regte.

Am Morgen weckte ihn sein Vater Noah mit einem Becher dünnem Tee und ließ sich schwer auf die Koje fallen, um mit ihm zu reden.

So etwas geschah nur selten, und Clem spürte ein gewisses Unbehagen. »Wo ist Mutter?«

»Du weißt, dass deine Mutter krank war«, sagte Noah seufzend. Clem nickte und nahm einen Schluck Tee.

»So krank, dass sie die letzte Woche im Krankenrevier verbracht hat«, fuhr sein Vater fort.

Clem hörte Alice schniefen, als weine sie, und er spähte zu ihrer Koje hoch. »Was ist mit Alice los?«

»Sie ist aufgeregt, Lass sie in Ruhe. Ich will mit dir sprechen. Hier, trink deinen Tee aus.« Noah hielt ihm den klobigen Becher hin, und Clem trank den Rest. »So ist es gut. Nun, Clem, es fällt mir furchtbar schwer, aber ich muss dir sagen, dass deine liebe Mutter in den Himmel gegangen ist. Gott hat ihr Leiden gesehen und sie in seiner Güte zu sich gerufen, damit sie in Frieden ruhen kann.«

Clem starrte ihn an. Er glaubte kein Wort und war wütend, weil sein Vater ihm solch eine Lüge erzählte.

Über ihm war Alice in lautes Schluchzen ausgebrochen. Clem wünschte, sie würde damit aufhören. Sie mochte ein großes Mädchen sein, aber manchmal heulte sie wie ein Kleinkind. Sein Vater redete, erklärte, entschuldigte sich noch immer, und Clem wagte nicht, ihm zu widersprechen.

Noah war ein Riese mit einer lauten Stimme, den man besser nicht verärgerte. Daher schwieg der Junge und nickte teilnahmslos, so dass er aussah wie Alices Puppe mit dem losen Kopf. Schließlich suchte Noah Zuflucht im Gebet und kniete mit seinen beiden Kindern an der Seite über die Koje gebeugt nieder.

Frauen näherten sich der Tür, flüsterten, besprachen sich mit Noah, drängten sich in die Kabine, tätschelten Clems Kopf und nannten ihn einen tapferen Jungen. Sie sagten auch, Alice sei ein tapferes Mädchen – was nicht stimmte, da sie die ganze Zeit heulte –, und Clem traute keiner von ihnen über den Weg.

Als er endlich den erstickenden Umarmungen, Streicheleien und schönen Reden entwischen konnte, rannte er geradewegs in Richtung Deck und prallte mit dem Kapitän zusammen. Etwas Besseres hätte ihm an diesem Morgen gar nicht passieren können. Der Kapitän nahm ihn mit ins Ruderhaus, zu dem der Zutritt den Passagieren eigentlich verboten war, und ließ ihn das Schiff steuern. Er redete jedenfalls nicht die ganze Zeit von Himmel und Tod, weil er Wichtigeres zu tun hatte, und Clem wusste dies zu schätzen. Er stand auf einem Hocker und steuerte das Schiff behutsam durch die steilen Wellen, um zu beweisen, wie ernsthaft und pflichtbewusst er war. Der Kapitän stand neben ihm und rauchte mit geduldigem Respekt seine Pfeife.

Am nächsten Tag erschien Alice in einem glänzenden schwarzen Kleid. Clem starrte sie an. Das Kleid war hässlich, hatte einen schiefen Kragen, der wie ein Lappen herunterhing, und einen unordentlichen Saum, der auf einer Seite über den Boden schleifte.

»Woher hast du das komische Kleid?«, fragte er.

»Einige der Frauen an Bord haben es für mich gemacht.«

»Zieh es aus, du siehst aus wie eine alte Zwergenfrau.« Zu seinem Erstaunen brach Alice in Tränen aus.

»Du siehst nicht aus wie eine alte Zwergenfrau, ehrlich nicht«, lenkte er ein, doch sie ließ sich nicht trösten.

»Du hast recht. Das Kleid ist scheußlich, aber ich muss es tragen, weil wir in Trauer sind. Von jetzt an werde ich immer hässlich sein.«

Er zupfte an dem Kleid. »Du bist nicht hässlich, Alice. Ich habe die Frauen sagen hören, du wärst ein hübsches Mädchen.«

»Tatsächlich?«, Sie schaute ihn freudig überrascht an.

»Ja, ganz ehrlich.« Das hatten sie auch gesagt, dann aber hinzugefügt: »Bis auf ...« Clem war jedoch klar, dass er dies besser nicht wiederholen sollte, wenn er seine dumme Bemerkung von vorhin wiedergutmachen wollte.

Clem wünschte, seine Mutter wäre nicht in den Himmel gegangen. Bei ihr hätte Alice dieses Kleid nicht tragen müssen. Doch sie war tatsächlich dorthin gegangen. Zunächst hatte er im Krankenrevier nachgeschaut und anschließend das ganze Schiff nach ihr abgesucht. Überall hatte er nachgesehen. Da er klein war, konnte er ungestört in den Kabinen und tief im Schiffsinneren herumspionieren. Er hoffte, dass es ihr im Himmel gutginge, vermisste sie jedoch sehr, da er ihr Liebling gewesen war.

Jedenfalls war es schade, dass sie Alice nicht mitgenommen hatte. Er und Pa kamen schon zurecht, aber Alice litt sehr. Sie weinte viel, möglicherweise, weil die Familie aus dem Gleichgewicht geraten war und nun aus zwei Männern – ihn mitgerechnet – und nur einem Mädchen bestand. Niemand konnte Alice die Haare flechten, Kleider für sie anfertigen oder mit ihr zusammen nähen. Die ganzen Frauensachen musste sie nun allein erledigen. Arme Alice.

»Keine Sorge, Alice«, sagte er beherzt, »ich werde mich um dich kümmern. Wenn ich groß bin, passe ich immer auf dich auf.«

»Welche Frau hat gesagt, ich sei hübsch?«

»Mrs. Cathcart, und die anderen haben ihr zugestimmt. Es ist wahr, ehrlich.«

Trotz seiner mutigen Worte war er es, der sich an Alice klammerte, als das Schiff in Fremantle vor Anker ging. Dies war der erste australische Hafen, der angelaufen wurde, und Clem stand inmitten des verwirrenden Lärms am Kai, ein kleiner Junge, eingeschüchtert vom Krach und von den Menschenmassen.

Er und Alice warteten eine Ewigkeit und starrten auf die Lagerschuppen, während sich ihr Vater davon überzeugte, dass ihr gesamtes Gepäck an Land geschafft worden war. Zu ihrem Erstaunen mussten sie sich danach in eine Schlange einreihen, um an Bord eines Bootes zu gelangen.

»Wohin fahren wir, Papa?«, fragte Alice nervös. »Ich dachte, wir seien da.«

»Sind wir auch, Mädchen. Von hier aus fahren wir stromaufwärts in die Stadt Perth. Das hier ist nur der Hafen.«

Alice war müde und döste an Noah gelehnt vor sich hin, während das Boot den Fluss hinauffuhr. Clem hingegen rannte hin und her und betrachtete die grünen Wälder zu beiden Seiten des breiten, ruhigen Stromes. Stunden später kamen sie um eine Biegung, und vor ihnen lag Perth.

Noah weckte Alice. »Sieh nur, wir sind da. Die Reise ist vorbei.«

Die Mitreisenden brachten ein dreifaches Hurra auf die Ankunft aus, und alle sahen aufgeregt zu den verstreut liegenden weißen Häusern zwischen den staubgrünen Bäumen hinüber.

»Sieht nicht gerade wie eine Stadt aus«, klagte eine Frau, doch Noah lachte.

»Das ist ja das Schöne daran. Ein unberührtes Land und Platz für alle. Eine Stadt muss nicht nur aus Rauch und Lärm bestehen.«

Nachdem sie von Bord gegangen waren, hatten Noah und Alice viel zu tun. Von irgendwoher tauchte ein Wagen auf. Jemand sagte Clem, er solle schon einmal hineinklettern und warten, doch sie ließen ihn dort so lange in seinem Matrosenanzug sitzen, dass ihm irgendwann der Verdacht kam, sie hätten ihn vergessen. Voller Panik kämpfte er sich auf der Suche nach seiner Familie durch ein Gewirr aus Gepäckstücken und Reifröcken.

Alice rannte mit ihrem komischen schwankenden Schritt hinter ihm her. Einer ihrer Füße war krumm gewachsen. Noah sagte immer, der Fuß sei vollkommen in Ordnung, er schaue nur lieber den anderen Fuß an, als nach vorn zu blicken, doch Alice schämte sich dafür. Sie versteckte ihn deshalb stets unter zu langen Kleidern, doch die guten Frauen auf dem Schiff hatten beim Nähen des Trauerkleides keine Rücksicht darauf genommen, so dass Alices seltsame schwarze Stiefel für jedermann sichtbar waren.

Ihr Bruder seufzte. Sie trug nun auch noch einen schwarzen Schal und eine schwarze Mütze zu dem unförmigen Kleid, so dass sie wie eine kleine alte Frau wirkte. Dazu schwieg er jedoch lieber.

»Na los, Clem«, keuchte sie und riss an seinem Arm, »du solltest doch auf dem Wagen bleiben.«

»Ihr wart so lange weg! Wo seid ihr gewesen?«

»Wir mussten viele Papiere ausfüllen, dann gab es noch einen Streit wegen dem Pferd und dem Wagen. Ein Mann behauptete, sie würden ihm gehören, doch Pa hat sich nicht darauf eingelassen, weil er den Wagen schon lange im Voraus bestellt hatte. Ohne den Wagen hätten wir schön in der Patsche gesessen mit unserem ganzen Zeug.«

»Wo sind unsere Sachen überhaupt?«

»Sie kommen mit dem nächsten Schiff. Wir gehen jetzt zurück zum Wagen, und du setzt dich rein. Ich hole dir einen Himbeersaft vom Kiosk an der Mole.«

Clem setzte sich nicht hin, sondern blieb auf dem hohen Wagen stehen und sah zu, wie die Leute ihre Siebensachen zusammensuchten und nach Umarmungen, Küssen und tränenreichem Abschied in Richtung Stadt loszogen. Aus irgendeinem Grund erinnerte ihn das an seine Mutter, und er hoffte, dass sie wusste, wo sich ihre Familie befand.

Noah hingegen schien genau zu wissen, wo sie sich befanden.

Zügig hatte er den Wagen so hoch beladen, wie es ging. Die restlichen Möbel, die nicht mehr daraufpassten, wurden erst einmal in einem Lager untergestellt. Wenig später machten sie sich auf den Weg. Sie fuhren langsam durch die sandigen Straßen bis an den Stadtrand von Perth. Dort hielt Noah vor einem Straßenlokal und kaufte drei Schalen dampfende, kräftige Suppe.

»Wir müssen ein Dankgebet sprechen«, erklärte er seinen Kindern.

Gehorsam falteten Alice und Clem die Hände und senkten die Köpfe, während er betete.

»Herr, wir danken Dir für die erste Mahlzeit in diesem Land. Es war ein gutes Mahl, und wir danken Dir, dass du uns sicher an dieses Ufer geführt hast. Wir bitten Dich, unsere liebe verstorbene Frau und Mutter Lottie Price so sehr in deinem Herzen zu tragen, wie wir es immer tun werden. Segne meine kleine Familie in ihrem neuen Leben. Amen.«

Er setzte den Hut auf und schenkte seinen Kindern ein breites Grinsen. »Kommt jetzt. Wir fahren zu unserem neuen Heim. Der Hof ist zehnmal größer als das größte Gut in unserer alten Heimat, und es gibt dort schon ein fertiges Haus. Schade, dass wir England verlassen mussten, aber in der neuen Welt können wir reich werden.«

Clem hörte die Aufregung in Noahs Stimme, als er ihn und seine Schwester auf den Wagen hob, die Zügel ergriff und das neue Pferd antrieb. Er grinste ebenfalls und freute sich, dass sein Vater so gut gelaunt war.

Doch sie hatten den Hof noch nicht gesehen.

Noah richtete sich nach der Landkarte, die man ihm zugeschickt hatte, und erkundigte sich unterwegs mehrmals nach dem Weg. Schließlich stieß er am Ende eines Buschpfades, der kaum den Namen Straße verdiente, auf sein Land. Da war es – ein Schild, festgenagelt an einem Pfosten, verkündete: »Winslow Farm«.

Inzwischen hatte Noahs Stimmung sich verdüstert, doch Clem glaubte, das läge an der langen Fahrt und dem Einbruch der Dunkelheit.

»Wo ist das Haus?«, wollte er wissen.

»Nicht mehr weit«, antwortete Noah. Sie folgten einem holprigen Pfad und orientierten sich dabei an Pfeilen, die an Baumstämme genagelt worden waren, bis sie auf eine Ansammlung baufälliger Schuppen stießen.

»Wo ist das Haus?«, fragte Alice. Statt zu antworten, drückte ihr Noah die Zügel in die Hand. »Wartet hier. Ich sehe mich mal um.«

Als er zurückkam, sah er aus, als würde er gleich explodieren, und die Kinder zuckten zusammen. »Das ist es. Steigt aus.«

»Sieht aber nicht so toll aus«, bemerkte Clem, doch Alice hieß ihn zu schweigen. »Sei still. Meinst du etwa, Pa wüsste das nicht?«

Entsetzt folgten sie Noah zum nächstgelegenen Schuppen. Im Licht der Laterne erkannten sie, dass dies tatsächlich ihr neues Heim war. Es bestand aus einem einzigen großen Raum mit vier Fenstern ohne Scheiben. Stattdessen hatte jemand grobes Sackleinen über die Fensteröffnungen gespannt. Über ihren Köpfen befand sich nacktes Wellblech, unter ihren Füßen festgestampfte Erde. Das Mobiliar umfasste schmutzige Wandbetten, einen kahlen Tisch mit Stühlen, der beim offenen Kamin am anderen Ende des Raumes stand, und zu ihrer Überraschung einen neuen Küchenschrank aus Kiefernholz.

Clem schnüffelte. Hier stank es, und er spürte unter seinen Füßen den knirschenden Kot irgendwelcher Tiere, vermutlich von Ratten oder Mäusen. Er schaute zu Noah hinüber, der mit verschränkten Armen ihr armseliges Heim betrachtete und vor Wut kochte.

Plötzlich wurde er aktiv. »Es hat keinen Sinn, hier nur herumzustehen und zu glotzen«, sagte er. »Wir müssen die Nacht hier verbringen und werden zunächst einmal Feuer anzünden und dann gründlich sauber machen.«

Während sie kehrten und Staub wischten, Eimer mit Wasser vom Brunnen herbeischleppten, um den Dreck abzuwaschen, die muffigen Matratzen hinauswarfen und das Nötigste aus dem Wagen hereinbrachten, machte Clem sich Gedanken. Er hatte Hunger.

»In diesem Haus gibt es nichts zu essen. Was machen wir jetzt?«

Alice quälte sich ein Lächeln ab. »Keine Sorge. Pa hat eine Kiste Proviant bei einem Händler an der Mole gekauft. Den Rest besorgt er morgen. Hier muss es irgendwo einen Laden geben.«

An diesem Abend sprachen sie weder vor noch nach dem Mahl aus Brot und Speck ein Dankgebet, weil ihr Vater nicht in der Stimmung war, irgendjemandem zu danken.

Clem schlief unruhig. Ihn plagten Sorgen, und er wusste, dass sein Vater ebenfalls kein Auge zutat – deutlich konnte er hören, wie Noah sich auf seinem quietschenden hölzernen Wandbett hin- und herwarf. Am Morgen weckten ihn kreischende Vögel. Die anderen waren schon auf. Clem roch Toast, und das munterte ihn ein wenig auf.

»Was gibt es zum Frühstück?«, fragte er seine Schwester, die sich am Kamin zu schaffen machte.

»Gebratene Eier«, erwiderte sie knapp, und Clem schoss plötzlich im Bett hoch.

»Mit wem redet Pa? Wer ist da draußen?«

»Psst. Mit sich selbst.«

»Wieso?«

»Er ist böse.«

Clem fand das eigenartig und hielt es für klug, sich nicht vom Fleck zu rühren, bis man ihn rufen würde. Noahs Zorn konnte furchtbare Ausmaße annehmen.

Als sein Vater hereinkam, bebte er noch immer vor Zorn. Er aß rasch sein Frühstück, kippte den Tee hinterher und erhob sich.

»Ich muss in die Stadt. Ihr seid hier sicher, aber lauft nicht in der Gegend herum. Ich komme so schnell wie möglich zurück.«

Er nahm seinen Stadthut und stürmte zur Tür hinaus. Dann drehte er sich noch einmal um und schaute sie an. Sein zerfurchtes Gesicht wirkte ungewohnt weich. »Seid brav.«

Er hatte es wirklich eilig. Wenige Minuten später galoppierte er bereits über die buckeligen Felder davon.

Die Kinder ließen in einer großen Pfanne Speck aus und gaben Eier und das übrig gebliebene Brot hinein.

»Jetzt bin ich die Köchin«, sagte Alice feierlich. »Ich hätte Pa eine Liste mitgeben sollen, damit er weiß, was wir brauchen.«

»Das schafft er schon«, sagte Clem. »Aber warum musste er bis in die Stadt reiten, um Vorräte zu kaufen? Gibt es denn keine Geschäfte in der Nähe?«

»Ich weiß es nicht. Eigentlich müsste es welche geben. Wenn er eins in der Nähe findet, kommt er schneller zurück.«

Sie erforschten die leere Scheune und die kleineren Schuppen. Der heruntergekommene Hof beeindruckte sie nicht weiter, da es noch kein Vieh gab. Zudem war es ein heißer Tag, und so verkrochen sie sich schließlich niedergeschlagen in der Hütte.

Noah brachte einen Mann mit nach Hause. Und hielt ihn mit dem Gewehr in Schach!

Die Kinder schauten verblüfft zu, als er dem Mann befahl, vom Pferd zu steigen und mit ihm über die Felder zu gehen. Sie rannten hinter den beiden her, während Noah den Mann mehr als eine Meile weit vor sich her trieb, zuerst in die eine, dann in die andere Richtung. Entsetzen packte sie, als der Mann stolperte und hinfiel und Noah überhaupt keine Rücksicht auf die feinen Stadtkleider des Fremden nahm. Schließlich stieß er das Gesicht des Mannes mit dem Stiefel in den Dreck.

»Probier mal, du Bastard! Probier das Land, das du mir verkauft hast! Schmeckt salzig, was? Und wieso? Weil es fast nur aus Sand besteht. Und wieso? Weil es zu nah am Meer liegt. Ich wette, dieses Land war mal von Wasser bedeckt, und du hast es gewusst.«

Der Mann lief rot an und spuckte. »Lassen Sie mich los, Price! Ich hetze Ihnen die Polizei auf den Hals!«

»Oh, nein. Für solchen Unsinn habe ich keine Zeit. Ich werde nicht jahrelang warten, bis mir ein Hai wie Sie mein Geld zurückgibt. Ich kenne diese Tricks. Notfalls erschieße ich Sie hier und jetzt.«

»Pa! Nein!«, schrie Alice.

»Dieser Gentleman hier«, wandte Noah sich an seine Kinder, »heißt Mr. Clive Garten. Er hat dieses Land, die ganzen fünfzehnhundert Morgen, umsonst bekommen, weil er als Beamter für die Regierung arbeitet. Dann wurde ihm klar, das es schlechter Boden ist, unbrauchbar für die Landwirtschaft, und was hat er wohl gemacht?«

Der Fremde, der noch immer am Boden lag, versuchte wie ein Krebs seitwärts davonzukriechen. Als Noah den Hahn spannte und das Gewehr auf ihn richtete, hielt er inne.

»Hier konnte er es nicht verkaufen, weil die Leute Bescheid wissen. Also hat er es in einer Londoner Zeitung als bestes Ackerland angepriesen. In der Nähe von Perth gelegen und mit einem Cottage als Draufgabe.«

Noah warf einen Blick über die Schulter. »Nun ist diese Hütte da weder ein Cottage noch ein Bauernhaus, aber damit könnte ich leben. Ich könnte uns ein anständiges Haus bauen. Am Boden kann ich aber nichts ändern.«

Er stieß sein Opfer mit dem Gewehr an. »Ich kann weder

Wasser in Wein noch Sand in gutes Ackerland verwandeln. Siehst du, Alice. Man hat uns Anfänger schlicht und einfach reingelegt. Wir werden hier draußen verhungern. Und das alles nur wegen ihm.«

»Erschieß ihn, Pa!«, rief Clem, und selbst Alice wurde unschlüssig.

»Es gibt noch einen anderen Ausweg.« Noahs Stimme klang nun ruhiger. »Nur wenn ich mein Geld auf Heller und Pfennig zurückbekomme, werden Sie, Mr. Clive Garten, diesen Tag lebend überstehen.«

»Damit kommen Sie nicht durch.«

»Oh, doch. Ich hatte Zeit, darüber nachzudenken. Entweder geben Sie mir einen Schuldschein, oder Sie sterben hier draußen. Falls Sie Ihr Versprechen nicht halten, komme ich in die Stadt und erschieße Sie mitten auf der Hauptstraße. Das schwöre ich feierlich – und ich stehe zu meinem Wort.«

In der Hütte unterzeichnete Garten den Schuldschein, und Noah forderte ihn auf, seine goldene Uhr als Sicherheit dazulassen.

Sobald Noah sein Geld erhalten und die Uhr zurückgegeben hatte, beluden sie den Wagen und zogen weiter. Diesmal würde Noah sein Land selbst auswählen.

Sie legten einen langen, langen Weg zurück. Tagaus, tagein ging es endlos geradeaus durch das weite Land hinter der Küste und dann in Richtung Westen. Denn Noah wollte möglichst viel Grund und Boden erwerben und auch den Preis dafür bestimmen – und Landmangel herrschte in diesen gewaltigen Ebenen keiner.

Sie erreichten ein kleines Dorf namens York und zogen von dort aus noch weiter nach Westen, bis Noah fand, was er gesucht hatte.

Er erwarb Grund und Boden, baute ein Haus aus Stein,

kaufte Schafe und nannte den Besitz »Lancoorie«. Er bezeichnete ihn immer als seinen Hof, doch die Kinder bestanden später darauf, das es eine Schaffarm sei. Ihr Vater interessierte sich nicht weiter für den Namen, sondern kaufte immer mehr Land, weil diese wilde Weite schier endlos schien.

2. *Kapitel*

Es war die Zeit der Schafschur. Noah war es gelungen, genügend Geld zusammenzukratzen, um drei Scherer anzustellen. Mit ihrer Hilfe konnten er und Clem die Arbeit vollenden, solange das Wetter noch schön war. Nachdem im Jahr zuvor siebzig frisch geschorene Schafe nach einem plötzlichen Kälteeinbruch gestorben waren, hatten sie nur noch etwa fünfhundert zu scheren. Sie gingen ihre Arbeit zügig an, und auch Alice half mit, indem sie die Tiere in das Laufgatter trieb und immer wieder hereinkam, um die Vliese aufzusammeln und zu stapeln.

Clem liebte die Schafschur und war selbst ein guter Scherer. Er mochte den Geruch von Schweiß und Staub, den Lärm und das Knipsen der Scheren, die gebeugten Rücken der Männer, ihre Gespräche, ihre Flüche und ihr respektloses Lachen. All das schien in der Luft zu tanzen, zusammen mit dem flirrenden Sonnenlicht, das durch das hohe Fenster fiel. Es war ein guter Arbeitstag, an dem alles glattlief. Als einer der Männer vom Außenklo kam, bemerkte er, das ein fremdes Pferd am Geländer angebunden war.

»Hast du Besuch, Noah?«

»Ja. Vikar Petchley. Kerle wie er sind verdammte Kletten.«

»Will er dich etwa bekehren?«

»Von wegen!«

Clem sah, wie sich die Männer zuzwinkerten. Er grinste, weil er das Gefühl hatte, er gehöre dazu, auch wenn er nicht so recht wusste, wozu. Die Scherer hielten gerne ein Schwätzchen und waren stets zu Scherzen bereit. »Du solltest dir seine Predigten anhören, Noah. Es könnte dir nicht schaden.«

»Ich habe keine Zeit für Predigten.«

»Er könnte dir seine letzte vortragen, wenn er schon hier ist. Eine Predigt umsonst, und ein Teller geht auch nicht rum.«

»Umsonst ist gar nichts. Ich schätze, er spekuliert auf eine Mahlzeit.«

»Das ist nicht nett von dir, Noah. Der arme Kerl verbreitet schließlich das Wort Gottes.«

Noah ließ seinen Schafbock los, schubste ihn zur Tür hinaus und streckte sich. »Na ja, bei mir verbreitet er es jedenfalls nicht.« Er stieß ein tiefes, kehliges Lachen aus. »Soll er es bei Dora verbreiten. Sie kann es brauchen. Was ist er überhaupt? Zu welcher verdammten Kirche gehört er?«

»Man sagt, er sei Methodist.«

»Nie gehört.« Noah zog eine selbstgedrehte Zigarette hinter dem Ohr hervor und ging nach draußen, um eine Pause zu machen.

Die Männer grinsten wieder, und Clem spürte ein nervöses Ziehen im Magen.

»Dieser Vikar verbreitet sich wirklich ganz schön«, meinte einer augenzwinkernd.

»Fällt ihm schwer, ihn in der Hose zu behalten, sagt man.«

»Nett zu den Frauen, was?«, Ein lüsternes Grinsen.

»Furchtbar nett. Ein schmales Hemdchen, aber er muss was an sich haben. Gibt viele, die seine Art, sich zu verbreiten, mögen.«

»Im Moment verbreitet er sich bestimmt bei Dora.«

Noah stand in der Tür. Er füllte den Rahmen völlig aus und nahm den anderen das Licht. Er sagte nichts. Das war auch nicht nötig. Sie spürten, wie sein Zorn in den Schuppen strömte. Dann wandte er sich um und rannte davon.

Clem ließ sein Tier los. »Ihr verdammten Idioten! Seht nur, was ihr angerichtet habt!«, Er schoss hinter seinem Vater her.

»Hör nicht auf sie, Pa. Du weißt doch, wie sie sind. Von dem, was sie sagen, stimmt nicht einmal die Hälfte, und die andere kannst du auch nicht glauben.«

Es war eine Farce. Wie das alberne Theaterstück, das sie in York gesehen hatten. Damals hatten sie es sich noch leisten können, ins Dorf zu fahren.

Während er über die Weide rannte, brüllte Noah: »Was geht da vor? Mein Gott, du bist minderwertiger als jeder Dingo! Wenn du meine Frau anfasst, verarbeite ich dich zu Hackfleisch!«

»Halt den Mund, Pa!«, rief Clem und rannte neben ihm her. Er schenkte dem Gerede keinen Glauben. »Um Himmels willen, er ist ein Vikar! Er würde nichts Unrechtes tun. Er ist ein Mann der Kirche! Hör doch zu!«

Doch als sie die Hintertreppe hinaufstürmten, entwischte der Vikar gerade mit flatternden Hemdschößen aus der Vordertür. Und Doras Bluse war verrutscht, so dass man eine ihrer üppigen Brüste erspähen konnte, als sie sich ins Schlafzimmer flüchtete.

»Oh nein, das tust du nicht«, schrie Noah. »Was hast du da?«

Sie umklammerte ein Stück Stoff, doch er riss es ihr aus der Hand. Clem blieb der Mund offen stehen, als sein Vater den Fund in die Höhe hielt. Ihre Unterhose! Sie hatten wirklich nichts Gutes im Schilde geführt, die beiden! Noah war erzürnt, weil der Vikar seine Frau angefasst hatte. Er versetzte Dora einen heftigen Schlag, so dass sie quer durchs Zimmer flog, riss sie wieder in die Höhe, entblößte ihren dicken Hintern und drückte ihr die Unterhose ins Gesicht. »Du verdammte Hure! Wo gehört die wohl hin? Jedenfalls nicht auf den verfluchten Boden, wenn wir einen Vikar im Hause haben, oder? Du Hure! Bei Gott, um dich kümmere ich mich später, wenn ich wieder nach Hause komme.«

Clem ließ sich dieses Schauspiel nicht entgehen. Seit Jahren hatte er darauf gewartet, dass der alte Mann erkannte, was für ein Früchtchen Dora war. Und dann auch noch mit einem Vikar! Er wünschte sich, Alice hätte gesehen, wie Dora schließlich die verdiente Strafe erhielt. Er lachte, als Noah die Verfolgung des Vikars aufnahm. Der Mann würde diesen Distrikt nie wieder betreten, wenn Noah mit ihm fertig war!

»Pech gehabt, was?«, sagte er zu der weinenden Dora und machte sich dann auf die Suche nach Alice, um ihr die gute Neuigkeit zu überbringen.

Die Scherer fanden seine Leiche. »Er hat sich das Genick gebrochen«, erfuhr Clem von einem der Männer. Dann scharrte der Mann mit den Füßen und wandte traurig die Augen ab. »Er hat nicht gelitten, Clem. Ist auf den Boden geschlagen. Bums! Und aus! Wenn einer so schnell reitet ... und querfeldein. Das Pferd ist gestolpert. Hat sich eine Fessel gebrochen. Mussten es erschießen. Tut uns wirklich Leid, Kumpel. Ehrlich. Komm mit mir zurück, die Jungs bringen deinen Pa heim.«

»Nein, ich bringe ihn selbst zurück.«

»Schätze, wir reiten besser zum Haus. Wir müssen der Missus und Alice die Nachricht überbringen. Die kleine Alice sollte es am besten von dir erfahren.«

»Die Missus kann meinetwegen zur Hölle fahren, und einen Weg, es Alice schonend beizubringen, gibt es nicht. Sie wird auf jeden Fall einen Schock erleiden. Er ist mein Pa, also muss ich bei ihm bleiben.«

Später wünschte er sich, er wäre nicht so eigensinnig gewesen. Er kämpfte gegen eine Ohnmacht, als er beobachtete, wie die Männer den schlaffen Körper seines Vaters, Noah Wolverton Price, wie einen großen, unhandlichen Sack über den Rücken eines Pferdes legten. Das verschreckte Tier wehrte sich gegen die Last. Als sie die Leiche festschnallen wollten, scheute und bockte es und schnappte wütend nach ihnen. Nach dem zweiten Versuch fluchten sie leise, um die Gefühle des trauernden Sohnes an ihrer Seite nicht zu verletzen. Die Unwürdigkeit der Szene war ihnen peinlich bewusst. Schließlich gelang es ihnen mit Clems Hilfe, die Leiche seines Vaters sicher zu befestigen und mit der Satteldecke zu verhüllen. Vor ihnen lag ein Neunzehn-Meilen-Ritt.

Noah hatte anscheinend gewusst, dass sein altes Pferd es nicht mit dem edlen Tier des Vikars aufnehmen konnte, und daher die Straße verlassen, um Petchley auf der westlichen Route nach York den Weg abzuschneiden. »Offensichtlich hat er den Bastard nicht erwischt«, dachte Clem grimmig. »Aber ich werde ihn eines Tages finden. Nicht wegen Dora, sondern weil mein Vater die Jagd mit seinem Leben bezahlt hat.«

Während er der kleinen Prozession hinterherritt, blickte er auf das weite, flache Land hinaus. »Flach wie ein Brett«, hatte Noah immer wieder kopfschüttelnd bemerkt. »Flach bis zum Horizont, wohin man auch sieht. Verdammt langweilig, aber ausgezeichnetes Weideland.«

Clem hatte nie weiter darüber nachgedacht, da er nichts anderes kannte. Als Bewohner des Outbacks nahm er die Unermesslichkeit des Landes als selbstverständlich hin. Nur das Wasser bereitete zuweilen Probleme. Nun jedoch sah er zum gewölbten blassblau Himmel empor und fragte sich, was er mit diesem Boden und vor allem mit dem noch unberührten Buschland anfangen sollte. Er fand die Gegend öde. Manchmal konnte er zehn Meilen in Gedanken versunken dahinreiten. Schaute er wieder hoch, hätte er schwören können, dass sich nichts verändert hatte.

Andere Bauern hatten riesige Weizenfelder angelegt. Auch Noah hatte daran gedacht, Getreide anzubauen, und sich mit Clem darüber beraten, dann aber gesagt, er sei Schafzüchter. Seine Familie habe seit Generationen Schafe gezüchtet, und dabei könne es auch bleiben.

»Du rodest das Land, aber die verdammten Bäume kommen

immer wieder«, hatte er zu Clem gesagt. »Wenn du versuchst, sie abzubrennen, wachsen sie noch besser als zuvor.«

»Nicht, wenn man gründlich rodet. Du musst alle Wurzeln entfernen.«

»Und das kostet Geld. Wir würden eine Armee von Männern brauchen, um Lancoorie zu roden.«

»Man könnte sich Morgen für Morgen vornehmen.«

»Mal sehen, wann wir ein bisschen Geld übrig haben.«

Doch es war nie Geld übrig, weil Dora und das Haus die geringen Einnahmen verschlangen.

Alice kam ihnen mit flatternden Haaren und wehenden Röcken entgegengelaufen. Dann blieb sie so plötzlich stehen, dass sie fast über ihre eigenen Füße fiel. »Habt ihr Pa gefunden?«

Clem sprang vom Pferd und half ihr hoch. »Komm mit, Liebes, Pa hat einen Unfall gehabt.« Doch sie riss sich los und rannte zu dem anderen Pferd hinüber. Mit offenem Mund starrte sie auf Noahs Kopf, der in einem grotesken Winkel an der Flanke des Tieres herunterbaumelte. Das weiße, von Schweiß und Schmutz verklebte Haar sah aus wie ein zweiter Bart am falschen Ende des Kopfes. Seine Augen waren weit aufgerissen.

»Er ist tot!«, schrie sie, als Clem nach ihr griff. »Was hat dieser schreckliche Mann mit ihm gemacht?«

»Nichts. Pa hat ihn wohl gar nicht erwischt. Wir beide trinken jetzt eine Tasse Tee. Sie bringen Pa in den Schuppen.«

»Das werden sie nicht tun. Tragt ihn ins Haus.«

»Wäre das richtig?«, fragte Clem unsicher.

Sie nickte und musste sich auf ihn stützen, während sie an den drei großen Eichen vorüberstolperten, die Noah aus englischem Samen gezogen hatte. Er hatte ursprünglich eine ganze Reihe von Bäumen zum Schutz vor den heißen, trockenen Winden, die im Sommer über die Ebene hinwegfegten, pflanzen wollen, doch lediglich drei der Bäume hatten überlebt. Und dies auch nur dank Alices ständiger Pflege.

»Wir kommen morgen wieder«, sagten die Scherer zu Alice. Nachdem sie ihre traurige Pflicht erfüllt hatten, hielten sie ihre Hüte umklammert. Dora lag ausgestreckt auf der Couch und bejammerte lauthals den Verlust ihres Gatten.

»Nein«, unterbrach Clem ihre Vorstellung. »Wir gehen in den Schuppen zurück. Wir müssen fertig werden.«

»Du grausamer Junge!«, kreischte Dora. »Hast du keine Achtung vor dem Toten? Lass sie gehen!«

»Ab in den Schuppen«, sagte Clem. Die Scherer nickten, denn als praktisch veranlagte Männer wussten sie, dass er recht hatte.

Bald kamen andere Frauen ins Haus, um den Leichnam herzurichten und während der Vorbereitungen für das Begräbnis lange, geheimnisvolle Unterhaltungen mit Alice – von Frau zu Frau – zu führen. Dora hingegen setzte sich in ihrem besten schwarzen Taftkleid mit den goldenen Streifen stocksteif auf die Veranda und schniefte in ein großes Taschentuch. Die Männer hatten nichts Besonderes zu tun und gingen überall zur Hand. Sie molken die Kühe, flickten Zäune, reparierten das Rad am Pferdewagen und das Dach des Vorratsschuppens und schoren die streunenden Tiere, die noch eingefangen werden konnten. Sie packten die Wollballen zusammen und deckten sie ab, bis die Fuhrleute kamen und sie nach York brachten. Mit ihren Frauen und Kindern hatten sie in der Nähe ein kleines Zeltlager aufgeschlagen. Sie wollten die kleine Familie in dem langgestreckten, steinernen Farmhaus nicht stören, doch Clem spürte ihre Kraft, so als wären sie ganz dicht bei ihm und Alice. Das erstaunte ihn. Obwohl er mit Noah zusammen oft ähnliche Hilfe geleistet hatte, überraschte es ihn, dass diese Leute sich mit den Prices abgaben, die verglichen mit den anderen Farmern und den Stadtbewohnern doch einen recht ärmlichen Eindruck machten. Sie standen kaum über den Kleinfarmern, die sich abrackerten, um auf ihren handtuchgroßen Grundstücken, die noch dazu trocken wie Pergament waren, zu überleben.

In Clem wuchs ein neuer Stolz, als man ihn bat, einen Ort für den Familienfriedhof auszuwählen. Bei der Beerdigung traten mehrere Männer vor und sprachen in warmen Worten von Noah Price. »Ein ehrlicher Mann, aufrecht und treu«, sagten sie. »Ein fleißiger Mann, der uns noch lange als Pionier dieses Distrikts in Erinnerung bleiben wird. Er wurde uns zu früh genommen.« Alle nickten. »Ein großer Verlust.«

Die Frauen wahrten Dora gegenüber höfliche Distanz und bezeichneten sie als Noahs Haushälterin, wofür ihnen Clem ewig dankbar sein würde. Als sie ihre Körbe packten, erinnerten sie Clem und Alice daran, dass sie bei ihnen jederzeit willkommen seien.

»Ihr jungen Leute dürft euch jetzt nicht verkriechen«, meinte Mrs. Gorden Swift. »Ihr könnt gerne zu den Tanzabenden in den Gemeindesaal kommen.«

Alice errötete, da sie an ihren Fuß denken musste, und Clem half ihr rasch aus der Verlegenheit. »Ich kann nicht tanzen.«

Mrs. Swift lachte. »Nun, Clem Price, das kann keiner, bevor er es nicht versucht hat. In York gibt es viele hübsche Mädchen. Sie werden Schlange stehen, um einen feinen Burschen wie dich das Tanzen zu lehren. Wie alt bist du jetzt? Achtzehn?«

»Ja, Ma'am.«

»Dann erwarten wir dich. Ihr jungen Leute solltet am gesellschaftlichen Leben teilhaben.«

Clem sagte zu. Dabei ging ihm durch den Kopf, dass er unbedingt ein neues Paar Stiefel brauchte, wenn er sich überhaupt bei einem Gesellschaftsabend zeigen wollte.

»Was machen wir mit *ihr*?«, fragte Alice, als die letzten Trauergäste davongeritten waren.

»Sie loswerden.«

»Sie weigert sich zu gehen.«

»Tatsächlich?«, Clem marschierte in die Küche, wo sich Dora an den Resten eines gespendeten Obstkuchens gütlich tat. »Morgen verschwindest du. Pack deine Sachen. Ich will dich hier nicht mehr sehen!«

»Das ist mein Haus, ich bleibe! Mein Bruder wird kommen und hier mit mir wohnen. Einer muss sich ja um den Hof kümmern.«

»Falls du bis Sonnenaufgang fertig bist, bringe ich dich im Pferdewagen nach York. Falls nicht, werfe ich deinen Kram in die Einfahrt, und du kannst zu Fuß gehen.«

Dora erlitt einen ihrer Anfälle und stieß wüste Beschimpfungen gegen Clem und Alice aus, die ihr keinerlei Beachtung schenkten. Als sie sich kratzend und beißend auf Clem stürzen wollte, schlug er ihr hart ins Gesicht. »Das ist für Noah. Ein Vorgeschmack auf das, was dich morgen erwartet, wenn du nicht beim ersten Hahnenschrei im Wagen sitzt. Geh jetzt packen.«

»Pass gut auf, was sie mitnimmt«, warnte er Alice. »Sonst hast du keine Pfanne mehr im Haus.«

»Ich passe schon auf. Sie bekommt nichts aus der Küche, aber den Nippes aus dem Wohnzimmer kann sie geschenkt haben. Ich bin froh, das Zeug loszuwerden.«

Nachdem die beiden Frauen an diesem Abend zu Bett gegangen waren, holte Clem Noahs alte Seekiste hervor. Die Unordnung in den Büchern und Papieren überraschte ihn nicht sonderlich. Dora hatte überall herumgestöbert und nach Wertsachen gesucht, doch da sie nicht lesen konnte, hatte keines der Schriftstücke ihr Interesse geweckt. Er fand die Grundstücksurkunden, die säuberlich mit Bändern verschnürt waren, und versank in Erinnerungen, als er auf Alices und seine alten Schulbücher stieß. Natürlich war er nie zur Schule gegangen. Alice hatte ihren jüngeren Bruder unterrichtet, und abends hatte Noah mit seinen Kindern am Küchentisch gesessen und sie

Lesen, Schreiben und Rechnen gelehrt. Er hatte ihre »Schulausbildung« sehr ernst genommen. Nur am Wochenende waren sie von den lästigen Aufgaben befreit gewesen. Clem lächelte. Alice war gut in Rechtschreibung, doch im Rechnen hatte *er* schließlich Vater und Schwester überflügelt.

Als er den großen alten Stuhl am Kamin betrachtete, in dem Noah immer gesessen hatte, wurde ihm die Ungeheuerlichkeit des Ereignisses bewusst. Noah war tot. Ihr Vater. Clem konnte sich ein Leben ohne ihn gar nicht vorstellen. Bis jetzt hatte er noch keine Zeit gehabt, in Ruhe darüber nachzudenken. Alles war so plötzlich geschehen. Er erinnerte sich noch, wie er gelacht hatte, als Noah die Verfolgung des Vikars aufgenommen hatte. Wie hätte er ahnen sollen, dass er seinen Pa zum letzten Mal lebend sah? Noah. Seinen Pa. Gott, wie würde er ihn vermissen. Clem knallte die Kiste zu, als könne er damit die aufsteigenden Tränen zurückdrängen.

»Verdammt noch mal, Noah«, murmelte er in sich hinein, »als du Dora ins Haus geholt hast, hast du uns das Familienleben gründlich verdorben – und es war uns nur noch so wenig Zeit vergönnt. Doch sie wird uns nicht mehr länger auf der Pelle sitzen.«

Es war nicht leicht, sie loszuwerden. Nachdem sie ihre Sachen im Schuppen eines Freundes neben der Brücke untergestellt hatte, marschierte sie geradewegs aufs Polizeirevier und verlangte die Verhaftung von Clem Price, der sie aus ihrem Haus geworfen habe. Wachtmeister Fearley, dem sichtlich unwohl war, betrat mit Dora im Schlepptau die Bank, um Clem dort abzufangen.

Die Bank war Clems erste Anlaufstelle in der Stadt. Mit Mr. Tanner konnte er vermutlich am besten über die Farm sprechen.

»Tut mir leid, das von deinem Vater zu hören«, sagte Tanner.

»Ich habe Noah immer gemocht. Ich konnte leider nicht zur Beerdigung kommen, denn dann hätte ich die Bank für einen Tag schließen müssen.«

»Schon gut, Mr. Tanner. Ich wollte fragen, wie die Dinge stehen … mit uns.« Ihm war nicht ganz klar, was er eigentlich wissen wollte.

»Ja, ich habe dich schon erwartet. Dich oder Alice. Carty hat den Totenschein ausgestellt und wird eine Abschrift für dich herbringen. Hier ist die Bankerklärung. Alice muss einige Papiere unterschreiben …«

»Das mache ich.«

»Du bist noch minderjährig, mein Sohn. Wie alt ist Alice?«

»Zweiundzwanzig.«

»In Ordnung. Ist sie mitgekommen?«

»Nein. Sie muss melken. Wir haben keine Hilfen.« Während Clem sprach, ließ er den Blick über die ordentlichen Zahlenkolonnen auf dem Blatt schweifen und stutzte bei der letzten Zeile. »Was bedeutet das? Da steht ›fünfhundert Pfund, drei Shilling und sieben Pence‹.«

»Richtig. Euer Guthaben.«

»Ich dachte, wir sind pleite.«

»*Seien* pleite«, berichtigte Tanner. »Oh, nein. Euer Dad bezeichnete diese fünfhundert Pfund als seinen ›Notgroschen‹. Er hat sie für schlechte Jahre zurückgelegt. Des Öfteren hat er das Geld anbrechen müssen und dann immer gedacht, das Ende der Welt sei gekommen. Ich sagte ihm, wir würden ihm Kredit geben, aber dein Dad war ein stolzer Mann. Hat niemanden um etwas gebeten.«

»Nur seine Kinder«, erwiderte Clem zornig.

Tanner strich sich über seinen dunklen Bart und stützte das Kinn in die Hand. »Hat es euch an irgendetwas gefehlt, Clem?«, fragte er leise.

»Wir hatten zu essen, lebten aber ärmlich«, antwortete

Clem trotzig. Er schaute sich um, ob auch keiner lauschte. »Sehen Sie mich an! Es ist mir peinlich, in meiner Arbeitskleidung in die Stadt zu kommen, von den alten Stiefeln ganz zu schweigen.«

Tanner zuckte die Achseln. »Den Wert eines Mannes misst man nicht an seiner Kleidung. Das wirst du noch lernen.«

»Wir brauchen Farmarbeiter. Unsere tausend Morgen da draußen werden vergeudet.«

»Das ist mir klar, aber Noah war ein vorsichtiger Mann. Zu viele sind untergegangen, weil sie immer mehr Farmland gekauft haben. Die weiten Ebenen können in der Trockenzeit gefährlich werden.«

»Und was ist mit denen, die nicht untergegangen sind? Den Pedlows, den O'Mearas und den Cadmans? Wie steht es mit ihren großen Weizenfeldern? Sie sind reich geworden, statt unterzugehen.«

»Auch sie haben schwere Zeiten erlebt. Die Farm der Pedlows ist vor Jahren beinahe den Buschbränden zum Opfer gefallen. Eines Tages werde ich dir erzählen, was auf den großen Farmen während der letzten zwanzig Jahre passiert ist.«

»Ganz bestimmt«, drängte Clem. »Eins möchte ich aber wissen. Wie haben sie ihre Probleme gelöst?«

»Mit Darlehen. Hypotheken. Ich darf nicht über einzelne Kunden sprechen, aber viele Farmer haben Schulden. Für Noah waren Schulden immer wie ein rotes Tuch. Verstehst du das?«

»Nicht richtig. Es ist mir noch nicht ganz klar. Ich möchte schwarz auf weiß sehen, was es mit so einem Darlehen auf sich hat. Könnten Sie es mir erklären?«

In diesem Moment stürmte Dora in die Bank und drängte die anderen Kunden mit ihrem Reifrock beiseite. »Da ist er, Wachtmeister! Verhaften Sie ihn!«

Clem blieb ungerührt sitzen und betrachtete ein Bild an der

hinteren Wand, das die Hauptstraße von Perth zeigte. Tanner hingegen stand auf und strich sich die Rockschöße glatt.

»Was hat das zu bedeuten?«

»Er hat mich rausgeworfen«, schnappte Dora. »Mich von Haus und Hof vertrieben, dieses verdammte Ekel. Mein Ehemann stirbt, und ich werde behandelt wie ein Niemand.«

Wachtmeister Fearley schaltete sich ein. »Sie möchte eine Klage vorbringen, Mr. Tanner.«

»Ich war bisher der Annahme, Sie seien nicht mit Noah Price verheiratet gewesen«, bemerkte Tanner.

»Doch, war ich.«

»Nein, war sie nicht«, sagte Clem und schaute weiterhin das Bild von Perth an. Er hatte die Stadt nicht mehr betreten, seit sie die erste erbärmliche Farm verlassen hatten. Es kam ihm vor, als seien hundert Jahre vergangen. Er war damals noch ein kleiner Junge gewesen.

»Besitzen Sie eine Heiratsurkunde?«, erkundigte sich Tanner.

»Ja, irgendwo habe ich eine.«

»Hat sie nicht«, warf Clem ein.

»Noah hat mich geliebt!«, schrie Dora. »Ich war seine Frau, mit allen Rechten und Pflichten. Wo ist sein Testament? Das möchte ich gerne wissen. Wartet ab, bis ihr sein Testament seht. Er hätte mich niemals übergangen. Nicht Noah. Seine Kinder haben ihn nie interessiert.« Sie schlug mit ihren dicken Händen, die in schwarze Spitzenhandschuhe gezwängt waren, auf den Schreibtisch.

»Hast du das Testament deines Vaters mitgebracht?«, wollte Tanner von Clem wissen.

»Es gibt kein Testament. Er hat keins gemacht. Wieso auch? Er hat nicht damit gerechnet, während der Schur zu sterben. Oder während der Jagd auf diesen dreckigen Bastard, der *sie* gebumst hat.«

Tanner erstarrte. »Das reicht, Clem! Solche Wörter möchte

ich hier nicht hören. Da es anscheinend kein Testament gibt – und auch nie eine Heirat stattgefunden hat, denn ich hätte davon erfahren –, würde ich vorschlagen, Wachtmeister, dass Sie diese Frau hinausbegleiten.«

»Ihr Männer seid alle gleich!«, Dora wedelte mit ihrem verblichenen Sonnenschirm drohend in Richtung des Bankdirektors. Tränen gruben schmutzige Rinnsale in den Staub, der sich während der langen Stunden auf der Straße in ihrem Gesicht angesammelt hatte. »Ihr denkt, ihr könnt uns Frauen benutzen und danach wegwerfen. Nun, ich sage euch, Noah war anders! Er hätte nie geduldet, dass man mich beleidigt und auf die Straße setzt. Ich will, was mir zusteht.«

Fearley ergriff ihren Arm. »Das ist Erregung öffentlichen Ärgernisses, Dora«, warnte er sie. »Bitte beruhigen Sie sich. Ich möchte Sie nicht verhaften müssen.«

»Nehmen Sie mich doch mit«, entgegnete sie unter Tränen. »Dann habe ich wenigstens ein Dach über dem Kopf.«

Clem empfand kein Mitleid mit ihr. »Du kannst bei deiner Freundin Mrs. Penny wohnen. Als Pa noch lebte, hat es dir nie an Ausreden gemangelt, um in die Stadt fahren zu können. Sie ist ein Schluckspecht wie du. An Gesellschaft wird es dir jedenfalls nicht fehlen.«

»Nun, nun«, warf Tanner nervös ein. Er befürchtete wohl, Clem könne in Anwesenheit der Polizei eine weitere Indiskretion begehen, denn Mrs. Penny pflegte bekanntermaßen ungewöhnlich viele Männerfreundschaften. »Hier führe ich die Geschäfte, Wachtmeister …«

Der Polizist verstand den Hinweis und ging hinaus, wo er auf Dora wartete, die unbedingt das letzte Wort haben musste. »Clem Price, du tust mir etwas Schreckliches an!«, zischte sie. »Ich habe wie eine Mutter für dich und deine Schwester gesorgt. Grins mich nicht so höhnisch an! Du wirst deinem Pa nie das Wasser reichen können.«

Sie drängte sich zwischen drei neugierigen Kunden hindurch, die sich am Eingang eingefunden hatten und entzückt dem pikanten kleinen Schauspiel beiwohnten. Dann fegte sie quer über die sandige Straße und stieß dabei wütend mit dem Sonnenschirm auf den Boden.

»Vielleicht könntest du später noch einmal wiederkommen«, meinte Tanner zu Clem und deutete auf die Menschenschlange, die sich in der Bank mittlerweile gebildet hatte.

»Ja, morgen früh.« Er war froh, dass er die Bank verlassen und alles, was der Tag sonst noch zu bieten hatte, auf sich zukommen lassen konnte.

Auf dem Weg zum *Duke of York Hotel* verspürte er den Drang, seinen Hut in die Luft zu werfen und an Ort und Stelle einen Freudentanz hinzulegen. Er war nicht nur Dora losgeworden, ihm gehörte auch Lancoorie, und er hatte Geld auf der Bank! Er war reich! Was für ein Geizkragen war Noah doch gewesen. Hatte die ganze Zeit Geld gehabt, während alle geglaubt hatten, er sei pleite. Einschließlich Dora. Gut, dass sie die Wahrheit nicht erfahren hatte, sonst wäre ihr Auftritt noch dramatischer ausgefallen. Sie hatte kein Geld von Clem verlangt, weil sie glaubte, er habe keins.

Clem blieb stehen, um sich die Stiefel zu schnüren – Noahs Stiefel. Er hatte Tanner gegenüber nicht zugeben wollen, dass sein Pa seine Stiefel so oft neu besohlt hatte, dass die Oberseite über die Jahre altersgrau und rissig geworden war. »Eigentlich hätte ich Mr. Tanner um ein paar Pfund aus Noahs Notreserve bitten können. Schließlich muss ich hier übernachten. Falls Noah Geld im Haus aufbewahrt hat, ist es sicher in Doras Tasche gelandet. Alice hat jedenfalls nichts gefunden. Nun stehe ich hier ohne einen Penny in der Tasche.«

Ursprünglich hatte er Dora absetzen, umgehend nach Lancoorie zurückfahren und unterwegs im Wagen seinen Proviant essen wollen. Doch nun konnte er ruhig einen oder zwei Tage in der Stadt bleiben. Alice würde schon zurechtkommen.

Er nahm allen Mut zusammen, betrat die dämmrige Hotelbar und bestellte ein Bier.

»Schreiben Sie es an, Chas«, sagte er zum Wirt. »Ich bleibe eine Weile in der Stadt. Haben Sie ein Zimmer für mich?«

»Natürlich, Clem«, antwortete der Mann freundlich und schob ein Bier über die Theke. »Das geht aufs Haus. Tut mir wirklich leid um deinen Vater, mein Junge. Der alte Noah war ein anständiger Kerl.«

Clem zog alle Aufmerksamkeit auf sich. Freunde wie Fremde erwiesen dem trauernden jungen Mann den nötigen Respekt. Er hatte nie mit den anderen Burschen »durch den Distrikt ziehen« dürfen, wie Noah sich auszudrücken pflegte, und besaß daher keine Freunde in seinem Alter.

Als Les und Andy Postle hereinschwankten, behandelten sie ihn wie ihren ältesten Freund, nicht wie einen Nachbarn, dessen Farm immerhin zweiunddreißig Meilen von ihrer entfernt lag. Zum Glück, denn Noah hatte die beiden als »ein Paar wilder Tiere« bezeichnet und damit auf ihre allgemein bekannte Lüsternheit angespielt – ohne zu berücksichtigen, dass auch er kein Kind von Traurigkeit war.

»Waisen!«, klagte Les nach einigen mitleidvollen Runden. »Mein Gott, Clem, das wird mir jetzt erst klar! Ihr zwei seid ja Waisen. Ihr armen Schweine.« Fasziniert breitete er sich über dieses Thema aus, bis sein Bruder dem rührseligen Gerede ein Ende setzte.

»Halt die Klappe, Les. Wir sollten den alten Clem aufheitern, sonst fühlt er sich noch schlechter. Komm schon, Clem. Trink noch einen.«

Als das Pub zumachte, zogen sie sich mit zwei Flaschen Bier und einer Flasche Whisky in Clems Zimmer zurück. Clem hatte die Getränke unbekümmert auf seinen Namen anschreiben lassen, weil er in seinem alkoholisierten Zustand überaus dankbar war für seine neugewonnenen Freunde.

Wie durch ein Wunder erschien kurz darauf das Schankmädchen mit einer eigenen Flasche Bier. Es hieß Jocelyn. Clem sagte ihr mehrmals, was für einen schönen Namen sie doch habe, und machte auf dem Bett Platz für sie. Ihr Körper war kurvenreich. Sie schien die älteste in dieser Runde zu sein, eine hübsche Frau mit rosigen Wangen und dichtem, glänzendem schwarzem Haar, die verspielt war wie ein junges Kätzchen. Sie tranken aus ihren Flaschen, lachten und neckten sie, und Jocelyn wusste sich schlagfertig zu wehren.

Clem hoffte, er würde das Rennen machen, doch schließlich ging Andy als Erster durchs Ziel. Er wurde immer zudringlicher, flüsterte ihr ins Ohr, zupfte an den Knöpfen ihrer weißen Bluse und schaffte es sogar, einige davon zu öffnen, ohne dass Jocelyn sich beschwerte. Clem schaute eifersüchtig zu und stritt dabei mit Les über die Vor- und Nachteile des Weizenanbaus. Als Jocelyn und Andy nach hinten aufs Bett kippten, miteinander rangen und kicherten, machten sie ihnen ein wenig Platz.

Les kümmerte sich nicht weiter um die Kapriolen der beiden. Clem versuchte ebenfalls so zu tun, als sei es für ihn ein alltäglicher Anblick, wenn ein Mann und eine Frau direkt neben ihm knutschten und schmusten. Im Vergleich zu der überaus wichtigen Unterhaltung mit Les Postle war es auch eine Bagatelle, denn dabei ging es um das Schicksal von Lancoorie. Dennoch beobachtete er aus dem Augenwinkel Jocelyns offene Bluse und Andy Postles Hand, die sich heftig darin bewegte. Es war heiß im Zimmer. Clem stand der Schweiß auf der Stirn, und er rutschte unbehaglich hin und her.

»Du kommst schon noch dran.« Les zwinkerte ihm zu, und Clem zuckte entsetzt zusammen. Er war noch nie mit einer Frau zusammen gewesen und würde zu Eis erstarren, falls er es vor diesen beiden hier versuchen sollte. Wenn er sich zum Narren machte, würden sie die Nachricht überall verbreiten.

»Ich muss mal pinkeln«, sagte er und schoss zur Tür hinaus.

Langsam ging er die Treppe hinunter und wieder hinauf, schlich im Gang umher und suchte nach einer Ausrede, um nicht in sein Zimmer zurückzumüssen. Er wünschte, er wäre nach Hause gefahren, doch ihn erwartete noch seine geschäftliche Besprechung mit Mr. Tanner. Außerdem musste er den Urkundsbeamten des Gerichts aufsuchen. Les hatte ihm einen interessanten Tip gegeben: »Wenn du dir keine Hilfsarbeiter leisten kannst, besorgst du dir Sträflinge. Hier in der Gegend gibt es noch welche, und sie sind nicht schlimmer als die anderen Herumtreiber, die es zu uns verschlägt. Wir hatten mal einen. Bis er dann meine Schwester geschwängert hat.«

»Wen? Elsie?«

»Ja. Pa hat ihn mit der Pferdepeitsche verjagt und Elsie nach Perth verfrachtet.«

Clem war verblüfft. Elsie war ihm immer so langweilig und gesetzt erschienen. Als er vor der Tür stand, dachte er immer noch über Elsie nach, bis ihm schließlich auffiel, dass in seinem Zimmer ein Streit ausgebrochen war. Wenn sie weiterhin solchen Krach schlugen, würde man ihn noch hinauswerfen.

Jocelyn saß mit untergeschlagenen Beinen auf dem Kissen am Kopfende des breiten Bettes. Sie fauchte die beiden Männer an wie eine wütende Katze. »Andy Postle, ich habe nein gesagt, also verschwinde!«

»Du hast es so gewollt«, schnappte Andy zurück. Mit Schwung hob er sie hoch und warf sie wieder aufs Bett, schob ihr die Röcke über den Kopf und ließ sich ungeschickt auf sie fallen.

Clem starrte Les an, der zurückgelehnt auf einem Stuhl saß, die langen Beine gegen den Toilettentisch gestemmt. »Wie wär's mit einer Wette, Clem? Ich setze fünf zu eins auf Andy.«

Wenigstens war der Lärm verstummt. Man hörte nur noch erstickte Kampfgeräusche vom Bett.

»Sie wird sich schon beruhigen«, meinte Les so lässig, als spräche er von einer Stute, die beschält werden sollte. Clem spürte Abscheu in sich aufsteigen. Er wusste nicht, was er tun sollte, und ging zum Bett hinüber.

»Geht es dir gut?«, fragte er die Frau, die unter ihren Röcken und Andys kräftigem Rücken beinahe erstickte.

»Natürlich nicht«, erklang ihre Stimme. »Schaff diesen Bastard von mir runter.«

Und Clem tat, wie ihm geheißen. Es war eher ein Reflex als eine kalkulierte Handlung. Er kannte die Spielregeln nicht. Also griff er rasch nach Andys Beinen und zog ihn zum Fußende des hohen Bettes hinunter. Dann versetzte er ihm einen heftigen Stoß, so dass Andy polternd zu Boden krachte.

Sein neuer Freund schnellte hoch und umklammerte dabei seine Hosen. »Price, du Wahnsinniger, dafür wirst du mir büßen! Ich hätte mir das Rückgrat brechen können.«

»Versuch's doch«, erwiderte Clem und ging in Angriffsstellung. Er hatte die Nase voll von Dora, von Noahs Heuchelei, von der Last einer großen Farm, die wie ein Bauernhof in der Vorstadt geführt wurde – einfach von allem!

»Versuch's doch«, warnte er Andy, der ihm an Größe und Körperkraft unterlegen war, »dann bekommst du die Prügel deines Lebens.«

»Hör ihn dir an«, lachte Les, der ältere der beiden. Ihn schien einfach alles zu amüsieren. »Ich schätze, er könnte es dir zeigen, altes Haus. Aber nicht hier, wenn es geht. Jocelyn ist nicht in der Stimmung, wir sollten besser zu Mrs. Penny gehen, bevor sie den Laden schließt.«

Nachdem sie ihre Bluse zugeknöpft hatte, glitt Jocelyn vom Bett. Sie kochte vor Wut. »Zur Hölle mit dir, Andy Postle!«

Heftig stieß sie Les' Beine beiseite, um einen Blick in den

Frisierspiegel werfen zu können. Sie brachte hastig ihr Haar in Ordnung und war kurz darauf verschwunden.

»Nun, wie sieht's aus?«, fragte Les und ergriff seinen Hut. »Kommt ihr beide mit oder wollt ihr euren Streit unten im Hof austragen?«

»Ich kriege dich schon«, drohte Andy und schloß sich damit stillschweigend dem Vorschlag seines Bruders an. Clem fühlte Panik in sich aufsteigen, als er an Mrs. Penny dachte. Das Freudenhaus an sich war schon schlimm, aber wenn er nun Dora dort begegnete? Les würde sich köstlich amüsieren. Ganz zu schweigen von den Folgen, die ein weiterer Zusammenstoß mit Dora haben würde. Zum zweiten Mal an diesem Abend stieg Clem die Treppenstufen vor dem Hotel hinunter und fiel plötzlich der Länge nach zu Boden.

Les hob ihn hoch, ließ ihn aber wieder fallen. »Verdammt, er hat schlappgemacht.«

»Der könnte nicht mal saufen, wenn's um sein Leben ginge«, meinte Andy fröhlich.

»Wir sollten ihn besser nach oben bringen.«

»Vergiss es. Lass ihn hier. Markiert den großen Mann, wo sein Alter noch warm ist. Und dann diese billige Nutte im Haus. Ich wette, er hat sich schon mit ihr eingelassen.«

»Keine Sorge. Ich habe gehört, dass er sie schon rausgeworfen hat.«

»Na, los!«, Andy stieß Clem mit dem Stiefel an. »Vor einer Minute war er noch nicht so blau. Spielt uns bestimmt was vor. Diese verdammten Prices sind arm wie die Kirchenmäuse. Er könnte sich die paar Kröten für die Huren gar nicht leisten.« Andy trat fester zu, aber Clem biss die Zähne zusammen, als der Schmerz seine Brust durchzuckte, und blieb reglos liegen. Andy hatte recht. Bisher war ihm nicht klar gewesen, dass er gar kein Geld für eine Hure hatte.

Als die Postle-Brüder gegangen waren, rappelte er sich auf

und kehrte in sein Zimmer zurück. Er war vollkommen niedergeschlagen. Doch mitten in der Nacht fühlte er Jocelyn zu sich ins Bett schlüpfen. Trotz seiner schmerzenden Rippen glitt er mit sanfter Wollust aus seinen Träumen, bis ihm schließlich klarwurde, dass sie wirklich bei ihm war. Greifbar nah. Und nackt! Sie schien keinerlei Scham zu empfinden. Ihre Absichten waren unmissverständlich. Leidenschaftlich küsste sie jeden Fleck seines Körpers, so wild, dass es ihn in Erstaunen versetzte. Er hatte immer geglaubt, Frauen wollten sanft umschmeichelt werden, doch sie war anders. Diese wunderbare Wendung, die die Ereignisse genommen hatten, löste eine heftige Erregung in ihm aus. Er rollte sich auf sie und legte los, als habe er Angst, sie könne ihre Meinung in letzter Sekunde ändern.

Am Morgen lag er im Halbdunkel auf dem zerwühlten Bett. Die Jalousien waren noch geschlossen. Im Geiste erlebte er jeden Augenblick ihres Zusammenseins noch einmal. Sie war lange bei ihm geblieben, und sie hatten sich wieder und wieder geliebt. Darin lag für ihn eine weitere Offenbarung. Clem fühlte sich stark und war stolz auf sich, denn beim Abschied hatte sie ihm zugeflüstert: »Du hast einen wunderschönen Körper, Clem Price. Ich wusste, du würdest gut sein.«

Er grinste zufrieden. Hatte sie gemerkt, dass er zum ersten Mal mit einer Frau geschlafen hatte? Hoffentlich nicht. Es war jetzt auch egal. Boshaft fragte er sich, wie es wohl den Postle-Brüdern bei Mrs. Penny ergangen war. Etwas Besseres als er konnten sie einfach nicht erlebt haben, doch damit zu prahlen wäre zwar spaßig, aber kaum klug. Auf den unvermeidlichen Klatsch konnte er gut verzichten.

Als er aus dem Duschraum neben der Wäscherei trat und sich das dunkle Haar trockenrieb, entdeckte er zu seinem Erstaunen Jocelyn, die gerade Wäsche aufhängte. Er wusste nicht, was er zu ihr sagen sollte. Was wäre richtig? Doch sie winkte ihm nur zu, als sei nichts geschehen, und fuhr mit ihrer Arbeit fort. Clem nickte erleichtert, steckte sich das Hemd in die Hose und stapfte barfuß zur Hintertreppe. Hier hatte Andy ihn getreten, doch auch das war ihm jetzt egal. Schließlich hatte er den Kampf gewonnen.

Bevor die Bank öffnete, wurde er im Gerichtsgebäude vorstellig, um sich zu erkundigen, ob man tatsächlich Sträflinge als Farmarbeiter einstellen konnte. Vielleicht hatte Les ja auch bloß dummes Zeug geredet.

Ein Todesfall in der Familie beEinflusst auch das Verhalten der Leute. Der Beamte wusste von Clems Verlust und behandelte ihn freundlich und rücksichtsvoll. Er war ein geschäftiger kleiner Bursche in den mittleren Jahren und arbeitete in einem winzigen Büro. Aus den offenen Regalen quollen Berge von Papier hervor.

»Mal sehen, was wir für dich tun können, Clem. Die Antragsformulare müssten irgendwo hier sein.« Beim Suchen redete er weiter: »Schade um deinen Vater. Wirklich schade. Was ist aus Vikar Petchley geworden? Ich hörte, er sei an jenem Tag draußen auf Lancoorie gewesen.«

»Keine Ahnung«, erwiderte Clem kurz angebunden.

»Habe ihn seither nicht mehr gesehen«, murmelte der Beamte, während Clem reglos und schweigend dastand.

»Da sind sie ja. Diese Formulare müssen in dreifacher Ausfertigung ausgefüllt werden. Alice muss sie unterzeichnen. Sie hat nichts dagegen, mit Sträflingen zu arbeiten?«

»Nein.«

»Na, gut, dann wird es wohl in Ordnung sein. Wir werden schon ein paar brauchbare Burschen für euch finden. Wie viele brauchst du?«

»Weiß nicht. Hm, zwei. Versuchen wir es mal mit zweien.«

»Das halte ich für sehr vernünftig, denn ihr seid allein auf der Farm. Sonst fallen sie noch über euch her.«

Clem war sich nicht sicher, ob er überhaupt Sträflinge einstellen wollte, brauchte aber dringend Hilfe. Auf dem Heimweg würde er bei Ted Cornish vorbeischauen und fragen, wie es bei ihm zurzeit aussah. Nicht, dass er sich einen bezahlten Arbeiter hätte leisten können, aber es schadete nicht, zu wissen, an wen man sich im Notfall wenden konnte.

»Im Augenblick erhalten die Sträflinge Unterkunft und Verpflegung und bekommen zwei Shilling sechs Pence pro Woche«, erklärte ihm der Beamte und legte ihm ein weiteres Formular vor. »Dies sind die Vorschriften zur Beschäftigung von Staatsgefangenen. Ich verstehe nicht, warum sie die Transporte eingestellt haben. Sträflinge bildeten doch stets einen wesentlichen Bestandteil unserer Arbeitskräfte. Ohne sie wären wir niemals zurechtgekommen. Und wir brauchen sie im Grunde immer noch, denn dieses Land ist riesig und wird mehr und mehr erschlossen.«

Schließlich war Clem wieder unterwegs. In einer Pappmappe, die mit einer dünnen roten Kordel verschnürt war, hatte er nun eine verwirrende Sammlung von Formularen dabei.

Dr. Carty trank in der Bank gerade eine Tasse Tee mit Mr. Tanner. »Ach, Clem. Auf dich habe ich gewartet. Alles in Ordnung mit dir?«

»Ja.«

»Und mit Alice?«

»Vielen Dank, Doktor, es geht ihr gut.«

»Ich habe den Totenschein für euch.«

»Wie bitte?«

Clem hatte Mühe, sich innerlich von Jocelyn und der verlockenden Vorstellung loszureißen, er könne sich vielleicht bald Geld von dieser Bank leihen. Er hörte kaum auf das, was Dr. Carty sagte.

»Den Totenschein für deinen verstorbenen Vater, Clem. Wenn es dir recht ist, lasse ich ihn bei Mr. Tanner.«

»Ich benötige ihn, um die Urkunden für Lancoorie auf dich und Alice umzuschreiben«, erläuterte Tanner.

»Ach ja, natürlich.«

»Bleibst du heute Abend in der Stadt?«, fragte Carty. Clem zuckte ein wenig schuldbewusst zusammen. Hatten sie erfahren, was in der letzten Nacht geschehen war? Unmöglich! Er hatte schon längst im Sinn, eine weitere Nacht hier zu verbringen, wenn Jocelyn zur Verfügung stand. Hinter seinem Unschuldsblick tanzte ein schelmisches Lächeln. Er würde auch eine Woche bleiben, wenn er ihrer Gesellschaft sicher sein konnte.

»Ich weiß es nicht«, entgegnete er. »Habe noch nicht darüber nachgedacht. Ich habe noch einiges mit Mr. Tanner zu regeln. Und ich muss Vorräte für Alice besorgen.« Er zermarterte sich das Hirn nach weiteren Entschuldigungen. »Und ich muss einige Besuche machen, um mich bei den Leuten zu bedanken. Vor allem bei den Frauen, die zur Beerdigung gekommen sind. Sie waren sehr freundlich, haben das ganze Essen mitgebracht und so.«

Carty nickte erfreut. »Das solltest du wirklich tun. Gute Manieren scheinen heutzutage Seltenheitswert zu haben.«

Tanner lieferte ihm noch einen weiteren Grund. »Vergiss nicht den Grabstein, Clem. Der alte Henty, der Steinmetz, hat schon nachgefragt. Er macht seine Arbeit gut und würde dir den bestmöglichen Preis machen.«

»Ja, das muss ich auch noch erledigen, nicht wahr?«

»Also abgemacht. Du wirst hierbleiben. Ich habe dich danach gefragt, weil Mrs. Carty Geburtstag hat und wir heute Abend eine Party für sie geben. Bei uns zu Hause. Ich weiß zwar, dass du in Trauer bist, Clem, aber weder der Herr noch dein lieber verstorbener Vater würden etwas dagegen haben, wenn du auch kämst. Du bist so selten in der Stadt und hast ein Recht auf ein bisschen Unterhaltung. Du hast viel durchgemacht. Wir würden uns freuen, dich bei uns begrüßen zu dürfen.«

Clem starrte ihn an. Er hatte Carty nie besonders gemocht. Er war ein kleiner, stämmiger Mann mit vollem weißem Haar und femininen roten Lippen, die durch seine dünnen weißen Koteletten noch betont wurden. Seine Augen blickten kalt. Blaßblau und kalt wie die eines Fisches. Wurde man krank, so erzählten sich die Leute, führe er sich auf, als würde man ihn auf unverschämteste Weise belästigen. Er war sehr reich, einer der reichsten Männer im Distrikt, und besaß nicht nur Land, sondern auch das lukrative Fuhrunternehmen *Carty Coach and Carrying Company*.

»Er wird kommen«, antwortete Mr. Tanner an Clems Stelle.

»Schön. Wir erwarten dich um fünf«, meinte Carty. »Du brauchst kein Geschenk mitzubringen, das ist nicht nötig.«

»Was hat das alles zu bedeuten?«, fragte Clem den Bankdirektor, nachdem der Arzt gegangen war. »Ich kenne ihn kaum und bin seiner Frau noch nie begegnet.«

Tanner lachte und räumte die Teetassen ab. »Denk mal scharf nach. Du hast da draußen einen ansehnlichen Besitz.«

»Wer sagt das? Drei Viertel davon sind noch immer Buschland. Die Wolle hält uns gerade am Leben. Besser, als ich dachte, das muss ich zugeben, aber das macht mich noch nicht zu seinemgleichen.«

»Seinesgleichen«, berichtigte ihn Tanner. »Du musst auf eine korrekte Sprache achten. Noah legte Wert darauf, und du solltest es ihm gleichtun. Es ist nur eine Frage der Disziplin.«

Clem ließ sich auf einen Stuhl fallen. »Reden wir nun über Carty oder über meine Sprache?«

»Über beides. Du wirst in wenigen Monaten neunzehn und bist Landbesitzer. Lancoorie mag zwar unterentwickelt sein, ist aber trotz allem eine beachtliche Schaffarm. Du solltest dich nicht unterschätzen, vor allem nicht, wenn du es mit Männern wie Carty zu tun hast. Er hat drei Töchter im heiratsfähigen Alter. Ich vermute, er hat dich als möglichen Schwiegersohn ins

Auge gefasst. So viele alleinstehende junge Männer gibt es hier nicht. Und von denen würde Carty sehr wenige für eine seiner Töchter auch nur in Betracht ziehen.«

»Und er denkt dabei an mich?«

»Ich glaube schon.«

»Mein Gott, das kommt aber unerwartet.«

»Mag sein. Und du solltest aufpassen, in welche Gesellschaft du dich begibst, Clem. Ich habe gehört, du hättest gestern Abend im *Duke of York* mit den Postle-Jungen getrunken. An deiner Stelle würde ich ihnen in Zukunft aus dem Weg gehen. Sie sind vermutlich harmlos, aber kannst du dir vorstellen, dass Dr. Carty ihnen eine seiner Töchter anvertrauen würde?«

»Wohl kaum.«

»Noah mag streng gewesen sein, aber du verdankst ihm einen guten Ruf, und den solltest du wahren. Ich hoffe, das klingt jetzt nicht wie eine Predigt …«

»Sie machen es schon ganz gut«, meinte Clem grinsend. Tanner lehnte sich in seinem Stuhl zurück.

»Freut mich, dass du nicht beleidigt bist. Wenn es meinen Kunden gut geht, habe auch ich etwas davon. Verstehst du? Eine Bank ist ein Unternehmen, genau wie eine Schaffarm. Es liegt in unser beider Interesse, dass du deine Sache gut machst.«

Zum ersten Mal fasste Clem sein Gegenüber genauer ins Auge: Da stand ein Bankdirektor vor ihm, der in York hohes Ansehen genoss, ein wichtiger Mann. Sein sozialer Status schien unerreichbar. Der sorgsam gestutzte Bart und der seriöse dunkle Anzug trugen ihren Teil zu diesem Eindruck bei. Clem sah aber noch etwas anderes in ihm. Von Mann zu Mann hatte er mit ihm gesprochen, um Himmels willen! Er musste Alice von diesem Ereignis berichten. Tanner war auch nur ein Mensch.

»Meinen Sie, ich sollte hingehen?«

»Auf jeden Fall. Meine Frau und ich werden auch dort sein.

Wir haben keine Kinder, um die wir uns sorgen müssen, also ist das nicht mein Beweggrund.« Er öffnete eine Dose Pfefferminzbonbons und bot Clem eins an. »Du wirst mich doch nicht im Stich lassen?«

»Ich kann nicht hingehen. Ich habe keine anständigen Kleider. Außerdem bin ich gestern ohne einen Penny aus der Bank gewandert und musste im *Duke of York* anschreiben lassen. Könnte ich von Noahs Geld etwas abheben?«

»Nicht, bevor Alice die Papiere unterzeichnet hat, aber ich gebe dir einen Vorschuß.«

»Da bin ich aber erleichtert. Könnten Sie mir so viel geben, dass ich mir Kleider kaufen kann? So wie ich jetzt aussehe, kann ich mich nicht bei Dr. Carty blicken lassen.«

»Wir treffen uns in der Mittagszeit drüben beim Tuchhändler und kleiden dich ein. Vorher solltest du Henty aufsuchen. Bestell für Noah einen schönen Grabstein, das würde ihm gefallen.«

Tanner stand auf. Damit signalisierte er einem Kunden gewöhnlich, dass er entlassen war. Auch Clem erhob sich, doch dann fiel ihm noch etwas ein. »Da wäre noch eins, Mr. Tanner. Wenn ich alles geregelt habe, möchte ich mir Geld leihen, um die Farm zu erweitern. Ich habe mich gegen den Getreideanbau entschieden.«

»Das ist recht und billig. Halte dich an das, was du kennst.«

»Und Sie würden mir ein Darlehen geben? Dann könnte ich noch etwas in Reserve behalten.«

»Wir werden sehen.«

»Ich habe Sträflinge beantragt, um ein Stück Land zu roden.«

Tanner war sichtlich erfreut. »Tatsächlich? Eine gute Idee. Ich wollte das schon vorschlagen. Ich werde ein gutes Wort für dich einlegen.«

»Und noch etwas.« Clem verlor allmählich sein Selbstvertrauen. »Ich möchte nicht allein zum Doktor gehen. Könnte ich um fünf Uhr herkommen und mich Ihnen und Mrs. Tanner anschließen?«

»Selbstverständlich. Die Bank ist dann geschlossen. Wir wohnen im Haus dahinter. Von dort machen wir uns gemeinsam auf den Weg.«

»Ich bin mir immer noch nicht ganz sicher dabei. Ich war noch nie auf einer Party.«

»Keine Sorge. Niemand wird dich beißen. Und jetzt los.«

Da man ihn vorgewarnt hatte, machte sich Clem darauf gefasst, den Avancen dreier heiratswilliger Mädchen widerstehen zu müssen, doch er hätte sich keine Sorgen machen brauchen, da sie kaum Notiz von ihm nahmen. Stolz trug er seine neuen Hosen, das gestreifte Hemd mit dem steifen Kragen, die Fliege und seinen neuen Haarschnitt zur Schau. Im Nacken und an den Seiten war das Haar so kurz geschnitten, dass er sich wie ein geschorenes Schaf vorkam, doch man hatte ihm versichert, dieser Schnitt sei der letzte Schrei. Dass er mit den Tanners zusammen eintraf, stärkte sein Selbstvertrauen. Sobald sie durchs Tor traten, strömten von überall Menschen herbei, die sich mit dem Bankdirektor gutstellen wollten. Clem fragte sich, wer von ihnen wohl durch Hypotheken an das Institut gebunden war.

Beim Haus der Cartys handelte es sich um ein imposantes zweistöckiges Backsteingebäude mit einem kleinen Portal, unter dem Dr. und Mrs. Carty samt den drei Töchtern ihre Gäste empfingen, nachdem diese sich bis zur Haustür durchgekämpft hatten.

Die Mädchen kamen Clem vage bekannt vor, da er ihnen im Laufe der Jahre sicher hier und dort begegnet war. Ihr Vater rief ihm die Namen ins Gedächtnis. »Clem, du kennst doch Thora, Lettice und Felicia?«

Die Mädchen knicksten nacheinander, senkten den Blick und

flöteten: »Herzliches Beileid zum Tod deines Vaters, Clem.« Es klang auswendig gelernt.

Die drei trugen hübsche weiße Kleider mit bunten Schärpen und langen Volants, die über den blank gebohnerten Boden schleiften. Sie sahen wirklich sehr anmutig aus. Thora, die größte der Schwestern, hatte die langen blonden Haare und kühlen blauen Augen ihrer Mutter geerbt und wirkte insgesamt sehr reserviert. Sie hat Stil, dachte Clem. Lettice und Felicia bestachen durch lockiges Haar, frische Wangen und einen rosigen Schmollmund. Sie waren alle in Clems Alter. Er ging mit den anderen Gästen durch den Flur in den hinteren Bereich des Hauses, wo die eigentliche Party stattfand, und konnte einen Blick in zwei geräumige Wohnzimmer und ein prachtvolles Esszimmer werfen. Dann kam er an einer Treppe mit weißem Geländer und einer großen Küche vorbei, in der sich geschäftige Frauen drängten. Sollte er jemals vor der Wahl stehen, würde er sich für Lettice entscheiden. Als er weitergegangen war, hatte sie den nächsten Gast fröhlich begrüßt und mit ihren braunen Augen gezwinkert. Thora hatte Distanz gewahrt und knapp genickt. Es gab nur ein Problem mit Lettice: Wie konnte man jemanden heiraten, der wirklich und wahrhaftig den Namen einer Salatpflanze trug? Die Kinder im Distrikt hatten ständig Witze darüber gerissen.

Mrs. Tanner verschwand in der Küche, und Clem trat mit seinen Begleitern auf die große rückwärtige Veranda, wo bereits die Tische für das Abendessen aufgestellt waren. Die Bäume im Hof dahinter hatte man mit bunten Bändern und japanischen Lampions geschmückt, die allerdings noch nicht brannten. Selbst die Außentoilette, deren spitzes rotes Dach über eine blumengeschmückte Hecke lugte, sah festlich aus.

Clem war beeindruckt und konnte sich einer gewissen Ehrfurcht nicht erwehren. Noch nie hatte er solch eine Pracht gesehen und war so vielen elegant gekleideten Menschen begegnet.

Vor allem die Frauen, deren Reifröcke wie bunte Pilzkolonien aus dem Boden wuchsen! Er folgte Mr. Tanner dorthin, wo sich die Männer um ein Bierfass versammelt hatten und ein Kellner in weißer Jacke Schnaps und Wein ausschenkte. Hier blieb er fast den ganzen Abend. Zwischendurch suchte er nur die Tafel und die Toilette auf, um sich anschließend gleich wieder zu den anderen jungen Männern zu gesellen. Er bestaunte die Mädchen und lauschte Witzen und anzüglichen Bemerkungen. Langeweile überkam ihn. Er dachte an Jocelyn.

Irgendwann forderte Mrs. Carty die jungen Männer auf, sich zu den jungen Damen zu gesellen, die sich an der Hintertreppe versammelt hatten und ihre Scheu hinter wildem Gekicher zu verbergen suchten.

Clem gelang es, sich in der Nähe der mittleren Carty-Tochter zu postieren. Er war entschlossen, sich in Gegenwart der Mädchen gut zu verkaufen.

»Wie geht es dir, Lettice?«, fragte er so selbstsicher, als sei dies nicht seine erste Party.

»Mir geht es sehr gut, vielen Dank. Wie geht es Alice?«

»Auch sehr gut.«

»Du hättest sie mitbringen sollen.«

»Dazu war keine Zeit.«

»Dann eben ein anderes Mal.«

Ihre Schwester unterbrach sie: »Lettice, Mutter braucht dich in der Küche.«

Zu seiner Überraschung berührte ihn Lettice am Arm und zuckte enttäuscht die Achseln. »Ich sehe besser nach, was sie möchte.«

Einer der Burschen stieß ihn an. »Du machst deine Sache gut, Clem. Sie mag dich.«

Einen flüchtigen Moment lang hatte auch Clem diesen Eindruck und bedauerte, dass sie weggegangen war. Er könnte Lettice durchaus liebgewinnen.

Plötzlich erklangen laute Stimmen aus dem Inneren des Hauses. Die Leute drehten sich neugierig um und suchten nach einer Erklärung für diesen Lärm.

»Was ist los?«, erkundigte sich Clem bei dem Mädchen, das den Platz an seiner Seite eingenommen hatte.

»Thora ist weg«, flüsterte sie. »Dr. Carty ist unheimlich wütend.«

»Weg?«

»Ja, sie hat einen Freund, und er war nicht eingeladen. Lettice vermutet, sie habe sich fortgestohlen, um ihn zu treffen.«

»Thora?«, meinte Clem erstaunt.

»Ja. Sie hat ein Auge auf Matt Spencer geworfen. Kennst du ihn?«

»Nein.«

»Sieht nicht übel aus, aber er ist nur Stallbursche in Dr. Cartys Fuhrunternehmen und findet daher vor dessen Augen keine Gnade. Man sagt, der Doktor habe gedroht, ihn auszupeitschen, sollte er sich noch einmal in Thoras Nähe wagen.«

»Und Thora hat sich mit ihm getroffen?«

»Ich denke schon. Ich wette, er setzt Lettice und Felicia hart zu, aber aus ihnen wird er kein Wort herausbekommen.«

Thora kam nicht wieder, und Clem schlenderte in der Hoffnung davon, Lettice würde sich später weiter mit ihm unterhalten, doch er wartete vergebens. Schließlich hielt er es für angebracht, sich von den mittlerweile rauflustig wirkenden Burschen zu verabschieden, von denen manch einer nicht mehr gerade stehen konnte. Er bedankte sich bei seinen Gastgebern und trat – ein Muster an Wohlerzogenheit – mit den Tanners den Heimweg an.

»Hast du dich amüsiert, Clem?«, fragte Mrs. Tanner.

»Ja, vielen Dank. Ist Thora zurückgekommen?«

Sie presste die Lippen aufeinander. »Es steht uns nicht an, darüber zu sprechen.«

»Oh! Vermutlich nicht«, murmelte er kleinlaut.

»Mir hat der Abend gut gefallen«, meinte Tanner fröhlich und blieb stehen, um seine Pfeife neu zu stopfen. Clem grinste vor sich hin, denn der Bankdirektor wirkte ein wenig beschwipst.

»Zu viel Alkohol«, bemerkte seine Frau und schnüffelte missbilligend. »Ich verstehe nicht, warum Menschen Alkohol brauchen, um sich zu amüsieren. Dr. Carty sollte es eigentlich besser wissen.«

»Komm schon.« Tanner schnaufte vernehmlich. »Es steht uns nicht an, darüber zu sprechen.«

Sie drehte sich zu ihm um. »Machst du dich über mich lustig, Mr. Tanner?«

»Keineswegs, meine Liebe.«

Ärgerlich beschleunigte sie ihren Schritt. Die beiden Männer gingen ebenfalls schneller, um sie einzuholen. Ihre Schritte hallten laut in der nächtlichen Stille. Als sie in eine Seitenstraße einbogen, schlug ein Hund an, und Tanner bellte zurück. Clem lachte.

Sie gingen zum Haus des Bankdirektors, das hinter dem Bankgebäude lag. Nun war für Mrs. Tanner die Stunde der Rache gekommen.

»Du rauchst deine Pfeife hier draußen zu Ende«, wies sie ihren Mann an. »Du weißt, dass ich den Geruch im Haus nicht vertragen kann. Ich wünsche dir eine gute Nacht, Clem, und möchte dir ans Herz legen, so oft wie möglich mit deiner Schwester die Kirche zu besuchen.«

»Ja, Ma'am, das werde ich tun«, antwortete er, um sie zufriedenzustellen. Ein Kirchenbesuch bedeutete einen Tagesausflug im Pferdewagen von Lancoorie bis York, der kaum Sinn machte, weil an diesem Tag die Geschäfte geschlossen waren. Reiten ging schneller, aber in Sonntagskleidern? Alice wäre entsetzt. Ihm fiel ein, dass sie eigentlich gar keine Sonntagskleider besaß. Darum musste er sich ebenfalls kümmern.

»Warst du bei Henty?«, fragte Tanner und lehnte sich gegen den Zaun. Bis die Pfeife erlosch, blieb noch Zeit für eine kleine Plauderei. Clem stand auf glühenden Kohlen, denn er wollte auf dem schnellsten Weg ins Hotel zurück. Vielleicht war Jocelyn noch wach.

»Ja, es ist alles besprochen. Wenn der Grabstein fertig ist, liefert er ihn nach Lancoorie.«

»Gut. Du solltest im Übrigen nicht zu schlecht von Noah denken, wegen dieser Dora, meine ich. Männer fühlen sich manchmal einsam, und für eine richtige Brautschau fehlte ihm die Zeit. Er war ein guter Mensch.«

Clem schaute ihn neugierig an. »Ich wusste nicht, dass Sie ihn so gut kannten.«

»Er hat mir vor langer Zeit einmal einen Gefallen getan. Als ich gerade hier angekommen war.«

»Was für einen Gefallen?«

»Ich steckte in Schwierigkeiten, und er hat mir herausgeholfen.«

»In was für Schwierigkeiten?«, fragte Clem unverblümt. Tanner zögerte kurz und zuckte dann die Achseln. »Geldschwierigkeiten. Spielschulden. Ich hatte mich zeitweise nicht unter Kontrolle, hatte zu viel beim Kartenspiel verloren und konnte das Geld nicht zurückzahlen.« Er redete sich in Fahrt. »Ich stand vor einem ernsthaften Problem, das mich meine Stelle hätte kosten können. Und just im richtigen Augenblick marschierte Noah Price in die Bank. Er kam nur alle Jubeljahre, es muss mein Glückstag gewesen sein. Und da er kaum Bekannte in der Stadt hatte, brauchte ich keinen Klatsch zu fürchten. Jedenfalls habe ich bei ihm mein Glück versucht. Ich sagte ihm offen, in welcher Lage ich mich befand, und erwähnte beiläufig, dass mir ein Darlehen sehr gelegen käme.«

»Hätten Sie sich das Geld nicht von der Bank leihen können?«

»Habe ich ja. Wahnsinn. Für einen Bankangestellten, der die

Prüfer stets im Nacken sitzen hat, der sichere Weg in den Ruin. Ich musste das Geld schnellstens ersetzen.«

»Ich wette, Noah war ziemlich überrascht.«

»Allerdings. Er lieh mir das Geld und weigerte sich, Zinsen dafür zu nehmen, weil das unchristlich sei. Ich musste jedoch eine Predigt über mich ergehen lassen, in der er mir mein Fehlverhalten vorhielt. Ich weiß noch, dass er sagte: ›Es gibt eine Zeit des Säens …‹«

»›… und eine Zeit des Erntens‹«, vollendete Clem. »Das habe ich oft genug zu hören bekommen.«

»Ja. Damals wusste ich nicht, worauf er hinauswollte, da ich kein Farmer bin. Er sagte, ein Farmer rieche an der Luft, rieche an der Erde und wisse dann genau, wann er die Saat ausbringen müsse. So solle ich es auch mit meinem Geschäft halten. Ich habe das Glücksspiel sofort aufgegeben, was mir nach dem Schrecken nicht sonderlich schwerfiel, und schließlich begriffen, was Noah gemeint hatte. Ich befasste mich intensiv mit dem Bankwesen, anstatt meine Tätigkeit als Bankier nur als irgendeine Arbeit zu betrachten. Inzwischen habe ich ein gutes Gespür für die Luft und die Kunden, die einen fruchtbaren Boden abgeben.«

Clem nutzte die Gelegenheit. »Halten Sie mich für einen Boden, der fruchtbar genug ist, um mir ein Darlehen zu geben?«

»Das kann ich noch nicht sagen. Kühn genug bist du. Aber ich bin es deinem Vater schuldig, mir die Sache reiflich zu überlegen.«

Clem schlief gut. Dass Jocelyn ihn in dieser Nacht nicht erneut besuchte, schien nichts auszumachen. Er wollte nur noch nach Lancoorie zurück.

Am Morgen bezahlte er seine Hotelrechnung, besorgte beim Tuchhändler Geschenke für Alice und fuhr dann im Pferdewagen zum Kolonialwarengeschäft, wo er großzügig Lebensmittel einkaufte, um seiner Schwester eine Freude zu machen. Er hatte sich in der Stadt hervorragend amüsiert und wollte seine Erlebnisse mit Alice teilen, die immerhin allein auf der Farm zurückgeblieben war. So viel hatte er ihr zu erzählen – nur die Nacht mit den Postle-Brüdern und Jocelyn würde er verschweigen. Er wurde rot. Seine Dora! Wenn man es recht betrachtete, war Jocelyn aus demselben Holz geschnitzt wie sie. Er konnte es beinahe hören, wie sein Vater darüber lachte.

Alice traute ihren Augen nicht, als Clem den Wagen auslud und die Geschenke vor ihr auftürmte. Er hatte ihr ein blaues Kleid mit Haube gekauft und Leinen für den Haushalt, damit sie die verblichenen, immer wieder geflickten Laken und Handtücher ersetzen konnte. Der Stoff reichte für ein Dutzend davon und natürlich auch noch für Kissen- und Bettbezüge. Lachend lud er solche Stoffberge auf ihre Arme, dass die Hälfte auf den staubigen Boden fiel und Alice umherstolperte, um die kostbare Beute zu retten.

»Um Gottes willen, Clem. Was hast du getan? Eine Bank ausgeraubt?«

»Nicht nötig, Schwesterherz! Wir sind gar nicht pleite, absolut nicht. Noah hat uns etwas vorgemacht.«

Er schleppte eine Kiste herbei und packte Schinken, Marmelade, Dosenpfirsiche, Bonbons, Kuchen und süße Brötchen aus sowie rote Äpfel für sie beide und grüne für die Pferde.

»Oh, Clem, was soll das alles?«

»Ich war auch im Kolonialwarenladen.«

»Das sehe ich. Das nächste Mal möchte ich aber selbst einkaufen. Wir brauchen Tee, Mehl und Zucker, und du bringst diese Delikatessen mit!«

»Magst du sie nicht? Der Schinken ist mit Zucker geräuchert, das Beste vom Besten.«

»Ja, natürlich, aber …«

»Keine Sorge. Hilf mir beim Auspacken, und ich werde dir alles erklären. Bei einer Party.«

»Einer was?«

»Einer Party. Alice Price, wir beide werden eine Party feiern. Seit ich in York auf einer gewesen bin, weiß ich jetzt alles über Partys.« Er reichte ihr eine bauchige Weinflasche. »Den haben sie dort serviert, daher habe ich für dich auch eine gekauft.«

Alice runzelte die Stirn. »Bist du vielleicht immer noch ein wenig betrunken?«

»Keineswegs. Ich bin stocknüchtern. Und schau mal hier …« Er holte zwei unhandliche Pakete hervor. »Decken. Nicht wie die alten, grauen Dinger, die hier sind aus echter Wolle. Eine für dich und eine für mich. Wenn es dir recht ist, würde ich gern in Pa's Zimmer umziehen. Meins ist nur eine bessere Abstellkammer. Wir können es ja für Besucher herrichten.«

»Welche Besucher?«

»Man weiß ja nie. Vielleicht kommen mal Leute zu Besuch.«

»Clem, wir schaffen dieses ganze Zeug erst mal ins Haus. Oder sollen wir es wieder einladen, damit du dir dein Geld zurückholen kannst? Ich hätte dich niemals allein in die Stadt fahren lassen dürfen. Ich habe mir solche Sorgen gemacht.«

Alice saß wie versteinert am Küchentisch, während er die Köstlichkeiten für die Party auspackte, den Schinken anschnitt, eine Dose Pfirsiche mit dem Messer öffnete, klebrige Bonbons auf einem Blechteller anrichtete und die zerdrückten Brötchen hervorholte. »Ich hätte eine Tischdecke kaufen sollen«, meinte er beiläufig. »Früher hatten wir hübsche Tischdecken, die unsere Mutter selbst bestickt hatte.«

»Sie waren irgendwann abgenutzt.«

»Sicher. Wir hatten früher viele schöne Dinge.«

»Ach ja?«

Er entkorkte den Wein. »Diesen Rotwein nennt man Claret. Es ist der gleiche, den Dr. Carty seinen Gästen vorzusetzen pflegt.«

Er ergriff zwei klobige Wassergläser. »Wir müssen unseren Claret wohl hieraus trinken … Dr. Carty hat den Wein in hübschen Gläsern aufgetragen. In einer Vitrine im Laden habe ich schöne Gläser gesehen. Es gab zwei aus echtem Kristall. Sie sahen aus wie unsere Rosenschale. Mrs. Hannigan hat sie mir gezeigt. Sie klingen, wenn man mit dem Finger dagegenschnippt. Sie sind ein bisschen teuer, aber eines Tages werde ich dir diese Kristallgläser kaufen, Alice. Im Moment allerdings …« Clem schenkte ihr Wein ein.

Seufzend ergriff sie ihr Glas. »Falls du die Rosenschale im Wohnzimmer meinst, die Mutter und Pa zur Hochzeit bekommen haben – die ist nur aus geschliffenem Glas. Und jetzt will ich die ganze Wahrheit hören.«

Clem berichtete ihr von seinem Besuch in York einschließlich der guten und der schlechten Neuigkeiten. Alice ärgerte sich, als sie hörte, dass Noah Geld auf der Bank gehabt hatte. Sie ärgerte sich mehr, als Clem erwartet hatte. Er selbst war zunächst überrascht gewesen, dann hatte sich eine leichte Gereiztheit und schließlich pure Freude eingestellt. Alice jedoch wirkte verletzt.

»Das war grausam von ihm.«

»Ich schätze, er konnte Dora nichts abschlagen und wollte das Geld daher in Sicherheit wissen.«

»Ich habe über vieles nachzudenken, Clem.«

»Stimmt«, sagte er beflissen, »wir haben über so vieles nachzudenken. Ich muss diese ganzen Papiere unterzeichnen. Ich meine natürlich, du musst es tun, weil ich noch minderjährig bin. Und ich habe beantragt, dass man uns zwei Sträflinge als Arbeiter zuteilt.«

Dies bedurfte einer genaueren Erklärung.

»Das verstehe ich nicht«, meinte Alice. »Wir geben ihnen hier draußen Arbeit. Meilenweit von jeder Stadt entfernt. Sie sind nicht eingesperrt. Werden sie denn nicht einfach davonlaufen?«

»Wohin sollten sie denn? In all den Jahren ist nur ein einziger Sträfling aus Westaustralien entflohen, ein irischer Politiker. Dabei hat ihm aber auch jemand geholfen. Er wurde auf einem Schiff versteckt, das nach Amerika fuhr. Jeder kennt diese verrückte Geschichte.«

»Aber diese Burschen? Warum laufen sie nicht weg?«

»Ich sagte es dir doch bereits: Wohin sollten sie denn? Nimm mich zum Beispiel, Alice«, begann er großartig und nahm noch einen großen Schluck von dem ausgezeichneten Claret. Hätte er sich auf Cartys Party doch an dieses Zeug statt an Bier gehalten. Nächstes Mal würde er Bescheid wissen. »Wo war ich stehengeblieben? Genau. Ich kenne den Busch in- und auswendig. Ich habe hier gelebt, seit ich sechs Jahre alt bin. Wenn ich nun auf der Flucht wäre, wo würde ich wohl hinlaufen?«

Fasziniert beugte sie sich vor und nippte an dem Wein, während sie über die Frage nachdachte. Es war ihr anzusehen, dass sie im Geiste alle Möglichkeiten durchspielte. »Nicht nach Osten. Da ist nur endlose Wüste.«

»Nach Norden?«, fragte ihr Bruder.

»Zu gefährlich. Selbst von York aus. Du würdest ein Gewehr und Munition brauchen und müsstest wissen, wie du dich da draußen ernähren kannst. Wo also würdest du es versuchen?«

»Du hast vollkommen recht. Es wären tausend Meilen bis zur Küste, falls einen die Abos nicht vorher erwischen. Was ist mit dem Süden?«

»Ein Mann könnte sich in den großen Wäldern dort unten verstecken ...«

»Für immer?«

»... und sich zum Hafen von Albany durchschlagen.«

»Nach Hunderten von Meilen Fußmarsch würde ein Fremder in einer Kleinstadt wie dieser sofort auffallen.«

Sie lächelte. »Gut. Ich würde nach Perth gehen.«

»Fein. Das sind nur hundert Meilen. Doch auch auf dieser Strecke musst du dich verpflegen und darüber hinaus würde jeder Mann mit seinem Hund nach dir suchen. Die Polizei hätte dich in kürzester Zeit geschnappt. Da das alles nicht unser Problem ist, sollten wir uns heitereren Dingen zuwenden.«

»Das finde ich nicht richtig, wo Pa doch gerade erst begraben ist.«

»Er hätte nicht gewollt, dass wir unglücklich sind.«

»Noch hätte er gewollt, dass wir seine Ersparnisse auf diese Weise verschleudern. Er hätte erwartet, dass wir mit dem Geld ebenso sorgsam umgehen wie er.«

»Genau das ist es, Alice, unser Geld. Es gehört jetzt uns, und dort, wo es herkommt, gibt es noch mehr.«

»Gott im Himmel! Wie ist das möglich?«

Während er den Schinken in Scheiben schnitt, berichtete Clem von seinem Gespräch mit dem Bankdirektor. »Wie du siehst, würde uns Mr. Tanner ein Darlehen gewähren, wenn wir ihn darum bitten.«

»Du denkst an eine Hypothek? Pa hatte immer Angst vor Hypotheken.«

»Nur so kommen wir zu etwas. Jeder nimmt heutzutage Darlehen auf, dafür sind die Banken doch da.«

»Darüber muss ich erst nachdenken.«

»Natürlich. Wir müssen entscheiden, wie wir ein Darlehen am besten nutzen können.«

Es gab Schinkensandwiches, noch mehr Wein, Kuchen und Brötchen. Alice hatte sich wieder beruhigt, und Clem amüsierte sie mit dem Klatsch aus York, bis sie lauthals lachte.

»Für eines können wir dankbar sein«, meinte sie beschwipst, »nämlich dafür, dass Pa kein Testament gemacht hat. Ich hatte solche Angst, es könnte eines bei der Bank deponiert gewesen sein. Er hätte bestimmt für Dora vorgesorgt, er kam einfach nicht von ihr los. Bis zum letzten Tag nicht.«

»Er hat vorgesorgt.«

»Wie bitte?«

»Er hat Dora in seinem Testament bedacht, hat ihr die Hälfte von allem hinterlassen.«

Alice starrte ihn verblüfft an.

»Ich dachte, er hätte kein Testament gemacht.«

»Ich habe gelogen. Es lag in seiner Kiste, versteckt in der Bibel. Ich habe es verbrannt.«

»Oh mein Gott! Du hast ihnen in die Augen gesehen und einfach gelogen!«

»Nicht direkt. Ich habe ein paar wirklich üble Bemerkungen über Dora und den Vikar fallenlassen. Mr. Tanner hat sich derart aufgeregt, dass er die Unterhaltung so schnell wie möglich beendet hat. Er hatte Angst, man würde mich verhaften, da der Wachtmeister unmittelbar danebenstand.«

Alice errötete. »Du hast doch wohl nicht erwähnt, was die beiden hier getrieben haben?«

»Natürlich habe ich das. Es hat solches Aufsehen erregt, dass sie schlichtweg vergessen haben, mir auf den Zahn zu fühlen. Sie haben gar nicht weitergefragt, ob es ein Testament gibt.«

»Warum hast du mir nicht erzählt, dass du es gefunden hast?«

»Weil du mich vielleicht davon abgehalten hättest, es zu vernichten. Nun ist es zu spät. Es sei denn, du wolltest mich in echte Schwierigkeiten bringen.« Er schaute seine Schwester ernst an. Sie war wirklich recht hübsch und glich ihrer lieben verstorbenen Mutter, die das Gleiche herzförmige Gesicht mit den großen braunen Augen hatte, wie man auf einer alten Fotografie von ihr sehen konnte. Zugegeben, statt deren zarter englischer Haut hatte Alices Gesicht lauter Sommersprossen und war braun gebrannt, doch das machte nichts. Die meisten Mädchen hier draußen sahen so aus. Falls nicht schon die Sonne ihre Haut gerbte, tat es der Wind. Clem hingegen hatte die hohen Wangenknochen, die Adlernase und den breiten Mund mit den kräftigen ebenmäßigen Zähnen von Noah geerbt. Noah hatte immer damit geprahlt, dass er in seinem Alter noch alle Zähne besaß. Clem hoffte, er würde dies später auch von sich sagen können. Falsche Zähne hatten für ihn etwas Unheimliches.

»Jetzt hör mir mal gut zu, Clem Price«, sagte Alice schließlich. »Du musst mir versprechen, so etwas nie wieder zu tun.«

»Was denn?«

»Vor einem Polizisten übel daherreden. Man hätte dich tatsächlich verhaften können.«

Am nächsten Morgen unternahm er einen Spaziergang, um in Ruhe nachzudenken.

Da war zum einen das Haus, ein langgestrecktes, niedriges Gebäude mit einem Blechdach und einer schattenspendenden Markise an der Vorderfront.

Einige wenige Farmer besaßen Ziegel- oder Holzhäuser mit zwei Stockwerken, die an die eleganten Gebäude in York erinnerten. Zahlreiche Familien hausten allerdings noch in Bretterhütten, kaum besser als Kuhställe. Das waren die ganz armen Siedler, wie beispielsweise Ted Cornish, dem man ein nutzloses Stück Land als Schafweide verkauft hatte. Es lag an der Ostgrenze von Lancoorie im allertrockensten Gebiet. Ted war Schäfer, wie es vor ihm bereits sein Vater und vermutlich auch sein Großvater und sein Urgroßvater gewesen waren. Er war kein Farmer und hätte es nie probieren sollen, hatte aber, auch ohne irgendjemand um Rat zu fragen, einfach Land gekauft, den Traum so vieler Männer wahrzumachen versucht. Für all diese Leute aus England war Land zugleich Raum, nicht nur schlichter Boden. Etwas anderes gab es hier draußen auch nicht. Eine unendliche Weite, hinter der sich weitere Millionen von Morgen erstreckten. Man brauchte nur verrückt genug zu sein und einfach immer weiter zu gehen. Und das taten sie.

»Eine verdammte Schande«, hatte Noah angesichts des Mißgeschicks von Ted Cornish bemerkt. »Er sitzt in der Klemme. Das Land ist zu karg, als dass es genügend Schafe ernähren könnte, und zu klein, um es zu verkaufen. Auch er wird irgendwann abwandern.«

Und doch hatte Noah selbst über dreitausend Morgen hier draußen gekauft, mehr Land, als er hätte nutzen können, einfach, weil es so billig gewesen war. Clem fragte sich, ob er tausend Morgen davon verkaufen sollte, um Bargeld in die Kasse zu bekommen.

Zu Beginn hatte das Wohnhaus von Lancoorie einen Lehmboden gehabt, eine steinharte Mischung aus Termitenschlamm und Wasser, die zwar pflegeleicht, aber für Dora nicht gut genug gewesen war. Sie verlangte Bodenbretter bis unter die Markise hinaus, weil sie eine richtige Veranda haben wollte. Vor diesen Extraausgaben scheute Noah sich allerdings. Doch im Haus selbst bekam sie ihren Dielenboden, den Alice fortan bohnern musste. Dann wünschte Dora sich ein Wohnzimmer, und Noah baute eines hinter der Küche, zimmerte eine Bank und Stühle und erlaubte ihr, allen möglichen Tand aus Katalogen zu bestellen, mit dem sie dann das Zimmer dekorierte. Er selbst jedoch bevorzugte nach wie vor seinen großen schweren Sessel vor dem Küchenkamin, und abends saß die Familie weiterhin um den Küchentisch, wie sie es schon immer getan hatte.

Das Wohnzimmer hieß dann irgendwann »Doras Zimmer«. Für neue Kleidung hatten sie kein Geld. Clem trug Noahs abgelegte Sachen, und Alice litt darunter, Doras farbenfrohen Ausschuß auftragen zu müssen. Doch ihre Klagen stießen auf taube Ohren. In Noahs Augen konnte man Kleider tragen, bis sie völlig abgenutzt waren. Sie aßen dreimal am Tag Hammel – warm, kalt und in der Suppe mit dem Gemüse, das Alice in ihrem kleinen Garten zog. Dora schien sich nicht im Geringsten um ihre Ernährung zu kümmern, solange sie nur ihren Grog und die Keksdosen und Süßigkeiten hatte, die sie unter dem Bett zu verstecken pflegte.

Nachdem sie das Wohnzimmer von Bildern und alten Kalendern, Tüchern und Schals, kitschigen Puppen und Musikdosen, blechernen Spucknäpfen, Nippes aus Porzellan, Bergen von Pralinenschachteln und Doras restlichem Nachlaß befreit hatten, wirkte der Raum zwar kahl, aber frisch und sauber. Clem wünschte, er hätte so ausgesehen, als die Nachbarn zur Beerdigung gekommen waren.

Er wandte sich um und ließ den Blick über das gerodete Land bis zum Busch schweifen, jener Wand aus Bäumen, die stets niedrig wuchsen, um in diesem ausgedörrten Land zu überleben. Dahinter lagen Wasserstellen, von denen die meisten jedoch Salzwasser enthielten. Früher hatten er und Noah einmal das Salz gesammelt und beutelweise verkauft, doch dann waren zu viele andere Farmer auf die Idee gekommen, und die harte Arbeit hatte sich nicht mehr gelohnt.

Er lehnte sich an den Zaun und pfiff sein Pferd herbei. Das Tier trabte auf ihn zu und beäugte ihn neugierig.

»Ich werde schon Geld bekommen«, sagte Clem. »Ich nehme eine Hypothek auf. Dann habe ich Geld, um die Arbeiter zu bezahlen. Was aber machen wir dann? Land roden? Mehr Schafe züchten? Und wenn dann wieder trockene Jahre auf uns zukommen? Das war schon immer das Problem.«

Er hatte sich oft mit Noah darüber gestritten, ob man nicht einen Stausee bauen sollte. Doch sein Vater hatte behauptet, es regne nicht genug, um ihn zu füllen. Sein Sohn war sich dessen jedoch nicht so sicher. Er war Noahs *Countryman*-Zeitschriften durchgegangen und dabei auf eine Statistik der Regenfälle in den vergangenen Jahren gestoßen. Selbst wenn man die Verdunstung berücksichtigte, ließ sich ein Stausee sicherlich unterhalten.

Er zuckte die Achseln und ging zum Wollschuppen, um die Ballen für den Transport vorzubereiten. Noch eine andere wichtige Frage quälte ihn: Weizen? Die Jahreszeiten trugen hier die Namen Sommer, Winter und Hölle. Die Hölle war der Hochsommer, wenn die Temperaturen über die Vierzig-Grad-Marke stiegen und Staubstürme, Blitze und Feuer das Regiment übernahmen. Aus dem Busch konnten ohne Vorwarnung hohe Flammen emporschießen. Die Farmer mussten hilflos zusehen, wie die Feuer wüteten und schließlich wieder von selbst erloschen. Clem hatte selbst schon Weizenfelder abbrennen sehen und bemitleidete die Farmer. Die ganze Arbeit für nichts. Und jedes Jahr saß einem aufs Neue die Angst in den Knochen.

Alice kam, um ihm zu helfen. Während sie auf ihn zuhinkte, steckte sie ihre langen Haare hoch und band sich ein kariertes Tuch um den Kopf.

»Weißt du, Alice«, sagte er müde wie ein alter Mann, »ich hätte nichts dagegen, all das hier zu verkaufen und nach Perth zu ziehen.«

»Was sollen wir in Perth?«

»Da liegt das Problem. Ich weiß es nicht. Aber ich kann mich nicht mit dem Gedanken anfreunden, mir bis ans Ende meines Lebens den Rücken kaputt zu roden, nur um ihn mir bei der Schur noch ganz zu ruinieren.«

Sie lachte. »Mehr Schafe bedeuten mehr Geld, und Geld ist Sicherheit, sagt man. Ich bin nicht scharf darauf, Lancoorie zu verkaufen, und glaube, später würde es uns noch leid tun … Aber, Clem, ich würde so gern einmal nach Perth fahren. Man sagt, es sei eine schöne Stadt geworden, das Juwel des Westens.«

Clem schaute seine Schwester überrascht an. Es passte nicht zu ihr, solche Träume, überhaupt irgendwelche Träume zu hegen. Alice war zu schwerfällig, zu sachlich, zu konventionell, um zu träumen. Er spürte eine Welle von Zärtlichkeit in sich aufsteigen und freute sich, dass sie ihn ins Vertrauen gezogen hatte. Schließlich hatte sie mit ihrem Fuß keine allzu großen Heiratschancen, und er vermutete, dass sie ihr Leben mit ihm verbringen werde. Daher war es seine Pflicht, sich um sie zu kümmern.

»Wir fahren demnächst hin, Al«, sagte er und kam sich vor wie ein galanter Ritter. »Wir beide fahren dorthin und machen Ferien.«

»Wo werden wir wohnen?«

»In einem Hotel, dem *Grand Hotel*. Und dann schauen wir uns das Meer an. Wir haben es nicht mehr gesehen, seit wir damals von Bord gegangen sind. Wie würde dir das gefallen?«

Alice liebte Lancoorie und das Leben in dieser atemberaubenden Weite. Sie war seinerzeit alt genug gewesen, um sich an die bittere Kälte und Feuchtigkeit ihres alten Hauses in England zu erinnern – und an die ständigen Kämpfe und Auseinandersetzungen ihrer Eltern. Die Idee auszuwandern stammte nicht von Noah, nein, Lottie Price hatte nach Westaustralien gewollt. Sie hatte in einer Zeitschrift darüber gelesen und ihr Herz an die Vorstellung gehängt, in einem sonnigen Klima zu leben. Noah hatte versucht, ihr zu erklären, dass Australien in Wirklichkeit bei weitem nicht so traumhaft war, wie sie glaubte, doch sie hatte nicht auf ihn hören wollen. Sie nicht. Lottie hatte es sich in den Kopf gesetzt auszuwandern. Es war etwas Großartiges, mit dem sie ihre Nachbarn in den Schatten stellen würde. So dachte sie jedenfalls. Alice wusste, dass dies der Kern der Sache gewesen war und nicht die Frage, ob sich ein so einschneidender Schritt überhaupt lohnte. Lottie hatte lediglich angeben wollen. Sie hatte sich nicht die Möglichkeit entgehen lassen wollen, Freunden und Verwandten zu schreiben, wie viel besser es ihr doch ging.

Grandma hatte es ihr offen ins Gesicht gesagt. »Du bist eine hinterlistige Frau, Lottie. Egal, wie gut oder schlecht es dir ergehen wird, du wirst uns das Leben jenseits des Meeres in den leuchtendsten Farben schildern. Du scherst dich keinen Deut um deine Kinder und deinen Mann. Und du hast einen ordentlichen Mann, der gut für seine Kinder sorgt. Deine kleinen Bälger werden aufwachsen, ohne ihre Großeltern zu kennen, und ich sage, das ist falsch.«

»Noah muss die Entscheidung treffen«, hatte Lottie sich gewehrt.

»So nennst du das also? Quälst den armen Mann Tag und Nacht, schmollst, bekommst regelmäßig deinen Koller. Ich habe dich durchschaut, meine Liebe. Seit Alice auf der Welt ist, hast du gejammert, dich für sie geschämt und geglaubt, dass dich die Leute wegen ihres schlimmen Fußes verachten.«

Alice hörte, wie ihre Mutter mit den Pfannen klapperte, um damit die Stimme der Großmutter zu übertönen. »Du willst im Rampenlicht stehen, meine Liebe, und meidest das Kind, weil …«

»Halt den Mund! Halt den Mund!«, kreischte Lottie. »Lass mich in Ruhe. Du bist nur eifersüchtig, jawohl!«

Alice krümmte sich draußen vor dem Fenster. Sie hatte immer gewusst, dass ihre Mutter sich ihrer schämte, stets ein Stück vor ihr herging, als wolle sie nichts mit ihr zu tun haben. Es war auch ihre Idee gewesen, ihrer Tochter überlange Röcke zu nähen. Das alles konnte Alice verstehen, es machte ihr nichts aus. Doch es verletzte sie, dass ihre Großmutter es so offen aussprach. Gedemütigt kauerte sie sich an die Wand.

Lottie bekam ihren Willen, und sie packten die Sachen für die Seereise zusammen. Noah konnte es mit seiner Frau damals ebenso wenig aufnehmen wie Jahre später mit Dora. Er war ein starker Mann mit festen Ansichten, konnte sich jedoch bei den Frauen, die das Bett mit ihm teilten, nicht durchsetzen.

Alice hasste die Frau, die ihr Vater nach dem Tod ihrer Mutter ins Haus gebracht hatte, noch mehr als Clem, hielt aber ihre Zunge im Zaum, da sie die Gefahr erkannte. Noah hatte sich von seiner Familie losgesagt, weil seine Frau es so gewollt hatte. Für Dora würde er dasselbe tun, falls ihn seine erwachsenen Kinder vor die Entscheidung stellten. Und gab ihr dieses ungeheuerliche Testament nicht nachträglich recht? Alice bewegte sich flink durch den Schuppen, öffnete die Fensterläden aus Baumrinde und sicherte sie mit Stöcken. Dabei nickte sie immer wieder mit dem Kopf. Für seinen geschickten Schachzug würde sie Clem auf ewig dankbar sein. Er hatte das Problem, das eigentlich nicht durch Dora, sondern durch ihren Vater entstanden war, gelöst. Sie fragte sich, ob er sich später wohl auch von einer Frau auf der Nase herumtanzen lassen würde wie einst Noah. Hoffentlich nicht. Obwohl sie davon träumte, dass sie eines Tages ein hübscher Freier vom Fleck weg heiraten würde, wusste sie doch insgeheim, dass ihre Heiratschancen äußerst begrenzt waren. Sollte Clem eine Frau mit nach Hause bringen, befände sie sich wieder in der gleichen Situation wie noch vor kurzem. Doch nun gehörte ihr Lancoorie zur Hälfte, sie war eine begüterte Frau und fest entschlossen, dies auch zu bleiben.

Sie hatte diese Farm von Anfang an geliebt, obwohl sie bis zur Fertigstellung des Hauses in einem Zelt hatten leben müssen. Clem und ihr hatte das nichts ausgemacht. Es hatte sogar Spaß gemacht, und das Zelt war auf jeden Fall besser gewesen als das erste düstere Farmhaus, in dem es gestunken hatte und Ratten gehaust hatten. Nichts würde jemals die Erinnerungen an jenen ersten Morgen auf Lancoorie zerstören. Als sie damals erwacht war, war alles ruhig gewesen. Noah hatte sich in der Nähe aufgehalten, Clem noch geschlafen. Alice war im flirrenden Morgenlicht aus dem Zelt getreten. Was für eine wunderbare Wandlung hatte der Busch, den sie nach der ermüdenden Wagenfahrt über die Ebenen nach Osten bereits gut kannte, durchlaufen! Er bildete einen einzigen bunten Teppich, der sich in alle Richtungen erstreckte. In diesem Land, wo alles auf dem Kopf stand, entfaltete der Frühling im September seine Pracht. Überall blühten Wildblumen – gelb und rosa, purpurn und blau in unzähligen Nuancen –, die das öde Unterholz in ein Märchenland verwandelten.

Voller Freude war das Mädchen in seinem weißen Nachthemd und mit wehenden Haaren in diese Schönheit hineingelaufen, mitten in dieses romantischste, herrlichste Ereignis seines Lebens.

Und seither hatte sie auch nichts Schöneres erlebt, dachte Alice. Inzwischen kannte sie die Namen all dieser zarten Blumen, die gefransten Lilien, die Korallenreben, die Königin-von-Saba-Orchideen, die wilden Gladiolen und die anderen … die ganze Blütenfülle des australischen Westens. Jedes Jahr freute sie sich auf deren Wiederkehr. Tausende von Blumen wuchsen im Busch. Selbst wenn man einen ganzen Korb voll pflückte, um sie mit ins Haus zu nehmen, wäre das nicht weiter aufgefallen. Jahr für Jahr lächelten sie einen an und ließen einem warm ums Herz werden. Selbst nach dem Roden tauchten die schelmischen Farbtupfer wieder neben den sandigen Straßen auf. Wenn Alice sie erblickte, vermeinte sie die Stimme der kleinen Strolche triumphieren zu hören: »Da sind wir wieder.«

Die einheimischen Frauen brüsteten sich oftmals mit ihren Wildblumen-Sammlungen, toten Wesen, die sie auf Buchseiten geklebt hatten, doch Alice fühlte sich von ihrem gefühllosen Tun abgestoßen. Für sie war das Blumenpressen ebenso abscheulich wie das Sammeln der herrlichen Schmetterlinge, die über den Blüten der Wildblumen tanzten. Die Leute stahlen ihnen ihr kurzes, zerbrechliches Leben und spießten sie auf Pergament. Seit Jahren weigerte sich Alice nun schon, auch nur eine einzige Wildblume zu pflücken, dieser Farbenpracht auch nur einen Tupfer zu rauben. Schließlich waren es keine Gartenblumen, sondern wilde, freie Geschöpfe, die nicht eingefangen und ins Dunkel gesperrt werden durften.

Oh, ja, das war Lancoorie. Ihr Lancoorie. Und sie hatte noch andere kleine Geheimnisse, die sie mit niemandem teilte. Clem war zu jung, Noah zu beschäftigt gewesen. Außerdem hatte Alice sich immer bemüht, mütterlich zu wirken, hilfsbereit, nicht wie ein albernes Mädchen, obwohl noch viel Kindliches in ihr steckte. Eine geheime Kindlichkeit, die man auch als Romantik bezeichnen könnte.

Eines Tages – das Haus war noch im Bau gewesen – war sie bei der Pferdetränke einem Känguru begegnet. Sie hatte solche Tiere schon von weitem gesehen, wenn sie querfeldein hüpften, doch noch nie hatte sie einem ausgewachsenen Känguru so nahe gegenübergestanden.

Das Känguru trank und schaute dann zu ihr hoch, nicht erschreckt, sondern ein wenig neugierig.

Wie immer, wenn jemand sie anschaute, verbarg Alice ihren verdrehten Fuß, doch eine heftige Kopfbewegung des Kängurus klärte sie darüber auf, dass es dieses Manöver bemerkt hatte. Es starrte sie an, und Alice wurde plötzlich vorwitzig.

»Wohin starrst du?«, fragte sie kühn. »Du siehst selbst ganz schön komisch aus. Deine Beine sind völlig krumm. Deine Knie stehen nach hinten.«

Das Känguru blieb ruhig stehen, und auch Alice rührte sich nicht mehr von der Stelle. In diesem Augenblick empfand sie eine unendliche Liebe zu diesem sanftmütigen Tier, das es nicht wagte, die Kluft zwischen ihnen zu überbrücken. Echte Liebe. Die Welt war so nüchtern, und sie fühlte sich darin so einsam. Alice verlangte es danach, das Tier zu streicheln, es zu liebkosen, doch sie traute sich nicht. Schließlich bewegte sie sich, und das Känguru hüpfte davon.

Alices Liebe zur Natur hatte ihre Jugend auf Lancoorie

geprägt. Sie hatte Hunde, Lämmer, junge Kängurus, Kookaburras und Elstern als Haustiere gehabt. Aber als Noah einmal einen jungen Dingo bei ihr gefunden hatte, hatte er ihn getötet und damit, ohne es zu ahnen, seine Tochter verloren. Und jetzt war er selbst weg, ebenso wie diese dumme Frau. Niemand hatte bemerkt, dass Alice beim Tod ihres Vaters keine Träne vergossen hatte. Als das ältere der beiden Kinder hatte sie schon immer Haltung zeigen müssen. Das wurde einfach von ihr erwartet.

Hinter der Freundlichkeit der Nachbarinnen, die ihnen in der Not zu Hilfe gekommen waren, verbarg sich auch Mitleid. Die Frauen bedauerten Alice, weil sie glaubten, sie sei aufgrund ihrer Behinderung dazu bestimmt, eine alte Jungfer zu werden. Alice kannte sich aus mit der Aufzucht von Tieren: Um den Bestand zu erhalten, wurden Defekte ausgemerzt. Sie durften nicht weitervererbt werden. Ihre Nachbarn, die Postles, hatten eine ältliche Tante mit zusammengewachsenen Fingern. Selbstverständlich war sie unverheiratet. Die Aborigines, die in kleinen Clans das Land durchwanderten, das einst ihnen gehört hatte, korrigierten die Natur noch weitaus unerbittlicher. Sie töteten missgebildete Babys gleich nach der Geburt. Die alte Sadie, eine Aborigine-Frau, die gelegentlich mit ihrer zusammengewürfelten Sippe das Farmhaus besuchte, hatte mit einem Blick auf Alices Fuß einmal verwundert festgestellt, dass sie überlebt hatte.

»Herrin hat viele gute Geister, was?«

»Ja, Sadie. Ich habe viele davon. Pass also besser auf. Mach mich nicht wütend, verstanden?«

»Nein, Herrin. Keine Angst.«

Obwohl keine Straftäter mehr nach Australien deportiert wurden, gab es immer noch welche, die hier den Rest ihrer Strafe verbüßten. Manche von ihnen saßen im gefürchteten Gefängnis von Fremantle, während die weniger gefährlichen und vertrauenswürdigeren Sträflinge auf Bewährung entlassen wurden und für ausgewählte Arbeitgeber tätig werden durften.

Dem Antrag von Alice Price, den Mr. Tanner und Dr. Carty als Zeugen unterschrieben hatten, wurde stattgegeben. Und so lieferte Wachtmeister Fearley feierlich zwei Sträflinge auf Lancoorie ab. Er wies sie an, im offenen Wagen zu bleiben, bis er den Papierkram erledigt habe.

Alice hielt es für übertrieben, erwachsene Männer wie Kinder zu behandeln, doch die beiden grinsten nur, tippten sich an die Mütze und holten Tabakdosen hervor. Sie eilte hinter Clem und dem Wachtmeister in die Küche.

Da sie volljährig war, war es Alices Aufgabe, die Dokumente im Namen der Besitzer von Lancoorie zu unterzeichnen. Sie bestand darauf, sie vorher sorgfältig durchzulesen.

»Welcher ist welcher?«, wollte sie wissen, als sie die Namen der beiden Sträflinge entdeckt hatte. Sie betrachtete die beiden schweigenden Männer durch die Tür.

»Der große Bursche heißt George Gunne und der etwas kleinere Rothaarige ist Mike Deagan.«

Alice fragte nervös: »Was haben sie getan?«

»Es steht alles da drin. Sie haben eine Kopie ihrer Akten, die im Übrigen weitergeführt werden müssen. Im Hinblick auf ihr Benehmen und so weiter. Das kann Clem übernehmen.« Fearley wandte sich an den Herrn des Hauses. »Clem, ich brauche dir wohl nicht zu sagen, dass sie auch ihre Rechte haben, selbst wenn es Schurken sind. Gib ihnen harte, aber nicht zu harte Arbeit. Das Gleiche gilt für das Essen. Sie sollten vernünftig beköstigt werden. Habt ihr Waffen im Haus?«

»Ja.«

»Dann solltet ihr sie tunlichst außer Reichweite der beiden aufbewahren. Bei solchen Typen muss man gewisse Vorsichtsmaßnahmen ergreifen.«

Alice schaute erschrocken hoch. »Sie sind doch nicht gefährlich, oder?«

»Man muss sich vor allen Fremden hüten«, gab Fearley vorsichtig zurück.

»Aber nicht alle Fremden sind Verbrecher. In Mr. Gunnes Papieren steht, dass er wegen tätlichen Angriffs und Raub deportiert worden ist. Seine Bewährung wurde zweimal wegen Diebstahls widerrufen.«

Fearley zuckte die Achseln. »Was erwarten Sie denn? Nur die harten Burschen sind noch übrig. Die Mehrheit hat ihre Strafe verbüßt und ist frei, und die Schwerverbrecher werden das Gefängnis von Fremantle niemals verlassen. Bleiben also nur Burschen wie diese hier. Wir nennen sie Schlusslichter – es sind zwar Kriminelle, aber recht harmlose. Beiden ist eine Strafverlängerung aufgebrummt worden, aber der Richter wollte ihnen eine letzte Chance geben. Sollten sie noch einmal gegen das Gesetz verstoßen, landen sie für weitere sieben Jahre im Bau. Wie Sie sehen, liegt es ganz bei ihnen.«

»Davon hast du mir nichts gesagt«, wandte sich Alice vorwurfsvoll an ihren Bruder.

»Ich wollte dich nicht beunruhigen. Es wird schon gutgehen. Es liegt in ihrem eigenen Interesse, sich vernünftig zu benehmen.«

»Stimmt genau«, warf Fearley ein.

»Aber sie sind so viel älter als Clem. Diese Männer müssen schon um die vierzig sein.«

»Das macht doch keinen Unterschied«, schnappte Clem. »Sie sind hier, weil wir sie brauchen.«

Alice war noch nicht überzeugt und blätterte besorgt die Papiere durch. »Hier steht, dass der eine von ihnen, Mr. Deagan, als Fenier deportiert wurde. Was ist ein Fenier?«

»Ein irischer Unruhestifter«, antwortete Fearley. »Sechsundfünfzig von ihnen wurden lebenslänglich nach Australien verbannt. Dieser dort hat ein großes Mundwerk und kennt seine Rechte, aber Sie sollten ihm keine Beachtung schenken. Er hat eine zusätzliche Strafe wegen eines Fluchtversuchs abgesessen.«

»Und wegen einiger anderer Dinge«, bemerkte Alice steif. Er war während seiner Arbeit in Perth mehrmals wegen Fälschung verurteilt worden, doch sie war sich nicht im Klaren darüber, welchen Nutzen er daraus hätte ziehen können.

Sie folgte Clem nach draußen und sah zu, wie Fearley ihm die beiden Arbeiter offiziell übergab. Er ermahnte sie zu Gehorsam und Fleiß. Die Männer hörten sichtlich gelangweilt zu. Dann holten sie ihre Bündel aus dem Wagen und warteten lustlos auf weitere Befehle. In Alices Augen wirkten sie nicht so sehr wie Schurken, sondern wie Männer, die gelernt hatten, Demütigungen einzustecken und sich trotzdem nicht unterkriegen zu lassen. Sie freute sich darüber und trat mit ausgestreckter Hand auf die beiden zu, da der Wachtmeister sie nur mit Clem bekannt gemacht hatte.

»Ich bin Miss Price.«

Überrascht wischte sich Gunne die staubige Hand an der Hose ab und antwortete: »Erfreut, Sie kennenzulernen, Miss.«

Deagan tat es ihm nach. »Ebenso, Miss Price.«

»Das Essen ist fertig«, sagte sie und schaute sich unsicher um, da sie nicht wusste, was die Regeln für diese Situation vorsahen. Schließlich fiel ihr Blick auf die abgenutzten Rohrstühle, die in einer Ecke der Veranda standen. »Wenn die Herren bitte dort Platz nehmen würden. Es dauert nicht lange. Und du, Clem, führst Mr. Fearley bitte ins Haus.«

Zum ersten Mal erhielt Alice die Gelegenheit, ihre neue Rolle als Hausherrin auszuprobieren. »Ich hoffe, Sie werden sich bei uns wohl fühlen«, sagte sie zu den Sträflingen, nachdem die beiden anderen Männer ins Haus gegangen waren. »Wir wissen es wirklich zu schätzen, dass sie uns helfen wollen.«

»Ehrlich gesagt, Miss, blieb uns eigentlich keine andere

Wahl«, bemerkte Deagan grinsend. »Aber es ist nett, dass Sie uns willkommen heißen.«

Alice schaute ihn neugierig an. »Ich weiß, dass Sie keine echten Freiwilligen sind, aber haben Sie etwas gegen Farmarbeit?«

»Selbst wenn, würde es keinen großen Unterschied machen.«

»Das habe ich Sie nicht gefragt.«

Der Ire nickte. »Stimmt. Drücken wir es so aus, Miss Price: Farmarbeit ist eine Ecke besser als Straßenbau, und Straßenbau ist eine Ecke besser als die Steinbrüche, und die Steinbrüche sind eine Ecke besser als die kalten Zellen in Fremantle. Das ist die beste Antwort, die ich Ihnen anbieten kann. Doch da nun einmal nicht alle Menschen gleich sind, sollten Sie sich keine Gedanken machen. Wir werden schon für den Burschen arbeiten.«

Gut, dass Clem das nicht gehört hatte. Er nahm seine neue Rolle als Boss sehr ernst. »Vielen Dank, Mr. Deagan. Eines sollten Sie sich jedoch merken. Meinen Bruder darf man trotz seiner Jugend nicht unterschätzen.« Diese Behauptung war reine Augenwischerei, um Deagan an seinen Platz zu verweisen. Sie hoffte, dass sie recht hatte, denn Clem war unerfahren in seiner neuen Position.

Alice servierte ihnen Kohlsuppe, eine Pastete aus Speck und Eiern und Karamelpudding mit Milchsoße. Sie hatte bewusst auf Hammel verzichtet, da der Wachtmeister in der Stadt sicher schwatzen würde und daher keinesfalls der Eindruck entstehen sollte, die Prices könnten sich kein anständiges Essen leisten. Er saß mit Clem am Küchentisch, während Alice den Arbeitern ihre Mahlzeit auf einem Tablett hinausbrachte. Sie war froh, dass sich die Männer bereits eine klapprige alte Bank geholt hatten, die seit Jahren auf der Veranda stand und verstaubte.

Jim Fearley war zufrieden mit dem bisherigen Verlauf des Tages. »Sie kochen prima, Alice, das muss ich Ihnen lassen. So gutes Essen hätte ich nicht erwartet. Auf den meisten Farmen bekommt man um diese Tageszeit bloß einen Teller kaltes

Fleisch vorgesetzt. Wenn man Glück hat! Aber ich gebe Ihnen einen guten Rat. Sie sollten den Sträflingen das Essen zur Hintertür hinausreichen …«

»Da draußen gibt es keinen Schatten«, wandte sie ein, doch er hatte sich schon wieder zu ihrem Bruder umgedreht.

»Es ist auch nicht nötig, ihnen mehrere Gänge zu servieren. Ein Teller Eintopf und eine Scheibe Brot reichen völlig. Sie kennen es ja nicht anders. Wenn ihr sie so weiterfüttert, wie es deine Schwester eben getan hat, wirst du im Bankrott enden.« Fearley lehnte sich zurück und stopfte seine Pfeife. »Denk daran, junger Mann: Wenn du ihnen den kleinen Finger gibst, nehmen sie gleich die ganze Hand. Ich kenne diese Burschen, die können sehr hinterhältig sein. Pass gut auf. Jetzt kann ich dir ja erzählen, dass der Polizeirichter gar nicht scharf darauf war, jungen Leuten wie euch solche Arbeiter zu schicken. Doch Mr. Tanner sagte, ihr wärt ein Sonderfall, da ihr gerade euren Dad verloren hättet. Er sagte, von Rechts wegen stünden euch die Arbeiter zu. Dieser Typ mag Bankdirektor sein, aber er hat etwas von einem Buschadvokaten. Ich vermute, er kennt genügend …« Er warf einen Blick auf Alice, die Tee kochte. »Könnten Sie mir wohl das Rezept für die Pastete geben, Alice? Ich würde es gern meiner Frau geben. Wir hatten noch nie eine Pastete aus Eiern und Speck, das wäre mal was Neues.«

»Natürlich.« Sie lächelte und bemerkte, dass ihr Bruder vor Wut kochte. Sie würde ihren Arbeitern zu essen geben, so viel und an welchem Ort sie wollte. Und vom Boss, den man soeben als »jungen Mann« bezeichnet hatte, würde sie sich nicht hineinreden lassen. Alice war zu dem Schluss gekommen, dass es unbedingt erforderlich sei, sich mit den beiden Sträflingen zu verständigen. Die Ansichten eines Polizisten änderten nichts an ihrer Situation, die ohnehin so verzweifelt war, dass sie Sträflinge hatten einstellen müssen. Mit Honig kommt man weiter als mit Essig, hatte Alice gedacht und einen Geräteschuppen zur Schlafkammer umfunktioniert, ihn mit neuen Matratzen und Decken, einem Tisch mit Stühlen, einer guten Lampe und einem Stapel von Noahs alten *Countryman*-Magazinen ausgestattet. Auf dem Tisch lag sogar eine Decke, und darauf standen zwei Aschenbecher, die mit Hilfe eines glühenden Drahtes aus Flaschenböden ausgeschnitten worden waren.

Beim Abschied erinnerte Fearley sie daran, dass man ihre Nachbarn, die Postles, von der Ankunft der Sträflinge auf Lancoorie in Kenntnis gesetzt hatte. »Falls es irgendwelche Probleme gibt, junger Mann, dann reitest du wie der Teufel zu Charlie Postle hinüber. Der wird ihnen schon zeigen, wo's langgeht.«

Clem erlebte eine aufregende Zeit. Dies war sein Besitz, waren seine Arbeiter. Er hatte sich entschieden, bei der Schafzucht zu bleiben. Es war leichter und billiger, Weideland zu roden, als Äcker anzulegen. Er beabsichtigte noch immer, einen Stausee zu bauen, und würde zusätzliche Zäune und größere Schuppen benötigen, aber für die Weizenfarmer, die ihre Felder erweitern wollten, galt das Gleiche. Er hoffte inständig, dass dieser Weg der richtige war.

Er besichtigte mit Deagan und Gunne einen Teil des Grundbesitzes und ritt mit ihnen zu den Salzseen, wo die Pferde trübselig am weißverkrusteten Ufer standen und in das flache, grünliche Wasser starrten.

»Nicht gerade berauschend hier«, sagte Gunne, der ebenso wenig beeindruckt war wie die Pferde, die sich gegen die hartnäckigen Buschfliegen wehrten.

»Nein«, gab Clem zurück, doch ihm war bewusst, dass Gunne eigentlich den gesamten Besitz meinte, und das ärgerte ihn. »Ich will nur, dass ihr euch auskennt. Mit diesem Land ist alles in Ordnung. Wenn es erst gerodet ist, gibt es ausgezeichnetes Ackerland ab.«

»Mit Salzwasser?«

»In der Nähe des Hauses gibt es auch Süßwasser. Hier draußen werde ich einen Stausee anlegen. *Wir* werden einen Stausee anlegen, sobald wir weiteres Land gerodet haben.«

Deagan lachte. »Na, nun wirst du den Besitz dieses Mannes nicht mehr schlecht machen, was, Georgie? Wohin jetzt, Boss?«

An einem kleinen Wasserloch neben einigen Granitfelsen, die aus dem Boden ragten, legten sie eine Pause ein. Sie tranken Tee und aßen Brote. Clem erfuhr auf diesem Ausritt viel über die beiden Männer. Sie nannten ihn trotz des beträchtlichen Altersunterschieds automatisch Boss. Zuletzt waren sie Vorarbeiter bei einer Eisenbahngesellschaft gewesen, doch dann hatte man sie aus unerfindlichen Gründen nach Lancoorie abkommandiert.

»Du reichst deine Bewerbung ein«, meinte Deagan, »und ein kleiner Bursche im Büro pikst mit einer Nadel in deinen Namen. Schon sind wir da. Ihn hat es nicht weiter interessiert, dass es in unserem Bautrupp ohnehin schon an Arbeitskräften fehlte. Sie genießen das Gefühl, die Leute herumzuschubsen.«

»Würdet ihr lieber bei der Eisenbahn arbeiten?«, fragte Clem.

»Gott, nein!«, erwiderte Gunne. Weiter sagte er nichts dazu. Deagan war der große Redner, das Sprachrohr der beiden. Und auch der Neugierigere. Er wollte wissen, wie es die Prices hierher verschlagen hatte. Was mit ihrem Dad geschehen war.

Clem lieferte eine zensierte Antwort. »Wurde getötet, als er vom Pferd stürzte.«

»Oh, das ist Pech. Schlimm für Sie und die Miss. Wie viel Land müssen wir roden?«

So lief es mit Deagan. Clem nannte ihn Mike, den anderen George.

Mike spickte harmlose Unterhaltungen unablässig mit seinen Fragen, ohne jemals auf die Antwort einzugehen. Als würde er die ganze Zeit Dinge gegeneinander abwägen. Clem blieb auf der Hut. Er wusste nie genau, was Mike gerade dachte, doch dessen Gehirn stand niemals still und nahm alles auf. George hingegen wirkte eher gleichgültig und akzeptierte sein Schicksal mit einem Schulterzucken.

Immerhin konnten die beiden hart arbeiten. Sie schienen dafür geboren zu sein. Als sie auf dem eingefriedeten Land im Westen mit dem Roden begannen, kamen die beiden mit ihren Äxten und Brecheisen so stetig voran, dass Clem kaum mit ihnen Schritt halten konnte. Erst Wochen später erwähnte Gunne, dass er jahrelang in der Gegend von Bunbury den Busch gerodet und dort auch Mike kennengelernt hatte.

Alice konnte vom Haus aus die Rauchsäulen aufsteigen sehen, wenn die Männer das Gestrüpp abbrannten, und musste lächeln. Das Leben hatte eine völlig neue Dimension gewonnen. Als Herrin des Hauses verfügte sie nun frei über ihre Zeit. Es gab keine Dora mehr, die rumnörgelte und sie kritisierte, und sie musste auch nicht mehr Noahs Gereiztheit ertragen, wenn sich Dora bei ihm über die Faulheit seiner Tochter beschwert hatte. Seltsamerweise hatte sich ihre Haltung völlig gewandelt. Sie ging entschlossen an die Arbeit und schaffte sie in der Hälfte der Zeit, die sie früher aufgewendet hatte. Sie war stolz auf das blitzblanke Haus und betrachtete dessen Sauberkeit als Tribut an ihren neuen Status.

Clem hatte beiläufig erwähnt, er wolle in das größere Schlafzimmer ziehen, das Noah früher bewohnt hatte. Sanft, aber bestimmt hatte Alice die Angelegenheit ins Komische gezogen und vorgeschlagen, sie sollten eine Münze werfen. Sie hatte gewonnen. Das größte Schlafzimmer gehörte nun ihr, und Clem hatte ihr das kleine Erfolgserlebnis gegönnt.

»Ist schon recht«, hatte er gesagt und die Sache vergessen. In Alice hingegen, die den Raum gründlich gescheuert und gelüftet hatte, wuchs die Entschlossenheit, mehr zu sein als Clems unverheiratete Schwester.

Die beiden Farmarbeiter – sie weigerte sich, die Männer als Sträflinge zu betrachten – hatten sich gut eingelebt. Es waren muntere Kerle, die richtig witzig sein konnten und bereitwillig jede Arbeit übernahmen. Oft waren die Kühe schon gemolken, wenn Alice in den Stall ging, und George interessierte sich für ihren Gemüsegarten.

Am Sonntagmorgen werkelte er gerne darin herum. »Wenigstens was zu tun«, murmelte er, als Alice ihn zum ersten Mal beim Umgraben und Unkrautjäten entdeckte. Dann wurde die Gärtnerei für ihn zu einem Hobby, und er bot ihr an, die Gartenfläche zu verdoppeln.

Mike zog ihn unerbittlich damit auf und behauptete, er verwandle sich in einen chinesischen Gärtner, doch George kümmerte sich nicht weiter darum.

»Es prallt einfach an ihm ab«, bemerkte Clem grinsend. »So geht es die ganze Zeit«, sagte er zu seiner Schwester. »Mike stichelt gerne. Wenn es nicht George trifft, dann mich.«

»Und er macht dir keine Schwierigkeiten?«, wollte Alice wissen. Ihr Bruder schüttelte den Kopf. »Ganz und gar nicht. Es ist nur seine Art, sich die Zeit zu vertreiben. Ich glaube, die Arbeit hier langweilt ihn. Er ist ein kluger Kopf. Gebildet.«

»Aber nicht gebildet genug, um dem Gefängnis zu entgehen«, meinte Alice ein wenig herablassend. Damit versuchte sie allerdings nur zu kaschieren, dass sie den Iren im Grunde gern mochte. Er war groß und schlank, und seine dichten kastanienbraunen Haare, die Fearley fälschlicherweise als rot bezeichnet hatte und die ebenso unbezähmbar schienen wie der Mann selbst, fielen ihm lockig ins Gesicht. Außerdem hatte er ein fröhliches Lächeln. Insgeheim fand sie ihn so charmant, dass sie sich zwingen musste, nicht dauernd an ihn zu denken. Wenn die Hausarbeiten erledigt waren, ritt Alice aus, um nach den Schafen zu sehen. Sie nahm die Hunde mit, da die Weiden nicht eingezäunt waren. Oft fiel es ihr schwer, sich auf die Arbeit zu konzentrieren, weil sie in Gedanken bei den Männern weilte, die das Buschwerk rodeten.

Da es ihr seltsam erschien, dass sie und Clem das Sonntagsessen allein in der Küche einnahmen, während George draußen im Garten arbeitete, lud sie die beiden Männer ein, mit ihnen zu essen. Sie war froh, dass Clem nichts dagegen hatte.

»Du bist die Köchin«, sagte er. »Mach es, wie es dir gefällt. Mir kam es schon immer komisch vor, sie draußen auf der Veranda abzuspeisen, während wir hier drinnen saßen.«

»Tut mir leid, ich dachte, es sei richtig so.«

»Es sind Fearleys Regeln, nicht meine.«

Dann wurde ihr bewusst, dass Clem gern in Gesellschaft aß, da sich die Geschwister nicht allzuviel zu erzählen hatten. Das Sonntagsessen war nur der Anfang. Bald nahmen sie alle Mahlzeiten gemeinsam in der Küche ein. Schließlich machte das die Sache auch viel einfacher.

Auf Lancoorie wird es lebendiger, dachte Alice, während sie Kartoffelbrei über das Hackfleisch in der großen Auflaufform verteilte. Dies war Mikes Lieblingsessen.

Erst letzte Nacht hatte sie in dem großen Doppelbett von ihm geträumt. Er hatte sie in die Arme genommen, geküßt, und sie war voller Freude erwacht. Nun endlich wusste sie, dass sie ihn wahnsinnig liebte.

Als ihre drei lärmenden Männer hereinkamen, hatte sie das Gefühl, sie sei die glücklichste und zufriedenste aller Frauen. Doch sie verbarg ihre Empfindungen, da sie Clems Missbilligung fürchtete. Vor allem aber sollte Mike sie nicht für töricht halten. Bisher hatte er sie ebenso höflich und freundlich behandelt wie George. Vielleicht würde er sie eines Tages in einem anderen Licht sehen. Es gab ja keinen Grund zur Eile.

Und dann kam eines Sonntags Dr. Carty zu Besuch.

3. Kapitel

Clem und Alice traten zögernd aus dem Haus, als Carty dem eleganten schwarzen Gig mit dem glänzenden Verdeck entstieg. Beide fühlten sich gehemmt durch eine Nervosität, die fast an Schuldbewusstsein grenzte, und sie hatten keine Ahnung, was der Doktor von ihnen wollte. Hatte er etwa das Geheimnis um Noahs Testament gelüftet? Alice ließ ihrem Bruder den Vortritt. Als der Doktor seinen weichen schwarzen Hut glatt strich und mit einem fröhlichen Lächeln auf sie zukam, war Clems Erleichterung förmlich spürbar. Dr. Carty warf einen schnellen Blick auf das Farmhaus.

»Die Farm sieht gut aus, Clem. Ich habe gehört, ihr macht eure Sache gut.«

Alice bereitete den Morgentee und trug ihn mit etwas Gebäck im Wohnzimmer auf, das sie glücklicherweise erst am Tag zuvor gereinigt hatte. Sie entschuldigte sich für die angeschlagenen Tassen. »Wenn ich das nächste Mal in York bin, werde ich ein neues Service kaufen«, sagte sie zu Carty. »Bisher hatten wir zu viel zu tun.«

Wie es sich für einen höflichen Gast gehört, erklärte Carty, dass ihm das gar nichts ausmache, bestärkte sie aber in ihrem Vorhaben, neues Porzellan zu kaufen. »Das sollten Sie tun. Teeservices sind nicht teuer. Im Laden gibt es ganz passables Geschirr. Die Kleinigkeiten machen oft den großen Unterschied, junge Dame.«

Vielleicht hatte er Clems missbilligenden Blick aufgefangen, dem es anscheinend peinlich war, dass Alice das Thema überhaupt angeschnitten hatte – jedenfalls überschlug Carty sich plötzlich vor Höflichkeit und machte Alice Komplimente wegen ihrer ausgezeichneten Haushaltsführung. »Eine echte Tugend bei einer so jungen Frau, die keine Mutter mehr hat, die sie anleiten könnte.«

Doch Alice blieb misstrauisch. Was wollte er von ihnen? Warum war er überhaupt gekommen? Sie wünschte, er würde zur Sache kommen, anstatt Clem über den Besitz und die Arbeit mit den Sträflingen auszufragen. Mike und George hatten sich vorsorglich in ihre Schlafkammer zurückgezogen, und Alice hoffte, dass sie dort bleiben würden. Was fiel diesem Doktor ein, die Nase in ihren Haushalt zu stecken?

»Ist hier in der Nähe jemand krank?«, fragte sie daher.

»Meines Wissens nur Großmutter Postle«, antwortete Carty. »Sie ist wieder einmal gestürzt, und die Jungen kamen wie die Teufel zu mir geritten. Als ich auf die Farm kam, hatte sie sich allerdings bereits wieder erholt.«

»Es heißt, sie habe nichts gegen ein Gläschen Brandy«, bemerkte Clem lachend, doch Alice war schockiert.

»Eine Frau von neunzig? Nie im Leben!«

»Vermutlich ist sie nur deshalb überhaupt neunzig geworden«, gab der Arzt zurück. »Sie hatte mehr Unfälle als ein Zirkusartist, aber sie lässt sich nicht kleinkriegen.« Er betupfte sich die Mundwinkel mit einem säuberlich gefalteten Taschentuch. »Wie wäre es mit einem Spaziergang, Clem? Ich muss mir ein bisschen die Füße vertreten, bevor ich heimfahre.«

Clem griff eilig nach seinem Hut, bemüht, dem Doktor zu gefallen. Alice schaute nachdenklich hinter ihnen her, als sie das Haus verließen. Sie spülte ab und goss dann den kleinen Garten vor der Hintertür mit dem Abwaschwasser. Sie war so in Gedanken versunken, dass ihr die Schüssel in die Hortensie fiel. Wie aus dem Nichts tauchte Mike auf, bückte sich danach und gab sie ihr zurück.

»Der da zu Besuch gekommen ist – ist das der Doktor?«

»Ja. Das ist Dr. Carty.«

»Ich hoffe, niemand ist krank.«

Sie schüttelte den Kopf. »Nein. Es ist wohl nur ein nachbarschaftlicher Besuch.«

Er grinste. »Na ja, wer's glaubt, wird selig.«

»Stimmt wohl«, sagte Alice und lächelte gequält. »Ich kann mir einfach nicht vorstellen, was er mit Clem Geheimes zu besprechen hat.«

»Vielleicht will er sich einfach nur die Zeit vertreiben.«

»Nicht Dr. Carty. Der macht nichts, wofür er nicht bezahlt wird.«

»Lässt er sich das hier etwa auch bezahlen? Sie sollten sich nicht Ihren hübschen Kopf darüber zerbrechen. Es gibt nichts, worüber Sie sich Sorgen machen müssten. Lassen Sie das Stirnrunzeln sein. Vielleicht kommt ja etwas Interessantes bei dem Gespräch heraus. Clem wird Ihnen sicherlich darüber berichten.«

Alice eilte mit pochendem Herzen in ihr Zimmer. Hatte Mike sie tatsächlich hübsch genannt? Während sie prüfte, wie das Stirnrunzeln ihr Gesicht veränderte, vergaß sie Clem und Carty. Sie schwor sich, niemals wieder diese faltige Miene aufzusetzen und ihre hübschen Züge zu entstellen. Was für ein netter Mann Mike doch war!

Bei Männern schien immer alles damit zu enden, dass sie die Pferde musterten, dachte Clem, während sie über die Farm gingen. Ansonsten gab es in diesem flachen Land nicht viel zu sehen. Auch Dr. Carty stand nun an der Koppel und zündete seine Pfeife an.

»Sind in guter Verfassung«, bemerkte er. »Du hast den Postles ein paar Tiere abgekauft?«

»Ja, ich brauchte sie, da wir nun zwei festangestellte Farmarbeiter haben. Pa's Pferd haben wir erschießen müssen.«

»Verstehe. Da fällt mir ein, Clem, dass ich etwas mit dir besprechen wollte.«

»Sir, das hatte ich bereits vermutet.«

»Ich habe mich gefragt, ob ein gutsituierter junger Mann wie du schon mal ans Heiraten gedacht hat.«

»I-ich?«, stammelte Clem, während der Gedanke an Lettice Carty wie ein Blitz durch sein Hirn schoss. »Nein. Bis jetzt noch nicht.«

»Du bist neunzehn?«, fragte Carty.

»Kommenden Monat. Ich wurde Heiligabend geboren.«

»Na, bitte. Ich pflege immer zu sagen: Das schönste Geschenk, ein Christkind, macht allen Freude außer dem Doktor. Doch das nur nebenbei. Ich will offen mit dir sprechen, Clem. Würdest du zu diesem Zeitpunkt eine Heirat in Betracht ziehen, wenn dir das richtige Mädchen über den Weg liefe?«

»Ich weiß es nicht.«

»Sagen wir, ein Mädchen mit einer anständigen Mitgift?«

»Ach so, Sie wollen mir zu verstehen geben, dass ich bei meiner Heirat auf einer Mitgift bestehen soll. Darüber habe ich noch nicht nachgedacht. Meiner Ansicht nach sollte in erster Linie das Mädchen zählen, wenn ein Mann heiratet.« Er scharrte unbehaglich mit den Füßen. »Und natürlich, ob es mich haben will«, fügte er finster hinzu.

Der Doktor seufzte. »Ihr jungen Leute seid alle gleich. Ihr braucht ein bisschen Nachhilfe in diesem Geschäft. Ihr seid einfach zu schüchtern.«

»Na ja, ich habe wohl noch etwas Zeit«, meinte Clem und hoffte, das Thema sei damit erledigt. Selbst wenn es um Lettice ginge, zöge er eine Heirat zum jetzigen Zeitpunkt noch gar nicht in Betracht. Er kannte sie doch kaum.

Doch der Doktor hatte andere Vorstellungen. »Wir sind doch immer Freunde gewesen, nicht wahr, Clem?«

Clem war dies neu, doch er nickte gehorsam.

»Dann will ich meine Karten offen auf den Tisch legen und dir die Entscheidung überlassen. Du stammst aus einer guten Familie, und gegen dich als Schwiegersohn hätte ich nichts einzuwenden. Ich könnte dir in gesellschaftlicher und finanzieller Hinsicht von großem Nutzen sein. Das solltest du dir auf jeden Fall merken. Leider war meine Ehe nicht mit einem Sohn gesegnet …«, fügte er klagend hinzu, »doch ich habe drei Töchter …«

Während er sich weiter über seine Vatersorgen ausließ, erinnerte sich Clem an die Andeutungen des Bankdirektors. Er konnte es kaum erwarten, Mr. Tanner zu bestätigen, dass dieser recht gehabt hatte und Carty ihn in eine Ehe mit Lettice lotsen wollte. Clem konnte sich das Lachen kaum verkneifen, versuchte aber, sich nichts anmerken zu lassen.

»Nehmen wir einmal meine Thora«, setzte der Möchtegern-Schwiegervater an und schreckte Clem damit aus seinen Überlegungen auf.

Clem riss sich zusammen und überlegte sich eine höfliche Antwort, während Carty noch Thoras Vorzüge ins Feld führte: ein charmantes Mädchen, gutaussehend, mit ausgezeichneten Manieren und allen gesellschaftlichen Tugenden, eine hervorragende Hausfrau …

»Dr. Carty, Sie vergessen, dass Thora älter ist als ich.«

»Guter Gott, Mann, doch nur ein Jahr. Das macht gar keinen Unterschied.«

»Aber sie kennt mich kaum.«

»Sie kennt dich gut genug. Viele Ehen werden arrangiert, obwohl sich das Paar nie zuvor begegnet ist. Auch sie werden glücklich.«

Clem war eingeschüchtert. Er wagte nicht zu sagen, dass ihm Lettice lieber wäre. Vielleicht wollte sie ihn auch gar nicht haben. Der Gedanke daran, einen Korb zu bekommen, war einfach zu peinlich. Dennoch lieferte er ihm ein neues Argument.

»Sie meinen es sicher gut, Dr. Carty, und ich fühle mich überaus geschmeichelt, dass Sie mich in Betracht ziehen, aber was würde Thora davon halten?«

»Sie ist einverstanden.«

»Wie bitte?«, fragte Clem verblüfft. Irgendetwas stimmte hier nicht. Etwas war faul. Wieso sollte ausgerechnet die hochmütige Thora ihn heiraten wollen? Sie hatte doch bereits einen Freund. Plötzlich fühlte er sich älter, war nicht mehr der Junge, mit dem Carty zu sprechen glaubte, und er begriff, dass größte Vorsicht geboten war.

»Weshalb?«, fragte er.

»Weshalb was?«, Die Gegenfrage des Doktors klang unschuldig, doch Clem spürte seine Unaufrichtigkeit.

»Weshalb sollte Thora mich heiraten wollen? War es ihre Idee? Ist sie plötzlich zu Ihnen gekommen und hat gesagt, sie möchte Clem Price heiraten, der draußen auf Lancoorie lebt?«

»Dem Lancoorie gehört«, merkte der Doktor an.

»Selbst wenn. Ich kann einfach nicht verstehen, wieso Thora ausgerechnet mich wollen sollte.«

»Du darfst dich nicht unterschätzen, Clem.«

»Ich glaube nicht, dass ich mich unterschätze. Worum geht es wirklich, Doktor? Ist sie in anderen Umständen?«

Die flammende Röte, die plötzlich in Cartys rosiges Gesicht stieg, sagte mehr als alle Worte. Der Mann tat Clem leid, da er ohne Pomp und Gehabe ziemlich kläglich wirkte.

»Ich habe Claret im Haus. Darf ich Ihnen ein Glas anbieten, Doktor?«

»Bloß keinen Claret«, stöhnte dieser. »In meinem Wagen habe ich einen anständigen Scotch. Würdest du mir die Flasche holen, mein Junge?«

Dann saßen sie im kühlen Wohnzimmer mit Biergläsern, einer Karaffe Wasser und der Whiskyflasche. Clem hatte bemerkt, wie verärgert seine Schwester war, weil sie wieder einmal ausgeschlossen blieb, doch er konnte nichts daran ändern. Später würde er ihr alles erklären.

»Du siehst, in welcher Lage ich mich befinde«, sagte Carty und trank einen großen Schluck Whisky.

»Ist das Kind von Matt Spencer? Ich hörte, er sei mit Thora befreundet.«

»Ja, er ist der Vater und hat sich verdrückt. Clem, bisher weiß noch keiner von dieser Sache, niemand außer Mrs. Carty, mir und diesem verdammten Bastard. Und jetzt dir. Ich rechne mit deiner Diskretion.«

Clem trank ebenfalls seinen Whisky. Ein guter Tropfen. Der beste, den er je gekostet hatte. »Schauen Sie, ich will Ihnen ja nicht zu nahe treten, aber Sie sind Arzt. Könnten Sie nicht … ich meine … etwas für Thora tun?«

»Auf keinen Fall! Es verstößt gegen all meine Prinzipien. Völlig ausgeschlossen.«

»Tut mir leid. Wie gesagt, ich wollte Ihnen nicht zu nahetreten.«

»Schon gut. Clem, Sie würde dir eine gute Frau sein …«

»Aber was hat Thora zu diesem Vorschlag gesagt?«

»Sie war natürlich ziemlich verwirrt. Ich nannte ihr mehrere junge Männer aus der Gegend, an die ich herantreten könnte …«

»Die arme Thora. War das nicht grausam?«

»Ihr bleibt nichts anderes übrig!«, schnappte ihr Vater. »Aber ich kann dir sagen, dass sie dir freundlich gesinnt ist, Clem. Offensichtlich haben andere Mädchen auf unserer Party einen guten Eindruck von dir gewonnen. Du weißt ja, wie die jungen Dinger reden.«

Das war zwar nicht der Fall, doch Clem freute sich über diese Mitteilung.

»Wenn du damit einverstanden bist, Thora zu heiraten, rettest du ihren Ruf und bekommst gleichzeitig eine gute Frau.«

»Und was ist mit meinem guten Ruf?«

»Wie bitte?«, Nun war es an Carty, überrascht zu sein.

»Die Leute werden es bald an fünf Fingern abzählen können, dass Thora vor der Eheschließung schwanger war. Und schon ist mein Ruf hin.«

»Ich werde mich erkenntlich zeigen, Clem.«

Im nun folgenden Schweigen, das nur vom fernen Kreischen eines Kakadus unterbrochen wurde, konzentrierten sich die beiden Männer auf ihre Argumente. Clem war versucht, das Angebot anzunehmen, da ihn die Mitgift lockte, doch im Herzen wusste er, dass dies ein erbärmlicher Grund für eine Heirat war. Ihm missfiel die Vorstellung, gekauft zu werden, und genau das sagte er auch.

»Dr. Carty, ich habe den Eindruck, hier geht es nicht um eine Mitgift, sondern um eine Bestechungssumme, was ich nicht gerade als Kompliment empfinde. Für wen halten Sie mich eigentlich?«

Cartys Antwort brachte die erhoffte Beschwichtigung. Ein sanftes Streicheln über Clems gesträubtes Gefieder, unter dem wilde Aufregung herrschte. Was für ein Erfolg, wenn er Thora Carty für sich gewinnen könnte! Sie war zwar schwanger, aber keineswegs hässlich und würde ihm größeren Nutzen bringen als jedes andere Mädchen aus seinem Bekanntenkreis.

»Verzeih mir, mein lieber Junge«, sagte Carty. »Ich hege den höchsten Respekt für dich. Ich bin diese delikate Angelegenheit wohl zu plump angegangen. Jede meiner Töchter würde eine Mitgift erhalten, und ich wünsche mir, dass du die Sache auch unter diesem Gesichtspunkt betrachtest. Wenn Noah noch lebte, würde ich mit ihm darüber sprechen … Clem, es ist ein ganz vernünftiges Arrangement. Du darfst nicht denken, dass ich dich demütigen will. Ich hatte gehofft, du würdest es als Kompliment auffassen, dass Mrs. Carty und ich dich in unsere Familie aufnehmen wollen.«

»Aha, ich verstehe«, sagte Clem und fügte nachdrücklich hinzu: »Auch ich wünschte, Noah wäre hier und könnte mir sagen, ob ich richtig handle. Sie sehen mich ein wenig verwirrt.« Diesen Ausdruck hatte er von Mike Deagan aufgeschnappt und fand ihn ganz passend für diese Gelegenheit.

»Du wirst also darüber nachdenken?«, fragte Carty ernst und griff nach dem Whisky.

»Ich möchte lieber zuerst mit Thora sprechen.«

»Das sollst du auch. Ich bringe sie morgen her. Nein.« Er sah sich um. »Wenn ich es recht bedenke, wäre ich dir zu Dank verpflichtet, wenn du uns morgen besuchen könntest, Clem. Versteh mich bitte nicht falsch, aber diesem Haus könnten einige ... hm ... Änderungen nicht schaden.«

»Als da wären?«, fragte Clem aufrichtig interessiert.

»Nur ein bisschen was hier und da, du weißt ja, wie Frauen sind. Es ist ein solides Haus, das man ohne Schwierigkeiten ein wenig herausputzen kann. Das ginge übrigens auf meine Kosten. Du kommst also morgen nach York?«

»Ich muss Alice mitbringen. Es wäre nicht recht, sie allein mit den Männern hierzulassen.«

»Aber sicher doch. Du bringst Alice mit, und ihr bleibt über Nacht. Ist dir bewusst, wie sehr du auch Alice damit helfen würdest? Sie ist eine hübsche junge Dame, lebt aber sehr abgeschieden. Meine Mädchen würden sie in der Familie willkommen heißen.«

Stimmt, dachte Clem. Die Carty-Mädchen wären ausgezeichnete Gefährtinnen für Alice. Auch ihr würde sich durch diese Heirat eine ganz neue Welt eröffnen.

Dr. Carty verabschiedete sich mit einer herzlichen Umarmung von Alice, die ganz verdattert in der Küche stehen blieb, während Clem den Doktor zum Wagen begleitete.

»Falls die Frage nicht zu unhöflich erscheint, wüsste ich gern, im wievielten Monat Thora schwanger ist.«

Dr. Carty schaute ihn gequält an. »Im zweiten. Mrs. Carty ist außer sich vor Sorge. Auch um ihretwillen hoffe ich, dass wir diese Sache bald geregelt haben werden.«

»Wenn ich mit Thora gesprochen habe«, entgegnete Clem entschlossener, als er eigentlich war. Nachdem die Sache nun so weit gediehen war, fürchtete er sich, Thora gegenüberzutreten. Vor seinem inneren Auge erschien das Bild dieses großen blonden Mädchens, das ihn ansah, als sei er wie ein blinder Käfer unter einem Felsen hervorgekrochen.

»Ich bin mir durchaus bewusst, dass du auf deinen Ruf achten musst«, sagte der Doktor, als er sein Pferd zum Wassertrog führte und zusah, wie es gierig trank. »Ich bewundere deine Haltung. In der Tat hat mir dieses Gespräch gezeigt, aus welchem Holz du geschnitzt bist. Du bist durch und durch Noahs Sohn. Er war ein anständiger Mann. Ich meinerseits bin gehalten, dir eine Mitgift zu zahlen, die du vorhin mißverständlicherweise als Bestechungsgeld bezeichnet hast. Thora wird zweihundert Pfund mit in die Ehe bringen sowie ein Stück Land in Birimbi. Kennst du den Distrikt?«

Was für eine Frage! Birimbi galt als das fruchtbarste und begehrteste Land im Umkreis von Perth. Clem nickte, als habe er nichts anderes erwartet. Wusste Carty nicht, dass ihm auch das Bargeld gereicht hätte? Besaß dieser Mann eine Gans, die goldene Eier legte?

Er blieb am Tor stehen, bis Carty verschwunden war, und rannte dann zu Alice in die Küche, um ihr die Neuigkeiten zu überbringen.

Der Sonntagabendtee glich eher einem Kriegsrat. Alle wollten etwas dazu sagen, nur George Gunne blieb schweigsam wie immer.

Alice war entsetzt. »Sie benutzen dich, Clem. Machen einen Narren aus dir. Die Leute werden glauben, du hättest sie geschwängert!«

»Das habe ich ihm auch gesagt. Er hat sich entschuldigt. Sagte, er würde mich dafür entschädigen.«

»Wie denn? Mit einer überstürzten Hochzeit?«

»Nein. Mit einer großen Mitgift.«

»Du willst dich verkaufen? Du bist zu jung für eine Ehe, Clem, und außerdem liebt ihr euch nicht. Ich kenne Thora besser als du. Sie ist schrecklich arrogant.«

»Jetzt nicht mehr«, grinste Clem. »Wer hoch steigt, wird tief fallen!«

»Hör ihn dir an. Tief fallen ist genau der richtige Ausdruck. Sie fällt tief, wenn sie dich zum Mann nimmt.«

Clem geriet in Wut. »Willst du sagen, ich sei nicht gut genug für sie?«

»Ich sage, du bist zu gut für Frauen wie Thora Carty, aber sie wird es anders sehen.«

»Aber sie will mich doch heiraten.«

»In ihrer Situation würde sie jeden heiraten.«

»Einen Moment mal«, warf Mike ein, nachdem er sein kaltes gepökeltes Hammelfleisch gegessen und Messer und Gabel fein säuberlich neben den Teller gelegt hatte. »Ihr solltet euch deswegen nicht streiten. Gehen wir die Sache mal ruhig an. Wie ist diese Thora denn so?«

Alice ergriff nur zu gern die Gelegenheit. »Sie ist groß und dünn, hat helles Haar und trägt ihre Nase hoch, als würde es weiter unten schlecht riechen.«

»Versuchen wir es noch einmal«, drängte Mike sie mit einem Lächeln. »Sieht sie gut aus? Oder wollen sie dir eine hässliche Frau andrehen, Clem? Bitte antworte mir, Alice.«

So weh es auch tat, Alice musste zugeben, dass Thora von den drei Carty-Töchtern am besten aussah und vermutlich das hübscheste Mädchen von ganz York war.

»Eher elegant als hübsch«, erklärte Clem. »Ich hätte nie gedacht, dass ich je in ihre Nähe gelangen würde. Sei ehrlich,

Alice, sie hat eine Haut wie Sahne ohne eine einzige Sommersprosse, und das weiß sie verdammt genau. Sie hat langes, glattes weizengelbes Haar.«

»Das nennt man blond!«

»Mit anderen Worten, sie wäre ein guter Fang«, sagte Mike. »Du hast selbst gesagt, sie wäre sonst völlig außerhalb deiner Reichweite.«

»Ein leicht beschädigter Fang«, meinte Alice abschätzig.

»Alice, nun hab doch ein wenig Mitleid mit dem Mädchen. Bist du so herzlos, dass du ihr nicht einmal Schutz gewähren willst? Kannst du dir nicht vorstellen, wie es jetzt in ihr aussieht? Versetz dich in ihre Lage. Wärst du nicht auch dankbar für ein freundliches Wort von einem anständigen jungen Mann wie Clem? Stell dir vor, wie ihre ehrgeizigen Eltern sie ins Gebet genommen haben! Verstehst du nicht, welch eine Zuflucht ihr Lancoorie bieten könnte, Lancoorie und das Leben mit einem anständigen Mann und einer netten jungen Frau wie dir? Sie braucht ihn ebenso sehr wie dich und wird deine Freundschaft zu schätzen wissen. Sie könnte dir eine Schwester sein, die sich auf deine Stärke verlässt, wenn du ihr sagst: ›Zum Teufel mit dem ganzen Tratsch und Klatsch.‹«

Staunend verfolgte Clem, wie Alices Widerstand allmählich schwand. Er wusste, dass Mike ein Fenier war und dass dies irgendetwas mit Politik zu tun hatte. Bei der Arbeit hatten sie sich schon so manchen Sermon anhören müssen, doch die gingen bei allen zu dem einen Ohr hinein und zu dem anderen wieder hinaus. Noch nie zuvor hatte er Mike eine echte Rede halten hören, und nun stellte er fest, dass sein Charisma auch ihn mitriß. Wenigstens für diesen Augenblick.

Da Carty den Whisky dagelassen hatte, setzten sich Clem und Mike auf die Veranda, um die Flasche zu leeren.

»Was ist nun mit der Mitgift?«, wollte Mike wissen.

Clem war dankbar für seine Gesellschaft. »Er sagt, sie bringe zweihundert Pfund und Land mit in die Ehe. Eine wahrhaft königliche Mitgift, Mike. Wie könnte man da nein sagen?«

»Du brauchst nicht nein zu sagen. Aber du solltest alles schriftlich festlegen.«

»Was willst du damit sagen? Er würde sein Angebot nicht widerrufen.«

»Ist alles schon vorgekommen. Dein alter Herr hätte ein Dokument verlangt.«

»Meinst du wirklich?«

»Pass gut auf, Junge, und Lass es dir schriftlich geben. Sie sollen das Land auf deinen Namen überschreiben, nicht auf den von Thora. Ich will dich nicht entmutigen, glaube aber dennoch, dass sie dich ausnutzen. Was passiert, wenn sie das Baby bekommt und heim zu Mama läuft? Behauptet, du seist ein schlechter Ehemann. Keiner von euch beiden ist katholisch. Sie kann sich legal von dir scheiden lassen und ihren Anteil einfordern. Womit wir dann wieder am Anfang wären.«

»Aber eine Frau gehört zu ihrem Mann.«

»Vorübergehend, mein Junge. Schwangerschaften dauern nun mal nicht ewig. Immerhin tust du dieser hochnäsigen Familie einen Gefallen und solltest dafür einen anständigen Preis fordern.«

»Meinst du, ich sollte sie heiraten?«

Mike hob sein Glas. »Lass das Gewäsch, mein Sohn, du hast doch daran gedacht, seit das Wort ›Mitgift‹ fiel. Du und ich, wir werden uns bestimmt noch eine Weile gemeinsam durchs Leben schlagen.«

Seine guten Manieren hielten Clem davon ab, den Sträfling zu fragen, was er damit meinte, doch als er später mit Carty über die Mitgift verhandelte, erinnerte er sich an Mikes Warnung.

»Wenn ihr zum Kern der Sache kommt, solltest du dem Beispiel deines Vaters folgen und dich ebenso unnachgiebig zeigen, wie er es getan hätte.«

Alice fand, es sei kaum zum Aushalten. Sie fühlte sich unbehaglich, da sie ein Zimmer mit Lettice Carty teilen musste, und wäre überall lieber gewesen als in diesem straff geführten Haushalt, wo Dienstmädchen herumhuschten, die Eltern sich wie gekränkte königliche Hoheiten betrugen und Töchter heimlich in den Ecken kicherten. Thora hatte ein eigenes Zimmer und überhaupt nichts zu sagen. Bei der Ankunft von Clem und Alice tauchte sie in einem herrlichen Sommerkleid auf, schien aber mit den Gedanken ganz woanders zu sein.

Das Kleid war gelb – aus Schweizer Organza, wie ihre Schwestern erklärten – und mit winzigen Blumensträußen bestickt. Unter einer breiten Schärpe wölbte sich der Rock wie ein Blütenkelch. Das Oberteil hatte einen runden Halsausschnitt und anstelle eines Kragens eine romantische Rüsche aus Georgette.

Neben dieser Frau, die noch dazu ihr Haar im klassischen Stil aufgesteckt trug, wie es älteren Frauen zustand, kam Alice sich schäbig vor. Und dann noch die Perlenkette! Alice war den Tränen nahe.

Doch würde Clem auf sie hören? Bestimmt nicht. Man hatte ihn anstandshalber bei Mr. und Mrs. Tanner einquartiert, und er war mit dem Versprechen, später wiederzukommen, erst einmal dorthin gegangen.

Mrs. Carty fragte Alice, ob sie nach dem Essen ruhen wolle, und sie bejahte die Frage, obwohl sie ihr ein wenig seltsam vorkam. Aber sie hatte eine lange Fahrt hinter sich und war froh, als sie endlich im Unterrock auf Lettices Bett lag. Schließlich ertönte von draußen die Stimme ihres Bruders. Sie kleidete sich rasch wieder an und ging hinunter.

Obwohl sie ihm zuflüsterte, dass sie gern mit ihm allein einen Spaziergang durch die Stadt unternehmen würde, weigerte er sich und zischte zurück: »Nicht jetzt, Alice, bitte.«

Also kehrte sie ins Schlafzimmer zurück und blieb dort

trübsinnig sitzen, während die jüngeren Mädchen im Garten Ball spielten. Von allen vergessen, fragte sie sich, was wohl im Wohnzimmer vor sich gehen mochte.

Mrs. Carty war bei Clems erster Unterhaltung mit Thora zugegen, obwohl dieser nicht genau wusste, woran er mit seiner Zukünftigen war. Thora wirkte noch nervöser als er selbst.

Er rang ihr immerhin die Aussage ab, dass sie ihn gerne heiraten würde. Mrs. Carty in ihrem schwarzen, perlenbesetzten Kleid indessen gab ihm das Gefühl, als schwebte eine drohende Wolke im Raum.

Sie dominierte die Unterhaltung, erklärte ihnen, wie gut sie doch zueinander passten und wie glücklich die Familie sei, wenn sich eine Verbindung ergäbe. Viel heiße Luft, dachte Clem, aber er hatte plötzlich nur noch Augen für Thora. Sie wirkte wie die Eisprinzessin im Märchen. Wie dreist musste Matt Spencer gewesen sein, dass er es hatte wagen können, sich diesem Geschöpf zu nähern, einmal abgesehen davon, was er ihr angetan hatte. Es war schier unmöglich, sich das überhaupt vorzustellen, vor allem, da Thora noch so jungfräulich aussah.

Es gab nur eine Chance, dieses Affentheater zu beenden. Als sich Mrs. Carty auf die Suche nach ihrem Mann machte, der vermutlich unmittelbar hinter der Tür lauerte, sah Thora Clem ängstlich an.

»Clem, du musst es nicht tun, wenn du nicht möchtest.«

In diesem Moment flog ihr sein Herz entgegen. »Thora, was möchtest *du* denn?«

»Ich weiß nicht, was ich tun soll. Es ist ein schreckliches Durcheinander, nicht wahr?«

Clem schaute sie an. »Das sollte es nicht sein. Du bist wunderschön, das meine ich ganz ehrlich. Als ich dich heute sah, war ich völlig aus dem Häuschen. Ich hätte nie gedacht, dass ich bei dir eine Chance hätte.«

»Hattest du auch nicht, bis meine Eltern mich dir angeboten hatten. Ich hasse sie.«

Clem ging zur Tür und verriegelte sie. »So, nun werden wir uns allein unterhalten.«

»Gut, du hast sie ausgesperrt!«, Sie lief zur Tür und lehnte sich dagegen. »O Gott, es ist alles so furchtbar.«

»Setz dich, Thora. Was können wir tun? Soll ich Matt Spencer suchen und hierher bringen?«

»Auf gar keinen Fall! Clem, das würdest du mir doch nicht antun, oder? Als ich es ihm sagte, war er so grausam …« Ihre Augen schwammen in Tränen. »Er hat Dinge gesagt …«

»Denk jetzt nicht daran. Er ist offensichtlich verschwunden. Allerdings weiß ich nicht, was ich nun machen soll. Das kam alles ein wenig plötzlich.«

»Natürlich. Ich schätze, sie haben dir ein beachtliches Angebot gemacht, damit du sie von mir befreist. Es ist ihnen furchtbar peinlich, was mit mir passiert ist.«

»Meinst du, mir ist die ganze Angelegenheit nicht peinlich? Ich mag dich, Thora, aber du warst bisher vollkommen unerreichbar für mich.«

»Jetzt nicht mehr?«

Clem fiel ein, dass Alice eine ähnliche Bemerkung gemacht hatte, doch er versuchte, nicht daran zu denken. Er hatte nur Augen für dieses wunderbare Mädchen. Er begehrte Thora mehr, als er je eine Frau begehrt hatte, und sagte sich, zur Hölle mit ihren Eltern. Und mit Matt Spencer. Sie könnte seine Frau werden, wenn es ihm nur gelang, sie davon zu überzeugen, dass er ihre Aufmerksamkeit verdiente und nicht bloß irgendein Kerl war, den man für den Notfall herbeigeschafft hatte. »Thora, wir beide sind hier aufgewachsen. Wir kennen uns zwar nicht besonders gut, weil die Menschen hier so weit voneinander entfernt leben, aber ich weiß, wer du bist. Falls jemand schlecht von mir gesprochen hat, solltest du es mir sagen.«

»Das ist nicht der Fall.«

»Dann möchte ich dich bitten, dass du mir die Ehre erweist und meine Frau wirst.«

»Obwohl ich das Kind eines anderen Mannes erwarte? Schämst du dich nicht für mich?«

Clem trat ans Fenster und schaute auf die Straße hinaus. »Du hast das Recht, mir diese Frage zu stellen. Ich habe mich das selbst schon gefragt, hatte aber noch nicht genügend Musse, darüber nachzudenken. Deine Mitgift ist nicht zu verachten, aber deine Schwestern würden das Gleiche erhalten. Im Falle eines gutsituierten Bewerbers vielleicht sogar mehr, wenn du verstehst, was ich meine. Mit anderen Worten, deine Eltern nutzen uns beide aus. Sie denken, wir würden uns billig abspeisen lassen – ich mit Geld, du mit dem erstbesten Heiratskandidaten.«

Er kehrte zu seinem Sessel zurück und setzte sich ihr so dicht gegenüber, dass sich ihre Knie beinahe berührten. »Wir können aber auch eigene Regeln aufstellen. Ich möchte dich wirklich heiraten und verspreche, dass ich gut zu dir sein werde. Und was wünschst du dir?«

»Ich möchte dieses Kind bekommen«, entgegnete sie heftig. »Hat mein Vater dir erzählt, er habe die Schwangerschaft nicht unterbrechen können?«

»Ja, natürlich.«

»Dann bist du bereits auf ihn hereingefallen.« Sie brach in Tränen aus. »Er hat gelogen. Er versuchte mich zu einer Abtreibung zu drängen.«

»Das ist nun vorbei.« Wie gern hätte er dem verzweifelten Mädchen übers Gesicht gestreichelt, die ängstlichen Augen mit einem Kuss getröstet, doch sie schüchterte ihn noch immer ein und wirkte wie ein Tier, das sich von aller Welt bedrängt und umzingelt fühlt.

»Warum versuchen wir es nicht, Thora? Du weißt doch sicher, was die Aborigines hier in der Gegend sagen: ›Du gehst von Sonnenuntergang zu Sonnenuntergang. Ein Tag folgt auf den anderen.‹ Wir können ebensogut zusammen gehen. Was haben wir denn zu verlieren?«

Als Clem ihre Eltern hereinließ, hatte Thora aufgehört zu weinen und wirkte gefasst. Scheinbar galt die Angelegenheit nun als erledigt, doch Clem war entschlossen, aus diesem erbarmungslosen Vater noch mehr herauszuholen. Diesem Vater, der ihn belogen hatte.

Die Cartys hatten wirklich keine Zeit vergeudet. Im Esszimmer wartete bereits ein Priester, der die Trauung vorbereiten sollte. Man führte das Paar zu ihm hinein, damit es sich mit ihm beraten – oder besser gesagt ihm zuhören – konnte, da Dr. und Mrs. Carty den Ort, an dem die Veranstaltung stattfinden sollte, bereits mit ihm vereinbart hatten. Man hatte seine kleine, ländliche Kirche ausgewählt, draußen an der Straße nach Westen, die auch an Lancoorie vorbeiführte.

»Es ist so eine hübsche kleine Kirche«, begeisterte sich Mrs. Carty. »Ich könnte mir gar nichts Schöneres vorstellen.«

Clem schaute zu Thora hinüber, weil er sehen wollte, wie sie reagierte, doch sie hielt die Augen gesenkt und die Hände im Schoss gefaltet.

»Warum sollen wir nicht in der anglikanischen Kirche hier im Ort heiraten?«, wollte er wissen. »Es ist ein repräsentatives Gebäude, auf das die Leute von York stolz sein können. Man sagt, es sei die schönste Kirche außerhalb von Perth.«

»Ich halte St. Luke's dennoch für geeigneter«, erwiderte Mrs. Carty ruhig. »Außerdem liegt die Kirche ganz in deiner Nähe.«

»Aus den Augen, aus dem Sinn, meinen Sie?«, fragte Clem scharf. »Falls Sie glauben, damit den Klatsch unterbinden zu können, können Sie das vergessen. Thora und ich werden heiraten, und dafür brauchen wir uns nicht zu schämen.« Er wandte sich an den Priester. »Mit allem gebührlichen Respekt, Sir, aber meine Frau und ich möchten erhobenen Hauptes aus der Kirche treten. Wir brauchen uns nicht draußen im Busch zu verstecken. Ich würde es vorziehen, in York zu heiraten.«

»Das verstehe ich nicht, Clem«, sagte Mrs. Carty. »Eine Hochzeit in der Stadt bedeutet einen großen Empfang. Wir müssten Einladungen verschicken, alles wäre sehr aufwendig und würde viel Zeit in Anspruch nehmen.«

»Dann verzichten wir eben auf den Empfang. Für meinen Teil reicht eine Feier im Kreise der Familie völlig aus. Was Sie sagen, klingt wie eine Ausrede.« Er schaute Thora an. »Was sagst du dazu?«

»St. Luke's ist in Ordnung«, flüsterte sie.

Ihre Antwort erzürnte ihn, doch er wollte nicht in Gegenwart der anderen mit ihr streiten. »Na gut. Wenn du es so möchtest.«

»Es ist der große Tag der Braut«, bemerkte der Priester fröhlich, senkte dann aber den Kopf und griff nach seinem Buch, um Clem nicht in die Augen sehen zu müssen. »Tatsächlich? Wie man sich doch täuschen kann!«, dachte Clem.

Tief im Herzen wusste er, dass er einen Fehler beging. Einen schwerwiegenden Fehler. Zugegeben, Thora war in Panik wegen ihrer Schwangerschaft und fürchtete sich vor einem Menschenauflauf, aber schämte sie sich vielleicht auch wegen ihm? Wenn sie auch nur ein Fünkchen Verstand hatte, würde sie versuchen, die Sache erhobenen Hauptes durchzustehen, und sich von ihm helfen lassen. Doch sie wollte es anders, und dieser Missklang sollte sich wie ein roter Faden durch ihre Ehe ziehen. Clem war verletzt; er hatte ihr Freundschaft und Unterstützung angeboten, und sie war nicht Frau genug, seinen starken Arm zu ergreifen.

Später lud Dr. Carty ihn ein, das Geschäft mit einem Glas seines ausgezeichneten schottischen Whiskys zu besiegeln. Das

Esszimmer wirkte auf einmal größer, da Clem und Dr. Carty sich jetzt allein darin befanden; der lange, polierte Tisch, an dem bequem zwölf Leute Platz nehmen konnten, stand wie eine Barriere zwischen ihnen.

»Nun«, setzte Carty an, »ich glaube, damit wäre alles besprochen. Ich habe Thora einen Scheck über hundert Pfund gegeben, den sie als angemessen betrachten dürfte. Clem, ich kann dir sagen, es war für uns alle eine schwere Zeit, aber ihr beide werdet glücklich miteinander werden.«

»Sie sagten zweihundert«, sagte Clem fest.

»Tatsächlich? Ich vermute, in dem Durcheinander habe ich mich ein wenig geirrt.«

»Das vermute ich auch. Sie können den Scheck mit den anderen hundert auf mich ausstellen.«

»Wie bitte?«

»So wie es sich anhört, haben Sie durch mich eine Menge Geld gespart, da ich auf den Empfang verzichte. Ich bin nach wie vor nicht glücklich mit dieser Heirat draußen im Busch. Es ist eine feige Lösung, und das wissen Sie ganz genau.«

»Aber du wirst nicht von der Vereinbarung zurücktreten?«

»Nicht, wenn Sie es nicht tun. Und dann ist da noch das Haus. Es war Ihre Idee, es für Thora herzurichten, und ich bin ganz Ihrer Meinung. Thora verlässt ein so schönes Zuhause – da müssen wir auf Lancoorie schon für ein wenig Komfort sorgen. Wir haben ja Zeit. Erst muss das Aufgebot bestellt werden.«

»Ich schicke einige Handwerker hinaus, die sich die Sache ansehen können«, entgegnete Carty widerwillig.

»Dann ist da noch das Land in Birimbi.«

»Ja, das habe ich nicht vergessen. Das Kind wird mein erstes Enkelkind sein. Du musst dich um Thora kümmern und dafür sorgen, dass sie genügend Ruhe hat. Schließlich hat sie das alles sehr mitgenommen. Wenn das Baby geboren ist, werde ich das Land überschreiben. Und zwar anläßlich der Taufe.«

Dann fügte er noch hinzu: »Natürlich auf Thora, als Mutter des Kindes.«

»Ich werde der Vater des Kindes sein, Dr. Carty. Das Land muss auf meinen Namen überschrieben werden. Und ich möchte, dass Sie diese Vereinbarung schriftlich bei Mr. Tanner hinterlegen, bevor ich morgen die Stadt verlasse.«

Carty erhob sich. »Clem, du überschreitest ein wenig deine Grenzen.«

»Keineswegs. Denken Sie daran, dass alles Ihre Idee gewesen ist. Falls die Mitgiftvereinbarung bis morgen nicht ordnungsgemäß niedergelegt ist, blase ich die Hochzeit ab. Dann können Sie die Suche nach einem Ehemann wieder von vorn beginnen. Wenn Sie nicht darauf bestanden hätten, diese Heirat geheimzuhalten, als sei ich irgendein hergelaufener Kerl, hätte ich es Ihnen leichter gemacht, aber so …« Er zuckte die Achseln. »Geschäft ist Geschäft.«

Clem bluffte, doch der Ärger hatte ihm genügend Mut gemacht, um Mike Deagans Rat zu befolgen und nicht von seiner Meinung abzurücken.

»Es wird erledigt«, sagte Carty steif. »Wenn du mich nun entschuldigen würdest. Ich habe noch einige Besuche zu machen.«

Alice wehrte sich nicht dagegen, wieder ihr altes Zimmer zu beziehen. Angesichts der Lage schien es unvermeidlich zu sein.

»Das hat ja nicht lange gedauert«, seufzte sie. Clem gab ihr einen Kuss auf die Wange. »Du bist ein Schatz, Al.«

Der Schatz verkniff sich auch jeden Kommentar, als Carty mit einigen Zimmerleuten eintraf und mit Clem den Umbau des Hauses besprach. Niemand fragte sie um Rat, doch das störte sie nicht weiter, da sie sich seit dem Tag, an dem die Hochzeit beschlossen worden war, völlig verwirrt fühlte. Sie mißbilligte die ganzen Arrangements, von der Hochzeit draußen vor der Stadt bis hin zu den Geschäften zwischen ihrem Bruder und dem Doktor, hielt sich jedoch aus Loyalität zu Clem zurück. Denn mit dieser Heirat war noch ein weit schwerwiegenderes Problem verbunden – eine andere Frau kam ins Haus. Ausgerechnet Thora Carty, die während Alices Aufenthalt im Haus der Cartys kaum ein Wort mit ihr gewechselt hatte.

Beim Abschied hatte sich Alice einen Ruck gegeben. »Ich würde mich freuen, dich auf Lancoorie begrüßen zu können, Thora. Wir werden uns gut verstehen.«

Thora hatte sich auf die Lippe gebissen, genickt und ihr gedankt. Das war alles gewesen.

»Ein wunderbarer Anfang«, dachte Alice verbittert. »Was soll nur aus uns werden?«

Die Männer beschlossen, die lange Veranda vollständig zu schließen und sie in einen Wohnraum mit Kippfenstern zu verwandeln, die einen schönen Ausblick boten. Alice lächelte. Es war nur eine Erweiterung dessen, was Dora sich gewünscht hatte. Sie hörte, dass man das alte Waschhaus durch ein Badezimmer ersetzen würde. Dagegen war nichts einzuwenden. Fasziniert lauschte sie, als Carty und Clem darüber diskutierten, was erforderlich war und was nicht. Allmählich dämmerte ihr, dass die beiden es genossen, wie Pferdehändler um den besten Preis zu feilschen, und hätte sie sich nicht erst eine eigene Meinung über alles bilden wollen, so hätte sie Mitleid mit Thora empfunden.

Die Hochzeit war eine Katastrophe. Noch dazu wälzte sich vom frühen Morgen an ein heftiger Staubsturm durch die Ebene und überzog alles mit einem Mantel aus feinem Sandstaub. Dadurch wurde die Hitze noch unerträglicher. Frische Blumen welkten bei diesem Wetter sofort. Die Frau des Pastors hatte ihr Bestes getan, indem sie verstaubte Gummibäume vor dem Kirchenportal aufgestellt hatte. Auf Alice wirkte diese Maßnahme eher wie die Vorbereitung eines Freudenfeuers.

Sie spürte den Drang, hysterisch zu lachen, als sie mit Clem und den Postles draußen vor der windumtosten Kapelle wartete, Meilen von jeder menschlichen Siedlung entfernt, vor ihnen nur die endlose sandige Straße, die wie die Spur einer Gewehrkugel von der Küste schnurgerade ins Landesinnere drang. »Das ist nicht komisch«, sagte sie sich und drängte sich mit den anderen dichter an die Seitenwand der Kirche, doch sie konnte das aufsteigende Gelächter kaum unterdrücken. Sie schluckte und wandte sich an Les Postle, der Clems Trauzeuge sein würde. Es war eine recht armselige Wahl – Mike Deagan wäre besser gewesen –, doch wenn ein Sträfling mit Clem vor den Altar getreten wäre, hätten die Cartys dies vermutlich als Beleidigung aufgefasst.

»Wohin führt diese Straße, Les?«, fragte sie.

»Weiß nich'. Geht immer Richtung Osten. Die Siedler bauen sie weiter. Irgendwo da draußen hört sie dann auf.«

Alice brach in Gelächter aus, das sie schnell als Hustenanfall tarnte. Les klopfte ihr hilfsbereit auf den Rücken. »Alles klar? Dieser verdammte Staub.«

Sie nickte und dachte insgeheim, wie nett es doch gewesen wäre, diese Leute, die ihren kleinen Bruder zu dieser würdelosen Farce überredet hatten, durch die Einladung eines Sträflings zu verärgern.

Nach einiger Zeit tauchte die Gesellschaft wie eine Wüstenkarawane aus den Staubwirbeln auf. Zuerst kam das Gig, dann eine von Cartys Passagierkutschen.

Der schneidende Wind brachte das Protokoll durcheinander, und alle drängten gleichzeitig in die Kirche. Schließlich tauchte auch Thora aus der Menge auf, und Alice seufzte tief. Noch nie hatte sie eine so schöne Frau gesehen.

»Oh mein Gott«, flüsterte sie und machte sich Sorgen um ihren Bruder.

Als sie damals bei den Cartys übernachtet und mit den jüngeren Töchtern über die Heirat gesprochen hatte, war es Lettice gewesen, die von Thoras EntSchluss, berichtet hatte, trotz allem in Weiß zu heiraten. Ihre Mutter war völlig entsetzt gewesen.

»Nur Jungfrauen heiraten in Weiß«, hatte Lettice geflüstert.

Doch Thora hatte sich durchgesetzt. Trotz Hitze, Sand, Wind und der vertrockneten Gummibäume, die den kurzen Gang schmückten, wirkte Thora Carty wie ein eiskalter Engel. Ihr duftiger Schleier, der von einem Band aus winzigen Rosen gehalten wurde, verlieh ihr ein ätherisches Aussehen. Am Arm ihres Vaters schwebte sie zum Alter. Die Männer in ihren Sonntagsanzügen und die Frauen mit den wohlgehüteten Festhauben wichen ehrfürchtig zurück, aber Alice starrte nur zu Clem hinüber.

Auf Musik mussten sie verzichten, da St. Luke's keine Orgel besaß. Clem hatte sich umgedreht und blickte Thora entgegen, die auf ihn zuschritt. Seine Miene zeigte zunächst Erstaunen, dann helle Freude. Unwillkürlich trat er mit ausgestreckten Händen auf sie zu, doch Les war entschlossen, das Protokoll zu wahren und riss ihn zurück.

Lettice trippelte in einem entzückenden rosa Kleid hinter der Braut her. Sie musste lediglich hübsch aussehen, da sie keine Schleppe zu tragen hatte.

Im Nu war die Zeremonie vorüber. Die Gäste verließen die Kapelle und mussten von neuem dem beißenden Wind trotzen.

Mrs. Carty rief die aufgeregten Mädchen zur Ordnung. »Kommt jetzt. Wir müssen heimfahren.«

Alice sagte verstimmt: »Aber ich habe ein Hochzeitsfrühstück vorbereitet.«

»Das wäre doch nicht nötig gewesen, meine Liebe«, antwortete die ältere Frau und wandte sich ab.

»Ich habe es für nötig befunden!«, Tagelang hatte sie gebacken, und Clem hatte für diese Gelegenheit wunderschönes Porzellan und Silberbesteck gekauft.

»Macht euch keine Sorgen um uns«, warf Dr. Carty ein. »Ihr jungen Leute solltet euch allein amüsieren.«

Hastig scharte er seine Familie und Freunde um sich, winkte dem Brautpaar zu, das in seinem Gig nach Lancoorie fahren würde, und strebte dann auf seine Kutsche zu, die den Rest der Hochzeitsgesellschaft zurück nach York bringen sollte.

»Ich muss schon sagen – so eine Frechheit!«, entrüstete sich Mrs. Postle, während sie versuchte, ihren Hut mit einem Musselintuch zu befestigen. »Mach dir nichts draus, Alice. Ich habe schon immer gesagt, die Leute aus der Stadt haben keine Manieren. Lass sie fahren. Les bringt dich in eurem Buggy nach Hause, und wir folgen euch.«

Ihr Mann wirkte unentschlossen. »Sind wir denn noch willkommen, Alice?«

»Selbstverständlich.«

Er forderte seine Söhne mit einem Pfiff auf, mit den Buggys vorzufahren. Währenddessen bedankte sich Alice beim Priester. »Pastor Dodds, es war eine schöne Hochzeit. Sie und Mrs. Dodds sind herzlich zum Hochzeitsfrühstück eingeladen.«

»Das ist sehr nett von Ihnen, Miss Price, aber wir möchten nicht stören. Ich hoffe, Sie behalten uns in guter Erinnerung. St. Luke's ist von Ihnen aus gesehen die nächste Kirche, und wir würden uns geehrt fühlen, Sie als Gemeindemitglied begrüßen zu dürfen. Wenn es recht ist, würden wir Ihnen bei Gelegenheit gerne unsere Aufwartung machen.«

»Sie sind beide herzlich willkommen.« Es lag ihr auf der Zunge zu sagen, dass es in Kürze eine Taufe zu feiern gäbe, sie konnte sich aber gerade noch zurückhalten.

Niemand schien Anstoß daran zu nehmen, dass sie George und Mike zu dem erlesenen Frühstück eingeladen hatte, das auf der funkelnagelneuen Veranda mit dem blank gebohnerten Fußboden serviert wurde. Nach einigen Drinks kredenzte

Clem den Champagner, und das Frühstück entwickelte sich zu einer ausgelassenen Party.

Seitdem die »Städter« weg waren, war die Stimmung weitaus entspannter. Selbst Thora rang sich dann und wann ein Lächeln ab.

»Keine Flitterwochen?«, flüsterte Mike zu Alice hinüber.

»Das Thema wurde nicht angesprochen«, erwiderte sie achselzuckend.

Ein anderes Paar, das an diesem Tag in seinem Wagen an St. Luke's vorbeifuhr, hielt kurz an, um die Ansammlung von Fahrzeugen vor der kleinen Kirche zu betrachten.

»Was geht da vor sich?«, fragte Lil Cornish ihren Mann.

»'ne Hochzeit. Clem Price kommt unter die Haube.«

»Wen heiratet er?«

»Eine von Dr. Cartys Töchtern.«

»Was du nicht sagst! Können wir hineingehen und zusehen?«

»Nein, zum Teufel mit ihnen«, brummte Ted und fuhr weiter, »Clem kommt immer, wenn er Hilfe braucht, ist sich aber zu fein, um mich zu seiner Hochzeit einzuladen.«

»Welches Carty-Mädchen ist es denn?«, wollte Lil mit einem sehnsüchtigen Blick zurück wissen.

»Thora, die Älteste. Und er hat sie nur gekriegt, weil sie dieselben Beschwerden hat wie du.« Er lachte und deutete auf Lils Bauch.

Sie war verblüfft. »Clem Price hat sie geschwängert?«

»Angeblich nicht. Es heißt, es wäre Matt Spencers Kind und Clem sollte bloß eine ehrbare Frau aus ihr machen.«

»Was du so alles weißt! Es geschehen noch Zeichen und Wunder.«

»Das kannst du laut sagen. Man sagt, er wäre zu Geld gekommen. Wenn er mich das nächste Mal braucht, kann er auch anständig dafür bezahlen. Mich kriegt er nicht mehr im Sonderangebot.«

4. Kapitel

Als pflichtbewusste Ehefrau gestattete Thora Clem in der Hochzeitsnacht, sie zu lieben. Doch er war nervös und ungeschickt. Die nächsten Nächte lief es kaum besser, weil Thora so angespannt war. Er wollte mit ihr darüber sprechen, fand aber nicht die richtigen Worte. Außerdem fürchtete er, sie würde wegen des Babys vielleicht gar nicht mehr mit ihm schlafen wollen. Am Ende nahm er sie in die Arme und blieb still neben ihr liegen, sagte ihr, wie sehr er sie liebe und wie glücklich sie miteinander sein würden. Er erzählte ihr von seinen Plänen zur Erweiterung von Lancoorie und versprach ihr, nach der Geburt des Babys mit ihr Urlaub in Perth zu machen.

Er nahm an, sie höre ihm zu, und hoffte, seine sanfte Annäherung könne helfen, ihre Anspannung zu lösen. Vielleicht würde sie sich ihm zuwenden und ihn ausnahmsweise einmal freiwillig küssen. Als er feststellte, dass sie eingeschlafen war, war er enttäuscht. Um sie nicht zu stören, blieb er still liegen und dachte an die Hochzeit zurück. Wie hatte er nur je auf die Idee kommen können, sie sei unscheinbarer als ihre Schwestern?

Die Wochen vergingen, und Thora wurde immer teilnahmsloser, lag noch im Bett, wenn er aus dem Haus ging, und legte sich gerade nieder, wenn er zurückkam. »Es ist fast so, als würde sie überhaupt nicht hier leben«, beklagte er sich bei Alice. »Selbst an Sonntagen unternimmt sie nichts mit uns, sondern liegt wie ein sterbender Schwan auf der Veranda.«

»Um Himmels willen«, meinte seine Schwester lächelnd, »Lass sie doch in Ruhe. Ihr ist morgens immer furchtbar übel, und die Hitze macht es auch nicht besser.«

»Warum hat sie mir das nicht gesagt?«

»Du solltest es nicht wissen. Sie muss sich die ganze Zeit übergeben, und das ist ihr peinlich. Das legt sich in den nächsten Wochen von selbst.«

Doch die Übelkeit verging nicht. Clem wollte nach Dr. Carty schicken, doch Thora ließ es nicht zu.

»So schlecht geht es mir gar nicht, Clem. Mein Vater kann auch nichts daran ändern, es ist ganz normal.«

Als Carty zu Besuch kam, sagte er das Gleiche, doch Clem machte sich dennoch Sorgen. »Vielleicht sollte Thora mit dir in die Stadt fahren und eine Weile dort bleiben. Das würde ihr guttun.«

»Unsinn. Es gibt keinen Grund zur Sorge. Sie büßt nur für ihre Sünden, das wird ihr eine Lehre sein.«

Clem geriet in Wut. »Das ist eine verdammt abscheuliche Bemerkung! So etwas will Arzt sein!«

»Mein Beruf hat nichts damit zu tun. Und du solltest deine Zunge im Zaum halten. Ich bin schließlich gut zu dir gewesen.«

»Ich habe nur dein Angebot angenommen. Wäre es nicht an der Zeit für dich zu gehen?«

»Willst du mich etwa hinauswerfen, du Lümmel?«

»Dies hier ist Thoras Zuhause. Sie ist eine Dame und hat es nicht nötig, sich in ihrem eigenen Heim beleidigen zu lassen. Ich hoffe, du denkst daran, wenn du uns das nächste Mal auf Lancoorie besuchst.«

Nachdem er gegangen war, nahm Thora Clem beiseite. »Ich habe gehört, was du zu meinem Vater gesagt hast. Ich möchte dir danken, Clem.« Sie lachte. »Noch nie ist ihm jemand so entschieden entgegengetreten. Es war herrlich.«

Und mit diesen Worten küsste sie ihn auf die Wange.

»Bei Gott, dir muss es wirklich bessergehen. Es ist wie ein Wunder, dich lachen zu hören«, sagte er fröhlich.

»Tut mir leid, dass ich euch zur Last fallen muss. Ihr seid so freundlich, und ich wünschte, ich könnte euch mehr helfen.«

»Deine Aufgabe ist es, auf das Baby achtzugeben.«

Thora sah ihn überrascht an.

»Freust du dich auf das Baby?«

»Natürlich. Du etwa nicht?«

»Oh, doch. Ich liebe Babys, und es muss herrlich sein, wenn wir erst unser eigenes haben.«

Er hatte bisher nicht gewusst, wie zärtlich sie sein konnte, doch die Freude darüber wurde überschattet von ihrer Bemerkung über »unser« Baby. Clem wagte nicht, Thora darauf aufmerksam zu machen und damit die Stimmung zu verderben. Ihr Baby war nun kein verschwommenes Etwas mehr für ihn, das irgendwann einmal zur Welt kommen würde, sondern es war greifbare Wirklichkeit.

Thoras Gesundheitszustand verbesserte sich nicht. Alice pflegte sie, so gut es ging, saß bei ihr auf der Veranda, während sie gemeinsam Babykleidung nähten, ging mit ihr spazieren und kochte ihr magenschonende Mahlzeiten. Als der Sommer vergangen war, wurde Thora anfällig für Erkältungen, und Mrs. Postle kam mit Kräutertränken und Eukalyptusbalsam herüber, um den quälenden Husten der werdenden Mutter zu lindern. Dr. Carty führte die monatliche Routineuntersuchung durch und konstatierte, die Patientin sei zwar ein wenig dünn, aber durchaus gesund. »Zu dieser Jahreszeit erkältet sich jeder«, sagte er. »Das ist beileibe nichts Ungewöhnliches. Das Baby liegt gut, es gibt keinen Grund zur Besorgnis.«

Doch Alice machte sich Sorgen. Sie konsultierte sogar die alte, mütterliche Sadie, als diese das nächste Mal mit ihrer Familie zum Wohnhaus kam.

»Ist dünn. Hat wenig Milch. Schicke Mädchen her, wenn Zeit gekommen.« Sadie deutete mit dem Daumen auf ihr Gefolge. Die Stammesangehörigen hatten sich unter einem Baum niedergelassen. Unter ihnen entdeckte Alice zwei schwangere Frauen. »Meine Mädchen viel Milch«, fügte sie stolz hinzu.

»Sadie hat etwas für dich«, flüsterte Alice Thora ins Ohr. »Sie möchte es dir selbst geben. Was auch immer es sein mag, du brauchst es nicht zu verwenden.«

»Ich probiere alles aus«, meinte Thora. »Ich mache mir solche Sorgen, Alice. Ich bin doch schon im sechsten Monat und sollte mich eigentlich besser fühlen.«

Sie nahm Sadies Geschenk höflich entgegen und rieb sich später wie angewiesen den Bauch mit der Mischung aus schlammigen Blättern ein.

»Mein Gott, das stinkt vielleicht!«, stöhnte Alice, doch Thora glaubte wie alle Buschfrauen an die Heilkraft der Aborigine-Medizin und musste es einfach versuchen. Zu ihrer Enttäuschung half auch dieses Mittel nicht.

Als Thora im siebten Monat war und sich noch immer nicht wohl fühlte, schickte Alice ihren Bruder nach Dr. Carty. Doch Thoras Familie hatte ihren jährlichen Urlaub in Narrogin angetreten und würde frühestens in einem Monat heimkehren. Auch war der Stellvertreter des Arztes nicht wie geplant eingetroffen.

Clem fand Mr. Tanner in heller Aufregung vor. »Gold«, flüsterte er ihm zu. »Aber behalte es für dich. Ich habe von der Zentrale in Perth gehört, dass man in Fly Flat Gold gefunden hat. Ich warte noch auf die Bestätigung, erst dann können wir beurteilen, wie bedeutend der Fund ist.«

»Ach, irgendjemand redet immer von Gold«, meinte Clem unbeeindruckt, »und dann kommt doch nichts dabei heraus. Das Gold liegt in den östlichen Staaten. Wo ist dieses Fly Flat denn überhaupt?«

Tanner tippte mit dem Finger auf eine Landkarte. »Nur hundertzwanzig Meilen südlich der Stadt Southern Cross. Gleich da draußen!«

»Gleich da draußen?«, wiederholte Clem. »Es liegt über vierhundert Meilen östlich von hier, und zwar in der Wüste, wenn ich mich nicht irre! Man muss schon verrückt sein, um dort hinauszureiten, nur weil dort möglicherweise der eine oder andere Krümel zu finden ist.«

»Wir werden sehen«, meinte Tanner mit gespielter Ruhe, doch der Glanz in seinen Augen erinnerte Clem daran, dass er einen ehemaligen Glücksspieler vor sich hatte. Allerdings fragte er sich, was Goldfunde mit der Bank einer kleinen Landsiedlung wie York zu tun haben sollten. Zuvor schon hatte es in Westaustralien Goldvorkommen gegeben, die sich alle als wenig ergiebig erwiesen hatten.

In der Apotheke kaufte er eine große Flasche der Medizin, die man Thora empfohlen hatte, und einige Mineralsalze zum Baden. Sie wirkten entspannend, versicherte man ihm. Dann suchte er nach einem Geschenk. Schließlich fand er ein Stück süß duftender Seife und machte sich gleich darauf in nachdenklicher Stimmung auf den langen, einsamen Heimritt.

Gold! Er fragte sich, was geschehen würde, wenn sie in Fly Flat tatsächlich einen bedeutenden Fund machten. Ein Goldrausch! Tausende von Menschen aus aller Welt würden sich auf den beschwerlichen Weg zu den Goldfeldern machen. Er hatte erstaunliche Geschichten über die Menschenmassen gelesen, die in den Hafen von Melbourne drängten und zu den Goldfeldern von Victoria strömten. Würde sich hier das Gleiche abspielen?

Clem schauderte. Um keinen Preis würde er sich auf die Reise begeben und mit dem Pferd Hunderte Meilen ausgedörrten Wegs in ein furchtbares Land zurücklegen, in dem man nur hier und da Proviant kaufen konnte. Am Ende der Reise gäbe es gar nichts mehr. Man würde genauso viel Wasser wie Zähne in einem Hühnerschnabel finden.

Während das Pferd gemächlich die Straße entlangtrabte,

wälzte Clem Gedanken. Er konnte sich nicht von dem Goldfund losreißen. Es musste schon etwas Wahres dran sein, wenn Tanner so aufgeregt war.

Man könnte ein Vermögen verdienen, wenn man dort Wasser verkaufte. Dann grinste er. Welches Wasser denn?

Ihm kam der Gedanke, dass Lancoorie ausgesprochen günstig lag, da die Reisenden aus Perth erst die ausgedehnten Weidegründe durchqueren mussten, bevor sie ans Ziel gelangten.

»Ob es wohl einen Versuch lohnt?«, murmelte er vor sich hin.

Er kannte das Land wie seine Westentasche und überlegte, welche Vorräte er brauchen würde. Zunächst einmal zwei neue Pferde. Packpferde. Und Grundnahrungsmittel wie Tee, Zucker und Mehl für mindestens drei Monate. Eine Schürfausrüstung …

»Und wofür das alles?«, fragte er sich leise. »Wenn ich nun scheitere? Dann habe ich meine Zeit verschwendet, nichts erreicht, dafür aber in der Hölle geschmort.«

Clem Price war kein Glücksspieler. Er wusste, dass die Goldsuche mehr erforderte als Muskeln und Schweiß; man musste das Glück auf seiner Seite haben, und dafür gab es keine Garantie.

Dennoch musste es eine Möglichkeit geben, an einem eventuellen Goldrausch etwas zu verdienen.

Nach einigen Meilen brachte er das Pferd ruckartig zum Stehen. Er stieg ab, um sich zu sammeln und seine Gedanken zu sortieren, nahm einen Schluck Wasser aus seiner Trinkflasche und goss etwas in seinen Hut. Während das Pferd dankbar seinen Teil daraus trank, entschloß er sich, nach York zurückzukehren.

Tanner war überrascht, ihn so schnell wiederzusehen. »Ich wollte gerade schließen. Heute war ein ruhiger Tag.«

»Noch keine Neuigkeiten?«

»Nein, aber ich spüre es in den Knochen, Clem. Ich wette, es gibt Gold.«

»Darüber musste ich die ganze Zeit nachdenken. Wenn es einen Goldrausch gibt, würde sich das doch auch auf die Stadt auswirken, oder? Die Leute müssten sich Geld leihen, um Proviant und Ausrüstung zu kaufen.«

»Zweifellos.«

Clem nickte. »Mir scheint, eine Bank kann nur eine bestimmte Summe verleihen. Ich meine, Sie können nicht unbegrenzt Darlehen gewähren.«

»Sehr richtig.«

»Dann würde ich gern jetzt ein Darlehen aufnehmen. Ich bin kein Goldsucher, sondern Schafzüchter und brauche das Geld, um Lancoorie zu erweitern.«

Tanner zündete sich eine Zigarre an und blies das Streichholz aus. »Du willst es gar nicht mit dem Gold versuchen?«, fragte er ungläubig.

»Keine Sorge. Solange es mit der Farm gut läuft, möchte ich mir tausend Pfund für Lancoorie leihen. Ich investiere lieber in sichere Dinge, als mein Geld für Seifenblasen auszugeben.«

»Ich bewundere deine Standhaftigkeit, Clem. Gold ist etwas sehr Verlockendes. Du könntest schnell reich werden, indem du in eine Mine investierst. Doch wenn du fest entschlossen bist, weiter auf Lancoorie zu setzen, können wir es natürlich bei unserer ursprünglichen Abmachung belassen. Du hast recht, das Darlehen jetzt aufzunehmen. Sind tausend Pfund denn genug?«

Clem starrte ihn an. »Genug? Sie meinen, ich könnte mir noch mehr leihen?«

»Zweitausend sind auch in Ordnung«, erwiderte Tanner fröhlich. Clem erklärte sich einverstanden, obwohl ihn etwas an diesem Arrangement störte.

»Gut, dann also zweitausend«, sagte er nervös.

Tanner zog eine Mappe aus einer akkurat aufgeräumten Schublade. »Du musst einige Dokumente unterzeichnen, dann wird das Geld auf dein Konto überwiesen. Du kannst es abheben, wann immer du willst.«

»Mein Gott! Vielen Dank, Mr. Tanner. Das ist wunderbar. Ich werde Sie bestimmt nicht enttäuschen, versprochen.« Er unterzeichnete die Dokumente auf den gepunkteten Linien und sah zu, wie Tanner ebenfalls seine Unterschrift daruntersetzte.

»Wie geht es Thora?«, fragte er.

»Nicht so gut. Ich habe Medizin für sie besorgt, aber ich bezweifle, dass sie viel bewirken wird. Alice kümmert sich um sie. Ich bin in die Stadt gekommen, weil ich ihren Vater zu Rate ziehen wollte, aber der Mistkerl ist nicht da. Konnte nicht einmal den einen Monat warten, bis das Baby geboren ist. Und sein Stellvertreter ist noch nicht aufgetaucht.«

»Ich habe schon ein Telegramm geschickt. Niemand scheint etwas über einen Stellvertreter zu wissen. Wusste Carty nicht, wie Thora sich fühlt?«

»Oh, doch.«

»Verstehe.«

»Was versteht er?«, fragte sich Clem, während Tanner vor seinen Augen die Vordertür abschloß.

»Ich lasse dich zur Hintertür hinaus«, sagte er.

»Sie haben so seltsam geschaut, als Sie das sagten. Meinen Sie, dass sich Carty nicht für Thoras Wohlergehen interessiert?«

»Seltsame Zeit jedenfalls, um an die Küste zu fahren«, meinte Tanner. »Gewöhnlich fahren die Cartys im Sommer dorthin. Ich würde dem Schweinehund alles zutrauen.« Er schob Clem durch die Hintertür, sicherte sie mit einem Vorhängeschloß und schüttelte ihm die Hand. »Viel Glück. Schöne Grüße an Thora und Kopf hoch. Es dauert ja nicht mehr lange.«

Clem kam erst spätabends nach Hause. Er erwähnte nichts

von dem Geld und erfand eine Entschuldigung für Carty, um Thora nicht unnötig aufzuregen, doch innerlich kochte er vor Wut. Hatte Carty seine Tochter absichtlich ohne ärztliche Hilfe zurückgelassen? Der Bankdirektor schien dieser Ansicht zu sein. Doch das konnte er nicht ernst meinen. Babys und auch Mütter starben oftmals bei der Geburt, wenn die entsprechende Betreuung fehlte, und manchmal nützte selbst die nichts mehr. Carty konnte einfach nicht so heimtückisch sein zu hoffen, dass seine Tochter auf diese Weise die gerechte Strafe ereilen würde. Wollte er sie und das Baby aus dem Weg schaffen? Auf diese Weise dem Skandal ein Ende bereiten? Nichts war unmöglich. Außer dem Doktor hatte nicht ein einziges Familienmitglied Thora auf Lancoorie besucht. Zu weit, hatte Carty gesagt, und Thora hatte sich nicht beklagt. Sie schien sich damit abgefunden zu haben, dass ihre Familie sich von ihr distanziert hatte, so wie sie auch das Verhalten ihres Vaters widerspruchslos akzeptierte.

»Nicht mit mir«, murmelte Clem, während er für seine Frau auf dem Küchenherd Kakao kochte. »Thora wird das alles überstehen und ihr Baby bekommen. Und dann rechne ich mit dir ab, Carty. Irgendwann kriege ich dich zu fassen.«

Er blieb die ganze Nacht bei Thora sitzen, beruhigte sie, stopfte das Federbett fest, damit ihr nicht kalt wurde, hielt ihre Hand und sprach ruhig auf sie ein, als sie im Schlaf aufschrie.

Auf Lancoorie herrschte nun geschäftiges Treiben. Clem heuerte die beiden Postle-Brüder an, damit sie ihm beim Dammbau halfen. Er wollte den Staudamm so bald wie möglich fertigstellen. Dann ritt er zu einer anderen Farm und kaufte hundert Schafe, die Ted Cornish für ihn nach Lancoorie treiben sollte.

»Ich kriege jetzt sechs Shilling am Tag«, grollte Ted. »Ich habe schließlich eine Familie zu ernähren.«

Clem warf einen Blick auf Mrs. Cornish, die Hühner über

den Hof scheuchte. Man hatte ihn nie mit ihr bekannt gemacht. Obwohl auch sie hochschwanger war, wirkte sie gesund und kräftig, und er konnte sich eines gewissen Neidgefühls nicht erwehren.

»Deiner Frau geht es gut, nicht wahr?«

»Sicher. Es gibt nichts, was eine ordentliche Tracht Prügel nicht heilen könnte. Verdammte Frauen, können nur jammern und stöhnen. Ich sag' ihr immer, sie weiß gar nicht, wie gut sie's hat. Genügend Futter und ein Dach über dem Kopf, sollte sich ein Beispiel an den Abos nehmen. Kriegen Kinder, wie Hühner Eier legen. Brauchen keinen Wohnkomfort, um es sich gemütlich zu machen.«

In Clems Augen bot die Hütte der Cornishs keineswegs übertriebenen Komfort. Er bedauerte das Kind dieses dreckigen Mistkerls schon jetzt.

»Sechs Shilling am Tag«, stimmte Clem schließlich zu. »Bring die Schafe nach Lancoorie, dann habe ich noch eine Aufgabe für dich.«

»Du hast hundert von Cochranes Schafen gekauft. Keine gute Entscheidung. Seine Wolle ist schlecht.«

»Mach dir keine Gedanken, sondern bring sie rüber. Aber in Ruhe, es hat keine Eile.«

Die nächsten zwei Wochen durchkämmte Clem den gesamten Distrikt und kaufte so viele Schafe, wie er bekommen konnte.

»Es werden allmählich zu viele«, mahnte ihn seine Schwester. »Ich habe die Männer reden hören. Sie glauben, du seist verrückt geworden. Für die Schur brauchst du einen Vollzeit-Sachverständigen im Wollschuppen. Bei vielen Tieren lohnt sich das Scheren überhaupt nicht. Ich frage mich, was du damit bezweckst. Wenn du noch mehr anschaffst, werden sie verhungern. Wir haben zu wenig Weideland.«

»Keine Sorge, Alice. Wenn wir genügend Tiere haben, gehe

ich mit Ted auf Trieb. Wir bringen sie auf das Land in Birimbi; schließlich liegt es brach.«

»Aber es gehört dir nicht. Es ist immer noch Dr. Cartys Grund und Boden.«

»Es wird mir aber gehören, und Carty ist ohnehin nicht da. Wie sollte er davon erfahren? Ich brauche das Land *jetzt*.«

»Wie willst du es finden?«

»Tanner hat mir den Weg beschrieben. Es klingt alles sehr vielversprechend. Außerdem liegt es in der Nähe von Northam.«

»Was hat das damit zu tun?«

»Die Straße nach Fly Flat führt durch Northam.«

»Na und?«

»Wart's ab.«

»Wenn es zum Schlimmsten kommt, kann ich sie mästen und verkaufen, und nur die besten Wolllieferanten bleiben auf Lancoorie«, dachte Clem. »Vielleicht verliere ich ein bisschen, aber man muss den Versuch wagen.«

Schließlich machten er und Ted sich mit tausend Schafen und drei Hunden auf den Weg. Als sie das Gelände namens Carty Downs erreichten und sahen, dass es bereits eingezäunt war, machte Clem vor lauter Freude einen Luftsprung.

»Gehört dir das Land?«, erkundigte sich Ted.

»Nein, ich habe es gepachtet«, erwiderte Clem. »Treiben wir sie hinein.«

Es war tatsächlich schön gelegen. Nach Osten erstreckten sich die weiten Weideländer, und Northam lag nur wenige Meilen entfernt. Clem hätte sich die kleine Stadt gern angeschaut, doch er sorgte sich um Thora und wollte so schnell wie möglich nach Hause.

Sein Helfer war anderer Meinung. Clem wusste, dass auch Lil Cornish jeden Tag niederkommen konnte, doch ihren Mann schien es nicht weiter zu kümmern.

»Die Abos kommen vorbei, wenn sie Hilfe braucht. Die wissen immer, was gerade so passiert. Sie kann doch nicht von mir erwarten, dass ich danebenstehe. Außerdem wollte ich gar kein Kind.«

Clem betrachtete den schlaksigen Mann mit dem ungepflegten Bart, der sein dichtes Haar mit einer Kordel zusammengebunden trug, und fragte sich, wie eine Frau diesen Kerl überhaupt hatte heiraten können. Am liebsten hätte er ihn gepackt und ihm seine Wolle abgeschoren, um einmal das Gesicht zu sehen, das sich hinter dem Gestrüpp verbarg.

»Du redest gerade so, als hättest du nichts damit zu tun.«

»Hm ... Frauen sollten eigentlich Bescheid wissen.«

Angewidert wandte Clem sich ab. »Du bleibst hier. Ich reite zu dem Haus auf dem Hügel dort drüben und stelle mich vor. Sie werden sich fragen, was wir hier eigentlich treiben.«

»Wir könnten auf einen Drink nach Northam reiten.«

»Nein, wir werden heute nacht hier unser Lager aufschlagen und morgen früh nach Hause zurückkehren.«

»Wie lange willst du die Herde hierlassen?«

»Das habe ich noch nicht entschieden.«

Er war froh, Ted wenigstens für eine Weile los zu sein und beschloss, beim nächsten Mal einen seiner eigenen Männer mitzunehmen. Sie würden ihm besser Gesellschaft leisten als diese Kreatur.

Auch Lil Cornish war froh, ihren Ehemann eine Weile nicht ertragen zu müssen. Sie holte einen klapprigen Stuhl aus ihrer Hütte, die kaum besser war als ein Schuppen, und stellte ihn vor die Hintertür in die Sonne. Dann legte sie sich eine Decke über ihre Knie und überließ sich ihren Träumen.

Ihre Eltern waren Treiber. Solange sie denken konnte, zogen sie die Viehrouten im Südwesten des Staates entlang und trieben Schafe über große Entfernungen hinweg zu Farmen und Viehhöfen. Als zuverlässige Treiber hatten Bud und Bonnie Roper immer genug zu tun. Sie lebten unter dem Dach der Sterne, und ihre Heimat war ihr Wagen.

Ihre Tochter hatten sie überallhin mitgenommen. Als Lil sieben war, hatte sie schon ihr eigenes Pferd besessen, eine ruhige Stute, die genau zu wissen schien, dass sie ein Kind auf ihrem Rücken trug.

Lil erinnerte sich gern an die gute, alte Floss, wie sie hinter dem Wagen hergetrabt war und sich nicht darum gekümmert hatte, wenn das Mädchen den Männern im wilden Galopp hatte folgen wollen. Und traurig dachte sie an den schrecklichen Morgen, als Floss tot in einem Feld voller purpurroter Wildblumen gelegen hatte.

»Sie hatte ein gutes Leben, Lil«, hatte ihr Vater gesagt, um sie zu trösten. »Sieh dich um. Sie ist ganz ruhig und friedlich eingeschlafen.«

Damals war Lil zehn, und als Ersatz für Floss erhielt sie ein richtiges Treiberpferd namens Pip.

Dieser Pip konnte vielleicht rennen. Er war nicht zu halten und genoss den Trieb genauso wie seine Reiterin. Von da an gehörte Lil zum Team. Sie ritt gut und verstand sich auf ihre Arbeit. Sie befahl den Hunden mit Pfiffen, die Herde bei dem langen Trieb durch die Wälder zusammenzuhalten, kundschaftete die Ebenen aus und war in der Lage, sich von jeder Position aus mit ihren Eltern zu verständigen. Meist waren sie nur zu dritt, doch bei größeren Herden heuerte ihr Vater zusätzliche Treiber an, die mit ihnen auf Wanderschaft gingen.

»Es war ein gutes Leben«, murmelte sie vor sich hin und sah den mageren Küken zu, die vor ihr am Boden scharrten. »Mum und Dad waren gern unterwegs. Abends am Lagerfeuer erzählten sie Geschichten von all den Leuten, denen sie begegnet waren. Wenn andere Treiber dabei waren, hatten wir viel Spaß, haben gesungen, Witze gerissen und noch mehr Geschichten erzählt. Wir hatten überhaupt keine Sorgen.«

Doch als sie älter wurde, hatte Lil sich nach einem richtigen Zuhause gesehnt, das ihr allein gehörte. Vor allem, wenn sie die gepflegten Wohnhäuser sah, die einen vor Regen und Kälte schützten, oder Mädchen ihres Alters, die so selbstsicher wirkten, weil sie wussten, wohin sie gehörten. Wie gern wäre auch Lil Teil einer solchen Gemeinschaft gewesen.

Dann trafen sie einige Treiber auf der Great Eastern Road. Lil hasste Straßen wie diese, weil es dort nichts zu sehen gab als endlose Ebenen, in denen man nirgends Schutz vor dem Wind fand. Im Sommer glühten sie vor Hitze, im Winter herrschte hier beißende Kälte. Im Süden hingegen waren Landschaft und Klima viel lieblicher.

Einer der Treiber war Ted Cornish. Da es Bud an Leuten fehlte, stellte er Ted an, der gern bereit war, mit Buds neuer Herde nach Süden zu ziehen, obwohl er angeblich eine Farm in der Nähe von York besaß.

Als er anfing, Lil zu umwerben, war sie zunächst wenig beeindruckt, doch Ted blieb hartnäckig bei der Sache. Immerhin nannte er eine Farm mit einem dazugehörigen Wohnhaus sein Eigen.

»Der Nestbauinstinkt schlägt bei ihr durch«, bemerkte ihr Vater lachend, doch ihre Mutter war vorsichtig.

»Lil, du brauchst es nicht übers Knie zu brechen. Warte doch noch, du bist erst achtzehn.«

»Ihr habt etwas gegen Ted«, beklagte sich Lil.

»Ich sage ja nicht, dass ich ihn nicht mag. Er wirkt recht höflich, aber ich kenne ihn überhaupt nicht.«

»Wie soll ich jemanden kennenlernen, wenn wir die ganze Zeit durch die Gegend ziehen?«

Ihre Mutter seufzte. »Du hast dich also entschlossen?«

»Ja.«

»Dann kannst du dich verloben. Um die Hochzeit kümmern wir uns später.«

»Nein! Ted kehrt nach Hause zurück, wenn dieser Trieb beendet ist. Er möchte, dass ich mitkomme.«

Sie heirateten in einem kleinen Dorf namens Brookton. Ihre Flitterwochen bestanden aus einem langen, gemütlichen Ritt zu Teds Farm, die angeblich im Avon Valley lag.

»Am äußersten Rande!«, sagte sie verbittert und schaute sich um. »Oh, ja, er ist höflich gewesen«, fügte sie hinzu, »bis wir hier ankamen. Dann hat er sich in den Boss verwandelt und ich mich in seine Dienstmagd.«

Sie hatte damals nicht erwartet, dass Ted ein tolles Haus besaß, doch seine Hütte versetzte ihr einen echten Schock. »Hier können wir doch nicht leben«, rief sie. »Alles ist verdreckt.«

»Hier hat lange keiner gewohnt«, entgegnete er wütend. »Was hattest du denn erwartet?«

»Nach deinen Reden jedenfalls etwas Besseres als das hier.«

»So eine Frechheit! Was hattest du denn vorher? Nichts! Nichts außer einem alten Wagen. Du hast noch nie in deinem Leben ein Dach über dem Kopf gehabt und beklagst dich jetzt über mein Haus. Na ja, wenn es so schlimm ist, kannst du es ja sauber machen. Ich besorge inzwischen Vorräte in York.«

Lil musste zugeben, dass er auf seine Weise recht hatte. Außenstehenden mochte der Lebensstil der Ropers ziemlich seltsam erscheinen. Und hatte sie sich nicht selbst letztendlich ein richtiges Zuhause gewünscht? Sie konnte ihm einfach nicht begreiflich machen, dass keines ihrer provisorischen Lager je in einem derart ungepflegten Zustand gewesen war wie dieses Haus. Da sie keinen Streit wünschte, machte sie sich ans Werk, sobald Ted davongeritten war.

Wie hart sie gearbeitet hatte! Ihr neues Heim war ein Schuppen, der aus mit Lehm beworfenem Flechtwerk, einem Blechdach und einem Fußboden aus ungehobelten Brettern bestand. Es gab nur ein Zimmer, das mit einer Segeltuchpritsche, die als Bett diente, einem Küchentisch mit vier Stühlen eingerichtet war und einen riesigen gemauerten Kamin hatte, über dem einige verrußte Kochtöpfe hingen. Zu beiden Seiten des Kamins gab es tiefe Schränke, in denen jedoch nur Essensreste, alte Kleidung und Wäsche aufbewahrt wurden. Lil fand einige Bücher und eine Dartscheibe, die den früheren Bewohnern gehört hatten. Zum Glück stieß sie draußen im Waschhaus auf einen Eimer, Seife und einen abgenutzten Besen.

»Das muss reichen«, sagte sie entschlossen und fing an, die Spinnweben zu entfernen. Sie kochte die Kessel aus, um anschließend die Schmiere aus den Töpfen zu entfernen, und reinigte den offenen Kamin. Dann schrubbte sie das Haus von oben bis unten. Die Arbeit gab ihr wieder neuen Mut, und noch Jahre später verlegte sie sich aufs Saubermachen, wenn sie wütend war, schuftete, bis ihr jeder Muskel weh tat, und reagierte sich auf diese Weise ab.

Als Ted spät am Abend nach Hause kam, teilte sie ihm in unmissverständlicher Weise mit, dass sie am nächsten Tag nach York fahren und eine ordentliche Matratze, etwas Wäsche und einige andere notwendige Dinge fürs Haus bestellen würde. Er könne in der Zwischenzeit den Hof aufräumen.

»Das ging aber schnell«, bemerkte er, als sie am Nachmittag heimkehrte.

»Ich hänge nicht in den Pubs herum«, erwiderte sie, während sie das Pferd absattelte. »Du hast nicht gerade viel geschafft. Das Unkraut auf dem Hof ist noch nicht gejätet. Ich möchte, dass er vernünftig gesäubert wird, denn hier wird ein Hühnerhof angelegt.«

»Wer sagt das?«

»Ich sage das.«

Lil rutschte auf ihrem Stuhl herum, weil der dicke Bauch sie störte. Sie hatte der Hebamme gesagt, voraussichtlich wäre es Ende dieses Monats so weit, doch sie fürchtete, das Kind werde früher kommen. Wenn Ted nach Hause kam, würde sie ihn nach St. Luke's schicken, um der Frau des dortigen Pfarrers Bescheid zu sagen. Sie galt als ausgezeichnete Hebamme.

»Der faule Mistkerl«, stöhnte sie beim Gedanken an ihren Ehemann. Er arbeitete nur auf dem Feld, wenn sie ihn dazu zwang und dablieb, um ihn anzutreiben. Die Farm brachte nicht viel ein, doch ein bisschen war besser als gar nichts. Als Gegenleistung erwartete er, dass sie alle sogenannten Hausarbeiten übernahm – die Aufzucht der Küken, das Melken, das Kochen und die anderen Aufgaben, die einer Farmersfrau zukamen. Das Leben mit Ted war ein ständiger Kampf, vor allem seitdem er wusste, dass sie ein Kind erwartete. Diese Nachricht hatte zu einer neuen Auseinandersetzung geführt. Ihre Mutter hatte gesagt, sie könne jederzeit zu ihnen zurückkehren, doch ihr Stolz zwang sie, auf der einsamen Farm zu bleiben. Lil wollte um keinen Preis eingestehen, dass sie einen Fehler begangen hatte, und betrachtete die Farm überdies als ihr neues Zuhause. Wenn Ted mit den Schafen unterwegs war, gefiel ihr das Leben auf der Farm sogar recht gut, und seine Arbeit brachte zusätzliches und dringend benötigtes Geld in die Kasse.

Lil hing gerne den Erinnerungen an ihren Hochzeitstag nach. Sie hatte im Haus einer Freundin vor dem Spiegel gestanden und zugeschaut, wie zwei Frauen sie von einer Viehtreiberin mit ausgebeulten Hosen und einem alten Hemd in eine hübsche junge Dame verwandelt hatten. Es war wie ein Wunder gewesen! Sie hatten ihr braunes Haar, das sie gewöhnlich zu Zöpfen geflochten trug, gewaschen und so lange gebürstet, bis es geglänzt hatte und in natürlichen Wellen über ihre Schultern gefallen war. Ihre Freundin Mrs. Barcll hatte Lil ein zartes weißes Musselinkleid mit einem Spitzenoberteil und drei satinbesetzten Röcken genäht. Das Tüpfelchen auf dem i war ein wunderschöner Strohhut gewesen. Er war passend zum Brautstrauß mit Wildblumen geschmückt gewesen.

»Sie ist so schön!«, hatte Mrs. Barell staunend erklärt. »Klare Haut, ebenmäßige Züge und kornblumenblaue Augen. Viele Mädchen würden alles dafür geben, so auszusehen wie Lil.«

»Sie ist zu gut für ihn«, hatte Bonnie Roper gemurmelt, doch Lil hatte es geflissentlich überhört. Sie war viel zu aufgeregt gewesen.

Auch Ted hatte einen beachtlichen Bräutigam abgegeben. Alle hatten das gesagt. Sein Bart war ordentlich gestutzt gewesen, und sein widerspenstiges Haar hatte glatt am Kopf angelegen. In dem geliehenen schwarzen Anzug, dem gestreiften Hemd und der Fliege hatte er wirklich elegant ausgesehen.

Zu Lils großer Enttäuschung war der bestellte Fotograf nicht aufgetaucht, so dass niemand ein Erinnerungsfoto der jungen Eheleute hatte aufnehmen können. Ein Foto jenes Tages, an dem sie hübscher als je zuvor in ihrem Leben ausgesehen hatte.

»Na ja«, seufzte sie, »es lässt sich nicht ändern. Wenn das Baby erst mal da ist, wird alles anders werden.« Sie wollte Ted zwingen, die Farm zu verkaufen, zu welchem Preis auch immer. Es reichte ohnehin nur gerade zum Überleben.

Sie wollte in eine Stadt ziehen, in der sie eine Stelle finden und arbeiten konnte, während er mit den Schafen auf Trieb ging. »Hier arbeite ich umsonst«, dachte Lil. »Wenn ich eine Stelle hätte, könnte ich Geld sparen, damit wir uns ein neues Haus leisten können. Er wird verkaufen, egal wie lange ich ihm damit auf die Nerven gehen muss.«

Während die Sonne übers Haus zog, reiste Lil in ihr zukünftiges Traumhaus. Sie sah sich mit dem Baby in der Tür eines gepflegten Cottages stehen, das tief in den herrlichen Gummibaumwäldern lag. In einem anderen Tagtraum plauderte sie über den Zaun hinweg mit ihren Nachbarn, die wie sie eines der Doppelhäuser in der Stadtmitte von Perth bewohnten. Oder sie träumte sich in ein weißes Cottage aus Stein, das hoch oben auf einem Hügel lag und den Blick auf den Indischen Ozean freigab, in dem die Wale spielten und der von einer so wilden Schönheit war. Das Baby begleitete sie auf diesen Traumreisen, doch Ted war nicht dabei. Er hatte sich noch keinen Platz in ihrem geheimen Leben verdient.

Der Bau des Stausees machte Fortschritte, die Grube wurde unter dem wachsamen Blick des selbsternannten Vorarbeiters Charlie Postle mit jedem Tag tiefer und breiter. Er ritt alle paar Tage hinüber, um die Arbeiten zu prüfen.

»Jungs«, sagte er zu seinen Söhnen und Clem, »ihr habt ja keine Ahnung, wie man einen Stausee anlegt. Ebenso wenig wie die beiden Knastbrüder, die für dich arbeiten, Clem. Ich hab' mein ganzes Leben lang Stauseen gegraben. Ich zeig' euch, wie's geht.«

Er bestand auch darauf, dass die vier Männer unter der Woche auf der Baustelle ihr Lager aufschlugen. »Du musst die Männer bei der Arbeit halten, Clem! Es geht nicht an, dass sie die Hälfte des Tages damit verbringen, hierher und wieder nach Hause zu reiten. Zeit ist Geld, und wenn der Regen spät kommt, habt ihr eine Chance, vorher mit dem Ding fertig zu werden. Ihr müßt die Wände verstärken, solange das Wetter noch mitspielt. Denkt dran, die Arbeit geht schneller voran, wenn der Boss in der Nähe ist.«

»Es geht nicht, Charlie, ich habe noch andere Dinge zu erledigen«, erwiderte Clem.

»Ja, hab' gehört, du kaufst Schafe fürs Schlachthaus und treibst sie in der Gegend rum. Was ist in dich gefahren, Junge?«

Clem brachte ein paar vage Ausreden vor, da er für Postles Hilfe zwar dankbar war, sich ihm deswegen aber noch lange nicht anvertrauen wollte. Nachdem er die Schafe auf das Land der Cartys getrieben hatte, hatte er sich einige Tage in der Nähe des Hauses aufgehalten, da er sich um Thora sorgte. Sie schien Schmerzen zu leiden und verbrachte die meiste Zeit im Bett.

»Ich glaube, es ist bald so weit«, erfuhr er von Alice. »Das Kind hat sich gesenkt.«

»Das ist aber noch zu früh.«

»Babys können auch mal früher kommen. Du solltest mit ihr reden. Auf mich will sie nicht hören.«

Er setzte sich zu Thora. »Soll ich in die Stadt reiten und nachsehen, ob dein Vater zurück ist?«

»Nein!«, wehrte sie sich mit heiserer, müder Stimme. »Ich will ihn nicht hier haben. Alice muss es dir doch gesagt haben. Ich will ihn nicht in meiner Nähe haben!«

»Schon gut. Reg dich nicht auf. Ich werde Mrs. Dodds, die Hebamme, holen. Du kannst dich doch noch an die Frau des Pastors von St. Luke's erinnern? Es heißt, sie mache ihre Arbeit sehr ordentlich.«

»Ich will sie nicht sehen. Es ist noch zu früh.«

»Es könnte aber früher kommen, Thora.«

Sie brach in Tränen aus. »Nein. Es ist noch nicht so weit. Die Leute werden reden. Sie darf nicht herkommen.«

Alice wartete draußen vor der Tür. »Ich habe es dir ja gesagt. Sie hat sich die alberne Idee in den Kopf gesetzt, das Kind müsse so spät wie möglich nach der Hochzeit geboren werden. Ich verstehe allerdings nicht, welchen Unterschied das noch machen sollte.«

»Glaubst du, ich soll die Hebamme rufen?«

»Ja, ich würde mich besser fühlen, selbst wenn es sich um einen falschen Alarm handelt.«

»Ich möchte sie nicht umsonst herbringen. Steht die Geburt nun bevor oder nicht?«

»Ich glaube schon.«

»Gut, ich werde sie holen.«

Als Lil Cornish an diesem Morgen aufwachte, hatte sie keine Zweifel mehr.

Sie weckte Ted. »Schnell, hol den Wagen. Du musst mich nach St. Luke's bringen.«

»Wieso?«

»Wieso wohl? Das Baby kommt bald, und es geht schneller, als wenn du Mrs. Dodds herbringst.«

»Was stört dich daran, wenn ich sie herbringe? Schämst du dich für unser Haus?«

»Nein«, erwiderte Lil, obwohl er mit seiner Vermutung gar nicht so falsch lag. Doch außerdem hatte sie vor kurzem gehört, dass bei einer Frau, die auf dem Heimweg aus der Stadt gewesen war, die Wehen eingesetzt hatten und Mrs. Dodds das Baby in ihrem eigenen Haus hinter der Kirche entbunden und sich noch einige Tage um die Mutter gekümmert hatte. Diese Aussicht erschien Lil einfach himmlisch, da sie sich nur ungern auf Teds Hilfe verlassen wollte.

»Bring mich einfach hin. Beeil dich.«

Doch als sie dort ankamen, war Mrs. Dodds nicht zu Hause.

»Sie ist heute morgen losgefahren, um nach der jungen Mrs. Trafford unten im Süden zu sehen. Ich erwarte sie heute nicht mehr zurück. Mrs. Trafford geht es nicht gut, sie ist gestürzt«, erklärte ihr Ehemann.

»Was sollen wir jetzt machen?«, fragte Ted wütend.

»Tu einfach dein Bestes, Ted. Leider wird Mrs. Dodds auch beschäftigt sein, wenn sie nach Hause kommt; Clem Price hat ebenfalls nach ihr gesucht. Sie muss zuerst nach Lancoorie fahren.«

»Klar tut sie das. Leute mit Geld kommen eher dran, ist doch immer so.«

»Ted, das war eine sehr unangebrachte Bemerkung. Meine Frau kann nicht an zwei Orten gleichzeitig sein. Clem war als Erster hier.«

Dodds ging mit Ted nach draußen zum Wagen, und Lil brach in Tränen aus, als sie die Neuigkeit erfuhr. »Aber ich brauche sie doch. Das Kind kann jeden Moment kommen. Was sollen wir jetzt machen?«

Dodds überlegte kurz. »Ted, fahr mit deiner Frau nach Lancoorie. Alice hat genügend Platz und wird nichts dagegen haben. Immerhin ist dies ein Notfall. Sobald meine Frau kommt, schicke ich sie rüber.«

»Wir sind doch gerade dort vorbeigefahren«, beklagte sich Ted.

»Na und?«, fragte Lil gequält. »Irgendwo muss ich doch hin, und dort kann mir wenigstens Miss Price zur Seite stehen.«

»Ist das Ihr erstes Kind, meine Liebe?«, fragte Dodds. Doch Lil konnte nur nicken, die Wehen hatten ihre Kräfte aufgezehrt.

Für Alice wurden dies die beiden aufregendsten Tage ihres Lebens. Sie bewährte sich glänzend. Sie war selbst überrascht gewesen, wie ruhig sie geblieben war und wie sie sich verhalten hatte, nachdem die Hebamme ausgeblieben war. Sie erinnerte sich, wie vielen Kühen und Schafen sie bei der Geburt geholfen hatte. Das Wichtigste war, die Mütter zur Mitarbeit zu mahnen, ohne dass diese jedoch ihre Kraft vergeudeten.

Die arme Lil Cornish hatte es am schwersten, da sie dünn und schlecht ernährt war. Die Wehen hatten sie völlig erschöpft, doch Alice streichelte sie und redete ihr gut zu, kühlte ihr rotes, verquollenes Gesicht mit kalten Tüchern und half ihr, sich an den Eisenstäben am Kopfende des Bettes festzuklammern. Als das Baby dann endlich kam, wäre Alice beinahe ohnmächtig geworden.

»O Gott«, betete sie, »hilf mir jetzt. Und hilf dieser armen Frau.« Sie durchtrennte die Nabelschnur, wickelte das Kind, ein kleines Mädchen, in ein Tuch und rannte zur Tür hinaus.

Von Ted war nichts zu sehen, aber ihr Bruder lief draußen auf und ab.

»Komm schnell herein, Clem.«

»Ich?«, rief er entsetzt und wich zurück.

»Ja, du. Komm schon. Du musst das Baby halten. Sie bekommt noch eins. Es sind Zwillinge. O Gott! O Gott!«

Sie kehrte zu der erschöpften, weinenden Mutter zurück. »Du schaffst es, Lil. Du hast es einmal geschafft und wirst es noch mal schaffen. Tief Luft holen, ganz tief, und ausatmen. Und jetzt pressen. Gut so, weiter pressen.«

»Ich kann nicht mehr«, weinte Lil. »Lass mich in Ruhe. Es ist vorbei.«

»Nein, nein, nein! Es ist noch nicht vorbei. Du bekommst noch ein Baby. Komm schon, Lil. Pressen. Halt durch.«

Schweißgebadet schaute Alice zur Tür und hoffte, dass Mrs. Dodds endlich kommen und die Führung übernehmen möge. Als sich die Tür öffnete, wollte sie schon erleichtert seufzen, doch nicht die Hebamme, sondern die alte Sadie kam herein.

Die dickliche Aborigine-Frau drängte sich an Clem vorbei, um sich einen Überblick zu verschaffen.

»Sie macht dauernd schlapp«, flüsterte Alice und war froh über die Unterstützung von einer anderen Frau.

Wortlos kletterte Sadie hinter Lil aufs Bett und zog sie zwischen ihre gespreizten Beine. Sie hielt sie in ihren starken Armen, so dass Lils Kopf auf ihrer breiten Brust ruhte, drückte die Frau an sich und flüsterte ihr Worte in ihrer eigenen Sprache zu. Dann ergriff sie Lils Hände und verlieh ihr dadurch neue Kraft.

Die Wehen setzten wieder ein, und Lil hatte noch genug Energiereserven, um zu pressen, bis Alice einen Freudenschrei ausstieß. »Es kommt, Lil. Es ist fast vorbei.«

Und so gebar Lil ihr zweites Kind.

Clem machte sich auf die Suche nach Ted.

»Herzlichen Glückwunsch! Das hast du gut gemacht. Es sind zwei hübsche Mädchen.«

»Was soll das heißen?«

»Mrs. Cornish hat Zwillinge bekommen.«

»Zwillinge? Verdammt noch mal! Was sollen wir mit zweien? Wir können uns nicht mal eins leisten.«

»Das wird schon. Willst du sie dir ansehen?«

»Später.«

Clem kehrte achselzuckend ins Haus zurück und traf unterwegs Sadie und eine andere Aborigine-Frau.

»Wo wollt ihr beiden hin?«

»Eure Frauen nicht gut füttern, Mr. Clem. Sie hier füttert zweites Baby.« Sie warf Clem einen finsteren Blick zu, als trage er die Schuld an dieser Situation. »Ich sie bringe, um zu füttern dein Kind. Was machen jetzt?«

»Immer langsam, Sadie. Darüber können wir uns noch Gedanken machen, wenn es so weit ist.« Er lachte.

Sadie hatte unrecht. Thoras Brüste waren angeschwollen, und sie würde ihr Kind selbst stillen können.

Doch Sadie vertrat ihm den Weg und sah ihn forschend an. »Weißt nicht viel. Deine Missus bekommt Baby heute Nacht.«

Er rannte zu Thora hinein. »Wie geht es dir?«

»Ich weiß es nicht«, antwortete sie teilnahmslos. »Hat die andere Frau ihr Kind bekommen? Sie sah so unglücklich aus. Ich kann verstehen, wie sie sich fühlt.«

»Ja.« Er erwähnte die Zwillinge nicht, um sie nicht zu erschrecken. »Ihr geht es gut.«

»Ich fühle mich so unbehaglich. Könntest du mir etwas Tee bringen?«

»Ja, natürlich.«

Als Mrs. Dodds schließlich eintraf, waren alle erleichtert. Thoras Wehen setzten um neun Uhr abends ein, und die Hebamme und Alice blieben bei ihr.

Clem saß in der Küche und machte sich Sorgen, weil alles so lange dauerte. Ted döste in Noahs altem Stuhl vor sich hin.

Clem tat Teds Frau leid, die schwach und in weinerlicher Stimmung war und angesichts der schlechten Laune ihres Mannes nur noch mehr litt. Clem hatte nichts dagegen gehabt, dass sie hergekommen waren, hatte es im Gegenteil sogar für eine vernünftige Idee gehalten. Mrs. Cornish wäre sogar in offensichtliche Gefahr geraten, wenn sich ihr nicht gerade zärtlicher Ehemann um sie gekümmert hätte. Doch nun wünschte er sich, die beiden würden sich aufmachen und ihn mit Frau und Kind allein lassen.

Alice überbrachte ihm tränenüberströmt die Nachricht.

»Clem, Thora hat ein kleines Mädchen geboren, aber es kam tot zur Welt.«

Clem war entsetzt. »Das kann nicht wahr sein! Was ist passiert?«

Alice schüttelte den Kopf. »Ich bin nur froh, dass Mrs. Dodds dabei war, sonst hätte ich mir die Schuld gegeben. Sie sagte, es käme von der Nabelschnur, die sich irgendwie verschlungen hatte. Es lief zuerst alles so gut, viel besser als bei Teds Frau. Und dann …« Sie brach in hemmungsloses Schluchzen aus.

»Wie geht es Thora? Kann ich zu ihr?«

»Noch nicht. Mrs. Dodds sagt, wir sollen sie schlafen lassen. Sie hat ihr Laudanum gegeben. Mrs. Dodds will drinnen alles selbst in Ordnung bringen … Die arme Thora, sie wird am Boden zerstört sein.«

»Gib ihr eins von meinen«, grollte Ted. Alice drehte sich zu ihm um. »Wie können Sie so grausam sein!«

Thora erwachte Stunden später und schrie, Alice solle ihr das Baby bringen, schlief aber gleich darauf wieder ein.

»Es wird sie sehr hart treffen«, sagte Mrs. Dodds, und Alice war derselben Meinung. Sie hatte allerdings Zeit zum Nachdenken gehabt und mit Ted eine lange Unterredung geführt.

Als Clem zu ihnen kam und ihm der Vorschlag unterbreitet

wurde, nahm er ihn zunächst nicht ernst. »Ted, deine Frau wäre niemals damit einverstanden.«

Alice ging mit ihrem Bruder ins Wohnzimmer, um die Angelegenheit unter vier Augen zu besprechen. »Wenn sich Mrs. Cornish bereit erklärt, eines ihrer Kinder zur Adoption freizugeben, wäre das wie ein Gottesgeschenk für Thora. Sie ist sehr sensibel. Der Verlust des Kindes würde sie furchtbar treffen, nachdem sie schon so viel durchgemacht hat.«

»Würde sie denn das Kind einer anderen Frau akzeptieren?«, fragte Clem verwirrt.

»Wir sagen es ihr nicht.«

»Das müssen wir aber!«

»Nicht unbedingt.«

Dass seine Schwester in einer solchen Situation einen so kühlen Kopf bewahrte, erstaunte Clem.

»Was für einen Unterschied macht es für dich, wenn du eines dieser Babys aufziehst? Thoras Kind war ohnehin nicht von dir.«

»Und was ist mit Mrs. Dodds? Was wird sie zu alldem sagen?«

Alice lächelte. »Keine Sorge, sie wird dich für einen Heiligen halten. Du weißt doch noch, dass sie die Frau des Pastors ist? Und eine sehr strenge, moralische Frau obendrein. Empfand nicht viel Mitgefühl für die arme Thora. Hat etwas vom Preis der Sünde gemurmelt. Es klang so gemein, und ich hoffe, Thora hat sie nicht gehört. Einmal hätte ich sie beinahe deswegen angefahren. Aber wir brauchen sie, und ich werde mit ihr sprechen.«

Mrs. Dodds trank ihren Tee und nickte nachdenklich. »Ich glaube, hier ist Gottes Hand am Werk. Dein Bruder würde einem dieser kleinen Mädchen einen großen Gefallen tun, wenn er es bei sich aufnähme. So wäre wenigstens für dieses Kind die Zukunft gesichert. Ich habe gesehen, wie die Cornishs leben.«

Alice seufzte. »Ich fürchte nur, dass Dr. Carty Einwände gegen die Adoption eines fremden Kindes vorbringen könnte.«

»Was hat er damit zu tun? Warum ist er nicht hiergeblieben, statt in Urlaub zu fahren? Seine Vertretung ist noch immer nicht eingetroffen, und ich musste quer übers Land zu den Frauen fahren, die er hätte betreuen sollen. Wenn er zurückkehrt, werde ich ihm die Meinung sagen. Dennoch glaube ich, dass der gute Herr hier am Werk gewesen ist und alles richten wird, Alice.«

»Es sieht ganz so aus.«

»Es ist so. Das kleine Baby, das gestorben ist, war nicht Clems Kind.« Sie rümpfte die Nase. »Dessen bin ich mir durchaus bewusst. Gott hat ihn gebeten, vorzutreten und der Vater zu sein, und er hat es getan. Nun bittet Gott ihn wieder, sein Diener zu sein und für ein anderes Kind zu sorgen. Er kann sich nicht weigern. In der Tat habe ich schon mit diesem Ted Cornish gesprochen und halte ihn für unfähig, auch nur ein Kind aufzuziehen. Im Namen des Herren – wir müssen wenigstens ein Baby erretten.«

»Alles hängt von Mrs. Cornish ab«, bemerkte Alice.

»Nein, von Gott. Lass uns dafür beten, Alice.«

Ihre Stimmen drangen undeutlich durch den Vorhang ihrer furchtbaren Müdigkeit und zermalmten Lil, als wären sie Wagenräder, die über sie hinwegrollten. Mrs. Dodds argumentierte und betete, Ted jammerte und pochte auf sein Recht, und Miss Price hielt die Adoption für die beste Lösung.

»Es sind entzückende kleine Mädchen«, sagte Mrs. Dodds, »aber das kleinere benötigt besondere Pflege. Sie möchten für Ihre Kinder doch das Richtige tun, nicht wahr?«

»Wenn du willst, verkaufe ich die Farm«, glaubte sie Ted sagen zu hören.

Lil war verwirrt. Sie hatte von Mädchen gehört, die ihr einziges Kind zur Adoption freigaben, eine schreckliche Vorstellung. Herzzerreißend. Endlich hörte sie sich selbst sagen: »Dann bleibt mir wenigstens eins.« Und sie presste ihr Baby an die Brust, als wolle man ihr auch dieses nehmen.

»Sie sind eine gläubige junge Frau«, schmeichelte Mrs. Dodds. »Gott wird Sie beschützen, weil Sie Mrs. Price in ihrer schwersten Stunde Barmherzigkeit erweisen. Und er wird Sie belohnen, da bin ich mir sicher.«

Als alles besprochen war, wurde Lil von der Euphorie der anderen angesteckt. Sie war stolz auf sich, weil sie stark genug war, die richtige Entscheidung zu treffen. Sie dankte Gott dafür, dass ihre beiden Babys von ihren jeweiligen Müttern geliebt werden würden. Sie selbst würde mit einem Kind besser zurechtkommen. Und sie hatte Teds Versprechen, die Farm zu verkaufen, keineswegs vergessen.

Lil entschied sich, das andere Kind gar nicht erst anzusehen, da sie Angst hatte, in ihrem einmal gefassten EntSchluss wankend zu werden. Es hieß, Mrs. Price gehe es nicht gut, sie sei hochgradig erregt und habe sich auch während der Schwangerschaft nicht gut gefühlt. Lil nickte. Das klang ganz nach Thora, der Treibhausblume.

Alice war so glücklich über Lils Entscheidung, dass sie ihr zwei wunderschöne Babygarnituren und eine Decke für ihre Tochter schenkte, die den Namen Caroline erhalten sollte. Alle fanden ihn schön, und Lil strahlte vor Stolz. Während ihrer dritten und letzten Nacht auf Lancoorie versank sie wieder in ihren Zukunftsträumen. Ted hatte sein Versprechen gehalten, die elende Farm war bereits an Clem Price verkauft, dessen Besitz daran grenzte. Sie würden von hier wegziehen.

»Mrs. Dodds hatte recht«, dachte Lil. »Gott ist gut.« Sie war nie sehr gläubig gewesen, doch durch die Erlebnisse der letzten Tage hatte sich ihre Einstellung geändert. Sie besaß jetzt eine eigene Bibel. Die Hebamme hatte sie ihr geschenkt. In einer stillen Zeremonie tauften die beiden Frauen das Baby auf den Namen Caroline Cornish und dankten dem Herrn auf Knien. Mrs. Dodds las Lil einige Psalmen vor, aus deren Worten die Freude widerhallte. Zum Glück war Ted nicht dabei, denn er hätte die kleine Feier nur verdorben. Lil war froh und aufgeregt, denn nun würde sie den Weg einer echten Christin beschreiten.

»Wie viel willst du für eure Farm haben?«, erkundigte sich Clem.

Ted warf ihm einen verschlagenen Blick zu. »Nun, darüber müssen wir uns unterhalten, nicht wahr? Ich gehe davon aus, dass wir wegziehen sollen?«

»Ja. Ich denke, das wäre unter diesen Umständen das Richtige.«

»Wird dich was kosten. Wir haben ein großes Opfer für deine Missus gebracht.«

»Wie viel?«

»Fünfzig Mäuse für die Farm.«

»Die ist sie nicht wert!«

»Für dich schon. Unter diesen Umständen, um mit deinen Worten zu reden. Dann sind da noch unsere Fahrkarten.«

»Welche Fahrkarten?«

»Ich habe einen Vetter. Ihm gehört eine große Schaffarm außerhalb von Adelaide. Ich wollte schon immer mal nach Adelaide.« Er grinste. »Ist das weit genug für dich? Wir wollen doch nicht, dass es sich meine Frau noch mal überlegt und hier angetrabt kommt, oder?«

Clem hatte vorgehabt, dem Paar etwas Geld für die Reise zu schenken, und war nicht weiter überrascht, dass Ted so viel wie möglich herausschlagen wollte. Dieser Mann hätte beide Kinder verkauft, wenn man ihn darum gebeten hätte. Doch Clem wollte auf Nummer sicher gehen, und Adelaide war wirklich weit entfernt.

»In Ordnung. Ich bezahle eure Reise nach Adelaide.«

»Erster Klasse.«

»Schon recht, die Fahrt ist ja nicht lang. Ich schreibe an die Zentrale meiner Bank in Perth, und sie werden die Fahrkarten für euch kaufen.«

»Du bist ein guter Mann, Clem Price. Hab' ich schon immer gesagt. Das mit der Hebamme regelst du, nehme ich an?«

»Ja, keine Sorge.«

»Schön, dann wäre da nur noch meine Missus. Sie hat nichts. Sie braucht Kleider und alles, was man auf einem großen Schiff nötig hat.«

»Wie viel?«

»Na ja, fünfzig für die Farm und fünfzig für sie. Hat schließlich die ganze Arbeit gehabt. Ist ein verdammt gesundes Baby.«

»Wie du willst. Du musst allerdings in Gegenwart von Mrs. Dodds einige Papiere unterzeichnen.«

»Kein Problem. Her mit dem Griffel, Junge.«

Nachdem sie ihren Wagen mit Vorräten und den hübschen Geschenken für Caroline beladen und sich auf den Weg gemacht hatten, schaute Lil mit einem stummen Abschiedsgruß an ihr zweites Baby zum Haus zurück. Mrs. Price war noch bettlägerig, doch es hieß, sie könne am nächsten Tag wieder aufstehen. Lil wusste, dass ihr Baby bei Thora und Clem Price gut aufgehoben war, und auch Alice hatte versprochen, für das kleine Mädchen zu sorgen.

Sie freute sich, dass ihre Tochter bei den Besitzern dieser stattlichen Farm aufwachsen und es ihr an nichts fehlen würde.

Zu ihrer Überraschung hatte Clem Price ihr einen Umschlag in die Hand gedrückt.

»Was ist das?«

»Das ist für Sie. Passen Sie gut auf sich und das Baby auf, Mrs. Cornish. Und auf das Geld.«

Lil wusste, wie unvorteilhaft sie in dem weiten Baumwollkleid aussah. Ihr Gesicht war noch immer verquollen, und sie wand sich innerlich vor Scham. In den letzten Tagen hatte sie kaum auf Clem Price geachtet, doch nun fielen ihr sein gutes Aussehen und das sanfte Lächeln auf. Dieser Mann hatte die schwangere Thora Carty geheiratet, um sie vor einem Skandal zu bewahren. Ein wirklich gottesfürchtiger Mann, hatte Mrs. Dodds bemerkt, ein Gentleman. Und das stimmte auch. Lil wünschte sich, Clem Price hätte *sie* an ihrem Hochzeitstag sehen können, die wahre Lil Cornish.

Ihr Mann gab dem Pferd wütend die Peitsche. »Was hat er dir geschenkt?«

Als der Wagen die lange Auffahrt entlangrollte, öffnete sie den Umschlag. »Du lieber Himmel! Es sind fünfzig Pfund. Fünfzig Pfund!«

»Sie gehören mir!«, schrie Ted und versuchte, ihr den Umschlag zu entreißen. »Das ist das Geld für die Farm.«

»Nein, du lügst. Miss Price hat mir erzählt, dass sie dich schon für die Farm bezahlt haben. Und unsere Schiffspassage nach Adelaide übernehmen sie auch. Warum fahren wir überhaupt nach Adelaide?«

»Weil ich dort einen Vetter habe. Wir können auf seiner Schaffarm arbeiten.«

»Ich habe nichts dagegen, nach Adelaide zu fahren. Ich wollte schon immer mal eine Seereise machen. Ich hoffe nur, du sagst die Wahrheit, Ted Cornish, sonst möge Gott dir beistehen. Wir werden von nun an ein christliches Leben führen.«

»Mein Gott! Was ist denn in dich gefahren?«

»Nichts. Fahr bitte langsamer, sonst weckst du das Baby auf.«

Alice war so aufgeregt, ein Baby im Haus zu haben, dass sie sich nur noch um Mutter und Kind kümmerte.

Mrs. Dodds hatte das totgeborene Baby mit zu ihrem Mann genommen, damit er es bei der Kirche in geweihter Erde begraben konnte. »Baby Cornish« würde als zweites Mitglied der Gemeinde auf dem neuen Friedhof bestattet werden.

Als die Männer aus dem Lager am Staudamm zurückkehrten, präsentierte Alice ihnen das Baby so stolz, als sei es ihr eigenes, doch dann erschien Thora und verdarb alles, indem sie das Kind mitnahm.

Mike war darüber nicht böse. »Auf mein Wort, Mrs. Price sieht wieder richtig gut aus. Das Baby hat sie zum Strahlen gebracht.«

Selbst George gab murmelnd seine Zustimmung, als sie in ihre Unterkunft gingen, um sich vor dem Essen zu waschen.

Natürlich hatten die beiden recht. Thora war nicht mehr hinfällig. Sie war regelrecht aufgeblüht – eine schöne Mutter, die viel Zeit für ihr Äußeres aufwendete. Sie wusch sich ihr Haar, das sie offen trug, mit Regenwasser und bürstete es, bis es glänzte. Sie badete jeden Tag in nach Lavendel duftendem Wasser. Haut und Körper pflegte sie mit zarter Creme, Rosenwasser und Glyzerin. In ihrer kleinen Reisetasche bewahrte sie einen besonderen Balsam für ihre Hände auf und feilte und polierte Tag für Tag ihre hübschen Nägel.

Eigentlich hatte sich nichts geändert, sinnierte Alice. Vorher hatte sich Thora zu unwohl gefühlt, um im Haus zu helfen, und nun war sie nur noch mit sich und dem Baby beschäftigt. Clem liebte seine Frau vielleicht noch mehr als vor der Geburt, und Thora betrachtete seine Aufmerksamkeiten als Selbstverständlichkeit. Alice hatte keine Einwände, da sie den Haushalt gern allein führte. Hauptsache, Clem war glücklich. Doch allmählich dämmerte ihr, dass Thora einer leeren Hülle glich. Vermutlich reichten ihre Zurückhaltung und statuenhafte Schönheit aus, um Männern den Kopf zu verdrehen, dachte Alice missbilligend, denn sonst hatte diese Frau nichts Anziehendes zu bieten. Sie war eine unerquickliche Gesprächspartnerin und interessierte sich nicht einmal für Lancoorie oder Clems gegenwärtige Aktivitäten. Sie sprach nicht von ihrer Familie und fragte nie nach Clems Vergangenheit. Ihre Lektüre beschränkte sich auf Frauenzeitschriften, und auf die Idee zu kochen kam sie gar nicht erst.

»Wir hatten immer Köchinnen«, sagte sie zu Alice. Die Bemerkung war nicht herablassend gemeint und bewies nur, dass Thora sich damit zufriedengab, mit ihrem Baby in duftigen Kleidern durchs Haus zu schweben.

Wenn Clem zum Essen kam, saß sie artig neben ihm und gratulierte Alice zu ihren Kochkünsten. Clem freute sich darüber. Ansonsten sprach seine Frau nicht viel.

»Thora kann gut zuhören«, sagte er zu Alice. »Das muss ich ihr lassen.«

Es geht zum einen Ohr hinein und zum anderen hinaus, dachte Alice im Stillen.

Es war unmöglich, Thora nicht zu mögen, da sie so glatt war und keine Angriffsflächen bot. Bis auf ihre Eitelkeit war sie einfach die brave, kleine Ehefrau. Ich bin gespannt, wie lange es gutgeht, dachte Alice.

Zu Alices Belustigung hatte Thora das Baby Lydia May getauft.

»Warum nicht Lydia April?«

»Ich wäre dir dankbar, wenn du dich nicht über mich lustig machen würdest«, gab Thora beleidigt zurück, und Alice fiel ein, dass ihre Schwägerin keinerlei Sinn für Humor hatte.

»Tut mir leid, Thora. Lydia ist wirklich ein hübscher Name.«

Beim Sonntagsessen bemerkte sie jedoch, dass Thora über Mike Deagans Witze durchaus lachen konnte, egal, ob sie sie verstanden hatte oder nicht. In solchen Momenten kam sie sich neben dieser eleganten Frau unscheinbar und fade vor.

Der Carty-Clan traf bald darauf in einer Pferdekutsche des

Doktors ein. Die meisten von ihnen waren auch bei der Hochzeit gewesen. Sie bewunderten das Baby, überschütteten es mit Geschenken, flatterten um Mutter und Tochter herum und beglückwünschten Clem, der seine Frau so ausgiebig herzte und küsste, dass es Alice peinlich war. Manchmal schien ihm Thora auszuweichen, doch er war so verrückt nach ihr, dass er es nicht bemerkte.

Alle waren glücklich. Dr. Carty freute sich über sein Enkelkind und erklärte, Lydia sehe aus wie seine Schwester. Mrs. Carty hingegen war der Ansicht, das Baby gleiche Lettice.

Thora lächelte voller Mutterstolz, noch immer im Glauben, sie habe dieses hübsche Kind geboren, und weder Clem noch Alice mochten ihr diese Illusion rauben. Ihnen lachte das Herz, als sie sahen, wie Thora ihrer Familie trotzte, als sage sie zu ihren Angehörigen: »Na, bitte! Ich hatte recht. Dieses Baby gehört mir ganz allein.«

Dr. Carty überreichte Clem ohne Murren die Eigentumsurkunden für das Land in Birimbi. »Wir sind dir alle sehr dankbar, Clem. Es ist eine Freude, Thora so glücklich zu sehen. Du wirst meiner Enkelin ein guter Vater sein. Die Taufe sollten wir in der Stadt feiern.«

»Sobald wir den Staudamm fertiggestellt haben«, erklärte Clem. »Es kann nicht mehr lange dauern.«

Doch dann überstürzten sich die Ereignisse, so dass sie erst einmal nicht dazu kamen, die Taufe vorzubereiten. Während der Bauarbeiten hatte es bisher nur gelegentlich geregnet, doch angesichts der drohenden Unwetter trieben sie die Arbeit an den Mauern fieberhaft voran.

»Hab' selten einen so guten Staudamm gesehen«, bemerkte Mike, als sie die letzten Steine setzten.

»Stimmt wohl.« Clem grinste. »Ich wollte schon immer einen bauen, aber mein alter Herr hatte nichts damit im Sinn. Jetzt kann ich mehr Schafe hier weiden lassen.«

»Bringst du die andere Herde zurück?«

»Wohl kaum. Ich will weitere Tiere kaufen.«

»Man sagt, du hättest mehr Geld als Verstand, Boss …«

»Ich weiß.« Clem wandte sich an die anderen Männer. »Das habt ihr gut gemacht. Was haltet ihr davon, wenn ihr mit mir nach Hause kommt und den Damm begießt?«

»Wird das eine Party?«, fragte Charlie Postle. »Du kannst mit uns rechnen. Dann kannst du auch die Jungs bezahlen, bevor wir heimreiten.«

Als sich die sechs Männer auf den Weg zum Haus machten, brach das erste Unwetter los, und der Regen peitschte über die flachen Weidegründe. Sie waren in übermütiger Stimmung, bejubelten den strömenden Regen und genossen den seltenen Triumph, der Natur ein Schnippchen geschlagen zu haben.

Clem entdeckte vor dem Haus den leichten Wagen von Pastor Dodds und grollte: »Was will der denn hier?«, Er befürchtete, der Geistliche könne die Wahrheit über Thoras Baby ausplaudern. Die anderen achteten nicht auf seine Nervosität, da sie mit den Pferden beschäftigt waren.

Alice lief ihnen entgegen.

Was ist los? Ist etwas passiert?«

Andy Postle nahm sie in die Arme und drehte sie im Kreis. »Wir wollen feiern. Clem hat seinen Damm fertig, und wir sind alle mächtig durstig. Bist du dabei, Alice?«

Sie entwand sich lachend seinem Griff. »Natürlich, das ist ja herrlich. Kommt alle mit ins Haus. Clem, Pastor Dodds hat Neuigkeiten für dich.«

»Worum geht es?«, fragte ihr Bruder misstrauisch.

»Ich weiß es nicht. Ich wollte ihn gerade ausquetschen, als ich euch zum Tor hereinkommen sah. Er möchte es dir selber sagen.«

Clem ging neben ihr her. »Ist alles in Ordnung? Er hat doch nicht mit Thora gesprochen, oder?«

»Oh, doch, er hat das Baby bewundert, aber es geht wohl um etwas anderes. Er ist bester Laune.«

Was immer Dodds auch zu sagen hatte, er spannte sie zunächst auf die Folter, gratulierte ihnen zu ihrem Werk und erklärte sich einverstanden, ein Glas darauf zu trinken.

»Sie möchten mich sprechen?«, fragte Clem besorgt. »Wir können ins Wohnzimmer gehen, dort ist es ruhiger.«

»Nein, Clem, meine Neuigkeiten sind für alle Ohren bestimmt.« Er hob die Stimme. »Wie ich sehe, war dieser Tage keiner von euch in York.«

»Nein. Warum denn?«, fragten alle wie aus einem Mund.

»Die ganze Stadt steht kopf. Westlich von hier, in Fly Flat, hat es bedeutende Goldfunde gegeben! Es heißt, das ganze Gebiet sei äußerst vielversprechend. Endlich wird Westaustralien seinen Platz auf den Landkarten erobern.«

»Von York ganz zu schweigen«, fügte Charlie Postle hinzu. »Bei Gott, dadurch wird sich hier in der Gegend einiges ändern.«

»Warum hier bei uns?«, fragte Les seinen Vater.

»Weil ein Goldrausch bedeutet, dass Tausende von Schürfern hier auftauchen werden. Die Preise werden in ungeahnte Höhen steigen. Wir sollten besser gleich morgen in die Stadt fahren und so viele Vorräte wie möglich kaufen.«

»Mann, ich würde lieber nach Fly Flat reiten«, sagte Andy. »Ich will auch was von dem Gold.«

»Wie sieht es in York aus?«, erkundigte sich Clem beim Pastor.

»Das reine Chaos. Die Männer lassen alles stehen und liegen und ziehen los. Sogar ein Bankdirektor ist darunter.«

»Welcher Bankdirektor?«, fragte Clem.

»Mr. Tanner. Ich bin wirklich schockiert. Hat einfach die Bank geschlossen und ist verschwunden. Seine Frau ist außer sich.«

»Tanner, der Glücksspieler«, dachte Clem. Ihm fiel ein, wie aufgeregt der Bankdirektor bei den ersten Nachrichten vom Goldrausch gewesen war, und begriff nun auch, weshalb ihm Tanner so bereitwillig dieses Darlehen eingeräumt hatte. Er hatte geahnt, dass er nicht mehr dafür geradestehen müsste, falls Clem zahlungsunfähig würde, weil er dann nicht mehr in York sein würde.

»Mr. Tanner ist auch gegangen?«, fragte Alice erstaunt.

»Meine Liebe, das Goldfieber kennt keine Unterschiede«, versetzte Dodds. »Es befällt alle Menschen, gleich welcher Couleur.«

Thora war zu ihnen getreten. »Warum ist Mrs. Tanner denn so außer sich? Sie sollte sich doch freuen, wenn er mit Gold heimkehrt. Clem, du solltest auch gehen! Stell dir vor, du würdest Gold mit nach Hause bringen, das wäre doch herrlich.«

»Nicht für Mrs. Tanner«, meinte Dodds. »Ihr Mann muss schon vorher von den Goldfunden gewusst haben, denn angeblich hatte er einige Pferde in Crombies Stallungen bereitstehen. Er hinterließ seiner Frau eine Art Abschiedsbrief. Er ist nicht einfach zu den Goldfeldern geritten ... er hat Mrs. Tanner verlassen. Und alle Ersparnisse mitgenommen.«

»Was ist mit der Bank?«, wollte Clem wissen. »Wird sie wieder geöffnet?«

»Sicher. Wie ich erfuhr, ist ein Ersatz für Tanner bereits unterwegs. Allerdings wird seine Frau ausziehen müssen, da ihr Haus der Bank gehört. So eine Schande. Die arme Frau tut mir aufrichtig leid.«

»Sie hat ihn ziemlich herumkommandiert«, warf Clem ein.

»Er hat es offensichtlich gebraucht«, meinte Dodds.

Als der Pastor gegangen war, brachen heftige Diskussionen los. Die beiden Postle-Brüder wollten am liebsten auf der Stelle zu den Goldfeldern aufbrechen, doch ihr Vater war strikt dagegen.

Auch Mike juckte es in den Fingern.

»Das geht nicht!«, erklärte sein Boss. »Du hast einen Vertrag und musst hier bleiben.«

»Nicht, wenn George und ich mit dir zusammen gehen. Du bist und bleibst der Boss. Das ist eine einmalige Chance, Clem, wir würden als Team arbeiten.«

»Und was soll aus der Farm werden?«, schrie Alice.

»Ach, bis zur Schur gibt es hier doch nicht viel zu tun«, meinte Thora. »Mike hat recht. Es wäre goldrichtig.« Sie kicherte über ihren eigenen Scherz. »Clem, wir könnten reich werden.«

»Was weißt du schon von Lancoorie«, gab Alice bissig zurück.

»Du lieber Himmel, sie gehen ja nicht für immer fort«, antwortete Thora. »Sie müssten nur ein Stück nach Osten reiten …«

»Hunderte von Meilen«, berichtigte Alice.

»Ach ja? Wir sind doch schon in der richtigen Gegend, so schwer kann es doch nicht sein. Sie könnten zu dritt nach Gold suchen und im Nu wieder zu Hause sein.«

»Wir gehen nicht«, sagte Clem, »Schluss, aus!«

Und dies war auch das Ende der Party. Der Streit beeinträchtigte zwar nicht den Appetit, mit dem sie sich an Alices Fleischpasteten in Soße gütlich taten, die mit großen Brotstücken serviert wurden, doch hatte sich eine dumpfe Stille ausgebreitet. Sie wurde nur von gelegentlichen Donnern unterbrochen, die durch den strömenden Regen dröhnten.

Als sie später zu Bett gingen, brachte Thora das Thema erneut zur Sprache. »Du solltest noch einmal darüber nachdenken, Clem. Hier kannst du nicht viel verdienen. Es wäre eine Chance, reich zu werden. Die beiden Männer können dir helfen. Was willst du mehr?«

Clem löschte das Licht aus. »Widersprich mir nie wieder in Gegenwart anderer Leute!«

Am nächsten Tag fühlte Clem sich bemüßigt, sich bei Thora zu entschuldigen, da er ihre verärgerte Miene und ihr Schweigen nicht ertragen konnte.

»Du siehst wunderschön aus, Liebling. Lass uns spazierengehen.«

»Mir ist nicht danach. Ich muss mich um Lydia kümmern.«

»Sie schläft. Alice wird nach ihr schauen. Komm, sei nicht böse, nimm deinen Schal und geh mit mir hinaus. Ich mag ab und zu etwas brummig sein, aber ich möchte dir um nichts in der Welt weh tun.«

Sie schlugen den Buschpfad hinter dem Haus ein, der zu einem Wäldchen aus Zitroneneukalyptus führte. Dort war die Luft von einem süßen Duft erfüllt.

»Ich muss eine Weile fortgehen.«

»Wohin? Doch zu den Goldfeldern?«, Thora vergaß zu schmollen.

»Nein, nach Northam. Ich miete dort einen Wollschuppen. Sobald das Wetter besser und die Sonne wärmer ist, können wir auf Lancoorie mit der Schur beginnen. Wenn die Scherer dort fertig sind, bringe ich sie zu der Herde auf unserem neuen Grundstück.«

»Ach ja, Carty Downs. Mein Vater weiß, dass du dort Schafe weiden lässt. Ein Nachbar hat es ihm gesagt.«

»Und?«

»Nichts und. Es ist mir egal. Das Land gehört jetzt uns, und ich möchte, dass wir den Namen ändern.«

»Selbstverständlich. Woran hattest du gedacht?«

»An meinen Namen. Nennen wir es Thora Downs.«

Clem schüttelte den Kopf. »Das gefällt mir nicht. Wie steht es mit Thoravale?«

»Wunderbar!«, Sie gab ihm einen Kuss auf die Wange. »Bringst du ein Schild mit dem Namen über dem Tor an? Ein großes Schild!«

»Wird gemacht. Ich möchte dir erklären, dass ich die Schafe nicht nur aus Spaß kaufe. Infolge des Goldrauschs kann ich die Tiere in Northam verkaufen, sobald sie geschoren sind. Die Preise steigen unaufhörlich. Ich glaube nicht …«

Thora fiel ihm ins Wort. »Ich werde ein bogenförmiges Schild entwerfen, auf dem in großen Buchstaben ›Thoravale‹ steht.«

»In Ordnung, mach das. Wenn mein Plan funktioniert, werde ich mit den Schafen einen schönen Profit erzielen. Vielleicht habe ich sogar genügend Zeit, um …«

»Wenn du das Schild machst, solltest du den Namen nicht aufmalen, da sich die Farbe abwäscht. Ich möchte, dass die Buchstaben eingebrannt werden. Solche Schilder sehen sehr beeindruckend aus. Meine Schwestern werden sicher ganz grün vor Neid.«

Clem betrachtete sie liebevoll. Thora war so süß und wirkte so weiblich. Warum sollte sie sich auch sein langweiliges Gerede von Schafen und Preisen anhören? Er ergriff ihren Arm und führte sie um eine felsige Stelle herum, die von Banksien mit messerscharfen Blättern überwuchert war. Clem war auf der Hut vor Schlangen, die sich gern an solchen Orten verbargen. »Ich weiß, ich habe dir eine Reise nach Perth versprochen. Wenn ich aus Northam zurückkomme, könnten wir eigentlich fahren.«

»Oh, nein, nicht, solange ich noch das Baby stille. Das wäre zu umständlich, und ich hätte überhaupt keinen Spaß in der Stadt. Außerdem kann ich mir keine Kleider kaufen, solange meine Brüste so schrecklich geschwollen sind.«

Er lächelte und betastete sanft ihre Brüste. »Ich finde sie nicht schrecklich. Sie sind hübsch, weich und sexy.«

Thora schob ihn weg. »Sei nicht vulgär. Ist Thoravale ein schönes Gelände?«

»Auf mein Wort. Es ist eine hübsche Gegend, das Beste, was der Distrikt zu bieten hat.«

»Gut. Ich habe mir gedacht, wir könnten dort ein anständiges Haus bauen und dorthin umziehen. Lancoorie ist viel zu groß und abgelegen. Wir wären dann viel näher an Perth.«

»Das geht nicht, es ist eigentlich nur Ackerland. Dein Vater hat es als Spekulationsobjekt gekauft. Als Weidegrund ist es geeignet, könnte aber nur eine kleine Farm ernähren. Da es am Fluss liegt, würde man dort am besten eine Molkerei errichten und eine kleine Herde Milchvieh halten.«

»Oder ein hübsches Haus bauen«, schmollte Thora. »Das Land ließe sich bestimmt gärtnerisch gestalten. Wir würden gar kein Vieh brauchen.«

Clem lachte. »Welch eine Verschwendung!«

»Du sollst nicht über mich lachen. Leute wie die Forrests haben veritable Paläste auf ihren Besitzungen. Sie bauen herrliche Häuser und ruinieren sich die Umgebung nicht mit stinkendem Vieh.«

»Die Forrests! Guter Gott, Thora! Sir John Forrest ist der Premierminister von Westaustralien. Sein Haus ist Regierungssitz.«

»Er ist nicht der Einzige. Mein Vater sagt, sechs Familien würden diesen Staat regieren, und alle haben wunderbare Residenzen. Ich verstehe nicht, warum wir darauf verzichten sollten. Ich habe immer geglaubt, du seist wohlhabend.«

»Sei nicht albern, Thora. Das ist nicht unsere Größenordnung und wird es auch niemals sein. Ich bin keineswegs ›wohlhabend‹, wie du es auszudrücken pflegst.«

»Mein Vater sagt, du wärst es, wenn du Lancoorie verkaufen würdest.«

»Der Rat deines Vaters interessiert mich nicht. Seit wann scherst du dich um das, was er sagt?«

»Seit ich begriffen habe, dass es hier mehr Land gibt, als du jemals brauchen wirst. Und du willst in dieser Einöde bleiben, statt dich um meine Wünsche zu kümmern.«

Sie brach in Tränen aus, und Clem versuchte sie zu trösten. »Das stimmt nicht, Liebste. Ich wollte dir eben erklären, dass ich Lancoorie zu …«

»Lass mich in Ruhe!«, Thora riss sich los und rannte den Pfad zurück, wobei sie auf einer glitschigen Wurzel ausrutschte. Clem eilte ihr nach. »Bitte, Thora. Möchtest du für eine Weile nach York zu deiner Familie fahren?«

»York? Niemals! Dort werde ich nicht mehr hinfahren, solange ich lebe! Sie lachen und klatschen nur über mich. Ich begreife nicht, wie du so etwas vorschlagen kannst.«

Hilflos und bedrückt ging er hinter ihr her. Er wünschte sich, er könne ihr verständlich machen, dass er ehrgeizig war und auch ohne den Verkauf von Lancoorie zurechtkommen würde, wenn sie ihm nur genügend Zeit ließe. Er schmiedete seine Pläne mit Sorgfalt und arbeitete hart. Zwar würde er die Früchte seiner Unternehmungen nicht so bald ernten können, doch er war auf dem richtigen Weg. Clem hoffte, mit der zusätzlichen Schafherde einen schönen Gewinn zu erzielen, den er wieder investieren konnte. Er grinste. Dank Mr. Tanner hatte er sich gerade rechtzeitig ins Geschäft stürzen können.

Als sie sich dem Haus näherten, folgte er Thora mit neuem Schwung, kitzelte und neckte sie. »Komm schon, meine Liebe. Sei glücklich! Ich will dich lächeln sehen.«

Sie wehrte ihn ab. »Lass das Theater! Wenn du mich wirklich gern hättest, würdest du mir zuhören und mich nicht albern nennen.«

»Das war doch nicht so gemeint, Thora. Ich sage dir etwas. Wir behalten Thoravale, und ich baue dir dort eines Tages ein Haus, ein geräumiges Haus, ein Herrenhaus, wenn du möchtest.«

»Darf ich es selbst entwerfen?«

»Natürlich. Warum nicht?«

»Gut. Wir bauen ein Haus, wie das meiner Familie in York,

nur schöner und doppelt so groß, mit richtigen Empfangsräumen und einem Gästeflügel. Wäre das nicht herrlich? Wir könnten Leute zu Hauspartys einladen und vielleicht noch einen Tennisplatz anlegen, das ist jetzt das Allerneueste …«

Clem hörte ihr nicht mehr zu. Ihm fiel der Überziehungskredit ein, den er weidlich genutzt hatte. Vermutlich wäre es klug, nach dem Verkauf der Schafe einen symbolischen Betrag zurückzuzahlen, um den neuen Bankdirektor bei Laune zu halten. Den größten Teil des Geldes aber würde Clem erneut investieren. Doch in welchen Geschäften sollte er sich engagieren? Das war die Frage. Er hatte gehört, dass Carty sein Fuhrunternehmen für einen lächerlichen Preis verkaufen wollte, weil die Eisenbahnlinie von Northam nach York weitergeführt wurde. Ob es wohl Sinn machte, diese Firma zu erwerben? Er könnte abgelegene Distrikte anfahren und Passagiere zum Bahnhof in York bringen. Dann schüttelte er den Kopf. Carty hatte bestimmt schon selbst daran gedacht und die Idee vermutlich verworfen.

»Na ja«, murmelte er, während er das Tor hinter sich schloß. »Mir wird schon etwas einfallen.«

5. Kapitel

Der Auktionator kam zu Clem und Mike herüber, als sie ihre große Schafherde auf den Viehhof von Northam trieben.

»Bei Gott, da tun einem ja die Augen weh! Wo kommt ihr denn her?«

»Aus York. Ich bin Clem Price, Besitzer der Lancoorie-Farm, und das ist Mike Deagan.«

Er hatte Mike mitgenommen, damit dieser ihm beim Scheren helfen konnte. Nun war alles erledigt. Clem hatte die anderen Scherer bezahlt, die Wollballen befanden sich im Lagerhaus am Schienenkopf, wo sie versteigert werden sollten, und jetzt mussten sie nur noch die Schafe loswerden. Clem sah sich um. Obwohl der Freitag ein Verkaufstag war, wirkte das Angebot dürftig – nur wenige Schafe und Rinder, einige Schweine und überhaupt keine Pferde.

»Sind wir zu früh?«, fragte er unschuldig. »Oder ist es heute einfach ruhig?«

»Ruhig?«, donnerte der Auktionator. »Es ist hoffnungslos. Ich habe mehr Käufer als Ware. Sie kommen aus Southern Cross und sogar aus Coolgardie.«

»Wo liegt denn Coolgardie?«, wollte Mike wissen.

»Himmel, wo seid ihr beide bloß gewesen? Fly Flat wurde zur Stadt erklärt und in Coolgardie umbenannt. Ist der alte Abo-Name für den Ort. Sie haben ihn nach irgendeinem Burschen benannt, der dort ein Wasserloch gefunden hat.«

»Dann können Sie meine Schafe also verkaufen?«, erkundigte sich Clem.

»Die Pferde auch, wenn's sein muss.«

»Ich möchte einen anständigen Preis erzielen. Hat mich viel Mühe gekostet, die Herde herzutreiben.«

»Keine Sorge, Kumpel. Hier ziehen Massen von Diggern durch, und es ist kein Ende abzusehen. Manche schleppen sogar ihre armen Familien mit. Sie sind wie eine Heuschreckenplage, sie fressen alles, was ihnen vor die Kiefer kommt. Du kannst problemlos drei Pfund pro Tier erzielen.«

»Sagen wir vier«, meinte Clem. »Ich verlange vier Pfund pro Kopf. Sie sind alle frisch geschoren.« Er konnte seine Aufregung kaum verbergen. Er hatte die meisten Tiere für weniger als fünf Shilling gekauft, doch das gute Futter auf Thoravale hatte seine Spuren hinterlassen, so dass sie nicht mehr ganz so erbärmlich aussahen.

»Ich werde mein Bestes tun«, versicherte der Auktionator.

»Ich habe Zeit. Der Rausch fängt ja gerade erst an. Die Zeitungen berichten ausführlich von Goldvorkommen in Fly Flat oder Coolgardie oder wie auch immer es heißen mag. Wenn sie jetzt nicht kaufen, bezahlen sie nächste Woche noch mehr und dann noch mehr. Das sollten die Leute eigentlich wissen.«

Clem und Mike suchten das nächste Pub auf und ließen sich an der überfüllten Theke nieder. Auch dort waren die Goldfunde das einzige Gesprächsthema.

»Ich habe schon die ganze Zeit vermutet, dass du etwas mit dem Gold im Sinn hast. Deshalb also hast du die ganzen Schafe gekauft.«

»Mir war ein Gerücht zu Ohren gekommen.«

»Wie es aussieht, wirst du heute eine Menge verdienen.«

Der Wirt hatte ihr Gespräch mit angehört. »Seid ihr die Burschen mit der Herde, die heute morgen angekommen ist?«

»Ja.«

»Dann solltet ihr euch in acht nehmen, Jungs. Besteht auf Bargeld. Auf dieser Straße treiben sich mehr Gauner herum als im Gefängnis von Fremantle. Ich bin mehr als einmal hereingefallen und nehme kein Papierzeugs mehr an. Die Hälfte der Leute, die heutzutage auf dem Viehhof mitbieten, sind gar keine echten Käufer oder Metzger, es sind einfach krumme Hunde. Sie treiben die Schafe weit weg von der Straße in die Einöde und verkaufen sie an saudumme Goldgräber, denen das Futter ausgegangen ist.«

»Wie viele Städte gibt es zwischen hier und Coolgardie?«, wollte Mike wissen.

»Auf den ganzen vierhundert Meilen nur zwei, die der Rede wert sind – Merredin und Southern Cross. Es heißt, dort sei die Hölle los.«

»Aber die Leute finden viel Gold?«

»Sicher. Und sie bezahlen einen Haufen Geld für Wasser – und dafür, vielleicht an Typhus zu sterben.« Lachend wischte er die Theke ab. »Es heißt, die eine Hälfte der Goldgräber sei damit beschäftigt, die andere Hälfte zu begraben.«

»Netter Ort!«, bemerkte Clem, doch Mike war noch immer scharf darauf, dort hinzugehen.

»Mit einem Wagen und den Vorräten aus Lancoorie könntest du es schaffen«, drängte er Clem. »Ich komme mit. George kann sich derweil um die Frauen und die Farm kümmern. Wir sind so nah dran, dass es Wahnsinn wäre, es nicht auch zu probieren.«

»Vierhundert Meilen finde ich nicht gerade nah. Und du wirst dich wundern, wie hart das Graben in dieser Gegend ist.«

»Meinst du, Sträflinge seien nicht an harte Arbeit gewöhnt?«, erwiderte Mike bitter.

Clem lachte. »Mir kommen die Tränen. Wir gehen nicht, basta. Ich kann nichts dafür, dass du noch Bewährung hast. Wenn deine Zeit um ist, kannst du gehen, wohin du willst.«

»Dann ist kein Gold mehr übrig.«

Eine Glocke ertönte, und sie drängten sich mit den anderen

in den kleinen Speisesaal, aus dem man die Tische und Stühle entfernt hatte. Stattdessen stand eine Bank neben der Küchentür, auf der den hungrigen Gästen Brote, gekochte Eier und Kartoffeln angeboten wurden. Schließlich gelang es Clem und Mike, noch bevor die Vorräte ganz aufgezehrt waren, einige Kartoffeln zu ergattern. Doch beim Verlassen des Pubs waren sie keineswegs satt.

»Ich dachte, wir würden hier etwas Anständiges zu essen bekommen«, beklagte sich Mike. »Ich bin so ausgehungert, dass ich meine Stiefel anknabbern könnte.«

Clem sagte nichts dazu. Sein Gefährte hatte soeben einen Vorgeschmack bekommen, mit welchen Gefahren und Strapazen er auf dem langen Weg zu den Goldfeldern zu rechnen hätte. Verglichen damit, war Northam geradezu ein Paradies.

Die beiden Männer vergaßen ihre Auseinandersetzung, als die Versteigerung der Schafe begann. Es gab ebenso viele Käufer wie Zuschauer. Clem erkannte die Kenner, die sich Zeit genommen und die Schafe genau angesehen hatten, auf den ersten Blick. Sie hielten sich noch zurück, da die besten Tiere erst zum Schluss, drankamen. Die anderen Bieter gierten so verzweifelt nach Hammelfleisch, dass sie die Preise in die Höhe trieben. Schließlich waren sie bei fünf Pfund pro Kopf angelangt.

Clem sprach mit dem Auktionator und wies ihn an, nur Bargeld entgegenzunehmen, doch selbst diese Reglementierung hatte keinerlei Einfluss auf die horrenden Gebote. Die Männer drängten und schubsten, um sich Gehör zu verschaffen.

Mike genoss die ganze Veranstaltung, feuerte die Käufer mit Zurufen an und bot ab und zu mit, um den Verkauf zu beschleunigen. Clem lauschte verwundert, wie der Preis für seine Schafe erst auf sechs, dann auf sieben Pfund emporschnellte, und wünschte sich, er hätte noch mehr Tiere gekauft. Bei den letzten Schafen schoss der Preis auf acht, dann sogar auf zehn Pfund hoch. In der Menge brach Streit aus, weil da einige Spekulanten angeblich die Chancen der ehrlichen Käufer ruinierten.

Das Bargeld floss in Strömen, und Clem war dankbar für Mikes Gesellschaft, als sie sich mit Gewehren bewaffnet im Schuppen des Auktionators einfanden, um den Erlös abzuholen.

Auch der Auktionator hatte Wachen bei sich, als er seine Provision einstrich und die Eigentümer des an diesem Tag verkauften Viehs auszahlte.

»Ist gut gelaufen für euch«, grinste er und zählte Clem über dreitausend Pfund in zerknitterten Banknoten auf den Tisch. »Habt ihr noch mehr, Jungs?«

»Natürlich«, antwortete Mike eifrig.

»Nein, habe ich nicht«, gab Clem zurück. »Ich züchte Wollschafe, und die sind zu schade fürs Schlachthaus.«

»Bei diesen Preisen?«

»Bei jedem Preis. Ich werde nicht meinen gesamten Viehbestand verkaufen.«

Sie bündelten die Geldscheine mit Gummibändern und verstauten sie in Geldsäcken, die Clem wiederum in seine lederne Satteltasche stapelte. »Na, los«, sagte er zu Mike, »ich muss das hier auf dem schnellsten Weg zur Bank bringen.«

Sie rannten übermütig zu ihren Pferden und lachten und jauchzten wie Schuljungen.

»Mein Gott, du hast es geschafft!«, strahlte Mike. »Welch ein Profit! Ich und George haben uns schon gefragt, wozu du die ganzen Schafe gekauft hast. Sie hatten nicht so ausgesehen, als würden sie etwas einbringen. Wir hatten vermutet, dass du auf einen hohen Preis spekuliertest, aber das hier hatten wir nicht erwartet.«

»Ich auch nicht. Es hätte mich nicht überrascht, wenn die Hälfte der Käufer kein Geld gehabt hätte, aber nun steckt es in meiner Satteltasche. Wir bringen es zur Bank und übernachten in Northam. Mir ist nach Feiern zumute.«

Als sie in die Hauptstraße von Northam einbogen, drängte sich eine große Menschenmenge vor den Geschäften.

»Die scheinen auch zu feiern«, meinte Clem und zügelte sein Pferd.

»Sieht eher nach einem Protest aus!«

Sie lenkten ihre Pferde an den Rand der Menge, in deren Mitte ein Mann auf einer Kiste stand und eine Rede hielt. Er wirkte eigenartig mit seinem hageren Gesicht und den langen, glatten Haaren.

»Immer mit der Ruhe, Freunde! Ihr könnt das Recht nicht selbst in die Hand nehmen. Irgendwann werdet ihr es noch bereuen.«

Stimmen aus der Menge versuchten ihn niederzubrüllen, doch der Redner setzte sich durch. »Zwischen hier und Coolgardie liegt vieles im Argen. Zeigt den Bossen in Perth, dass ihr kein Abschaum seid, sonst werdet ihr nichts bekommen.«

Mike drehte sich zu Clem um. »Die Lage scheint ziemlich brenzlig zu sein. Sieh nur, alle Geschäfte sind geschlossen und verriegelt. Auch die Banken.«

»Oh nein«, stöhnte Clem. »Wer ist der Typ?«, fragte er einen Mann, der neben ihm stand.

»Heißt Vosper, Fred Vosper. Ist wohl Reporter. Keine Ahnung, wieso er sich hier einmischt. Die Leute haben die Nase voll.«

»Wovon?«

Die Antwort ging im Lärm unter. Steine prasselten nieder, und Vosper duckte sich, doch die Werfer zielten nicht auf ihn. Sie zerschmetterten die Schaufenster der Geschäfte, während der Mob grölte.

Vosper ließ sich nicht beirren. »Hört auf!«, schrie er. »Ihr macht die Sache nur noch schlimmer! Ihr gehört hier zu den

Ersten, doch jedes Schiff bringt neue Goldsucher aus den Staaten im Osten. Der Mangel an Waren wird noch viel gravierendere Ausmaße annehmen.«

Seine Stimme war so durchdringend, dass er sich erneut Gehör verschaffen konnte. »Wenn ihr diese Stadt zerstört, habt ihr die Bosse gegen euch. Damit meine ich die Politiker in Perth. Sie werden euch keine Hilfe, sondern Soldaten schicken.«

»Wie sollten sie uns schon helfen?«, rief ein Mann.

»Sie sitzen auf dem Geld, Junge. Ihr habt keins. Sie können in Coolgardie Brunnen bohren. Dann zahlt ihr dort für Wasser mehr als für Whisky! Wenn ihr glaubt, die Nahrungsmittelpreise seien Wucher, dann wartet ab, was noch kommen wird. Sie können die Eisenbahn von hier bis York verlängern. Ich aber sage, sie sollte nach Southern Cross und weiter nach Coolgardie führen, damit es auf der furchtbaren Straße nach Osten endlich zu keinen Tragödien mehr kommt.«

»Du bist wahnsinnig«, brüllte ein Mann, der unmittelbar neben Mike stand.

»Ist er nicht«, widersprach dieser. »Er will euch nur klarmachen, dass sie auf euch hören werden, wenn ihr gemeinsam auf eure Rechte pocht. Es geht nur darum, eure Lage zu verbessern.«

»Was weißt du denn schon, Rotbart?«, stieß der Mann hervor und drängte sich nach vorn. »Ich sage, wir müssen dieser Stadt eine Lektion erteilen«, brüllte er und schwenkte einen dicken Knüppel. »Wir sind noch nicht mal halb in Coolgardie, und diese Bastarde quetschen uns schon bis aufs Blut aus. Jeder Krümel kostet hier ein Vermögen. Wir verhungern draußen auf der Straße, wenn wir auf diesen verrückten Vosper und seine leeren Phrasen hören.«

»Es sind keine leeren Phrasen«, gab dieser zurück. »Ich war auf den Goldfeldern im Osten, wir sollten unsere Lehren aus den dortigen Zuständen ziehen. Aufruhr hat gar keinen Sinn …«

»Lass uns verschwinden«, drängte Mike, als sich die Menge in Bewegung setzte, um die Metzgerei zu stürmen, doch Clem machte sich Sorgen um den Redner.

»Wird er das heil überstehen? Diese Kerle reißen ihn von seiner Kiste.«

»Ist doch nicht unser Problem.« Mike packte Clems Pferd am Zügel und zog ihn mit sich.

Innerhalb weniger Minuten war ein Aufstand, wie er im Buche steht, im Gang. Wurfgeschosse flogen in alle Richtungen. Fackeln landeten in der Metzgerei, die kurz darauf in Flammen aufging. In Windeseile sprang das Feuer auf die angrenzenden Gebäude über, darunter auch die *Bank of Western Australia*, die Clems ursprüngliches Ziel gewesen war.

»Sie drehen völlig durch!«, sagte Clem aufgeregt. »Wozu um Himmels willen soll das gut sein?«

»Zu gar nichts. Die Lage wird sich höchstens noch verschlimmern. Aber sie fühlen sich besser, wenn sie jemanden bestraft haben, den sie für ihr Unglück verantwortlich machen.«

»Und mit dieser Meute wolltest du losziehen? Der reinste Abschaum!«

»Sie sind nur verwirrt.«

»Sag das mal den armen Leuten, denen die Geschäfte gehören. Der Metzger muss bei den Viehauktionen alle anderen überbieten; kein Wunder, dass das Fleisch so teuer ist.«

»Wenn du das zu laut sagst, fallen sie auch über dich her.«

»Was hätte ich denn tun sollen? Den Käufern erklären, dass ich nur zu den alten Preisen aus der Zeit vor dem Goldrausch verkaufe?«

»Versuch bloß nicht, die Geheimnisse der Wirtschaft zu durchschauen. Wir sollten uns besser auf den Heimweg machen.«

»Den Heimweg? Wir haben seit einer Woche im Zelt geschlafen, und wir wollten uns doch heute ein Hotelzimmer nehmen und feiern. Das haben wir uns verdient.«

»Und was machen wir mit dem ganzen Geld?«

»Wir behalten es bei uns und zahlen es morgen früh auf der anderen Bank ein. Im Hotel sind wir sicherer, schließlich haben uns viele Leute mit dem Geld gesehen. Wenn wir jetzt nach Hause aufbrechen, werden wir unterwegs vielleicht überfallen.«

»Wir könnten schnell nach York reiten und dort übernachten.«

»Wirklich, Mike. Man könnte glauben, es sei dein Geld. Ich werde die Satteltasche nicht aus den Augen lassen. Wir gehen ins Pub, essen und trinken und gönnen uns ein paar Stunden Schlaf. Morgen früh brechen wir auf, bevor diese Irren hier ein Auge auftun.«

Sie fanden ein Hotel mit Pub. Der Wirt hatte es gerade wieder eröffnet. Er war zwar nervös, aber vor allem erleichtert, dass der Aufruhr nicht bis zu ihm vorgedrungen war.

»Seid ihr Goldsucher?«, fragte er.

»In der Tat«, antwortete Mike, der lieber nicht zugeben wollte, dass sie sich in der Stadt die Taschen gefüllt hatten.

»Wo kommt ihr her?«

»Aus Perth. Sind unterwegs zu den Goldfeldern. Unangenehme Sache heute. Kommt das öfter vor?«

»Nein.«

»Worum ging es eigentlich?«, fragte Mike hartnäckig, doch der Wirt war auf der Hut. »Frag mich nicht. Was wollt ihr trinken?«

»Bier.«

»Gibt's nicht mehr. Rum oder Whisky?«

»Whisky. Können wir hier übernachten?«

»Tut mir leid, Kumpel. Bin bis unters Dach ausgebucht.«

»Sieht so aus, als müssten wir nach Hause reiten«, folgerte Clem. Der Wirt schaute ihn fragend an.

Mike versuchte, den Versprecher zu überspielen. »Was soll ich nur mit ihm anfangen? Der erste Rückschlag, und schon will er zurück nach Perth. Hat mich schon genug Mühe gekostet, ihn bis nach Coolgardie zu locken. Da draußen gibt es doch Gold, nicht wahr?«

»Mehr, als die meisten Leute wissen«, flüsterte der Wirt verschwörerisch. »Es heißt, hinter Coolgardie sammeln sie zig Unzen mit bloßen Händen auf. Hier wohnt ein Schreiberling namens Vosper und meint, sie hätten den größten Goldfund der Welt gemacht.«

»Woher will er das wissen?«, fragte Clem, der inzwischen begriffen hatte, dass es klüger war, das Thema Aufruhr nicht mehr anzuschneiden. Hoffentlich lebte Vosper noch. Clem fühlte sich schuldig, weil er den armen Teufel in den Händen dieser Meute zurückgelassen hatte.

»Weiß nicht. Vielleicht von den Geologen.«

»Aber hinter Coolgardie gibt es nur noch Wüste, oder nicht?«, erkundigte sich Clem.

»Man muss sich schon ein bisschen Mühe geben«, warf Mike ein. »Wir nehmen noch einen Whisky.«

»Könnt ihr überhaupt ein Bett bezahlen?«, fragte der Wirt, als er ihre Drinks einschenkte.

»Denke schon.«

»Dann bleibt hier, und ich höre mich um. Wollt ihr essen?«

»Ich könnte ein Pferd verdrücken«, antwortete Clem.

»Gut, das macht zehn Shilling. Meine Missus bringt euch Hammeleintopf und Kartoffeln. Das ist alles, was wir haben. Ihr Goldgräber müßt verstehen, dass wir alle in einem Boot sitzen. Ich muss schon ein Vermögen bezahlen, um meine Familie zu ernähren.«

»Das Pub läuft doch gut«, sagte Mike bedächtig, als die Gäste von der Straße hereinströmten, aber der Wirt war schon weggegangen.

Clem folgte Mike zum Ende der Bar, wo sie sich mit dem Rücken zur Wand niederließen. »Hier können wir uns schon mal entspannen. Wenn er kein Zimmer für uns auftreibt, schlafen wir einfach hier. Wenigstens gibt es etwas zu essen. Und der Whisky ist gar nicht mal so schlecht.«

Mike fasste die anderen Gäste scharf ins Auge.

Plötzlich sah Clem nach unten. »Guter Gott! Was zum Teufel fällt dir ein? Du kannst doch kein geladenes Gewehr mit dir herumtragen! Ich weiß ja nicht, woher du kommst, aber in diesem Land ist das strengstens verboten. Versteck es!«

»Tu ich doch. Ganz ruhig. Du hast das Geld. Ich passe darauf auf, das ist alles. Du hast dein Gewehr ja im Stall bei den Pferden gelassen.«

»Wo deins auch sein sollte.«

»Hat mir aber keiner gesagt, oder?«

Clem genoss es, einfach nur dazusitzen. Weder er noch Mike tranken viel; sie blieben mit ihrem Whisky an der Bar und beobachteten die anderen Gäste, lauter hoffnungsvolle Goldgräber. Die Einheimischen hielten sich an diesem Tag fern, um dem Zorn der Menge zu entgehen.

Sie hatten bereits die zweite Portion des wässrigen Hammeleintopfs gegessen, als sich der Wirt wieder an sie erinnerte.

»Ihr könntet ein Bett im *Avon Hotel* haben. Ist mitten in der Stadt, aber der Besitzer will keinen Ärger und hat deshalb heute geschlossen. Das Zimmer ist anständig. Es hat zwei Betten und kostet zwei Pfund. Ich habe ihm gesagt, ihr wärt zwei ehrliche Burschen, die keine Unruhe stiften. Er hat keine Schanklizenz, aber wenn ihr wollt, könnt ihr euch bei mir eindecken und eine Flasche mitnehmen. Geht zur Hintertür und sagt, ich hätte euch geschickt. Heißt Barclay. Ach ja, und keine Frauen aufs Zimmer!«, Er sah zu den Prostituierten hinüber, die sich unter die Gäste gemischt hatten. Zwei der übermütigen jungen Frauen hatten offensichtlich ein Auge auf Clem und Mike geworfen.

»Das ist aber schade«, sagte Mike und stieß Clem an. »Die Damen sind ganz wild darauf mitzugehen.«

»Auf gar keinen Fall!«, wehrte Clem prüde ab.

»Hab doch Mitleid mit mir! Weißt du eigentlich, wie lange ich nicht mehr mit einer Frau geschlafen habe?«

Clem tat, als habe er nichts gehört, wuchtete die Satteltasche auf die Schulter und ging zur Tür. Mike folgte ihm, wobei er das Gewehr lässig unter dem Arm trug.

»Ich glaube, eure Vorschriften sind ein bisschen überholt«, bemerkte er. »Einige Männer da drin waren bewaffnet. Liegt wohl an den Zeiten.«

»Oder der Wirt war zu beschäftigt, um es zu sehen.«

Die Straße lag im Dämmerlicht. Zwei klaffende Öffnungen, die einmal Schaufenster gewesen waren, zeugten von den Ereignissen des Tages. Überall lagen Trümmer herum, und der Geruch nach verbranntem Holz hing über der Stadt. Wie angekündigt, war das *Avon Hotel* geschlossen und verriegelt. Sie nahmen eine Seitenstraße, die zum Hintereingang führte, doch das Tor zu den Stallungen und dem Hof war mit einer Kette versperrt.

»Verdammt!«, Clem ritt am Zaun entlang und versuchte, die Aufmerksamkeit des Besitzers auf sich zu lenken.

»Ich glaube nicht, dass Rufen etwas bringt«, sagte Mike. »Warte hier, ich wecke Barclay schon auf.« Er stieg ab, gab Clem die Zügel in die Hand, nahm Anlauf und sprang über den Zaun.

Das Hotel war ein schönes, zweistöckiges Backsteingebäude. »Kein Wunder, dass der Besitzer es heute geschlossen hat«, dachte Clem. »Aber wenigstens bekommen wir ein anständiges Zimmer.«

»Was treibt ihr da?«, Ein Mann bog im Laufschritt um die Ecke.

Clem drehte sich im Sattel um. »Schon gut, Kumpel. Ich warte nur, dass man mich reinlässt. Wir wohnen hier.«

Der Schlag traf ihn völlig überraschend. Er hatte den zweiten Mann, der sich von hinten angeschlichen hatte, nicht bemerkt. Als der schwere Knüppel auf seinen Nacken niedersauste, klammerte Clem sich in einem Reflex an die Zügel. Sein Pferd bäumte sich auf, weil das Gebiss, in sein Maul schnitt, und Clem stürzte unter einem weiteren brutalen Schlag zu Boden. Die beiden Männer zerrten die Pferde weg, während Clem versuchte, sich an den Lederriemen festzuhalten und über den unebenen Boden geschleift wurde.

Seine Hände waren glitschig – ob vor lauter Blut oder vor lauter Schweiß, wusste er nicht –, und die Riemen entglitten ihm. Er hörte nur noch, wie sie mit seinen Pferden davonrannten! Er wollte schreien, doch aus seiner Kehle drang nur ein Krächzen.

Die Kette rasselte, und das schwere Tor schwang auf. Für Clem schien es in unerreichbarer Ferne zu liegen.

»Wo zum Teufel steckt er?«, ertönte Mikes Stimme. »Vor einer Minute war er doch noch hier …«

»Vielleicht ist er wieder nach vorn gegangen«, antwortete eine andere Stimme.

»Nein. Warum sollte er das tun? He, Clem! Wo bist du?«

»Wer liegt denn da am Zaun?«, fragte die fremde Stimme. Clem stöhnte.

»Heilige Mutter Gottes, Boss, was ist passiert? Wo sind die Pferde?«

Wie betäubt und gestützt von den beiden Männern taumelte Clem ins Hotel.

»Haben sie meine Satteltasche mitgenommen?«

»Ja, als nette Zugabe. Mr. Barclay hier vermutet, dass sie es auf die Pferde abgesehen hatten.«

Clem ächzte. Seine Handgelenke waren fast ausgerenkt und blutig. Sein Schädel fühlte sich an, als klaffe ein Loch darin. »Wir müssen ihnen nach!«

»Zu Fuß?«, fragte Mike. »Wir flicken dich zusammen, dann

sollteѕt du ein bisschen schlafen. Hat keinen Sinn, heute Nacht zur Polizei zu gehen. Die Pferde tragen dein Brandzeichen, das könnte ein Pluspunkt für uns sein.«

»Ich kann neue Pferde kaufen«, sagte Clem.

»Nicht in dieser Gegend«, antwortete der Wirt. »Sie haben da eine hässliche Wunde am Kopf. Soll ich einen Arzt holen?«

»Nein«, erwiderte Clem wütend.

Zwei Tage später erfuhren sie, dass man ihre Pferde im Gebüsch bei der Straße nach Perth gefunden hatte, doch von Clems Satteltasche gab es keine Spur. Berittene Polizisten würden die Tiere zurückbringen.

»Das war's dann wohl«, sagte Mike. »Die dachten, sie hätten zwei anständige Pferde erbeutet, doch dann haben sie das Bargeld entdeckt und die Tiere wegen der Brandzeichen laufenlassen. Sie sind auf Nimmerwiedersehen verschwunden! Das war wohl echtes Pech!«

»Mehr hast du nicht zu sagen? Pech? Mein Gott, ich bin ruiniert, und du redest, als hätte ich gerade mal ein paar Pfund verloren!«

»Wir haben doch noch die Pferde. Wenigstens müssen wir nicht nach Hause laufen«, tröstete ihn Mike.

»Lass mich in Ruhe. Und hör auf, dich als meinen Partner zu bezeichnen. Jeder, der hier reinkommt, nennt dich so. Es geht mir mächtig auf die Nerven.«

Mike zuckte die Achseln. »Da ich die ganze Zeit rede und erkläre und mit den Polizisten durch die Gegend reite, gehen sie selbstverständlich davon aus, dass ich dein Partner bin. Ich selbst habe nie etwas Derartiges gesagt. Du tust dir keinen Gefallen, wenn du dich hier drinnen verkriechst und dich aufregst. Deine Verletzungen sind nun wirklich nicht allzu schwer. Dass aber offensichtlich dein Stolz schwer was abgekriegt hat, solltest du nicht an mir auslassen.«

Clem wusste, dass Mike recht hatte. Er hatte Geld verdient und es aus purer Unachtsamkeit verloren. Er hätte vorsichtiger sein sollen. »Mein Gott, ich war sogar bewaffnet«, dachte er voller Zorn. »Das hätte einfach nicht passieren dürfen. Reinste Dummheit! Hätten sie Mike ausgeraubt, dann hätte er noch ein paar Hiebe von mir einstecken können. Aber so kann ich niemandem die Schuld geben außer mir selbst.«

Was ihn noch mehr ärgerte, war die Tatsache, dass der ältere Mann, der als Sträfling harte Zeiten in diesem Land erlebt hatte, den beiden Gaunern vermutlich gar nicht erst zum Opfer gefallen wäre. Es hätte ihn nicht überrascht, wenn Deagan heimlich über ihn gelacht hätte. Was für eine Geschichte konnte er seinem Kumpel George erzählen, wenn sie wieder zu Hause wären! Clem hatte zunächst mit dem Gedanken gespielt, den Frauen nichts davon zu sagen, doch schien es ihm letztendlich besser, wenn sie es von ihm selbst erfuhren. Von seiner Frau und seiner Schwester konnte er wenigstens Mitgefühl erwarten.

»Aber bei Gott«, murmelte er heftig, »das wird mir nie wieder passieren! Ich werde es zu etwas bringen, koste es, was es wolle. Ich habe es Thora versprochen und werde mein Versprechen halten. Nie wieder werde ich mich über den Tisch ziehen lassen.«

Er quälte sich noch immer mit Vorwürfen wegen des Überfalls, als ein mitleidiger Besucher auftauchte.

Es handelte sich um den Reporter Fred Vosper. Er stellte sich vor und überreichte Clem eine Flasche Brandy.

»Hab' mir gedacht, ich sollte Ihnen mein Beileid aussprechen. Na los, nehmen Sie einen Schluck, der wird Sie aufmuntern.«

Clem starrte Vosper an, als dieser aus den Taschen seines glänzenden, schwarzen Mantels zwei Gläser hervorholte und sie ordentlich vollgoss.

»Haben Sie nicht vor dem Aufruhr zu der Menge gesprochen?«

»In der Tat.«

»Ich dachte, die würden Sie lynchen. Habe mir Sorgen gemacht.«

»Mich doch nicht. Ich weiß, wann ich mich verdrücken muss. Aber es ist wirklich edelmütig von Ihnen, sich um mich zu sorgen, Mr. Price.« Er nahm den Hut ab, und das längste Haar, das Clem je bei einem Mann gesehen hatte, fiel ihm über die Schultern. »Verstehen Sie meine Haartracht bitte nicht falsch, Sir. Die Bosse haben mich auf den Goldfeldern von Queensland eingebuchtet, weil ich die Wahrheit über die schändliche Behandlung der Goldgräber geschrieben habe. Ich habe geschworen, mir aus Protest nicht mehr die Haare zu schneiden.«

»Verstehe«, sagte Clem verblüfft.

»Mr. Price, Sie sind jetzt berühmt. Ich habe Ihre Geschichte niedergeschrieben. Habe berichtet, dass die Bosse letztlich für die katastrophalen Zustände auf dieser Goldroute verantwortlich sind, weil sie keine zusätzlichen Polizisten bezahlen und dadurch ehrliche Bürger wie Sie den Angriffen von Schurken aussetzen. Ihnen wurde eine große Geldsumme gestohlen. Die Schuld daran gebe ich den Bossen.«

»Sie wollen mich in die Zeitung bringen?«, Clem wurde übel.

»Auf mein Wort. Schon passiert. Zehntausend Pfund von Buschräubern auf den ungesicherten Straßen gestohlen ...«

»Es waren nicht zehn, sondern drei, und ich befand mich am Hintereingang dieses Hotels.«

»Macht doch keinen Unterschied. Das ist erst der Anfang. Die Straßen sind nicht sicher. Die Banken mussten schließen, um nicht am helllichten Tag ausgeraubt zu werden, während die örtliche Polizei außerhalb der Stadt für Ordnung sorgen sollte. Das Gesetz war in Northam nicht mehr vertreten.«

Fasziniert lauschte Clem Vospers Schmährede auf die Politiker, die in Perth gemütlich auf ihrem Hintern saßen und das angenehme Leben genossen. Dabei konnte jeder Idiot sehen, welche Tragödien unterwegs auf die Goldgräber und ihre Familien warteten, die sich mühsam nach Coolgardie durchzuschlagen versuchten. »Sind Sie da draußen gewesen? In Coolgardie, meine ich?«

»Natürlich. Meine Informationen stammen immer aus erster Hand. Deshalb musste ich Sie auch unbedingt aufsuchen.«

»Aber Sie sagten doch, Sie hätten die Story bereits geschrieben?«

»Sicher, Ihr Partner hat mir alle Einzelheiten berichtet. Er sagte, Sie seien ein reicher Schaffarmer, und der Verlust von zehntausend Pfund sei nur eine Bagatelle für Sie.«

»Hat er das tatsächlich gesagt?«

»Ja, aber darum geht es hier nicht. Sie sind ein angesehener Bürger und haben das Recht, an höchster Stelle eine Beschwerde vorzubringen, beim Premierminister persönlich. Er ist schuld an allem. Ich schreibe in Ihrem Namen einen offenen Brief an den Premierminister. Er wird in der *Perth Western Mail* erscheinen. Sie müssen verlangen, dass ihnen Schutz gewährt wird, dass der Nachschub an Vorräten, Wasser und so weiter effizienter organisiert wird, und zwar nicht nur für Sie selbst, sondern für alle hier draußen …«

Clem trank den Brandy, um seine pochenden Kopfschmerzen zu betäuben, die durch Vospers Ausführungen nur noch verstärkt wurden. Doch der Mann hatte auch interessante Informationen zu bieten.

»Werden die Goldfunde anhalten?«, warf Clem dazwischen.

»Verlassen Sie sich darauf. Und vierundzwanzig Meilen weiter ist man auf eine weitere Ader gestoßen. Der Ort heißt Kalgoorlie. In dem Land steckt eine ganze Meile Gold. Man muss nur genau hinschauen. Wind und Wetter waschen den Boden aus, bis das Gold einfach blank daliegt.«

»Warum schürfen Sie nicht auch?«

»Weil ich Journalist und Patriot bin. Das ist meine Berufung. Ich könnte Sie das Gleiche fragen. Sie sind viel jünger, als ich gedacht hatte. Aber Sie wollen nicht losziehen, weil Sie eine Familie und Ihre Farm haben, nicht wahr?«

»Es könnte schon Spaß machen.«

»Lassen Sie mich Ihnen eines sagen, Mr. Price: Die Goldsuche ist alles andere als ein Spaß. Selbst wenn Sie einen bedeutenden Fund machen, ist das nur eine Fahrkarte aus der Hölle.«

»Was sagten Sie gestern doch gleich über die Eisenbahnlinie?«

»Die Sache ist ganz klar: Man wird die Trasse jetzt nicht mehr durch York bauen, weil ich und die ganzen Goldsucher die Regierung zwingen werden, die Schienen durch Southern Cross und weiter bis nach Coolgardie zu verlegen. Denken Sie an meine Worte.«

»Ich dachte, auf die Goldsucher würde keiner hören.«

»Nun, wenn die Regierung sieht, wie viel Gold da draußen zu finden ist, wird sie investieren. Das kommt auch uns zugute. Ich möchte die Sache nur beschleunigen, um den armen Teufeln auf den Straßen einen Gefallen zu tun.«

Sie unterhielten sich, bis die Flasche leer war. »Morgen schreiben wir den Brief, Ihren offenen Brief an Forrest, den reichen und geldgierigen Premierminister.«

»Geht klar«, murmelte Clem. Doch als man ihm mitteilte, dass seine Pferde in Northam eingetroffen waren, informierte er Mike, dass sie bei Sonnenaufgang nach Lancoorie reiten würden.

»Freut mich zu hören«, sagte Mike. »Du erreichst nichts, wenn du hier herumsitzt.«

»Da wäre ich mir nicht so sicher«, brummte sein Boss.

Lancoorie wirkte mit seinen weidenden Schafen so friedlich, dass Clem eine nostalgische Sehnsucht nach den sorglosen Tagen seiner Kindheit verspürte, als er allein mit Noah und Alice hier in wohlgeordneter Einsamkeit gelebt hatte. Doch diese Tage waren endgültig vorüber, und er musste eine neue Saat ausbringen. Er hatte eine Mißernte erlebt, Noahs »Sparstrumpf« war leer, und auf Lancoorie lastete nun eine Hypothek.

Alice war verblüfft, als sie seine Geschichte von Erfolg und Niederlage hörte, gab sich aber optimistisch. »Wir haben noch die Schecks von der Wolle, Clem. Die von Lancoorie und den Schafen, die du auf dem Carty-Besitz gehalten hast. Wir kommen schon zurecht.«

Seine Frau sah die Sache ganz anders. Thora erlitt einen Tobsuchtsanfall. »Du hast alle Schafe verkauft und dich ausrauben lassen? Warst du betrunken? Hast du überhaupt keinen Verstand? Dreitausend Pfund, das ist ja ein Vermögen! Ich kann einfach nicht glauben, dass du so dumm gewesen bist. Und jetzt erfahre ich, dass du die Farm mit einer Hypothek belastet hast. Das hat mir niemand gesagt. Du scheinst gar keine Ahnung davon zu haben, wie man einen solchen Besitz leitet. Clem, ich muss mit meinem Vater sprechen.«

»Das werde ich übernehmen, Thora. Mach dir keine Sorgen. Es wird alles gut.«

Als Lydia schließlich eingeschlafen und Clem mit seiner Frau allein im Schlafzimmer war, nahm er sie in die Arme.

»Du bist wunderschön. Jedes Mal, wenn ich ein paar Tage weg war, erscheinst du mir noch schöner. Mutter zu sein bekommt dir gut.«

»Hast du getan, worum ich dich gebeten hatte? Hast du das Schild angebracht? Das Schild, auf dem ›Thoravale‹ steht?«

»Ja«, log er, um sie nicht noch mehr aufzubringen.

»Und die Buchstaben sind ins Holz eingebrannt?«

»Ja, es macht einen äußerst imponierenden Eindruck.«

»Gut. Dann hast du ja wenigstens etwas richtig gemacht. Wann zeigst du es mir?«

»Sobald ich Zeit habe. Es ist ein langer, ermüdender Ritt dorthin.«

»Ich weiß. Musst du mich so quetschen?«

»Ich habe dich sehr vermisst. Du fühlst dich so weich und zart an. Warum musst du immer diese riesigen Nachthemden tragen? Ich kann dich in all dem Stoff überhaupt nicht finden.«

Thora versteifte sich. »Du trägst ja nicht einmal einen Pyjama! Was ist, wenn jemand hereinkommt?«

»Niemand wird hereinkommen«, erwiderte Clem lachend, kitzelte und küsste sie und schob das Nachthemd hoch. »Komm schon, zieh das aus, Liebling, wir können ganz gut darauf verzichten. Die Nacht ist wunderbar warm.«

Durch Neckerei und sanfte Überredungskunst brachte er sie letztlich dazu, das Nachthemd abzustreifen. Es kümmerte ihn nicht, dass Thora versuchte, sich sofort wieder fest in die Bettdecke einzuwickeln. »Ist das nicht besser so?«, flüsterte er. »Wir sollten uns so sehen, wie wir sind, wie die Natur uns geschaffen hat.«

»Nein«, entgegnete sie wütend, »das ist vulgär. Du willst mich absichtlich demütigen.«

Als sie sich erneut verhüllte, zog er ihr mit leichter Hand die Decke wieder weg. Ihr langer, schlanker Körper mit den vollen Brüsten vermittelte ihm nach der Katastrophe von Northam endlich ein Gefühl von Geborgenheit. »Niemand will dich demütigen«, sagte Clem lächelnd. »Du bist nur schüchtern, das kann ich gut verstehen. Dennoch solltest du auf deinen Körper stolz sein, der so viel Freude schenken kann.«

Er versuchte, sie sanft und spielerisch zu streicheln, damit auch sie Spaß daran finden und sich schließlich der Erregung überlassen würde. »Ich möchte, dass du dich einfach gehenlässt«, flüsterte er, während seine Hände behutsam ihren Körper erforschten. »Dann wirst du sicher Gefallen daran finden und mehr wollen.«

»Lass das«, erwiderte Thora und schob ihn weg. »Du bist so gewöhnlich. Wenn du auf deinen Rechten bestehst, dann nimm sie dir um Himmels willen. Ich möchte nur vorher nicht diese ganzen vulgären Dinge erdulden.«

»Was hast du gesagt?«, fragte er.

»Ich weiß es nicht mehr. Tu es einfach, Clem. Ich möchte endlich schlafen.«

»Hast du gesagt, ich sei gewöhnlich?«

Nachdem er sie losgelassen hatte, wandte sich Thora mit einem hörbaren Seufzer ab.

Nach all den Enttäuschungen der letzten Tage geriet Clem in Zorn. »Ich bin also gewöhnlich?«, knurrte er, riss die Bettdecke beiseite, warf sich ohne die geringste Zärtlichkeit auf sie und drang in sie ein.

»Das ist Sex, Thora, nichts anderes. Je schneller du das begreifst, desto besser.«

Am Morgen jedoch floh er voller Reue aus dem Schlafzimmer. Er wusste, dass es sinnlos war, sie um Verzeihung zu bitten.

Alice bemerkte, dass Thora sich Clem gegenüber kühl, wenn nicht sogar abweisend verhielt, und fand es ausgesprochen ungerecht, dass ihre Schwägerin ihn für den Verlust des Geldes bestrafte. Es war wirklich nicht seine Schuld gewesen, schließlich trieb sich in diesen Zeiten lauter Gesindel auf den Straßen herum.

Thora machte die Sache noch schlimmer, indem sie tagelang indiskrete Bemerkungen vor ebenjenen Arbeitern fallenließ, die sie kürzlich noch verachtet hatte, weil sie Sträflinge waren. Alice wusste, dass Thora ihren Mann vor den Männern schlechtmachte, weil sie ihm etwas heimzahlen wollte.

»Wenn Clem so weitermacht, landen wir bald alle im Armenhaus«, hatte sie erst am Tag zuvor beim Abendessen hämisch eingeworfen.

Da ihr Bruder nicht die geringste Reaktion gezeigt hatte, hatte auch Alice nichts dazu gesagt, was vermutlich auch am besten gewesen war. Auf derart gehässige Bemerkungen durfte man gar nicht erst eingehen.

Es gab noch etwas anderes, das Alice störte. Es gefiel ihr nicht, wie Mike Thora in letzter Zeit anschaute. Sie hoffte, sie bilde sich nur ein, dass mehr dahintersteckte, doch er schien auf Thoras Tändeleien einzugehen und diese sogar zu genießen. Sie musste zugeben, dass ihre Schwägerin eine schöne Frau war, deren Aufmerksamkeiten den Arbeitern durchaus schmeichelten, doch Mike sollte sie nicht auch noch ermutigen.

Clem plante, einige Tage nach York zu fahren. Alice schlug vor, er solle Thora und das Baby mitnehmen.

»Sie will nicht fahren«, gab Clem kurz angebunden zurück. »Sie möchte lieber reiten lernen. Ich denke, das wird ihr guttun. Wenn sie frei umherreiten kann, wird sie Lancoorie besser kennenlernen.«

»Ja, natürlich«, antwortete Alice und schrubbte weiter den Boden. Doch insgeheim fragte sie sich, wie es zu diesem Ent-Schluss gekommen war. Noch nie zuvor hatte Thora erwähnt, dass sie gerne reiten würde. Doch immer noch besser, als die ganze Zeit untätig im Haus herumzusitzen, dachte Alice.

Nach kurzem Galopp zügelte Clem sein Pferd, bis es in Trab fiel. Er war froh, Lancoorie zu verlassen, hatte es aber nicht besonders eilig, nach York zu kommen, da er in Ruhe nachdenken wollte. Thora sprach immer noch nicht mit ihm und hatte sogar ein Polster in den Mittelgraben ihres Doppelbetts gelegt, um ihn an seinen Platz zu verweisen.

Ihm wäre es lieber gewesen, wenn sie ihn angeschrien oder

überhaupt irgend etwas gesagt hätte. Ihr Schweigen hingegen war unerträglich. Er hatte doch noch versucht, sich zu entschuldigen: »Thora, was letzte Nacht angeht, es tut mir leid, ich wollte nicht …« Doch sie war an ihm vorbeigerauscht, als sei er gar nicht vorhanden.

Als er ihr angeboten hatte, sie mit nach York zu nehmen, hatte er nur einen verächtlichen Blick geerntet. Von ihrem Plan, reiten zu lernen, hatte er nur erfahren, weil er zufällig mitbekommen hatte, wie sie sich mit George unterhalten und sich dann für die kastanienbraune Stute entschieden hatte. Daraufhin hatte Clem das Tier stillschweigend gestriegelt, den leichten Sattel blank poliert und mit einer neuen Decke an die Stalltür gehängt, um Thora einen Gefallen zu tun.

Er war so deprimiert, dass er kaum über die Zukunft nachdenken konnte. Vielleicht sollte er besser auf Lancoorie bleiben und nicht allzu viel vom Leben erwarten. Doch ihm war auch klar, dass er sich den drohenden Forderungen der Bank und den Versprechen, die er Thora gegeben hatte, nicht entziehen konnte. Ein Teil des Darlehens war noch vorhanden, und er würde ihn einsetzen. Diesmal allerdings durfte nichts schiefgehen. Als er in York angekommen war, suchte Clem zunächst Dr. Carty auf. Auf den ersten Blick war dies lediglich ein Höflichkeitsbesuch. Immerhin war er ein pflichtbewusster Schwiegersohn.

Carty schien sich zu freuen. Ein breites Grinsen auf dem feisten Gesicht, und Clem war gewarnt.

»Ich habe gehört, du hattest Schwierigkeiten«, sagte Carty und schenkte ihm einen Whisky ein. Dieses Mal allerdings nicht von der guten Marke.

»Ja.«

»Es stand in der Zeitung, mein Sohn. Es heißt, du hättest ein Vermögen verloren.«

»Und außerdem eine Tracht Prügel bezogen.«

»Ihr jungen Leute! Geratet ständig in Schwierigkeiten. Mir hätte keiner soviel Geld gestohlen. Du hattest diese Schafe also auf meinem Land versteckt!«

»Meinem Land«, korrigierte Clem.

»Egal. Wenn ich davon gewusst hätte, wäre dir meine Hilfe sicher gewesen. Ich hätte den Verkauf besser organisiert und geplant. Was hast du dir dabei gedacht, mit dem ganzen Geld und einem Sträfling als Begleitung durch die Gegend zu ziehen ...«

Clem ertrug die Lektion, die ihm auf so herablassende Weise erteilt wurde, mit Geduld.

»Wie läuft es mit deinen Passagierkutschen? Thora sagt, du wolltest den Fuhrpark verkaufen.«

»Ja. Wenn die Eisenbahn nach York kommt, bringt das Unternehmen nichts mehr ein.«

»Warum nicht? Ich verstehe nicht, weshalb du verkaufen willst. Man wird auch weiterhin Pferde-Busse brauchen, um die Leute aus den entfernten Orten zum Bahnhof zu bringen.«

Clem beobachtete seinen Schwiegervater aufmerksam. Er wusste, dass sein Vorschlag nicht besonders überzeugend klang, da die meisten Leute eigene Pferde und Wagen besaßen und die Gegend überdies nur dünn bevölkert war. Es war eine Sache, Passagiere von York bis nach Northam zu fahren, wo sie in den Zug nach Perth steigen konnten, und eine ganz andere Sache, sich darum bemühen zu müssen, überhaupt genügend Fahrgäste für die Strecke nach York zusammenzubekommen. Doch er bemerkte, dass Cartys Miene sich änderte.

»Du hast natürlich recht«, sagte der Doktor. »Aber um die Wahrheit zu sagen, Clem, bin ich das Geschäft leid. Ich bin zu alt, um mich weiter damit herumzuschlagen.«

»Es gibt nicht viel, mit dem du dich herumschlagen musst. Soweit ich weiß, ist dein Geschäftsführer ein fähiger Mann.«

»Sicher doch, aber Mrs. Carty wünscht ebenfalls, dass ich verkaufe.«

Schweigend saßen sie in dem dämmrigen Zimmer. Carty füllte ihre Gläser nach.

»Es wäre schade, wenn die Familie eine so solide Firma aus den Händen geben würde«, sagte Clem. »Hast du schon einen Käufer?«

»Noch nicht. Alle ziehen auf die Goldfelder. Wenn sich ihnen eine gute Chance bietet, erkennen sie sie selbst dann nicht, wenn sie darüber stolpern.«

»Wenn du die Firma wirklich loswerden möchtest, könntest du sie an mich verkaufen.«

»An dich? Hast du denn noch Geld übrig?«

»Ein bisschen. Ich habe nicht alles verloren.«

»Ach nein? Wie hast du das gemacht? Das Bargeld aufgeteilt? Etwas bei dir behalten?«

»So in der Art.«

Plötzlich war die *Coach and Carrying Company* die bestgehende Firma Westaustraliens.

Clem lauschte mit Unschuldsmiene den Anpreisungen. Carty erläuterte, wie wenig Ausgaben erforderlich seien, um ein Fuhrunternehmen profitabel zu betreiben. Clems Interesse schien zu wachsen.

»Ich werde darüber nachdenken. Natürlich muss ich erst einen Blick in die Bücher und auf die Busse werfen, nicht wahr?«

»Sag nicht Busse. Es sind Kutschen. Der Unterschied ist der, dass man oben auf dem Dach mitfahren kann, das ist billiger. Warum bleibst du nicht zum Abendessen?«

»Es geht nicht. Ich habe noch Geschäfte zu erledigen. Ich wohne über dem Pub.«

Jocelyn, das Schankmädchen, freute sich, Clem wiederzusehen. Sie winkte ihm zu und deutete an, dass sie mit ihm reden wolle, sobald sie Zeit erübrigen könne.

Clem bestellte etwas zu trinken und stellte sich ans Ende der

Theke, wo er mit einigen Männern ins Gespräch kam, die zu den Goldfeldern unterwegs waren. Sie waren mehr als hundert Meilen zu Fuß gelaufen und wollten querfeldein zur großen Straße nach Osten marschieren.

»Wir hätten York beinahe verpasst«, erzählte ihm einer der Goldsucher. »Wir hatten diese endlose Straße erreicht und zogen nach Osten, dem Sonnenaufgang entgegen. Irgendwann begriffen wir, dass die Stadt schon hinter uns lag. Hat uns einen ganzen Tag gekostet. Sind Sie auch unterwegs zu den Goldfeldern, Mister?«

»Ich spiele mit dem Gedanken.«

Seit er Northam verlassen hatte, war ihm das Gold nicht mehr aus dem Sinn gegangen, doch die Möglichkeit des Scheiterns wog schwer.

Von seinem Hotelfenster aus hatte er die endlose Prozession von Glücksrittern gesehen, die auf die Goldfelder zogen. Männer, die ihre Reisebündel ebenso umklammerten wie diese Digger hier; andere, die sich auf ihren Pferden unter Karren und Kutschen mischten. Manche kamen sogar mit Schubkarren. Einige brachten ihre Familien mit, Frauen und Kinder mit müden, ausdruckslosen Gesichtern und staubbedeckten Kleidern, die schon erschöpft waren von der langen Reise über die Ebenen und keine Vorstellung von den Strapazen hatten, die sie noch erwarteten.

Und er hatte die gefederten Wagen gesehen, die jeweils von zwei Pferden gezogen und von sechs berittenen und bewaffneten Männern eskortiert wurden. Sie fuhren schnell, da sie ihre Goldladung so bald wie möglich in Perth abliefern wollten. Die Marschierenden jubelten ihnen zu, weil ihnen ihr Anblick neue Zuversicht verlieh.

Andererseits hatte Clem jedoch auch die Verlierer des Goldrauschs gesehen, die gegen den Strom nach Westen zogen und als gescheiterte Existenzen nach Hause zurückkehrten.

Auch die hoffnungsfrohen Männer an der Theke zeigten bereits erste Anzeichen von Erschöpfung. Ihre Kleider sahen schäbig aus, die Stiefel hatten bessere Zeiten erlebt, und es war offensichtlich, dass sie sich gedankenlos und ohne das nötige Kleingeld auf den Weg gemacht hatten. Es handelte sich um drei Fischer, einen Bankangestellten, einen Schneider und einen Bäckerlehrling, die alle aus einer kleinen Stadt an der Küste stammten. Clem wurde bald klar, dass sich keiner von ihnen im Busch auskannte.

Doch da er sich in der Gesellschaft von Fremden wohl fühlte und gern von weit entfernten Orten hörte, blieb er bei ihnen und hielt sich ebenso wie sie an zwei Drinks fest.

Auch in York hatten sich die Zeiten geändert. Zuvor hatte dieses Hotel das Essen in einem hübschen Raum neben der Bar serviert, doch unter dem Ansturm der Gäste hatte man die Tische beiseitegeschoben und schenkte nun auch im Nebenzimmer Alkohol aus. Als die Uhr sechs schlug, wurden Würstchen und Eintopf auf die Schnelle über die Theke verkauft.

»Riecht gut«, sagte ein Goldsucher, doch die anderen runzelten die Stirn. »Wir können uns das Essen hier nicht leisten. Gehen wir ins Lager zurück.«

»York ist berühmt für seine Schweinswürstchen«, sagte Clem lächelnd und fühlte Mitleid mit den Männern. »Sie müssen sie versuchen. Ich gebe einen aus.«

»Das können wir nicht annehmen«, erwiderte der Schneider und nahm seinen Hut, doch als Clem darauf bestand, willigten sie ein.

»Wir sind Ihnen sehr verbunden, Sir«, sagte der Schneider. »Tausend Dank.«

»Keine Ursache«, antwortete Clem. Da entdeckte er Jocelyn, die ihm ein Zeichen machte. »Denken Sie freundlich an York zurück.«

Jocelyn hatte eine halbe Stunde Pause, und sie setzten sich

an einen Tisch draußen vor dem Hotel. Sie verschlang einen riesigen Teller Eintopf.

»Es ist schön, dich wiederzusehen, Clem. So viele Leute sind zu den Goldfeldern gezogen. Sogar Les und Andy.«

»Habe ich gehört. Es war kaum ein Bekannter in der Bar.«

»Wir arbeiten uns die Füße wund. Die Leute sind wie die Heuschrecken, sie essen alles auf, was ihnen in die Hände fällt. Ich habe gehört, du hattest eine Pechsträhne in Northam?«

»Ja, diese Schweine haben mir übel mitgespielt.«

»Warum suchst du nicht auch nach Gold? Wenn ich könnte, würde ich selbst auf die Goldfelder ziehen.«

Er lachte. »Was würdest du da wollen?«

»Ich bin stark. Mit dem richtigen Partner könnte ich auch graben.«

»Nein, es würde dich umbringen. Du bleibst hier, meine Liebe.«

Jocelyn sah ihn mit einem schüchternen Augenzwinkern an. »Reitest du heute noch nach Hause?«

»Nein. Ich übernachte hier, wenn ihr ein freies Zimmer für mich habt.«

»Haben wir. Die Heuschrecken können sich keine Zimmer leisten. Vielleicht sehen wir uns noch.«

Und so war es auch. Diesmal klopfte Jocelyn an. Clem ließ sie ein und genoss die Gesellschaft einer Frau, die keine Hemmungen hatte. Sie schliefen miteinander und redeten. Mit Jocelyn konnte er sich gut unterhalten. Er sprach von den Goldfeldern und der schrecklichen Reise, die den Leuten noch bevorstand.

»Man muss gründlich vorbereitet sein«, erklärte er, »muss Vorräte, Ausrüstung und Wasser mit sich führen. Ein Wagen mit zwei Pferden ist unverzichtbar.«

Jocelyn hörte sich seine Ideen für eine gutgeplante Expedition an und lachte dann. »Du gehst! Du gehst ganz sicher! Du weißt nur noch nicht genau, wann.«

»Ich glaube, du hast recht.«

»Natürlich. Was wird deine Frau dazu sagen?«

»Sie ist durchaus dafür.«

»Ach, so sieht es also aus? Dann solltest du besser aufbrechen, solange es noch Gold gibt. Ich komme mit.«

»Nein, das wirst du nicht«, antwortete er lachend und zog sie an sich. »Vergiss das Gold, du selbst bist viel interessanter.«

Der Morgen brachte die Entscheidung, und die Entscheidung steigerte die Begeisterung, da Clem für sein Leben gern Pläne schmiedete. Die Lethargie der vergangenen Wochen wurde von hektischer Aktivität abgelöst. Er kaufte dem Wirt drei große, leere Bierfässer ab, in denen er Wasser transportieren wollte. Dies war das Allerwichtigste auf dem ausgedörrten Weg nach Coolgardie.

Dann begab er sich zu Cartys Fuhrunternehmen und sprach lange mit dem Geschäftsführer. Er war dankbar für dessen Warnung, dass die Firma bankrott machen würde, wenn die Eisenbahnlinie erst durch York verliefe. »Sie bringen sich selbst um Ihre Stelle. Wenn Carty nicht verkaufen kann, muss er schließen.«

»Ich möchte mein Gewissen nicht belasten, egal an wen er verkaufen wird«, antwortete der Geschäftsführer. »Es geht gegen meine Ehre zu lügen, was der Boss auch sagen mag, aber wenn Sie möchten, kann ich Sie gerne herumführen. Treffen Sie die Entscheidung selbst.«

Clem kaufte Unmengen von Vorräten ein und lagerte sie im Schuppen des Hotels. Er mied die Bank, da er einem ungemütlichen Gespräch mit dem neuen Direktor aus dem Weg gehen wollte.

Nicht der Bankdirektor, sondern Mrs. Carty erspähte ihn auf der Hauptstraße und eilte zu ihm hinüber. »Ich bin so froh, dich zu sehen, Clem. Ich hoffe, du reitest heute nicht nach Hause. Du musst unbedingt bei uns wohnen. Was sollen die Leute denken, wenn unser Schwiegersohn in einem Hotel übernachtet?«

Clem durchschaute das wahre Motiv für diese übereifrige Einladung und nahm sie an. »Vielen Dank. Ich komme später vorbei.«

Er aß mit der Familie und hörte sich kommentarlos ihre Gespräche über die Stadt, den Goldrausch und die seltsamen Gestalten an, die durch York zogen. Die Gänge wurden rasch nacheinander serviert, und die Mädchen unmittelbar nach dem Dessert aus eingekochten Äpfeln mit Sahne aus dem Zimmer geschickt.

Carty konnte es kaum erwarten. »Wie ich höre, hast du dir die Kutschen angesehen.«

»Und die Bücher.«

»Sie sind in Ordnung.«

»Ja, es ist zweifellos eine solide Firma.«

»Selbstverständlich. Du könntest keine bessere Geldquelle auftun.«

»Man kann sich nicht nur auf die Landwirtschaft verlassen«, warf Mrs. Carty ein. »Du bist stets abhängig vom Wetter. Ein junger Mann wie du sollte seine Interessen streuen, so wie Dr. Carty es immer getan hat.«

»Das stimmt«, gab Clem zu. Er ließ sich aufs Handeln ein, änderte seine Meinung, nahm seine Kaufabsicht zurück, erklärte, er habe Zweifel an der Standfestigkeit der Firma, wenn die Schienen bis York verlegt würden. Allmählich ging Carty mit dem Preis herunter. Nicht ohne mehrfach zu versichern, dass er auf einen Verkauf nicht angewiesen sei und nur wegen ihrer familiären Beziehung Zugeständnisse machen würde.

Später diskutierte Clem mit ihm über den Wert der sechs Kutschen und der Pferde, über die Instandhaltungs- und Futterkosten sowie den Wert der Depots, die dringend gestrichen werden mussten, und erklärte sich letztendlich bereit, vierhundertfünfzig Pfund zu zahlen. Dies war weniger als die Hälfte des Preises, den Carty ursprünglich gefordert hatte.

»Ich schätze, Alice wird damit einverstanden sein. Wenn du den Vertrag bis morgen aufsetzen kannst, nehme ich ihn mit nach Lancoorie.«

»Alice?«, fragte Mrs. Carty überrascht.

»Ja. Alice wird die Firma kaufen.«

»Aber ich dachte, das Geschäft sollte in der Familie bleiben.«

»Alice gehört zur Familie«, entgegnete Clem fest.

»Was hast du dir eigentlich dabei gedacht?«, fragte Alice und starrte fassungslos auf den Vertrag. »Jeder weiß, dass diese Firma bankrottgehen wird.«

»Das wird sie nicht«, erwiderte er ruhig. »Aber behalte es bitte für dich. Die Eisenbahnlinie wird nicht bis York gebaut werden, sondern von Northam direkt nach Coolgardie verlaufen. Die Goldfelder sind wichtiger als York.«

»Guter Gott! Hättest du das Dr. Carty nicht sagen müssen?«

»Nein, er hat doch solch einen Spaß daran, mich für einen Trottel zu halten. Ich bin mir ja nicht hundertprozentig sicher, ob die Eisenbahn tatsächlich nach Coolgardie fahren wird. Warum sollte ich es erwähnen? Unterschreibe den Vertrag, und dir gehört eine solide Firma mit einem ehrlichen Geschäftsführer. Du kannst jederzeit in die Stadt fahren und dich mit ihm unterhalten. Danach kannst du entscheiden, inwieweit du Einfluss auf die Geschäfte nehmen möchtest.«

»Warum hast du den Vertrag nicht auf uns beide ausgestellt?«

»Weil ich bald fort sein werde. Du musst die volle Kontrolle über die Firma haben.«

Alice war verwirrt. »Wo willst du denn hin? Schafe sind nicht mehr zu den alten Preisen zu bekommen.«

»Ich gehe auf die Goldfelder.«

»Oh, nein! So dumm kannst du doch nicht sein!«

»Ich muss einfach dorthin, Alice, du kannst es mir nicht mehr ausreden. Ich habe alles sorgfältig geplant und werde George mitnehmen.«

»George? Wieso nicht Mike?«

»Weil ich bei ihm nie weiß, woran ich bin. George hingegen tut, was immer man von ihm verlangt. Außerdem scheinst du unseren Mr. Deagan zu mögen, und von daher dürftest du mit ihm keine Schwierigkeiten haben.«

Doch Alice sträubte sich noch. »Lass mich erst einmal den Vertrag lesen.«

Clems Frau hatte sich während seiner Abwesenheit ausgesprochen schlecht benommen. An den beiden vergangenen Abenden hatte sie Spaziergänge mit Mike unternommen. Alice musste sich zwar eingestehen, dass dies nicht weiter anstößig war, hatte aber ein ungutes Gefühl dabei. Und sie war eifersüchtig.

Mit ihr war Mike nie spazierengegangen, weder abends noch sonst irgendwann. Was würde geschehen, wenn Clem verschwand und sie monatelang mit den beiden allein ließ? Schließlich unterzeichnete sie den Vertrag und sah Clem nachdenklich an. »Ich hätte lieber George hier bei mir. Er ist nützlicher. Wenn die beiden freihaben, legt Mike die Beine hoch oder liest ein Buch, was ihm natürlich auch zusteht. George hingegen arbeitet gerne im Küchengarten, und wir ernten mehr Gemüse als je zuvor, denn er hat einen grünen Daumen. Ihm macht es auch nichts aus, im Haus zu helfen …«

»Also hast du nichts dagegen, wenn ich gehe?«, Clem war es offensichtlich egal, wer ihn begleitete, solange Alice glücklich war.

»Wenn es sein muss. Aber paß bitte auf dich auf, Clem. Es heißt, die Goldfelder seien gefährlich. Du hast in Northam schon einen Vorgeschmack davon bekommen.«

Er umarmte seine Schwester. »Ich werde vorsichtig sein, keine Sorge. Bete für mich, damit auch ich Glück habe.«

Seine Frau entdeckte, dass sie nun doch ein gemeinsames Gesprächsthema hatten.

»Wie lange bleibst du weg?«

»Drei Monate. Keinen Tag länger.«

»Und du glaubst, du findest Gold?«

»Wieso nicht? Andere finden auch welches.«

»Wunderbar! Bring mir etwas mit. Wann brichst du auf?«

»Sobald ich einen Vorrat an Pökelfleisch und Konserven angelegt habe. Alice fängt morgen an einzukochen. Ich werde so viele Lebensmittel mitnehmen, wie in den Wagen passen. In der Zwischenzeit sollten wir uns um Lydias Taufe kümmern. Deine Familie wird uns besuchen.«

»Warum? Ich kann gut auf sie verzichten.«

»Die Taufe ist ein wichtiges Ereignis. Es wird ein glücklicher Tag für uns beide werden, Thora. Ach ja, ich habe übrigens das Fuhrunternehmen deines Vaters gekauft.«

»O mein Gott, was bist du für ein Trottel! Warum hast du dich von ihm beschwatzen lassen?«

»Keine Sorge, alles wird gut. Es ist eine gute Kapitalanlage.«

Thora schüttelte nur den Kopf und wandte sich dem Baby zu. Clem fühlte sich erleichtert, da sie nun wenigstens miteinander gesprochen hatten. Vor seinem Aufbruch würde er die letzten Risse mit einer Entschuldigung und dem hübschen Goldanhänger kitten, den er in York für Thora gekauft hatte. Ihr Zorn war verraucht, und Clem schwor sich, sie nie wieder mit Gewalt zu nehmen. In der letzten aufregenden Nacht mit Jocelyn hatte er begriffen, dass Thora sexuell unreif war. »Ich muss Geduld üben und darf sie nicht noch einmal verärgern, bevor ich aufbreche«, dachte er. »Es wäre unerträglich, wenn wir uns im Streit trennen würden.«

Seine Sorgen waren überflüssig. Thora war so fasziniert von

dem Gedanken an das Gold, dass sie Alice sogar half, haltbare Kuchen zu backen und in Blechdosen zu verpacken.

»Mrs. Price, ich schwöre, das Goldfieber hat auch Sie erwischt«, neckte Mike sie. Thora kicherte.

»Wenn ich ein Mann wäre, würde ich selbst hinreiten und mir nichts, dir nichts die Goldnuggets aufsammeln. Ein wahrer Traum!«

»Es ist schon ein bisschen schwieriger als Blumen zu pflücken«, bemerkte Clem lächelnd.

»Unsinn. Ich habe gehört, die Straßen seien mit Gold gepflastert.«

»Welche Straßen?«, murmelte Alice, während sie Scheiben von ausgebeintem gepökelten Hammelfleisch in Musselinstreifen wickelte.

Lydias Taufe, die zu Hause stattfand, entwickelte sich zu einer fröhlichen Feier. Die Frauen hätschelten und tätschelten das hübsche Baby, und Dr. Carty paffte genüsslich seine Zigarre. Voller Glück, die Firma los zu sein, strahlte er die neue Besitzerin an. Alle interessierten sich brennend für Clems und Mikes Reisevorbereitungen.

»Weißt du wirklich, was du dir da vorgenommen hast?«, fragte Carty.

»Nein«, lachte Clem, »aber ich muss es einfach versuchen.«

»Ich meine, du nimmst immerhin einen Sträfling als Partner mit. Er könnte dich im Stich lassen.«

»Nein, das wird er nicht. Er ist ebenso scharf auf das Gold wie ich. Außerdem beteilige ich ihn zur Hälfte an jedem Fund.«

»Bist du von Sinnen? Von Rechts wegen steht ihm nur sein Lohn zu.«

»In diesem Fall würde er mit Sicherheit weglaufen.«

Clem hatte seinen Wagen gegen ein solideres Gefährt deutscher Bauart eingetauscht. Am Tag der Abreise waren die beiden Pferde gut ausgeruht und witterten ebenso wie ihre Herren den Hauch von Abenteuer, so dass sie sich anstandslos das Geschirr anlegen ließen. Der Wagen war so geschickt mit Proviant und Ausrüstung beladen worden, dass sie noch Platz für die Sachen hatten, die Clem aus dem Lagerhaus in York holen wollte. Alice prüfte das Gepäck gleich zweimal anhand ihrer Liste, damit auch ja nichts fehlte.

George überreichte ihnen einen Beutel Kürbisse, die sich monatelang halten würden. Von Thora erhielten sie selbstgestrickte Wollmützen. Sogar die alte Sadie fand sich samt ihrem Gefolge ein, um die Goldsucher zu verabschieden. Sie nahm Clem beiseite und bestand darauf, dass er einen Nachrichtenstab als Geschenk akzeptierte. Es handelte sich um ein flaches Stück Holz von ungefähr dreißig Zentimeter Länge, das mit seltsamen Malereien verziert war.

»Vielen Dank, Sadie«, sagte er höflich, »das ist sehr hübsch.«

»Was heißen hübsch?«, schnappte sie beleidigt. »Schützt dich vor Schwarzen da draußen. Sind wütend, weil weiße Leute sie vertreiben.«

»Woher weißt du das?«

»Leute wissen. Stab sagt, du guter Mann, Mr. Clem.« Sie brach in Tränen aus. »Du nicht gehen und töten lassen von bösen Schwarzen. Behalte Nachrichtenstab.«

Clem nahm die korpulente schwarze Frau in die Arme und küsste sie, ohne auf Thoras Stirnrunzeln zu achten. »Was würde ich nur ohne dich anfangen? Mach dir keine Sorgen, und kümmere dich während meiner Abwesenheit um meine drei Mädels.«

Dann umarmte er Alice. Als er sah, wie sie bei Mikes Umarmung errötete, musste er grinsen. Zum Schluss gab er Thora einen Abschiedskuß. »Leb wohl, mein Liebling, wünsch mir Glück.« Er freute sich, dass sie seinen Kuss erwiderte und spontan die Arme um ihn schlang. Auch sie errötete, als Mike sie auf die Wange küsste, und Clem spürte bei diesem gefühlvollen Abschied einen Kloß im Hals. Er würde sie alle vermissen. Mike stieg auf den Fahrersitz, gab George ein Zeichen, die Pferde loszulassen, und Clem schwang sich neben Mike auf den Bock.

Mit einem »Hühott!«, von Mike setzten sich die Pferde in Bewegung. Clem drehte sich um und winkte, doch sein Partner schaute stur nach vorn.

»Na los, Boss, holen wir uns das Gold.«

6. Kapitel

Lil Cornish sehnte sich noch immer nach dem zweiten Baby, das sie zurückgelassen hatte. Wie oft sie sich auch sagen mochte, dass dies für das Kind das Beste gewesen war, es half einfach nichts. Mit Ted konnte sie nicht darüber sprechen, da er in seiner Herzlosigkeit nicht verstand, warum sie so sehr litt. Sie empfand den Verlust sogar körperlich, denn jedes Mal, wenn sie an ihr kleines Mädchen dachte, spürte sie ein schmerzhaftes Ziehen im Bauch. Es war der gleiche Schmerz, den sie beim Stillen von Caroline empfand.

Als sie Perth erreichten, untersagte Ted ihr schließlich, das andere Kind jemals wieder zu erwähnen.

»Ich habe genug von deinem Gejammer. Du kannst dich um Caroline kümmern, das ist mehr als genug. Du beklagst dich, du hättest nicht genügend Milch. Wie wolltest du dann überhaupt zwei Kinder füttern? Das eine schreit ja schon die ganze Zeit. Bring das erst einmal zur Ruhe.«

Caroline weinte tatsächlich viel. Sie hatten ein billiges Zimmer in Perth gemietet und warteten dort auf das Schiff nach Adelaide. Lil freute sich auf die Seereise. Sie hatten es Mr. Price zu verdanken, dass sie wirklich stilvoll reisen würden, doch das Baby machte Lil Sorgen. Andere Bewohner des Hauses beschwerten sich über Carolines ständiges Geschrei, und Lil legte sie oft die ganze Nacht hindurch an ihre Brust, um sie zu trösten. Sie fragte sich häufig, ob das Baby wohl unter dem Verlust seiner Schwester litt, mit der es die ganze Zeit im Mutterleib zusammengewesen war. Doch sie wagte nicht, diesen Gedanken auszusprechen, weil sie sich vor Teds Spott fürchtete.

Ted trieb sich jeden Tag in den Kneipen herum, während Lil mit dem Baby im Zimmer saß oder es in seinem Korb um den Block trug. Sie mochte sich nicht zu weit vom Haus entfernen, um nicht eventuelle Neuigkeiten von der Schiffahrtsgesellschaft zu verpassen.

Wenn sie erst einmal unterwegs nach Adelaide waren, würde alles gut werden. Die Babys so weit wie möglich voneinander zu trennen kam dem Eintritt in eine andere Welt, ja einer zweiten Geburt gleich, ähnlich der, die Lil durch den Glauben erlebt hatte. Sie würde ihrem bisherigen Leben adieu sagen und sich dem Willen Gottes fügen.

Sonntags wagte sie sich etwas weiter in die ruhigen Straßen vor und besuchte mit Caroline die Allerheiligen-Kirche, wo sie sich im Einklang mit Gott fühlte. Sie betete, dass auch Ted bekehrt werden möge. Ihr Ehemann warf sein Leben einfach weg, trieb sich in Kneipen und Spielhöllen herum und verpraßte das kürzlich erworbene Geld, als sei es unerschöpflich. Trotz seiner wütenden Attacken hatte Lil ihren eigenen Anteil für sich behalten, doch die Kosten für die Unterkunft fraßen ein großes Loch in den Etat. Sie tröstete sich mit dem Gedanken, dass dieses Leben bald ein Ende haben würde.

Nach der Messe trug sie das Baby im Korb zum Flussufer hinunter und hing dort im Schatten der roten Gummibäume ihren Träumen nach. Sie genoss dabei den Anblick des breit dahinströmenden Flusses mit seinen schwarzen Schwänen. Lil hatte erfahren, dass sie zunächst mit einem Kutter flussabwärts bis Fremantle fahren und dort erst an Bord des Schiffes gehen würden. Sie freute sich auf die Fahrt zum Indischen Ozean, der ihr von den Reisen mit ihrer Familie her vertraut war. Bald würde sie die wunderschöne Küstenlandschaft erstmals vom Deck eines Schiffes aus betrachten können. Wie oft war sie als Kind über den Strand gelaufen. Damals hatte sie im Traum nicht daran gedacht, dass sie ihn je aus anderer Perspektive sehen würde.

Die Sonntage übten stets eine beruhigende Wirkung auf sie aus und halfen ihr, mit den Ängsten fertigzuwerden, die sie während der langen, einsamen Tage im Zimmer plagten.

»Ich bin einfach kein Stadtmensch«, sagte sie sich. »Ich vermisse den Busch, daher wird es mir auf der Schaffarm von Teds Cousin gleich bessergehen. Dort kann ich kochen und reiten und mein Wissen über Schafzucht anwenden. Wenn es sein muss, kann ich sogar Geld verdienen.«

Als der Brief eintraf, in dem Ted aufgefordert wurde, die Fahrkarten abzuholen, ließ Lil das Baby bei ihrer Vermieterin und begleitete ihren Mann. Mit neugewonnenem Selbstvertrauen ging sie durch die breiten Straßen, die von imposanten Gebäuden gesäumt wurden. Im Schifffahrtsbüro in der Barrack Street händigte man ihnen Zweiter-Klasse-Fahrkarten aus. Sie würden auf der SS *Silverton* segeln.

»Wir sollten erster Klasse fahren«, brummte Ted.

»Du hast gehört, was der Mann gesagt hat. Die meisten Schiffe kommen aus England, und die Passagiere darauf wollen fast alle nach Osten reisen. Wir können froh sein, dass wir überhaupt Plätze bekommen haben.«

»Wir hätten lieber warten sollen.«

»Bis in alle Ewigkeit? Außerdem ist die zweite Klasse immer noch sehr viel angenehmer als das Zwischendeck. Wir haben Glück gehabt. Wann segeln wir?«

»Nächsten Freitag, glaube ich.«

In einem Cafe lud Lil Ted zu Fleischpasteten und Pudding ein. Danach besichtigten sie die wichtigsten Sehenswürdigkeiten von Perth, darunter das gewaltige Rathaus mit seinem Uhrenturm und das elegante zweistöckige Gebäude der *National Bank*. Sie erhaschten sogar einen Blick auf den Regierungssitz und bestaunten ehrfürchtig den Palast, in dem ein einziger Mann leben sollte. Es war der schönste Tag, den Lil seit ihrer Heirat erlebt hatte, und sie spürte, dass sie an einem Wendepunkt angelangt war. Die Zukunft der kleinen Familie Cornish schien gesichert. Ted hatte keine Einwände, als sie sich auf dem Heimweg einen Mantel und einen Strohhut für die Seereise kaufte.

Die letzte Woche bis zur Abreise genoss Ted in vollen Zügen. Er kam nicht einmal zu den Mahlzeiten nach Hause, obwohl sie dafür bezahlten. Als er eines Nachts betrunken hereinwankte und das gesamte Haus aufweckte, hatte Lil genug. Um die anderen Bewohner nicht noch weiter zu stören, hob sie sich ihre Predigt jedoch bis zum Morgen auf.

»Wenn du so weitermachst, haben wir bald kein Geld mehr«, schrie sie zornig. »Wage es nicht, noch einmal um diese Zeit nach Hause zu kommen! Und die Trinkerei muss auch aufhören!«

»Halt den Mund!«, Mit diesen Worten zog sich Ted die Decke über den Kopf. »Hau ab, du blöde Kuh. Ich bin müde.«

»Das überrascht mich nicht. Schlafe von mir aus eine Stunde, aber dann gehen wir im Kings Park spazieren. Auch ich habe ein Recht darauf, etwas von der Stadt zu sehen.«

Im Waschhaus wurde sie von der Vermieterin zur Rede gestellt. »Sagen Sie Ihrem Mann, das hier ist ein anständiges Haus. Ich erwarte, dass meine Gäste zu vernünftigen Zeiten nach Hause kommen. Und zwar nüchtern.«

»Es tut mir leid. Ich habe mit ihm gesprochen. Es wird nicht wieder vorkommen.«

Die hochgewachsene, hagere Frau schüttelte den Kopf. »Das habe ich schon öfter gehört. Sie sollten lieber darauf achten, in welcher Gesellschaft sich Ihr Mann herumtreibt.«

Lil seufzte. »Kneipen! Ich weiß nicht, warum manche Männer ihr halbes Leben in Kneipen verbringen!«

»Sie sollten ihn lieber fragen, wohin er geht, wenn die Kneipen schließen.«

Lil sah sie überrascht an. »Was wollen Sie damit sagen?«

»Ich rede nicht gern um den heißen Brei herum. Ich meine es gut mit Ihnen. Mr. Cornish ist mit leichten Mädchen in der Stadt gesehen worden. Eine von ihnen, Polly, wohnte sogar noch hier, als Sie einzogen, Mrs. Cornish.«

»Ein dunkelhaariges Mädchen, ziemlich herausgeputzt?«

»Genau. Ich habe sie hinausgeworfen, weil sie so eine war.«

»Eine Prostituierte?«

»Ja. Es tut mir leid.«

Lil ließ die Wäsche Wäsche sein und rannte zu Ted, um ihn zur Rede zu stellen. Er stritt jede Bekanntschaft mit Polly ab.

»Wo gehst du denn hin, wenn die Pubs schließen?«

»Mal dahin, mal dorthin«, erwiderte er unwillig. »Es gibt immer Partys. Was anderes hat ein Mann hier ja nicht zu tun. Und jetzt Lass mich in Ruhe.«

»Ich möchte ausgehen.«

»Dann geh doch. Ich halte dich nicht davon ab.«

»Du könntest mitkommen.«

Er wandte Lil den Rücken zu. Sie kochte vor Wut. Später überredete sie jedoch die Vermieterin, auf Caroline aufzupassen, während sie den berühmten Park allein besichtigen wollte. Der Weg führte den Hügel hinauf und war ziemlich anstrengend, doch die hübschen Gartenanlagen und der herrliche Blick über die Stadt am Fluss belohnten den mühsamen Aufstieg. Inmitten der einheimischen Bäume, die ihr so vertraut vorkamen, fühlte sie sich unbeschwerter. Lil hatte das Gefühl, als sei sie in den Busch zurückgekehrt, in dem nur die Vogelstimmen die Stille unterbrachen. Von hier oben sah Perth wunderschön aus.

»Nur noch ein paar Tage«, sprach sie sich Mut zu, »und wir verlassen dieses Leben für immer. Wenn Ted erst einmal arbeitet, hat er keine Zeit mehr, sich in schlechter Gesellschaft herumzutreiben.«

Vom Gedanken an Caroline getrieben eilte sie nach Hause, wo sie das Baby in tiefem Schlaf vorfand.

»Die Kleine war so unruhig, hatte wohl Hunger«, erklärte die Vermieterin. »Also haben wir ihr eine Flasche gegeben.«

»Aber sie trinkt nicht aus der Flasche. Sie wird gestillt.«

»Jetzt trinkt sie aus der Flasche. Ich und die anderen Damen waren der Meinung, das Kind sei hungrig, und dass es jetzt friedlich schläft, ist der Beweis. Sie sollten zufüttern, damit die Kleine an Gewicht zulegt.«

Schon bevor sie das Zimmer betrat, spürte Lil, dass Unheil in der Luft lag. Der Morgen war aber auch zu schön gewesen. Sie riss die Tür auf. Ted war weg. Nicht einfach ausgegangen, sondern ausgezogen. Sein Seesack, der am Bettpfosten gehangen hatte, fehlte ebenso wie Rasierbecher und -pinsel. Lil hängte ihren Hut an den Haken, an dem vor kurzem noch Teds Winterjacke gehangen hatte, und legte das Baby auf das knarrende Bett. Sorgfältig überprüfte sie die Schubladen der Frisierkommode außer der obersten, in der ihre Unterwäsche lag.

Er hatte seine sämtlichen Kleider mitgenommen. Dann zog sie mit geschlossenen Augen ahnungsvoll die oberste Schublade auf und traute sich kaum hineinzusehen. Ihre gebügelten Unterröcke und Unterhosen waren durchwühlt worden. Lil tastete vergeblich nach den wertvollen Fahrkarten für die SS *Silverton*, die sie einem neuen Leben auf einer südaustralischen Schaffarm entgegenschippern sollte. Ted hatte auch sie mitgenommen.

»Kein Wunder, ich hab' Sie doch gewarnt«, sagte die Vermieterin.

»Ein bisschen spät«, schnappte Lil.

»Nicht so frech! Tragen Sie die Nase nicht so hoch, und hören sie auf, mich zu beschuldigen!«

»Es tut mir leid, das war nicht meine Absicht. Ich werde zur Polizei gehen.«

»Das wird nicht viel helfen. Gehen Sie zur Schiffahrtsgesellschaft und sagen Sie, Ihre eigene Fahrkarte sei verlorengegangen. Sie möchten Ihnen eine neue ausstellen. So kann er sie zumindest nicht hier zurücklassen. Falls Sie den Kerl tatsächlich noch wollen.«

»Ich muss einfach dorthin.«

Lil spurtete los. Selbst in der Stadtkleidung rannte sie so schnell, dass sie ein wenig damenhaftes Bild abgab. Sie sauste zwischen den Fußgängern hindurch, schoss quer über geschäftige Straßen, immer getrieben vom Gedanken an Caroline und ihr anderes Baby. Ihr Herz hing an dem Plan, die beiden so weit wie möglich voneinander entfernt aufwachsen zu lassen, damit die mystische Verbindung gekappt wurde und sie ein unabhängiges, erfülltes Leben führen konnten. In ihrer Verwirrung glaubte Lil tatsächlich, sie renne um das Leben ihrer Kinder.

Das Schiffahrtsbüro war überfüllt. Die Leute schubsten sie, und sie schubste zurück, bis sie sich zur Theke vorgearbeitet hatte. Dort erfuhr sie, dass sie in der falschen Schlange stand; im Hafen lag noch ein anderes. Den nächsten Angestellten musste sie erst anbrüllen, bevor er sich herablassend zu ihrem Anliegen äußerte.

»Ich würde vorschlagen, Sie gehen nach Hause und suchen Ihre Fahrkarte, Madam.«

»Jetzt hören Sie mir mal zu, Sie verdammte Vogelscheuche«, zischte sie den schwarz gekleideten Mann an, »ich habe eine Passage auf der *Silverton* gebucht. Wenn ich meine Fahrkarte nicht verloren hätte, wäre ich nicht hier. Ohne Fahrkarte komme ich nicht an Bord. Wenn Sie sie mir nicht sofort ersetzen, möchte ich Ihren Vorgesetzten sprechen.«

»Ich nehme an, die Überfahrt wurde bereits bezahlt?«, fragte er.

»Hätte ich sonst eine Fahrkarte besessen?«

»Na gut. Warten Sie einen Moment. Wie war doch gleich der Name?«

»Cornish. Mrs. Ted Cornish.«

»Das ist eigentlich gegen die Vorschriften.« Er zog einen

Ordner aus dem hölzernen Aktenschrank, der hinter ihm stand. »Cornish. Zweite Klasse. Hier ist die Passagierliste. Ich muss jetzt die Nummer der Fahrkarte überprüfen. Selbst dann kann ich Ihnen nur ein Duplikat ausstellen.«

»Komme ich damit an Bord?«

»Ich denke schon.«

Anscheinend hatte er gefunden, was er suchte. Dennoch besprach er sich lang und breit mit einem Kollegen und verkündete dann hochmütig: »Mrs. Cornish, ich weiß nicht, was Sie sich denken, aber es funktioniert nicht. Ihr Mann hat diese Fahrkarten heute morgen zurückgegeben.« Er schob ein Blatt über den Schalter. »Hier ist seine Unterschrift. Der Nächste, bitte.«

Gedemütigt schlich Lil durch die Menge nach draußen. Sie kämpfte mit den Tränen.

Sie konnte unmöglich zu ihrer Familie zurückkehren, denn sie wollte sich um keinen Preis eingestehen, dass Ted sie verlassen hatte. Wochenlang antwortete sie vergeblich auf Stellenangebote. Schließlich fand sie eine Stelle mit Logis. Eine schäbige kleine Arbeitsvermittlung auf einem Hinterhof hatte sie ihr angeboten.

»Hier sind zwei Pfund für die Reise flussaufwärts«, sagte man ihr. »Auf dem Zettel stehen Name und Adresse. Das Kind können Sie mitnehmen, Mr. Warburton stört es nicht. Hat ein paar schwarze Frauen da, die Ihnen helfen können. Sind ohnehin nur gut fürs Kinderhüten.«

»Und ich arbeite als Milchmagd?«

»Ja. Sie können doch Kühe melken, oder nicht?«, fragte der Angestellte gelangweilt.

»Sicher.«

»Gut. Die Entscheidung liegt bei Ihnen.«

»Wie ist dieser Mr. Warburton denn so?«

»Wen interessiert das schon? Er hat dort oben eine große

Farm und ein verdammt prächtiges Haus, von dem Sie allerdings nicht viel zu sehen bekommen werden.«

»Haben Sie keine bessere Stelle? Ich hatte auf eine Arbeit in der Stadt gehofft.«

»Mit einem Kind? Vergessen Sie es. Wollen Sie nun die Stelle oder nicht?«

»Ja, vielen Dank.«

Auf dem Heimweg ging Lil in die Kirche, um für ihre Undankbarkeit Abbitte zu leisten.

Draußen hatte sie ein Schild mit den Worten »Gott liebt die Großzügigen« gesehen.

»Nun«, wandte sie sich an den Herrn, »ich versuche ja, eine gute Christin zu sein, aber du machst es mir ganz schön schwer. Mir ist nur Caroline geblieben ... Ich habe weder Ehemann noch Heim. Selbst die schöne Seereise bleibt mir verwehrt. Aber Caroline wird mir keiner nehmen. Nun ist es an der Zeit, dass auch du dich großzügig zeigst.«

Lil fand einige lose Blätter mit Gebetstexten und las diese ehrfürchtig durch. Da sie ihr gefielen, steckte sie sie in ihre Handtasche. »Blicke freundlich auf uns herab, Herr! Hilf mir, mich in meinem neuen Leben zurechtzufinden! Ich bin sehr niedergeschlagen.«

Trotz ihrer Enttäuschung genoss Lil die Fahrt flussaufwärts in vollen Zügen. Der einmastige Segelkutter glitt leicht und elegant um die weiten Biegungen. Die sieben Passagiere, die zuvor bei achtunddreißig Grad im Schatten am Pier gewartet hatten, freuten sich über die frische Brise.

Lil erfuhr, dass Minchfield House, ihre neue Arbeitsstätte, erst die vorletzte Anlegestelle war, so dass sie in aller Ruhe die Landschaft betrachten und zusehen konnte, wie die anderen Passagiere nacheinander mit ihrem Gepäck an Land gingen. Am Swan River lagen weit verstreut einige herrliche Anwesen, doch keines konnte es mit dem Herrenhaus aufnehmen, das nun vor ihren Augen auftauchte. Das zweistöckige Gebäude aus roten Ziegeln wurde von einer breiten Veranda mit schlanken weißen Säulen gesäumt und lag inmitten eines wunderbaren Parks. Voller Ehrfurcht schaute Lil zu dem gepflegten Rasen und den Gartenanlagen hinüber.

»Sind wir hier richtig?«

»Ja, Missus, hier steigen Sie aus«, erwiderte ein Bootsmann.

»Ich dachte, es sei eine Farm.«

»Ist es auch. Mr. Warburton gehört die halbe Gegend. Kommen Sie, ich nehme die Kleine.«

Auch an dieser Anlegestelle warteten Leute. Lil spürte, dass sie beim Aussteigen alle Blicke auf sich zog.

Ein stämmiger Mann trat auf sie zu. »Sind Sie Mrs. Cornish? Ich bin Jordan, der Vorarbeiter. Sie sind als Milchmagd eingestellt worden. Haben Sie Erfahrung mit dem Melken?«

»Ja«, log Lil und kreuzte heimlich die Finger.

»Prima.« Er gab einem schwarzen Mädchen ein Zeichen. »Hier, hilf der jungen Frau mit dem Koffer. Wie heißen Sie mit Vornamen?«

»Lil.«

»Prima, Lil. Mercy zeigt dir dein Quartier. Heute Abend fängst du mit dem Melken an.«

Sie nahmen einen Pfad, der im Bogen um das Herrenhaus herum und zu einer offenen Weide führte, auf der friedlich Kühe grasten. Dann gingen sie an einem langen Zaun entlang, vorbei an imposanten Nebengebäuden an der Rückseite des Hauses, immer weiter und weiter …

»Nicht mehr weit«, sagte Mercy und schwang Lils Koffer in der Hand.

Das Mädchen war hager, hatte strähniges Haar und trug den üblichen Baumwollkittel, der den »Haus-Schwarzen« zustand. Doch es strahlte Selbstvertrauen aus, als wüsste es, dass es einen festen Platz im Leben besaß. Lil beneidete Mercy ein wenig.

Endlich tauchte vor ihnen ein langgestrecktes, mit Schindeln gedecktes Gebäude auf, unter dessen Vordach eine Reihe von Türen zu erkennen waren. Lil vermutete, dass dies die Personalunterkünfte seien, da sie die Gestaltung von den großen Schaffarmen im Outback kannte.

Mercy öffnete die erste Tür und stellte Lils Koffer ab. »Dies ist Ihr Zimmer. Kann ich das Baby jetzt halten?«

»Natürlich.« Mit einem stolzen Lächeln reichte sie ihr Caroline, die auf dem Boot lange geschlafen hatte, inzwischen jedoch aufgewacht war.

»Sie ist so hübsch«, strahlte Mercy und spielte mit den winzigen Fingern.

»Auch wenn ich nicht ihre Mutter wäre, müsste ich dir zustimmen. Sie heißt Caroline. Schau dir nur das weiche Haar, die dunklen Augen und das Grübchen an.«

»Zwei Grübchen«, bemerkte Mercy und setzte sich auf eines der beiden Betten, um das Baby in den Armen zu wiegen.

»Wer wohnt hier noch außer mir?«, wollte Lil wissen.

»Keiner. Der Melker ist weggelaufen.«

Das gefiel Lil nicht. »Warum?«

»Gold. Ist Gold suchen gegangen.« Mercy grinste. »Sie sind das erste Milchmädchen hier. Konnten keine Männer mehr finden.«

»Verstehe.« Lil begriff, warum man ihr den Job trotz des Babys gegeben hatte. Sie diente als Notnagel! Andere Mädchen aus Perth hätten die Stelle abgelehnt, vor allem deshalb, weil Minchfield House so weit von der Stadt entfernt war.

»Ich hoffe, ich muss nicht die Arbeit von zwei Männern verrichten.«

»Nein, ich und Beth werden Ihnen helfen.«

»Wer ist Beth?«

»Eines der Hausmädchen. Und da ist noch Tom, auch ein Melker, aber alt. Deshalb ist er nicht weggelaufen.«

Der Raum machte einen überraschend gepflegten Eindruck. Lil hatte bereits ganz fürchterliche Unterkünfte erlebt, doch trotz der spärlichen Möblierung brauchten sich die Eigentümer für dieses Zimmer nicht zu schämen. Selbst die Schüssel und der Krug auf dem Waschtisch waren makellos sauber.

Als sie ihre kargen Besitztümer einräumen wollte, stellte sie fest, dass die Kommode mit weißem Papier ausgelegt war und die Moskitonetze über den Betten aus frischem Musselin bestanden. Das Zimmer, das sie mit Ted in Perth bewohnt hatte, hielt einem Vergleich mit diesem nicht stand.

»Wenigstens ist es hier hübsch und sauber«, sagte sie im Plauderton.

»Ja. Und es sollte besser so bleiben, sonst kriegen Sie es mit Miss Lavinia zu tun.«

»Wer ist Miss Lavinia?«

»Schwester vom Boss. Alte Jungfer. Komisch im Kopf.«

Lil lächelte. »Wenn sie alles so gut in Schuß hält, kann sie so schlimm nicht sein.«

Ein ergrauter Arbeiter spähte zur offenen Tür herein. »Sie sind Miss Cornish?«

»Ja. Sie können mich Lil nennen.«

»Ich bin Tom. Was treibst du hier, Mercy?«

Sie verzog das Gesicht. »Passe auf Baby auf.«

»Miss Cornish hat eine lange Reise hinter sich. Hast du ihr etwas zu essen gebracht?«

»Es geht schon«, sagte Lil, da sie keine Umstände machen wollte, doch sie spürte einen nagenden Hunger.

Tom achtete nicht auf ihren Einwurf. »Hol Miss Cornish den Nachmittagstee«, wies er Mercy an. »Sie muss bald mit der Arbeit beginnen.«

»Ich kann selbst gehen«, sagte Lil, doch Mercy hatte das Baby bereits auf ein Kissen gelegt und zuckte die Achseln. »Und wenn die Köchin nichts hat?«

»Geh jetzt!«, sagte Tom drohend, und sie sauste davon.

»Wo essen wir gewöhnlich?«

»Hinter der Küche gibt es einen Speisesaal für das Personal. Ich bringe dich hin, wenn wir mit dem Melken fertig sind.« Er sah auf ihre Hände. »Die sehen mir nicht nach Arbeitshänden aus, Missus. Bist du sicher, dass du das kannst?«

Sie lachte. »In letzter Zeit hatten meine Hände nicht so viel zu tun. Aber keine Sorge, ich bin die Tochter eines Viehtreibers.«

»Tatsächlich?«, fragte er mit einem anerkennenden Lächeln und drehte sich eine Zigarette. »Bin selbst jahrelang Treiber gewesen. Wurde irgendwann zu alt für den Sattel.«

Er warf einen Blick auf Caroline, die allmählich auch Hunger bekam.

»Wo ist dein Mann?«

»Verschwunden.«

»Gold?«

»Vermutlich. Ist einfach abgehauen.«

»Er wird ja wohl nicht herkommen, oder?«

»Nein. Er weiß gar nicht, wo ich bin.« Sie schob ihren Koffer unters Bett. »Und er kann bleiben, wo er ist.«

Tom nickte. »So ist's richtig, Mädchen. Gib dem Schweinehund keine zweite Chance. Ich glaube, wir werden gut miteinander auskommen. In einer Stunde hole ich dich ab.«

Als Mercy mit dem Tee und Sardinensandwiches zurückkam, war Lil gerade am Stillen. Sie ließ sich aber nicht davon abhalten, ihr Mahl zu genießen. »Ich werde mich wohl ein bisschen ausruhen«, sagte sie. Mercy verstand den Wink. Sie sah sich im Zimmer um. »Ich würde ja mit Baby spazieren gehen, aber wir haben keinen Kinderwagen.«

»Meine Freunde in Perth schicken mir einen.« Merle, ihre Vermieterin, hatte darauf bestanden, ihr einen guten gebrauchten Kinderwagen auf dem Samstagsmarkt zu besorgen.

»Mit dem Boot?«, fragte Mercy begeistert. »Ich sehe nach. Bringe ihn für Sie her.«

Wie Lil später herausfand, war es Mercys liebster Zeitvertreib, von der Anlegestelle aus die Boote zu beobachten. Der Kinderwagen verschaffte ihr nun einen neuen Grund, um sich dort aufzuhalten.

Eine Woche später war Lil zu dem Schluss gekommen, dass diese Stelle für den Moment das richtige war. Die Melkarbeit und die Erfüllung ihrer anderen täglichen Pflichten kamen sie hart an, doch Tom war ihr ein guter Freund geworden, der darauf achtete, dass sie genügend Zeit mit Caroline verbringen konnte. Die anderen Frauen, die im Haus arbeiteten – eine Köchin und vier Hausmädchen – erklärten sich gern bereit, in ihrer Freizeit nach dem Baby zu sehen. Zur Belustigung der anderen Frauen stritten sich Beth und Mercy beinahe um das Privileg, Caroline betreuen zu dürfen. Obwohl sie wie die Nonnen in nebeneinanderliegenden Zimmern lebten, kamen sie gut miteinander aus und hatten viel Spaß.

Lil war Mr. Warburton noch nicht begegnet und hatte auch das Herrenhaus noch nicht von innen gesehen. Sie kannte nur einen kleinen Teil der Farm und ihrer Bewohner, doch das würde sich im Laufe der Zeit sicher ändern. Einmal erschien Miss Lavinia zur Inspektion von Lils Unterkunft, und diese sah schweigend zu, wie ihre Arbeitgeberin ins Zimmer rauschte und in jeden Winkel spähte.

Miss Lavinia war eine hochgewachsene, hagere Frau mit grauem Haar, das sie in einem Knoten trug, und scharfen Augen, denen nichts entging. Unter dem schwarzen Kleid, an dessen Gürtel ein Schlüsselbund baumelte, trug sie einen altmodischen Reifrock. Die Hitze schien ihr nicht das Geringste auszumachen.

»Wer bist du?«, fragte sie Lil.

»Mrs. Cornish, Madam.«

»Woher?«

»Aus York.«

»Nicht mit diesem Akzent.«

Lil blinzelte. »Es liegt im Avon Valley, Madam.«

»Unsinn.« Sie zog die Schubladen auf, fasste deren Inhalt ins Auge und nahm die Blätter mit den Gebetstexten heraus, die Lil aus Perth mitgebracht hatte. Miss Lavinia studierte sie eingehend, als suche sie nach unzüchtigen Passagen. »Du bist eine gute Christin?«

»Ich tue mein Bestes, Madam.«

»Man tut nicht sein Bestes. Man ist eine gute Christin oder man ist es nicht. Ich beispielsweise bin eine und lüge daher nicht.«

Mit diesen Worten drehte sie sich auf dem Absatz um und rauschte wieder hinaus.

Lil war verblüfft. Die Frau konnte unmöglich das Baby übersehen haben, das friedlich auf dem freien Bett schlief, hatte es aber keines Blickes gewürdigt. Lil hatte nichts gegen die Inspektion ihres Zimmers einzuwenden, mißbilligte aber Miss Lavinias Haltung gegenüber ihrem Kind. Wie die meisten Mütter erwartete sie, dass jede Frau ein Lächeln für ein so niedliches Geschöpf übrig haben müsse.

»Verdammt, wenn sie eine gute Christin ist, dann bin ich Bischof!«

Doch wenigstens hatte sie die Prüfung bestanden, und das allein zählte. Sie hatte bald herausgefunden, dass die berüchtigte Miss Lavinia die wahre Herrin des Hauses war, während sich Mr. Warburton in der Bibliothek dem Sammeln von Briefmarken und anderen Beschäftigungen widmete, die einem Gentleman gut zu Gesicht standen. Lil hatte den eleganten weißhaarigen Herrn mit dem Ziegenbart ein paarmal aus der Ferne im Rosengarten gesehen. Die Bediensteten erwähnten ihn selten, weil sie viel zu sehr damit beschäftigt waren, seine Schwester bei Laune zu halten.

»Das dürfte mir nicht schwerfallen«, dachte Lil. »Ich muss nur brav den Blick senken, reinlich sein und die Bibel unter dem Arm tragen.« Lils Ehrgeiz war geweckt. Sie wollte sich von der Kuhmarkt zur Haushälterin emporarbeiten, und um dieses Ziel zu erreichen, brauchte sie die Unterstützung von Miss Lavinia.

Das Geschenk von Merle – der Kinderwagen mit Babydecke – traf wie angekündigt ein. Nun genoss Lil größere Bewegungsfreiheit und lebte sich rasch auf der Minchfield Farm ein. Das Leben war leichter geworden ohne die bedrückende Gegenwart von Ted Cornish. Sie verdiente nun ihr eigenes Geld. Die harte Arbeit störte sie nicht, sondern stärkte ihre Kräfte und ihre Gesundheit. Nach einigen Monaten wurde ihr klar, dass sie gerne auf der Farm arbeitete, die ihr Unterkunft und ein regelmäßiges Einkommen bot.

Alles lief gut – bis zu dem Tag, an dem sie das Hausmädchen Beth zusammengekrümmt in einer Ecke der Molkerei liegen fand. Man hatte es furchtbar verprügelt.

7. *Kapitel*

Mit dem Wagen kamen sie auf der Hunderte von Meilen langen Strecke über die ausgetrockneten Ebenen nur quälend langsam voran. Eine weitere Behinderung stellten die liegengebliebenen Fahrzeuge und die Massen von Fußgängern dar.

»Ist wie der Rückzug aus Moskau«, bemerkte Mike. »Nur Kettensträflinge sehen noch erbärmlicher aus als dieser Haufen. Wir hätten reiten sollen, dann wären wir schon am Ziel.«

Insgeheim teilte Clem diese Meinung, doch er hielt beharrlich an seinem Wagen und den kostbaren Vorräten fest, auch wenn sie diese für das Zehnfache ihres Werts hätten verkaufen können. Entlang der Strecke durchsuchten zerlumpte Gestalten den Abfall. Es gab nicht nur leere Kartons und Flaschen, sondern auch eine erstaunliche Ansammlung der verschiedensten Gegenstände, die man als überflüssigen Ballast zurückgelassen hatte. Stühle, Bettgestelle und andere Möbelstücke säumten den endlosen Weg, leere Blechkisten gähnten gen Himmel, bunte Kleider flatterten im brennend heißen Wind. Clem hasste den Anblick der traurigen Überbleibsel, Mike hingegen amüsierte sich darüber. Es war wirklich ein Witz, was die Leute alles in die Wüste schleppten. Wenn sie in der Nähe eines solchen Abfallhaufens anhielten, machte er sich einen Spaß und veranstaltete zur Belustigung der anderen Goldsucher »Auktionen«, auf denen er das Gefundene zu utopischen Preisen versteigerte.

Doch wenn Leute darum baten, auf dem Wagen mitfahren zu dürfen, lehnte er dies trotz Clems Hilfsbereitschaft kategorisch ab. »Sei kein Narr. Sie sind zu Fuß unterwegs und haben kaum Gepäck. Was ist, wenn wir unser Lager aufschlagen? Sollen sie zusehen, während wir essen? Und wir würden sie bis zu den Feldern nicht mehr los. Außerdem würden sie eine zusätzliche Last für die Pferde bedeuten.«

Sie brauchten beinahe drei Wochen, bis sie den letzten Außenposten, das Dorf Southern Cross, erreichten. Hier herrschte eine Art Belagerungszustand. Clem wartete in einer Schlange, um die letzten Lebensmittel zu kaufen, die noch zu haben waren. Mike stand in einer anderen Schlange, um ihre Wasservorräte aufzufüllen. Draußen vor der Stadt stießen sie auf das nächste Hindernis. Berittene Polizisten versperrten die Straße und zwangen Fahrzeuge und Fußgänger zu halten.

Clem gab sich nicht mit Informationen aus zweiter Hand zufrieden und lief nach vorn. Er stieg über ein Seil und wandte sich an einen der Polizisten.

»Worauf warten wir?«

»Wir überprüfen jeden, der den Ort verlässt.«

»Warum?«

»Weil es von hier aus über hundert Meilen bis Coolgardie sind. Sie sterben unterwegs wie die Fliegen. Sie werden die Gräber mit eigenen Augen sehen, mein Freund. Wer nicht genügend Wasser und Nahrungsmittel mit sich führt, kommt nicht aus Southern Cross hinaus.«

»Mein Partner und ich haben einen Wagen und jede Menge Wasser. Würden Sie uns durchlassen?«

Der Polizist stieg ab und band sein Pferd an einen dicken Pfosten, der neben dem Weg in die Erde gerammt war. »Ich komme mit Ihnen und werfe einen Blick in den Wagen.« Er gab den anderen Polizisten ein Zeichen, damit sie seinen Posten im Auge behielten, und folgte Clem nach hinten.

Unterwegs blieb er neben einem staubbedeckten Wagen stehen, in dem ein Paar mit einem kleinen Jungen saß. »Wie viel Wasser haben Sie?«

»Unsere drei Beutel sind voll.«

»Dann werden Sie keinen Meter weiterfahren. Zuerst verdurstet Ihr Pferd, dann sterben Sie. Sie können sofort umkehren.«

»Verstehen Sie, was ich meine?«, fragte er Clem.

Als er die drei Fässer erblickte, lachte er. »Mein Gott! Haben Sie etwa Bier mitgebracht?«

»Nein, da ist Wasser drin. Außerdem haben wir Lebensmittel und ein Zelt.«

»Gut, Sie können nach vorn fahren, müssen aber noch eine Weile warten.«

»Wieso denn diesmal?«

»Wir lassen Sie nicht einzeln in die Wüste laufen. Es werden Gruppen von sechzig Leuten gebildet. Einige von Ihnen müssen Fahrzeuge dabeihaben, damit in Notfällen eine Transportmöglichkeit besteht. Ein Weg ist praktisch nicht vorhanden …«

»Das hatte ich auch nicht angenommen.«

»Woher kommen Sie?«

»Aus York.«

»Na gut, dann können Sie sich ungefähr vorstellen, was Sie erwartet. Unter den Leuten hier sind allerdings viele Städter, die glauben, sie müssten einfach nur nach Osten laufen. Sie schwärmen wie die Bienen über die ganze Gegend aus und verlieren die Orientierung, dem müssen wir ein Ende machen. Sind Ihre Pferde in Form?«

»Ja, wir haben sie geschont.« Clem war sich allerdings in diesem Punkt nicht ganz sicher, da man die Tiere auf dem steinigen Boden kaum schonen konnte.

»Gibt es Führer?«, wollte er wissen.

»Nein, Sie sind ganz auf sich gestellt. Achten Sie auf den ausgefahrenen Weg und fahren Sie nie bei Nacht, auch wenn es dann kühler ist. Vielen hat das den Hals gebrochen.«

Während sie warteten, beobachteten sie die zornigen und

nicht selten gewalttätigen Auseinandersetzungen zwischen Polizei und Diggern, die sich bitter darüber beklagten, dass sie um ihr Glück gebracht würden. Sie warfen der Polizei vor, sie habe kein Recht, ihnen den Weg zu versperren, doch die Ordnungshüter blieben eisern und ritten jeden nieder, der die Reihen durchbrach. Nachdem Clem und Mike sich endlich wieder in Bewegung gesetzt hatten, behielten sie ein langsames Tempo bei, um die Pferde zu schonen, und achteten darauf, in Sichtweite ihrer Mitreisenden zu bleiben. Mike betrachtete das rauhe, öde Land und schüttelte den Kopf. »Mein Gott«, stöhnte er und wischte sich den Schweiß aus dem Gesicht, »das ist ja das Ende der Welt! Kaum ein Baum zu sehen, nichts als verdammte Felsen. Wenn das hier schon schlimm ist, wie mag es wohl hundert Meilen weiter aussehen?«

»Ich weiß nicht, wovon Sie sprechen, Dr. Carty, und ich möchte Sie bitten die Stimme zu senken. Das Baby schläft.« Alice deckte den Tisch für den Morgentee, den sie ihrem unerwarteten Gast servieren wollte.

»Wie lange bleibt Thora weg?«, fragte er leiser.

»Eine ganze Weile, schätze ich. Sie ist erst vor einer halben Stunde zu den Postles geritten, um sich zu erkundigen, ob es Neuigkeiten von den Jungs gibt.«

»Zu den Postles!«, schnaubte er. »Früher hätte Thora sich nicht in ihrer Gesellschaft blicken lassen.«

»Mag sein. Doch sie weiß ihren Vorteil zu nutzen.«

»Wollen Sie meine Tochter kritisieren?«

»Ganz und gar nicht. Wir beide hoffen auf Nachricht von den Goldfeldern. Clem sollte inzwischen dort angekommen sein.«

Der Doktor schob seine Tasse beiseite und faltete die Hände vor sich auf dem Tisch. »Alice, der Vertrag, den Sie unterzeichnet haben, ist rechtswidrig zustande gekommen. Ich bin jedoch bereit, Ihnen den Kaufpreis für mein Fuhrunternehmen zurückzuzahlen und den Vorfall zu vergessen.«

»In welcher Hinsicht ist er rechtswidrig zustande gekommen?«

Carty seufzte. »Das will ich Ihnen doch gerade erklären. Es ist offensichtlich, dass Ihr Bruder über einen Wissensvorsprung verfügte. Mit anderen Worten, er hat gewusst, dass man den Plan, die Bahnlinie bis York auszubauen, ad acta gelegt hatte. Folglich hat er die Firma unter Vorspiegelung falscher Tatsachen erworben.«

»Das ist eine unschöne Anschuldigung, Dr. Carty. Wir alle haben erwartet, dass die Eisenbahn nach York kommen würde. Wir haben Ihre Firma unter der Zusicherung gekauft, dass sie selbst dann noch profitabel sein würde, wenn man neue Routen würde befahren müssen.«

»Wäre sie auch. Aber Ihr Bruder hat mich getäuscht, und das lasse ich mir nicht bieten. Ich will die Firma zurückhaben.«

»Milch?«, fragte sie und hielt ihm den Krug unter die Nase.

»Nein. Ja, doch. Ein wenig. Alice, Sie brauchen nur den Vertrag zu zerreißen. Betrachten wir es als kleines Missverständnis.«

»Tut mir leid, das ist nicht möglich.«

»Wieso nicht? Ihr Bruder hat mich mit unlauteren Mitteln zum Verkauf überredet. Er ist ein verdammter Betrüger. Wenn Sie den Vertrag nicht vernichten, verklage ich ihn.«

»Verklagen können Sie nur mich. Sie haben *mir* die Firma verkauft und wollen mich doch wohl nicht als Betrügerin bezeichnen.«

»Das will ich nicht gesagt haben, aber Sie müssen sich der Tatsache bewusst sein, dass Ihr Bruder Sie in eine unangenehme Situation gebracht hat. Eine junge Dame wie Sie möchte doch nicht vor Gericht erscheinen, oder?«

»Du lieber Himmel, nein.«

»Dann bleibt Ihnen keine andere Wahl. Vergessen wir einfach das ganze Geschäft.«

Alice knabberte an einem Keks. »Das wäre mir nicht recht, Dr. Carty. Ich begreife nicht, was daran unzulässig sein sollte.«

»Sie verstehen nichts vom Geschäft, das ist der Grund. Clem hätte Sie nie in diese Lage bringen dürfen.«

»Warten wir doch einfach ab!«

»Was sollen wir abwarten?«, fuhr er sie an. »Verschwenden Sie nicht meine Zeit, Mädchen. Ich habe Ihnen schon einen Gefallen getan, indem ich hierher geritten bin. Ich hätte meine Anwälte auch sofort darauf ansetzen können.«

»Vielen Dank für Ihre Gefälligkeit, aber ich muss abwarten, was Clem dazu sagt.«

Cartys Argumente prallten an Alices Standhaftigkeit ab. Endlich stürmte er aus dem Haus.

»Sie werden noch von mir hören!«, brüllte er.

Sie kehrte an den Tisch zurück und schenkte sich noch eine Tasse Tee ein. Er blufft nur, dachte sie und hoffte, dass sie sich nicht irrte. Seine Entrüstung hatte sehr echt gewirkt.

Die Wochen vergingen. Thora erhielt einen Brief von Clem, der von ihrer Ankunft in Kalgoorlie und der bisher erfolglosen Suche auf ihrem Claim berichtete.

»Weshalb sind sie nicht in Coolgardie geblieben?«, jammerte Thora. »Die Postle-Jungs sind auch dort und haben Gold gefunden. Sie haben zwar nicht gesagt, wie viel, doch es muss sich um einen beträchtlichen Fund handeln. Wenn sie als reiche Männer nach Hause kommen und Clem nicht, fange ich an zu schreien.«

»Lass ihnen Zeit«, sagte Alice beschwichtigend. »Sie haben gerade erst mit der Suche begonnen.«

»Aber das Gold könnte zu Ende gehen. Mrs. Postle sagt, dass schon jetzt unanständig reiche Männer über York nach Hause zurückkehren.«

»Was willst du damit sagen?«

»Na ja, wenn noch mehr Gold da wäre, würden sie doch bleiben, nicht wahr?«

»Ich vermute, sie arbeiten so lange in ihren Minen, bis diese erschöpft sind. Dann müssen sie einen neuen Claim kaufen. Clem schrieb, es sei ein fürchterlicher Ort, ohne Schatten und mit Temperaturen von über vierzig Grad.«

Thora zuckte die Achseln. »Sie haben doch ihre Zelte. Heißer als hier kann es dort auch nicht sein. Der Sommer war schrecklich, und dann diese Fliegenplage.«

In ihrem Brief an Clem berichtete Alice von ihrem Alltag und der erfreulichen Tatsache, dass sein Stausee noch Wasser enthielt. Sie fügte eine Extraseite bei, auf der sie ihm die letzten Neuigkeiten von seiner Tochter berichtete, die ihr so sehr ans Herz gewachsen war. Dr. Cartys Besuch hingegen erwähnte sie nicht.

Als ein amtlich wirkender Brief eintraf, befürchtete Alice, dass Carty nun doch zu einem Anwalt gegangen sei, stellte aber fest, dass der Absender der neue Bankdirektor war. Dies machte sie nur noch unruhiger, da sie bislang zwar einen Teil der Hypothek zurückgezahlt hatte, jedoch noch nicht die eigentlich zu zahlende Summe.

Beim Lesen schnappte sie aufgeregt nach Luft. Der Bankdirektor hatte einen erfolgreichen Goldsucher als Kunden, der nach einer Investitionsmöglichkeit in York suchte. Er schlug Alice vor, Lancoorie zu einem guten Preis an diesen Herrn zu verkaufen, und fragte nach, ob dieser die Farm besichtigen könne. Dass sie mit dem Verkauf einverstanden war, schien er vorauszusetzen.

Alice verschwendete keine Zeit und schrieb umgehend zurück, dass Lancoorie keineswegs zum Verkauf stünde. Dann fügte sie noch hinzu, dass dies jedoch nicht für das Fuhrunternehmen gelte, und nannte einen horrenden Preis für diese »ausgezeichnete Investitionsmöglichkeit«.

Nach nur einem Monat hatte Alice die ehemalige *Carty's Coach and Carrying Company* für fünfzehnhundert Pfund an den Herrn verkauft, der außerdem noch ein Vermögen für das *Victoria Hotel* bezahlt hatte, da sich die beiden Geschäfte seiner Ansicht nach ausgezeichnet ergänzten.

»Wieviel bekommen wir für das Fuhrunternehmen?«, wollte Thora wissen.

»Genug, um unsere Ausgaben wieder reinzubekommen«, murmelte Alice vorsichtig. »Der Zorn deines Vaters hat mir keine Ruhe gelassen.«

»Auf ihn solltest du wirklich keine Rücksicht nehmen! Wenn die Schienen erst einmal bis nach York verlegt sind, ist die Firma ohnehin wertlos.«

»Thora! Der Bau der Eisenbahn wurde verschoben, das weißt du doch.«

»Woher sollte ich das wissen? Was gibt es zum Mittagessen?«

Alice starrte sie an. »Mittagessen? Wir haben doch gerade erst gegessen!«

Thora hielt eine Tischdecke in der Hand. Sie stopfte sie daraufhin schnell wieder in die Schublade und eilte hinaus.

»Also wirklich, wo dieses Mädchen bloß seine Gedanken hat!«, Alice holte das Tischtuch wieder aus der Schublade und faltete es ordentlich zusammen.

Die Reisegesellschaft fiel bald auseinander. Einer nach dem anderen kehrten die Männer, die ihre Habe in Schubkarren beförderten, um; manche ließen dabei sogar die unhandlichen Gefährte zurück. Dann machten die Fußgänger vor Erschöpfung schlapp. Einige waren so vernünftig, den Rückweg in Gruppen anzutreten, während andere immer wieder am Wegesrand zu Boden sanken und eine Ruhepause verlangten, wodurch sie die beiden Wagen aufhielten und hitzige Wortgefechte auslösten. Schließlich erklärten sich Clem und der andere Wagenbesitzer bereit, die Reisebündel zu transportieren, doch als nacheinander zwei Männer zusammenbrachen, mussten sie diese ebenfalls mitnehmen. Dass einzelne Reiter, die ihre Kameraden offensichtlich im Stich gelassen hatten, an ihren vorübergaloppierten, machte alles nur noch schlimmer. Während einer weiteren Zwangspause zog auch noch eine mit Vorräten beladene Kamelkarawane an ihnen vorüber. Die afghanischen Treiber winkten fröhlich zu ihnen hinunter.

Mike sah ihnen neidvoll hinterher. »Kamele! Warum sind wir nicht selbst darauf gekommen?«

Clem machte sich nicht die Mühe zu antworten. Er forderte die Fußwanderer zum Weitermarschieren auf, da ihm das quälend langsame Reisetempo immer mehr auf die Nerven ging. Der andere Fahrer fürchtete eine Katastrophe und traf bereits Vorbereitungen zur Flucht. Sie hatten erst die Hälfte der Strecke zurückgelegt, und der Anblick zweier Holzkreuze, die in Steinhaufen steckten, hatte ihn in Panik versetzt. Der Fahrer hatte seine Frau, zwei Kinder und einen kranken Mann in seinem Wagen, die besonders unter der brennenden Hitze litten.

»Wenn er geht, gehen wir auch«, sagte Mike, doch Clem schaute sich besorgt nach den Fußgängern um. »Das können wir nicht tun. Diese Burschen sind halb tot.«

»Na und? Sollen wir sie nacheinander von der Straße auflesen? Die Polizisten wussten genau, was passieren würde. Deshalb haben sie Wagen und Fußwanderer in Gruppen zusammengefasst.«

Die Entscheidung war grausam, doch sie konnten es sich nicht leisten, noch mehr Zeit durch wiederholtes Warten zu verlieren. Die stärkeren, entschlosseneren Fußgänger konnten mit ihnen Schritt halten, die übrigen ließ man zurück. Sie sollten sich einen Tag ausruhen und auf die nächste Gruppe warten. Als sie die chaotischen Goldfelder von Coolgardie erreichten, waren nur zwölf Fußwanderer übrig geblieben. Keiner ihrer Reisegefährten wollte weiterziehen, doch Clem und seinen Partner drängte es auf die neueren Goldfelder, auf denen es weniger Konkurrenz geben sollte.

Die Weiterfahrt endete mit einer Enttäuschung. Tausende von Menschen hatten schon vor ihnen den Weg nach Kalgoorlie gefunden. Sie bogen in einen Weg ein, der ihnen wie die Hauptstraße einer geschäftigen Zeltstadt vorkam, aber eigentlich eher ein breiter, staubiger Trampelpfad war. Später erfuhren sie, dass diese Schneise den Kamelgespannen zum Wenden diente.

»Hauptsache, wir haben es geschafft«, sagte Clem, um sich selbst Mut zu machen. Er betrachtete die zahlreichen Schilder, die die Straße säumten. »Fahr dort hinüber, Mike. Da gibt es was zu trinken. Ich habe noch nie in meinem Leben solchen Durst gehabt.«

»Frag mich mal. Sie nennen ihre kleine Wasserstelle das *Welcome Inn*. Noch nie war mir ein Gasthaus willkommener.«

Sie schlugen draußen vor der Stadt ihr Lager auf und verbrachten einen Tag damit, Kalgoorlie zu erforschen. Hinter den zusammengewürfelten Geschäften und roh behauenen Unterkünften erstreckten sich die Goldfelder, dichtgedrängte Ameisenhaufen in einer Gegend, die flach war wie ein Brett. Männer krochen insektengleich darin herum, verschwanden in engen Gruben und beugten sich mit dem Aushub über Siebe und Goldwaschrinnen. Bei Einbruch der Dunkelheit kehrten sie in der improvisierten Kneipe ein.

Abends wurde in Kalgoorlie erzählt und aufmerksam zugehört, da jeder hoffte, einen wertvollen Hinweis auf mögliche Fundstellen zu erhaschen. Wieder und wieder hörten Clem und Mike von Männern, die Kalgoorlie mit prallgefüllten Satteltaschen verlassen hatten. Von ungebändigtem Optimismus beflügelt, rannten sie am nächsten Tag los und steckten ihren Claim ab.

Das Leben hier verlief in einem atemberaubenden Tempo.

Jeden Morgen stolperten sie in aller Herrgottsfrühe aus ihrem Zelt, nahmen hastig Tee und aufgewärmten Porridge zu sich, um dann sogleich zu ihrem Claim zu eilen. Ihre Nachbarn erteilten großzügig Ratschläge, so dass das Graben und Suchen bald zur Routine wurde. Wasser war Mangelware und nur gegen teures Geld zu bekommen. So mussten sie auf Waschrinnen verzichten und die Kunst des Trocken-Blasens erlernen. Ihr Trinkwasser mussten sie bei Leuten kaufen, die es mit Hilfe von Kondensierungsanlagen aus brackigen Tümpeln gewannen. Ein unablässiges Gewirr guter und schlechter Nachrichten, kommentiert mit Freudenschreien und Flüchen, begleitete Clem und Mike bei ihrer Arbeit. Ungeachtet dessen gruben sie immer weiter, bohrten sich durch die trockene, braune Oberfläche bis in die darunterliegende graue Schicht – ohne auch nur einen Goldschimmer zu entdecken. Es kam zu unvermeidlichen Streitereien über die Frage, ob sie auf diesem Claim weitersuchen oder ihr Glück mit einem anderen versuchen sollten. Aus Angst, den größten Fehler seines Lebens zu begehen, wagte keiner eine Entscheidung zu treffen, und so wühlten sie sich bei brütender Hitze weiter mit Hacke und Schaufel in die Erde.

Als Clem schließlich Spuren von Gold in seinem Sieb fand, hielt sich ihre Begeisterung in Grenzen, da sich nun die Frage stellte, wie groß die Ausbeute werden würde. Sie hatten genügend Kerle erlebt, die beim Anblick winzigster Goldpartikelchen völlig durchdrehten. »Na ja«, sagte Mike bedächtig und fischte ein klitzekleines Goldkorn heraus, »es ist jedenfalls ein Anfang. Wir sollten wohl besser noch eine Weile hierbleiben.«

Im Laufe der Zeit erwiesen sich ihre Funde als grausamer Scherz. Mehr und mehr Fremde strömten in die Stadt. Jeden Abend platzte ein glücklicher Finder ins *Welcome Inn*, das man zu einem langgestreckten Wellblechschuppen ausgebaut hatte, und gab eine Lokalrunde. Clem und Mike warfen sich neiderfüllte Blicke zu. Wie viele andere auch fanden sie kaum genügend Seifengold, um ihre Kosten zu decken.

Seltsamerweise hatte sich ihre jeweilige Haltung ins Gegenteil verkehrt. Bei ihrer Ankunft war Mike der stets zu Scherzen aufgelegte Ire gewesen, der sich mit anderen Diggern angefreundet und die »Damen« bezirzt hatte. Eines Nachts hatte er darauf bestanden, Clem auf eine Studienreise durch sämtliche Bordelle mitzuschleppen, so dass sie am nächsten Morgen noch zu betrunken gewesen waren, um zu arbeiten. Doch irgendwann hatte die Wandlung begonnen. Mike verlor allmählich das Interesse am Feiern und sogar an den Frauen und zog es vor, sich mit einer Flasche Bier in das vergleichbar ruhige Lager zu verkriechen.

»Ich langweile mich sehr schnell«, erklärte er Clem. »Diese Typen gehen mir mächtig auf die Nerven.«

»Aber du kannst doch nicht ganz allein hier rumsitzen. Wir arbeiten hart und haben uns ein bisschen Unterhaltung verdient.«

»Meiner Ansicht nach arbeiten wir keineswegs hart genug. Am Anfang haben wir bis zur Dämmerung durchgegraben, jetzt legen wir schon am frühen Nachmittag das Werkzeug aus der Hand …«

»Mein Gott, Mike!«, amüsierte sich Clem. »In dem Tempo fallen wir vor Durst bald tot um.«

»Das Bier macht dir zu schaffen, Kumpel. Und der Spaß, den du Abend für Abend hast. An Wasser fehlt es uns nicht, aber du gibst unser ganzes Geld aus. Ich bin zum Goldsuchen hier, nicht wegen dieser verfluchten Stadt.«

»Geht es darum, dass dich dieser Typ erkannt und herumerzählt hat, du seist ein Sträfling?«

Mike schüttelte den Kopf. »Du hörst mir gar nicht zu.«

Clem wollte ihm auch nicht zuhören. Noch nie im Leben hatte er sich so gut amüsiert, noch nie war er so vielen interessanten Menschen begegnet. Ungeachtet Mikes Zurückhaltung, fand er ihre Gesellschaft sehr anregend, vor allem die der erfahrenen Goldsucher aus dem Osten, die in großer Zahl nach Kalgoorlie strömten. Er hing an ihren Lippen, wenn sie von den weit entfernten Staaten erzählten, über die er nur wenig wusste. Clem genoss auch die Aufmerksamkeit der Frauen, die ihn wegen seines guten Aussehens umschmeichelten und ihn liebevoll »Yorkey« riefen. Seine derzeitigen Lebensumstände bereiteten ihm keine Probleme, tat er das alles doch nur um Thoras willen. Schließlich arbeitete er immer noch hart in seiner Mine und verzichtete auf die Annehmlichkeiten von Lancoorie. Dass er dann und wann einen lustigen Abend ohne sie verbrachte, tat seiner Liebe zu Thora keinen Abbruch.

Kalgoorlie veränderte sich zusehends. Als sich die Grabungen bis in eine Region namens Boulder ausbreiteten, wurde jeder Baum und Strauch in der Umgebung zum Bauen und Verfeuern abgeholzt. Die Hauptstraße war schon nach kürzester Zeit kaum noch wiederzuerkennen. Tag für Tag schossen neue Geschäfte, Banken und sogar eine Viehbörse aus dem Boden. Das *Welcome Inn* wurde mit vorbereitetem Bauholz, das man per Kamelkarawane in die Stadt geschafft hatte, zu einer richtigen Gastwirtschaft ausgebaut. Nun erschien auch eine Zeitung namens *The Miner*, die von niemand anderem als Fred Vosper herausgegeben wurde. Clem rannte ins Lager, um Mike davon zu berichten. Seine Freunde waren überaus beeindruckt von seiner Bekanntschaft mit dem rasenden Reporter.

Dann setzten die Regenfälle ein. Die Neuankömmlinge in diesem ausgedörrten Land liefen auf die Straßen, sprangen aus ihren Minen hervor und traten vor die Zelte, um dem Herrn für seine längst überfällige Gabe zu danken. Der kostbare Regen füllte ihre Wassertanks, zu ihrem Leidwesen aber auch die Minen. Dennoch wurde stürmisch gefeiert. Schlammkämpfe hatten Hochkonjunktur. Es wurden Partys im strömenden Regen abgehalten, bei denen Männer wie Frauen unter dem begeisterten Applaus der Zuschauer sämtliche Kleider ablegten. Die Menschen brachten dem Regengott ihren orgiastischen Dank dar. Niemand verschwendete einen Gedanken daran, dass es in der Umgebung keine Flussläufe gab. Es war einfach eine herrliche Zeit. Nur eine Stunde, bevor die Flut über sie hereinbrach, lief Clem in durchweichten Hosen und mit nacktem Oberkörper durch die Hauptstraße.

Jetzt wurde Wasser kostbarer als Gold. Clem und Mike holten die leeren Bierfässer hervor und schöpften Wasser aus ihrer überfluteten Mine hinein. Doch ebensoschnell, wie es gefallen war, verdunstete das Wasser. Die rote Erde platzte wieder auf. Bevor sie die Mine leer geschöpft hatten, war das kostbare Nass schon versickert. Mike untersuchte die glitschigen Wände.

»Es ist an der Zeit weiterzuziehen.«

»Ja, aber ich würde es gern noch ein Stück weiter draußen probieren. Wir könnten einen neuen Claim abstecken, und du fängst schon an zu graben.«

»Geht in Ordnung.«

Drei Tage später ritt Clem nordöstlich von Kalgoorlie in den Busch. Er hatte genügend Proviant für zehn Tage bei sich. Ihm spukten die Geschichten von Männern wie Bayley aus Coolgardie und Paddy Hannah aus Kalgoorlie im Kopf herum, die das Buschland durchkämmt und genügend Oberflächengold gefunden hatten, um diesen Goldrausch auszulösen. Clem als erfahrener Buschbewohner sah sich schon als zweiten Bayley, der mit Satteltaschen voller Nuggets in die Stadt zurückkehren würde.

Er begann seine Suche zwanzig Meilen vor der Stadt und grub im Halbkreis von einem zentralen Punkt aus. Das Land war einsam und öde, ein drohender Vorbote der dahinter liegenden Wüste.

Am dritten Tag entdeckte er in einer Felsformation eine

Höhle und beschloss, dort vor dem kalten Nachtwind Schutz zu suchen. Beim Näherkommen änderte er jedoch seine Meinung, da eine Felszeichnung der Aborigines über dem Höhleneingang prangte. Verwundert starrte Clem sie an und trat ein. Die große Figur in Ocker und Weiß, die die Decke der Höhle schmückte, ragte mindestens vier Meter hoch. Das Gesicht mit den riesigen weißen Augen starrte den Fremden drohend an. Clem hätte gerne die anderen Zeichnungen an den Höhlenwänden untersucht, wusste aber, dass diese Stätten als heilig galten. Er wollte sich nicht mit den einheimischen Stämmen anlegen und schlug daher sein Lager fünf Meilen davon entfernt auf.

Am Morgen durchstöberte er den Busch und suchte nach Goldspuren, drehte Felsbrocken um, zog junge Büsche heraus und hackte mit seinem Beil in die geborstene Erde. Clem war so in seine Suche vertieft, dass er die Aborigines erst bemerkte, als er eine Ruhepause einlegte. Vor Schwarzen hatte er keine Angst, da sie oft über sein Land zogen. Clem stand lächelnd auf und nickte den fünf bemalten Männern, die einige Meter entfernt in einer Reihe vor ihm standen, respektvoll zu.

»'n Tag«, sagte er fröhlich, erhielt aber keine Antwort. Sie trugen Stirnbänder im filzigen Haar, lange Bärte und als einzige Kleidungsstücke schmale Pelzgürtel. Noch nie war Clem derart wild aussehenden Eingeborenen begegnet.

Er wartete ab, während sie ihn eingehend musterten.

Die langen Jagdspeere hielten sie aufrecht neben sich. Ihre Gesichter zeigten keine Regung. Um die Situation zu entspannen, trat er einen Schritt vor und legte sein Beil auf den Boden.

»Für dich«, sagte er zu einem hochgewachsenen Mann mit grauem Haar, da ältere Menschen traditionell als Respektspersonen galten, doch die Aborigines reagierten noch immer nicht.

Clem zog sein Hemd aus der Hose und drehte die Handflächen nach oben, um zu zeigen, dass er unbewaffnet war. »Freund«, beteuerte er lächelnd, »Freund.«

Der grauhaarige Anführer bedeutete einem seiner Leute, das Beil an sich zu nehmen.

Clem gab durch Zeichen zu verstehen, sie sollten in sein Lager mitkommen, wo sie gemeinsam essen würden.

»Ich habe Essen im Lager. Ihr seid willkommen. Essen!«

Der Ältere nickte und machte ihm ein Zeichen, er solle vorgehen. Um zu prüfen, ob er die Aufforderung auch richtig verstanden hatte, drehte Clem sich nach einigen Schritten um. Erleichtert nahm er ihr Winken zur Kenntnis. Dass er seine Vorräte nun mit fünf Schwarzen teilen musste, bedeutete das Ende seiner Expedition, doch es ließ sich nicht ändern. Er befand sich auf ihrem Land und musste ihnen seinen Tribut entrichten.

Als er plötzlich niederstürzte, dachte er zunächst, sie hätten ihm einen Schlag versetzt. Dann jedoch breitete sich ein brennender Schmerz in Clems Rücken aus. Ein Speer hatte ihn getroffen. Bei der kleinsten Bewegung wurde der Schmerz unerträglich. Aus dem Augenwinkel konnte er sehen, wie die Waffe über ihm zitterte. Er versuchte, liegen zu bleiben, so ruhig wie möglich zu atmen und dabei genügend Mut zu sammeln, um sich irgendwie von diesem Ding zu befreien.

Das Problem löste sich von selbst. Schwarze Füße traten hinter ihn und rissen den Speer mit einem Ruck heraus. Clem schrie auf und spürte warmes Blut über seinen Rücken rinnen. Doch man ließ ihn allein, und schon bald krabbelten Ameisen über seinen Körper. Er versuchte sich hochzustemmen, fiel aber nur in ein noch tieferes Loch. Er schloß die Augen. Schließlich verlor er das Bewusstsein.

Die Aborigines durchstöberten Clems Lager. Mit dem Beil zerteilten sie die Konservendosen, schütteten den Inhalt in die hohle Hand und aßen ihn genüsslich auf. Seine Decken schnürten sie zu Bündeln, in denen sie Werkzeug, Kochtopf und Wasserflaschen verstauten. Sie leerten seine Packtasche, warfen Notizbücher, Stifte und Kleidung weg und fanden zu guter Letzt den Nachrichtenstab.

Er wanderte von einer Hand zur anderen. Die Schwarzen schauten ihn erstaunt an und brachen dann in Gelächter aus. Sie bogen sich vor Lachen, warfen den Stab in die Luft, schauten ihn wieder an und feixten, bis der ältere Mann einschritt.

Traurig schüttelte er den Kopf. Nachrichtenstäbe wurden über Generationen von Stamm zu Stamm weitergegeben, selbst wenn die Stämme verschiedene Sprachen sprachen. Von alters her erzählten die Zeichen auf diesen Stäben von Versammlungen und Feiern, von Händlern und sogar vom Krieg. Sie warnten vor etwas oder erbaten die Erlaubnis, fremdes Land betreten zu dürfen. Eine Antwort wurde auf die gleiche Weise übermittelt. Jede Kerbe und jedes Zeichen hatte eine bestimmte Bedeutung.

Was aber war das hier? Offensichtlich stammte der Absender von einem weit entfernten Stamm, der die Kunst des Stabschnitzens nie erlernt oder bereits vergessen hatte. Für Mulwalla lag darin eine Tragödie, ein weiterer Beweis für die Zerstörung ihrer Kultur durch die Flut weißer Männer, die nun sogar die Aborigines im Landesinneren bedrohten.

Er fand den Nachrichtenstab keineswegs komisch. Obwohl auf diesem Ding lediglich ein Haufen zusammenhangloser Zeichen zu sehen war, las er aus ihm heraus, dass jemand ein gutes Wort für den weißen Mann einlegen wollte. Es gab vage Hinweise darauf, dass dieser Jemand dem Empfänger eine sichere Reise hatte wünschen wollen. Na ja, dafür war es ein wenig spät, doch als ehrenwerter Mann hatte Mulwalla die Pflicht, sich an das Gesetz zu halten. Er wies seine Männer an, das Pferd zu holen.

Nachdem es ihnen gelungen war, dem scheuenden Tier die Fußfesseln abzunehmen, legten sie ihm unter Mulwallas Aufsicht das Zaumzeug an.

Der vertraute Ledergeruch des Sattels trug dazu bei, dass sich das Pferd beruhigte und sich den ungeschickten Händen überließ. Mulwalla war stolz, dass sie diese ungewohnte Arbeit erfolgreich hinter sich gebracht hatten.

Clem war nicht ganz bei sich, als sie ihn aufhoben und durch den Busch trugen. Sie ließen es an der nötigen Behutsamkeit fehlen, und als sie ihn über den Sattel warfen, hatte er das Gefühl, er schlage mit zerschmetterten Knochen auf dem Grund einer tiefen Grube auf.

Mit Hilfe seiner Zeltschnüre banden sie ihn auf dem Pferd fest. Einer der Männer ergriff die Zügel und lief in gleichmäßigem Rhythmus auf die Siedlung der Weißen zu. Mühelos legte er eine Meile nach der anderen zurück und schenkte dem Stöhnen des weißen Mannes keine Beachtung.

Wenige Meilen vor dem Grabungsgebiet schob er den Nachrichtenstab unter Clems Körper, band das Zaumzeug an den Sattelknauf und versetzte dem Pferd einen Klaps aufs Hinterteil. Das Tier trabte davon, und der Schwarze wandte sich achselzuckend nach Osten, ohne den Mann auf dem Pferderücken auch nur noch eines Blickes zu würdigen. Er hatte die Anweisungen des Anführers ausgeführt und musste nun seine Leute einholen.

Das Pferd trottete auf die Minen zu, da es Wasser witterte. Die Zügel schleiften lose hinter ihm her. Männer liefen auf das Tier zu. Verwirrt und mit geblähten Nüstern wandte es sich ruckartig zur Seite, und seine Last rutschte beinahe hinunter. Der Nachrichtenstab fiel unbeachtet zu Boden.

Ein Mann bekam die Zügel zu packen und beruhigte das Tier mit sanfter Stimme. »Braves Pferd, ganz brav. Bleib stehen. Wen bringst du denn da mit?«

Hilfreiche Hände durchtrennten die Schnüre und hoben die schwere Last herunter.

»Wer ist das?«

»Weg da, er lebt noch.«

»Was ist geschehen?«

»Bringt ihn in mein Zelt.«

»Jemand muss einen Arzt holen.«

»Wo, um Himmels willen, ist er hergekommen?«

»Wer hat ihn so zugerichtet?«

»Irgendein Schwein hat ihn schwer am Rücken verletzt.«

»Holt doch endlich einen Arzt!«

Die Neuigkeit verbreitete sich wie ein Lauffeuer. Fred Vosper erschien noch vor dem Arzt auf der Bildfläche und drängte sich durch die neugierigen Zuschauer. Ein stämmiger Goldgräber versperrte ihm den Zelteingang. »Weg da. Hier ist kein Platz für Schnüffler. Meine Freunde kümmern sich um ihn. Sieht schlecht aus.«

»Wurde er angeschossen?«

»Nein, aber er hat eine schlimme Wunde am Rücken. Sieht wie eine Stichverletzung aus.«

Die Menge erschauerte. Sie waren an Faustkämpfe und mörderische Prügeleien mit Schlagwaffen jeglicher Art gewöhnt, doch Messerstechereien galten als unfair und wurden nicht geduldet.

Fred nahm den Schürfer beiseite. »Es sollte mich sehr überraschen, wenn die Wunde von einem Messer stammte. Es heißt, sein Pferd sei mit ihm aus dem Busch gekommen. Das klingt mir eher nach einem Speer.«

»Woher wollen Sie das wissen?«

»Ich stamme aus Queensland und habe viele Speerwunden gesehen. Lassen Sie mich lieber einen Blick darauf werfen. Mehr als ich kann Ihnen auch der Arzt nicht sagen.«

»Was macht es für einen Unterschied? Er ist schwer verletzt.«

Doch der langhaarige Journalist verschaffte sich Zutritt zum Zelt und beugte sich über den Patienten.

»Mein Gott, ich kenne den Mann! Das ist Clem Price aus York.«

Die besorgten Digger hatten ihren Patienten ausgezogen und gewaschen. Er lag bewusstlos auf einer Pritsche. Durch den Verband um seinen Brustkorb sickerte noch immer Blut. Fred entschied, es sei besser, auf den Arzt zu warten. Da er Clem kannte, durfte er im Zelt bleiben.

»Kein Zweifel«, sagte er, während der junge Arzt die hässliche, bereits entzündete Wunde untersuchte, »die stammt von einem Speer. Das Gewebe wurde zerrissen, als man die Spitze herausgezogen hat. Das muss höllisch weh getan haben.«

»Sie haben vermutlich recht. Er hat viel Blut verloren und fiebert. Ich muss ihn ins Krankenhaus bringen, damit ich die Wunde nähen kann.«

Fred kannte die Zustände in dem schäbigen Hospital, das auch als »Totenhaus« bekannt war und Männern, die an Entkräftung, Unterernährung oder Erschöpfung starben, eine letzte Zuflucht bot. Leider gab es keine Alternative, und so machte er sich auf die Suche nach Clems Partner, dem Iren.

Mike vermied es zunächst, einen Brief an Thora zu schreiben. Wenn ihr Mann überlebte, würde er ihn nach Hause bringen, damit er sich bei sorgfältiger Pflege und anständigem Essen erholen konnte. Das Fieber, das bereits eine Woche andauerte, nahm seinen Körper schwer mit. Clem redete irre und stand noch immer unter Schock, wie der Arzt sagte. Wenn er nicht durchkäme, würde Thora es früh genug erfahren. Mike wollte ihr und Alice keine unnötigen Sorgen bereiten.

Mike erfuhr, dass ein Mädchen den Patienten besucht habe, eine der Prostituierten aus dem *Black Cat*. Er fand ihre Sorge um Clem rührend. Bei seinem nächsten Besuch saß sie an Clems Bett.

»Sie haben für ihn auf Lancoorie gearbeitet«, sagte sie.

Mike schaute sie überrascht an. »Woher wissen Sie das?«

»Ich stamme aus York. Ich hörte, Clem hätte einen seiner … seiner Farmarbeiter mitgebracht.«

»Einen seiner Galgenvögel, wollten Sie sagen.«

»Tut mir leid.«

»Schon gut. Tatsächlich habe ich meine glorreiche Karriere als Gast Seiner Majestät schon vor einer Weile beendet, doch der Junge weiß nichts davon. Es schien mir nicht weiter wichtig zu sein.«

»Wie hoch war Ihre Strafe?«

»Lebenslänglich. Als das Urteil aufgehoben wurde, habe ich mich so danebenbenommen, dass die Bewährungsfrist immer wieder verlängert wurde.«

»Sie müssen bei Ihrer Verurteilung sehr jung gewesen sein.«

»Mit fünfzehn war ich bereits ein Meisterfälscher«, grinste er. »Sie sehen, wozu Schulbildung gut ist. Die Deportation hat mir nichts ausgemacht. Ich war so schlau, dass ich dachte, ich könne das System überlisten.«

»Das haben Sie ja auch. Sie haben überlebt.«

»Und Zeit verschwendet«, gab Mike zu. »Jetzt habe ich endlich die Chance, etwas aus meinem Leben zu machen. Sie sind Jocelyn, nicht wahr?«

»Ja, ich bin eine Freundin von Clem.« Sie betrachtete sehnsüchtig die reglose Gestalt im Bett. »Er ist ein wunderbarer Junge. Meinen Sie, er erholt sich wieder?«

»Sicher.« Mike wischte Clem mit einem feuchten Tuch übers Gesicht. »Komm schon, Boss, aufwachen. Wir haben noch zu arbeiten.«

Der Patient murmelte etwas Unverständliches. Seine Freunde warteten besorgt, bis der Arzt auftauchte und ihnen mitteilte, dass der Heilungsprozeß eingesetzt habe. »Die Wunde sieht schon besser aus. Wir müssen nur noch warten, bis sich das Fieber gelegt hat.«

Er nahm zuerst den Geruch wahr, einen unangenehmen und abgestandenen Geruch, doch war da auch noch ein Anflug von Karbolsäure. Nein, es roch stärker. Clem warf seinen Arm übers Gesicht, um den Gestank abzuwehren. Dabei schoss ein scharfer Schmerz durch seinen Körper. Weshalb? Er versuchte, sich auf die Quelle des Schmerzes zu konzentrieren, wurde müde und glitt wieder in den Schlaf hinüber.

Mike hasste dieses Krankenhaus. Selbst in Gefängnissen hatte er bessere Schlafsäle gesehen. Wenigstens waren sie dort einheitlich eingerichtet. Hier gab es Betten in jeder Form und Größe. Vermutlich hatte man sie auf irgendeiner Müllhalde aufgelesen. An den hölzernen Wänden drängten sich schmiedeeiserne Betten, flache Pritschen, mit Segeltuch bespannte Klappliegen und klapprige Holzgestelle. In jedem von ihnen erduldeten bemitleidenswerte Patienten die Gluthitze, die sich unter dem Wellblechdach staute. Mike hätte Clem gerne an einen anderen Ort gebracht, doch zuvor musste er fieberfrei sein und wieder klar denken können. Mike betete, dass es bald geschehen möge, denn Fieber war tückisch und unberechenbar …

Er sah, dass Clems Nasenflügel zitterten. Sein Arm zuckte unruhig, sein Gesicht war schmerzverzerrt. »Bei Gott, du bist da«, rief Mike, »ich weiß, dass du da bist. Du musst jetzt aufwachen, damit ich dich von hier wegbringen kann. Die Mine bekennt Farbe, sie ist besser als die erste. Bisher fülle ich zwar nur Streichholzschachteln mit dem Staub, aber in dieser Woche habe ich schon zwölf Pfund verdient. Außerdem warten eine Menge Leute auf dich, mein Junge, Freunde aus York. Jocelyn und die Postle-Jungs. Die beiden können nicht länger warten. Sie haben massenhaft Nuggets entdeckt – die sind ein Vermögen wert – und wollen nach Haus, sobald sie wieder nüchtern sind. Da war auch noch ein Bursche namens Tanner, der in der Zeitung über dich gelesen hatte. Ist ein feiner Pinkel, ein

Börsenmakler, der hier ein Büro mit allem Drum und Dran eröffnet hat. Die großen Minen-Syndikate kaufen große Pachtgrundstücke auf. Er sagt, im Vermittlungsgeschäft ließe sich mehr Geld verdienen.«

Mike entdeckte den Arzt, der am anderen Ende des Raumes seine Visite begann. »Dann gibt es da noch unseren Freund Fred Vosper. Er ist auch hier gewesen und setzt nun alle Hebel in Bewegung, damit die Regierung ein anständiges Krankenhaus baut. An Zielen fehlt es ihm nie. Er verlangt, dass die Goldgräber in Zukunft im Parlament vertreten sind. Wenn ich mir ansehe, wie rasend schnell die Bevölkerung hier wächst, sollte es mich nicht wundern, wenn er sich damit durchsetzt. Geh nicht weg, ich komme sofort wieder.«

Er trat auf den Arzt zu. »Könnten Sie einen Moment zu Clem kommen, Sir? Ich glaube, er wacht auf.«

Der Mann zuckte nur müde die Achseln. »Mal sehen. Sie sollten die Hoffnung nicht aufgeben.«

»Er ist noch nicht gewaschen worden, das würde ihn sicher abkühlen. Könnten Sie eine der Frauen darum bitten?«

»Sie haben zu tun. Er muss warten, bis er an der Reihe ist. Wir haben nicht genügend Krankenschwestern für so viele Patienten.«

»Stellen Sie mehr ein!«

»Übernehmen Sie die Gehälter?«, fragte der Arzt zurück. Dann beugte er sich über Clem, maß die Körpertemperatur und warf einen Blick auf seine Notizen. »Das Fieber ist gesunken, ein gutes Zeichen.«

Auf den dringenden Ruf einer Krankenschwester hin eilte er zu ihr. Mike sah, wie die beiden einen Wandschirm vor das Bett eines anderen Patienten stellten.

Er ging nach draußen und sprach eine Krankenschwester an, die einen tüchtigen Eindruck machte. »Kennen Sie den Patienten Clem Price?«

»Ja.«

»Er muss dringend gewaschen werden. Hier sind zehn Shilling. Ich möchte, dass er von nun an zweimal am Tag gewaschen wird und frische Bettwäsche erhält. Dafür gibt es jedes Mal zehn Shilling bar auf die Hand. In Ordnung?«

»Natürlich«, erwiderte sie grinsend und steckte das Geld in ihre Schürzentasche.

»Gott segne Sie.«

Vor dem gelben Licht, das durchs Fenster fiel, erkannte er die Silhouette einer Frau, die neben dem Bett saß. Clem seufzte erleichtert. Sie hielt seine Hand, tröstete ihn, half ihm aus dieser finsteren Wirrnis und sagte, alles sei gut.

Er war unendlich dankbar für ihre bloße Gegenwart.

»Thora«, flüsterte er und fragte sich, weshalb seine Zunge sich auf einmal zu groß für seinen Mund anfühlte. Er umklammerte ihre Hand und versuchte es noch einmal. »Thora, Liebste.«

»Was hat Sie nur an diesen furchtbaren Ort verschlagen?«, fragte Mike, während sie vorsichtig den Lastwagen auswichen. Sie lieferten Baumaterial für die Arbeiter, die im Zentrum von Kalgoorlie eine richtige Straße, die Hannan Street, anlegen sollten.

Jocelyn ergriff seinen Arm. »Ich wollte Gold suchen, hatte mein Herz daran gehängt. Ich habe sogar Clem gefragt, ob er mich mitnimmt, doch er hat abgelehnt.«

»Ich kann mir gar nicht vorstellen, wieso«, grinste Mike.

Sie betraten eine kleine Kneipe neben dem *Black Cat*. Das Bordell war als eine der ersten Einrichtungen aus einem Zelt in ein festes Haus gezogen. Sie gingen durch die schäbige Bar und setzten sich draußen unter ein aufgespanntes Dach aus Segeltuch.

Jocelyn schien einfach jeden zu kennen. Mike bestellte zwei

Ale und setzte sich auf einen Baumstamm, der als Bank diente, während sich seine Begleiterin mit der ungehobelten Kundschaft unterhielt. Wie jede andere Kneipe auf den Goldfeldern machte auch diese schwindelerregenden Umsätze. Mike sah sich neidisch um. Es war immer sein Ehrgeiz gewesen, ein eigenes Pub zu besitzen, und diese rappelvolle Bruchbude ließ sein Herz höher schlagen. Doch die Verwirklichung seines Traumes musste noch warten. Es war einfach zu teuer, den Alkohol an diesen gottverlassenen Ort zu schaffen. Das spiegelte sich in den astronomischen Preisen wider. Wehmütig schaute er auf sein Bierglas – das Pint hatte ihn zwei Shilling sechs Pence gekostet – und spielte mit dem Gedanken, auch Jocelyns Glas zu leeren, besann sich dann aber auf seine guten Manieren.

Nachdem sie ihre Runde gemacht hatte, setzte Jocelyn sich zu ihm. »Wir können umsonst trinken. Mein Kumpel Teddy, der Engländer dort drüben, hat heute sein Glück gemacht und gibt eine Runde Champagner aus.« Mit diesen Worten kippte sie das kostbare Ale auf den Boden, ergriff Mikes großen Emaillebecher und schoss davon, um ihn mit prickelndem französischem Champagner zu füllen. Währenddessen stand ihr Kumpel Teddy, ein junger, hochgewachsener Mann, auf einem Baumstumpf und sang seinen Triumph in die Welt hinaus.

»Ich war nicht immer eine Hure«, sagte Jocelyn zu Mike.

»Davon gehe ich aus.«

»Ich meine, es ist nicht meine Schuld«, erklärte sie beharrlich. »Ich bin zum Goldsuchen hergekommen. Mit Joe Parsons, den ich in York kennengelernt habe. Wir haben zusammen auf seinem Claim gearbeitet. Nun sehen Sie mich doch nicht so ungläubig an.«

»Ich gucke nur interessiert, nicht ungläubig.«

»Trinken wir auf den armen Clem«, verkündete Jocelyn. »Nun, wie ich sagte … Joe und ich haben hart gearbeitet. Wir fanden ein wenig Goldstaub, der uns Mut machte, und dann ist

Joe eines Tages einfach abgehauen. Hat mich sitzenlassen. Den Claim verkauft. Ich wusste nicht, wohin. Und so bin ich im *Black Cat* gelandet. Mir fehlte sogar das Geld, um mir etwas zu essen zu kaufen, von einer Rückkehr nach Hause ganz zu schweigen. War das nicht grausam von ihm?«

»In der Tat.«

Mike hing seinen Gedanken nach, während Jocelyn von ihrem neuen Zuhause erzählte. Clem musste um jeden Preis aus diesem Krankenhaus geschafft werden. In der Stadt kursierten Gerüchte über ansteckende Krankheiten, die Clem in seinem geschwächten Zustand zum Verhängnis werden konnten. Andererseits hatte Mike keine andere Möglichkeit, als ihn ins Zelt zu bringen und dort sich selbst zu überlassen, während er arbeitete. Ihnen fehlte es an Bargeld, und das Seifengold reichte gerade aus, um ihre Kosten zu decken. Er hatte schon mit dem Gedanken gespielt, die Pferde zu verkaufen. Da Weideland hier draußen extrem knapp war, musste er sogar Heu für die Tiere kaufen.

Um die Frauen auf Lancoorie nicht zu beunruhigen, teilte er ihnen mit, dass Clem sich an der Hand verletzt habe und er daher das Schreiben übernommen habe.

»Das *Black Cat* ist eine üble Kaschemme«, berichtete Jocelyn soeben. »Den Fusel, den sie da servieren, würde ich nicht mal einem Hund vorsetzen. Wenn ich an das hübsche Hotel in York denke, wo alles so sauber und ordentlich war, könnte ich heulen. Und unsere Zimmer! Die Bettlaken waren immer frisch gewaschen und gebügelt, die Matratze absolut fleckenlos. Wenn ich wollte, könnte ich Ihnen noch viel mehr über das *Black Cat* erzählen …«, fügte sie geheimnisvoll hinzu. »Madam Glory – welch ein Name für die alte Hexe – kümmert sich keinen Deut darum. Ihren wahren Namen kennt übrigens niemand. Sie spielt Karten, mit einer Zigarre im Mundwinkel wie ein Mann, während wir arbeiten. Manche sagen, sie sei tatsächlich ein Mann. Sollte mich nicht wundern. Sie weiß einfach nicht, wie man den Laden sauber hält. Einige der anderen Mädchen sind echte Huren. Sie haben erzählt, in anständigen Freudenhäusern gäbe es Badezimmer und Hausmädchen und Wäschereien, und alles wäre ordentlich. Und wir hausen in diesem Rattennest!«

Jocelyn betrachtete das Haus aus unbehauenem Holz, dessen Fenster schon hell erleuchtet waren.

»Es heißt, eines Tages würde die Polizei kommen und Madam Glory mitnehmen. Was soll dann aus uns werden? Die anderen Bordelle haben ihre eigenen Mädchen.«

»Weshalb sollte sie sie denn mitnehmen? Das Betreiben eines Bordells verstößt hier nicht gegen das Gesetz.«

»Sie hören mir nicht richtig zu. Ich sagte doch, außer uns bezahlt sie keinen. Sie verspielt ihr Geld, bezahlt weder für den Fusel noch für diesen billigen Fraß, den die Köchin unseren Kunden vorsetzt. Dabei verdient sie mindestens tausend Pfund pro Woche und wirft noch schlimmer damit um sich als unser Teddy hier …«

Mike horchte auf. »Wie viel nimmt sie ein?«

»Bisher waren es tausend, aber die anderen Bordelle haben sie aus dem Rennen geworfen. Die Kunden werden allmählich wählerisch. Ich habe ihr gesagt, wir würden die besseren Leute nicht verlieren, wenn das Haus ordentlicher wäre, aber sie wollte nicht auf mich hören. Wissen Sie, was sie zu mir gesagt hat? ›Dreh das Licht runter, dann merken sie es nicht.‹ Und die Mädchen werden genauso schlampig. Wenn sie nur das Hotel in York erlebt hätte, wüsste sie, wie man so ein Haus führt.« Während sich Jocelyn weiter über die Vorzüge des Hotels ausließ, in dem man angeblich vom Boden essen konnte, interessierte Mike sich mehr für ihre derzeitige Chefin.

»Hört sich an, als habe Madam Glory ihr Interesse am Geschäft verloren. Warum verkauft sie es nicht?«

»Das befürchten wir ja. Die Bank will das Grundstück kaufen, weil es so zentral liegt. Vom Geschäft an sich will man dort nichts wissen. Und das Gebäude soll abgerissen werden. Allerdings bieten sie ihr einen lächerlichen Preis für das Grundstück. Unbebaut ist es nicht mehr wert als fünfzehn Pfund.«

»Noch ist es nicht so weit«, murmelte er. »Ich nehme an, das da drüben ist Ihre Chefin. Warum machen Sie uns nicht miteinander bekannt?«

Jocelyn lachte. »Sie ist alt, hat aber einen Blick für gutaussehende Männer.«

Mike schnitt eine Grimasse. Wie taktlos war doch die Jugend! Madam Glory war höchstens vierzig, so alt wie er selbst.

Als er am nächsten Morgen in Glorys Salon Platz nahm, musste Mike Jocelyn recht geben. Bei Tageslicht sah der Raum schäbig und schmutzig aus.

»Reden wir Klartext«, sagte die Chefin. »Sie wollen das Bordell kaufen?«

»Nein, hier gibt es schon zu viele derartige Etablissements. Ich möchte das Gebäude kaufen und darin eine Pension eröffnen.«

»Damit werden Sie nicht viel verdienen.«

»Das weiß ich. Aber in zehn Jahren wird dieser Häuserblock eine Menge wert sein.«

»In zehn Jahren! Was interessiert Sie das? Bis dahin liegen Sie vielleicht schon unter der Erde. Nehmen Sie eine Zigarre, Mike. Wenn Sie wirklich Geld machen wollen, kommen Sie mit mir nach Perth und eröffnen dort ein Bordell.« Sie lehnte sich zurück und paffte ihre Zigarre. »Ich sage Ihnen, in zehn Jahren gehört dieser Ort wieder den Abos. Kalgoorlie wird nichts als ein Haufen Sand sein, genau wie früher, aber Perth ist eine richtige Stadt.«

Er kratzte sich am Kopf. »Mag sein, aber ich muss klein anfangen. Ein Haus in Perth kann ich mir nicht leisten.«

»Aber das *Black Cat* wollen Sie kaufen?«

»Das Gebäude«, korrigierte er.

Sie feilschten den ganzen Morgen bei einer Flasche Whisky, die seinen Kater noch verschlimmerte. Er gab sich den Anschein, als sei er leicht betrunken, was dazu führte, dass Glory ihn unterschätzte.

Als sie die Summe von zweitausend Pfund erwähnte, lachte er nur und wies sie darauf hin, dass ihr die Bank nur fünfzehn angeboten habe, was sie wiederum belustigte. Sie hatten beide ihren Spaß am Handeln.

»Würden Sie einen Scheck akzeptieren?«, fragte Mike.

»Sehe ich so aus?«

»Also Bargeld. Fünfhundert Pfund. Mein letztes Wort.«

»Fünfhundert? Mehr haben Sie nicht?«

»Das ist alles.«

»Dann kommen wir auch nicht ins Geschäft. Meine Schulden sind höher als der Kaufpreis. Nach der Rückzahlung stünde ich mit leeren Händen da.«

»Das tut mir aber leid. Fünfhundert Pfund sind eine Menge Geld; ich dachte, es reiche für einen guten Start in Perth.«

»Dachte ich auch, aber mit Ihrem letzten Angebot komme ich nicht weg von hier. Wie ich dieses fliegengeplagte Kaff hasse. Wir hocken hier wirklich am Ende der Welt.«

Mike drückte sein Mitgefühl aus. »Das ist auch kein Ort für Damen. Um die fünfhundert Pfund aufzubringen, müsste ich allerdings einen Scheck ausstellen und warten, bis die Bank ihn gutgeschrieben hat. Erst dann kann ich über Bargeld verfügen.«

»Wie gesagt, diese Summe würde mir nicht helfen.«

»Und wenn wir den Verkauf stillschweigend erledigen? Zweitausend bekommen Sie nie im Leben.«

»Und?«

»Und ich treffe heimlich Vorbereitungen, damit eine gewisse Dame auf direktem Weg bis Northam reisen kann. Die Nachschubtransporte nehmen Passagiere mit und haben genügend Wasser und Proviant dabei, um die Reise erträglich zu gestalten. Sie könnten dabei sein.«

Ein Grinsen breitete sich über ihrem gepuderten Gesicht aus. »Sie meinen, ich könnte einfach fahren?«

»Die Fahrer kennen sich aus. Sie brechen vor Tagesanbruch auf, um der Hitze zu entgehen.«

»Mike, Sie sind ein Gauner«, flötete Glory. »Keiner erfährt etwas, bevor ich weg bin.«

»Genau. Und Sie haben fünfhundert Pfund in der Tasche.«

Glory lehnte sich auf dem schäbigen Sofa zurück und strahlte. »Verkauft.«

»Dann sollten Sie besser verbreiten, dass Sie sich gegen einen Verkauf entschieden haben, damit die Gläubiger nicht herumschnüffeln. Morgen habe ich den Vertrag fertig.«

Beschwingt machte Mike sich auf den Weg zum Zelt. »Genau wie in den alten Zeiten«, dachte er.

Er durchsuchte Clems Habseligkeiten, bis er den Antrag für den Claim gefunden hatte, auf dem Clems Unterschrift prangte. Dann übte er in seinem Notizbuch den Schriftzug »C. Price«.

»Ein Kinderspiel«, murmelte er vor sich hin.

Er hoffte nur, dass Clem wenigstens den Deckungsbetrag für die Schecksumme auf seinem Konto in York hatte, ansonsten würde die arme Glory nirgendwo hinfahren.

Schwungvoll setzte Glory ihren richtigen Namen unter den Kaufvertrag, wodurch das *Black Cat* in den Besitz der Firma Deagan und Price überging.

»Wer ist Price?«, wollte sie wissen.

»Mein Partner. Er wurde von den Schwarzen mit einem Speer

niedergestreckt, befindet sich aber auf dem Weg der Besserung. Heute Abend hole ich ihn aus dem Krankenhaus. Sie sollten übrigens morgen früh keinesfalls verschlafen. Der Fahrer erwartet Sie spätestens um halb fünf bei Padgetts Mietställen.«

Glory faltete die Banknoten säuberlich zusammen, steckte sie in eine Brokatbörse und gab Mike einen Kuss auf die Wange. »Ich werde dort sein. Sie sind ein echter Freund. Kommen Sie mich besuchen, wenn es Sie einmal nach Perth verschlägt.«

Zwei Tage später bereitete er das Frühstück für seinen Patienten zu und begann, das Werkzeug für die Arbeit in der Mine zusammenzupacken.

»Ich kann dir gar nicht genug danken, Mike. Du hast so gut für mich gesorgt«, sagte Clem, der sich auf einen Zeltpfosten stützte. »Ich müsste eigentlich mit dir gehen.«

»Wirst du auch. Sobald du wieder sicher auf den Füßen stehst, drücke ich dir die Hacke in die Hand.«

»Ich kann es kaum erwarten. Dieses untätige Herumsitzen macht mich verrückt.«

»Schreib ein paar Briefe.«

»Ich tue doch nichts anderes. Thora habe ich geschrieben, ich hätte einen Unfall gehabt und mich dabei am Arm verletzt. Du hast den Speer in deinem Brief an Alice auch nicht erwähnt, oder?«

»Ich wollte ihnen unnötige Sorgen ersparen.«

»Das war gut so. Wenn ich nach Hause komme, habe ich wenigstens etwas zu erzählen. Die Narbe auf meinem Rücken werden sie wohl kaum übersehen. Ich frage mich noch immer, wieso mich die Schwarzen zuerst beinahe getötet und dann auf mein Pferd gebunden haben.«

»Vielleicht zur Abschreckung.« Mike stand unschlüssig mit Hacke und Schaufel da. Clem machte ihm ein Zeichen.

»Tut mir leid, ich wollte dich nicht aufhalten. Wenigstens einer von uns sollte etwas tun.«

»Du machst gar nichts, werde erst mal wieder gesund. Und geh nicht in die Sonne, sonst wird dir schwindlig. Ich habe ein paar Bücher aufgetrieben, falls dir nach Lesen zumute sein sollte. Sie liegen unter meinem Bett. Und jetzt mache ich uns beide reich.«

Clem sah ihm nach und schaute sich dann um. Zwischen den verlassen daliegenden Zelten kam er sich ungeheuer einsam vor. Alle anderen Digger waren zu den Goldfeldern aufgebrochen, so dass er jetzt der Einzige in diesem schäbigen Lager war. Der Geruch von Staub vermischte sich mit dem Gestank der primitiven Unterkünfte. Bisher hatte er es nicht bemerkt, da er frühmorgens losgezogen und abends erschöpft heimgekehrt war, doch nun sah er seine derzeitige Umgebung zum ersten Mal als das, was sie wirklich war: eine Ansammlung zerlumpter, verblichener Zelte, umgeben von einem wachsenden Müllhaufen. Nicht ein Baum weit und breit, kein Fleckchen Grün. Keine Vogelstimmen, kein Aufblitzen von bunten Papageienflügeln, keine schwarzweißen Elstern, die ihr Territorium markierten und deren Krächzen die Luft durchzog. Clem vermisste den vertrauten Anblick seiner Heimat. Er ging ein paar Schritte den Weg entlang, um seine Beine zu kräftigen, doch der Anblick von Ratten, die zwischen leeren Büchsen und Flaschen umherhuschten und an den Zelten schnüffelten, trieb ihn zurück.

»Ich fühle mich nur noch schwach und niedergeschlagen«, haderte er mit sich. »Zwei Dinge machen mir zu schaffen: Mike tut die ganze Arbeit, und keiner von uns hat es bisher zu etwas gebracht.«

Dann riss er sich zusammen und trat ins Zelt. Ihm fielen die Streckübungen ein, die Noah ihm als Kind beigebracht hatte, und er begann, seine Muskeln zu dehnen. »Ich komme wieder in Form«, ermunterte er sich. »Ich werde in dieser Mine arbeiten wie ein Stier. Hier sind schon ganz andere reich geworden.

Ich werde erst nach Hause zurückkehren, wenn es auch mir gelungen ist.«

Die Tatsache, dass die Postles Gold gefunden hatten, spielte eine entscheidende Rolle bei Clems EntSchluss, in Kalgoorlie zu bleiben. Er hatte sich in Thoras Augen bereits zum Narren gemacht, als man ihn ausgeraubt hatte. Nun fürchtete er, noch einmal als Versager nach Lancoorie heimzukehren und zum Gespött von Leuten wie Les und Andy Postle zu werden. Thora würde ihm das niemals verzeihen.

Von dem Bargeld, das er mitgebracht hatte, waren nur wenige Pfund übrig geblieben. Sie hatten von den spärlichen Seifengold-Funden gelebt, die Mike der Mine entrissen hatte. Nachdem sie die Rechnungen für die ärztliche Behandlung bezahlt hatten, waren sie praktisch mittellos. Clem begriff, dass er noch mehr Geld von der Bank abheben musste. Der Kontoauszug wiederum würde Alice verraten, dass ihre Unternehmung weniger erfolgreich war als erwartet.

»Ich muss mir eine Entschuldigung einfallen lassen«, dachte Clem. »Ich möchte Alice zwar nicht belügen, aber Thora wird meinen Brief ebenfalls lesen wollen ...«

Nach den anstrengenden Übungen musste er sich ausruhen, trank einen Schluck Wasser und legte sich auf sein Bett. Die aufkeimende Verzweiflung verdrängte er, indem er im Geiste draußen bei den neuen Goldfeldern einen neuen Claim absteckte.

Ein ausgetretener Pfad führte über einen steinigen Abhang zur ersten Mine hinunter und schlängelte sich dann weiter durch die zerwühlte Landschaft, bis er zu einer bloßen Furche zwischen Hügeln von Menschenhand geschrumpft war. Ein anderer, von Wagenrädern ausgefahrener Weg zog sich bis in die Stadt. Diesen wählte Mike. Seine Werkzeuge ließ er unterwegs bei einem Freund in der Kondensierungsanlage zurück.

Im *Black Cat* traf er Jocelyn. Sie lief ihm ganz aufgeregt entgegen.

»Mike, stell dir vor, was passiert ist! Glory hat sich aus dem Staub gemacht!«

Einige andere Mädchen waren zu ihnen getreten. Die Neuigkeit hatte sie vollkommen durcheinandergebracht.

»Wir haben sie seit Tagen nicht mehr gesehen«, rief ein zierliches dunkelhaariges Mädchen. »Was sollen wir jetzt machen? Man wird uns hinauswerfen.«

Mike hielt die Schlüssel in die Höhe. »Keine Sorge. Das Etablissement befindet sich lediglich unter neuer Leitung. Ihr braucht euch gar keine Sorgen zu machen. Jocelyn, hätten Sie eine Minute Zeit für mich?«

Sie sah ihm erstaunt nach, als er durch die Eingangshalle ging und die Tür zum Salon öffnete.

Sie wich einen Schritt zurück. »Das ist Glorys Zimmer.«

»Das *war* Glorys Zimmer. Kommen Sie herein.«

Bevor sie ihn mit Fragen bombardieren konnte, bot er ihr einen Platz an. »Wenn Sie mir gut zuhören, erfahren Sie auch, wie es weitergeht. Glory hat das Geschäft verkauft. An mich. Also befindet sich das *Black Cat* von nun an unter neuer Leitung. Einige Dinge werden sich ändern.«

»Wo ist Glory denn?«

»Irgendwo in der Stadt, vermute ich. Ich weiß jedoch nicht, wo sie sich genau aufhält, aber das soll auch nicht unsere Sorge sein.«

»Sie haben das Geschäft gekauft?«

»Wie ich bereits sagte. Darf ich Ihnen jetzt erzählen, was ich vorhabe?«

»Aber natürlich doch.«

»Erstens wird das *Black Cat* weiterlaufen, zweitens sollen Sie es für mich leiten. Sie sind von nun an die Chefin. Fühlen Sie sich dazu in der Lage?«

»Ich?«

Jocelyn sah ihn beinahe ehrfürchtig an, als er erklärte, dass das Haus für eine Woche schließen werde, die Mädchen aber weiterhin ihr Geld bekommen sollten. In dieser Woche sollten alle bei der Generalreinigung helfen.

»Ich möchte, dass es aussieht wie Ihr Hotel in York«, grinste Mike. »Sie haben zehn Hausmädchen draußen. Sie werden ihnen das Schrubben schon beibringen, nicht wahr?«

»Sicher doch.«

»Wer nicht an den Reinigungsarbeiten teilnehmen möchte, fliegt raus.«

Allmählich erholte sich Jocelyn von dem Schock. »Sie werden arbeiten«, verkündete sie entschlossen. »Dafür sorge ich schon. Aber hier gibt es Vorhänge, Bettwäsche und anderen Kram, den auch eine Reinigung nicht mehr retten kann.«

»Dann ersetzen Sie die Sachen. Lassen Sie es auf das *Black Cat* anschreiben. Wenn wir erst wieder Geld einnehmen, können wir die Schulden mühelos zurückzahlen.«

Sie besprachen die Renovierung des heruntergekommenen Etablissements, bis Jocelyn sich auf Mikes ursprüngliches Angebot besann.

»Ich soll die Madam werden?«

»Wieso nicht? Sie werden gut bezahlt.«

»Und ich muss selbst keine Kunden bedienen?«

»Natürlich nicht.«

Sie zögerte und sprang dann auf, um ihn zu umarmen. »Oh Mike, vielen Dank. Ich verspreche, ich werde Sie nicht enttäuschen. Das hier wird das beste Haus am Platz. Wir spucken in die Hände und putzen es prächtig heraus. Nur die besten Kunden werden uns besuchen.«

Mike befreite sich aus ihren Armen. »Genau das hatte ich im Sinn. Wenn wir erst richtig Geld verdienen, machen wir hieraus einen Palast.«

Nachdem Mike fast alle ihre Fragen beantwortet hatte, wollte er zur Mine zurückkehren, doch dann fiel ihm noch etwas ein.

»Wenn Sie das Haus bis nächsten Samstag in Ordnung haben, könnten Sie ein Schild aufstellen: ›Große Wiedereröffnung‹. Wie hört sich das an?«

»Wunderbar! Aber wie soll ich mich nennen? ›Madam Jocelyn‹ klingt nicht besonders.«

Mike brach in Gelächter aus. »Lassen Sie sich etwas einfallen.«

»Vielleicht einfach ›Madam‹«, sinnierte sie. »Ja, das ist es. Das hört sich seriös an, und jeder weiß, wer hier das Sagen hat. Warten Sie ab, bis die Mädchen davon hören, sie werden umfallen ...«

»Im Augenblick soll niemand erfahren, dass ich der neue Eigentümer bin. Es wird sich noch früh genug herumsprechen.«

»Ich werde kein Wort sagen, ehrlich. Vielleicht ist ›Madam‹ doch nicht das richtige ...«

Mike überließ sie ihren Überlegungen und kehrte zu seiner eigentlichen Arbeit zurück. In Kalgoorlie lag noch immer eine Menge Gold im Boden.

Das *Black Cat* wurde wiedereröffnet und machte unter der Leitung von ›Madam Jolie‹, wie Jocelyn sich nun nannte, glänzende Geschäfte. Clem arbeitete wieder. Da die Mine inzwischen ordentliche Mengen an Seifengold lieferte, waren sie guten Mutes und beschlossen, an diesem Claim weiterzuarbeiten.

Allerdings kehrte Clem nun abends umgehend ins Lager zurück, da ihn Partys nicht mehr interessierten und er bereits zu viel Zeit vergeudet hatte.

Als sie eines Abends am Lagerfeuer saßen und Hammelfleisch mit Kartoffeln aßen, kamen sie über Umwege auf das Thema *Black Cat* zu sprechen.

Clem fragte Mike: »Weißt du, was ich mir wünsche? Ein Haus am Meer. Seit meiner Kindheit habe ich das Meer nicht mehr gesehen. Ich kann mich aber noch an den Ozean erinnern. Vom Schiff aus sah er so tief und klar aus, mit kleinen Schaumkronen, die auf den Wellen tanzten. Es wäre herrlich, wenn man einfach aus dem Haus laufen und sich in die Fluten stürzen könnte.«

»Sicher.«

»An diesem Ort hier fühle ich mich nie sauber. Was würde ich darum geben, eine Stunde im Meer zu baden!«

»Wieso kommst du nicht mit in die Stadt und nimmst ein Bad?«

»In drei Zoll Wasser? Aber es wäre wohl besser als gar nichts. Ja, ich komme mit.«

»Ich wüsste schon, wo wir ein Vollbad nehmen könnten.«

»Wo?«

»Im *Black Cat*.«

»In diesem Rattenloch? Nein danke!«

»Hab dich doch nicht so. Seit Glory verschwunden ist, leitet deine Freundin Jocelyn das Haus.«

»Jocelyn! Ich habe meinen Ohren nicht getraut, als sie mir erzählte, dass sie in einem Bordell arbeitet.«

»Sie war sehr gut zu dir, als du krank warst, und würde dich gerne wiedersehen. Das *Black Cat* hat sich gewaltig gemausert.«

Doch Clem zögerte noch. »Ich habe viel über Thora nachgedacht. Ich möchte nicht mehr ins Bordell gehen, es erscheint mir nicht richtig.«

»Du willst nur baden, dagegen kann sie doch nichts haben«, erwiderte Mike lachend. »Ich glaube nicht, dass sie dich in deinem gegenwärtigen Zustand willkommen heißen würde. Komm, Lass uns hingehen.«

Kurz hinter der Kondensierungsanlage entschloß sich Mike, die Bombe platzen zu lassen.

Clem blieb so abrupt stehen, dass die Männer, die hinter ihm hergegangen waren, mit ihm zusammenprallten.

»Wir haben was?«

»Du warst zu schwach und krank, um irgendwelche Entscheidungen zu treffen. Daher habe ich sie für dich mit getroffen. Das ist alles.«

»Das ist doch ein Witz, oder?«

»Nein, ganz im Gegenteil. Wir werden reich damit.«

»Woher hattest du das Bargeld? Hast du mich über die Erträge der Mine belogen?«

»Nein. Die Mine wirft nach wie vor nur Kleingeld ab, aber das *Black Cat* bringt uns tonnenweise Profit. Da drüben ist ein Pub. Dort werde ich dir bei einem Drink alles erklären.«

»Nein, erkläre es mir auf der Stelle. Woher hattest du das Geld?«

»Ich habe einen Scheck ausgestellt.«

»Wie? Du hast doch gar kein Bankkonto.«

»Ich nicht, aber du.«

Clem packte ihn am Kragen. »Was hast du getan, du Schweinehund? Wie konntest du einen Scheck auf mein Konto ausstellen? Mein Lancoorie-Konto, das einzige, das ich habe …« Dann dämmerte es ihm. »Du verdammter Bastard! Hast du etwa meine Unterschrift gefälscht?«

Die anderen Goldsucher hörten interessiert zu, entschlossen sich dann aber, angesichts der Temperaturen lieber einen Drink in der Stadt zu nehmen.

Mike versuchte Clem zu beruhigen.

»Das ist schlecht für deine Gesundheit, Junge.«

»Ich bringe dich um, du gemeiner Dieb!«

»Hör auf, du kannst es nicht mit mir aufnehmen. Außerdem ist es viel zu heiß, um sich zu schlagen.«

Clem boxte in seiner Wut und Verwirrung auf Mike ein, ohne ihn zu treffen. Schließlich sank er vollkommen erschöpft in die Knie.

Ein Goldgräber half Mike, ihn ins nächste Pub zu bringen, wo sie ihn auf der Veranda auf einen Stuhl bugsierten und ihm einen Whisky in die Hand drückten. Allmählich kam Clem wieder zu sich. Aus dem Pub drangen laute Stimmen auf die Straße. Auf der Fensterbank standen Gläser. Ein Fuhrwerk rumpelte vorbei. In der Ferne hörte er den Lärm der Brecher, die Tag und Nacht arbeiteten. Mike saß neben ihm und redete auf ihn ein, doch Clem weigerte sich zuzuhören.

»Ich bringe dich um«, sagte er erneut, als sein Kopf dank des Whiskys wieder klar wurde. »Wie viel hast du mir gestohlen?«

»Die Sache hat uns fünfhundert Pfund gekostet.«

»Ich bringe dich wieder ins Gefängnis. Deine Bewährung kannst du vergessen.«

»Von wegen Bewährung. Ich bin schon seit längerem ein freier Mann. Versuch doch, mich zu verstehen. Wenn du deinen Partner ins Gefängnis schickst, erfährt die ganze Welt, dass wir ein Bordell besitzen. Ich habe mich bisher bemüht, deinen Namen aus der Sache herauszuhalten.«

»Herauszuhalten? Mein Name steht auf der Besitzurkunde eines Puffs! Willst du mich ruinieren?«

»Denk nur daran, wie viel Geld wir verdienen können.«

»Wir? Du kaufst in meinem Namen ein Drecksbordell und hast noch die Stirn, ›wir‹ zu sagen. Du bist verrückt. Ich sorge dafür, dass du in der finstersten Zelle des Gefängnisses von Fremantle landest und nie wieder rauskommst.«

Das Schlimmste war, dass Mike Clems Ausbrüche völlig kaltließen. Es war wie Schattenboxen.

»Dein Geld, meine Idee«, bemerkte Mike und schob sich das rote Haar aus der Stirn. »Fair ist fair. Die Gewinne werden für uns beide reichen. Wenn du dich trotzdem über den Tisch gezogen fühlst, gebe ich dir bei Gelegenheit die fünfhundert Pfund zurück. Aber ich lasse mir meinen Anteil nicht abkaufen.«

Clem brüllte los. »Abkaufen? Ich will dieses verfluchte Bordell nicht haben! Ich schließe es, genau das werde ich tun. Und dann zeige ich dich wegen Urkundenfälschung an.«

»Das wirst du nicht tun. Warte, bis du siehst, welche Gewinne es erwirtschaftet. Die gute Jocelyn führt ausgezeichnet Buch. Komm mit, ich zeige es dir.«

»Ich werde dieses Haus nicht betreten. Du bist ein verdammter Scheißkerl!«

»Und was ist mit dem Dank dafür, dass ich mich um dich gekümmert habe?«

Clem erhob sich von seinem Stuhl. »Du bist ein Verbrecher. Ein verurteilter Verbrecher. Ich will nichts mehr mit dir zu tun haben!«

Er stürmte in die Bar und drängte sich zur Theke vor, wo er einen weiteren Whisky bestellte. Der zweite schmeckte schon besser, aber er kochte noch immer vor Wut und war fest entschlossen, Mike wegen Urkundenfälschung anzuzeigen. Und tief in seinem Inneren quälte ihn das Entsetzen darüber, dass er nun der Besitzer eines dreckigen Bordells war. Er hatte genug gehört, um sicher zu sein, dass der Anwalt, über den Mike den Verkauf abgewickelt hatte, Bescheid wusste; dass auch die schwatzhaften Bankbeamten hier in Kalgoorlie im Bilde waren. Und Jocelyn, die Puffmutter, war seine Angestellte. Wie lange würde es dauern, bis sich diese Neuigkeiten auch in York verbreiteten? Selbst wenn er dieses Etablissement verkaufte, was Mike ohnehin unterbinden würde, konnte er die Katastrophe nicht mehr aufhalten.

»O mein Gott!«, stöhnte er und zuckte nervös zusammen, als ihn der Barkeeper ansprach.

»Noch mal dasselbe?«

»Nein.«

Clem taumelte zurück zum Lager, vorbei an den Zelten, die Schatten warfen, und den Männern, die sich am verglühenden

Lagerfeuer unterhielten. Er achtete nicht auf ihre Einladungen, sondern tastete sich bis zu seinem eigenen Zelt vor. Dann entzündete er die Lampe und warf sich halb tot vor Scham auf sein Bett. Er war ein angesehener Schafzüchter. Der Besitzer von Lancoorie. Und nun Inhaber eines berüchtigten Bordells! Was würde Thora dazu sagen, falls sie überhaupt wusste, was ein Bordell war? Sie würde vor Scham in den Boden versinken und ihren Mann vermutlich verlassen, was ihr gutes Recht war.

Der Gedanke an die Reaktion seiner Frau, ihrer Familie und der Leute in York raubte ihm den Schlaf.

8. Kapitel

Kühe sind sympathische Geschöpfe«, dachte Lil und drückte ihren Kopf gegen die warme Flanke eines der Tiere. Sie spürte, wie die Kuh erleichtert seufzte, als sie mit dem Melken begann.

»Braves Mädchen«, lobte sie die Kuh und fügte mit finsterer Stimme hinzu: »Nicht so wie die zweibeinigen Kühe, mit denen ich tagtäglich zu tun habe.«

Von der anfänglichen Herzlichkeit und Neugier der anderen Bediensteten war kaum noch etwas zu spüren. Schuld daran trug nicht die Arbeit, die ihr eigentlich recht gut gefiel. Tom hatte sogar ihr Geschick im Umgang mit den Milchkühen gelobt, die herbeikamen, sobald sie Lil sahen. Sie hielt die Molkerei makellos sauber. Wer etwas verschüttete, beim Buttern zu nachlässig war oder die Milch sauer werden ließ, wurde streng ermahnt. Auch Miss Lavinia wusste Lils Arbeit zu schätzen. Ebendies hatte zu den Schwierigkeiten geführt.

Mercy hatte ihr vorgeworfen, sie sei ebenso herrisch wie Miss Lavinia. »Früher hat sie uns angeschrien, das hat sie nun nicht mehr nötig. Diesen Part hast du ja übernommen!«

»Das ist nicht wahr. Ich muss nur zusehen, dass alles seine Ordnung hat.«

»Wieso? Du bist hier nicht der Boss!«, rief Beth.

Lils Hände bewegten sich rhythmisch beim Melken. Beth war aber auch zu undankbar! Wer hatte sich denn um sie gekümmert, als man sie verprügelt hatte? Lil. Wer hatte versucht herauszufinden, wer der Schuldige war? Wiederum Lil. Doch niemand hatte ein Wort über die Sache verloren, nicht einmal das Mädchen selbst, einige Tage später hatte es vielmehr sogar gelogen und behauptet, es sei das Flussufer hinuntergestürzt. Kein Sturz konnte derartige Striemen an Rücken und Beinen hinterlassen. Was tatsächlich passiert war, blieb ein Geheimnis, und die anderen hatten Lil klargemacht, dass es sie nichts anging. Dass sie eine Außenseiterin war.

»Was kümmert es mich?«, fragte Lil die Kuh, die sie daraufhin mit großen, treuen Augen anschaute. »Meinetwegen sollen sie sich allesamt verprügeln lassen.« An einem Sonntagmorgen war das sonst so vorlaute Küchenmädchen in Tränen aufgelöst gewesen und hatte dennoch kein Wort sagen wollen. Alle hatten auf ihren Plätzen im Dienstbotensaal gesessen, Porridge gegessen, getratscht und sich keinen Deut um das Mädchen geschert. Auch Lil hatte nichts gesagt.

Das mit dem Dienstbotensaal war auch so eine Sache. Miss Lavinia bestand darauf, dass der Tisch zu jeder Mahlzeit anständig gedeckt war und das Personal beste Tischmanieren an den Tag legte.

Nach einer Weile bemerkte Lil, dass die anderen sie auslachten, weil sie so etwas nie gelernt hatte. In ihrem bisherigen Leben war sie auch ohne den richtigen Gebrauch der verschiedenen Messer und Gabeln zurechtgekommen. Schließlich saßen sie ja nicht im feinen Speisezimmer bei Mr. Warburton oder Miss Lavinia! Als sie begriff, worüber die anderen lachten, verlegte Lil sich aufs Beobachten. Sie zog es vor, auf diese Weise zu lernen, statt zu fragen. Als Miss Lavinia eines Morgens den Dienstbotensaal betrat, hörte Lil auf zu essen, da sie fürchtete, sich zu blamieren.

»Stillst du dein Kind noch?«, erkundigte sich Miss Lavinia.

»Ja, Miss.«

»Dann solltest du mehr essen.«

»Ja, Miss.«

Lil seufzte erleichtert, doch am nächsten Tag erwartete Miss Lavinia sie am Tor zu den Dienstbotenunterkünften.

»Es wird Zeit, das Baby abzustillen. Ich habe früher oft Babys gepflegt. Hier sind einige schriftliche Anweisungen.«

»Ja, Miss.«

»Lies sie sorgfältig durch. Zuerst gibst du der Kleinen mit Wasser im angegebenen Mischverhältnis verdünnte Milch. Du kannst die Milch in der Küche warm machen. Verstanden?«

»Ja. Vielen Dank, Miss.«

Lil kochte innerlich vor Zorn. Was gab dieser alten Jungfer das Recht, ihr Vorschriften über den Umgang mit ihrem eigenen Baby zu machen? Die Antwort war nicht schwer: ihre Macht. Entweder gehorchte man Miss Lavinia, oder man landete ohne Zeugnis im nächsten Boot.

Die neuen Regeln trugen Lil Ärger mit der Köchin ein, die nur ungern Fremde in ihrer Küche duldete, ganz zu schweigen von Lil, die mehrmals am Tag Milch auf dem Herd erhitzen wollte. Da sie sich nicht bei ihrer Herrin beschweren konnte, machte die Köchin Lil das Leben so schwer wie möglich, ließ sie warten oder schubste sie mit dem Ellbogen beiseite.

»Es wird dir nichts bringen, wenn du dich bei Miss Lavinia einschmeichelst«, bemerkte sie hämisch. »Sie ist total verrückt.«

»Und du fährst stromabwärts, wenn ich ihr das erzähle«, fuhr Lil die Köchin an.

Diese ließ eine schwere Pfanne auf den Tisch plumpsen. »Das wagst du nicht!«

»Ach nein? Darauf würde ich mich aber nicht verlassen.«

Von nun an hatte Lil in der zweitmächtigsten Frau im Haus eine Verbündete. Sie verteidigte Lil, wenn die anderen über ihre ständigen religiösen Ergüsse lachten, und legte bei Miss Lavinia ein gutes Wort für sie ein.

Als Lil an diesem Tag mit dem Melken fertig war und die Kühe wieder auf die Weide getrieben wurden, spürte sie einen Anflug von Traurigkeit. Sie würde die Tiere vermissen. Denn dank Mrs. Morgan, der Köchin, hatte man sie zum Hausmädchen befördert, wobei sie auf eigenen Wunsch die Verantwortung für die Molkerei behielt.

Sich bei Miss Lavinia einschmeicheln? Lächelnd zog sie die Schürze und die schweren Stiefel aus und trat hinaus in die Abendstille. Diese Zeit des Tages, wenn die untergehende Sonne das schöne Haus und den Park in warmes Dämmerlicht tauchte, gefiel ihr am besten. Natürlich machte sie sich lieb Kind bei Miss Lavinia, wieso auch nicht? Lil wusste, dass ihrer Herrin ihr Fleiß und ihre fröhliche Art nicht entgangen waren. Nie musste man ihr sagen, sie solle arbeiten statt zu klatschen, da sie sich absichtlich von den anderen Dienstboten fernhielt.

Lil Cornish wurde bald erstes Hausmädchen. Sie sorgte dafür, dass Mr. Warburton und Miss Lavinia ein angenehmes Leben führen konnten und keinen Grund zur Klage hatten.

Ihr Liebling Caroline machte gar keine Mühe. Der Kinderwagen mit dem Moskitonetz stand entweder auf dem Hinterhof unter den Glyzinien oder an kühleren Tagen im Dienstbotenzimmer. Miss Lavinia kam oft vorbei. Zwar nahm sie das Baby niemals auf den Arm, verfolgte aber zufrieden dessen Fortschritte, die sie natürlich ihrem eigenen Ernährungsplan zuschrieb.

Mr. Warburton selbst wirkte ziemlich geistesabwesend. Die Dienstboten schien er gar nicht wahrzunehmen und hätte vermutlich nicht einen von ihnen beim Namen rufen können.

Sosehr sich Lil auch bemühte – es gelang ihr nicht, Miss Lavinia aus der Reserve zu locken. Sie blieb streng und distanziert, außer bei frommen Unterweisungen. Lil bedauerte inzwischen, dass sie überhaupt religiösen Eifer gezeigt hatte, denn Miss Lavinia ging ihr allmählich auf die Nerven. Jeden Sonntag wurde im Rosengarten oder auf der geschützten Veranda eine Messe für die Warburtons gelesen. Man erwartete von den Dienstboten, dass sie daran teilnahmen. Lil ertrug klaglos die sonntäglichen Gottesdienste, wurde danach aber noch zu ihrer Herrin gerufen, die ein Kapitel aus dem Alten Testament auswählte und sie anwies, es auswendig zu lernen.

Sicher meinte Miss Lavinia es gut, doch Lil fand diese Studien unerträglich. Die Geschichten verwirrten sie – in der Bibel gab es einige überaus seltsame Gestalten –, und je mehr sie sich bemühte, desto weniger verstand sie. Tatsächlich erlosch der plötzlich aufgeflammte Glaubensfunke, den Mrs. Dodds in ihr entzündet hatte, zusehends. Lil wurde allmählich wieder sie selbst und vertraute einfach auf Gott den Allmächtigen, der das Rad der Jahreszeiten drehte und Herr über das Leben war.

Dennoch, gestand sie Baby Caroline, durfte sie in ihrem religiösen Eifer nicht nachlassen, da in Miss Lavinias Augen das ständige Zitieren der Heiligen Schrift als Zeichen von Frömmigkeit galt. Folglich konnte sie es sich nicht erlauben, ihre Herrin durch mangelnden Glauben zu verärgern. Auch das Personal beobachtete Lil aufmerksam, so dass sie sich keinen Schnitzer leisten konnte. Und so ertrug sie diese lästige Lektüre, fügte sich den trockenen Sonntagsmessen und dem unverständlichen Singsang der Predigten, die der örtliche anglikanische Geistliche von sich gab.

Um ihren Aufstieg im Haus weiter zu beschleunigen, verstärkte Lil ihren missionarischen Eifer und verkündete, es sei ihre Pflicht, die anderen Frauen näher zu Gott zu bringen. Von deren Ungeduld und den Versuchen, ihren prüden Predigten zu entgehen, ließ sie sich nicht entmutigen. Nach einer Weile hatte sie sich daran gewöhnt, als Bibel schwingende Frömmlerin zu gelten, denn Minchfield empfand sie als ihr neues Zuhause, das sie um keinen Preis verlieren wollte.

Als ranghöchstes Hausmädchen gelangte sie nun in die herrlichen Räume, schlich auf Zehenspitzen durch die blank gebohnerten Flure und die breite Treppe aus Zedernholz hinauf. Lil verliebte sich in das Haus mit seinen prächtigen Möbeln,

Kronleuchtern, Gemälden, dem Silber, kostbaren Porzellan und den anderen sündhaft teuren Dingen, in deren Mitte sie sich wie in einer Kathedrale fühlte. Sie ließ allem eine liebevolle Pflege angedeihen, die sich nach und nach zu einer förmlichen Besessenheit entwickelte. Nichts entging ihrem scharfen Blick, kein Fleck auf dem Spiegel, kein Fingerabdruck auf poliertem Holz, keine Porzellanfigurine, die nicht genau an ihrem Platz stand. So, wie sie zuvor die Milchmägde angetrieben hatte, bekamen nun die Hausmädchen und Serviererinnen ihren Zorn zu spüren, wenn sie nicht spurten. Es war, als sei Minchfield House an die Stelle Gottes getreten – ein Idol, das man sehen und berühren konnte.

Wenn das Baby unruhig war, schlüpfte Lil gelegentlich in die Küche und wärmte ein wenig Milch auf. In dieser Nacht zerrte ein starker Wind an den Bäumen, als sie ohne Lampe zur Küchentür lief und leise eintrat. Sie kannte den Raum so gut, dass ihr das blasse Mondlicht genügte, um sich zurechtzufinden. Sie stellte den kleinen Topf auf den Herd, in dem noch Asche glühte. Als sie die Milch aus der Speisekammer nehmen wollte, ertönte über ihr im Speisezimmer ein lautes Krachen.

Eine Sekunde lang fürchtete sie sich, vermutete dann aber, dass sich nur ein Fensterladen gelöst hatte. Lil lief die steinerne Treppe hinauf, um ihn zu befestigen, bevor der Lärm Miss Lavinia wecken würde, die unmittelbar über dem Speisezimmer schlief.

Zwischen dem Treppenabsatz und dem Zimmer befand sich eine Schwingtür mit einer Glasscheibe, die den Serviererinnen ihre Arbeit erleichtern sollte. Als Lil die Tür aufdrücken wollte, bemerkte sie, dass sich in dem dämmrigen Raum etwas bewegte, und fuhr schuldbewusst zurück. Miss Lavinia war bereits in dem Zimmer. Doch Lils Neugier gewann die Oberhand, denn es war nicht die Miss Lavinia, die sie kannte. Im Licht einer winzigen roten Lampe auf dem Tisch erspähte Lil eine ältere Frau in einem langen weißen Nachthemd, deren Haar wild vom Kopf abstand.

Sie unterdrückte ein Kichern. Miss Lavinia hatte auf ihrem Weg zum Fenster einen Stuhl umgeworfen und taumelte jetzt auf die Anrichte zu.

Interessiert sah Lil zu, wie sich ihre Herrin vorbeugte, um die Tür der Anrichte zu öffnen und dabei das Gleichgewicht verlor. Sie murmelte wütend vor sich hin.

Noch bevor sie nach der Flasche greifen konnte, wusste Lil Bescheid. Die alte Gaunerin war betrunken!

Verwundert starrte Lil durch die Glasscheibe. Mit Trinkern kannte sie sich bestens aus. Schließlich war sie mit einem verheiratet gewesen und hatte auch schon viele Frauen erlebt, die diesem Laster verfallen waren. Aber keine reichen Frauen! Vornehme Damen wie Miss Warburton nippten beim Essen an ihrem Wein, doch sie schütteten ihn nicht in sich hinein. Und schon gar nicht nachts.

Sie trat einen Schritt zurück, behielt die Frau aber im Auge. Miss Lavinia saß auf dem Boden und nahm nun einen Schluck aus der Flasche. Was sie trank, konnte Lil nicht erkennen, aber es musste Schnaps sein, da der Wein immer in Karaffen auf der Anrichte stand.

Schließlich rappelte sich ihre Herrin auf. Dabei fiel eine Porzellanfigurine zu Boden. Lil zuckte zusammen, als habe sie selbst die kostbare Schäferin zerbrochen. Miss Lavinia schob die Scherben unter die Anrichte und trat dann mit der Flasche in der Hand den Rückzug aus dem Speisezimmer an. Den Stuhl stellte sie mit übertriebener Sorgfalt wieder an seinen Platz, löschte die Lampe und ging in den Salon, während sie wirres Zeug vor sich hin murmelte. Dann war der Spuk vorbei.

Lil wärmte die Milch auf und fragte sich, ob Mr. Warburton den Lärm ebenfalls gehört hatte. Vermutlich nicht. Seine Räume lagen am anderen Ende des Hauses über der Bibliothek und dem großen Wohnzimmer. In ihrer Unterkunft gab sie dem Baby die Milch. Bald darauf schlief es friedlich ein.

Als Lil wieder ins Bett stieg, lächelte sie noch immer ungläubig. Ihr fiel ein, dass die Köchin Miss Lavinia als verrückt bezeichnet hatte und fragte sich, was wirklich damit gemeint war.

Am nächsten Morgen ging der Ärger los.

Das gesamte Hauspersonal wurde ins Speisezimmer zitiert, wo Miss Lavinia wutentbrannt mit ihrem Stock auf das zerbrochene Porzellan deutete, das sie unter der Anrichte hervorgeholt hatte.

»Wer war das?«, rief sie. »Ich verlange den Namen des Schuldigen.«

Während die anderen den Kopf schüttelten, schaute Lil mit gespielter Gleichgültigkeit zu Boden.

Sie mussten nacheinander vortreten, während die Herrin des Hauses ihren Stock schwang. Nun begriff Lil, wer die Mädchen mißhandelt hatte. Sie hatte schon länger den Verdacht gehegt, dass es Miss Lavinia gewesen sein könnte, diese Vermutung aber angesichts deren Umsicht und Frömmigkeit von sich gewiesen. Stattdessen hatte sie auf Jordan, den Vorarbeiter der Farm, getippt, der als jähzornig bekannt war und die Hausmädchen im Lagerhaus oft beim Auspacken von Obst und Gemüse helfen ließ. Als sie ihre Stelle angetreten hatte, hatte er sie scharf beobachtet, dann aber in Ruhe gelassen, da sie keinen Anlass zu Beschwerden gab. In letzter Zeit hatte sie nicht viel mit ihm zu tun gehabt, da man sie ins Haus versetzt hatte. Er war nicht so begeistert von dieser Entscheidung gewesen, doch was hätte er Miss Lavinia entgegensetzen können.

»Gut«, sagte Miss Lavinia und gestattete der Köchin zu gehen, da sich diese ohnehin nie im Speisezimmer aufhielt. »Ihr anderen werdet so lange bestraft, bis sich der Lügner meldet und mir die Wahrheit sagt.«

Grollend und schimpfend zogen sich die Dienstboten in ihre Räume zurück. Anschuldigungen schwirrten durch die Luft.

»Wir alle bekommen nur Wasser und Brot, bis sich jemand meldet«, teilte Lil der Köchin mit.

»Und sie zieht uns am Ende des Monats vier Shilling vom Lohn ab.«

»Das ist Pech.«

Lil empfand das Vorgehen ihrer Herrin als empörend. Die karge Ernährung störte sie nicht weiter, da Mrs. Morgan schon für sie sorgen würde, doch der Verlust von vier Shilling traf sie hart. Wenn diese boshafte alte Frau, die mehr Geld besaß, als sie ausgeben konnte, ihrem Personal mehr als ein Pfund abnahm, kam dies einem Diebstahl gleich. »Sie ist eine Trinkerin, Diebin und Tyrannin«, murmelte Lil vor sich hin.

Falls sie den anderen von den Erlebnissen der letzten Nacht erzählte, konnte sie sich umgehend eine Fahrkarte zurück nach Perth kaufen.

»Ich war es nicht«, verkündete sie auf einer Zusammenkunft hungriger Mäuler, die an diesem Abend unter dem Baum vor der Frauenunterkunft stattfand. »Es ist ungerecht, dass auch ich leiden soll. Hätte ich nicht das Baby, würde ich auf der Stelle kündigen.«

Lil las in den Augen der anderen Frauen, dass sie diese Möglichkeit bereits erwogen hatten.

Mrs. Morgan meldete sich zu Wort. »Wer auch immer die Figur zerbrochen hat, sollte es sagen. Das erspart uns anderen eine Menge Ärger. Man wird schlimmstenfalls entlassen, aber Jordan wird trotzdem ein Zeugnis ausstellen.«

»Du hast noch keine Tracht Prügel bezogen!«, schrie Beth. »Wenn sich nicht bald jemand meldet, trifft es mich, das weiß ich genau.«

Mrs. Morgan beeilte sich, diese Bemerkung zu überspielen, die den anderen sichtlich unangenehm war.

»Es hat keinen Sinn, in der Vergangenheit zu wühlen. Wir müssen herausfinden, wer das Ding zerbrochen hat, und die Sache hinter uns bringen.«

»Was weißt du denn schon?«, höhnte Mercy. »Miss Lavinia greift nach ihrem Stock, wann immer sie Lust hat, und keiner sagt ein Wort, weil alle solche Angst vor ihr haben. Du und deine verdammten Zeugnisse! Niemand gibt Abos Zeugnisse. Ich und meine Mum verschwinden von hier.«

Ihre Mutter, die still unter dem Baum gesessen hatte, schoss hoch. »Nein, Mercy, nein! Sie hat es nicht so gemeint. Sie ist nur wütend. Mercy war es nicht.« Sie wandte sich an ihre Tochter. »Komm schon, misch dich nicht in die Angelegenheiten weißer Frauen.«

»Ich werde nicht den Mund halten«, entgegnete Mercy. »Ich habe genug von diesem Haus. Ihr jammert alle wegen eurer verfluchten Arbeit, bekommt aber wenigstens Geld dafür. Wir kriegen nichts. Wir leben einfach nur hier! Und tut nicht so, als ob ihr das nicht wüsstet. Ihr wisst es alle. Auch du, Predigerin! Wir gehen jetzt unseren eigenen Weg, ohne Boot. Fahrt zur Hölle, alle miteinander!«

»Sag das nicht!«, schrie ihre Mutter, doch Mercy, das heranwachsende Aborigine-Mädchen, hatte plötzlich zu sich selbst gefunden. »Meine Mum und mich hat sie oft genug geschlagen. Beth hat recht. Und ich sag euch noch was: Wenn sie keine Prügel kriegt, bekomme ich sie, und darauf warte ich nicht!«

Erhobenen Hauptes griff Mercy nach dem Arm ihrer Mutter und marschierte mit ihr davon. Bald waren die beiden in der Dunkelheit verschwunden.

»Wie traurig das ist«, bemerkte Lil, doch eine Serviererin stand auf und trat vor sie hin.

»Warum hältst du nicht einfach den Mund? Ich habe deine Predigten satt. Und die der alten Schachtel auch. Sie hält uns hier wie Gefangene! Und sonntags dürfen wir im Kreis marschieren.«

»Du bekommst hier mehr Geld als irgendwo sonst«, warf Mrs. Morgan ein.

»Sicher doch, weil sie sonst gar keine Dienstboten finden würde. Ich kündige.«

Lil stand auf. »Bitte, Vera, tu das nicht. Wenn du gehst, gehen alle anderen auch. Du könntest sie hier halten.«

»Wieso denn das?«, keifte Vera. *»Du* bist doch die Musterschülerin. Am Freitag nehme ich das verdammte Boot. In der Stadt werde ich der Stellenvermittlung berichten, was hier vorgeht. Beth, du solltest besser mitkommen. Ich kenne die Gesetze. Du hättest die Alte mit einer Klage wegen Körperverletzung drankriegen können, wenn du nur früher den Mund aufgemacht hättest.«

»Träum du nur weiter«, gluckste Mrs. Morgan.

Die nächsten Tage verliefen chaotisch. Bei jeder Mahlzeit mit Brot und Wasser brach eine neue Meuterei aus. Mrs. Morgan versuchte die Wogen zu glätten, indem sie heimlich die Vorratskammer öffnete und kalte Pasteten und Kuchen servierte, doch die Dienstboten ließen sich nicht beschwichtigen. Das Küchenmädchen klapperte laut mit den Töpfen und putzte das Gemüse überaus nachlässig. Wertvolle Teppiche blieben draußen im Regen auf der Teppichstange hängen. Fenster standen offen, der Staub sammelte sich in allen Ecken. Vorhänge wurden zum Waschen abgenommen und nicht mehr aufgehängt. Vor den Augen von Mr. Warburton und seiner Schwester wurden die ohnehin schon fleckigen Tischtücher bekleckert, und bei jeder Mahlzeit fehlte etwas, sei es nun Salz, Zucker oder Mrs. Morgans unvergleichlicher Yorkshire-Pudding.

Mr. Warburton brachte eine seiner seltenen Beschwerden vor, während Miss Lavinia durchs Haus stürmte, mit ihrem

Stock gegen Türen und Wände schlug und wilde Drohungen ausstieß. Kurzum, alle Gesetze wurden übertreten.

Lil beobachtete die Entwicklung mit Argusaugen und wartete auf den großen Knall, der sich bei Trinkern zwangsläufig irgendwann ereignete. Da sie einen gewaltsamen Ausbruch befürchtete, blieb sie ständig auf der Hut. Doch es kam nicht dazu.

Am Freitagmorgen versammelte sich das gesamte Hauspersonal vor Jordan, um seinen Lohn abzüglich vier Shilling in Empfang zu nehmen. Danach verließen alle außer Lil und der Köchin ohne zu kündigen das Haus.

Sie packten ihre Siebensachen zusammen, rannten fröhlich zum Boot hinunter und riefen Jordan zu, er könne seiner Missus nun alleine dienen.

Lil weigerte sich, an diesem Abend bei Tisch zu bedienen.

»Ich bin keine Serviererin. Ich weiß nicht, wie das geht.«

Also stieg die arme dickliche Mrs. Morgan die Treppen hinauf, um ihrer Herrschaft, die in ihrer Anwesenheit eisiges Schweigen bewahrte, vier Gänge aufzutragen.

»Was haben sie gesagt?«, wollte Lil wissen.

»Nichts, nicht ein Wort. Aber ich wette, der Herr zieht ihr die Ohren lang, wenn ich nicht dabei bin. Jordan wird ihm gesagt haben, warum alle gegangen sind. Der ganze Distrikt wird sich das Maul über uns zerreißen. Der Klatsch reist mit dem Boot über den Fluss.«

»Warum haben sich alle so bedeckt gehalten, als es um die Prügel ging? Irgendjemand hätte dem Herrn davon erzählen sollen.«

»Das haben sie auch getan, doch er wollte sich nicht einmischen. Er ist seiner Schwester treu ergeben, weil sie ihm das Haus führt. Vielleicht hat sie versprochen, es würde nicht mehr vorkommen. Außerdem hat Miss Lavinia das letzte Mädchen, das sich beschwert hat, umgehend entlassen. Möchtest du etwa noch für sie arbeiten, wenn du sie bei ihrem Bruder angeschwärzt hättest?«

»Vermutlich nicht.« Lils vage Pläne fielen in sich zusammen. Sie hatte gehofft, Lavinia noch einmal betrunken zu ertappen und Mr. Warburton dann davon zu berichten. Doch wenn er so loyal zu seiner Schwester stand, würde sie sich damit nur schaden.

Dennoch war sie neugierig, wie Lavinia auf die Ereignisse des Tages reagieren würde, die ihre Eitelkeit verletzt haben mussten. Nicht jeden Tag verlor eine Hausherrin auf einen Schlag beinahe ihr gesamtes Personal. Gab es eine günstigere Gelegenheit für den Griff zur Flasche?

Später am Abend klopfte Lil an die Tür der Köchin. »Mir ist es unheimlich, da wir beide nun allein sind. Würdest du auf Caroline aufpassen, während ich ihr Milch aus der Küche hole?«

»Natürlich. Bring mir den kleinen Liebling.«

»Hast du schon den Frühstückstisch gedeckt?«

Mrs. Morgan schlug sich mit der Hand vor den Mund. »Du lieber Himmel, das habe ich ganz vergessen. Ich kann doch nicht an alles denken.«

»Macht nichts, ich übernehme das, während die Milch auf dem Herd steht.«

Als sie Mrs. Morgan den hellwachen Säugling überreichte, erinnerte die Köchin sie an ihre Aufgabe: »Denk daran, das irische Porzellan und das einfache Silberbesteck.«

»Ich werde es nicht vergessen.«

Nun hatte sie eine Erklärung für Miss Lavinia parat, falls diese sie im Speisezimmer erwischen sollte.

Auf dem Weg zum Haus betete Lil, dass die alte Frau Durst bekommen möge und runterkäme – und wenn nicht heute Nacht, dann vielleicht morgen nacht. Lil würde auf der Hut bleiben. Dabei wusste sie nicht einmal genau, was sie eigentlich wollte, doch sie würde sich von niemandem einfach vier Shilling wegnehmen lassen.

Diesmal zündete sie die Lampe am Ende der Küche an und stellte das Frühstücksgeschirr auf das Tablett, während die Milch warm wurde. Im Haus war kein Laut zu hören. Sie wollte schon aufgeben und den Rückzug antreten, als sie über sich im Speisezimmer ein Geräusch vernahm. Lil schoss die Treppe hinauf und spähte durch die Glasscheibe in der Tür. Der Anblick enttäuschte sie nicht.

Miss Lavinia war mit einer Kerze heruntergekommen und hatte diese auf einen Tisch gestellt. Sie schenkte den Kristallkaraffen keine Beachtung und wandte sich der Tür der Anrichte zu. Verschlossen. Wo mochte der Schlüssel sein?

»In der obersten Schublade der Anrichte«, soufflierte Lil im Geiste. »Dort, wo er immer ist, dumme alte Krähe.«

Doch Lavinia klopfte und kratzte an der Tür und versuchte es sogar mit einem Messer. Lil fragte sich, welchen Schnaps sie wohl mit nach oben nehmen und wie sie die Flasche am nächsten Morgen loswerden würde.

Endlich erhob sich ihre Dienstherrin keuchend vom Boden, stützte sich auf den Stock und sah sich im Zimmer um.

Ihr Blick fiel auf die Karaffen.

Sie griff nach dem nächstbesten Wasserglas, füllte es randvoll und kippte den Inhalt in einem Zug hinunter. Als sie sich nachschenken wollte, trat Lil ins Zimmer und stellte seelenruhig ihre Lampe auf einen kleinen Tisch am Fenster.

»Was hast du hier zu suchen?«, schrie Lavinia aufgebracht. Ihre Aussprache war alles andere als deutlich.

»Ich brauche nicht lange, Madam«, erwiderte Lil. »Ich decke nur den Frühstückstisch.«

Sie holte das Tablett und machte sich in aller Gemütsruhe ans Werk.

»Raus hier! Du spionierst mir nach!«

»Warum sollte ich das tun?«, fragte Lil ruhig und fuhr mit ihrer Arbeit fort.

Sie hatte das Niedersausen des schweren Stocks vorausgeahnt und sprang zur Seite, wobei sie allerdings eine große Kristallvase mit Rosen zu Boden riss.

Lil bereute ihre törichte Einmischung, doch nun gab es kein Zurück mehr.

»Sieh, was du angerichtet hast«, zischte Miss Lavinia. »Dafür wirst du teuer bezahlen.«

»Nein, das werde ich nicht«, entgegnete Lil und brachte sich auf der anderen Seite des Tisches in Sicherheit. »Sie sind völlig betrunken. Legen Sie den Stock weg!«

»Wie kannst du es wagen, so mit mir zu sprechen!«

Der Stock sauste erneut durch die Luft und krachte auf den Tisch nieder. Miss Lavinia verlor dabei das Gleichgewicht und taumelte gegen den Beistelltisch. Lils Lampe fiel zu Boden und entzündete die Vorhänge, die die Glastüren zur Veranda verdeckten.

»Vorsicht, die Vorhänge brennen!«, schrie Lil.

Lavinia, die mit dem Rücken zur Veranda stand, nahm die Warnung gar nicht wahr.

»Raus hier«, befahl sie, »ich werde mich morgen früh schon um dich kümmern.«

»Seien Sie nicht töricht!«, rief Lil. »Die Vorhänge stehen in Flammen!«

Der trockene alte Stoff brannte wie Zunder. Lil sah sich in Panik um, riss einen kleinen Teppich vom Boden hoch und versuchte damit die Flammen zu ersticken. Lavinia sah in ihrer Verwirrung nur den Teppich.

»Das ist ein Perserteppich! Leg ihn sofort wieder hin!«, kreischte sie.

Da trat Mr. Warburton ins Zimmer.

»Was für ein Lärm zu dieser Stunde!«, beklagte er sich.

»Feuer!«, schrie Lil. »Sehen Sie das denn nicht?«

Die Flammen züngelten bereits bis zur Decke empor und setzten die schweren Seitenvorhänge ebenfalls in Brand. Lil warf den Teppich weg und begann, die Möbel von den Wänden zu rücken. Es war kaum zu fassen, wie schnell sich dieses Feuer ausbreitete.

Obwohl sie noch ganz durcheinander war, rief Lavinia ihr Anweisungen zu. »Nicht diesen Stuhl! Den anderen! Nimm das Bild von der Wand. Mach die Glastüren auf!«

»Das geht nicht«, keuchte Lil. Der Rauch drang ihr in die Kehle, die Hitze war einfach zu groß. Es gelang ihr nicht, die schwere Anrichte, die bereits versengt war, beiseitezuschieben. Die Politur warf Blasen, und scharfe Dämpfe stiegen auf, so dass sie nur die tiefe Schublade mit dem kostbaren Tafelsilber herausziehen und im Flur abstellen konnte. Als sie die zweite Schublade holen wollte, sah sie Lavinia auf die Glastüren zulaufen, deren Rahmen sich schon verzogen. Die Scheiben barsten, und Glassplitter regneten auf den Boden.

»Nein!«, schrie Lil und verfluchte das überflüssige Mobiliar, während sie sich zu ihrer Herrin durchkämpfte. In der Ferne ertönte die Feuerglocke und vermischte sich mit Lavinias Schmerzensschreien. Sie hatte einen glühenden Türgriff aus Messing angefasst. Durch den dichten Rauch sah Lil, wie die entsetzte Frau ihre Hand umklammert hielt und nicht einmal zu bemerken schien, dass ihr Rock Feuer gefangen hatte.

»Kommen Sie zurück!«, brüllte Lil und zog sich in Erinnerung an lang vergangene Buschbrände Rock und Unterröcke aus. Sie wickelte sich den weichen Kaliko-Unterrock um den Kopf, holte tief Luft und stürzte sich in das Feuer, das inzwischen das halbe Zimmer erobert hatte. Sie packte ihre Dienstherrin um die Taille und warf sich mit ihr durch die zerborstene Tür. Sie prallten auf die Fliesen der Veranda, deren Decke ebenfalls schon in Flammen stand.

Lil rollte Lavinia über den Boden, um das Feuer zu ersticken. Männer kamen schreiend auf sie zugelaufen.

Jordan, der Vorarbeiter, hob Lavinia auf und trug sie auf den Rasen hinaus. Lil eilte hinter ihm her. Ihre Schulter schmerzte von dem Sturz auf die Veranda, Kehle und Brust brannten von dem eingeatmeten Rauch.

»Holt eine Trage!«, schrie Jordan und setzte seine Wiederbelebungsversuche fort. Er beugte sich über die bewusstlose Frau und blies ihr seinen Atem in den Hals, bis sie hustete und würgte. Er verzog das Gesicht und wich zurück.

»Hat sie wieder gesüffelt?«, fragte er Lil im Flüsterton, die daraufhin nickte.

»Ist auch gut so«, sagte Jordan leise, während er Lavinia untersuchte. »Sie hat schlimme Brandwunden, spürt sie aber noch nicht. Außerdem steht sie unter Schock. Bei dir alles in Ordnung?«

»Ja«, sagte Lil und schluckte. »Ich habe nur Rauch eingeatmet und mir die Schulter geprellt.«

Jordan schaute sie neugierig an. »Warum bist du mit ihr durch die Glastür gerannt? Ihr hättet doch den anderen Ausgang nehmen können. Es brennt nur an der Fensterseite.«

»Mir blieb keine Wahl. Sie ist einfach auf die Glastüren zugelaufen. Sieh dir ihre Hand an. Sie hat den Türgriff angefasst und konnte sich nicht mehr von der Stelle rühren.« Lil holte tief Luft. »Ich hoffe, ich habe ihr nicht zusätzlich weh getan, aber dieser Weg erschien mir am kürzesten.«

»Gut gemacht. Bleib bei ihr, bis sie die Trage bringen. Sie sollen sie in mein Haus schaffen. Auf keinen Fall darf jemand versuchen, sie auszuziehen, die Kleider kleben vermutlich am Körper fest. Ihr müßt unbedingt auf den Arzt warten.«

Lil beobachtete, wie der von Pferden gezogene Wasserwagen zum Haus fuhr und Männer mit Schläuchen und Eimern das Feuer bekämpften. Zu ihrem Entsetzen hatte sich der Brand noch weiter ausgebreitet. Welch eine Schande für dieses herrliche Haus!

Sie hörte Miss Lavinia stöhnen und sprach beruhigend auf sie ein, wagte allerdings nicht, sie zu berühren.

Erst auf dem Weg zu Jordans Haus wurde Lil bewusst, dass sie nur eine Bluse, Unterhosen und zerrissene Strümpfe trug. Peinlich berührt hielt sie sich hinter den Männern mit der Trage, die zum Glück in dieser Situation von anzüglichen Bemerkungen absahen. Bevor sie Miss Lavinia auf Jordans Bett legten, schnappte Lil sich eine Decke und wickelte sich darin ein.

»Wenn wir hier nichts mehr tun können, Miss, kehren wir zum Haus zurück.«

»Geht nur. Ich bleibe hier und warte auf den Arzt. Er lebt auf dem Nachbargut und müsste bald kommen.«

Lil saß niedergeschlagen in dem säuberlich aufgeräumten Schlafzimmer. Nach dem Streit mit ihrer Herrin waren ihre Tage auf Minchfield sicherlich gezählt. Wohin sollte sie nun gehen? Sie hätte sich am liebsten zu Mrs. Morgan und dem Baby geflüchtet und dort Trost gesucht. Erschöpft von den Strapazen wünschte sie sich, sie wäre in ihrer Unterkunft geblieben und hätte sich nicht in fremde Angelegenheiten gemischt. Dann wäre all das nicht passiert.

Zum Glück war Mr. Warburton anderer Ansicht. Er drückte Lil dafür, dass sie sich so mutig ins Feuer gestürzt hatte, um seine Schwester zu retten, seinen Dank aus.

»Ohne Sie wäre vielleicht das ganze Haus abgebrannt«, sagte er herzlich.

Lils Version, nach der sie in der Küche ein klirrendes Geräusch gehört und bald darauf Rauch gerochen habe, wurde allgemein akzeptiert, doch sie musste später noch Miss Lavinia gegenübertreten.

Lil und die Köchin waren an diesem Morgen ganz allein im Haus, da Mr. Warburton und der Arzt Miss Lavinia ins Krankenhaus nach Perth brachten. Der Ostflügel des Hauses lag in Schutt und Asche, während Küche und Vorratskammer verschont geblieben waren, da sie aus Stein gebaut waren und tiefer lagen als das Hauptgebäude.

»Ich vermute, das hier ist noch ein Teil des ursprünglichen Cottages«, bemerkte die Köchin bei einer Tasse Tee. »Erst als die Warburtons zu Geld gekommen waren, haben sie das eigentliche Herrenhaus gebaut.«

Lils Neugier war geweckt. »Wie sind sie so schnell zu Geld gekommen? Miss Lavinia ist erst um die fünfzig, ihr Bruder nur wenig älter.«

»Nicht sie haben den Reichtum erworben, sondern ihr Onkel Thomas G. Warburton. Er war Importkaufmann und besaß riesige Lagerhäuser in Fremantle. Ihm gehörte die halbe Hay Street. Sie befindet sich noch immer im Familienbesitz. Er kaufte damals das Ackerland hier draußen und lebte mit seiner Frau im Cottage, bis sie das große Haus errichteten. Angeblich wollte er sie damit für die Jahre der Armut entschädigen, in denen er den Grundstein für sein späteres Vermögen gelegt hatte. Sie sollte das schönste Haus weit und breit bekommen.«

Mrs. Morgan seufzte. »Der arme Mann würde sich im Grabe umdrehen, wenn er die Bescherung hier sehen könnte. Wie das Leben so spielt, Lil – die arme Mrs. Warburton hat nicht lange genug gelebt, um sich an ihrem Haus erfreuen zu können.« Mrs. Morgan senkte die Stimme. »Es heißt, sie wäre an Krebs gestorben.«

»Ach nein!«

»Wenn ich es dir sage. Sie hat ein Jahr lang gelitten. Damals ist Miss Lavinia hergekommen und hat sie bis zum Ende gepflegt. Aber der alte Herr hat sich die Sache so zu Herzen genommen, dass er ihr schon bald ins Grab gefolgt ist.«

Jordan steckte den Kopf zur Tür herein. »Hast du eine Tasse Tee für mich, Köchin?«

»Natürlich. Wie steht es mit dem Frühstück?«

»Hab' schon gegessen, aber wir müssen auch den Arbeitern etwas bringen, um sie bei der Stange zu halten.«

Er zog einen Stuhl heran und setzte sich. »Wie geht es dir, Lil? Das war vielleicht eine Nacht!«

»Vielen Dank, Jordan, mir geht es gut. Hoffentlich erholt sich Miss Lavinia wieder.«

»Sie bekommt die beste Pflege, mehr kann man nicht verlangen. Mr. Warburton bleibt eine Weile in Perth, so dass ich hier alles in Ordnung halten muss.«

»Wie soll das gehen?«, fragte Mrs. Morgan. »Lil kann sich um den unversehrten Teil des Hauses kümmern, aber die Zimmer an der Treppe sind nur noch ein Trümmerhaufen.«

»Wir räumen auf, sehen nach, was noch brauchbar ist, und reißen den ganzen Flügel ab. Er muss völlig neu aufgebaut werden.«

»O Gott«, stöhnte Mrs. Morgan, »ist es wirklich so schlimm?«

»Ja. Und da wir Erntezeit haben und ich meine Arbeiter nicht entbehren kann, müssen wir Leute aus Perth kommen lassen. Darüber wollte ich mit euch reden. Da die anderen Frauen gekündigt haben, werden wir die Handwerker in den Personalunterkünften unterbringen.« Mrs. Morgan legte sich quer. »Wir können doch nicht mit fremden Männern dort unten leben! Sie könnten uns in unseren Betten ermorden. Oder uns noch etwas Schlimmeres antun.«

Jordan grinste. »Für euch ist dort kein Platz mehr. Du und Lil, ihr werdet ins Haus ziehen müssen.«

»Nach oben?«, fragte Mrs. Morgan voller Ehrfurcht.

»Natürlich nicht in die Familienräume, aber es sind jede Menge Gästezimmer vorhanden.«

»Du lieber Himmel!«

Jordan diskutierte mit der Köchin die anstehenden Probleme. Er musste Handwerker finden, die nicht dem Lockruf des Goldes gefolgt waren, das notwendige Baumaterial auftreiben, damit Minchfield House in altem Glanz wiederauferstehen konnte, und genügend Vorräte beschaffen, um einen Haufen Männer mehrere Monate lang zu ernähren. Lil überdachte ihre Lage und beschloss, noch eine Weile zu bleiben und den Luxus des Hauses zu genießen, bis Miss Lavinia heimkehrte und sie entließ. Es schien klug, sich mit Jordan gut zu stellen, damit er ihr ein anständiges Zeugnis ausstellte.

»Ich kann der Köchin helfen und mich um den Rest des Hauses kümmern«, bot sie an. »Aber wie steht es mit dem Melken?«

»Das sind die einzigen guten Neuigkeiten, die ich im Moment habe. Der ganze Distrikt war so entsetzt über den Brand und Miss Lavinias Schicksal, dass wir genügend freiwillige Helfer haben. Wenn so etwas passiert ist, sind gute Nachbarn unbezahlbar. Wir werden zurechtkommen, bis wir Zeit haben, uns nach neuem Personal umzusehen.«

Er goss seinen Tee in die Untertasse, kippte ihn rasch hinunter und stopfte den Pudding in sich hinein, den ihm Mrs. Morgan vorgesetzt hatte. Dann brach er beinahe grußlos auf und stürzte sich in die Arbeit.

»Er mag dich«, flüsterte die Köchin. »Du solltest ihm eine Chance geben. Er ist Witwer und hat ein hübsches Cottage da unten.«

»Ja, das habe ich gesehen. Aber du vergisst, dass ich noch immer eine verheiratete Frau bin«, entgegnete Lil.

»Solche Fehler kann man ausbügeln. Du sagst, dein Mann sei ein Nichtsnutz gewesen. Von Jordan kann man das nun wirklich nicht behaupten.«

Lil schüttelte den Kopf und ging hinaus, um zuzuschauen,

wie die freiwilligen Helfer verkohlte und durchnäßte Möbel auf den Rasen schleppten. Das Gebäude wirkte verkrüppelt, als halte es sich mühsam aufrecht, und Lil verspürte tiefes Mitleid mit dem geliebten Haus.

Was Jordan betraf, musste sie Mrs. Morgan recht geben. Er war letzte Nacht so freundlich gewesen, hatte sie in ihre Unterkunft gebracht, nachdem Ruhe eingekehrt war, und sich sogar nach Caroline erkundigt, die noch bei der Köchin gewesen war. Jordan war ins Haus gelaufen, um Milch aus der Küche zu holen. Heute morgen hatte er vor Mr. Warburton ein Loblied auf Lil gesungen. Dennoch fühlte sie sich nicht zu ihm hingezogen, obwohl sie längst bemerkt hatte, dass er ihr gegenüber immer sehr freundlich war. Wie würde er sich verhalten, wenn Miss Lavinia zurückkehrte und sie beschuldigte? Würde er sich auf Lils Seite stellen und sie gegen seine eigene Arbeitgeberin verteidigen? Wohl kaum. Er hatte sich auch nicht für die Mädchen eingesetzt, die Miss Lavinia verprügelt hatte.

»Nein«, sagte sie sich, »ich brauche keinen Schönwetterfreund, Jordan. Du kannst mir nicht nützen.« Ihre Gedanken wanderten zurück zu Clem Price, dem Besitzer von Lancoorie und Adoptivvater ihres anderen Babys. Er war groß, hatte ein gutgeschnittenes, hübsches Gesicht und unterschied sich beträchtlich von dem rauhen Jordan, der kaum mehr war als ein ausgewachsener Bauernjunge. Clem Price hatte Klasse. Bis heute konnte Lil nicht begreifen, dass ausgerechnet dieser Mann eine prüde Zicke wie Thora Carty geheiratet hatte, doch dann fiel ihr ein, dass Thora in anderen Umständen gewesen war. Manchmal traf es diejenigen, von denen man es am wenigsten erwartete.

Lil betrat Minchfield House durch das Hauptportal und ging die prächtige Treppe aus Zedernholz hinauf, die das Feuer zum Glück verschont hatte. Sie wandte sich von dem klaffenden Loch am Ende des Flurs ab und untersuchte die übrigen Räume, bis sie schließlich in Mr. Warburtons Suite gelangte.

Liebevoll erforschte sie die einzelnen Zimmer, berührte das breite Mahagonibett und das dazu passende Mobiliar, den exquisiten Intarsientisch, das erlesene Porzellan im Badezimmer und den großen Schaukelstuhl im Wohnzimmer, von dem aus sich ein prächtiger Blick auf den Fluss bot.

Wie lebte es sich wohl, wenn man so reich war? Wenn ein Teil des Hauses niederbrannte und man einfach nur die Anweisung geben musste, ihn wieder aufzubauen? Wie lebte es sich in solchen Zimmern und mit Dienstboten, die einem jeden Wunsch von den Augen ablasen?

Mr. Warburton wohnte bei Freunden in Perth, kam aber einmal wöchentlich nach Minchfield, um den Fortschritt der Arbeiten zu begutachten und sich mit Jordan zu besprechen. Die Mahlzeiten nahm er in der Bibliothek ein. Das Hämmern und Klopfen am anderen Ende des Hauses machte ihm offenbar nichts aus.

Wenn Lil ihm das Essen servierte, war er stets in Papiere vertieft, die auf dem ganzen Tisch verstreut lagen und die er einfach beiseiteschob, damit sie ihr Tablett abstellen konnte. Er schien es zu genießen, so viel Beschäftigung zu haben. Sein Lebensstil war längst nicht mehr so beschaulich wie früher. Lil berichtete Mrs. Morgan, er habe sogar recht fröhlich gewirkt.

Sie erkundigte sich bei jedem dieser Besuche nach Miss Lavinia, deren Rückkehr wie ein Damoklesschwert über ihr hing, doch Mr. Warburtons Antworten klangen verwirrend. Er pflegte den Kopf zu schütteln und zu murmeln: »Oh, die arme Miss Lavinia.« Die schrecklichen Brandwunden heilten zwar, doch sei sie noch immer ernsthaft krank.

Lil und die Köchin brüteten über diesen Nachrichten.

»Muss wohl die Brust sein«, meinte Mrs. Morgan. »Hat zu viel Rauch eingeatmet und sich die Lunge verbrannt.«

»Davon müsste sie sich aber inzwischen erholt haben. Vielleicht hat sie eine Lungenentzündung bekommen, aber das hätte er mir doch sagen können.«

»In diesen Krankenhäusern weiß man ja nie. Mag sein, dass sie sich eine ansteckende Krankheit geholt hat, die Ärmste. Als ob die Verbrennungen nicht schon schlimm genug wären.«

Lil vermutete, die Köchin habe recht, fürchtete aber dennoch Mr. Warburtons Besuche bei seiner Schwester. Miss Lavinia musste schon sehr krank sein, sonst hätte sie Lils Entlassung auch vom Krankenbett aus in die Wege leiten können. Eine Frau wie sie konnte nur im Sterben liegen, wenn sie sich von solchen Dingen abhalten ließ, und das wiederum konnte Lil nicht so recht glauben.

Dann endlich war es so weit. Mr. Warburton ließ nach Lil rufen, nachdem er in Begleitung eines weiteren Gentlemans aus Perth eingetroffen war.

Beide erwarteten sie in der Bibliothek und wirkten sehr ernst. Auf ihre Aufforderung hin nahm Lil zitternd Platz.

Wie sich herausstellte, war der andere Mann ein Anwalt, der ihr einige Fragen stellen wollte.

»Ich möchte, dass Sie wahrheitsgemäß antworten, Mrs. Cornish«, sagte Mr. Warburton freundlich. »Sie brauchen keine Angst zu haben. Wir möchten nur einige Dinge klarstellen.«

Die beiden Männer nahmen ihr gegenüber Platz, und der Anwalt warf einen Blick auf seine Notizen. »Nun, Mrs. Cornish, Sie sind in der Brandnacht aus der Küche heraufgekommen, weil Sie den Rauch bemerkt haben?«

Lil nickte wie versteinert.

»Konnten Sie sofort feststellen, wodurch der Brand entstanden war?«

»Durch die Lampe«, flüsterte sie. »Sie war umgefallen und zerbrochen. Die Vorhänge hatten Feuer gefangen und brannten wie Zunder.«

»Wer hatte die Lampe zerbrochen?«

Lil schaute Mr. Warburton an, der ihr ein schwaches Lächeln schenkte. »Sie müssen wahrheitsgemäß antworten, meine Liebe.«

»Miss Lavinia«, erwiderte sie nervös.

»Denken Sie genau nach«, ermahnte sie der Anwalt, nachdem er ihre Antworten sorgfältig auf einem Formular notiert hatte. »Würden Sie sagen, Miss Warburton befand sich zu diesem Zeitpunkt in einem angetrunkenen Zustand?«

Lil holte tief Luft. Sie spürte, dass ihre Zeit auf Minchfield vorüber war. Da konnte sie ebenso gut die Wahrheit sagen.

»Ja.«

Er nickte und schrieb weiter. »Haben Sie Miss Warburton früher schon in angetrunkenem Zustand erlebt?«

»Ja, einmal, als ich Milch für mein Baby geholt habe. Sie hielt sich im Speisezimmer auf und war betrunken.« Lil setzte sich aufrecht hin und warf Mr. Warburton einen entschlossenen Blick zu. »Tatsächlich hörte ich jemanden im Speisezimmer und sah durch die Glasscheibe in der Tür, was sich abspielte. Miss Lavinia zerbrach eine Figurine aus Porzellan. Später behauptete sie, jemand vom Personal sei es gewesen.«

»Warum haben Sie damals nichts gesagt?«, fragte ihr Arbeitgeber.

Lil antwortete ausweichend. »Würden Sie Miss Warburton als Lügnerin bezeichnen?«

Der Anwalt hustete und beugte sich über seine Papiere. »Hat deshalb das gesamte Personal außer Ihnen und der Köchin gekündigt?«

»Teilweise. Sie hatten genug von ihr. Von ihr und den Prügeln.«

Dies schien den Anwalt zu interessieren. Er ließ sich von Lil die Einzelheiten berichten und schrieb diese sorgfältig nieder.

Endlich war die Befragung zu Ende, und Lil wurde gebeten, ihre Aussage zu unterzeichnen. Inzwischen war sie sehr neugierig geworden, worum es sich bei dem offiziell wirkenden Formular handeln mochte, und fingerte am Füllfederhalter herum, um Zeit zu gewinnen. Ihre Antworten standen unter einem vorgedruckten Abschnitt, über dem sie die Überschrift »Nervenheilanstalt Perth« entdeckte. Sofort wurde ihr klar, was die beiden im Schilde führten, doch sie ließ sich nichts anmerken und setzte ihren Namen unter das Dokument.

»Ist das alles wirklich nötig?«, fragte sie mit Unschuldsmiene. »Das Feuer war doch nur ein Unfall.«

»Eine reine Formalität«, entgegnete Mr. Warburton und unterschrieb das Blatt ebenfalls. Dann wurde es vom Anwalt gegengezeichnet. »Es ist eine Privatangelegenheit. Würden Sie bitte auch die anderen Papiere unterzeichnen – als Zeugin?«

»Gern.«

Bei diesen »anderen Papieren« handelte es sich um Rechtsurkunden, die in rosa Aktendeckel eingebunden waren. Lil überflog sie rasch. Sie hielt ihren Kopf respektvoll gesenkt. Was sie las, erstaunte sie. »Der als Minchfield Farm bekannte Besitz wird von Miss Lavinia Grace Warburton auf ihren Bruder Robert Jamieson Warburton überschrieben ...« Sie sperrten die alte Lavinia ein! Offensichtlich gehörte ihrem Bruder rein gar nichts auf Minchfield. Was hatte die Köchin doch gleich erzählt? Miss Lavinia war nach Minchfield gekommen, um ihre Tante zu pflegen. Ihren Onkel vermutlich auch, der ihr daraufhin seinen gesamten Besitz hinterlassen hatte. Von Mr. Warburton war keine Rede gewesen.

Kein Wunder, dass sich Mr. Warburton nie gegen seine Schwester gestellt hatte. Sie hätte ihn einfach hinauswerfen können.

Es war an der Zeit zu gehen. Lil wurde mit Dank entlassen und von Mr. Warburton zur Tür begleitet. Dort blieb sie unvermittelt stehen.

»Sir, ich habe mir über die Zukunft Gedanken gemacht. Wenn alles wieder hergerichtet ist, werden Sie vermutlich neues Personal einstellen, nicht wahr?«

»Sicher doch.«

»Dürfte ich mich in diesem Fall um die Stelle als Haushälterin bewerben? Ich liebe dieses Haus und würde es gut leiten.«

Jetzt war es ausgesprochen.

Zweifellos war Mr. Warburton mit dem Werk dieses Morgens überaus zufrieden. Er lächelte wohlwollend. »Ja, das dürfen Sie. Ich wollte Ihnen die Stelle ohnehin anbieten.«

»Als Haushälterin kann ich kaum in der Personalunterkunft wohnen. Ich müsste ein Zimmer im Haus beziehen.«

»Selbstverständlich«, antwortete er jovial. »Wenn der Ostflügel fertiggestellt ist, wird man Ihnen ein angemessenes Schlafzimmer und ein Wohnzimmer zur Verfügung stellen.«

»Vielen Dank, Sir, das ist sehr freundlich von Ihnen.«

»Was wollten sie von dir?«, fragte die Köchin neugierig.

»Nichts Besonderes. Sie stellen eine Liste der Möbel auf, die vom Feuer zerstört worden sind. Ich konnte mich kaum an den ganzen Kram erinnern, der in diesen Zimmern stand.«

»Geht wohl um die Versicherung. Reiche Leute kriegen ihr Geld zurück, wenn etwas verbrannt ist; die Armen müssen einfach so zurechtkommen. Irgendwie ist das nicht richtig.«

Als die Bauarbeiten Monate später vollendet, die Zimmer verputzt und tapeziert waren und das neue Mobiliar geliefert wurde, nahm sich die Köchin zwei Tage frei und fuhr nach Perth.

Bei ihrer Rückkehr hatte sie für Lil eine aufregende Neuigkeit.

»Sie haben Miss Lavinia eingesperrt! Wirklich! Ich habe es in der Stadt gehört!«

»Was meinst du mit ›eingesperrt‹?«

»Versteh doch, die haben sie in die Klapsmühle gesteckt, angeblich ist sie geisteskrank.«

»Du lieber Himmel! Der Brand muss sie um den Verstand gebracht haben.«

»Wohl kaum. Das würde nicht zu ihr passen. Es heißt, sie hätte getrunken. So eine Schande! Nur weil sich eine Frau ab und zu einen genehmigt, braucht man sie doch nicht gleich einzusperren. Dahinter steckt mehr, denk an meine Worte.«

Lil kannte die Hintergründe, behielt sie aber für sich. Sie wollte warten, bis Mr. Warburton wieder eingezogen war.

»Wie lange soll ich denn noch auf ihn warten?«, beklagte sich Thora bei ihrer Schwägerin. »Er hat gesagt, er bleibt nur ein paar Monate, und nun ist er schon fast ein halbes Jahr weg. Ich bin eine richtige Strohwitwe und das in meinem Alter! Das ist wirklich tragisch!«

Alice lächelte in sich hinein. »Tragisch« war das neue Lieblingswort ihrer Schwägerin. Einfach alles war tragisch: das Schniefen des Babys, ein Schlammfleck auf ihrem Rock, verbrannter Toast.

»Ich weiß, dass es schlimm für dich ist«, sagte sie tröstend, »aber Clem wird sicher bald heimkehren. Dann geht wieder alles seinen gewohnten Gang.«

»Eben davor habe ich ja Angst«, schmollte Thora. »In seinen Briefen schreibt er, er könne es gar nicht erwarten, nach Lancoorie zu kommen …«

»Und zu dir, meine Liebe!«

»Ja, ja, wie auch immer … Er wird so froh sein, diese schrecklichen Goldfelder endlich verlassen zu können, dass er sich nie mehr von hier wegbewegen wird. Dann sitze ich an diesem Fleck ein für alle Mal fest.«

Thora fing immer wieder damit an, und Alice war allmählich beunruhigt, weil die Drohungen ihrer Schwägerin, Lancoorie zu verlassen, immer ernsthafter klangen. Daher versuchte sie das Thema zu wechseln.

»Der arme Clem arbeitet offensichtlich sehr hart. Vergiss nicht, dass er einige Rückschläge einstecken musste. Immerhin hat er verletzt im Krankenhaus gelegen. Zum Glück habe ich das damals nicht gewusst, sonst hätte ich mir furchtbare Sorgen um ihn gemacht.«

»Dann hätte er eben nach Hause kommen sollen!«

»Ich bezweifle, dass er in seinem Zustand hätte reisen können. Inzwischen scheint er ganz erfolgreich zu sein, denn er hat bereits zwei Zahlungsanweisungen über jeweils fünfhundert Pfund geschickt. Und er schreibt, es kämen noch mehr. Ist das nicht aufregend?«

Thora stand an der Eingangstür und starrte auf den Weg zur Straße, als hoffe sie auf einen Besucher. Auf irgendeine Menschenseele.

»Es ist einfach nicht das Gleiche«, jammerte sie. »Die Postles haben Gold mit nach Hause gebracht. Ich hatte erwartet, er würde auch mit Gold heimkommen.«

Es störte Alice ungeheuer, dass Thora Clem immer nur als »ihn« bezeichnete, anstatt ihn beim Namen zu nennen, aber sie schwieg um des lieben Friedens willen. Es war nicht leicht, mit Thora zusammenzuleben.

»Die Postle-Jungs haben den größten Teil ihres Goldes in Coolgardie verkauft. Clem wird sicher auch einige Nuggets mitbringen. Thora, das Schlimmste haben wir überstanden. Clem schreibt, dass die Mine sehr ergiebig sei. Ich soll die Zahlungsanweisungen zur Bank bringen. Das ist doch großartig. Denn das bedeutet, dass noch mehr folgen wird. Ich bin sicher, dass er nach Hause kommt, sobald diese Mine erschöpft ist, weil er dich schrecklich vermisst.«

»Er vermisst wohl eher Lancoorie.« Thora drehte sich unvermittelt zu Alice um. »Es hat keinen Sinn. Ich habe mich entschlossen, mit Lydia dieses Haus zu verlassen. Ich bin ein Stadtmensch und halte es hier weder mit ihm noch ohne ihn aus. Wir haben seit Wochen keinen Besuch mehr gehabt, und beim letzten Mal sind auch nur die Postles gekommen.«

Alice war am Boden zerstört, versuchte aber, ihr Entsetzen zu verbergen. »Willst du nach York fahren, um deine Familie zu besuchen?«

»Nein! Sie haben sich nie wieder die Mühe gemacht herzukommen. Lettice schreibt mir, das ist alles. Und du weißt genau, dass mein Vater noch immer wütend wegen des Fuhrunternehmens ist. Mich stört das nicht weiter, schließlich haben wir an dem Geschäft gut verdient.«

»Wenn du dich hier draußen so einsam fühlst, Thora, könnten wir nach York fahren und eine Woche im Hotel wohnen. Du könntest deine Freunde besuchen und ihnen Lydia vorstellen. Sie ist so ein hübsches Kind, sie werden von ihr begeistert sein.«

Thora runzelte die Stirn. »Alice, wir reden die ganze Zeit aneinander vorbei. Es hat keinen Sinn.« Sie stützte sich auf die Rückenlehne eines Stuhl, der wie eine Barriere zwischen ihnen stand. »Du solltest wissen, dass ich niemals Freunde hatte. Ich bin kein sehr offener Mensch.« Sie errötete leicht. »Mit meiner Familie habe ich mich nie sehr gut verstanden, von Lettice einmal abgesehen – die kommt aber ohnehin mit jedem zurecht.«

Thora seufzte. »Was ich zu sagen versuche ist, dass du ein liebenswerter Mensch bist. Wirklich nett. O Gott, mir ist das alles so peinlich, weil du zu mir und Lydia so gut gewesen bist. Ich möchte dir dafür danken, bevor ich gehe. Du sollst nicht schlecht von mir denken.«

Überrascht sprang Alice auf und schloß Thora in die Arme. »Du meine Güte, du gehörst doch zur Familie, und ich habe dich sehr gern.«

Doch Thora war in Tränen ausgebrochen. »Dies hier ist dein

Haus, Alice, nicht meins. Ich hatte zuerst Angst, du würdest mich schlecht behandeln, doch du hast dich immer anständig verhalten. Du liebst diese Farm, ich hasse sie, und deshalb muss ich fort von hier.« Sie schniefte in ihr Taschentuch. »Könnte ich ein Glas Wein haben? Es ist schon nach fünf.«

»Wir könnten beide etwas vertragen. Wie wäre es mit dem Claret? Dein Lieblingswein wird uns schon wieder aufmuntern.«

Während Alice Karaffe, Gläser und Salzgebäck auf dem Tablett mit dem weißen Damasttuch anordnete, wie Thora es ihr für die Bewirtung von Gästen beigebracht hatte, betete sie innerlich, Clem möge umgehend heimkehren. Ihr war klar, dass ihr die Situation allmählich über den Kopf wuchs. Andererseits kannte sie ihren Bruder gut genug, um zu wissen, dass er seine Pläne stets hartnäckig zu verfolgen pflegte. Wenn er mit dem Segen seiner Frau auf die Goldfelder gezogen war, um reich zu werden, würde er dort bleiben, bis er sein Ziel erreicht hatte. Aus der Tatsache, dass er vor einigen Monaten Geld von dem Konto abgehoben hatte, war ersichtlich, dass er gewisse Anfangsschwierigkeiten gehabt haben musste, doch nun hatte sich das Blatt offensichtlich gewendet. Clem wusste ganz genau, dass Thora sich mehr vom Leben erhoffte, als sich auf einer einsamen Schaffarm zu langweilen, und für dieses Ziel arbeitete er. Wäre seine Frau nicht gewesen, hätte er sich vermutlich gar nicht für das Gold interessiert. Alice hütete sich jedoch, dieses Argument bei Thora anzuführen, weil sie keinen Keil zwischen die beiden treiben wollte. Clem befand sich so oder so in einer wenig beneidenswerten Lage. Wenn er jetzt nach Hause zurückkehrte, würde das Leben auf Lancoorie weitergehen wie gewohnt. Sie würden bedeutend mehr Land bewässern müssen, um mehr Schafe ernähren und den Besitz vergrößern zu können, was Jahre in Anspruch nehmen würde.

Doch falls er weiter nach Gold suchte, würde er seine Frau verlieren.

Alice schenkte den Wein ein. »Auf uns beide«, sagte sie fröhlich, doch ihr Toast stieß nur auf Schweigen.

»George müsste bald kommen«, bemerkte Thora gedankenverloren.

»Nein, er zäunt den Besitz der Postles ein. Sie können sich jetzt einen Mitarbeiter leisten; wir teilen uns George mit ihnen. Er bleibt über Nacht dort.«

»Oh.«

Alice trank den gehaltvollen Claret. Eigentlich zog sie mittlerweile einen leichten Weißwein vor, doch was tat man nicht alles um des lieben Friedens willen.

»Reden wir Klartext miteinander. Du möchtest irgendwohin fahren, aber York kommt nicht in Frage. Wohin willst du denn?«

»Nach Perth, ich möchte in Perth leben. Ich miete dort ein Haus, bis er mir eins kauft.«

»Mein Gott, Thora. Das wäre nicht nur teuer, sondern auch egoistisch. Hast du dabei einmal an mich gedacht? Ich kann doch nicht allein mit George hier draußen leben. Nicht dass ich prüde wäre, aber das ist ein bisschen zu viel des Guten. Um mit deinen Worten zu sprechen: Was würden die Leute sagen?«

»Keine Sorge, darüber habe ich schon nachgedacht. Du kommst einfach mit. Wir drei machen uns eine schöne Zeit.«

»Ich mag Städte nicht.«

»Ach, komm schon. Du hast es nie versucht, und alle sagen, Perth sei die schönste Stadt der Welt. Alle bedeutenden Familien des Westens leben dort.«

Alice schüttelte den Kopf. »Du weißt, dass ich das nicht tun würde.«

Thora zuckte die Achseln. »Schade, Alice, aber mein Angebot steht. Ich möchte, dass du mitkommst. Wenn nicht, ist es auch gut. Ich werde so bald wie möglich packen und mit dem Baby nach Perth ziehen. Natürlich werde ich dich wissen lassen, wo wir wohnen. Ich gehe in ein Hotel, bis ich etwas Passendes gefunden habe.«

»Und womit willst du deinen Lebensunterhalt bestreiten?«

Thoras Gesichtszüge verhärteten sich. »Bisher hast immer du die finanziellen Angelegenheiten geregelt, und mein Ehemann schien damit einverstanden. Als Herrin von Lancoorie erwarte ich nun die Zahlung eines angemessenen Unterhalts.«

»Einverstanden.«

»Die beiden Beträge, die mein Mann aus Kalgoorlie überwiesen hat, stellen eine beträchtliche Summe dar. Die Hälfte davon steht mir wohl zu. Alice, du darfst mich nicht im Stich lassen. Ich kann einfach nicht hierbleiben, und du bist nicht der Mensch, der mich aus finanziellen Gründen an der Abreise hindern würde. Ich werde in Perth einen so bescheidenen Lebensstil pflegen, wie ich ihn von hier gewohnt bin.«

»O mein Gott! Was wird Clem nur dazu sagen?«

»Das soll nicht deine Sorge sein. Du kannst ihm mitteilen, wo er mich und unser Baby in Perth findet.«

»Willst du denn nicht wenigstens bleiben, bis er nach Hause kommt?«

»Nein.«

Beim Abschied war Alice in Tränen aufgelöst. Nicht genug, dass die Familie auseinanderbrach, Alice liebte auch ihre kleine Nichte so sehr, dass sie das Baby schrecklich vermissen würde. Thora verspürte Mitleid mit ihrer Schwägerin. Dennoch konnte sie nichts für sie tun, oder vielleicht doch?

George hatte sich bereit erklärt, sie nach York zu fahren. Auch er bedauerte Thoras Entscheidung und ergriff unterwegs die Gelegenheit, ihr noch einmal ins Gewissen zu reden.

»Es ist nicht recht, Mrs. Price. Wenn Sie unglücklich sind,

sollten Sie warten, bis Clem nach Hause kommt, und sich mit ihm aussprechen.«

Thora, die Börse voller Geldscheine und in Hochstimmung, beschloss, dies nicht als Affront zu werten. »Oh, George, nun nehmen Sie es doch nicht so tragisch! Wer sagt denn, dass ich unglücklich bin? Ich fahre einfach nur nach Perth. Das ist doch nicht aus der Welt.«

George starrte mürrisch geradeaus. »Aber auch nicht gleich nebenan, Missus. Clem ist Hunderte von Meilen weit weg und wird das gar nicht gerne sehen.«

»Unsinn!«, Thora band die Schleife ihrer besten blauen Haube neu und schenkte ihm ein strahlendes Lächeln. »Er wird sich freuen, wieder die Lichter der Großstadt zu sehen. Andererseits können die Goldfelder kaum schlimmer sein als die Gegend hier – der Staub ist dieses Jahr einfach unerträglich. Wir brauchen dringend Regen.« Sie lachte. »Nur nicht gerade jetzt. Dieses Kostüm möchte ich mir keinesfalls ruinieren.«

Während das Gig über die sandige Straße rollte, die sich durch die monotone Ebene zog, versank Thora in Schweigen. Erst als sie nach York hineinfuhren, hob sich ihre Stimmung.

»Ich habe Alice angeboten mitzukommen, doch die werte Miss Price wollte Lancoorie nicht verlassen.«

»Sie weiß, wohin sie gehört«, brummte George. Da hatte Thora plötzlich eine Idee. Dass sie nicht schon früher darauf gekommen war! Wenn sie jetzt noch etwas erreichen wollte, musste sie sich beeilen.

»Alice ist eine nette Frau«, setzte sie geschickt an.

»Das stimmt.«

»Sie wird sich bestimmt ein wenig unbehaglich fühlen, so allein mit Ihnen. Vor allem, wenn mein Ehemann nach Perth reist.«

George presste die Lippen aufeinander und knallte mit den Zügeln, doch Thora ließ sich nicht so leicht entmutigen.

»Mögen Sie Alice?«

»Wer würde das nicht?«, schnappte er.

»Das schon, aber das arme Ding scheint zu einem einsamen Leben verurteilt zu sein.«

»Sie sieht das wohl anders.«

»Natürlich. Aber es wird ihr schwerfallen, einen Ehemann zu finden, da sie so selten unter Leute geht. Und dann ist da noch das Hinken.«

»Was hat denn das damit zu tun?«

Thora lächelte ihn engelhaft an. »Nichts, solange es Männer wie Sie gibt. Warum heiraten Sie Alice nicht?«

Er schoss wie von der Tarantel gestochen von seinem Sitz hoch. »Was? Ich soll Miss Price heiraten? Wie kommen Sie darauf, Missus? Das passt doch nicht.«

»Warum denn nicht? Wir sind doch nicht mehr in unserer alten Heimat. Sie würden gut zueinander passen, das habe ich durchaus bemerkt.«

»Was zählt, ist Miss Prices Meinung, nicht Ihre.«

»Ha, wusste ich's doch! Sie interessieren sich für sie! Nun, ich habe meinen Teil dazu gesagt. Selbst wenn Alice jemand anderen heiraten sollte, würde sie sehr unter dem Abschied von Lancoorie leiden. Eine Ehe mit Ihnen könnte ihr diesen Schmerz ersparen.«

Als sie in die Hauptstraße von York einbogen, konnte Thora ihm die Erleichterung, sie bald los zu sein, förmlich ansehen. Sie sagte nichts mehr und lehnte sich in ihrem eleganten blauen Kostüm im Sitz zurück, während sie an bekannten Gesichtern vorbeifuhren.

Thora hatte ihren Aufbruch auf den Fahrplan der Kutsche nach Northam abgestimmt, damit ihr ein Besuch zu Hause erspart blieb. Um nichts in der Welt hätte sie zugegeben, dass sie sich auf Lancoorie zu Tode langweilte. Ihre Familie hätte sie mit Fragen gelöchert und sich gewundert, was sie ohne ihren

Ehemann in Perth machte. Es würde mehr Spaß machen, sie mit Postkarten aus der Stadt zu überraschen. Ihre Schwestern würden vor Neid erblassen.

Als sie schließlich einen guten Platz in Fahrtrichtung ergattert hatte, lächelte Thora zufrieden. Sie betete, George und Alice würden heiraten. Dann hätte sie eine perfekte Ausrede dafür, warum sie nicht mehr auf Lancoorie leben wollte. Sie kannte Clem. Wenn er heimkam, würde er sich sofort auf ihre Spur begeben. Falls die Heirat dann schon beschlossene Sache war, brauchte sie sich um ihre Zukunft fern der Schaffarm keine Sorgen mehr zu machen.

Thora sah auf Lydia hinunter, die zum Entzücken der weiblichen Mitreisenden in ihrem Korb fröhlich vor sich hin gluckste. Als die Kutsche sich in raschem Tempo auf Northam zubewegte, beugte sich eine der Frauen vor. »Waren Sie auch zu Besuch in York, meine Liebe?«

»Nein, ich nehme den Zug nach Perth.«

»Ganz allein mit Ihrem Baby?«

»Ja.«

Die Frau rückte ihre Brille zurecht und spähte missbilligend zu Thora hinüber. »Ich weiß nicht, wohin das noch führen soll. Zu meiner Zeit sind junge Damen nie ohne Begleitung gereist.«

Thora sah ihr fest in die Augen. »Es ist alles in Ordnung. Die Zugfahrt soll sehr angenehm sein.«

»Tatsächlich? Dann sind Sie aber vollkommen falsch informiert. Vor dem Goldrausch mag das der Fall gewesen sein, aber inzwischen hat sich das Zugfahren in einen Alptraum verwandelt. Die Züge sind hoffnungslos überfüllt.«

»Keine Sorge, ich reise erster Klasse.«

»Dann werde Sie die Gesellschaft erstklassiger Gauner und vulgärer Gestalten genießen können, die von den Goldfeldern heimkehren. Die anderen Wagen sind vollgestopft mit den Unglücklichen, die im Westen alles verloren haben und gerade noch genügend Geld zusammenkratzen konnten, um die Zugfahrt zu bezahlen. Hören Sie auf meinen Rat, und fahren Sie mit der nächsten Kutsche nach Hause.«

»Das geht nicht«, erwiderte Thora knapp.

»Wo ist denn Ihr Ehemann?«

»In Perth«, log sie.

»Dann sollten Sie ihm besser telegrafieren, damit er Sie abholen kommt. Meine Schwester hier, Mrs. Cowper, hätte sicher nichts dagegen, wenn wir Sie bis dahin in unserem Haus in Northam aufnehmen. Ein Mädchen vom Land wie Sie kann man doch nicht allein durch die Straßen laufen lassen …«

»Auf keinen Fall«, stimmte Mrs. Cowper ihrer Schwester zu. »Vor allem nicht mit dem kleinen Kind. Selbst wenn Sie ein Hotelzimmer fänden, wäre es nicht angemessen.«

Thora hatte ein wenig an Selbstvertrauen verloren, da man sie als Mädchen vom Land bezeichnet hatte, während sie sich doch nach der neuesten Mode gekleidet wähnte. Die Warnungen machten sie allmählich nervös, doch sie war immer noch fest entschlossen, nach Perth zu reisen.

Dankbar verbrachte sie einige Stunden im Haus der beiden Damen, das ganz in der Nähe des Bahnhofs lag. Sie erfrischte sich und fütterte Lydia. Zwischenzeitlich hatten ihre Gastgeberinnen herausgefunden, dass der Zug nach Perth mit Verspätung eintreffen würde. Nur durch Mrs. Cowpers Verbindungen erhielt Thora überhaupt eine Fahrkarte für den überfüllten Zug. Als die beiden Frauen ihr beim Einsteigen halfen, verließ sie beinahe der Mut.

Sie reiste mit einem wilden Haufen, in dem manch einer verdächtig nach Schnaps roch. Die Männer bildeten eine bunt zusammengewürfelte Truppe, einige trugen staubige Kleidung, andere elegante Anzüge bis hin zum Zylinder. Die Frauen benahmen sich laut und übermütig, und ihre schrillen Kleider und riesigen Hüte schienen in Thoras Augen eher ins Theater als in einen Zug zu passen.

»Reden Sie mit niemandem«, flüsterte ihr Mrs. Cowper zu.

»Und nehmen Sie keine Erfrischungen von diesen Leuten an«, warnte ihre Schwester. »Wenn es Schwierigkeiten gibt, ziehen Sie einfach an der roten Kordel und halten damit den Zug an.« Ein Pfiff ertönte, und die beiden Damen traten zurück, um Thora hinterherzuwinken.

Sie schaute zu der roten Kordel hoch. Selbst wenn es Mord und Totschlag geben sollte, würde sie nicht wagen, daran zu ziehen. Sie kauerte sich in ihre Ecke und versuchte die Tatsache zu ignorieren, dass sämtliche Mitreisenden ihre Schnapsflaschen hervorholten.

Wie gewöhnlich erregte Lydia Aufmerksamkeit, auf die ihre Mutter in dieser Gesellschaft allerdings gern verzichtet hätte. Eine auffallend geschminkte Frau machte Anstalten, sich mit der jungen Dame und ihrer »Kleinen« anzufreunden, was Thora unerhört peinlich war.

»Die Frauen haben recht gehabt«, dachte sie niedergeschlagen, »das hier sind wirklich die vulgärsten Leute, denen ich je begegnet bin.« Ausnahmsweise fühlte sie sich auch von den Aufmerksamkeiten der Männer, die sie zum Mitfeiern einluden, sie »meine Schöne« nannten und andere veranlassten sie, mit kaum verhohlener Begierde anzustarren, keineswegs geschmeichelt.

Thora lächelte nur, schüttelte den Kopf und presste Lydia an sich. Als die Gesellschaft zu singen begann, fing das Baby, das solchen Lärm nicht gewöhnt war, an zu weinen, und hörte erst auf, als es vor lauter Erschöpfung eingeschlafen war. Da Thora nichts Besseres zu tun hatte, starrte sie hinaus in die eintönige Ebene.

Sie fragte sich, was diese Frauen auf den Goldfeldern zu suchen hatten. Clems Briefe hatten in ihr nämlich den Eindruck erweckt, das Goldschürfen dort am Rand der Wüste sei eine Männerdomäne. Thora wagte das, was sie vermutlich taten, nicht einmal in Gedanken beim Namen zu nennen, doch diese Frauen waren bestimmt nur darauf aus, Männer ins Unglück zu treiben. Sie lärmten, sangen lauthals, waren in Satin und Seide gekleidet, trugen teure, wenn auch ordinär aufgeputzte Hüte. Wozu brauchten sie in der Wüste solchen Tand?

Wo wohnten sie? Bei näherer Betrachtung bemerkte Thora, dass einige von ihnen nicht älter als sie selbst und auch recht hübsch waren. Sie spürte einen leisen Stich; Eifersucht kam auf. Gaben auch Clem und Mike sich mit solchen Weibern ab? Hatte er es deshalb nicht eilig, nach Hause zu kommen?

Als sie Alice ihre Pläne darlegte, hatte sich alles so einfach angehört.

»Ich muss einfach aus dem Bahnhof von Perth marschieren und eine Pferdedroschke nehmen. Auf Fotos habe ich gesehen, dass die Kutschen zu Dutzenden vor dem Bahnhof stehen und auf Passagiere warten. Damit fahre ich dann zum *Palace Hotel*, dem besten Haus am Platz, nehme mir ein hübsches Zimmer und habe genügend Leute zur Verfügung, die mir mit Lydia helfen. Nichts einfacher als das. Ich wünschte, du würdest dich nicht so aufregen. Man könnte glauben, ich sei eine Unschuld vom Lande, die sich in der Stadt nicht zurechtfindet.«

Als der Zug in den Bahnhof von Perth einfuhr, stürzten die Betrunkenen aus dem Abteil, ohne sich um Thora zu kümmern. Sie musste sich samt dem Baby allein aus dem Wagen kämpfen und einen Gepäckträger suchen.

Bei Einbruch der Dunkelheit stand sie im strömenden Regen vor dem Bahnhof, wo sie eigentlich die Droschken vorzufinden erwartet hatte, doch die waren bereits verschwunden. Niedergeschlagen wartete sie am Bordstein, bis ihr ein mitleidiger Gepäckträger einen Wagen besorgte.

Eine Uhr schlug sechs, und Lydia fing wieder an zu weinen, als der freundliche Kutscher sie im geschäftigen Foyer ihres Traumhotels ablieferte. Damen in herrlichen Toiletten rauschten an ihr vorüber, während die Herren in Abendkleidung einen Bogen um die Frau machten, die mit einem Baby auf dem Arm verloren inmitten eines Gepäckbergs stand. Thora machte eine schöne Treppe und einen herrlichen Kronleuchter aus, doch sie steckte mitten im Gewühl und konnte sich nur mit größter Mühe zur Rezeption durchkämpfen. Dort teilte man ihr schließlich mit, dass das Hotel vollkommen belegt sei und sie sich nach einer anderen Unterkunft umsehen müsse.

»Wo denn?«, fragte sie verzweifelt, doch niemand antwortete ihr. Dann bemerkte sie, dass auch die anderen Leute lautstark Zimmer verlangten und dem Empfangschef sogar Geld dafür boten.

Sie ließ sich auf einem Sofa an der Wand nieder und versuchte, das Baby zu beruhigen.

Ein Page trat auf sie zu. »Entschuldigen Sie, Madam, ist das Ihr Gepäck?«

»Ja. Ich hätte gern ein Zimmer, bitte.«

»Man hat Ihnen vermutlich bereits gesagt, dass kein Zimmer mehr frei ist. Das Gepäck steht im Weg.«

Sie stellte fest, dass ihr Korb, die Hutschachtel und zwei schwere Koffer die anderen Gäste in der Tat behinderten. »Geschieht ihnen recht, wenn sie darüber stolpern«, dachte Thora.

»Wenn es so ist«, erwiderte sie herablassend, »schieben Sie es besser zur Seite.«

»Ich rufe Ihnen eine Droschke. Dann werden Sie Ihr Gepäck nehmen und dieses Hotel verlassen«, entgegnete der Page.

Thora war schockiert. »Wie können Sie es wagen, mich hinauszuweisen? Wohin soll ich denn gehen? Gibt es in dieser Stadt noch andere anständige Hotels?«

»Keine, die am Samstagabend ein freies Zimmer hätten«, antwortete er gelassen. »Dürfte ich eine Pension vorschlagen?«

»Eine Pension!«, rief Thora entsetzt. Die einzige Pension in York beherbergte Wanderarbeiter! Sie brach in Tränen aus.

Der livrierte Page sah sich hilflos um und hoffte offensichtlich, dass kein anderer Gast dieses kleine Drama miterlebt hatte. Doch dann trat ein Gentleman auf sie zu und sah die weinende Frau an.

»Du lieber Himmel, Thora Price! Was ist denn geschehen?«

Thora schaute zu dem eleganten Herrn mit den grauen Schläfen und dem schmalen Schnurrbart empor. »Ich glaube, ich kenne Sie nicht, Sir.«

»Natürlich tun Sie das! Edgar Tanner, immer zu Diensten! Kann ich Ihnen behilflich sein?«

Nun erkannte sie ihn. Es war Mr. Tanner, der Bankdirektor aus York! Der seiner Frau davongelaufen war! Doch er wirkte viel weltmännischer und wohlhabender als früher. »Nun ja«, dachte sie, »in der Not ...«

»Oh, Mr. Tanner, ich freue mich so, Sie zu sehen. Ich bin furchtbar in der Klemme.« Er hörte ruhig zu, während sie ihm ihr Herz ausschüttete, und unterbreitete ihr einen Vorschlag.

»Wir können Sie nicht mit der kleinen Miss Price in die Nacht hinausschicken. Thora, Sie können meine Suite haben.«

»Vielen Dank, aber das kann ich nicht annehmen. Wo wollen Sie denn schlafen?«

»Keine Sorge, ich ziehe zu jemand anderem. Wir sind alle gute Freunde hier.«

Wie von Zauberhand gelangte sie in seine Suite, deren Wohnzimmer und Schlafraum genau ihren Vorstellungen entsprachen. Tanner bestellte sogar ein Kinderbett und packte die notwendigen Dinge für die Nacht zusammen.

»Ich nehme an, Clem verdient gut«, bemerkte er.

»Ja, die Goldmine bringt gute Erträge. Es wurde auch Zeit.

Ich hatte beinahe die Hoffnung aufgegeben.« Tanner hustete. »Ach, die Goldmine? Ich muss bei ihm vorbeischauen, wenn ich wieder auf die Felder zurückkehre.«

»Haben Sie Clem dort getroffen?«, wollte Thora wissen.

»Oh ja, mehrmals sogar. Ich habe ihn im Krankenhaus besucht, als er die Speerwunde auskurierte, und ihn auch danach noch des Öfteren getroffen, soweit es meine Zeit erlaubte.«

»Die was?«

»Hm, da bin ich wohl ins Fettnäpfchen getreten. Wussten Sie nichts davon?«

»Er hat sich nur am Arm verletzt.«

»Es war schon etwas mehr als das, aber jetzt geht es ihm wieder gut. Warum machen Sie und das Baby es sich nicht für die Nacht bequem? Sagen Sie den Mädchen, was Sie brauchen. Sie können Ihnen auch ein nettes kleines Abendessen heraufbringen.«

»Das wäre himmlisch! Ich weiß gar nicht, wie ich Ihnen danken soll.«

»Keine Ursache.« Er ergriff ihre Hand. »Alte Freunde sollten zusammenhalten. Warum essen Sie nicht morgen mit mir zu Mittag? Dann können wir alle Neuigkeiten austauschen.«

Thora war begeistert. »Sehr gern, aber das Baby …«

»Sprechen Sie mit den Mädchen, die werden schon jemanden ausfindig machen, der sich um das Baby kümmert. Darf ich Sie um ein Uhr abholen?«

»Ja, sehr gern.«

Als er gegangen war, schwebte Thora wie auf Wolken durch das geräumige Wohnzimmer. Endlich in der Stadt! So hatte sie sich das Leben in Perth vorgestellt. Sie wandte sich der nächsten wichtigen Frage zu: Welches Kleid sollte sie morgen Mittag tragen? Sie würde sicher viele elegante Leute treffen. Mr. Tanner hatte es seit den Tagen in York zu etwas gebracht, vielleicht ebenfalls durch Goldfunde. So aufregend hatte sie sich Perth immer vorgestellt!

9. Kapitel

Mike Deagan stand am Rand ihrer Mine, die die Bezeichnung »S Block 75« trug, und sah zu, wie der Schürfer den tiefen Graben untersuchte.

»Verkauf sie doch an den armen Teufel«, sagte er zu Clem.

»Nein, man verkauft nicht einfach sein Glück.«

»Welches Glück denn? Damit kannst du nur verhungern. Mein Gott, wir brauchen das Geld nicht, das *Black Cat* ist die wahre Goldmine.«

Damit traf Mike bei Clem noch immer einen wunden Punkt. In der Tat warf das Bordell einen schönen Profit ab – und Jocelyn war eine ausgezeichnete Geschäftsführerin. Wochenlang hatte Clem sich mit der Vorstellung gequält, an einem derartigen Unternehmen beteiligt zu sein, hatte sich aber nicht überwinden können, auf seinen Anteil zu verzichten, da Mike ihm ungeahnte Gewinne versprochen hatte. Also fügte er sich den Arrangements und akzeptierte Mike als gleichberechtigten Partner, als dieser ihm feierlich zweihundertfünfzig Pfund überreichte, die er sich von irgendjemandem geliehen hatte. Diese Summe würde er mühelos von den Gewinnen der ersten Monate zurückzahlen können.

Clem wusste, dass ihm selbst die alleinige Inhaberschaft zugestanden hätte, da Mike das Etablissement mit Clems Geld erworben hatte, doch mit dem Abtreten einer Hälfte erleichterte er ein wenig sein schlechtes Gewissen. Außerdem erwies sich Mike als derart geselliger Charakter, dass man das *Black Cat* bald nur noch als »Mikes Bordell« bezeichnete und sein Partner allmählich in Vergessenheit geriet. Clem, der sich dort nicht mehr blicken ließ, war darüber alles andere als traurig.

Am Monatsende erfuhr er zu seinem Erstaunen, dass sich Mikes Prophezeiungen als richtig erwiesen hatten und das Bordell einen Umsatz von tausend Pfund pro Woche machte. Clem begann, Alice Geldanweisungen zu schicken, die er mit den steigenden Erträgen seiner Mine begründete.

Doch dann kam Mike eine andere Idee. »Wir müssen ein neues Bordell bauen, Clem, sonst nehmen uns die anderen die Kunden weg. Kalgoorlie wird allmählich zu reich für diese alte Bude.«

»Es wirft doch genug ab, oder nicht?«

»Komm schon. Du siehst doch, was in der Stadt geschieht. In einem Zeltlager wirkten weiß gestrichene Wellblechwände vielleicht elegant, aber die Zeiten sind vorbei. Die Leute werden uns untreu, sobald jemand ein anständiges Bordell eröffnet ...«

»Gibt es so etwas überhaupt?«

Mike überging diese Bemerkung. »Es gibt Bauingenieure und eine Menge Arbeiter, die mit dem Gold kein Glück gehabt haben. Wir haben genügend Bargeld, um ein schönes zweistöckiges Haus mit einer Veranda zur Hauptstraße zu bauen. Setz einfach eine Weile mit den Geldanweisungen aus. Später kannst du sie verdoppeln.«

Der Disput zog sich über Tage hin. Mike forderte Clem erneut auf, ihn auszuzahlen, damit er ungehindert bauen konnte, doch dieser weigerte sich noch immer. »Tu, was du willst!«, rief er nur, wusste aber insgeheim, dass Mikes Plan vom finanziellen Standpunkt her äußerst vielversprechend war.

»Ich gebe euch fünf Mäuse dafür!«, rief der Schürfer aus dem Graben.

»So siehst du aus«, antwortete Clem. »Die Mine wirft noch immer was ab.«

»Warum willst du dann verkaufen?«

»Weil er sie nicht braucht«, entgegnete Mike.

Doch Clem blieb hartnäckig. »Zwanzig.«

»Ich gebe dir zehn. Mehr nicht.«

»Abgemacht«, warf Mike ein.

Clem zuckte die Achseln. »Also gut, dann eben zehn.«

Als die Dokumente unterzeichnet waren, nahm Clem seinen Partner beiseite. »Hol die Pferde, ich möchte dir etwas zeigen.«

»Was denn?«

»Wart ab. Während du die Bauleute aufgetrieben hast, war ich auf Goldsuche. Ich habe einen neuen Claim zehn Meilen südlich von Kalgoorlie abgesteckt.«

»Doch nicht wieder im Gebiet der Schwarzen?«

»Nein. Aber ich habe dir auch mehr als einmal gesagt, dass ich an der Verletzung selber schuld war. Ich habe einen ihrer heiligen Orte betreten.«

»Das mag ja sein, aber viele Schwarze da draußen sind noch immer nicht davon begeistert, dass wir ihnen die Jagdgründe weggenommen haben.«

»Willst du den Claim nun sehen oder nicht?«

»Ich gehe wohl besser mit, du gibst ja ohnehin keine Ruhe.«

»Das musst gerade du sagen! Seit du das *Black Cat* übernommen hast, quälst du mich jeden Tag mit anderen Plänen. Wir sind immer noch Goldgräber, oder nicht?«

Sie ritten durch hügeliges Buschland, in dem einzelne Gummibäume wuchsen, vorbei an den traurigen Überresten einsamer Goldgräberlager, wo schon andere ihr Glück gesucht hatten und gescheitert waren.

»Wozu soll das gut sein?«, wollte Mike wissen. »Dieses Gelände ist bereits komplett umgegraben worden.«

»Ich bin noch ein wenig weiter geritten.«

In der Nähe eines niedrigen Granithügels deutete Clem auf

einen flachen Tümpel. »Wie du siehst, haben wir sogar Wasser. Deshalb hatte ich hier auch angehalten und mich ein wenig umgesehen.«

Sie stiegen ab, und Clem ging zu einer markierten Stelle hinüber. Er hatte dort ein altes Hemd an einen Zweig gebunden. »Komm schon, es sind nur noch hundert Meter in östlicher Richtung.«

Er schritt kräftig aus und redete dabei weiter, während Mike ihm zögernd folgte. »Ich bin nur so herumgelaufen, ohne etwas Interessantes zu sehen, und habe mich schließlich hingesetzt und ein paar Steine abgeklopft. Ich wollte schon aufgeben und habe bloß noch einige Quarzbrocken losgeschlagen.« Er beugte sich vor und grub zwei Steinbrocken aus. »Dann habe ich diesen Burschen in der Mitte gespalten – und schnell wieder eingegraben. Sieh nur.«

»Gott steh mir bei!«, Mike hätte sich beinahe auf den weißen Quarz mit den goldenen Adern gestürzt. »Mein Gott, du hast es geschafft! Gibt es noch mehr davon?«

»Ich habe noch nicht nachgesehen.« Clem hüpfte vor Aufregung, nachdem er Mike sein Geheimnis enthüllt hatte. »Aber es war einen Claim wert, nicht wahr?«

»Genau hier? Du hast es genau hier gefunden?«

»Ja. Ich schätze, wir sollten ein Loch in den Quarz bohren und ein Feuer zum Schmelzen anzünden, damit wir sehen, wie viel wir wirklich haben.«

»Allmächtiger Gott! Wann hast du das gefunden?«

»Vor einer Weile. Aber ich wollte die erste Mine zunächst verkaufen, damit die anderen keinen Verdacht schöpfen. Niemand soll uns hierher folgen. Ich habe mit dem Aufseher gesprochen und einen Morgen beansprucht.«

»Einen Morgen? Was willst du mit dem ganzen Land anfangen?«

»Eine reine Vorsichtsmaßnahme. Ich habe eine große Skizze

angefertigt, auf der die Bäume eingezeichnet sind. Bist du dabei?«

»Versuch mal, mich davon abzuhalten.«

Clem war zufrieden mit sich und der Welt. »Ich habe den Claim Yorkey getauft.«

»Das wird harte Arbeit«, warnte Mike und stampfte auf den felsigen Boden, »aber es ist den Versuch wert, mein Junge. Ich schätze, der eine Brocken allein bringt schon mehrere hundert Pfund. Wir sollten den Fund besser eine Weile geheim halten.«

Am nächsten Tag beluden sie ihren Wagen und verließen die Zeltstadt, fuhren gemächlich durch Kalgoorlie und bogen dann nach Süden ab, um den Yorkey-Claim in Angriff zu nehmen.

An einer Seite des Lochs entdeckten sie eine ähnliche Bank aus goldhaltigem Quarz. Sie griffen nach der Picke, und schon bald war die Yorkey-Mine Wirklichkeit geworden. Aus Sicherheitsgründen wurden die gesammelten Steine in einiger Entfernung von dem Tümpel im Gebüsch versteckt. Der Vorrat wuchs mit jedem Tag.

Die Arbeit in dem felsigen Boden war mühsam und manchmal ebenso enttäuschend wie in der ersten Mine. Die erste gute Bank versiegte bald, doch sie arbeiteten unbeirrt weiter und suchten unermüdlich nach noch so kleinen Quarzklümpchen, wobei sie die Launen der Natur verfluchten.

»Warum konnte Gott nicht alles am selben Ort deponieren?«, stöhnte Mike.

»Das hat er vielleicht sogar getan, aber dann hat die Erde gebebt, um es uns ein bisschen schwerer zu machen.«

Einmal pro Woche ritt einer in die Stadt, um Vorräte zu kaufen, während der andere den Quarzvorrat bewachte. Wenn Clem an der Reihe war, gab er bei der Gelegenheit auch seine Briefe auf und hielt vergeblich Ausschau nach Post von Thora. Der einzige Umschlag, der ihm gewöhnlich überreicht wurde, enthielt nur Alices Wochenbericht. Er hinterließ beim Kolonialwarenhändler seine Bestellung – unter anderem orderte er neue Picken, da Yorkey das Werkzeug ebenso sehr beanspruchte wie ihre Muskeln – und inspizierte die Baustelle. Sich selbst gestand er seine Neugier ein, nach außen hin gab er aber vor, lediglich Mikes Anweisungen zu gehorchen. Dieser hatte gedroht, die Lage der Mine hinauszuposaunen, falls Clem seinen Pflichten als Mitinhaber des *Black Cat* nicht nachkäme.

Als er vor dem rasch emporwachsenden Skelett des Hauses stand, war Clem beeindruckt vom Tempo der Bauarbeiter. Nachdem er den Plan gesehen hatte, war er zunächst der Ansicht gewesen, es würde Monate dauern, bis der Rohbau stünde, da gutes Holz Mangelware war. Doch nun fiel ihm wieder ein, dass Mike irgendwelche Geschäfte mit den afghanischen Kameltreibern angedeutet hatte, die schwere Ladungen nach Kalgoorlie brachten.

»Dieser Schurke hat sie bestochen«, murmelte Clem, während er die Baustelle besichtigte, das Holz prüfte und sich insgeheim fragte, wie viel Mike den Arbeitern bezahlt haben mochte.

»Clem, wie schön, dich zu sehen! Wo steckt denn Mike? Gott, siehst du gut aus! Dabei haben wir vor einer Weile noch gefürchtet, du würdest uns wegsterben. Ich glaube, du siehst besser aus als je zuvor.« Jocelyn ergriff seine Arme. »Du hast ja ganz neue Muskeln bekommen.«

Er bemerkte das Grinsen der Arbeiter, als die stadtbekannte Madam mit dem riesigen federbesetzten Hut und dem dazu passenden schwarz-grünen Kleid auftauchte und solch ein Theater um ihn veranstaltete.

»Wir schürfen«, sagte er und wollte weitergehen, doch Jocelyn hatte andere Pläne.

»Komm mit auf einen Drink«, erwiderte sie fröhlich und nahm seinen Arm. »Du warst viel zu zurückhaltend in letzter Zeit.«

Sie spürte sein Zögern. »Komm schon, ich bestehe darauf. Ohne dich hätte ich niemals diese Stelle bekommen. Ich weiß, dass du Mike gesagt hast, er solle mich fragen. Die ganze Sache trägt deine Handschrift. Mike steht zwar im Blickpunkt, aber du bist der Kopf des Unternehmens. Natürlich verrate ich es keinem, weil Mike meint, dass du dich lieber im Hintergrund halten möchtest. Die Leute in York würden in Ohnmacht fallen, wenn sie von unserem Erfolg wüssten.«

In diesem Punkt musste Clem ihr recht geben. »Und ob sie das würden. Was hast du nur deiner Familie erzählt?«

»Dass ich in einem Hotel koche. Was hast du denn Thora gesagt?«

»Ach, nichts Besonderes. Mike hat mich in die ganze Sache hineingezogen.«

»Egal, wir sind doch Freunde. Dein Geheimnis ist bei mir gut aufgehoben. Es ist hochanständig vor dir, dass du die Mädchen weiter bezahlst, während das *Black Cat* geschlossen ist. Es sind die besten, und ich möchte sie wirklich nicht verlieren.«

»Tue ich das?«, fragte er und ließ sich widerstandslos in ein neues Hotel auf der anderen Straßenseite ziehen. Einen weiteren öffentlichen Disput mit Jocelyn wollte er um jeden Preis vermeiden.

Clem versuchte, einen Rest an Würde zu bewahren, und bestand darauf, in der eleganten Bar, die sich neben dem normalen Schankraum befand, die Drinks zu bezahlen. Ihm fiel auf, dass der Grundriß des Hotels bis auf die Räume an der Straßenseite mit dem seines Neubaus identisch war. In ersterem lagen dort die beiden Bars, während »sein« Gebäude an dieser Stelle ein kleines Foyer und mehrere als Empfangsräume bezeichnete Zimmer zu beiden Seiten der Eingangstür aufwies. Das *Black Cat* ließe sich mühelos in ein Hotel verwandeln, doch war auch ihm klar, dass in einer Stadt, in der es zwanzigmal mehr Männer als Frauen gab, ein Bordell eine weitaus bessere Investition darstellte.

»Wo schürft ihr denn?«, wollte Jocelyn wissen.

»Vor der Stadt.«

Sie lachte. »Das war eine dumme Frage, nicht wahr? Bleibst du über Nacht?«

»Nein, ich muss zurück.« Er trank den brennend scharfen Fusel – er hatte vergessen, ausdrücklich den »guten« Whisky zu verlangen – und erhob sich. »Tut mir leid, Jocelyn, aber ich muss unsere Vorräte abholen.« Er bemerkte ihre Enttäuschung und klopfte ihr tröstend auf die Schulter. »Mike sagt, du machst deine Sache ausgezeichnet.«

Dieses Lob tat ihr offensichtlich gut. »Vielen Dank, Clem, das freut mich. Du kannst mir vertrauen. Ich betrüge dich nicht, wie es viele andere hier draußen tun würden. Ich nehme mir meinen Anteil und bringe den Rest auf die Bank.«

»Etwas anderes hätte ich von dir auch nicht erwartet. Du kannst dich auf eine Weihnachtsgratifikation freuen.«

Grinsend trat er auf die Straße hinaus. Wenn Mike das Geld zum Fenster hinauswarf, konnte er dasselbe tun. Und Jocelyn war immerhin *seine* Freundin. Es war wichtig, sie auf seiner Seite zu wissen.

Sie spielten mit dem Gedanken, einen primitiven Brennofen zu bauen, um das Gold selbst aus dem Gestein zu schmelzen, hätten in diesem Fall aber Arbeiter für die Grabungen einstellen müssen, was die Eigentumsfrage im Hinblick auf zukünftige Goldfunde verkompliziert hätte. Folglich blieb ihnen nichts anderes übrig, als ihre kostbaren Steine in eine von der Regierung betriebene Schmelzanlage in Kalgoorlie zu bringen. Sie mieteten Pferd und Wagen und transportierten die erste Ladung an jenem Tag in die Stadt, an dem das neue *Black Cat* eröffnet werden sollte.

Es war ein schönes Gebäude mit weißer Fassade und braunen Dachrinnen, Verandapfosten und -geländern, das nichts von seinem frivolen Innenleben erahnen ließ. Angesichts der Unmengen von rotem Plüsch zuckte Clem zusammen, doch Jocelyn beruhigte ihn mit der Versicherung, es sei ganz billiges Zeug.

»Die Mädchen haben es selbst gefärbt«, erklärte sie. »Die Stadt ist so fade, dass sich die Jungs über ein bisschen Farbe freuen.«

Durch den blendendweißen Anstrich wirkte das Haus von außen größer, als es eigentlich war, passte jedoch stilistisch gut zu den Neubauten an der Hannan Street.

Um Jocelyn eine Freude zu machen, blieb Clem eine Weile bei der Feier und mischte sich unter die Gäste. Mike genoss seine Rolle als Conférencier. Begleitet wurde er von einem Pianisten, der auf sein blechern klingendes Klavier einhämmerte, und einem Geiger, der sein eigenes Tempo spielte. Mike stellte sämtliche Mädchen vor, die ihre schönsten Kleider trugen und kostenloses, selbstgekochtes Essen servierten, und erteilte denjenigen, die nach Freigetränken verlangten, lachend eine Abfuhr.

»Ihr macht wohl Witze. Ich will das Haus doch nicht am ersten Abend in den Bankrott treiben.«

Nachdem er seine Pflicht erfüllt hatte, zog Clem sich in das Pub auf der anderen Straßenseite zurück. Dort hatte er ein Zimmer gemietet, in dem er in Ruhe die für ihn weitaus interessanteren Prüfungsergebnisse seiner Gesteinsfunde abwarten konnte.

Obwohl sich die Yorkey-Mine als weitaus ergiebiger erwies als der frühere Claim, war Clem bei der Rückgabe des Erzes enttäuscht.

»Warum so ein langes Gesicht?«, wollte der Leiter der Anlage wissen. »Sie haben einen großen Fund gemacht, Clem. Dreihundert Unzen reines Gold! Wie lange arbeiten Sie schon in dieser Mine?«

»Schon eine ganze Weile«, antwortete Clem und berechnete im Kopf, wie viel er bei der Bank für das Gold bekommen würde. Vermutlich um die tausend Pfund. Vom Glanz geblendet, hatten sie gehofft, ihr Quarz würde sehr viel mehr Gold enthalten.

Er erhielt genau zwölfhundert Pfund und neun Shilling in bar, kehrte in die Anlage zurück und entlohnte den Leiter. Danach kaufte er sich eine Pastete zum Frühstück und ließ sich auf einer Bank nieder, um sie zu verzehren.

»Das ist die Habgier«, sagte er zu sich selbst, während er seine Pastete in sich hineinstopfte. »Die reine Habgier.«

Er war niedergeschlagen, wusste jedoch, dass er sich vor Freude überschlagen hätte, wenn die erste Mine solche Erträge geliefert hätte. Zwölfhundert Pfund waren eine Menge Geld. Normalerweise träumte jeder davon, von der Erde so großzügig beschenkt zu werden, doch in dieser Stadt mit ihrem unablässigen Gerede über Geld und Gold gab es keine Normalität mehr. Hinzu kam, dass die Gewinne aus dem *Black Cat* die Golderträge weit in den Schatten stellten. Clem wusste, dass ihm das rechte Maß abhandengekommen war. Er war zu einem der habgierigsten Goldsucher in Kalgoorlie geworden, der unbekümmert mit einem Vermögen in der Tasche vor der Bäckerei saß.

Er traf eine Entscheidung und stand auf. »Ich kehre heim«, dachte er. »Es ist wirklich an der Zeit zu gehen. Ich habe mich Thora gegenüber ungerecht verhalten.«

In Kalgoorlie strömten Männer aus aller Herren Länder zusammen. Sie alle hatten ihre Familien zurückgelassen. Manche von ihnen würden Jahre fortbleiben. Zeit hatte bei der Suche nach Gold überhaupt keine Bedeutung. Allein das Ergebnis zählte. Bisher hatte Clem kaum darüber nachgedacht, nach Hause zurückzukehren, und seine Abreise von Monat zu Monat aufgeschoben. So war Kalgoorlie eben. Nur die Verlierer gaben auf, bevor das Rennen gelaufen war.

»Das war's«, schwor er sich und machte sich auf die Suche nach Mike. »Meine Zeit ist um. Ich will weg von hier.«

Thora Price war noch immer nicht über ihre würdelose Ankunft im Hotel hinweggekommen und entschlossen, die Schmach an diesem herrlichen Sonntagmorgen wieder wettzumachen. Sie stand früh auf und fragte die Zimmermädchen aus.

Sie erfuhr, dass das Hotel sonntags ein Mittagessen und einen Sechs-Uhr-Tee servierte, der zu ihrer großen Freude als gesellschaftliches Ereignis galt.

»Am Sonntag kommt jeder, der etwas darstellt, ins *Palace*«, erklärte man ihr stolz. »Und die Damen übertrumpfen sich an Eleganz.«

»Früher waren wir für unsere Nachmittagstees berühmt«, sagte eine ältere Bedienstete. »Sie verliefen in so gepflegter Atmosphäre, aber die Zeiten sind nun vorbei. Die Herren mit dem großen Geld bleiben über die Mittagszeit hinaus bei Tisch. Das Gold ist an allem schuld. Entweder kommen sie gerade von den Goldfeldern, oder sie haben durch die großen Firmen damit zu tun.« Sie wurden von der Hausdame unterbrochen, die sich als Miss Devane vorstellte, eine selbstsichere, stilvoll gekleidete grauhaarige Frau, die so gar nicht Thoras Vorstellung von einer Hausdame entsprach.

Miss Devane war von dem seltsamen Arrangement hinsichtlich dieser Suite wenig angetan.

»Dürfte ich fragen, wer Zimmer 26 bewohnt? Sie, Madam, oder Mr. Tanner?«

»Ich.«

»Warum sind dann seine persönlichen Sachen noch hier?«

Thora wusste, dass sie sich von dieser Frau auf keinen Fall einschüchtern lassen durfte, und beschloss, ganz ruhig zu bleiben. Obwohl die autoritäre Art von Miss Devane, die letztlich doch nur eine Hotelangestellte war, sie abstieß, antwortete sie mit beinahe übertriebener Höflichkeit.

»Oh, Miss Devane, ich bin ja so froh, Sie zu sehen. Ich befinde mich in einer schrecklichen Lage. Und dann muss ich mich auch noch um mein Kind kümmern.«

»Ja, ich hörte bereits, dass Sie ein Kind bei sich haben«, antwortete die Hotelangestellte knapp, und Thora begriff, dass hinter ihrer ablehnenden Haltung mehr stecken musste.

»Oh«, sagte sie verblüfft, »du lieber Himmel, Sie haben doch wohl nicht gedacht, dass wir dieses Zimmer gemeinsam bewohnen?«

»Ich weiß nicht, was ich denken soll.«

»Aber nicht doch! Ich bin gestern Abend nach einer langen Zugfahrt hier angekommen und hatte mich auf ein schönes Zimmer im *Palace* gefreut, erfuhr aber, dass keines mehr frei war. Ich war völlig erschöpft. In dieser Situation kam mir freundlicherweise Mr. Tanner zu Hilfe und gestattete mir die Benutzung seiner Räume. Er selbst hat eine andere Unterkunft bezogen.«

»Sie sind mit dem Zug gekommen? Von wo?«

»Aus Northam.«

»Ich verstehe. Von den Goldfeldern?«

Thora war schockiert und zornig. Offensichtlich warf diese Person sie mit jenen Frauen in einen Topf, die sie im Zug hatte ertragen müssen. Wie konnte sie es wagen? Dennoch bewahrte Thora die Ruhe, da sie fest entschlossen war, in diesem Hotel zu bleiben.

»Von den Goldfeldern? Welch eine furchtbare Vorstellung! Meinem Ehemann und mir gehört die Lancoorie-Schaffarm in der Nähe von York. Es ist bedauerlich, dass Leuten vom Land in Perth offensichtlich keinerlei Respekt mehr entgegengebracht wird. Stattdessen zwänge ich mich in eine Eingangshalle, in der es zugeht wie auf einer Viehauktion. Vermutlich ist es meine Schuld. Mein Ehemann ist furchtbar beschäftigt – ich bin vorausgefahren und wollte im *Palace* absteigen. Wir möchten noch ein weiteres Haus in Perth erwerben, doch das nur nebenbei. Nun habe ich alles verdorben. Ich höre ihn schon … ›Das habe ich dir doch gleich gesagt.‹ Aber ich habe es zumindest versucht. Frauen sollten die Dinge selbst in die Hand nehmen, nicht wahr?«

Miss Devanes Miene entspannte sich. »Sie stammen aus York? Mein Vater war dort einmal Bürgermeister.«

»Mir kam der Name gleich bekannt vor«, log Thora.

»Das war lange vor Ihrer Zeit, Mrs. Price.«

»Vielleicht kann sich Dr. Carty, mein Vater, noch an ihn erinnern.«

»Du lieber Himmel, Dr. Carty! Wie könnte ich ihn vergessen? Er hat meinen lieben Vater behandelt, und Ihre Mutter war immer sehr freundlich zu mir. Sie hatte damals ein kleines Baby …«

»Das muss ich gewesen sein, ich bin die Älteste«, antwortete Thora eifrig. »Wie klein doch die Welt ist.«

»Ich war Halbwaise. Als auch mein Vater starb, bin ich nach Perth gegangen, um meinen Lebensunterhalt zu verdienen. Männer, die wie er ihr ganzes Leben dem öffentlichen Wohl widmen, hinterlassen ihren Familien meist nur wenig.« Sie winkte ab. »Aber im Westen war die Welt früher wirklich klein. Damals kannte jeder jeden, doch seit dem Goldrausch werden die Fremden hier zu einer Landplage. Woche für Woche treffen sie zu Tausenden hier ein und ziehen auf die Goldfelder. Und dann kommen sie mit den Taschen voller Geld zurück – man traut sich kaum zu sagen, in welchem Zustand.«

Von diesem Tag an war das *Palace Hotel* für Thora der Himmel auf Erden. Miss Devane sorgte dafür, dass sie die Suite behalten konnte, da Mr. Price in Kürze eintreffen würde. Thora hatte zwar nicht damit gerechnet, für ein Doppelzimmer bezahlen zu müssen, doch da ihre neue Freundin einen Mitarbeiter der Buchhaltung angewiesen hatte, alle Rechnungen über York nach Lancoorie zu schicken, machte sie sich keine großen Gedanken darüber. Sie musste einfach nur unterschreiben. Miss Devane hatte sie auch darüber aufgeklärt, dass Mütter von Babys gewöhnlich Kindermädchen beschäftigten, die in der Personalunterkunft neben dem Hotel untergebracht wurden.

Miss Devane ging ihre Liste mit dem Aushilfspersonal durch und fand ein junges Mädchen namens Netta, das Lydia betreuen sollte.

In der Zwischenzeit mussten noch andere Dinge geklärt werden. Die Hausdame erkundigte sich neugierig nach Mr. Tanner.

»Kennen Sie diesen Herrn näher?«

»Natürlich. Er war unser Bankdirektor in York.«

»Warum haben Sie das nicht gleich gesagt? Mit Fremden dürfen Sie sich auf keinen Fall einlassen. Nicht, dass ich etwas gegen Mr. Tanner hätte – sein Angebot war sehr freundlich, und es ist eine anständige Suite. Als Börsenmakler ist er in Perth eine bekannte Persönlichkeit.«

»Ist er das? Ich war so außer mir, dass ich mich gar nicht nach seiner derzeitigen Beschäftigung erkundigt habe.« Thora konnte ein Kichern kaum unterdrücken. Offensichtlich hatte ihre neue Vertraute keine Verbindung mehr nach York, sonst hätte sie gewusst, dass Mr. Tanner seiner Frau davongelaufen war. Thora brachte durchaus Verständnis für seine Flucht auf, da Mrs. Tanner bei den Carty-Mädchen immer als ausgesprochener Drache gegolten hatte.

Sie sah zu, wie unter Miss Devanes Anleitung Mr. Tanners Gepäck abgeholt und ihre eigenen Kleider ausgepackt, gebügelt und in den Schrank geräumt wurden. Thora genoss den

Luxus und vergaß darüber, dass sie auch zu Hause auf Lancoorie keinen Finger rührte und Alice diese Aufgaben überließ.

Ein weiteres Mädchen übernahm für einen Tag die Kinderbetreuung, wofür Thora sehr dankbar war.

»Wir setzen alles auf Ihre Rechnung«, meinte Miss Devane achselzuckend. »Haben Sie sonst noch Wünsche?«

»Ja, ich hoffe, Sie nehmen mir diese Bitte nicht übel. Mr. Tanner hat mich für heute Mittag zum Essen eingeladen. Ich habe erfahren, dass sich die Damen für solche Gelegenheiten sehr elegant kleiden, und weiß nun nicht so recht, was ich anziehen soll. Vielleicht können Sie mir einen Rat geben.«

Miss Devane scheute vor dieser Herausforderung keineswegs zurück, marschierte ins Schlafzimmer und öffnete den Kleiderschrank.

»Lassen Sie mich sehen.«

Während die Hausdame ihre Garderobe prüfte, fügte Thora hinzu: »Ich möchte nicht wie eine Landpomeranze aussehen.«

»Das wird Ihnen mit diesen Kleidern auch nicht passieren. Im Gegensatz zu vielen anderen Gästen haben Sie einen ausgezeichneten Geschmack.«

»Ich bestelle sie aus dem Katalog und lasse sie von meiner Schwägerin ändern.«

»Wie wäre es damit?«, Miss Devane nahm ein cremefarbenes Seidenkleid aus dem Schrank, das bis zu dem hohen Spitzenkragen durchgeknöpft war. Es hatte ein schmal geschnittenes Oberteil und einen weiten, weich fließenden Rock.

»Finden Sie es nicht reichlich schlicht?«

»Nicht schlicht, meine Liebe, sondern elegant. Haben Sie einen passenden Hut dazu?«

»Mehrere sogar.«

Als Edgar Tanner die Treppe hinaufstieg, um Thora Price abzuholen, spürte er ein gewisses Bedauern. Nicht, dass er seiner Suite nachgetrauert hätte – er hatte inzwischen ein schönes Zimmer mit Veranda gefunden, das weitaus billiger war als die Räume im *Palace Hotel*. Nein, er bedauerte, dass er sie für diesen Sonntag zum Essen eingeladen hatte. Als er die Einladung ausgesprochen hatte, war er leicht angetrunken gewesen.

Dieses Sonntagsessen war überaus wichtig, da Lord Kengally anwesend sein würde. Er gehörte zu jenen englischen Aristokraten, die die großen Syndikate vertraten, und war kürzlich im Gefolge von Lord Fingall in Perth eingetroffen. Dieser hatte Gelder in die sagenumwobene Londonderry-Mine südlich von Coolgardie investiert.

Tanner hatte festgestellt, dass es ihm beim Schürfen sowohl an Muskelkraft als auch an Ausdauer mangelte, und sich daher dem Bereich Börsenhandel und Firmengründungen zugewandt. Unter der hochtrabenden Bezeichnung E. G. Tanner & Co. unterhielt er Büros in Kalgoorlie und Perth. Er machte gute Geschäfte, doch fehlte ihm bisher noch der ganz dicke Fisch. Mit dem Optimismus des geborenen Spielers hoffte er auf seine große Chance und bemühte sich, die Aufmerksamkeit von Männern wie Kengally auf seine Projekte zu lenken. Dazu musste er den Neuankömmling jedoch bei Laune halten.

Tanner hatte bald erkannt, dass Kengally ein lebenslustiger Mensch war, der gutes Essen, Wein und fröhliche Gesellschaft schätzte. Daher hatte er ihn für diesen Sonntag zum Mittagessen eingeladen.

Bei den drei anderen Gästen handelte er sich um hochrangige Beamte des Bergbauministeriums, die auch nichts gegen eine schöne Umgebung, Spaß und kostenlose Mahlzeiten hatten – vor allem nicht, wenn der Gastgeber ihre Freundinnen mit einlud und verlauten ließ, er werde auch eine Dame für Lord Kengally mitbringen. Tanner kannte diese Frauen schon längere Zeit. Man konnte sie kaum seiner Mutter vorstellen, doch sie waren sehr unterhaltsam.

Und nun Thora Price! Guter Gott! Was war nur in ihn gefahren? Sie würde sich in dieser Gesellschaft völlig fehl am Platz fühlen, da sie selbst in York, wo sie außer Konkurrenz lief, nicht gerade für ihren Esprit berühmt war.

Doch nun gab es kein Zurück mehr, und er klopfte leise an ihre Tür.

Als sie öffnete, trat er verblüfft einen Schritt zurück. Die in Tränen aufgelöste Frau mit dem Baby hatte sich in eine gelassene, graziöse Schönheit verwandelt. Sie war schon immer ein hübsches Mädchen gewesen, doch nun sah sie einfach himmlisch aus. Tanner fragte sich, ob wohl Ehe und Mutterschaft diesen Wandel bewirkt hatten.

»Meine Liebe, Sie sehen bezaubernd aus«, sagte er spontan.

»Vielen Dank, Mr. Tanner, sehr freundlich von Ihnen.«

Er bemerkte, wie aufgeregt sie war. Ihre makellose Haut war von einer leichten Röte überzogen, und die blauen Augen blitzten, doch Thoras Stimme verriet nichts davon, dass dieses Mädchen vom Land zum ersten Mal in Perth ausging.

Als sie die Treppe hinuntergingen, spürte Tanner, wie viel Aufsehen die elegante Blondine mit dem cremefarbenen Kleid und dem großen Hut, der mit einem Kranz aprikosenfarbener Rosen verziert war, erregte. Die Frauen starrten sie an, die Männer lächelten ihr zu, und alle Augen folgten ihnen, als sie den Speisesaal betraten. »Ich habe noch einige andere Gäste, darunter befindet sich auch ein englischer Lord. Ich hoffe, es stört Sie nicht.«

Das war ein Fehler gewesen, denn Thora zuckte ängstlich zusammen. »Einen was? Das hätten Sie mir doch sagen müssen. Ich weiß gar nicht, worüber ich mich mit ihm unterhalten soll.«

»Lächeln Sie einfach nur.« Edgar musste sie beinahe durch den Raum ziehen. Sorgfältig überprüfte er den Tisch. »Was halten Sie davon? Sieht es gut aus?«

Sie starrte die Tafel mit der eleganten Tischwäsche und dem Silberbesteck an, die für zehn Personen gedeckt war. »Es sieht märchenhaft aus.«

»Setzen wir uns hierher. Lord Kengally wird an Ihrer Seite Platz nehmen.«

»Nein, setzen Sie ihn bitte ans andere Ende«, rief Thora entsetzt.

»Das kann ich nicht, er ist schließlich der Ehrengast. Da kommt er schon.« Tanner deutete mit einem Nicken in Richtung des Oberkellners, der eine Gruppe von Leuten zu ihrem Tisch führte.

»Welcher ist es?«, flüsterte Thora.

»Der alte Knabe in dem komischen weißen Anzug. Ich glaube, das ist die übliche englische Tropenbekleidung. Übersehen Sie sie geflissentlich.«

»Selbstverständlich.«

Tanner bemerkte, dass sie noch immer sehr nervös war, als sich die anderen an den Tisch setzten. Sie spielte mit ihren Handschuhen und betrachtete dabei die anderen Frauen, die sich herausgeputzt hatten, um in dem Farbenmeer der Kleider aufzufallen.

»Ich komme mir so unscheinbar vor«, flüsterte sie hinter vorgehaltenem Taschentuch. Tanner tröstete sie: »Es ist genau umgekehrt. Sie sehen besser aus als alle anderen.«

Zum Glück war Lord Kengally der gleichen Ansicht und schien die Gesellschaft der Dame, die er für seine Tischdame hielt, weitaus mehr zu genießen als die der anderen Frauen an der Tafel. Zu Edgars großer Erleichterung ließ Thora nur dann und wann eine höfliche Bemerkung fallen.

Als der Hauptgang, gebratene Ente, aufgetragen wurde, entspannte er sich allmählich. Im Gegensatz zu der Frau, die an seiner anderen Seite saß, sprach das Mädchen aus York dem Alkohol nur mäßig zu. Tatsächlich blamierte sie die anderen

Frauen bis zu einem gewissen Grad mit ihrem ruhigen, würdevollen Verhalten. Edgar erinnerte sich grinsend an den früheren Hochmut des Carty-Mädchens, das nun in seiner Ehrfurcht vor dem hohen Gast überaus anziehend wirkte.

Als sich die fröhliche Gesellschaft auflöste, war Edgar bester Laune. Er hatte ein weiteres Treffen mit Lord Kengally und seinen Partnern vereinbart, um die vielversprechenden Aussichten der Lady-Luck-Mine in Kalgoorlie zu besprechen. Edgar hatte den vier Besitzern versprochen, er werde einen Käufer finden, der eine Firma gründen und die Mine im großen Stil ausbeuten könne, falls sie Stillschweigen über ihren Fund bewahrten. Es lag noch immer so viel Gold in den Hügeln von Kalgoorlie, dass die Tage der kleineren Minenbesitzer gezählt waren. Schon jetzt kauften Firmen große Pachtgrundstücke auf, die Fördergerüste am Horizont sahen wie Skelette aus, und an den Ufern der Salzseen drängten sich riesige Kondensierungsanlagen. Tanner erklärte Kengally nachdrücklich, dass die Erde noch immer ungeahnte Goldreserven berge, die in größerer Tiefe nur von Firmen mit der nötigen Ausrüstung und genügend Mitarbeitern gefördert werden konnten.

Lady Luck war sein bestes Pferd im Stall. Er hoffte, dass Kengally nicht nur die Mine, sondern auch das umliegende Pachtland samt den laufenden Verträgen kaufen und danach an die Börse gehen würde, um genügend Anleger für das Großprojekt zu gewinnen, das Edgar im Kopf herumspukte. Doch die Schlacht war noch nicht gewonnen. Vermittler gab es überall, und Kengally war bereits von mehreren Konkurrenten angesprochen worden.

Der Prüfer sollte an diesem Abend in Perth eintreffen und Edgar einen Bericht vorlegen, aufgrund dessen das Geschäft hoffentlich zum Abschluss käme.

»Ein wunderbarer Tag, Edgar«, sagte Kengally. »Die Ente à l'orange war die beste, die ich je gegessen habe. Das nächste

Mal sind Sie mein Gast in diesem Haus. Bitte bringen Sie auch die charmante Mrs. Price mit.«

»Es wäre mir eine Freude«, antwortete Edgar ein wenig zu schnell, und Kengally runzelte die Stirn. »Falls Mr. Price bis dahin eingetroffen sein sollte«, fuhr der Engländer mit Nachdruck fort, »würde ich gern seine Bekanntschaft machen.«

Edgar begriff, dass er einen schweren Fehler begangen hatte. Er hätte seinem wichtigen Gast keine verheiratete Tischdame präsentieren dürfen. Doch anscheinend war Kengally willens, diesen Fauxpas zu übersehen.

Sie verabredeten für den nächsten Morgen einen Termin bei der *National Bank*.

»Um zehn Uhr. Passt Ihnen das?«, fragte Kengally. »Der Direktor hat uns freundlicherweise die Benutzung seines Konferenzraums gestattet.«

»Ja, das passt mir ausgezeichnet«, antwortete Edgar. »Bis dahin habe ich gute Neuigkeiten für Sie.«

Kengally wandte sich an Thora. »Nun, Mrs. Price, wir sind beide fremd in Perth. Vielleicht sollten wir morgen Nachmittag gemeinsam die Stadt erkunden. Falls Edgar die Zeit erübrigen kann, um uns zu begleiten.«

»Das würde ich sehr gern. Vielen Dank für die freundliche Einladung. Wohin wollen wir gehen?«

Edgar war begeistert. Je mehr Zeit er mit diesem Mann verbringen konnte, desto weniger Chancen hatten seine Konkurrenten. »Der Kings Park ist zu dieser Jahreszeit sehr schön. Die Wildblumen stehen in Blüte.«

»Wunderbar«, stimmte Kengally zu. »Sie müssen wissen, dass ich Hobby-Botaniker bin.«

»Dann werden Sie den Kings Park überaus interessant finden«, bemerkte Edgar. »Wir könnten gemütlich hindurchfahren und am Nachmittag vielleicht ein Picknick veranstalten.«

»Ich liebe Picknicks«, warf Thora ein, »aber was soll ich mitbringen? Ich weiß nicht, wie ich hier im Hotel etwas vorbereiten kann.«

Edgar lachte. »Das Hotel stellt die Körbe für uns zusammen. Wäre Ihnen zwei Uhr genehm, Mrs. Price?«

An diesem Abend schrieb Thora einen Brief an Alice, in dem sie ihr mitteilte, dass sie wohlbehalten in Perth angekommen und allen Warnungen zum Trotz keinerlei Schwierigkeiten begegnet sei. Zwei freundliche Damen aus Northam hätten sie und Lydia zum Zug gebracht. Die Reise nach Perth habe sich als überaus angenehm erwiesen. Thora kaute immer wieder auf ihrem Füllfederhalter, während sie mit ihrem Bericht fortfuhr.

Es war weder Lüge noch Wahrheit, sinnierte sie. Ob nun Urlaub oder endgültiger Umzug, alles gehörte zu ihrem Tagtraum, und da sie diesen Traum nun einmal wirklich lebte, sah sie keine Veranlassung, das Knäuel ihrer Gedanken zu entwirren. Das Leben hier war einfach herrlich, und sie weigerte sich, über den nächsten Tag hinauszudenken. Hätte sie Alice die Wahrheit geschrieben – dass sie gleich am zweiten Tag mit einem englischen Lord gespeist hatte –, wäre ihr dies als Lüge ausgelegt worden. Schriebe sie hingegen, dass es kein Problem gewesen sei, diese schönen Zimmer im *Palace Hotel* zu buchen, würde man dies als Wahrheit akzeptieren.

»Nun«, sagte Thora zu dem vor ihr liegenden Blatt, »ich weiß selbst nicht mehr, was wirklich ist und was nicht. Ich sollte eigentlich einen Ehemann haben, doch er hat mich verlassen. Allerdings hat mir das Eheleben ohnehin nicht so gut gefallen. Ich bin zwar Mutter, doch Alice war Lydia eine weitaus bessere Mutter, als ich es je sein werde. Die Kleine vermisst Alice bestimmt. Vielleicht hätte ich das arme Kind bei ihr lassen sollen, anstatt es hierherzubringen. Aus irgendeinem Grund scheint sie mehr zu Alice als zu mir zu gehören.«

Thora wusste, dass sie sich in einem Zustand der Verwirrung

befand. Schon länger war ihr aufgefallen, dass sie manchmal Gedächtnislücken von mehreren Stunden hatte. Sie verirrte sich im Busch und musste sich darauf verlassen, dass das Pferd den Heimweg fand. Sie glaubte, ein Mann liege in ihrem Bett, doch nie war es Clem. Entweder teilte sie das Bett mit dem freundlichen, lustigen Mike oder Matt Spencer, der sie vergewaltigt und verlassen hatte. Noch immer litt sie seinetwegen unter Albträumen.

Sie hatten eines Abends im Park geschmust und sich geküßt. Matt war ein hübscher Bursche, der allen Mädchen gefiel, obwohl er als einfacher Stallknecht arbeitete. Er war stark und leidenschaftlich, manche Mädchen fanden ihn »sexy«, doch Thora mochte dieses Wort nicht. Ihr gefiel einfach seine ganz besondere Ausstrahlung.

Irgendwann war er in Wut geraten und hatte behauptet, sie spiele nur mit ihm. Es war still geworden im Park, und auch sie hatte nach Hause gehen wollen, doch Matt hatte sie festgehalten. Thora hatte sich zu sehr geschämt, als dass sie um Hilfe gerufen hätte. Er hatte sie zu Boden gedrückt, ihre Kleider zerrissen und sich auf sie geworfen. Als sie sich danach hochgerappelt hatte und weggelaufen war, hatte er nur gelacht.

Sie hatte ihre Tränen unterdrücken müssen, um zu Hause unangenehmen Fragen aus dem Weg zu gehen.

Thora strich sich übers Gesicht, als wolle sie die schreckliche Erinnerung fortwischen. Nie wieder wollte sie daran denken. Es war vorbei. Endgültig. Begraben. Nur Lydia, die friedlich in ihrem Bett schlief, diente als ständige Erinnerung an die Schmach, die sie durch Matt Spencer erlitten hatte. Manchmal fragte sie sich, ob es nicht klüger gewesen wäre, die von ihrem Vater vorgeschlagene Abtreibung vornehmen zu lassen, doch ihre Eltern hatten ihr so zugesetzt, dass sie das Gefühl gehabt hatte, sich weigern zu müssen. Und in ihrem Hang zu Tagträumen hatte sie auch nie so recht geglaubt, dass sie ein Kind bekommen würde.

Lüge und Wahrheit. Der Vorwurf der Sünde war eine ungeheuerliche Lüge. Eine Wahrheit war jedoch, dass selbst ihre Träume sie belogen und ihr zuflüsterten, Lydia sei gar nicht ihr Kind. Thora war erleichtert, wenn sie ihnen einmal entrinnen konnte.

Sie wandte sich wieder ihrem Brief zu und versank erneut lächelnd in ihren Tagträumen. Was würden sie sagen, wenn sie erführen, dass der berüchtigte Edgar Tanner sie in der Hotelhalle gerettet und eingeladen hatte, bei einem göttlichen Sonntagsessen im Speisesaal des *Palace Hotel* in Perth die Tischdame zu spielen? Und dass sie bei einem neuen Freund, dem englischen Lord, einen positiven Eindruck hinterlassen hatte?

»Sie«, das waren die Leute in Lancoorie und York und sogar Clem. Warum sollte sie ihnen überhaupt etwas von ihren Erlebnissen erzählen, ihnen Einlass in diese Welt ihrer Träume gewähren? Schließlich hatten die Bewohner dieser verhassten Kleinstadt über Edgar Tanner hergezogen. Was ging es sie an, ob er seiner schrecklichen Frau tatsächlich weggelaufen und aus York geflohen war! Sie sah in diesem Mann, der so gewandt und höflich war, auf einmal eine verwandte Seele. Ihre Mutter, eine seiner erklärten Feindinnen, hätte alles darum gegeben, Freunde zu haben, wie er sie besaß.

Oh, ja, sie und Edgar hatten tatsächlich viel gemeinsam. Sie nahm wieder den Füllfederhalter zur Hand und schilderte ihren ersten Tag in Perth in den leuchtendsten Farben, berichtete von dem herrlichen Hotel mit seinen zahllosen Zimmermädchen, die einem alle Arbeiten abnahmen, und den Einladungen, die sie erhalten hatte.

Am nächsten Morgen, so schrieb sie begeistert, würde sie die als Kings Park bekannten botanischen Gärten besuchen.

»Man sagt, sie seien einfach himmlisch. Wie schade, dass ich diese Freude nicht mit dir teilen kann.«

Als der Brief fertig war, überzeugte sie sich selbst davon,

dass sie die Wahrheit geschrieben hatte. Sie fühlte sich äußerst entspannt nach diesem so erfreulich verlaufenen Tag. Vermutlich ließ sich ihre frühere Verwirrung auf eine vorübergehende nervliche Anspannung zurückführen.

Was hatte sie in York nicht alles durchgemacht? Da war der Schock der Schwangerschaft gewesen. Ihr guter Ruf war zerstört. Dann die übereilte Heirat draußen in der Einöde. Und alles Übrige.

Nun würde sie ihr strapaziertes Nervenkostüm wieder in Ordnung bringen. Thora wünschte sich, sie wäre schon früher nach Perth gekommen. Das isolierte Leben auf Lancoorie hatte sie nur noch stärker in die Grübeleien über ihre Demütigung getrieben. In dieser Nacht schlief sie zum ersten Mal seit langer Zeit tief und fest.

Der geschätzte Besucher war hingerissen vom Kings Park und bezeichnete das weite Gelände, von dem aus man ganz Perth überblicken konnte, als Traum eines jeden Botanikers. Dies hier war kein herkömmlicher, symmetrisch angelegter Park. Hier hatte man der natürlichen Flora ihren Raum gelassen. Es war so wenig wie möglich in die Vegetation eingegriffen worden, und man hatte einheimische Pflanzen und Büsche nah an die Wege gepflanzt, damit der Besucher sie ungehindert betrachten konnte. Dennoch erweckte die Gartenanlage den Eindruck, als wachse alles an seinem ursprünglichen Ort.

Kurz nach ihrer Ankunft war Kengally aus dem Gig gesprungen, um all diese fremdartigen Pflanzen zu untersuchen. Seine Begleiter gesellten sich zu ihm.

Edgar strahlte übers ganze Gesicht. Er hatte eine gelungene Besprechung hinter sich, in deren Verlauf sein Bericht als erfolgversprechend akzeptiert worden war. Seinetwegen konnte Kengally sich den ganzen Nachmittag in diesem Park aufhalten. Nun musste Edgar ihn dazu bringen, eine Entscheidung zu treffen und mit ihm auf die Goldfelder zu fahren. Doch der Engländer übte Vorsicht.

»Ich glaube, die Reise ist lang und anstrengend, Tanner. Mit allem Respekt, aber wir können uns nicht Hals über Kopf ins Risiko stürzen. Sind Sie sicher, dass wir genügend Land pachten können, damit sich ein großangelegtes Unternehmen lohnt?«

»Gewiß. Wie sich dem Kartenausschnitt entnehmen lässt, stehen in der Umgebung der Lady-Luck-Mine noch einige Morgen zur Verfügung. Innerhalb der Grenzen liegen nur eini ge Minen, die einzelnen Schürfern gehören. Meine Hauptsorge besteht darin, dass uns die anderen großen Firmen zuvorkommen könnten.«

»Dieses Risiko müssen wir eingehen. Die Inhaber der Lady-Luck-Mine sind doch mit dem Verkauf einverstanden, oder? Haben Sie das schriftlich?«

»Oh ja. Eine Kopie der Kaufoption befindet sich unter den Papieren, die ich bei Ihrem Angestellten hinterlassen habe. Dazu noch eine Mitteilung des Aufsichtsbeamten, dass unserem Antrag auf einen Claim stattgegeben wird.«

»Was aber ist mit den kleineren Minen, die sich auf unserem Pachtland befinden? Wenn ihre Eigentümer nun nicht verkaufen möchten?«

»Männer, die für sich allein arbeiten, dürfen auf Firmenland nicht tiefer als hundert Fuß graben. Soweit ich weiß, soll die Grenze auf zehn Fuß gesenkt werden. Damit sind wir sie los.«

»Und handeln uns eine Menge Ärger ein«, murmelte Kengally. »Wäre es nicht besser, ihnen das Land abzukaufen? Sehen Sie, was sich machen lässt, mein Junge.«

Edgar wusste, dass er am besten selbst hinfahren sollte, doch der enge Kontakt zu Kengally war momentan von entscheidender Bedeutung. »Aus den Augen, aus dem Sinn«, sagte er sich. Er löste das Problem, indem er die Eigentümer der Mine telegrafisch anwies, sich ein wenig bei ihren Nachbarn umzuhören.

Kengally war zwar kräftig gebaut, bewegte sich dafür aber erstaunlich flink und hüpfte förmlich von einer exotischen Pflanze zur nächsten. Thora trippelte gehorsam neben ihm her. Sie sah überaus anmutig aus in ihrem weißen Kleid und mit dem Strohhut mit blauen Bändern, die über ihr blondes Haar fielen. Edgar ließ sie nicht aus den Augen.

»Wohnen Sie in einem Hotel?«, fragte sie Kengally.

»Nein, meine Liebe. Ein Freund war so großzügig, mir sein Haus während meines Aufenthalts in Perth zur Verfügung zu stellen. Ein bezauberndes Anwesen.«

»Wo ist er denn?«

»Er macht mit seiner Familie Urlaub in London.«

»Wie schön, dorthin werde ich vielleicht auch bald reisen.«

Edgar zog die Augenbrauen hoch. Clem musste sehr gute Geschäfte machen. Ihm fiel auf, dass Thora ihren Mann nie erwähnte. Was also tat sie *wirklich* allein in dieser Stadt, in der sie überdies niemanden zu kennen schien?

Kengally sammelte einige Wildblumen, doch als er Thora erklärte, dass er sie pressen und aufbewahren wollte, verzog sie schmerzlich das Gesicht.

»Alice sagt, das sei grausam.«

Edgar erstarrte, doch Kengally nahm es gutmütig auf. »Oh, Ihre Alice muss eine sehr empfindsame Dame sein«, erwiderte er lächelnd. »Doch sie würden es mir sicherlich nicht übelnehmen, wenn ich zu Hause einigen Leuten diese außergewöhnlichen Pflanzen zeigte, oder?«

»Oh, nein.«

Sie verbrachten einen angenehmen Nachmittag. Thora war zerstreut und verlor die Blumen, die zu tragen sie angeboten hatte, doch in Kengallys Augen machte sie das nur noch liebenswerter. Edgar ging es ähnlich, wenn auch seine Zuneigung anders gelagert war. Während Kengally Thora gegenüber eine väterliche Haltung einnahm, sehnte Edgar sich danach, ihr langes Haar zu streicheln, seine Hände um ihre Taille zu legen und ihren warmen Körper zu spüren.

Als sie Thora im Hotel absetzten, sprach Kengally eine weitere Einladung aus. »Einer meiner Freunde besitzt eine wunderschöne Yacht. Am Donnerstag fahren wir flussaufwärts, um mit einem anderen alten Freund zu Mittag zu essen, einem Mr. Warburton. Ich habe ihn seit Jahren nicht gesehen. Würden Sie uns begleiten, Mrs. Price?«

Sie nickte geistesabwesend. »Ich glaube, ich habe Zeit. Das wäre sehr nett. Machen wir wieder ein Picknick?«

»Wohl kaum. Er besitzt meines Wissens ein großartiges Haus.« Dann wandte er sich an Edgar, als habe er etwas vergessen. »Tanner, Sie sind natürlich ebenfalls eingeladen.«

Obwohl er wusste, dass Kengally ihn nur aus Höflichkeit hinzugebeten hatte, nahm Edgar an. »Es wäre mir eine Freude.«

Am Morgen nach der feierlichen Neueröffnung des *Black Cat* lud Jocelyn Clem zum Frühstück ein, ohne sich darum zu kümmern, dass einige ihrer Mädchen nur in Kimonos oder noch leichter bekleidet durchs Haus liefen.

»Nein danke«, sagte er grinsend, »morgens sehen sie nicht mehr ganz so gut aus.«

»Haben eine schwere Nacht hinter sich«, gab sie boshaft zurück. »Du bist so ziemlich der einzige Bursche in dieser Stadt, der früh ins Bett gegangen ist. Wir werden mit unseren Einnahmen alle Rekorde brechen.«

»Das ist schön«, sagte Clem wenig begeistert, rang sich aber dennoch ein Lob für Jocelyn ab. »Du siehst jedenfalls gut aus, wenn man bedenkt, dass du so spät ins Bett gekommen bist.«

»Ich war noch gar nicht im Bett. Soeben habe ich den letzten Gast hinausgeworfen. Ich möchte, dass alles blitzsauber ist, bevor ich schlafen gehe. Suchst du nach Mike?«

»Wer führt meinen Namen im Munde?«, Mike steckte den

Kopf durch die Tür zur Küche, trat ein und küsste Jocelyn auf die Wange. »Gut gemacht, Lady. Das war die Party des Jahres. Und was willst du mit diesem Burschen anfangen, der sich heimlich davongemacht hat?«

Sie war so klug, sich die Antwort darauf zu sparen.

»Ich habe die Papiere, um die du gebeten hattest«, sagte Clem zu Mike und deutete mit dem Kopf nach draußen. Mike folgte ihm auf die Straße. »Was für Papiere denn?«

»Für den Verkauf des Goldes.«

»Du warst deswegen schon unterwegs? Wie lautet das Ergebnis?«

»Dreihundert Unzen.«

»Was? Das ist ja hervorragend!«, Mike klopfte Clem auf die Schulter. »Gott segne dich und Yorkey, ich hätte nicht mal mit der Hälfte gerechnet. Warte, bis ich meine Sachen zusammengepackt habe. Jetzt müssen wir die Mine ununterbrochen bewachen.«

»Falls es da draußen noch weiteres Gold gibt.«

»Was willst du damit sagen? Natürlich gibt es noch mehr. Eine Menge.«

»Letzte Woche haben wir kaum was gefunden.«

»Das will nichts heißen, das weißt du so gut wie ich. Was ist los mit dir, Junge? Mit diesem netten Geschäft hier und Yorkey da draußen werden wir bald im Geld schwimmen.«

»Ich gehe heim«, platzte Clem heraus.

»Dein gutes Recht. Ist auch an der Zeit, sich um Thora zu kümmern. Du hast dein Ehebett ziemlich kalt werden lassen. Wenn wir erst einmal Yorkey ausgebeutet haben …«

Clem unterbrach ihn. »Nein, heute, ich breche heute auf.«

»Und was ist mit der Mine?«, fragte Mike entsetzt.

»Die juckt mich nicht.«

»Mein Gott, du bist dem Trübsinn verfallen! Komm, wir gehen ins Pub und reden über die Sache. Wohin bist du letzte Nacht eigentlich gelaufen, du verrückter Scheißkerl? Hast wohl allein einen gehoben, was?«

Über eine Stunde stritten sie sich – zur Belustigung der Passanten – vor dem *Black Cat*. Dieses Mal war es Mike, der seinem Partner vorwarf, er sei ein Betrüger, der ihn um die Gewinne bringe.

»Das Glück hat dir Yorkey beschert, dann musst du auch dabeibleiben«, beharrte Mike.

»Sei nicht so abergläubisch. Ich habe die Nase voll von dieser Stadt. Ich möchte nach Hause.«

»Das wollen tausend andere auch, aber jetzt ist nicht der geeignete Zeitpunkt dafür.«

»Ich verkaufe dir meinen Anteil.«

»Nein, das wirst du nicht. Du hast damit angefangen, nun bringst du es auch zu Ende. Schreib an Thora, dass du bald nach Hause kommst. Das wäre doch schon einmal ein Anfang.«

»Ich könnte meinen Anteil auch an jemand anderen verkaufen.«

»Und mir einen Weichling mit zarten Damenhänden ans Bein hängen, was? Zum Teufel damit. Wir sind keine Firma, und ohne meine Einwilligung kannst du deinen Anteil auch gar nicht verkaufen. Meine Unterschrift dafür bekommst du nie und nimmer.«

Clem verlegte sich aufs Bitten. »Du hast keine Familie. Ich schon.«

Letztendlich erklärte er sich bereit, noch einige Wochen zu bleiben, um zu sehen, ob Yorkey wirklich noch Gold abwarf. Die Bedingung war, dass ein Prüfer die Mine untersuchen und sein Urteil darüber abgeben würde. Der Anstoß dazu kam von Mike.

»Es geht nicht nur um deine Frau, denk mal an eure Tochter. Du und Thora mögt einander vermissen, aber du bist jung und hast alle Zeit der Welt. Willst du nicht etwas für Lydia erreichen? Das *Black Cat* wirft nicht bis in alle Ewigkeit so viel Geld ab. Wenn das Gold versiegt, stirbt auch diese Stadt. Du bist nicht wegen ein paar Pfund hergekommen, du wolltest das große Geld machen. Nun hast du die Chance, der Familie Price für Generationen eine gesicherte Basis zu schaffen.«

Bevor sie die Stadt verließen, suchte Clem das Postamt auf und stellte zu seiner Enttäuschung fest, dass in dieser Woche keinerlei Post für ihn eingetroffen war. Selbst Alice hatte nicht geschrieben. Er nahm sich Zeit für einen Brief an Thora, in dem er ihr seine baldige Heimkehr ankündigte und erklärte, wie sehr er sie vermisse.

Lydia habe kein Kindermädchen, sondern eine Nanny, belehrte Thora die Leute, seit sie das Wort bei Lord Kengally aufgeschnappt hatte. Überhaupt hatte die Nanny das Kommando übernommen, da Mrs. Price mit Einladungen förmlich überschüttet wurde.

An erster Stelle standen bei Thora ihre beiden »Verehrer«, wie sie die Herren insgeheim nannte. Lord Kengally war zwar schon älter, aber einfach göttlich, und Edgar mit seinem distinguierten Wesen war ein perfekter Begleiter! In seiner Gesellschaft fühlte sie sich entspannt und gut unterhalten, doch auch Lord Kengally war für einen Mann seines Alter überraschend amüsant. Ihr eigener Vater hätte sich, was gesellschaftlichen Stil anging, von beiden eine Scheibe abschneiden können. Er wäre tot umgefallen, wenn er gewusst hätte, wer seine Tochter in die feine Gesellschaft von Perth eingeführt hatte.

Im Hotel hatte sich die Nachricht, Mrs. Price sei eine Freundin des adligen Engländers, wie ein Lauffeuer verbreitet, und am Dienstagmorgen trafen elegante Visitenkarten und Einladungen bei ihr ein. Thora kannte diese Menschen nicht, ließ sie aber in ihre Traumwelt ein und machte sie zu ihren Freunden. Sie ging einkaufen und pickte sich nur die modischsten Kleider, Schuhe und Hüte heraus, während ihr die Damen in den eleganten Geschäften schmeichelten und zu ihrem exzellenten Geschmack gratulierten. Auf Edgars Rat hin ließ sie die Rechnungen ins Hotel und von dort aus nach Lancoorie schicken. Tanner leistete ihr gern Gesellschaft bei den Einkaufsbummeln und lud sie hinterher zum Essen ein. Schließlich brauchte sie als alleinlebende Frau in der Großstadt einen männlichen Begleiter.

Nachdem Thora handgefertigtes Briefpapier mit aufgemalten Wildblumen gekauft hatte, sagte sie unbekümmert allen Einladungen zu Mittagessen, Tees und Abendgesellschaften zu. Eines Morgens fand sie sich von einigen Damen umgeben beim Tee im Speisesaal des Hotels wieder. Dies sollte die erste und letzte Teegesellschaft sein, die sie besuchte.

Sie konnte sich nicht mehr genau erinnern, wie sie hergekommen war, doch all diese Frauen waren so liebenswürdig. Sie wurde zu ihrem Platz am besten Tisch geführt, der mit Rosen geschmückt war. Sie sammelten im Namen der St.-John-Wohltätigkeitsgesellschaft Geld für den Bau eines Hospitals. Als es ans Spenden ging, gab Thora großzügig hundert Pfund und erhielt dafür tosenden Beifall.

Danach versammelten sich die Damen in ihrer Nähe, da sie bestrebt waren, ihr vorgestellt zu werden. Alles lief wunderbar, bis irgendeine Person auf Thora zutrat und fragte: »Sind Sie nicht Thora Carty aus York?«

Sie drehte sich um und kreischte: »Wie können Sie es wagen! Ich kenne Sie nicht! Ich stamme nicht aus York! Wie können Sie so etwas sagen! Wer ist diese Person?«

Als sie sich später für ein intimes Abendessen zu zweit mit Edgar umzog, erinnerte sie sich an das tödliche Schweigen in einem parfümgeschwängerten Raum, in dem die Zeit stehengeblieben war. Hundert Augenpaare hatten sie aus unerfindlichen Gründen angegafft, doch sie hatte es mit einem Achselzucken abgetan. So viele Frauen hatten sie kennenlernen wollen, dass ein wenig Lampenfieber nur verständlich war. Schließlich war sie nun eine Berühmtheit.

Der Donnerstagmorgen begann mit einer Katastrophe. Thora wachte vom Rauschen des Regens auf und lief ans Fenster.

»Oh, nein!«

Daher war es nicht weiter überraschend, als man ihr eine Nachricht von Lord Kengally mit einem Strauß Rosen überbrachte. Er entschuldigte sich für die Absage des Ausflugs nach Minchfield House, der aufgrund des Wetters verschoben werden müsse. Um sie zu entschädigen, könne er sie vielleicht zu einem Essen im *Palace* überreden.

Thora nahm die Einladung an und fragte sich, warum sie beim Gedanken ans Betreten des Speisesaals eine leichte Nervosität verspürte.

Als Thora in einer gutgeschnittenen blauen Seidenrobe mit weich fließendem Rock auf ihn zukam, dachte Edgar voller Neid an Clem Price. Ihr blondes Haar war unter einem jener Riesenhüte verschwunden, die gerade der letzte Schrei waren. Nur wenigen Frauen standen diese Hüte, doch Thora gehörte zu diesen Glücklichen.

»Beim Zeus!«, sagte Kengally beeindruckt, und Edgar nickte kurz, bevor er auf Thora zueilte. »Sie ist schon etwas Besonderes, nicht wahr?«

Sie waren nur zu dritt, und Edgar genoss das Privileg, die Dame, die alle Blicke auf sich zog, durch den Raum zu geleiten. Kengally erhob sich fasziniert von seinem Stuhl.

»Meine Liebe, wäre ich bloß zwanzig Jahre jünger!«

»Was wäre dann?«, fragte Thora unschuldig. Edgar begriff, dass sie wieder einmal völlig zerstreut war, und stöhnte innerlich. Sie war sein Maskottchen und musste ihre Rolle spielen, anstatt geistesabwesende Bemerkungen von sich zu geben, bei denen Kengally in Gelächter ausbrach. Dieser liebte ihre

Naivität, während Edgar sie lediglich benutzte: Sie sollte den Engländer bei Laune halten. Die Antwort aus Kalgoorlie war negativ gewesen: »Keine Chance für weitere Pacht. Stop. Wann bekommen wir unser Geld? Stop.«

Begriffen diese Narren denn nicht, dass der Verkauf von der Verfügbarkeit der angrenzenden Pachtgrundstücke abhing? Er hatte gehofft, Kengally würde diesen Punkt übersehen, da sich seine Firma auf den Tiefbau konzentrieren wollte. Und was sollte die Frage nach dem Geld? Sie hatten die Option unterzeichnet und würden ihr Geld erhalten, sobald der Kaufvertrag mit Kengally unter Dach und Fach war.

Um Kengally zu beruhigen, hatte Edgar ein »Ersatztelegramm« verfasst, dem zufolge die Besitzer der angrenzenden Minen einen Verkauf begrüßten. Er hatte es Kengally ausgehändigt, bevor Thora den Saal betreten hatte.

Sie gab zu verstehen, dass sie beschlossen habe, an diesem Tag nur Champagner zu trinken.

»Das sollen Sie auch«, sagte Kengally. »Das ist das Mindeste, womit ich Sie für den ruinierten Tag entschädigen kann.«

»Es war nicht Ihre Schuld«, rief sie. »Der Regen hat ihn verdorben. Ich hätte meine anderen Verabredungen absagen sollen, doch ich habe es völlig vergessen.«

Kengally fand diese Bemerkung überaus witzig, doch Edgar hegte gewisse Zweifel. Vielleicht war ihm die Pointe entgangen. Ihre Antwort musste scherzhaft gemeint gewesen sein, da sie überhaupt keinen Sinn ergab. Die einzige abgesagte Verabredung war die für den Ausflug auf dem Fluss.

Sie genossen ihren Champagner. Als sie soeben das Essen bestellt hatten, ließ Kengally die Bombe platzen. »Tanner, ich habe einen weiteren Prüfer zur Lady-Luck-Mine geschickt. Ich bin sicher, dass Sie in gutem Glauben handeln, aber in seinem Telegramm steht, Lady Luck sei eine recht unsichere Investition. Ich werde es Ihnen später erklären.«

»Das ist doch Unsinn. Lady Luck ist ertragreich und birgt noch weitere Funde in größerer Tiefe.«

»Wir reden morgen darüber, alter Knabe. Müssen uns die Sache einmal genauer anschauen.«

Edgar war am Boden zerstört. Er wusste, dass Lady Luck eine lohnende Mine war, er wusste es ganz genau. Bestimmt hatte irgendjemand mehr geboten, und die Besitzer versuchten sich mit diesem Trick aus der Affäre zu ziehen. Aber sie hatten immerhin die Option unterschrieben. Mein Gott, er würde sie bei der Stange halten. Doch wie stand es mit Kengally, der inzwischen Thora seine ganze Aufmerksamkeit zugewandt hatte? Er hörte gern zu, wenn sie von der Schaffarm erzählte, die ihm allein aufgrund der ungeheuren Ausmaße ebenso exotisch erschien wie die Flora im Kings Park.

Der Champagner floss in Strömen, und Kengally bestand als Gastgeber darauf, dass man ihnen nur die besten Tropfen auftrug. Der Alkohol löste Thoras Zunge. Edgar kamen die beiden, die während der gesamten Mahlzeit angeregt plauderten, wie zwei Jugendliche vor, während er mit sorgenvoller Miene daneben saß und eifersüchtig feststellte, dass Thora ihm keinerlei Aufmerksamkeit schenkte.

Edgar versuchte, das Gespräch wieder in ein ernsteres Fahrwasser zu lenken. »Lord Kengally, haben Sie schon gehört, dass in England ein wahrer Ansturm auf die Londonderry-Aktien stattfindet?«

»Was ist Londonderry?«, wollte Thora wissen.

»Eine Goldmine.«

Sie lachte. »Ach, Sie beide können auch über nichts anderes als Gold reden. Wenn Sie Gold wollen, sollten Sie mit meinem Mann sprechen.«

»Ist er an einer Investition interessiert?«, fragte Kengally.

»Warum sollte er? Er besitzt eine eigene Mine. Eine märchenhafte Goldmine. Er schickt Alice immer große Geldsummen.«

»Ist Alice Ihre Schwägerin?«

»Ja, sie kümmert sich um die Bankgeschäfte.«

Kengally blieb neugierig. »Ich dachte, die Farm gehöre Mr. Price?«

»Das ist wahr, aber er musste einfach auf die Goldfelder. Es wäre dumm gewesen, nicht mitzugehen.«

»Natürlich. Und er hatte Erfolg?«

Tanner schüttelte leicht verärgert den Kopf. »Als ich Clem das letzte Mal gesehen habe, schlug er sich mit Seifengold herum. Er sollte besser bei seinen Schafen bleiben.«

»Und das zeigt«, gab Thora kess zurück, »wie wenig Sie auf dem Laufenden sind, Edgar. Clem hat jetzt eine neue Mine namens Yorkey, in der er jede Menge Gold findet. Doch das muss ein Geheimnis bleiben.«

»Es ist sicher bei uns«, erwiderte Tanner grinsend. »Wo liegt sie denn?«

»Du lieber Himmel, das weiß ich doch nicht. Irgendwo da draußen.« Sie wandte sich wieder an Kengally. »Er schreibt, die Goldfelder seien ganz fürchterlich. Ich kann nicht glauben, dass Sie dort hingehen werden, Lord Kengally.«

»Wenn das Geschäft es verlangt, meine Liebe.«

Später unterhielt er sich mit Edgar unter vier Augen. »Geheimnisse interessieren mich. Vielleicht sollten wir uns um weitere Informationen bemühen.«

»Ich könnte ein Telegramm an einen Freund in Kalgoorlie schicken. Dort hielt sich Price auf, als ich ihm das letzte Mal begegnet bin. Ich lasse Nachforschungen anstellen.«

»Damit es die ganze Welt erfährt? Telegramme sind bekanntermaßen eine indiskrete Angelegenheit. Sie kennen Price, wieso fahren Sie nicht hin und suchen ihn persönlich auf?«

»Und was ist mit Lady Luck?«

»Die Option läuft noch drei Wochen. Das sollte reichen, um etwas über diese Yorkey-Mine in Erfahrung zu bringen. Sie können mir die Ergebnisse Ihrer Nachforschungen telegrafieren, aber bitte verschlüsselt.«

So leicht ließ sich Edgar nicht abspeisen. Auch glaubte er Thora nicht so ganz. Sie neigte zu Übertreibungen. Bisher hatte es ihn nicht gestört, solange sie Kengally damit nur bei Laune hielt.

»Warum fahren wir nicht gemeinsam? Wir könnten beide Minen besichtigen und vor Ort mit den Prüfern sprechen.«

»Geht leider nicht, mein Junge. Ich habe schon Arrangements fürs Wochenende getroffen. Werde Warburton besuchen. Am besten, Sie fahren vor, und ich komme am Montag nach. Von unterwegs können Sie mir eine Reiseroute kabeln, denn der Weg ist meines Wissens sehr gefährlich.«

»Ja, wenn man sich nicht auskennt, bedarf es einiger Vorbereitungen. Sie haben mit dem Bau der Bahnstrecke nach Southern Cross begonnen, aber es wird noch lange dauern, bis sie befahrbar ist.« Tanner jubelte innerlich und beschloss, Thora ein Geschenk zu machen. »Ich buche Ihnen Hotelzimmer in Northam, Southern Cross und Kalgoorlie, dann können Sie in drei Etappen reisen. Können Sie reiten?«

»Dafür bin ich noch nicht zu alt«, grinste Kengally. »Ich bin geritten, bevor ich laufen konnte. Sie arrangieren die Safari, und ich sitze Montagmorgen im Zug. Das wird ein Abenteuer, was?«

Überaus zufrieden mit dem Verlauf dieses Tages kehrte Edgar ins Büro zurück und schickte seinen Angestellten los, um Pralinen für Thora zu kaufen. Um sieben Uhr war er mit der liegengebliebenen Arbeit durch und eilte ins Hotel zurück. Einen ständigen Aufenthalt im *Palace*, dem Mittelpunkt des gesellschaftlichen Lebens von Perth, konnte er sich nicht leisten. Für einige Shilling versorgten die Gepäckträger ihn jedoch mit den notwendigen Informationen über die jeweiligen Gäste. Die Investition hatte sich bereits bezahlt gemacht, da er auf diese

Weise im Billardzimmer auch Lord Kengally kennengelernt hatte. Auch das *Albert Hotel* in Kalgoorlie diente ihm als sprudelnde Informationsquelle. Edgar selbst hatte im Grunde keinen festen Wohnsitz.

Im Flur traf er Lydias Nanny. »Ist Mrs. Price da?«

Das Mädchen schaute ihn besorgt an. »Sie ist immer da.«

Das kam Edgar seltsam vor. Er zwinkerte ihr zu und klopfte an.

Die Nanny hieß Henrietta Barnes, wurde jedoch allgemein Netta gerufen. Sie hatte sich um eine Stelle als Hausmädchen beworben und war vorübergehend bei Thora gelandet. Miss Devane hatte sich für sie entschieden, da sie ausgezeichnete Zeugnisse vorweisen konnte und als ältestes von acht Kindern an den Umgang mit Babys gewöhnt war. Miss Devane war mit ihr zufrieden, da sie mit Lydia so gut zurechtkam. Hingegen wusste sie nicht, was sie von Lydias Mutter halten sollte, die ihr ziemlich sonderbar erschien.

Netta hatte lange genug als Dienstbotin gearbeitet, um zu wissen, dass sie ihre Arbeitgeber niemals kritisieren durfte, weil sie unweigerlich davon erfahren würden. Die Bemerkung gegenüber Mr. Tanner war ihr einfach herausgerutscht. An seinem Blick hatte sie gemerkt, dass sie ihm seltsam vorgekommen war.

Sie hatte damit lediglich sagen wollen, dass Mrs. Price selten das Zimmer verließ. Am Morgen beantwortete sie die Einladungen und brachte die Briefe zur Post. Mrs. Price nahm alle Einladungen mit Freude an, kam ihnen jedoch niemals nach – abgesehen von der einen morgendlichen Teegesellschaft. Sie ging nur mit ihren beiden »Verehrern« aus, doch beanspruchten diese keineswegs ihre gesamte Zeit.

Und in ebendieser Zeit, in der sie nicht ausging, verhielt sie sich so seltsam. Sie saß stets auf einem Stuhl am Fenster. »Unterwegs mit den Elfen«, pflegte Netta zu sich selbst zu sagen, da die Frau sich dann nicht für ihr Kind interessierte, nicht las, nicht redete und auch nichts aß. Wenn Netta anbot, ihr etwas zu bestellen, lehnte sie ab. Sie hätte beispielsweise schwören können, dass Mrs. Price am Donnerstag überhaupt nichts zu sich genommen hatte. Vielleicht war die arme Frau einfach zu schüchtern, um allein im Speisesaal zu essen, doch selbst als sie ihr angeboten hatte, ein schönes Essen hochbringen zu lassen, hatte Mrs. Price ihr hochmütig geantwortet: »Daran würde ich im Traum nicht denken. Ich habe so viele gesellschaftliche Verpflichtungen, dass ich gar nicht allen nachkommen kann.«

Netta war einer Auseinandersetzung aus dem Weg gegangen. Und so war Mrs. Price auf ihrem Stuhl sitzen geblieben und in einer anderen Welt versunken.

Netta hatte an diesem Tag vorgeschlagen, dass sie Lydia in deren neuem Kinderwagen spazieren fahren könnten, doch die Missus war zum Lunch verabredet. Netta war froh, dass sie etwas essen würde und sie selbst dem Zimmer entfliehen konnte.

Und mit etwas Glück würde Mr. Tanner ihre Herrin jetzt auch zum Abendessen entführen.

Thora war nicht überrascht ihn, zu sehen, und freute sich so über die Pralinen, dass sie Tanners herzlichen Wangenkuss, gar nicht zu bemerken schien.

»Wohin gehen wir heute Abend?«, erkundigte sie sich.

Er hatte eigentlich nicht vorgehabt, Thora an diesem Abend auszuführen, da er am nächsten Morgen aufbrechen wollte. Unten in der Bar saßen überdies einige seiner Kunden, mit denen er in Kontakt bleiben musste, doch Thora sah einfach himmlisch aus und wühlte schon in einem Berg von Hüten.

Schließlich entschied sie sich für einen Hut aus braunem Velours, und sie machten sich auf den Weg.

Tanner führte sie in ein kleines Cafe am Flussufer, wo sie eine ruhige Mahlzeit einnahmen.

»Sie wirken müde«, bemerkte Edgar. »Mir geht es ähnlich. Habe zu viel Champagner zum Mittagessen getrunken.«

»Es war auch eine anstrengende Woche.«

Sie schlenderten durch den Garten, der mit japanischen Laternen geschmückt war.

Edgar ergriff ihre Hand. »Habe ich Ihnen schon gesagt, wie schön Sie sind?«

»Nein, aber ich gestatte es Ihnen«, erwiderte sie sittsam. Edgar konnte nicht widerstehen – er nahm sie sanft in die Arme und küsste sie. Thora sah lächelnd zu ihm auf. »Ist das nicht romantisch?«

»Sie selbst sind durch und durch romantisch«, murmelte er und küsste sie noch einmal, doch dann trat ein anderes Paar aus dem Café, und er löste sich von ihr.

Auf dem Heimweg teilte Edgar ihr mit, dass er am nächsten Morgen nach Kalgoorlie reisen würde, und musste zu seiner Enttäuschung feststellen, dass es sie nicht weiter zu berühren schien.

»Ach, Sie Armer, diese schreckliche Zugfahrt«, sagte sie lediglich, als sie vor der Tür ihres Zimmers standen. »Denken Sie daran, nicht mit fremden Leuten zu reden. Vielen Dank auch für die Pralinen, das war sehr lieb von Ihnen.«

Dann schloß sie leise die Tür hinter sich.

Alice brachte es einfach nicht über sich, Clem von Thoras Reise nach Perth zu berichten. Sie war der Ansicht, dass er es am besten von seiner Frau erfahren sollte, und schrieb am Ende der Woche noch einmal an ihre Schwägerin. In diesem Brief flehte sie Thora an, nach Hause zu kommen. Sicher war es gut und schön, dass Thora es so gut getroffen hatte, doch wenn Alices Brief sie erreichte, hielt sie sich bereits zwei Wochen in Perth auf. Das erschien Alice lang genug. Clem würde sicher in Wut geraten, wenn er von dieser Eskapade erfuhr, und es wäre beruhigend, ihm sagen zu können, dass Thora sich auf dem Heimweg befand.

Alice beendete den Brief. Sie hatte darauf verzichtet, Thora die Neuigkeiten mitzuteilen, da sie sie ohnehin nur abgelenkt hätten.

Der Brief an Clem fiel ihr auch nicht leichter, da es ihr unehrlich erschien, ihm das Verschwinden seiner Frau und seines Kindes zu verschweigen.

»Oh, verdammt«, sagte sie schließlich, »ich bin nicht der Hüter deiner Frau.« Und so machte sie sich ans Werk. Clem sollte endlich erfahren, dass sie und George sich nach einem langen Gespräch zur Heirat entschlossen hatten. Sie würde allerdings nicht erwähnen, dass ihr erster Abend nach Thoras Abreise ausgesprochen verkrampft verlaufen war. Als sie George in dem einsamen Haus das Essen serviert hatte, hätte sie ihre Schwägerin erwürgen können. Sie hatte sogar mit dem Gedanken gespielt, Clem telegrafisch zur Rückkehr aufzufordern, doch dafür hätte sie ihm wiederum einen Grund nennen müssen.

»Hast du dir in letzter Zeit einmal unsere Papiere angesehen?«, hatte George gefragt.

»Welche Papiere?«

»Unsere Bewährungspapiere.«

»Guter Gott, nein.« Warum musste er ausgerechnet an diesem Abend dieses Thema anschneiden? Die Situation war ohnehin peinlich genug.

»Dann solltest du es tun«, antwortete er mit rotem Kopf. »Wenn du sie dir angesehen hättest, wüsstest du, dass Mike und ich freie Männer sind. Seine Bewährungsfrist ist kurz nach seinem Aufbruch mit Clem abgelaufen, meine vor einem Monat.«

»Oh, George, das freut mich sehr für dich. Tut mir leid, das hätten wir feiern müssen. Aber warum sagst du es mir gerade jetzt? Willst du weggehen?«, Diese verdammte Thora! Jetzt würden sie George verlieren, den besten Arbeiter, den Lancoorie je erlebt hatte. Er war nicht dumm und wusste selbst, dass ihr Zusammenleben Anlass zu Gerede geben würde.

»Es liegt bei dir, Alice.« Er wechselte rasch das Thema und erzählte von seiner harten Jugend in Liverpool. »Ich will nichts beschönigen. Ich war ein schlimmer Bursche und hätte damals kaum mit einer Dame wie dir sprechen können.«

Alice vermutete, er rede nur, um ein peinliches Schweigen zu vermeiden.

Er sei mit einer Strafgefangenen aus London verheiratet gewesen, die er auf dem Sträflingsschiff kennengelernt habe. Man hatte sie zur Arbeit auf eine Farm nach Bunbury geschickt, wo man die Sträflinge schlimmer als Tiere behandelte.

»Wir versuchten durchzuhalten«, berichtete George, »aber Jane, meiner Frau, ging es nicht gut. Sie hat sich nie davon erholt, was sie auf diesem Schiff hat ertragen müssen. Und es war schon für Männer schier unerträglich.« Er seufzte. »Jane wurde immer dünner und kränker, doch sie kämpfte weiter. Wir hatten erfahren, dass Sträflinge freikommen und in Australien ein gutes Auskommen finden konnten. Wir waren die Letzten, die deportiert wurden, und wollten dieses Ziel erreichen. Am Ende war sie sogar zu schwach, um aufzustehen, doch dieser Schweinehund – entschuldige bitte meine Ausdrucksweise, aber er war …« Er schüttelte niedergeschlagen den Kopf. »Er entließ uns, obwohl ich Janes Arbeit im Obstgarten übernommen hatte. Ich sagte ihm, wir würden gehen, sobald sie wieder gesund sei, und bat ihn, einen Arzt zu holen. Er wollte, dass wir auf der Stelle gingen …«

George schob seinen Teller beiseite. »Jane ist in jener Nacht gestorben.«

»Das tut mir sehr leid.«

»Tat es ihm auch«, erwiderte George grimmig. »Mir war alles egal. Ich habe ihm die Prügel seines Lebens verpasst, seine Küche nach Essen durchsucht, in einer Schublade ein Pfund gefunden und bin davongelaufen. Ich machte mich auf den Weg nach Süden. Dort wollte ich von einem Hafen aus als blinder Passagier reisen, doch sie fingen mich ein und warfen mich erneut ins Gefängnis von Fremantle. Die Anklage lautete genauso wie damals in England: Körperverletzung und Raub.« Er lächelte. »Eine schöne Geschichte, was?«

»Traurig.«

»Na ja, vergessen wir das. Irgendwann bin ich dann hier gelandet. Ich kann nicht sagen, dass ich die Prügel bedauere, die ich diesem Farmer verpasst habe …«

»Das kann ich gut verstehen.«

»Die Sache ist so: Bei der Arbeit habe ich dieses Land liebgewonnen. Man fühlt sich frei, selbst wenn man gefangen ist, falls du verstehst, was ich meine.«

Sie verstand es nicht, nickte aber dennoch.

»Dann kam ich nach Lancoorie. Alice, ich will dir nur sagen, dass ich mich noch nirgendwo so wohl gefühlt habe. Das Gefängnis hat aus mir keinen besseren Menschen gemacht, aber hier habe ich so etwas wie Selbstachtung gewonnen. Verstehst du das?«

»Ja.«

Er schnitt eine Scheibe Brot ab und reichte sie ihr. »Es ist so«, setzte George schwerfällig an, »ich mag zwar nur ein Farmarbeiter sein, aber ich bin immerhin kein Verbrecher mehr. Siehst du das auch so?«

»Auf mein Wort, das tue ich.« Alice lächelte. »Und es steht auch in den Bewährungsakten.«

»Papiere sagen nicht immer die Wahrheit. Ich kenne Männer, die niemals ins Gefängnis gehört hätten, und andere, die man niemals hätte freilassen dürfen. Es geht jetzt um mich. Würdest du mich als anständigen Menschen bezeichnen?«

»Ohne jeden Zweifel. Und du bist nicht nur ein Farmarbeiter, sondern unser Freund.«

George sah sie ernst an. »Dann, Miss Price, hoffe ich, dass du meine Bitte nicht als Zumutung auffaßt. Wir beide verstehen uns doch gut. Ich habe mich gefragt, ob du mich heiraten und Mrs. Gunne werden würdest.«

Das Wochenende war einfach himmlisch. Alice genoss plötzlich die Einsamkeit, die Tatsache, dass niemand sie mit banalem Geplauder störte, so dass sie in Ruhe arbeiten und abends gemeinsam am Kamin sitzen konnten. Am Sonntagabend wollte George wie gewöhnlich seinen Kakao mit auf sein Zimmer nehmen, blieb dann aber unentschlossen in der Küchentür stehen.

»Du kannst dich noch anders entscheiden.«

»Das werde ich nicht tun, George.«

»Du weißt, dass ich dich liebe, oder?«

Alice küsste ihn sanft auf den Mund. »Du bist sehr nett, George. Es wäre mir eine Ehre, Mrs. Gunne zu werden.« Er grinste von einem Ohr zum anderen und erwiderte voller Begeisterung ihren Kuss. Alice lachte. »Pass auf, du verschüttest deinen Kakao.«

Am Montag gönnten sie sich einen freien Tag und fuhren in die Stadt. George sprach auf der Polizeiwache vor. Fearley unterschrieb und stempelte zwei Dokumentensätze, die ihn und Mike zu freien Männern erklärten, und wünschte ihm viel Glück.

»Wo steckt Ihr Kumpel?«, erkundigte sich der Polizist.

»Ist mit dem Boss auf den Goldfeldern. Läuft ganz gut bei den beiden.«

Fearley seufzte. »Manchmal denke ich, ich sollte alles hinwerfen und auch mein Glück dort versuchen.«

»Sicher«, sagte George, für den in diesem Moment nur seine Freiheit zählte. Sogar Fearley brachte ihm nun Respekt entgegen. Das tat gut. Er ging in den Kolonialwarenladen, bestellte

Vorräte für Lancoorie und hinterließ dann beim Viehhändler einen Aufruf, dass Lancoorie Scherer suche. Sie würden die Männer zwar erst in einigen Monaten brauchen, doch aufgrund des derzeitigen Mangels an Arbeitskräften musste man sich frühzeitig darum kümmern.

Alice machte inzwischen Besorgungen. Da sie beide neue Kleider für die Hochzeit brauchten, trafen sie sich beim Tuchhändler. Alice hatte sich ein braunes Kleid und einen schönen Filzhut mit kupferfarbenen Bändern gekauft. Auf der Theke lagen zwei weiße Hemden und Hosen für George.

Sie nahm ihn beiseite. »Ich muss noch Strümpfe und andere Kleinigkeiten besorgen. Geh bitte nach nebenan zum Schuhmacher, und kaufe dir ein Paar Schuhe. Aber keine Stiefel, die kannst du in der Kirche nicht tragen.«

George nickte und bemerkte, dass der Tuchhändler sie neugierig betrachtete. Er staunte, dass Alice so gelassen ihren Geschäften nachging und keinerlei Anstalten machte, den Besitzer des Ladens über ihre Pläne aufzuklären. Das war vielleicht eine Frau!

Erst als sie auf dem Heimweg waren und erwartungsvoll auf St. Luke's zusteuerten, um das Aufgebot zu bestellen, fiel Alice ein, dass sie gar nicht ins Postamt gegangen war und sich nach Briefen für Lancoorie erkundigt hatte.

»Macht nichts«, sagte sie, »wir werden uns gedulden. Clem müsste inzwischen schon wissen, dass Thora in Perth ist. Sie wird ihm wohl selbst geschrieben haben.«

Clem aber war völlig ahnungslos. Er arbeitete hart in der Yorkey-Mine und fand noch mehr goldhaltiges Quarz. Der Prüfer hatte ihnen bei seinem Besuch einen exzellenten Bericht ausgestellt, doch waren ihm andere Schürfer auf den Fersen gefolgt und hatten verärgert festgestellt, dass Clem seinen Morgen deutlich erkennbar abgesteckt hatte: Damit die Grenzen auch beachtet wurden, hatte Mike Lumpen an die Bäume gebunden, die ständig im Wind flatterten. Manche behaupteten, es sei illegal, ein solches Stück Land für sich zu beanspruchen. Da sie jedoch neu auf den Goldfeldern waren, kannten sie ihre Rechte nicht so genau und gruben um Clems Claim herum.

Als Tanner in Kalgoorlie eintraf, eröffnete er sein Büro im Erdgeschoß des *Albert Hotel* und stellte Nachforschungen über Clem Price an.

Er fand heraus, dass Clem und Mike die erste Mine verkauft hatten, doch die wirklich interessante Neuigkeit war die, dass Mike Deagan nun der Besitzer des *Black Cat* war. Vor Tanners Abreise hatte man das alte Gebäude abgerissen, doch er hatte kaum Notiz davon genommen, da er zu sehr mit seinen eigenen Angelegenheiten beschäftigt gewesen war. Es erforderte viel Zeit und große Hartnäckigkeit, um eine wirklich vielversprechende Mine ausfindig zu machen. Er musste die Karten im Büro des Aufsichtsbeamten prüfen, sich in die Zeltlager der Goldgräber begeben und sich überall umhören und Tipps geben lassen. Auf diese Weise war er auch auf die Lady-Luck-Mine gestoßen.

Wie war Deagan als Sträfling bloß an das Geld gekommen? Die Mine, in der er und Clem gearbeitet hatten, hatte nur geringe Goldmengen zutage gefördert, und dem neuen Besitzer erging es nicht besser. Und nun dieses prachtvolle Gebäude! Das improvisierte Bordell war einem hübschen zweistöckigen Haus gewichen, das überaus repräsentativ wirkte. Glory war ein echtes Schlitzohr! Sie hatte bestimmt einen netten Preis gefordert. Woher also hatte Deagan das Geld? Wie lange arbeiteten er und Clem schon in der Yorkey-Mine?

Tanner suchte das Gerichtsgebäude in der Hannan Street auf, um das Grundbuch einzusehen. Nachdem er die Eintragung gelesen hatte, lehnte er sich mit einem zufriedenen Lächeln zurück.

Clem! Er hatte das *Black Cat* gekauft und Deagan als Strohmann benutzt. Der Kredit, den er selbst Clem Price eingeräumt hatte, war ihm dabei zugute gekommen. Der Junge hatte wirklich Grips. Konnte es eine bessere Investition als ein gutes Bordell geben? Allerdings fiel es ihm schwer, sich Clem als Bordellbesitzer vorzustellen, doch die Menschen überraschten einen immer wieder. Immerhin war er so klug gewesen, die Sache nicht an die große Glocke zu hängen. Tanner hätte um jeden Einsatz gewettet, dass Thora keine Ahnung von dieser Investition hatte. Er lachte. Mein Gott, sie würde einen Anfall bekommen! Vielleicht stammte das ganze Geld, von dem sie in Perth gesprochen hatte, aus dem Bordell, und Yorkey war nur eine Finte. Nun, er würde der Sache genauer auf den Grund gehen …

»Dreihundert Unzen! Aus Yorkey?«, Der Leiter der Prüfanlage wirkte belustigt. »Clem Price hat ausgesehen, als hätte ich ihm gesagt, seine Mine sei eine Niete. Er machte gar keinen begeisterten Eindruck. Ist schon ein seltsamer Vogel.«

Im Büro des Aufsichtsbeamten erfuhr Edgar die genaue Lage der Yorkey-Mine und brach am nächsten Morgen in aller Frühe auf, um seinen Freund Clem zu besuchen.

10. Kapitel

Mrs. Morgan war noch immer entrüstet über Miss Lavinias Einweisung und kündigte. Die neue, von Lil eingestellte Köchin konnte Zeugnisse aus guten Hotels und Erfahrung mit »Großveranstaltungen« vorweisen, was Mr. Warburton sehr freuen würde. Er hatte Lil klargemacht, dass nun für Minchfield House eine neue Ära anbrechen werde. Sie würden des Öfteren Gäste empfangen, und er gab Anweisung, den Weinkeller, von dessen Existenz Lil bisher nichts geahnt hatte, zu reinigen und aufzufüllen.

Warburtons erste Gartenparty war in Lils Augen eine reichlich steife Veranstaltung. Die Damen und Herren spazierten in ihrem Sonntagsstaat über den Rasen und wirkten ziemlich gelangweilt, bis die Erfrischungen aufgetragen wurden. Sogleich fielen sie wie die Heuschrecken über die Tische her. Danach machten viele einen Rundgang durchs Haus. Lil war wenig begeistert von der Neugier der Gäste. Aus den Unterhaltungen schloß sie, dass Miss Lavinias Schicksal allgemein bekannt war.

»Er hat seine Schwester einsperren lassen«, sagte eine Frau. »Und dann selbst den Besitz übernommen.«

Als Lil in die Bibliothek spähte, hörte sie jemanden flüstern: »Er ist selbst ein bisschen seltsam.« Sie begriff, dass es sich bei den Gästen keineswegs um Freunde des früher so zurückgezogen lebenden Warburton handelte, sondern um Leute, die in der Gegend wohnten und die Einladung aus purer Neugier angenommen hatten. Die meisten verließen die Party früh. Nur die durstigen Seelen bewiesen Sitzfleisch. Sie saßen in einer kleinen Gruppe zusammen, ließen sich die exzellenten Weine munden und ignorierten ihren Gastgeber.

Schließlich stürmte Mr. Warburton ins Haus und wies seine Haushälterin an, dafür zu sorgen, dass diese Leute sich entfernten.

»Wie?«, wollte sie wissen.

»Räumen Sie den Wein ab!«

Lil wies die beiden Serviererinnen an, bei jedem Gang ins Haus einige Flaschen mitzunehmen, damit ihre Taktik nicht allzu offensichtlich wurde. Sie selbst war von der Party ebenso enttäuscht wie der Gastgeber. Die Vorbereitungen waren aufwendig gewesen, und Mr. Warburton hatte weder Kosten noch Mühe gescheut, um seinen Gästen etwas zu bieten. Doch Lil hatte ihn mehr als einmal allein und verwirrt irgendwo herumstehen sehen, als wisse er nicht, wie er sich verhalten solle.

»Sie sind kein guter Unterhalter, Sir«, dachte sie, als sie an der Tür zur Bibliothek vorüberging. Vielleicht wusste er einfach nicht mehr, wie man sich in Gesellschaft verhielt.

In der ersten Zeit nach Miss Lavinias Einweisung hatte Lil versucht, sie zu kopieren, und immer schwarze Kleider und einen Schlüsselbund am Gürtel getragen. Doch diese Farbe stand ihr überhaupt nicht. Auch der strenge Knoten passte nicht zu ihr. Daher veränderte sie ihre Garderobe wieder: Eine Weile lang trug sie eine weiße, dann eine farbige Bluse, und zuletzt wagte sie sogar, sich in einem blau-weiß karierten Kleid mit weißen Manschetten und weißem Kragen zu zeigen. Inspiriert von den Frisuren, die sie bei den Damen, die auf der Party gewesen waren, gesehen hatte, schnitt sie sich einen Pony und steckte die Haare am Hinterkopf mit Kämmen auf.

Warburton bemerkte die Veränderungen durchaus. Er sah von seinem Frühstück auf, spähte über die Brille und erklärte: »Sie sehen heute hübsch aus, Mrs. Cornish.« Dann wandte er sich wieder seiner Zeitung zu.

Lil war begeistert. »Vielen Dank, Sir.« Doch er schien ihre Antwort nicht zu hören.

Lil entschied, dass sie ihre Mahlzeiten nicht mehr gemeinsam mit dem übrigen Personal einnehmen könne, da sie nicht in dessen Klatsch hineingezogen werden wollte. Küche und Speisezimmer kamen fürs Essen nicht in Frage. Daher ließ sie es sich in ihr kleines Wohnzimmer hinaufbringen, wo sie auch die Buchhaltung erledigte. Die Tatsache, dass Haushaltsführung mehr hieß, als einen ständigen Kampf gegen den Staub zu führen oder andere Mängel zu beseitigen, hatte sie zunächst verunsichert, doch bei der Durchsuchung von Miss Lavinias Zimmer war sie schon bald fündig geworden. Zu ihrer Überraschung hatte Miss Lavinia über viele Jahre hinweg sorgfältig Buch geführt. Diese Bücher enthielten nicht nur eine vollständige Inventarliste von allen Gegenständen, die sich im Haus befanden – angefangen bei der feinen Tischwäsche bis hin zur schlichtesten Teekanne –, sondern auch Aufzeichnungen über die Geschichte aller gekauften, reparierten oder ersetzten Möbelstücke, Kopien von Menüplänen, Rezepten und eine Fülle weiterer Informationen. Lil beschloss, mit dieser Tradition fortzufahren. Abend für Abend widmete sie sich dieser Aufgabe und führte die großen Hauptbücher mit der gewohnten Sorgfalt weiter. Sie stellte fest, dass es ihr viel Freude machte, alles in bester Ordnung zu wissen. Mr. Warburton sollte kein Anlass geboten werden, sich über seine neue Haushälterin zu beschweren.

Schließlich überwand er die Enttäuschung über die misslungene Gartenparty und fand wieder Freude am Alleinsein. Eines Tages traf er im Vorbeigehen auf Lil, die gerade Wäsche mangelte, und blieb nach wenigen Schritten stehen.

»Mrs. Cornish, ich habe mich gefragt, wo Sie Ihre Mahlzeiten einnehmen.«

»Auf meinem Zimmer, Sir. Ich hoffe, es ist Ihnen recht.«

»Durchaus, durchaus. Aber wäre es für Sie nicht angenehmer, im Speisezimmer zu essen?«

Lil fand diese Idee ziemlich töricht. Der Tisch wurde lange vor den Mahlzeiten für Warburton gedeckt, und sie würde warten müssen, bis er mit dem Essen fertig wäre.

»Wenn Sie es wünschen, Sir«, erwiderte sie gehorsam. »Ich werde mit dem Essen warten, bis Sie Ihre Mahlzeit beendet haben.«

»Nein, nein. Man soll für zwei decken. Es ist albern, dass wir beide jeweils allein essen. In Zukunft werden Sie die Mahlzeiten mit mir gemeinsam einnehmen, es sei denn, ich habe Gäste. Ich hoffe, Sie haben Verständnis dafür, dass ich in diesem Falle eine Ausnahme machen muss.«

Lil war glücklich. Das war mehr als eine Beförderung! In diesem Moment wusste sie, dass sie es geschafft hatte.

Eines Tages kam Warburton in heller Aufregung zu ihr. »Ein lieber Freund von mir ist in Perth eingetroffen. Es ist sein erster Besuch in Australien, und er wird mit einigen Freunden nach Minchfield House kommen. Ich werde ein großes Bankett veranstalten. Ich möchte, dass Lord Kengally Minchfield in vollem Glanz erlebt.«

Lil fiel beinahe in Ohnmacht. »Sagten Sie ›Lord‹, Sir? Der Herr ist ein Lord?«

»In der Tat. Während meines Aufenthaltes in London waren wir eng befreundet, und er hat mir viel Gutes getan. Sie und die Köchin werden ein hervorragendes sechsgängiges Menü zaubern, und ich werde mich um den Wein kümmern.«

Dieses Ereignis war für Mr. Warburton weitaus wichtiger als die Gartenparty, und er sauste hektisch durchs Haus, um überall nach dem Rechten zu sehen.

Am Mittwochabend war alles vorbereitet. Man hatte den Esstisch ausgezogen, so dass er Platz für vierzehn Gäste bot, und ihn mit dem schönsten Besteck und Porzellan, das Minchfield zu bieten hatte, gedeckt. Die Gärtner hatten tagelang die Bäume und Büsche im Park gestutzt und beschnitten, so dass kein Blatt mehr aus der Reihe tanzte. Die Anlegestelle war mit roten, weißen und blauen Bändern geschmückt worden. Das Haus sah an diesem Abend noch majestätischer aus als sonst, und Lil war von der Pracht einfach hingerissen.

»Sie müssen sehr stolz sein, Sir«, sagte sie bewundernd.

»Das bin ich, Mrs. Cornish, und ich möchte Ihnen für Ihre Mühe danken. Es ist keine leichte Aufgabe, ein Haus dieser Größe in Ordnung zu halten.«

An diesem Abend stand Lil am geöffneten Fenster und atmete tief die Luft von draußen ein. Sie ahnte Schlimmes. Ein starker, salziger Wind wehte vom Meer her. Um Mitternacht, als sich die ersten Anzeichen des heftigen Sturms, der sich über dem Indischen Ozean zusammengebraut hatte, bemerkbar machten, stand sie noch einmal auf, um die Läden zu schließen. Die ganze Nacht heulte der Wind ums Haus. Am Morgen schließlich hatte der Sturm seinen Höhepunkt erreicht. Regen peitschte gegen die Fenster, Bäume wurden entwurzelt, das Dach der Personalunterkunft flog davon, der Fluss wurde zum reißenden Strom. Noch nie hatte Lil den Swan River so aufgewühlt erlebt. Sie fürchtete das Schlimmste.

»Sie werden nicht kommen«, sagte Mr. Warburton betrübt, während das Unwetter ums Haus tobte und ein Hagelschauer auf dem Rasen des Parks niederging. »Bei diesem Wetter kann keine Yacht flussaufwärts fahren.«

Ein durchnäßter Bote kämpfte sich bis Minchfield House und bestätigte Mr. Warburtons Befürchtungen. Lord Kengally hatte ein Telegramm geschickt, in dem er seinem Bedauern Ausdruck gab, dass der Ausflug nicht stattfinden könne.

Mr. Warburton war niedergeschmettert. Die Anlegestelle sah erbärmlich aus, die zerrissenen Bänder flatterten traurig im

Wind. Im Speisezimmer wartete der schön gedeckte Tisch noch immer auf die Gäste.

Mr. Warburton war den Tränen nahe. »Bringen Sie alles hinaus«, schrie er Lil an. »Räumen Sie den Tisch ab, werfen Sie das Essen weg. Ich will es nicht mehr sehen.«

»Wie Sie wünschen, Sir«, antwortete Lil und dachte dabei, dass die Dienstboten in den nächsten Tagen nie da gewesene Gaumenfreuden erleben würden.

»Warum geht bloß alles, was ich plane, daneben?«, jammerte Warburton.

»Am Wetter können Sie nichts ändern. Das war einfach Pech.«

»Ich bin dieses Haus leid. Ich sollte es verkaufen und nach Perth ziehen. Keine Menschenseele ist in der Nähe. Ich bin von Bauerntölpeln mit großem Durst und schlechten Manieren umgeben.«

Lil bekam Angst. Minchfield verkaufen? Was sollte dann aus ihr und Caroline werden? Eine so gute Stelle würde sie nicht wieder finden. Als Respektsperson hatte sie überdies das Recht, die Hausmädchen zum Babysitten zu verpflichten. Diese brannten wiederum darauf, auf Caroline aufpassen zu dürfen, da sie so ihren alltäglichen Pflichten entgehen konnten. Sie fütterten die Kleine mit Begeisterung und machten mit ihr lange Spaziergänge im Park. Caroline wurde von ihnen nach Strich und Faden verwöhnt.

»Sie werden nicht mehr kommen«, mutmaßte Warburton. »Lord Kengally ist ein vielbeschäftigter Mann, der in Gold und Stahl und dergleichen investiert.«

Während der Donner grollte und der Regen an die Fensterscheiben klatschte, saß Mr. Warburton zusammengesunken an seinem Schreibtisch und bot ein Bild des Jammers. Lil beschloss, einen Vorstoß zu wagen, und legte den Arm um ihn. In seinem dünnen Jackett fühlte er sich kompakter an, als sie es von einem Mann erwartet hatte, der doppelt so alt war wie sie. »Nehmen Sie es nicht so schwer, Sir. So etwas passiert eben.«

»Ja, so etwas passiert *mir!*«, Seine Stimme klang hart. »Wissen Sie, dass ich eigentlich Künstler werden wollte? Ich bin nach London gegangen, um zu studieren. Meine gesamte Familie mißbilligte diese Entscheidung. Mein Vater und mein Onkel, der dieses Haus erbaut hat, hatten ein Geschäft zusammen, doch keiner von beiden wollte mir auch nur einen Penny geben. Doch ich blieb standhaft, studierte weiter und verkaufte genügend Bilder, um hier und dort ein Pfund zu verdienen. Im Übrigen lebte ich von dem, was mir meine Mutter schickte. Damals begegnete ich Gerald Kengally, der mich sehr ermutigt hat.« Er hielt inne. »Ich weiß nicht, warum ich Sie mit diesen Geschichten langweile, Mrs. Cornish.«

»Oh, nein, das tun Sie keinesfalls. Ich hatte noch nie die Gelegenheit, mit jemandem zu sprechen, der einen anderen Kontinent besucht hat, von London ganz zu schweigen. Sir, würden Sie mir bei Gelegenheit von London erzählen?«

»Sie möchten wirklich etwas darüber hören?«

»Warum nicht?«, fragte sie ehrlich überrascht. »Nun aber zurück zu Ihrem Freund, dem Lord. Er mag zwar ein vielbeschäftigter Mann sein, aber übers Wochenende sind alle Büros geschlossen. Warum schicken Sie ihm nicht ein Telegramm und laden ihn für Samstag und Sonntag ein?«

»Er erhält bestimmt zahlreiche Einladungen. Nein, er ist sicher ausgebucht.«

»Fragen kostet nichts. Wenn er keine Zeit hat, kommt er eben nicht. Der Sturm wird sich im Übrigen bald legen.«

Mr. Warburton wirkte geistesabwesend und schaute missbilligend zum Fenster hinaus. »Als mein Vater starb«, setzte er an, »kam meine Mutter nach England. Sie war so froh, mich zu sehen und in ihre Heimat reisen zu können. Ich habe zu spät erfahren, dass sie den Geschäftsanteil meines Vaters für ein paar hundert Pfund an unseren unausstehlichen Onkel verkauft hatte.«

»Hat er sie übers Ohr gehauen?«, fragte Lil erstaunt.

»Ganz genau, meine Liebe«, antwortete Warburton düster.

Lil ging durch den Kopf, dass dies wohl in der Familie liegen müsse, da auch Mr. Warburton seine Schwester übers Ohr gehauen hatte, doch das ging sie im Grunde nichts an.

»Ich denke, Sie sollten Ihren Freund dennoch übers Wochenende einladen.«

Als der Sturm sich ausgetobt hatte, wurde die Stimmung im Haus zusehends fröhlicher. Lord Kengally hatte die Einladung angenommen und würde das Wochenende in Minchfield House verbringen.

Da der Inhalt eines Telegramms nun einmal quasi öffentlich ist, wussten am Donnerstagnachmittag bereits alle Nachbarn, dass ein bedeutender Mann Minchfield House besuchen werde. Plötzlich wurde Mr. Warburton mit Visitenkarten und Einladungen für eben dieses Wochenende förmlich überschüttet. Als er später am Abend mit Mrs. Cornish zu Abend aß, machte er sich einen Spaß daraus, diese Einladungen eine nach der anderen zu verbrennen. Dazu kosteten sie die Weine, die er seinem Freund servieren wollte.

Kein Wunder, dachte Lil später, dass er am Ende dieses Abends schließlich in ihrem Bett gelandet war. Seit er den Wunsch geäußert hatte, gemeinsam mit ihr zu essen, hatte sie geahnt, dass es über kurz oder lang dazu kommen würde.

Mrs. Cornish war sich darüber im Klaren, welche Stellung sie im Haus hatte. Sie schaltete und waltete im Hintergrund, sorgte dafür, dass man den beiden Herren die köstlichsten Mahlzeiten auftischte, dass ihre Betten angewärmt und die Kristallkaraffen in der Bibliothek nachgefüllt wurden, dass man ihnen am

Nachmittag warme Hörnchen mit Brombeermarmelade und Sahne servierte und dass die Kleidung des Gastes in Windeseile gewaschen und ihm anschließend makellos sauber aufs Zimmer gebracht wurde. Lil tat alles Menschenmögliche, um den beiden Männern dieses Wochenende so angenehm wie möglich zu gestalten. Als sie sie von ihrem Fenster aus ins Gespräch vertieft über die Felder marschieren sah – ganz wie es sich für alte Freunde gehörte –, musste sie lächeln. Wenn sie von ihren Spaziergängen zurückkehrten, nahmen ihnen die Hausmädchen die Tweedmäntel und Wanderstöcke ab. Überall im Haus knisterten die Kaminfeuer.

Am Sonntagnachmittag sah Lil zu, wie sich die beiden Freunde an der Anlegestelle umarmten, und bemerkte das zufriedene Lächeln auf Mr. Warburtons Gesicht. Triumphierend trat er den Rückweg zum Haus an.

Mrs. Cornish wartete bereits auf ihn und fragte besorgt, ob alles wunschgemäß verlaufen sei.

An diesem Abend nahmen sie ihren Tee in der Bibliothek ein, und Robert Warburton schwelgte in seinen Erinnerungen an Lord Kengally.

»Er ist so ein guter Freund. Ein anständiger Mensch, den ich gar nicht genug loben kann. Ich fand es viel schöner, ihn für mich allein zu haben, als ihn, wie geplant, am letzten Donnerstag mit all den Leuten teilen zu müssen. Er hat sich sehr gefreut, dass ich ihn allein eingeladen habe. Der Besuch war für ihn eine willkommene Ablenkung von seinen geschäftlichen Angelegenheiten.«

Robert zündete sich eine Zigarre an und erzählte seiner eifrigen Zuhörerin ausführlich von London. »Ich wurde nicht im Geringsten wie jemand aus den Kolonien behandelt, sondern so, als stünde ich über den gewöhnlichen Anglo-Australiern, die dort drüben auftauchten. Daher habe ich die Zeit in London in vollen Zügen genossen.«

»Hast du auch den Tower of London besucht?«

»Natürlich, ich bin mehr als einmal dort gewesen. Und man lud mich zu einer Gartenparty der Königin in den Palast ein.«

»Du lieber Himmel!«

»Doch, doch. Obwohl ich nur ein Künstler war, der hart um den Aufstieg kämpfte, gewann ich Gerald Kengally zum Freund. Er hat mich den richtigen Leuten vorgestellt. Wie er mir sagte, betätigt er sich noch immer als Kunstmäzen. Ich habe mich gefreut, ihm eine Abwechslung vom langweiligen Leben in Perth bieten zu können. Er fand, Minchfield sei ein herrlicher Ort, um sich zurückzuziehen. Bei der nächsten Gelegenheit werde ich euch miteinander bekannt machen.«

Robert nippte genüsslich an seinem Brandy, während Lil das Haus für die Nacht vorbereitete. Dann geleitete er sie nach oben in sein eigenes Zimmer, und von nun an teilte sie allnächtlich sein breites, bequemes Bett. Lil war sich des Geredes der Dienstboten durchaus bewusst, doch je mehr sie klatschten, desto eher würde es sich herumsprechen, wer hier das Sagen hatte.

Nachdem sie Alice geschrieben hatte, sie habe am vergangenen Sonntag die Messe in der Kathedrale besucht, glaubte Thora bald selbst daran. Zur großen Erleichterung der Nanny ging sie auch an diesem Morgen aus. Thora wunderte sich zwar, dass sie den Weg zur Kirche nicht mehr wusste, doch sie genoss den Spaziergang aufgrund des herrlichen Wetters und der Tatsache, dass der neue Hut so wunderbar zu ihrem marineblauen Reisekostüm passte.

»Ich weiß gar nicht, warum ich immer in diesem Zimmer hocke«, dachte sie, als sie durch die stillen Straßen schlenderte. Sie machte einen Schaufensterbummel und lächelte den wenigen Passanten zu. »Ich muss nicht zur Kirche gehen. Hier in Perth kann ich tun und lassen, was ich will.«

Dennoch schmerzte es sie, dass Edgar und Lord Kengally sie im Stich gelassen hatten. »Nicht ein Wort von ihnen seit letzten Freitag«, murmelte sie vor sich hin. Sie hatte ganz vergessen, dass zumindest Tanner ihr von seiner bevorstehenden Reise auf die Goldfelder erzählt hatte. »Sie interessieren sich nicht mehr für mich. Haben am Wochenende bestimmt mit anderen Damen gefeiert. Ich werde kein Wort mehr mit ihnen wechseln.«

Sie bog in den Weg ein, der den Hügel hinunter zur Promenade führte, auf der sich weitere Spaziergänger tummelten. Es gab viel zu sehen – Fähren, kleine Yachten, spielende Kinder, Fischer, die in der Sonne dösten, während schwarze Schwäne an ihnen vorüberzogen – und doch konnte Thora sich einer gewissen Nervosität nicht erwehren. Sie zwang sich weiterzugehen und musterte dabei die anderen Damen, bis ihr auffiel, dass sie die einzige Frau ohne Begleitung war.

Gehetzt schaute sie sich um in der Hoffnung, wenigstens einen Bekannten zu treffen. Doch sie hörte lediglich das fröhliche Lachen der anderen, bezog es auf sich und fühlte sich verhöhnt. Thora beschleunigte ihren Schritt, um dem Lachen zu entfliehen, eilte den scheinbar endlosen Weg entlang, bis sie es nicht mehr aushielt und seitlich ins Gebüsch und hangaufwärts stolperte.

Ihr Rock verfing sich in den Büschen, die Strümpfe zerrissen, doch sie konnte nicht umkehren. Es drängte sie zurück in die gleichgültigen Straßen und ins Hotel, aber das Stadtzentrum lag bereits weit hinter ihr. Sie überquerte eine belebte Straße und hielt dabei ihren Hut fest, damit ihn der Wind nicht davonwehte. Inzwischen war sie in ein Wohngebiet gelangt und hastete ziellos durch die Straßen. Sie hatte sich hoffnungslos verirrt.

Als sie an die Tür eines großen Hauses klopfte und fragte, ob ein Lord Soundso dort wohne, starrte die Hausherrin die seltsame Person, die vor ihr stand, nur an.

»Nein! Wer sind Sie überhaupt? Was wollen Sie hier?«

»Ist es wirklich nicht sein Haus?«, fragte Thora flehentlich.

Die Frau schlug ihr die Tür vor der Nase zu. Plötzlich war sich Thora sicher, dass ihre Mutter hinter dieser Tür stand, sie aussperrte, sich weigerte, ihr zuzuhören, sie in eine Welt mit lauter Fremden stieß.

Später an diesem Nachmittag ritt ein Polizist am Rathaus vorbei und entdeckte die Frau, die zusammengekauert auf den Stufen saß.

»Alles in Ordnung, Miss?«

Sie war überaus hübsch, wirkte aber verstört. »Mir ist der Absatz abgebrochen.«

Er stieg ab. »Lassen Sie mich mal sehen.«

Schüchtern zog Thora ihren Schuh aus und reichte ihn zusammen mit dem Absatz dem Polizisten.

Er trieb die Nägel wieder in die Sohle. »Er ist noch lose, Miss, aber fürs Erste hält er. Wo wohnen Sie?«

Sie machte einige vage Handbewegungen und schaute sich verwirrt um, als wolle sie vor ihm fliehen, doch er blieb hartnäckig stehen, weil er spürte, dass mit ihr etwas nicht stimmte. Sie war einfach zu gut gekleidet, um sich allein in der Stadt herumzutreiben. »Ich bringe Sie nach Hause«, bot er an. »Wohnen Sie weit von hier?«

»Ich weiß es nicht«, flüsterte sie. »Wo ist mein Hut?«

Weit und breit war kein Hut zu sehen. »Muss weggeflogen sein. Ist ziemlich windig heute, was?«

»Ja.«

Er half ihr aufzustehen. »Ich habe keine Eile, Miss. Sonntags ist es immer ruhig. Dandy und ich bringen Sie zurück. Mögen Sie Pferde?«

»Ja, ich reite gern.«

»Das ist gut. Wo wohnen Sie doch gleich?«

Die vertraute Wärme des Tieres, das ihre Hand ableckte,

wirkte tröstlich, und Thora spürte, wie sich der Nebel in ihrem Kopf lichtete.

»Im *Palace Hotel.*« Sie zwinkerte und schaute den Polizisten an. Sie war dankbar, dass er so entschlossen auftrat. »Ich hatte mich verlaufen«, fügte sie leise hinzu und fühlte sich sofort erleichtert. Zum ersten Mal hatte sie ihre Verwirrtheit eingestanden. Dennoch konnte sie nicht zugeben, dass in ihrem Gedächtnis eine Lücke von mehreren Stunden klaffte. Das Letzte, woran sie sich erinnern konnte, war ihre überstürzte Flucht von der Promenade am Fluss.

Vor dem Hotelportal dankte sie dem Polizisten für seine Hilfsbereitschaft und humpelte auf ihr Zimmer, wo Lydias Nanny sie bereits erwartete.

»Oh, Mrs. Price! Da sind Sie ja endlich! Ich habe mir solche Sorgen gemacht. Du lieber Himmel, Sie sind ja ganz erschöpft. Was ist denn bloß passiert? Ich bringe Ihnen erst mal eine Tasse Tee.«

Für Thora war diese rührende Fürsorge einfach zu viel, und sie brach in Tränen aus.

An diesem Tag änderte sich ihr Leben. Die Nanny hatte es nun noch schwerer, weil Mrs. Price sich förmlich an sie klammerte. Es gab keine großen Essen mehr, da Mrs. Price ohne Netta nicht mehr ausging. Sie machten stattdessen lange Spaziergänge mit Lydia im Kinderwagen. Oft nahmen sie das Mittagessen oder den Tee in einem Café ein, doch alle andere Mahlzeiten wurden ihnen aufs Zimmer gebracht. Mrs. Price weigerte sich, ohne Begleitung den Speisesaal zu betreten, und da sie nicht mehr so häufig eingeladen wurde, blieb Netta keine andere Wahl, als Thora Gesellschaft zu leisten.

»Wozu braucht sie mich eigentlich?«, fragte sich Netta. »Es ist verrückt, dass zwei Frauen den lieben langen Tag in diesem Zimmer sitzen und sich lediglich um ein kleines Kind kümmern. Vielleicht hält sie mich für unfähig und will es nicht offen sagen. Viel sagt sie ohnehin nicht. Entweder sitzt sie am Fenster und sieht hinaus oder liest die Frauenmagazine von vorn bis hinten durch. Wird ihr Ehemann bald kommen? Sie spricht nie von ihm. Sagt auch nicht, wie lange sie bleiben will. Ich für meinen Teil stelle mir einen Urlaub anders vor. Wozu ist sie bloß hierhergekommen?«

Tanner kam mit seinen Ermittlungen über die Yorkey-Mine nur langsam voran. Er erkundigte sich bei jedem, der ihm über den Weg lief, und besuchte verschiedene Minen zwischen Kalgoorlie und Yorkey. Die Tatsache, dass die Goldfelder schwindelerregend groß waren und sich in alle Richtungen erstreckten, steigerte seinen Missmut noch. Er war einer der Ersten auf den Feldern gewesen, hatte aber keine märchenhaften Reichtümer entdeckt. Nachdem sich alle fünf Minen, die er gepachtet hatte, als Nieten erwiesen hatten, bestritt er seinen Lebensunterhalt, indem er mit Aktien handelte.

Die Finanzkrisen in Übersee hatten dazu geführt, dass die Investoren sich aus den unsicheren Bankgeschäften zurückzogen und Goldaktien kauften. Die Rohstoffpreise fielen, während der Goldpreis stabil blieb. Auch mit Brauereiaktien erzielte Tanner gute Profite. Das war alles schön und gut, doch den ganz großen Wurf hatte er bisher noch nicht landen können. Als leuchtendes Beispiel stand ihm die Golden-Hole-Mine vor Augen. Sie war von der Londonderry Company übernommen worden, und die Investoren standen Schlange, um Aktien zu erwerben, während die Preise in astronomische Höhen schossen.

»Bald mache auch ich mir ein schönes Leben«, sagte er sich. »Es ist nur eine Frage der Zeit.« Wie viele andere war Edgar davon überzeugt, dass diese gewaltige Hügelkette eine Schatztruhe voller Gold war, dass selbst den südafrikanischen Rand in den Schatten stellen würde. Eine Straße außerhalb der Stadt trug bereits den Namen »Goldene Meile«.

Als Tanner Clem und dessen Freund in ihrem einsamen Lager aufstöberte, wusste er bereits genug über Yorkey, behielt dieses Wissen aber für sich.

»Ich war gerade in der Gegend, Clem. Ich hab gehört, dass du dich hier aufhältst. Wie geht es denn so?«

Clem freute sich, ihn zu sehen, doch die Mine bereitete ihm Kopfzerbrechen. »Verdammt schlecht! Da wartet man monatelang auf Regen, und wenn er endlich kommt, dann gleich als Sintflut. Die verfluchte Mine steht unter Wasser.«

Mike Deagan lachte. »Wir haben das meiste abgeschöpft. Der Rest trocknet von selbst. Morgen gehen wir wieder an die Arbeit.«

»Habt ihr denn Erfolg?«

»Mehr oder weniger«, gestand Clem. »Mir geht nur diese Zeitverschwendung auf die Nerven.«

Clem führte ihn zu der verschlammten Mine hinüber, die von glitschigem Abgang umgeben war.

»Sie werden noch von dieser Mine hören«, gab Clem schließlich zu. »Wir kommen ganz gut voran. Der erste Ertrag belief sich auf dreihundert Unzen pro Tonne, aber es war eine verdammt harte Arbeit …«

»Dreihundert! Du bist auf der Gewinnerstraße, Clem!«

»Ich weiß, aber ich möchte wieder nach Hause. Bin schon zu lange fort gewesen. Mike will bleiben, aber er hat auch keine Frau, die zu Hause auf ihn wartet.«

Tanner war verwirrt. »Wo ist Thora denn?«

»Natürlich auf Lancoorie, zusammen mit Alice und George Gunne. Ich glaube, er leitet jetzt die Farm. Er und Mike Deagan haben sich als anständige Kerle erwiesen.« Clem schaute grinsend zu Mike hinüber. »Jedenfalls wenn man bedenkt, dass sie Exsträflinge sind.«

»Ex?«

»Ja, sie haben ihre Strafe verbüßt und sind nun freie Männer.

Ich hoffe, George bleibt wenigstens, bis ich nach Hause komme.«

Edgar kratzte sich am Kopf und ging vorsichtig um die Mine herum. Wusste Clem denn nicht, dass sich seine Frau in Perth aufhielt? Am besten machte er um dieses Thema einen großen Bogen.

In der Hoffnung, etwas von ihnen zu erfahren, nahm er Clems und Mikes Einladung, bei ihnen im Lager zu bleiben, an. Seine Chance kam beim Essen, als sie Dosenfleisch und Kartoffeln verspeisten. Tanner erzählte, er stehe in Verhandlungen mit britischen Investoren, die die Lady-Luck-Mine kaufen wollten, und erklärte mit Nachdruck, dass die jetzigen Besitzer nie wieder eine Schaufel in die Hand nehmen müssten. »Sie erhalten nicht nur Geld für die Mine, sondern auch ein Aktienpaket, das ihnen weiteren Profit garantiert. Das sind echte Glückspilze.«

»Dann finden Sie doch auch für uns britische Investoren«, meinte Clem finster.

»Wie viel würde man uns denn wohl für Yorkey zahlen?«, erkundigte sich Mike.

»Dazu müsste ich mehr über die Mine wissen.«

Mike war auf der Hut. »Warum sollte ich verkaufen, wenn ich mein eigenes Gold fördern kann?«

»Da haben Sie recht«, entgegnete Tanner, »aber je tiefer Sie graben, desto härter und gefährlicher wird die Arbeit. Die großen Firmen lassen die Grabungen von Ingenieuren leiten. Außerdem stellen sie Bergleute ein. Auf diese Weise können sie bis in alle Ewigkeit schürfen. Wenn Sie jedoch glücklich mit Ihrer Mine sind, sollten Sie sie behalten. Die Unternehmen brauchen ohnehin viel Land, um ihre Anlagen aufzubauen.«

»Wäre ein Morgen genug?«, erkundigte sich Clem.

»Davon gehe ich aus. Weshalb fragst du?«

»Weil er einen ganzen verdammten Morgen gepachtet hat«, warf Mike triumphierend ein. »Ich dachte damals, er hätte mehr Geld als Verstand. Ich wühle doch keinen Morgen durch wie ein Maulwurf! Aber wie dem auch sei, wir haben hier ein legal gepachtetes Stück Land von einem Morgen Größe.«

Tanner tat so, als sei er überrascht. »Von einem Morgen? Das glaube ich nicht!«

»Sicher doch«, bestätigte Clem. »Ich habe es mir vorsichtshalber reserviert für den Fall, dass Yorkey nichts abwirft. Dass das Stück so groß ist, scheint sich jetzt als nützlich zu erweisen. Warum sprechen Sie nicht einmal mit Ihren Firmenpartnern über unsere Mine?«

»Sie sind zu sehr auf Lady Luck fixiert, aber ich werde mich umhören, ob jemand anderer einen Blick auf Yorkey werfen möchte. Ich benötige die letzten Prüfberichte. Ihr arbeitet in der Zwischenzeit weiter, und ich sehe, was sich machen lässt.«

Kengally sah zu, wie ein Schwarm Wellensittiche sich in die Lüfte erhob. Grüne und gelbe Farbblitze zuckten auf, und dann schob sich der Schwarm wie ein dunkler Teppich vor die Sonne.

»Herrlich!«, rief er. »Es müssen Abertausende sein, und doch bewegen sie sich in völligem Gleichklang. Wie kommt es, dass sie nicht aneinanderstoßen?«

»Sie bilden einen Schwarm«, erklärte Edgar geduldig. »Das ist ihr Ordnungssystem. Die Schwarzen behaupten, dass sie durch Schwarmbildung Raubvögel abschrecken.«

»Na, so was!«, Kengally schaute den Vögeln nach, bis sie in der Ferne verschwunden waren. »Welch ein Anblick! Ich muss unbedingt dran denken, etwas darüber in mein Tagebuch zu schreiben.«

Edgar litt unter Kengallys Enthusiasmus und fand es schwierig, dessen Gedanken auf den Ankauf von Schürfpachten zu lenken. Die Zugfahrt hatte dem Engländer nichts ausgemacht. »Habe noch nie so viele verschiedene Menschen auf so kleinem

Raum gesehen. War überaus interessant. Wie ich schon sagte: Der Lockruf des Goldes macht alle Menschen gleich!«

Selbst der anstrengende Ritt von Southern Cross nach Coolgardie konnte seine Begeisterung nicht bremsen, und auch das chaotische Kalgoorlie übte eine starke Faszination auf ihn aus. Allmählich bildete sich in dem Durcheinander von Zelten eine Art Ordnung, doch die wilden Gestalten, die sich in den wenigen breiten Straßen drängten, waren dieselben geblieben.

»Wie ich hörte, wohnen hier beinahe hunderttausend Menschen«, bemerkte Kengally. »Ist das nicht erstaunlich? Mitten in der Wüste ist eine ganze Stadt wie aus dem Boden gewachsen.«

»Das kann nicht stimmen«, meinte Tanner ungläubig.

»Wenn ich es Ihnen sage. Ich habe die Information von einem Beamten, dem ich im Zug begegnet bin. Die meisten Leute, die hier leben, sind arm. Überlegen Sie nur, welche Entbehrungen sie auf sich nehmen mussten, um überhaupt herzukommen. Viele von ihnen sind von der Küste bis hierher zu Fuß gelaufen …«

»Niemand hat sie dazu gezwungen«, entgegnete Tanner, dem Kengallys Lerneifer allmählich auf die Nerven ging. Er führte sich auf wie ein Tourist.

»Das sagt sich so leicht«, gab der Engländer ernst zurück. »Ich finde, sie sind alle unglaublich tapfer.«

Wenn es jedoch darum ging, eine erfolgversprechende Mine ausfindig zu machen, zeigte Kengally sich weniger mitfühlend. Nachdem er in der Stadt Erkundigungen eingezogen hatte, besuchte er die Lady-Luck-Mine, stieg in die Schächte hinunter, stellte den Besitzern endlose Fragen und besichtigte die angrenzenden Minen – ohne viele Worte über seine Pläne zu verlieren. Diese Aufgabe war Edgar zugedacht. Sollte sich Kengally zum Kauf entschließen, würde Edgar die Bedingungen aushandeln, doch bisher war er noch nicht dazu aufgefordert worden.

»Was meinen Sie? Ist Lady Luck die richtige Wahl?«

»Vermutlich«, antwortete Kengally. »Aber wie steht es mit der Yorkey-Mine? Warum sind Sie plötzlich so verschwiegen, was dieses Thema angeht?«

Edgar hatte gehofft, Kengally würde sich für Lady Luck entscheiden und ihm damit die Chance eröffnen, andere Investoren für Yorkey zu finden. Nun bot sich ihm eine wunderbare Ausrede, um ein Treffen zwischen dem Lord und Clem Price zu verhindern. Es hatte nämlich keinen Sinn, Lügen über die Erträge der Mine zu erfinden. Die Wahrheit war diesmal der einfachere Weg. »Da gibt es ein kleines Problem. Sie gehört Clem Price und seinem Partner. Ich habe mit den beiden gesprochen und war schockiert zu erfahren, dass Thoras Ehemann nichts von ihrem Aufenthalt in Perth weiß. Es wäre peinlich für Sie, wenn Sie sich mit ihm treffen und verschweigen würden, dass Sie seine Frau kennen.«

»Tatsächlich? Haben Sie denn nicht erwähnt, dass Sie Thora in Perth begegnet sind?«

»Guter Gott, nein. Ich wollte keine Unannehmlichkeiten. Clem will die Goldfelder ohnehin verlassen. Wenn ich ihm von Thora erzählt hätte, hätte er sich auf der Stelle davongemacht.«

»Wie kommen Sie eigentlich auf die Idee, mich für so taktlos zu halten? Thora ist eine sehr attraktive Frau. Wenn sie einen harmlosen kleinen Urlaub in Perth verbringen möchte, so ist das ihre Sache. Ich bin der Letzte, der sich in ihre Angelegenheiten mischen würde. Haben *Sie* vielleicht etwas zu verbergen?«

»Nein! Ich kenne Thora und Clem seit ihrer Kindheit. Ich habe mich nur ein wenig um sie kümmern wollen. Sie ist ziemlich schüchtern.«

»Das glaube ich auch. Dennoch bin ich durchaus in der Lage, Geschäfte abzuschließen, ohne mich dabei in die Privatangelegenheiten anderer Leute zu mischen.«

Edgar litt ein wenig unter dieser Zurechtweisung, doch er war daran gewöhnt, getadelt zu werden: einst von seiner Frau und den Bankkunden, jetzt von Menschen, die stärker waren als er. Er biss die Zähne zusammen und schwor sich, dass der Tag kommen würde, an dem er sich von niemandem mehr Unverschämtheiten an den Kopf werfen lassen musste.

Das Treffen mit Clem Price und seinem Partner verlief ausgesprochen freundschaftlich, nach Edgars Meinung beinahe zu freundschaftlich, da Clem seinen Wunsch zu verkaufen mehr als deutlich offenbarte. Mike Deagan hingegen spielte den Gleichgültigen, um einen möglichst hohen Verkaufspreis zu erzielen.

Kengally dankte ihnen, dass sie sich Zeit für ihn genommen hatten, und verließ die Mine. Als er und Edgar in die Stadt zurückritten, bombardierte er Tanner mit Fragen über die Mine. Über Clem Price gab er jedoch keinerlei Kommentar ab.

»Eins haben Sie mir nicht gesagt«, bemerkte Kengally und hielt sein Pferd vor einem Kolonialwarenladen an.

»Und das wäre?«

»Dass die Nächte hier verdammt kalt sind. Das hätte ich mitten in der Wüste nun doch nicht vermutet. Warten Sie bitte.«

Als er den Laden strahlend verließ, trug er eine dicke Schaffelljacke. »Ich hätte gerne ein aktuelles Gutachten über die Kapazitäten der Yorkey-Mine, und wenn dieser Bericht so gut ausfällt wie der erste, nehmen wir sie.« Später am Abend empfing er jedoch einen der Lady-Luck-Besitzer auf seinem Zimmer.

»Wie viel hat Tanner Ihnen geboten?«

»Fünfzehntausend Pfund, Sir«, erwiderte der Schürfer, sich an seinem schäbigen Hut festhaltend.

»Wie hoch ist sein Anteil?«

»Fünftausend, Sir.«

Kengally lächelte. »Ziemlich hohe Provision, nicht wahr?«

»Wirklich? Ich wusste das nicht, Sir, wir sind neu hier.«

»Zu viele Leute sind neu hier«, murmelte Kengally. »Das ist kein Grund, sie auszunutzen.« Er setzte sich an den Schreibtisch, stellte einen Scheck über dreizehntausendfünfhundert Pfund aus und gab ihn dem Schürfer.

»Würden Sie zu diesem Preis verkaufen?«

Der Goldsucher starrte ihn an. »Ja! Mannomann, das würden wir. Aber was ist mit Mr. Tanner?«

»Ich bezahle ihm seine Provision. Machen Sie sich deswegen keine Sorgen. Er hat sich geschäftlich bereits anderweitig orientiert. Ich mache Sie darauf aufmerksam, dass Ihre Mine nun der Brompton Court Company aus London gehört. Daher ist es Ihnen untersagt weiterzugraben. Sie müssen die Mine umgehend schließen. Über den Preis verlieren Sie kein Wort. Morgen suchen zwei meiner Leute die Mine auf, prüfen alles und sprechen mit Ihren Nachbarn.«

Der Schürfer umklammerte das kostbare Stück Papier in seiner Hand.

»Folgen Sie meinem Rat«, sagte Kengally. »Wenn wir mit Lady Luck an die Börse gehen, erhalten Sie ein Aktienpaket. Belassen Sie es dabei, und gehen Sie mit Ihrem Geld nach Hause.«

»Das werden wir, Sir. Vielen Dank. Vielen, vielen Dank.«

Nachdem der Schürfer gegangen war, wandte sich Kengally seinen Notizen über Yorkey zu. Diese Mine erschien ihm ebenso vielversprechend wie Lady Luck und wäre genau das richtige für seine anderen Auftraggeber, ein schottisches Syndikat namens Edinburgh United. Auch dort war er Aufsichtsratsvorsitzender. Die Entscheidung hing natürlich vom neuesten Prüfbericht ab, doch ließ sich die Sache ebenso gut an wie bei der berühmten Londonderry-Mine, die inzwischen nicht nur geschlossen, sondern auch mit Zement aufgefüllt worden war, um bis zum Beginn der eigentlichen Arbeiten illegales Schürfen zu verhindern.

Ihm war nicht entgangen, dass Clem Price Tanner vertraute. Clem war offensichtlich so erpicht darauf zu verkaufen, dass er leichtsinnig wurde. Sein irischer Partner war von einem anderen Kaliber. Auch er wollte verkaufen, schien aber ebenso clever wie dickköpfig zu sein. Interessanter Typ. Kengally fiel ein, dass Mike laut Tanner als einer der letzten Sträflinge nach Australien deportiert worden war. Diese Vorstellung faszinierte ihn.

Dieser Mr. Deagan würde Tanners überhöhte Provisionsforderung keinesfalls akzeptieren und seine Mine lieber in die Luft jagen, als sich von Tanner und Konsorten über den Tisch ziehen zu lassen.

»Diesmal bleiben wir ehrlich, Edgar«, dachte Kengally belustigt. »Mit unsauberen Geschäften gebe ich mich nicht gerne ab.«

»Zehn Prozent, nicht mehr«, sagte Mike. »Mir ist es egal, welche Arrangements Sie mit Clem getroffen haben. Er ist im Augenblick ziemlich durcheinander.«

»Sie können sich gar nicht vorstellen, wie schwierig es war, Kengally für die Mine zu interessieren«, verteidigte Tanner seine Forderung. »Und was es mich gekostet hat.«

»Das ist mir gleich. Sie haben den Mann hierhergebracht und können dafür einen angemessenen Anteil verlangen. Zehn Prozent sind üblich. Sie müssen sich entscheiden. Wo ein Käufer ist, steckt auch noch ein zweiter.«

»Mit *dem* Bargeld in der Tasche? Davon gibt es nicht viele, meine Freund.«

Mike zündete gemächlich seine Pfeife an. »Sie scheinen die Lage falsch einzuschätzen. Ich habe keine Eile. Mir gefällt es in Kalgoorlie, ich habe sogar ein Stück Land gekauft und werde mir bald ein schönes Haus bauen. Wird Zeit, dass ich seßhaft werde. Das hier könnte der richtige Ort sein.«

»Sie mögen es nicht eilig haben, Clem aber schon.«

»Das ist unsere Sache. Wenn er gehen will, kann er das tun. Wir werden schon eine Regelung finden.«

»Zwanzig Prozent!«

»Verschwenden Sie nicht meine Zeit. Zehn oder gar nichts.«

Als Clem erfuhr, dass das Geschäft besiegelt war und Tanner nur zehn Prozent von den achttausend Pfund erhalten würde, fiel ihm ein Stein vom Herzen. Allerdings enttäuschte es ihn, dass Mike Tanner so hart behandelt hatte.

»Er war sehr gut zu mir. Ein bisschen großzügiger hätten wir schon sein können.«

Mike zuckte nur die Achseln. »Wenn du willst, kannst du ihm noch was von deinem Anteil geben. Er hat die übliche Provision bekommen, das ist alles. Der Mann ist ein Filou. Er wollte uns betrügen.«

Zum ersten Mal seit sehr langer Zeit brach Clem in Gelächter aus.

»Und das aus deinem Mund!«

»Ich habe mich gebessert«, sagte Mike grinsend. »Was Geld doch aus einem Menschen machen kann.«

»Und du hast wirklich beschlossen, dich hier niederzulassen? Bist du im gleichen Maße durchgedreht, wie du dich gebessert hast?«

»Nicht im Geringsten. Ich mag dieses Land. Nachdem ich so lange eingesperrt war, genieße ich die Weite der Landschaft. Und in dieser Stadt wird es einem niemals langweilig. Außerdem muss ich ein Auge aufs *Black Cat* haben.«

»Erinnere mich nicht daran«, stöhnte Clem. »Ich habe keine Ahnung, was ich damit anfangen soll.«

»Du brauchst gar nichts zu tun! Ich will ehrlich zu dir sein, Clem: Ich stehe tiefer in deiner Schuld, als ich zu sagen vermag, und du bist ein guter Freund. Solange das Geschäft läuft, wird jeder Penny, der dir zusteht, auf dein Konto überwiesen.«

Clem, der zurückhaltender war als der Ire, rang jetzt, wo es ans Abschiednehmen ging, nach Worten, um Mike zu sagen, dass er der beste Freund sei, den er je gehabt habe. Sie hatten es nicht leicht miteinander gehabt und sowohl unter der Anspannung als auch der Monotonie des Lageralltags gelitten, doch irgendwie hatten sie sich zusammengerauft und einander unterstützt.

»Kengally hat mir eine Flasche Whisky geschenkt. Sollen wir heute Abend einen auf Yorkey trinken?«

»Der Lord hat sie *dir* geschenkt? Wieso nicht mir?«

»Vermutlich hielt er mich für einen anständigen Kerl«, spottete Clem.

»Raus mit der Sprache! Wo hast du sie versteckt?«

Der exzellente Whisky wärmte ihre Kehle, als sie am knisternden Lagerfeuer saßen.

»Sieh dir nur die Sterne an!«, staunte Mike. »Als könne man das ganze Universum sehen.«

»Ich habe genug davon. Das Kreuz des Südens sieht man auf Lancoorie ebenso deutlich wie hier. Was willst du anfangen, wenn die Mine geschlossen wird? Du kannst doch nicht nur den Clown in diesem Bordell spielen.«

»Du hast mir nicht zugehört. Ich bleibe wegen der Stadt hier. Fürs Graben bin ich zu alt, aber es gibt ja noch andere Möglichkeiten. Kalgoorlie wächst, und ich habe geschäftlich einen Fuß in der Tür. Wenn erst die Eisenbahn hier durchfährt, wird der Aufstieg unaufhaltsam sein. Mehr Kneipen, mehr Geschäfte, mehr Land zu verkaufen. Ich gebe dir einen Tipp, falls du investieren möchtest.«

»Nein, ich kehre endgültig heim. Die Hypothek ist abgelöst, Lancoorie damit schuldenfrei, und ich kann sogar weitere Zäune ziehen. Aber ich habe noch eine großartige Idee. Das Meer!«, Er griff nach der Flasche und goss sich noch ein Glas ein. »Wann immer ich hier Staub gespuckt und mich verzweifelt nach der Wasserflasche gesehnt habe, dachte ich ans Meer. Sobald ich nach Hause komme und alles geregelt habe, lade ich Thora zu einem Überraschungsurlaub nach Perth ein. Ich werde ein Strandhaus mit Blick aufs Meer für sie bauen. Es wird wunderbar sein, dort den Sommer zu verbringen. Lydia wird sowohl in der Stadt als auch auf dem Land aufwachsen und beides von der schönsten Seite kennenlernen. Als Kind wollte ich immer ans Meer. Weißt du, dass Perth herrliche Strände hat, an denen ich noch nie gewesen bin?«

»Bin ich eingeladen?«, fragte Mike.

»Jederzeit, Kumpel. Und wenn wir nicht da sind, hast du das Haus für dich.«

Auf diesen Tag hatte er gewartet. Ihm war, als habe er eine Ewigkeit in Kalgoorlie verbracht. Mike würde sich um den Prüfer kümmern, der in wenigen Tagen den Abschlussbericht über Yorkey verfassen sollte. Diese Verzögerung war der Tatsache zu verdanken, dass einfach zu wenig qualifizierte Prüfer für die ständig wachsende Zahl von Minen zur Verfügung standen. Clem störte sich nicht weiter daran, da das *Black Cat* als bestes Bordell der Stadt mehr Geld einbrachte, als er ausgeben konnte. Er war der Ansicht, dass Yorkey zu wenig Gewinn abgeworfen hätte, doch Mike, der unverbesserliche Optimist, behauptete, die Flaute ginge vorüber und die neuen Proben würden sich als ebenso wertvoll wie die ersten erweisen.

Mike hatte sich damit abgefunden, dass Clem die Stadt verlassen würde. Sollte der Prüfbericht enttäuschend ausfallen, würde er allein über die Zukunft der Mine entscheiden.

Clem hatte bei Tagesanbruch aufbrechen wollen und nicht damit gerechnet, dass Jocelyn und Mike im *Black Cat* eine Abschiedsparty für ihn organisieren würden. Das Fest wurde ein großer Erfolg. Keiner der Goldschürfer schien zu fehlen. Die Leute tanzten, sangen und wünschten Clem viel Glück für die

Zukunft, bis er schließlich auf einem Sofa einschlief, während das Fest um ihn herum weitertobte. Ein paar Mal schlug er die Augen auf, um einen Blick auf die Feiernden zu werfen, und schlief dann friedlich wieder ein. Später erinnerte er sich vage an eine Schlägerei, doch das war unter Goldsuchern nichts Ungewöhnliches.

Jocelyn und Mike stolperten vor die Tür, um sich von ihm zu verabschieden. Jocelyn hatte dafür gesorgt, dass er genügend Proviant und Wasser für den anstrengenden Ritt nach Southern Cross mitnahm. Clem küsste sie zum Abschied, schüttelte Mike die Hand und machte sich auf den Weg. Am Postamt hielt er an, um zu fragen, ob Post für ihn eingetroffen war.

Nur ein Brief seiner Schwester wartete auf ihn. Auf die gute alte Alice konnte er sich verlassen. Vor der Tür stieß er auf weitere Bekannte, die sich von ihm verabschiedeten und ihm einen guten Heimritt wünschten.

Ein Mann warnte ihn: »Kauf dir Proviant in Southern Cross, Kumpel. In Northam müssen sie jetzt Horden von Eisenbahnarbeitern durchfüttern! Und noch dazu die ganzen Schürfer.«

»Das kümmert mich nicht weiter«, antwortete Clem. »Von Southern Cross aus reite ich nach Süden. Ich kehre heim nach York.«

»Allein? Nimm dich in Acht vor Buschräubern.«

»Diese Lektion habe ich bereits gelernt«, erwiderte Clem im Davonreiten. Er hatte lediglich Geld für Proviant eingesteckt und sein unhandliches Gewehr gegen eine Pistole eingetauscht.

Unterwegs öffnete er Alices Brief und überflog ihn rasch auf der Suche nach einer kurzen Mitteilung von Thora. Er fand jedoch nicht ihr übliches Postskriptum und begann seufzend zu lesen, was seine Schwester ihm geschrieben hatte.

Verheiratet! Er riss so heftig an den Zügeln, dass das Pferd zu stolpern drohte, und zwang es zurück in den Trab, damit er den Brief in Ruhe lesen konnte.

Alice hatte George geheiratet! Was hatte sie sich bloß dabei gedacht, einen Sträfling zum Mann zu nehmen? Er hatte nie darüber nachgedacht, dass seine Schwester heiraten könnte, weil er stets zu sehr mit sich selbst beschäftigt gewesen war. Clem war zornig, dass dieses wichtige Ereignis in seiner Abwesenheit stattgefunden hatte.

Sie hatte geschrieben: »... unter den gegebenen Umständen hielten wir es für das Beste, nicht länger zu warten.« Was meinte sie damit? Hatte dieser Bastard sie geschwängert? Nein, das würde Alice nicht passieren. Sie hätte sich auch nicht mit Gewalt zu einer Heirat zwingen lassen. So sanft sie war – sie hatte einen eisernen Willen und hätte sich gegen einen Angriff von George mit der Waffe verteidigt. Wütend trieb Clem sein Pferd an, so dass es in Galopp fiel. Meile um Meile legte er zurück. Die ganze Zeit über zerbrach er sich den Kopf über diese überstürzte Heirat.

Am dritten Tag seines einsamen Rittes hatte er sich wieder ein wenig beruhigt. Im Grunde hatte es Alice natürlich freigestanden zu heiraten, wen sie wollte. Vielleicht war George gar keine so schlechte Wahl. Was Clem daran störte, waren die seltsamen Umstände dieser Eheschließung. Hatten sie denn nicht den Brief erhalten, in dem er seine Heimkehr angekündigt hatte?

Andererseits musste Clem sich eingestehen, dass er seine Rückkehr mehr als einmal in Aussicht gestellt hatte und dann doch auf den Goldfeldern geblieben war. Und Thora? Was hielt sie von der ganzen Sache? Nicht ein Wort hatte sie geschrieben, wo sie sich doch sonst in ihren Briefen stets darüber beklagt hatte, dass es nichts Interessantes zu berichten gebe.

Warum hatten sie nicht auf ihn gewartet? Nach wie vor ärgerte er sich darüber. Hatten sie ihn denn ganz vergessen? Es war unrecht, ihn bei einem so wichtigen Ereignis außen vor zu lassen. Sie hatten ihn um seinen großen Auftritt betrogen! Hier war ein Held auf dem Heimweg, und er hatte zu verkünden, dass sie dank Yorkey für alle Zeiten ausgesorgt hätten! Clem würde den Frauen erzählen, dass er seinen ganzen neugewonnenen Reichtum dieser und anderen Minen verdankte. Das *Black Cat* würde er mit keinem Wort erwähnen. Da Mike sich ebenfalls zur Verschwiegenheit verpflichtet hatte und Kalgoorlie meilenweit von Lancoorie entfernt war, würde niemand von Clems Beteiligung an dem Bordell erfahren.

In dieser Nacht schlief er schlecht. Er hatte darauf verzichtet, bei einer der weit verstreut liegenden Farmen, an denen er vorbeigeritten war, um Unterkunft zu bitten, und sich auf den harten Boden gelegt. Clem wollte die Farmer nicht noch zusätzlich belasten, da ohnehin viele Goldsucher bei ihnen um Nachtlager baten. Die Schürfer aus dem Osten gingen gewöhnlich bei Albany an Land und marschierten dann geradewegs nach Norden. Clem hatte auf den Straßen, die durch den Busch führten, einige von ihnen gesehen und war ihnen ausgewichen, indem er querfeldein geritten war. Er hatte genug von Fremden und wollte so schnell wie möglich nach Hause.

Nacht für Nacht quälten ihn schreckliche Sorgen. Hatte George seinen Platz als Familienoberhaupt eingenommen? Ihn verdrängt? Schließlich war Alice älter als er, und die Hälfte von Lancoorie gehörte ihr. Clem dämmerte allmählich, dass ihm George als Schwager gleichgestellt war. Er, Clem, war nicht mehr der Boss! Nach der entbehrungsreichen Zeit auf den Goldfeldern war er auf seinem eigenen Besitz zum zweiten Chef degradiert worden!

Was hatte Thora mit all dem zu tun? Wieso hatte sie ihm kein Telegramm geschickt? Hatte man auch sie verdrängt, ihr das einzige Doppelbett im Haus streitig gemacht? Bei Gott, darum würde er sich schon kümmern! Wenn Alice und George Thora beleidigt hatten, würden sie dafür büßen.

Die Tage zogen sich hin. Die Ebene vor ihm nahm kein Ende.

Er konnte das Pferd nicht noch mehr antreiben und gewährte ihm nur widerwillig Ruhepausen. Währenddessen lief er nervös umher, schmiedete Pläne und machte sich Sorgen um Thora. Zwar würde er ein Vermögen nach Hause bringen, doch die Freude darüber konnte seine Enttäuschung nicht aufwiegen. Falls er sein Vorhaben, weiterhin Geld in die Entwicklung der Farm zu stecken, wahr machte, würde auch George davon profitieren. Niemals! Hatte dieser Kerl seine Schwester wegen ihres Geldes geheiratet? Vor gar nicht allzu langer Zeit, dachte Clem hämisch, hatte sie aufgrund ihrer Behinderung wenig Aussichten auf eine Heirat gehabt. Doch ein Mann wie George, der durch die Eheschließung vom armen Schlucker zum Landbesitzer aufgestiegen war, hatte ihr Hinken vermutlich nicht gestört.

Bedrückt ritt Clem durch York. Er hatte den Kragen hochgeschlagen und den Hut tief ins Gesicht gezogen, um nicht erkannt zu werden. Das Haus des Bürgermeisters stand zum Verkauf, und Clem fragte sich flüchtig, was wohl aus dem Mann geworden sei. Für sechzig Pfund sollte das Haus zu haben sein, so stand es auf dem Schild. Clem schüttelte angewidert den Kopf. Als sein Vater noch gelebt hatte, waren sechzig Pfund ein Vermögen gewesen. Und auch, als Tanner Clem den Überziehungskredit eingeräumt hatte, für den er eine Hypothek auf Lancoorie hatte aufnehmen müssen, waren sechzig Pfund viel Geld gewesen. Clem hatte nachts wach gelegen und an andere Farmer gedacht, die ihre Schulden nicht hatten zurückzahlen können. Nun konnte er sich ein Dutzend Häuser wie das des Bürgermeisters leisten, ohne den Ruin fürchten zu müssen, doch Clem war weder aufgeregt, noch freute er sich darüber, dass er als Gewinner heimkehrte. Selbst um dieses erhebende Gefühl hatten sie ihn betrogen.

Während Mike auf den Bericht des Prüfers wartete, grübelte er wütend über die Unterhaltung nach, die er auf Clems Party mit

Tanner geführt hatte. Zu diesem Zeitpunkt hatten sie bereits alle tief ins Glas geschaut. Mike war auf der Suche nach Clem, weil dieser ein Lied mit ihnen singen sollte, als Tanner ihm mitteilte, der Ehrengast sei im Salon eingeschlafen.

»Wecken Sie ihn. Ich brauche ihn für unser Quartett.«

Tanner schüttelte den Kopf. »Lassen Sie ihn. Er hat morgen einen weiten Ritt vor sich.« Dann drohte er mit dem Finger. »Und er braucht seine ganze Kraft. Zu Hause erwartet ihn nämlich eine schöne Bescherung.«

»Was für eine Bescherung?«

»Wussten Sie etwa auch nichts davon? Seine Frau hat ihn verlassen.«

»Reden Sie keinen Quatsch.«

»Sie hat ihn verlassen, glauben Sie mir. Thora wohnt im *Palace Hotel* in Perth und macht sich dort eine schöne Zeit.«

»Woher wissen Sie das?«

»Weil ich auch dort abgestiegen bin. Kengally kennt sie ebenfalls und hält sie für einen Engel. Sie ist eine wirklich schöne Frau, die Damen der Gesellschaft könnten sich eine Scheibe von ihr abschneiden.«

Mike wurde augenblicklich nüchtern. »Warum hat Kengally nicht erwähnt, dass er sie kennt?«

»Aus Taktgefühl, mein Lieber. Es war offensichtlich, dass Clem keine Ahnung von den Eskapaden seiner Frau hat. Er sagte, sie warte zu Hause auf Lancoorie auf ihn. Wir wollten nicht mit ihm streiten.«

»Ich glaube Ihnen kein Wort.«

»Ach nein? Woher sollten wir denn dann von Yorkey wissen? Thora hat damit geprahlt, dass ihr Mann mit seiner Mine hier draußen ein Vermögen verdiene.« Tanner lachte. »Sie hat ihn endgültig verlassen. Wir haben uns gut amüsiert, Partys besucht und Picknicks veranstaltet.« Er knuffte Mike vertraulich. »Kengally gegenüber hat sie sich sehr ladylike verhalten, aber mir gegenüber … Thora war nie der Eiszapfen, der zu sein sie vorgibt. Ich meine, immerhin ist Matt Spencer ziemlich weit bei ihr gekommen. Sie war schwanger, als sie Clem heiratete.« Ein Seufzer entrang sich ihm, als er sich die Stunden, die er mit ihr verbracht hatte, ins Gedächtnis rief. »Ich habe es bedauert, sie in Perth zurücklassen zu müssen. Thora hat nichts gegen einen kleinen Klaps hier und ein Kitzeln da, glauben Sie mir.«

Mike versetzte ihm einen Hieb ins Gesicht. Tanner flog hintenüber auf einen Tisch und riss sämtliche Flaschen und Gläser, die darauf standen, mit sich zu Boden. Die Leute drängten sich schreiend ins Zimmer, doch Mike war schon dabei, ihn hochzuziehen und vor die Tür zu schleifen.

»Sie sind ein Schandmaul«, zischte er. »Raus hier!«, Mit diesen Worten warf er Tanner auf die Straße.

Mike ließ Clem weiterschlafen. Der Behauptung, dass Thora sich in Perth aufhalte, musste er wohl oder übel Glauben schenken, doch der Rest der Geschichte war sicher nicht mehr als die Prahlerei eines Betrunkenen. Thora flirtete gern – das wusste Mike aus eigener Erfahrung – und war vermutlich deshalb auch in Schwierigkeiten geraten, doch wirkte sie auch nervös und flatterhaft. Mike glaubte keine Sekunde, dass Tanner ihr tatsächlich nähergekommen war.

Was tun? Am Ende sagte Mike gar nichts. Wäre Clem nicht ohnehin an diesem Morgen aufgebrochen, hätte Mike sich verpflichtet gefühlt, ihm von Thoras Aufenthalt in Perth zu berichten, und ihn ermutigt heimzukehren. Clem hatte recht, dachte Mike sorgenvoll, als sein Freund davonritt. Er war zu lange von zu Hause fort gewesen. Wahrscheinlich hatte Thora sich gelangweilt und war kurz entschlossen in Urlaub gefahren. Allerdings hätte sie vernünftig genug sein müssen, es ihrem Mann zu sagen. Dass sie das versäumt hatte, war hoffentlich alles.

Mike stand in der Schlange, die sich schon am frühen Morgen

vor dem Schalter des überarbeiteten Angestellten im Prüfamt gebildet hatte. Zahlreiche Schürfer suchten Rat, wollten eine Wegbeschreibung, baten um Antragsformulare, Landkarten, Berichte und andere Informationen. Der Angestellte sauste nervös hin und her und vergrößerte das Chaos noch, indem er versuchte, mehrere Kunden gleichzeitig zu bedienen.

Mike sah sich eine Weile an, wie der Mann überquellende Aktenschränke, Kartons und Ablagekästen durchsuchte, während sich die Kunden um ihn drängten. Als jemand nach seinem Prüfbericht fragte, wandte sich der Angestellte einem Ablagekorb auf dem Schreibtisch zu. Er befeuchtete einen Finger und blätterte die Seiten durch, bis er den richtigen Bericht in der Hand hielt. Mike näherte sich dem Kasten ungeduldig. Er beobachtete das Durchblättern angestrengt und erspähte schließlich auf einem der Blätter den Namen Yorkey. Sobald der Angestellte ihm den Rücken kehrte, bediente Mike sich selbst und verließ das Büro. Auf der Straße studierte er eifrig den Prüfbericht und blieb dann unvermittelt stehen.

Die Erträge waren dürftig. Das Yorkey-Quarz wies zwar immer noch Spuren von Gold auf, doch war der Goldanteil erheblich niedriger als bei den ersten Funden. Nach Ansicht des Prüfers war die Mine ausgeschöpft.

»Verdammt!«, rief Mike. Sein Geschäft würde platzen.

Er wollte sich schon in das Unvermeidliche fügen, als ihm Kengally und Tanner einfielen. Er war noch immer wütend auf die beiden Männer, die – so sah es Mike – Clem zum Narren gehalten hatten. Immerhin hatten sie ihm verschwiegen, dass sie seine Frau kannten. Und Tanner! Dieser schleimige Mistkerl mit seinen anzüglichen Bemerkungen über Thora. Prahlte damit, er kenne sie besser, als statthaft war!

»Zur Hölle mit dem Taktgefühl«, knurrte Mike. Ihm fiel ein, dass Tanner bei seinem Besuch in Yorkey so getan hatte, als wisse er nichts von der Mine, obwohl Thora ihm zu diesem

Zeitpunkt bereits davon erzählt hatte. Die Käufer hatten offensichtlich die Erträge prüfen lassen, bevor sie Yorkey besichtigt hatten.

»Ihr haltet euch für ganz schön schlau«, murmelte Mike vor sich hin.

Er kehrte ins Prüfamt zurück und bat den Angestellten um eine Landkarte des Boulder-Gebiets, eines Distrikts in der Nähe von Kalgoorlie, der märchenhafte Golderträge brachte.

Pflichtbewusst suchte der Mann im Schrank nach einer Karte und beklagte sich, die neuen Gebiete würden so schnell erschlossen, dass man auf dem Amt kaum hinterherkäme. Doch irgendwo müsse eine Karte vergraben sein. Während der Angestellte nach der Karte suchte, steckte Mike blitzschnell mehrere Blatt Papier mit dem offiziellen Briefkopf, auf dem das Staatswappen zu sehen war, das auch der Prüfer verwendete, ein.

Als man ihm die Karte vorlegte, warf er einen Blick darauf und deutete mit dem Finger genau in die Mitte. »Vielen Dank, Kumpel, mehr wollte ich nicht wissen.«

Im nächsten Laden kaufte er einen guten Füllfederhalter und die gleiche schwarze Tinte, die der Angestellte im Prüfamt auf seinem Schreibtisch stehen hatte, und eilte ins *Black Cat*. Dort ließ er sich an Jocelyns Schreibtisch nieder und machte sich ans Werk.

Sobald der neue Bericht fertig war, verbrannte er den alten und eilte erneut ins Prüfamt.

Die Schlange stand inzwischen bis auf die Straße. Mike drängte sich zentimeterweise bis zum Ablagekorb vor, schob seinen Prüfbericht unbemerkt zwischen die anderen und verließ das Gebäude.

Als Tanner eintraf, um sich nach dem Yorkey-Bericht zu erkundigen, hatte sich der Ansturm auf das Prüfamt gelegt. Der Angestellte ging die Papiere durch und schaute auf. »Sie sind Mr. Tanner, nicht wahr?«

»Ja«, knurrte Tanner, der noch unter den Nachwirkungen des Alkohols und der Auseinandersetzung mit Mike Deagan litt. Sein Kiefer hatte am Morgen beträchtlich geschmerzt, und zwei Zähne saßen verdächtig locker.

»Bei Gott«, murmelte er, »das wirst du mir teuer bezahlen, Deagan.«

»Können Sie sich nicht mehr an mich erinnern?«, fragte der Angestellte. »John Beardley. Ich habe im Grundbuchamt in York gearbeitet.«

»Nein, ich erinnere mich nicht«, schnaubte Tanner. »Bekomme ich nun diesen Bericht, oder soll ich selber danach suchen?«

»Er ist hier! Ich habe ihn heute Morgen noch gesehen. Einen Moment.« Er fischte das Blatt aus dem Stapel Papier und gab es Tanner.

Dieser nahm den Bericht wortlos entgegen und nickte zufrieden, als er ihn durchging. Yorkey erfüllte all seine Erwartungen. Ein Volltreffer! Seine Laune besserte sich, und er machte sich auf den Weg zu Kengally.

Der Verkauf der Yorkey-Mine ging glatt über die Bühne, und Mike zahlte die Hälfte des Erlöses auf Clems Privatkonto ein.

»Im schlimmsten Fall müssen wir das Geld zurückgeben«, sinnierte Mike, »doch ruinieren wird uns das nicht. Hauptsache, Clem findet seine Frau.« Mike lachte. Und Tanner mit seinem großen Mundwerk würde sich für seine Auftraggeber eine gute Entschuldigung einfallen lassen müssen.

»Du hast sie vertrieben«, brüllte Clem. »Meine Frau! Du hast sie aus ihrem eigenen Haus vertrieben!«

Alice war in Tränen aufgelöst. Clem war seit zwei Tagen zu Hause, doch seine Wut hatte sich noch nicht gelegt. Sie hatte versucht, ihm zu erklären, was geschehen war, doch er wollte ihr einfach nicht zuhören.

»Mich wundert nur, dass ihr nicht auch unser Zimmer in Beschlag genommen habt. Doch das ist sicher nur eine Frage der Zeit.«

George trat in die Küche. »Sprich nicht so mit Alice«, fuhr er ihn grimmig an. »Ich habe genug von deiner schlechten Laune.«

»Nein, George, ist schon gut«, flehte Alice. »Das ist eine Sache zwischen Clem und mir.«

»Du kannst nicht von mir erwarten, dass ich mir anhöre, wie er dich anbrüllt. So kann kein Frieden einkehren.« Er wandte sich an Clem. »Falls du noch etwas zu sagen hast, sag es mir.«

»Dir habe ich nichts mehr zu sagen!«

»Gut, dann bin ich jetzt an der Reihe. Ich habe kein Mitleid mit dir. Deine Frau hat dich verlassen ...«

»Nicht wirklich«, versuchte Alice zu beschwichtigen.

»Alice, sie *hat* ihn verlassen«, gab George ungehalten zurück. »Und er ist selbst daran schuld. Wie konnte er seine Frau so lange alleine lassen! Aber das hat nichts mit uns zu tun. Sie war längst weg, als wir zum ersten Mal ans Heiraten dachten. Tatsächlich war es sogar ihre Idee.«

»Was?«, Selbst Alice war überrascht.

»Ja, sie wusste, dass sie uns in eine peinliche Lage brachte. Ich hätte mich nicht getraut, dir einen Antrag zu machen, wenn sie mich nicht ermutigt hätte.«

»Das glaube ich dir nicht«, erwiderte Clem voller Wut.

»Mich interessiert einen Dreck, was du glaubst«, erwiderte sein Schwager. »Tatsache ist, dass Alice und ich verheiratet sind und dass ich sie liebe. Falls du das nicht akzeptieren kannst, ist Schluss.«

»Was soll das heißen?«, wollte Clem wissen.

»Wenn wir hier nicht in Frieden leben können, werden Alice und ich ausziehen.«

Sie sprang auf. »Nein! Das ist doch wohl nicht dein Ernst, George!«

»Natürlich nicht«, warf ihr Bruder ein. »Wovon solltet ihr denn leben? Er hat doch nichts.«

Doch George war fest entschlossen. »Ich meine, was ich sage. Alice, wir gehen weg von hier. Ich kann mir eine Stelle suchen und für dich sorgen.«

»Dann geht doch«, murmelte Clem. »Ich halte euch nicht auf.«

Alice schritt nun ein. »Tut mir leid, dass ich dich erst darauf hinweisen muss, aber hast du ganz vergessen, dass mir die Hälfte der Farm gehört?«

»Nein, und dein Mann hat es vermutlich auch nicht vergessen.«

Alice schlug ihm ins Gesicht, und er wich entsetzt zurück. »Benimm dich, Clem Price. Bevor dieser Streit noch weiter ausartet, entschuldigst du dich gefälligst bei George.«

»Warum sollte ich? Er hat dich hinter meinem Rücken geheiratet …«

»Hinter deinem Rücken? Für wen hältst du dich eigentlich? Wir sind erwachsene Menschen und können unsere eigenen Entscheidungen treffen. Du hättest an jedem Mann etwas auszusetzen gehabt, weil du dich für den alleinigen Besitzer von Lancoorie hältst. Nun, das Gut gehört mir genauso gut wie dir. Je schneller du dir das wieder ins Gedächtnis rufst, desto besser.«

Clem stürmte ohne Entschuldigung aus dem Zimmer und schlug die Tür hinter sich zu.

»Nun, Liebling, wir sollten wohl besser packen«, meinte George.

Alice sah traurig zum Fenster hinaus. »Mir bricht es fast das Herz, Lancoorie zu verlassen. Andererseits hätte ich ohnehin von hier weggehen müssen, wenn ich einen Farmer geheiratet hätte.«

»Ich habe aber keine Farm«, meinte George niedergeschlagen.

»Irgendwann wird sich das ändern. Clem muss mich auszahlen. Zum Beispiel mit dem Geld, das er von den Goldfeldern nach Hause geschickt hat. Und mit unserem Anteil kaufen wir dann ein hübsches Gut für uns allein.«

»Meinst du das ernst? Ich wollte nicht deine Familie zerstören.«

»Das hast du auch nicht. Clem, dieser Sturkopf, hat es selbst getan.«

»Liebes, er wird sich schon wieder abregen.«

»Ja, und Thora zweifellos auch. Dies ist ihr Heim. Ich möchte nicht länger in die Auseinandersetzungen zwischen ihr und meinem Bruder hineingezogen werden. Ich wünsche mir ein eigenes Zuhause.«

»Du gehst also wirklich?«, fragte Clem.

»Ja.«

»Aber ich habe mich bei George entschuldigt.«

»Darum geht es nicht mehr. Wir haben uns entschieden.«

»Und wenn ich euch bitte zu bleiben?«

»Clem, wir brauchen unser eigenes Heim. Wir können Freunde bleiben. Wir werden in diesem Distrikt wohnen bleiben und können uns gegenseitig besuchen. Das wäre sehr nett. Du hast doch nichts dagegen, mir meinen Anteil an Lancoorie auszuzahlen?«

Clem legte den Arm um seine Schwester. »Nein, das geht in Ordnung. Dennoch tut es mir leid, wenn ihr geht. Aber ich darf euch doch wenigstens helfen, eine gute Farm ausfindig zu machen, oder nicht? Sonst kauft ihr noch die Katze im Sack. Würdet ihr bleiben, bis der Kauf abgeschlossen ist?«

Alice lächelte. »Natürlich.«

Sie schaute ihm in die Augen.

»Und was ist nun mit Thora?«, fragte sie besorgt. »Du hast ihr nicht einmal geschrieben.«

»Ich hatte zuviel mit der Einstellung von Aushilfen zu tun.«

»Aber du bist schon seit zwei Wochen hier. Wann fährst du nach Perth?«

»Überhaupt nicht.«

Alice war fassungslos. »Du kannst sie doch nicht einfach dort lassen!«

»Wieso nicht? Ich bezahle doch die Rechnungen. Sie kann bleiben, solange sie möchte. Wenn das *Palace* sie hinauswirft, kommt sie schon wieder nach Hause.«

»Das ist grausam. Ich bin sicher, dass sie nur weggefahren ist, weil sie auf sich aufmerksam machen wollte. Sie möchte, dass du sie holen kommst.«

»Sie wollte, dass ich mehr Geld verdiene, und das habe ich getan. Du sagst, sie sei einsam gewesen. Das war ich auch. Kalgoorlie ist nicht gerade das *Palace*. Ich glaube nicht, dass sich einer von euch vorstellen kann, wie das Leben in dieser stinkenden Zeltstadt aussieht.«

»Dafür siehst du eigentlich ganz gut aus«, erwiderte Alice ungerührt. »Ich war erstaunt, dich nach deiner Krankheit so wohlauf zu sehen.«

»Wie dem auch sei, bei der monotonen Arbeit hat man viel Zeit zum Nachdenken.«

»Worüber?«

»Über Wasser und ein Zuhause. Darüber, dass dieses Staubloch die Hölle und Lancoorie das Paradies ist. Darüber, wie schön es wäre, zu dir und Thora heimzukehren. Jetzt bin ich zu Hause, und was finde ich vor? Nichts ist mehr so, wie es war. Du hättest mir schreiben sollen.«

»Das war Thoras Aufgabe. Ich hoffte, sie wäre vor deiner Heimkehr zurück.«

Sein Gesicht nahm einen harten Ausdruck an. »Nun, das hat nicht geklappt! Und meine Tochter hat sie auch mitgenommen. Lydia mag zwar ein Adoptivkind sein, aber ich habe ebenso ein

Recht auf sie wie Thora. Wie kann sie es wagen, mein Kind aus seinem Zuhause zu reißen?«

»Das ist ungerecht. Sie hätte Lydia kaum hier zurücklassen können. Und du vergisst in deinem Zorn, dass Thora dieses Kind für ihr eigenes hält. Du musst deine Worte vorsichtiger wählen.«

Sosehr sich Alice auch bemühte – Clem ließ sich nicht zu einer Reise nach Perth überreden. So schrieb sie an Thora, dass Clem zu Hause auf sie warte, und wünschte ihr einen schönen Urlaub. Mehr konnte sie nicht tun. Clem wiederholte ständig, er habe, was Perth anginge, eigene, langfristige Pläne. Das war alles.

Die Arbeiter, die das Land einzäunten, machten gute Fortschritte. Sie waren nicht mehr jung und verfügten über langjährige Erfahrung, so dass Clem sie unbeaufsichtigt arbeiten lassen konnte. Das erleichterte ihn ungemein. Als er nach Hause ritt, kam er sich seltsam verloren vor. Das lag nicht nur an Thoras Abwesenheit, obwohl er fast ständig an sie dachte.

Lancoorie schien seinen Glanz eingebüßt zu haben. Er konnte sich nur schwer auf die Arbeit konzentrieren, obgleich sich nichts geändert hatte und das Leben wie immer dem Wechsel der Jahreszeiten unterworfen blieb. Dennoch spürte Clem, dass dies nicht mehr der Mittelpunkt seines Lebens war. Oft genug hatte er gejammert, weil das Leben in Kalgoorlie so hart gewesen war, doch hatte es ihm auch Abwechslung geboten, die Begegnung mit den verschiedensten Menschen ermöglicht, und er hatte erfahren, was Kameradschaft war. Alice und George mochte er seine Ruhelosigkeit nicht eingestehen, da sie ihn bestimmt auslachen und sagen würden, dann solle er eben seine Frau nach Hause holen.

Wenn sie nur wüssten, wie sehr er sie vermisste! Doch wenn er sich die Wahrheit eingestand, musste er zugeben, dass er Angst hatte, ihr zu begegnen. Sie sollte aus freien Stücken heimkehren.

Tief im Herzen wusste Clem, dass Thora ihn verlassen hatte und nicht etwa nur Urlaub machte, wie Alice ihm einreden wollte.

Offensichtlich hatte Alice keine Ahnung davon, dass ein Liebesleben in ihrer Ehe so gut wie nicht existiert hatte, denn Thora interessierte sich nicht im Geringsten für Sex. Clem hatte sich Alices und Georges taktvolle Äußerungen über Ehebetten und die Erwartungen einer jungen Ehefrau geduldig angehört. Ihre Worte hatten geklungen, als habe er dem armen Mädchen Schlimmes zugefügt, indem er sich aus dessen Leben gestohlen hatte. Er hätte ihnen ins Gesicht lachen können! Falls Thora ihn überhaupt vermisst haben sollte, dann bestimmt nicht im Schlafzimmer.

Alice und George hatten sich ein eigenes Doppelbett gekauft und es flachsend, weil es darin nun auch doppelt eng war, in Alices kleinem Zimmer aufgestellt. Wie glücklich sie waren! Clem war es nicht entgangen, dass seine scheue Schwester förmlich aufblühte. Ihre Augen blitzten, und sie schenkte George ein liebevolles Lächeln, sobald er in ihre Nähe kam. Clem freute sich für die beiden, konnte aber ein Gefühl der Eifersucht nicht unterdrücken.

Warum konnte Thora nicht sein wie Alice? Schließlich hatte sie vor der Ehe sogar schon sexuelle Erfahrungen gesammelt.

»Du lieber Himmel«, murmelte er, als er sein Pferd zum Stausee führte, um es zu tränken, »Alice war Jungfrau, als sie heiratete, und jetzt genießt sie das Eheleben in vollen Zügen. Warum gelingt das Thora nicht?«

»Weil sie dich nicht liebt«, antwortete eine innere Stimme. »Bei dir hat sie lediglich Zuflucht gesucht, als alles um sie herum in Aufruhr war. Als verheiratete Frau ist sie gesellschaftlich nicht mehr stigmatisiert, und du hast deinen Zweck erfüllt. Sie hat dich verlassen. Und den Grund dafür hast du ihr auf einem Silbertablett gereicht.«

Er erschauerte. Deshalb hatte er Angst, ihr gegenüberzutreten. Und wenn er nun nach Perth fahren und auf ihre Rückkehr pochen würde? Doch eine Heimkehr unter Zwang würde nur einen weiteren Keil zwischen sie treiben. Schlimmstenfalls würde sie sich weigern mitzukommen. Was dann?

»Leute haben Speer in dich gesteckt, Boss!«

Clem fuhr herum und entdeckte die alte Sadie, die mit gekreuzten Beinen unter einem Baum saß.

»Woher weißt du das?«

Ein Lächeln entblößte die kräftigen, weißen Zähne in ihrem schwarzen Gesicht. »Reden von schwarzen Leuten. Was hast du mit Nachrichtenstab getan?«

»Tut mir leid, Sadie, ich muss ihn verloren haben. Was stand denn darauf?«

»Nicht sagen, nur lesen. Narr, du hast verloren! Deine Frau kranke Lady, ja?«

»Sie ist nicht krank, sie macht nur Urlaub in Perth.«

Sadie starrte ihn an. »Sie schon lange krank. Gib ihr noch Baby. Macht sie besser.«

»Gut, das werde ich machen«, sagte Clem, um sie zu beschwichtigen. Ein neues Baby war Sadies Allheilmittel gegen sämtliche Frauenleiden.

»Wo bist du gewesen? Wie geht es deiner Familie?«, erkundigte sich Clem.

»Sie gut. Ich habe zwei Jungen. Du fragst George, ob er ihnen Weiße-Leute-Job gibt? Sie lernen, ich sage ihnen. Landleute weg.«

»Du meinst deine Enkel?«, fragte er, die offensichtliche Tatsache, dass Sadie ihn nicht mehr als Boss betrachtete, überspielend. Hatte sie sich so an Georges Anwesenheit gewöhnt?

»Ja, gute Jungs. Klug.« Sie tippte sich an die Stirn. »Hier oben. Verlieren keine Schafe.«

»Sag ihnen, sie sollen sich bei mir vorstellen«, entgegnete er bestimmt, um seine Autorität unter Beweis zu stellen.

Sie schaute ihn mit ihren großen, samtschwarzen Augen, in denen uralte Geheimnisse verborgen zu sein schienen, eindringlich an. Clem wandte den Blick ab. Sie wirkte so alt wie die Hügel in der Ferne. Sie und ihre Sippschaft, die letzten Überlebenden ihres Stammes, hatten hier schon gelebt, lange bevor Noah das Land für sich beanspruchte. Clem kannte sie von Kindheit an. Er hatte gelernt, dass man ihren Worten nicht uneingeschränkt Glauben schenken durfte, doch manchmal …

Beim Abendessen nahm er Alice in die Mangel: »Sag mir die Wahrheit. War Thora krank?«

»Oh, nein, ihr ging es ausgezeichnet. Sie ist ab und zu geritten, und sie reitet wirklich gut. Seit deiner Abreise war sie nicht einen Tag krank. Ich selbst hatte eine schlimme Erkältung, doch Thora und Lydia haben sich pudelwohl gefühlt.«

Clem nickte und bedauerte, das Thema angesprochen zu haben, da Alice prompt die Gelegenheit ergriff und erneut für Thora eintrat. »Bitte, Clem, Lass sie nicht allein in Perth. Fahr hin, und hol sie ab. Sie wird sich freuen, dich zu sehen.«

Er nahm sich Kartoffelbrei nach und sagte nichts.

George hörte ihnen zu. Seiner Ansicht nach hatte Clems Frau nicht alle Tassen im Schrank. Alice hielt sie lediglich für zerstreut, doch das stimmte nicht. Während seiner jahrelangen Gefangenschaft hatte George beobachten können, wie viele Arten von Wahnsinn das menschliche Hirn befallen können. Was Thora betraf, so hatten ihn ihre Geistesabwesenheit, ihre Aussetzer und eine seltsame Verwirrtheit alarmiert. Im Gefängnis galten solche Symptome als vorübergehende »Zustände« und wurden verdrängt, verspottet und ignoriert, da die Ärzte und Apotheker keinerlei Erfahrung damit hatten.

George hatte versucht, allein mit Thora zu sprechen, doch nur selten hatte sich eine Gelegenheit geboten. Außerdem erlaubte ihr Selbstverständnis als Herrin von Lancoorie ihr nicht, persönliche Probleme mit einem Farmarbeiter zu diskutieren.

Auch der schlaue Blick, mit dem sie George vorgeschlagen hatte, Alice zu heiraten, war ihm nicht entgangen. Schwierig war der Umgang mit Geisteskranken deshalb, weil sie sich, vor allem, wenn sie ein bestimmtes Ziel verfolgten, vorübergehend oft ganz normal verhielten.

Nein, Thora war nicht richtig geisteskrank, doch gewisse Anzeichen ließen sich nicht verleugnen. Ihm als neuestem Familienmitglied stand es nur leider nicht zu, dies zu erwähnen. Er sah zu, wie Clem den Rest der Soße über seinen Kartoffelbrei goss, und seufzte. George war nicht besonders ehrgeizig und nahm das Leben, wie es kam. Aber ein bisschen mehr Soße hätte er schon gerne gehabt.

Im Speisesaal des *Palace* herrschte Aufruhr.

Mrs. Price war in traumhafter Garderobe hereingeschwebt. Sie trug ein weit ausgeschnittenes Kleid aus elfenbeinfarbenem Satin mit Tournüre und enggeschnürter Taille, das sie, wie Miss Devane später erfuhr, bei einem Einkaufsbummel mit Netta im teuersten Geschäft der Stadt erstanden hatte.

Ihr blondes Haar war zu einer Frisur arrangiert, die ihr hübsches Gesicht vorteilhaft betonte, und eine lange Locke fiel verführerisch auf ihre nackte Schulter. Sie trug keinen Schmuck, doch im Mieder ihres Kleides glitzerten blaue und goldene Perlen. An diesem Samstagabend waren alle Augen auf sie gerichtet. Die Leute drehten sich nach ihr um, als sie vom Oberkellner empfangen wurde. Es schien Schwierigkeiten zu geben.

Das Streichquartett spielte liebliche, romantische Weisen, und Thora stand lächelnd da, bis sich im Flüsterton die Nachricht verbreitete, man habe sie aus dem Saal gewiesen.

Ihre Stimme wurde lauter, und die Gäste spitzten die Ohren. Man rief den Geschäftsführer. Die hochgewachsene, elegante Frau mit den himmelblauen Augen behauptete sich allein, bis ihr ein freundlicher Herr in makellosem Abendanzug zu Hilfe kam.

»Madam«, sagte er, »es scheint ein Missverständnis zu geben. Möchten Sie mit mir und meiner Familie zu Abend essen?«

»Vielen Dank«, erwiderte sie, kehrte dem Geschäftsführer den Rücken und ging hinter dem Herrn durch den Saal. Alle Blicke waren auf sie gerichtet.

Eine schwarzgekleidete Dame begrüßte sie freundlich, und ihre beiden halbwüchsigen Söhne sprangen auf, um einen fünften Stuhl zu holen. Mrs. Price hingegen starrte sie nur an.

»Wer sind Sie? Was wollen Sie an meinem Tisch? Dies hier ist mein Tisch. Ich kenne Sie nicht.«

Zum Entsetzen ihrer Helfer winkte sie den Oberkellner herbei.

Er segelte zwischen den vollbesetzten Tischen hindurch auf sie zu. »Worum geht es, Madam?«

»Dies ist mein Tisch«, sagte Thora herrisch. »Schicken Sie diese Leute weg. Wenn Lord Kengally davon erfährt, wird er sich furchtbar aufregen.«

»Ich glaube, Sie irren sich«, flüsterte der Kellner. »Vielleicht hatten Sie an einem anderen Abend reserviert.«

»Setzen Sie sich, meine Liebe«, warf die Dame ein. »Sie erregen Aufsehen.«

»Ich errege kein Aufsehen. Ich möchte einfach nur an meinem Tisch sitzen. Ist das zu viel verlangt?«

Der Oberkellner klang nun entschlossener: »Es tut mir leid, Mrs. Price, aber ich muss Sie bitten zu gehen.«

Nach einigem Tumult führte die hilfsbereite Dame Thora aus dem Speisesaal.

»Sie ist nicht betrunken«, sagte sie mit fester Stimme zu Miss Devane, bei der sie Thora abgeliefert hatte. »Ich habe schon viele Betrunkene gesehen. Dieses Mädchen ist einfach verwirrt. Benachrichtigen Sie am besten ihren Ehemann.«

Miss Devane besprach die Angelegenheit mit dem Geschäftsführer des Hotels. Sie war ebenfalls der Ansicht, Thora müsse das Hotel verlassen, doch so einfach war das nicht. Für die führenden Hotels von Perth waren die Viehzüchter eine wichtige Einnahmequelle. Gewöhnlich verbrachten sie die Sommermonate mit ihren Familien in Perth, um der Hitze im Landesinneren zu entfliehen. Es waren anständige und zuverlässige Gäste. Sie kamen von den großen Rinderfarmen im Norden und den Schaffarmen im Süden und stiegen seit Generationen in ihren Stammhotels ab. Die Hotelangestellten schätzten ihren Humor und ihre Anspruchslosigkeit ebenso wie die soliden Schecks und Schuldscheine, die sie ihnen daließen – ganz im Gegensatz zur Zahlungsmoral der neureichen Goldsucher. Der Geschäftsführer des *Palace* war mehr als einmal von Herren übers Ohr gehauen worden, die eine noble Fassade zur Schau gestellt hatten. Mit den Viehzüchtern und ihren Frauen wollte er es sich allerdings auf keinen Fall verderben.

»Was würden Sie vorschlagen, Miss Devane?«

»Eines der Cottages wäre passend.« Auf dem Grundstück hinter dem Hauptgebäude, das ebenfalls zum Hotel gehörte, standen im Moment zwei Cottages, die im Sommer an Besucher vom Land und deren Familien vermietet wurden.

»Sie sind aber geschlossen.«

»Das lässt sich schnell ändern. Ich lasse eines von ihnen reinigen und lüften.«

»Vielleicht würde sie nur ungern dorthin umziehen.«

»Dann muss ich sie eben davon überzeugen. Sie kann nicht im Hotel bleiben und weiterhin solche Szenen veranstalten. Außerdem reagieren die Angestellten auf ihre Ansprüche zunehmend gereizt. Sie scheint zu glauben, das Personal hätte nichts Besseres zu tun, als ihr nach ihrer Lust und Laune Mahlzeiten hinaufzubringen. Manchmal denke ich, wir sollten ihr diesen Extraservice in Rechnung stellen.«

»Unmöglich! Das wäre ein Skandal.«

»Dann würde Mrs. Price vielleicht öfter den Speisesaal beehren, anstatt die Serviererinnen von ihrer eigentlichen Arbeit abzuhalten.«

»Mrs. Price noch öfter in meinem Speisesaal? Das möge Gott verhüten! Ich hoffe, Sie werden ihr irgendwie beibringen, dass die Cottages keinen Zimmerservice haben. Die Sommergäste bringen in der Regel ihre eigenen Köchinnen mit.«

Miss Devane nickte. »Ihre Nanny ist recht zuverlässig und kann diese Aufgabe übernehmen, falls Mrs. Price keine Köchin einstellen will. Ich glaube nicht, dass sie sich selbst die Hände schmutzig machen wird.«

Der Geschäftsführer wirkte wenig beeindruckt. »Warum sollen wir uns überhaupt die Mühe machen, das Cottage herzurichten? Sagen wir ihr doch einfach, wir seien ausgebucht und sie müsse in ein anderes Hotel umziehen.«

»Das geht nicht. Sie besteht darauf, im *Palace* zu wohnen. Aus Statusgründen, wissen Sie.«

»Wo steckt denn der verfluchte Ehemann?«

»Vermutlich noch immer draußen auf der Schaffarm. Die Rechnungen werden jedenfalls bezahlt. Vermutlich können wir auf ihn warten, bis wir schwarz werden. Außerdem kapriziert sie sich möglicherweise noch mehr, wenn sie erst Rückendeckung durch ihren Mann hat. Ich werde noch einmal mit ihr sprechen und sie davon überzeugen, dass die Cottages zum Hotel gehören.«

Der Geschäftsführer erhob sich und strich seine Weste glatt. »Sagen Sie ihr, dass sie einen Mietvertrag für das Cottage unterzeichnen muss. Drei Monate sind üblich, wir vermieten nicht tage- oder wochenweise. Vielleicht lässt sie sich davon abschrecken. Erklären Sie ihr, dass wir jede erdenkliche Mühe auf uns nehmen, um sie mit Kind und Nanny zu beherbergen, doch wenn sie nicht auf unseren Kompromißvorschlag eingehen wolle, müsse sie sich ein anderes Hotel suchen. Dann sieht es wenigstens so aus, als hätten wir alles Menschenmögliche getan.«

Mrs. Price stand furchtbare Ängste aus, doch den Grund dafür hatte sie vergessen. Ihre Panik hatte irgend etwas mit dem wunderbaren Satinkleid zu tun, das nun in Papier eingeschlagen in ihrem Koffer lag.

Auf Nannys Rat hin hatte sie ein Glas Cognac zum Essen getrunken, doch auch das hatte nicht geholfen. Erst als Miss Devane zum Plaudern heraufgekommen war, war Thora wieder eingefallen, dass sie ursprünglich nach Perth gekommen war, um ein Haus zu suchen. Ihr eigenes Haus.

Thora mochte Miss Devane, die so vernünftig und weltgewandt wirkte, und versuchte sich auf die Unterhaltung mit ihr zu konzentrieren. Das, was Miss Devane sagte, hatte etwas mit einem überfüllten Hotel zu tun und war leider sehr kompliziert. Jeder wusste, dass es in diesem Hotel geschäftig zuging. Aber es lag doch in der Natur der Sache, dass ein gutes Hotel viele Gäste hatte. Um Miss Devane eine Freude zu machen, unternahm Thora mit ihr einen Spaziergang um den Block. Sie sahen sich ein hübsches Cottage an, von dem aus man einen Blick auf den Park hatte.

»Das ist nett. Gehört es Ihnen?«

»Nein, es gehört zum Hotel. Wir haben es für unsere besten Gäste reserviert. Für Leute, die nicht ununterbrochen von Fremden belästigt werden möchten. Kommen Sie, ich zeige es Ihnen einmal. Es verfügt über drei Schlafzimmer, eine Küche und einen Wohnraum, der auf die Veranda hinausgeht. Und es hat ein Badezimmer. Ich finde, für Damen ist es unangenehm, wenn sie sich ein Bad mit den anderen Gästen teilen müssen. Meinen Sie nicht auch?«

»Richtig tragisch«, stimmte Thora zu. »Ich finde es furchtbar, im Morgenmantel Schlange zu stehen, während sich eine andere Frau alle Zeit der Welt lässt. Ich habe ihnen gehörig meine Meinung gesagt.«

»Das hat man mir bereits gesagt«, murmelte Miss Devane. »Natürlich wohnen hier nur die ›richtigen‹ Leute, wenn sie verstehen, was ich meine. Die, die ein eigenes Badezimmer für hygienischer halten.«

»Selbstverständlich ist es das. Ich fand es schon immer abstoßend, das Bad mit anderen Gästen zu teilen. Wer wohnt hier zurzeit?«

»Noch niemand. Wir werden bald die ersten Buchungen erhalten.«

Thora bewunderte die saubere Bettwäsche, die Landschaftsbilder, sogar die altmodischen Möbel im Wohnzimmer. Das Flair von Unberührtheit sprach sie an, und es kam ihr plötzlich vor, als sei dies das unbewohnte Haus, nach dem sie gesucht hatte. Sicher wollte Miss Devane wieder gehen, doch Thora konnte sich nicht von ihren Phantasien losreißen. Dies war ihr Heim. Sie würde nie wieder nach York zurückkehren müssen, wo sie so viele Demütigungen erduldet hatte. Lancoorie hatte sie inzwischen ganz vergessen, und auch die Erinnerung an ihr Hotelzimmer begann ihr zu entgleiten.

Als sie den Mietvertrag unterzeichnete, war ihr, als sei sie übergangslos von ihrem erbärmlichen Elternhaus in York in dieses kleine, himmlische Nest gelangt, das sich zwischen Wildgras und Eukalyptusbäume schmiegte. In ihren Augen war dies kein altes Arbeitercottage auf einem Grundstück, das man seit dem letzten Sommer sich selbst überlassen hatte. Als sie auf der Hintertreppe stand, die den Blick auf eine baufällige Wäscherei freigab, sah Thora lachend zu den roten und grünen Papageien empor, die durchs Geäst huschten. Dann fiel ihr Blick auf das Cottage nebenan.

»Wer wohnt dort?«

»Niemand, Mrs. Price.«

»Das ist gut. Ich möchte keine Besuche aus der Nachbarschaft. Sie sind so langweilig.«

Zur Freude des Geschäftsführers bezogen Mrs. Price, ihre Tochter und die Nanny am nächsten Morgen das Cottage. Der Umzug ging ohne Schwierigkeiten vonstatten. Auch weiterhin wurden die Rechnungen nach Lancoorie geschickt. Aus lauter Dankbarkeit lud der Geschäftsführer Miss Devane zum Abendessen ein.

Die Köchin behauptete, Mr. Warburton sei ein Künstlertyp, da er seit kurzem wieder zu Palette und Pinsel gegriffen und eine Staffelei am Flussufer aufgestellt hatte. Lil sagte nichts dazu.

Die Zeiten hatten sich geändert. Robert hatte nichts mit seiner Schwester gemein und interessierte sich nicht im Geringsten für Lils Haushaltsführung, solange seinen Bedürfnissen Rechnung getragen wurde. Er gab nicht länger vor, Jordan bei der Leitung der Farm zu überwachen, und dank Jordan und Lil nutzte niemand diese Nachsicht aus.

Zu ihrer Überraschung stellte Lil fest, dass Robert ein schwacher Mensch war. Sein Desinteresse an seinen Nachbarn war nur vorgetäuscht. In Wirklichkeit wünschte er sich nichts sehnlicher, als gesellschaftlicher Mittelpunkt des Distrikts zu sein. Minchfield House war das eindrucksvollste Anwesen am Fluss, doch er wusste nichts aus diesem Vorteil zu machen. Als Lil vorschlug, er solle ausgewählte Gäste zu einer Dinnerparty einladen, stimmte er begeistert zu und machte im letzten Moment einen Rückzieher, erfand Entschuldigungen und jammerte über die Kreaturen, die zu unterhalten er gezwungen sein würde.

»Sie passen einfach nicht zu mir.«

Er beklagte sich auch über die hohe Rechnung für die Renovierungsarbeiten, die durch das Feuer verursacht worden waren. Lil pflichtete ihm bei, da die Preise des Bauunternehmers tatsächlich überzogen waren. Doch als es zum offenen Schlagabtausch zu kommen drohte, fügte sich Robert und bezahlte doch.

Ein schwacher Mann, sagte sich Lil. Ohne Rückgrat. Andererseits konnte sich das auch als nützlich erweisen. Sie wusste nun, weshalb Lavinia ein so strenges Regiment hatte führen können. Ihr Bruder hatte sich ihrem Willen gefügt, da er von ihr abhängig gewesen war, und ihre Exzesse geduldet, um nicht Gefahr zu laufen, das Dach über dem Kopf zu verlieren. Seine Schwester einweisen zu lassen war die härteste Maßnahme gewesen, zu der er sich je durchgerungen hatte, und auch das hatte er nur gewagt, weil sie im Krankenhaus gelegen hatte – weitab vom Schuß. Lil empfand nun seltsamerweise Respekt für Miss Lavinia und verachtete ihren eigenen Liebhaber, diesen weinerlichen Mann, der seine Zeit mit Nichtstun verschwendete. Er war weder der Gentleman-Farmer, den er Lord Kengally gegenüber zu sein vorgab, noch war er ein Künstler oder Intellektueller. Um sich weiterzubilden und Robert zu beeindrucken, hatte Lil Bücher aus der Bibliothek mitgenommen und dann in ihrem Zimmer entdeckt, dass viele Seiten verschimmelt und verklebt waren, weil niemand je darin las.

Der einzige regelmäßige Besucher war Henery Whipple, der einmal pro Woche aus Perth anreiste, um mit Robert geschäftliche Angelegenheiten zu besprechen. Er beriet ihn beim An- und Verkauf von Aktien. Whipple war ein großer, fülliger Mann mit einer dröhnenden Stimme, die, wie Robert Lil erklärte, eine Voraussetzung für seinen Beruf war. Er hatte als Auktionator begonnen und es bis zum Parlamentssprecher gebracht.

Mit seiner Glatze und seinem riesigen Schnurrbart sah er nicht nur komisch aus, er hatte auch die Angewohnheit, sich selbst am Klavier zu den albernsten Liedchen zu begleiten. Lil hatte sich zunächst über ihn amüsiert, jedoch bald herausgefunden, dass er keineswegs ein Narr war.

Robert und er waren in jeder Hinsicht grundverschieden, so dass Lil sich wunderte, dass die beiden Männer sich überhaupt miteinander angefreundet hatten. Irgendwann erfuhr sie, dass sie miteinander verwandt waren und, was noch interessanter war, Henery Whipple eine starke Abneigung gegen Miss Lavinia gehegt hatte. In diesem Moment fiel es Lil wie Schuppen von den Augen. Während Lavinia im Krankenhaus gewesen war, hatte Robert bei Henery in Perth gewohnt und in dieser Umgebung die Kraft gefunden, sich von Lavinia zu befreien, um Herr auf Minchfield zu werden. Den Dank für seine Unterstützung erhielt Henery nun in Gestalt der Provisionen, die er als Börsenmakler kassierte. Lil war fasziniert von den Machenschaften der beiden Männer, und als geschickte Strategin beschloss sie, sich mit Henery gut zu stellen und ihm stets seine Lieblingsgerichte vorzusetzen.

Henery bemerkte bald, was sich zwischen Robert und seiner Haushälterin abspielte, und nahm es als gegeben hin. Er komponierte sogar Liedchen über die schöne Lillian, deren »Augen blau sind wie Enzian«. Von diesem Tag an hieß sie auch für Robert nur noch Lillian.

»Ich ziehe mich bald aus dem Parlament zurück«, verkündete Henery eines Tages. »Dann habe ich mehr Zeit für meine Geschäfte. In der Politik geht es um Macht, Geld kann ich dort nicht verdienen. Ich sollte mich mehr um den Aktienhandel kümmern, wo doch der Goldrausch seinen Höhepunkt erreicht hat. Robert, deine Stahlaktien werden durch den Eisenbahnbau in ungeahnte Höhen schießen.«

»Meinst du die Strecke nach Southern Cross?«

»Nicht nur nach Southern Cross, alter Freund. Ich habe aus zuverlässiger Quelle erfahren, dass die Strecke bis Coolgardie und weiter nach Kalgoorlie ausgebaut werden soll.«

»Wozu, um Himmels willen?«, wollte Robert wissen. »In einem Jahr sind das nur noch Geisterstädte.«

»Vertrau mir, Robert. Ich habe selbst ein Paket Stahlaktien erworben. Im Rathaus werden sie ein Abschiedsfest für mich ausrichten. Du musst unbedingt nach Perth kommen.«

»Das weiß ich noch nicht genau. Ich habe viel zu tun. Außerdem kenne ich dort niemanden.«

»Du kennst immerhin mich!«

»Als Ehrengast wirst du die ganze Zeit beschäftigt sein.«

»Das stimmt. Dann bring doch Lillian mit. Sie kann dir Gesellschaft leisten, bis ich meine offiziellen Pflichten erledigt habe.« Er wandte sich an Lillian. »Was sagen Sie dazu, meine Liebe? Ich glaube, so ein Fest würde Ihnen gut gefallen.«

Sie versuchte, ihre Aufregung zu verbergen. »Das liegt ganz bei Robert.«

»Wie sieht es aus? Sie ist eine schöne Frau. Du kannst sie doch nicht ewig hier verstecken.«

»Wenn sie möchte«, erwiderte Robert zaudernd.

»Ich würde so gern dabei sein. Vielen Dank, Henery. Für einen solchen Anlass muss ich mir allerdings ein neues Kleid kaufen.«

»Also abgemacht. Ihr kommt beide zu mir und bleibt ein paar Tage. Das wird ein Spaß.«

Er drückte ihr herzlich die Hand, und Lillian wunderte sich, dass sie bis jetzt nicht bemerkt hatte, welche Absichten er tatsächlich hatte.

Später betrachtete sie sich in dem großen Spiegel in ihrem Zimmer. Zweifellos hatte sie sich, seitdem sie nicht mehr mit Ted Cornish zusammen war, zu ihrem Vorteil verändert. Sie war nicht mehr das knochige, eingeschüchterte Mädchen von einst, sondern eine Frau mit wohlgerundetem Körper. Ihr dunkles Haar wirkte voller als früher. Sie trug die elegante Frisur jener Tage, bei der die Haare um Rollen gewickelt und seitlich am Kopf festgesteckt wurden. Auch ihre Augen wirkten dunkler und lebendiger. Sie bildeten einen reizvollen Kontrast zu ihrer weißen Haut, die sie nun bewusst nicht mehr der Sonne aussetzte. Neuerdings benutzte sie sogar ein wenig Puder und Lippenstift. Als Herrin von Minchfield musste sie einen guten Eindruck hinterlassen. Sie wirbelte durchs Zimmer und bewunderte ihre enggeschnürte Wespentaille, die, glaubte man den Damenmagazinen, der letzte Schrei war.

»Du siehst wirklich gut aus«, sagte sie sich, »sonst würde ein Mann wie Henery Whipple dir keine Avancen machen oder dich auf seine Party mit seinen vornehmen Freunden einladen.«

Perth! Lillian tanzte vor Freude. Sie würde nach Perth fahren und dort vielen interessanten Menschen begegnen! Nun musste sie besonders nett zu Robert sein, damit er seine Meinung nicht noch änderte.

Caroline würde bei Gladys, einem älteren Hausmädchen, in guten Händen sein. Obwohl sie sich nur ungern von ihrer Tochter trennte, durfte sie sich die Gelegenheit, in Perth als Mr. Warburtons Begleiterin zu erscheinen, keinesfalls entgehen lassen. Davon konnte ihre und Carolines Zukunft abhängen.

Er tauchte aus den Staubwirbeln auf wie der Geist eines längst verstorbenen Entdeckers und erschreckte Alice zu Tode. Wie versteinert stand sie hinter den Fensterläden und hoffte, dass dieses Gespenst mit der nachtschwarzen Kleidung wieder verschwinden möge, doch es steuerte geradewegs auf das Haus zu. Vom Hufgetrappel seines Pferdes drang kein Laut durch das Heulen des Sturms. Auch als sich die Erscheinung beim Näherkommen als seltsam aussehender Mann mit langem schwarzem Haar entpuppte, blieb Alice skeptisch.

»Du lieber Himmel«, flüsterte sie und fragte sich, ob noch genügend Zeit bliebe, um sich durch die Hintertür zu den Männern in den Schuppen zu flüchten, doch der Fremde war bereits vom Pferd gestiegen und kam mit großen Schritten auf sie zu. Der Saum seines schweren Mantels reichte fast bis zum Boden.

Alice trat die Flucht nach vorn an und ging auf die Veranda hinaus.

»Guten Tag, Sir. Suchen Sie jemanden?«

Er zog mit einer schwungvollen Bewegung den Hut. »Das tue ich in der Tat, Madam. Ist dies das Haus von Clem Price?«

»Ja.«

»Würden Sie ihm endlich freundlicherweise mitteilen, dass F. C. B. Vosper ihn besuchen möchte?«

»Ja, natürlich. Kommen Sie doch herein, Mr. Vosper.«

Sie führte ihn ins Wohnzimmer und lief zum Schuppen.

»Na, so was!«, staunte Clem. »Sie sind es tatsächlich, Vosper. Was tun Sie in dieser gottverlassenen Gegend?«

»Ich bin unterwegs nach Perth.«

»Sind wohl ein bisschen vom Weg abgekommen.«

»Durchaus nicht. Ich musste nach York, und mir fiel ein, dass Sie in der Nähe wohnen.«

»Was machen Sie in York?«

»Das ist eine lange Geschichte.«

Alice beeilte sich mit dem Teekochen, um nichts zu verpassen, und lauschte fasziniert dem eigenartigen Fremdling, als er seine Geschichte erzählte.

»Habe die Zeitung verkauft. Zu viel Konkurrenz. Inzwischen erscheinen auf den Goldfeldern sechs Tageszeitungen und zehn Wochenblätter, die – abgesehen von meiner Zeitung – nur der Geldgier huldigen und ihre Seiten mit Berichten über Minen und Aktien füllen. Ich habe versucht, den Narren zu erklären, dass sie für ihre Rechte eintreten müssen und sich nicht von juwelenbehängten Spekulanten und ihren fetten Bossen in London und Sydney ausnehmen lassen dürfen. Leider haben sie nicht auf mich gehört.«

Er wandte sich an Alice. »Ausgezeichnete Plätzchen,

Mrs. Gunne. Meine Lieblingssorte. Ich selbst bin übrigens auch kein übler Koch.«

Sie beobachtete ihn, während er sprach. Trotz seines seltsamen Aussehens und der ungewöhnlichen Frisur war Vosper ein interessanter Mann. Sie schätzte ihn auf dreißig. Er hatte das Land von den Goldfeldern im Osten bis zum wilden Westen bereist.

Mr. Vosper war der erste Mensch, den Alice kennenlernte, der sich mehr als nur flüchtig für Politik interessierte und eisern seine Meinung vertrat. Dies galt vor allem, wenn es um die Rechte der Schürfer ging, deren Interessen, wie er verkündete, im Parlament von niemandem vertreten wurden.

»Die hart arbeitenden Digger sind nichts wert. Hauptsache, sie buddeln das Gold für die Bosse aus. Es gibt da draußen verdammt wenig Wasser, und was unternimmt die Regierung dagegen? Nichts!«, Er schlug mit der Faust auf den Tisch. »Die Männer sterben zu Dutzenden an Cholera und Typhus. Aber haben wir vernünftige Krankenhäuser? Von wegen. Ich habe gehört, dass Sie Yorkey verkauft haben, Clem. Sie haben recht daran getan. Die Firmen kaufen inzwischen Land auf, das bereits an Schürfer verpachtet ist!«

»Ist das schlimm?«, fragte Clem. »Solange sie weitergraben können ... Keiner, der alleine schürft, kann tiefer als hundert Fuß graben. Das wäre viel zu gefährlich. Warum also sollten die Firmen nicht von dieser Tiefe an die Förderung übernehmen? Sie haben die technischen Möglichkeiten und das Know-how dazu.«

»Sie sind nicht mehr auf dem neuesten Stand, Clem. Die Gesetze haben sich geändert. Die Schürfer dürfen auf Firmenland nur noch zehn Fuß tief graben. Jedes Körnchen Gold, das darunter gefunden wird, gehört den Firmen.«

»Dann hat ein Schürfer doch gar keine Chance mehr. Und wenn er nun auf eine Ader gestoßen ist?«

»Pech gehabt. Denken Sie an meine Worte. Es wird rundgehen auf den Goldfeldern, wenn die Digger erst einmal aufwachen. Ich habe versucht, ihnen zu erklären, was auf sie zukommt und weshalb sie im Parlament vertreten sein müssen, bevor sich die Lage weiter zuspitzt. Meine Zeitung, der *Coolgardie Miner*, hat es ihnen unter die Nase gerieben, bis ich es satt hatte, um ihre Aufmerksamkeit zu buhlen. Deshalb besuche ich nun die Städte auf dem Land.«

»Was wollen Sie damit erreichen?«, erkundigte sich Alice.

»Wen man nicht schlagen kann, mit dem muss man sich verbünden. Ich will fürs Parlament kandidieren, und ich werde es auch schaffen. Ich habe die Herausgeber der Provinzblätter aufgesucht und mich vorgestellt, damit sie auch drucken, was ich zu sagen habe.«

»Und, werden sie es veröffentlichen?«, fragte Clem.

»Oh ja. Ich schreibe die Artikel selbst, das spart ihnen Zeit. Sie können damit die eine oder andere Spalte füllen und ihren Lesern etwas Neues bieten. Mein Name muss bekannt werden.«

Sie luden Vosper ein, auf Lancoorie zu übernachten, und er nahm das Angebot dankend an. Nach dem Abendessen schwelgten er und Clem noch lange in Erinnerungen an die Goldfelder.

»Haben Sie sich wieder an das Farmerdasein gewöhnt?«, fragte Vosper. »Kein Vergleich zu den wilden Zeiten auf den Goldfeldern, was?«

»Sicher. Ich finde das Leben hier ausgesprochen ruhig.«

»Dachte ich mir. Die Abenteuerlust wird man nicht mehr los. Warum kommen Sie nicht mit mir nach Perth?«

Clem lachte. »Ich würde Perth kaum als Abenteuer bezeichnen.«

»Ist aber mal was anderes. Sehen Sie sich's an. Sie könnten mir auch ein bisschen zur Hand gehen. Wenn Sie die Stadt satthaben, fahren Sie eben nach Hause.«

»Was soll ich denn tun?«

»Mit den Leuten reden. Sich um Unterstützung bemühen. Sie haben als Schürfer gearbeitet und wissen, wovon ich rede. Sie wären mir eine große Hilfe.«

»Verstehe. Ich muss darüber nachdenken.«

Doch Vosper hatte Clem schon beinahe überzeugt. Nun hatte er einen triftigen Grund, nach Perth zu fahren, und es würde nicht so aussehen, als jage er hinter Thora her.

Bei dieser Gelegenheit konnte er sich auch um das Strandhaus kümmern, von dem er George und Alice bereits erzählt hatte. Sie hielten es für eine wunderbare Idee, obwohl ihre Begeisterung natürlich von der Hoffnung geprägt war, ihn wieder mit seiner Frau vereint zu sehen. Das ärgerte ihn zwar, konnte ihn jedoch nicht zurückhalten. Schließlich war er sein eigener Herr. Mit Fred nach Perth zu fahren wäre sicher nicht das Schlechteste.

Erst als sie bereits in Perth eingetroffen und im *United Services Hotel* abgestiegen waren, verriet Clem seinem Bekannten, dass seine Frau sich mit ihrer Tochter in der Stadt aufhielt.

»Ich dachte mir doch, dass Sie irgendwo eine Frau haben«, sagte Fred. »Haben Sie sich getrennt?«

»Nein. Sie war es leid, so lange allein zu sein, und hat hier Ablenkung gesucht. Sie wohnt im *Palace*.«

»Guter Geschmack, ich muss schon sagen! Falls Sie lieber mit Ihrer Familie zusammenwohnen möchten, will ich Sie nicht abhalten …«

»Nein, es ist eine lange Geschichte. Mein Frau möchte, dass sich alle Welt nur nach ihr richtet. Und ich habe es mißbilligt, dass sie nicht auf mich gewartet hat. Ich erwarte, dass sie zu mir kommt.«

Fred lachte. »Nun, das sollten Sie untereinander ausmachen. Ich habe viel zu organisieren.«

Statt geradewegs zum *Palace Hotel* zu gehen, lief Clem auf der Suche nach Kindheitserinnerungen durch die Straßen von Perth. Doch nur der Fluss schien ihm noch vertraut. Er konnte sich nicht einmal daran erinnern, wo genau sie damals an Land gegangen waren.

Clem versuchte sich selbst davon zu überzeugen, dass er sich erst in den geschäftigen, mit Gaslaternen beleuchteten Straßen zurechtfinden müsse, ehe er Thora gegenübertreten könne. Er wusste nicht, ob er sie überhaupt sehen wollte.

Dennoch war er froh, nun doch in Perth zu sein. Die Eleganz dieser Stadt beeindruckte ihn.

Möglicherweise ist dies die einsamste Metropole auf Gottes weiter Erde, dachte er. So jedenfalls spotteten die Leute aus dem Osten. Andererseits sind die Menschen hier wirklich stolz auf ihre Stadt.

Zum Teufel mit Thora! Wie viel schöner wäre diese Reise gewesen, wenn Thora auf ihn gewartet und die Sehenswürdigkeiten nun mit ihm gemeinsam genossen hätte. Womit verbrachte sie überhaupt ihre Zeit? Vermutlich mit Bekannten, denen er noch nie begegnet war. Clem ließ seinen Blick bewundernd über die Fassade eines schönen Gebäudes wandern, das halb hinter Bäumen verborgen lag. Dann trat er überrascht einen Schritt zurück. Er stand vor dem *Palace Hotel!*

Ohne nachzudenken ging er durch die Tür und erkundigte sich an der Rezeption nach Mrs. Price.

Der Angestellte sah ihn seltsam an und schickte ihn dann zum »Cottage«, ohne auch nur einen Blick in das Gästebuch zu werfen.

»Das was?«

»Mrs. Price wohnt in einem der Nebengebäude, einem Cottage. Sie gehen nach draußen und biegen um die Ecke. In der Straße, die hinter dem Hotel vorbeiführt, finden Sie die Dame.«

»Vielen Dank.«

Clem war verunsichert. Er spielte mit dem Gedanken, Thora eine Nachricht zu hinterlassen und sie aufzufordern, zu ihm ins *United Services Hotel* zu kommen. Falls sie den Brief jedoch ignorierte … Besser wäre es, die Sache gleich hinter sich zu bringen.

»War noch etwas, Sir?«, fragte der Mann an der Rezeption. Clem schüttelte den Kopf und verließ die Eingangshalle.

Nervös lief er die düstere Straße hinter dem Hotel entlang zum Cottage. Einen größeren Kontrast zu dem glanzvollen *Palace* konnte man sich gar nicht vorstellen.

»Nebengebäude«, sagte er voller Hohn, »ein schöner Name für ein heruntergekommenes Cottage, das nur noch auf das Abreißkommando wartet.«

Doch da war Thora. Durchs Fenster konnte er sie in einem Sessel sitzen sehen. Sie sah so hübsch aus, dass sein Herz einen Sprung machte. Das Licht der Lampe fiel weich auf ihr Haar. Das Bild, das sich Clem bot, strahlte so viel Behaglichkeit aus, als säße diese Frau in ihrem eigenen gemütlichen Wohnzimmer.

Er ging über die Veranda zur Tür. Die Bretter knarrten unter seinen Schritten. Ein junges Mädchen öffnete ihm.

»Ich möchte bitte Mrs. Price sprechen.«

»Wen darf ich melden?«

»Mr. Price«, erwiderte er knapp.

»Oh, du bist es!«, rief Thora, ohne sich aus ihrem Sessel zu erheben. »Wie geht es dir?«

Clem starrte sie fassungslos an. Als wäre er nur ein paar Stunden fort gewesen! Verwirrt sah er das Mädchen an, mit dem ihn Thora nicht einmal bekannt gemacht hatte.

»Ich bin Lydias Nanny«, sagte sie rasch. »Sie schläft, Mr. Price, aber ich kann sie gerne holen.«

»Schon gut«, murmelte er, »später.«

Sie knickste und zog sich zu seiner Erleichterung zurück.

»Was zum Teufel machst du in diesem Haus?«, fuhr er seine Frau an. »Ich dachte, du würdest im Hotel wohnen.«

»Mir gefällt es hier. Setz dich, Clem, und mach nicht so ein Theater. Wir haben schon Tee getrunken. Soll Nanny dir etwas bringen?«

»Nein.«

»Auch gut. Nun erzähl mir von deinen Abenteuern.«

»Zum Henker mit meinen Abenteuern!«, brach es aus ihm heraus. »Ich verlange eine Erklärung von dir! Wie kannst du es wagen, Lancoorie zu verlassen, ohne mir ein Wort zu sagen? Wie willst du das rechtfertigen? Du hast verdammtes Glück, dass ich noch immer deine hübschen Hotelrechnungen bezahle, sonst würdest du nämlich längst auf der Straße sitzen. Und wie viel kostet dich das Privileg, in diesem Schuppen zu leben?«

Thora brach in Tränen aus. »Schrei mich nicht an. Ich kann es nicht ertragen. Ich wünschte, du würdest mich in Ruhe lassen.«

»Ich soll was?«, Er war so aufgebracht, dass ihr Weinen keinerlei Wirkung auf ihn hatte. »Deine Tränen werden dir auch nicht weiterhelfen. Sieh mich an, Thora! Ich will die Wahrheit wissen. Seit Monaten habe ich kein Wort mehr von dir gehört. Ich musste sogar nach dir suchen. Ich verlange eine Erklärung, und zwar eine überzeugende.«

»Was für eine Erklärung denn? Ich wollte einfach in Perth leben. Was ist so schlimm daran?«

»Wie kannst du nur so dumm sein? Und seit wann brauchst du ein Kindermädchen für Lydia, wo du doch den ganzen Tag auf deinem Hintern sitzt? Oder bist du dir plötzlich zu gut für die Ausübung von Mutterpflichten?«

»Ich habe gesellschaftliche Verpflichtungen. Du kannst doch nicht von mir erwarten, dass ich allein in diesem Cottage lebe. Ich brauche eben eine Nanny.«

»Du brauchst nirgendwo allein zu leben!«, schäumte Clem.

»Was ist mit uns? Ich bin immerhin dein Ehemann! Und wie werde ich hier begrüßt?«

»Es ist nicht meine Schuld«, schluchzte sie. »Ich wusste nicht, dass du kommst.«

»Hätte es denn einen Unterschied gemacht?«, fragte er bitter. »Ich habe genug von alldem. Ich gehe. Du packst, und ich bringe dich und Lydia morgen in mein Hotel.«

Dies zeigte endlich Wirkung. »Ich werde nicht hier ausziehen. Nanny kann in Lydias Zimmer schlafen und du in ihrem, aber wir werden auf jeden Fall hierbleiben. Ich bin sehr glücklich in meinem Cottage. Bei Tageslicht wird es dir auch gefallen. Ich sehe nicht ein, wieso ich von einem Hotel ins andere ziehen sollte.«

Clem gab sich geschlagen, zog einen Stuhl heran, setzte sich neben Thora und ergriff ihre Hand. »Thora. Bedeute ich dir denn gar nichts mehr?«

»Natürlich, was für eine alberne Frage.«

»Warum tust du mir das alles an? Ist es die Strafe dafür, dass ich so lange fort war? Wenn ja, tut es mir leid, aber ich konnte nichts daran ändern. Auch du wolltest, dass ich auf die Goldfelder gehe. Du weißt, dass ich dich liebe und immer lieben werde. Ich habe dich furchtbar vermisst.«

Einen Augenblick dachte er, er sei zu ihr durchgedrungen. Sie schaute ihn traurig an. »Ich liebe dich auch, Clem. Sei nicht böse mit mir.« Dann war der Augenblick vorüber. »Wie lange wirst du bleiben?«

Er stand so abrupt auf, dass der Stuhl umkippte. »Ich bin wieder da«, schrie er. »Mit den Goldfeldern ist Schluss. Je eher du das begreifst, desto besser. Wir sehen uns morgen früh.«

Doch als er am Morgen im Hotel vorsprach, um die Rechnung zu begleichen, musste er erfahren, dass Thora das Cottage für drei Monate gemietet hatte. Es würde ihr noch zwei Monate zur Verfügung stehen.

Clem war so fassungslos, dass er wie blind ins Freie stolperte, hinaus aus der eleganten Halle, in der man so herablassend behandelt wurde und in der er sich ein zweites Mal zum Narren gemacht hatte.

Hatte nicht Alice steif und fest behauptet, dass Thora nur Urlaub mache und bald nach Hause kommen werde? Von wegen! Zögernd blieb er an der nächsten Ecke stehen. Thora hatte ihn verlassen.

Nein, das konnte nicht sein. Weshalb hätte sie ihn dann einladen sollen, mit ihr im Cottage zu wohnen, wenn auch in einem separaten Zimmer?

Wollte sie Zeit gewinnen? Seine Ankunft musste sie völlig überrascht haben. Vermutlich war ihr auf die Schnelle nichts anderes eingefallen, um ihn zu beruhigen. Clem wusste, dass es am vernünftigsten gewesen wäre, diese lächerliche Miete zu bezahlen, Thoras Sachen zu packen und mit ihr nach Lancoorie zu fahren, wo sie in aller Ruhe ihre Probleme besprechen konnten.

Thora blieb an diesem Morgen im Bett liegen und schmollte. Wie konnte Clem einfach auftauchen, ein solches Theater veranstalten und alles verderben? Nanny hatte ihr den Morgentee gebracht und war mit Lydia in den Park gegangen, damit ihre Mutter Ruhe hatte. So still und friedlich es im Cottage war – Thora war nervös. Sie befürchtete, Clem könne zurückkehren.

Sie hatte die Zeit, die sie hier verbracht hatte, genossen, obwohl sie selten ausgegangen war. Ein Onkel und eine Tante von Thora wohnten in Perth. Sie hatte deren Adresse in ihrem Notizbuch entdeckt und einmal den Versuch unternommen sie zu besuchen. Doch als sie aus der Droschke gestiegen war und vor dem Haus in der Wellington Street gestanden hatte, hatten ihre Nerven sie im Stich gelassen. Da sie nicht wusste, wohin, hatte sie sich vom Kutscher zur Kathedrale fahren lassen, wo sie vier Stunden reglos gesessen hatte.

Diese Fahrten wurden ihr zur Gewohnheit. Ihre gesellschaftlichen Verpflichtungen waren nichts anderes als ziellose Ausflüge. Jedes Mal nahm sie eine Droschke, ließ sich eine Weile umherfahren und dann zur Kathedrale bringen, von der aus sie später ohne allzu große Schwierigkeiten zurück zum Cottage fand. Manchmal, wenn sie in ihrer Verwirrung ins Hotel lief und ihr Zimmer nicht finden konnte, wurde sie von einem Angestellten nach Hause begleitet.

Thora erinnerte sich schwach an einen Hotelpagen, der einmal erwähnt hatte, dass eine bestimmte Frau schon wieder betrunken sei, doch das ging Mrs. Price nichts an. Sie verabscheute die Trunksucht.

Manchmal kamen Serviererinnen oder Zimmermädchen aus dem Hotel vorbei, um Nanny zu besuchen. Thora hörte sich liebend gern ihren Klatsch über das Leben im *Palace* an. Das gab ihr das Gefühl, ein Teil dieser großen Hotelfamilie zu sein.

Er klopfte, trat ins Zimmer und zog die Vorhänge zurück, um das Tageslicht einzulassen.

»Lass das bitte sein, Clem. Ich habe solche Kopfschmerzen. Ich fühle mich nicht wohl.«

Ihre Worte weckten Schuldgefühle in ihm. Das sollten sie auch. »Was ist los mit dir? Soll ich einen Arzt rufen?«

»Wenn du meinen Vater holst, schreie ich laut.«

»Nicht deinen Vater. Einen Arzt aus der Stadt.«

»Das ist nicht nötig.«

Er setzte sich auf die Bettkante. »Dann solltest du aufstehen. Ein bisschen frische Luft wird dir gut tun.« Er beugte sich vor und küsste sie. Thora fühlte sich getröstet. Es war schön, ihn wiederzusehen. Er konnte so reizend sein.

»Ich werde später aufstehen.«

»Wir fahren heim, Thora. Wir können den Nachmittagszug

noch erreichen. Dann fangen wir noch einmal von vorn an. Vergiss Perth.«

Sie schoss im Bett hoch. »Perth vergessen? Bist du verrückt? Du kannst fahren, ich bleibe. Ich muss bleiben.«

»Warum? Liegt es an mir? Gestern Abend hast du gesagt, du würdest mich lieben. Wenn du mich liebst, dann Lass um Gottes willen diesen Unsinn sein. Ich brauche dich, Thora.«

»Es liegt nicht an dir. Ich will einfach nicht dorthin zurück.«

»Warum nicht?«, fragte er beharrlich. »Wegen Alice? Oder George? Haben sie dich verärgert?«

»Nein. Ich habe Alice eingeladen mitzukommen. Sie hätte eine schöne Zeit gehabt.«

»Wusstest du, dass Alice und George geheiratet haben?«

»Ja, sie hat es mir geschrieben.«

»Bist du darüber unglücklich?«

Thora spürte, dass ihre Nerven sie im Stich ließen, und bekam Angst. Sie wollte nicht, dass Clem einen ihrer Ausbrüche miterlebte. »Natürlich nicht. Warum machst du dich nicht auf die Suche nach Lydia? Sie würde sich freuen, dich zu sehen.«

»Gleich. Zuerst verlange ich eine ehrliche Antwort. Kommst du mit mir nach Lancoorie?«

»Nein«, flüsterte sie ängstlich.

»Und wenn ich darauf bestehe?«

»Lass mich in Ruhe. Wir müssen nicht dorthin zurückkehren. Du kannst hierbleiben.«

Er schalt, schmeichelte, nahm sie in die Arme, versuchte, mit ihr zu schlafen, doch sie stieß ihn weinend von sich.

Als er endlich ging, lag sie zusammengekrümmt unter der Decke. Sie hatte sich das Laken in den Mund gestopft, um ihre Schreie zu ersticken.

Er fand seine Tochter mit ihrer Nanny in dem kleinen Park gegenüber. Als Lydia ihn nicht erkannte, fühlte er sich noch niedergeschlagener. Sie war zu einem süßen kleinen Mädchen herangewachsen, hatte dunkle Locken und sanfte blaue Augen. Nanny nahm die Sache in die Hand: »Sieh mal, Liebchen, das ist dein Daddy.«

Bald war der Bann gebrochen. Glücklich plappernd zeigte Lydia Clem ihre Puppe und ihren neuen Armreifen.

Er versuchte sich mit der Nanny zu unterhalten und dabei peinliche Fragen über seine Frau zu vermeiden, doch sie konnte ohnehin über nichts anderes als Lydia sprechen, so dass er schließlich das Kind küsste und davonging.

Wohin jetzt? Ohne seine Frau würde er nicht nach Lancoorie fahren. Aber ebenso wenig würde er klein beigeben und in dieses Cottage ziehen.

Thora war seine Frau, und er wollte sie nicht verlieren. Er würde in der Stadt bleiben, bis sie freiwillig mit ihm heimkehrte.

Am Nachmittag vertraute er sich Vosper an, mit dem ihn inzwischen echte Freundschaft verband. »Mir scheint, die Dame will dir eine Lektion erteilen, weil sie sich verlassen fühlt. Immerhin spricht sie noch mit dir. Warum gehst du nicht mit ihr aus? Wirbst noch einmal um sie? Vielleicht kannst du so ihr Herz zurückgewinnen.«

Clem dachte traurig, dass er selbst vor ihrer Hochzeit nicht um sie geworben hatte. Eine Hochzeitsreise hatten sie auch nicht gemacht. Damals war er zu schüchtern und zu beschäftigt gewesen, um eine solche Reise vorzuschlagen. Auch Thora hatte diese romantische Fortsetzung einer so überaus unromantischen Hochzeit offensichtlich nicht vermisst. Die Schuldgefühle erdrückten ihn beinahe. Thora war um alle Vergnügungen, die einer frischgebackenen Ehefrau zustanden, betrogen worden. Unter welchen Umständen die Ehe geschlossen worden war, spielte dabei keine Rolle. Clem würde versuchen, seine Fehler wiedergutzumachen.

Am nächsten Tag hatte er seinen großen Auftritt. Er hatte eine jener Pferdedroschken gemietet, die wie kleine Planwagen aussahen und als letzter Schrei galten. Clem wollte seine Familie einschließlich Netta zu einem Picknick einladen. Er bat Netta, das Essen vorzubereiten, und überredete Thora sich anzuziehen. Da sie schon länger in der Stadt lebte und die Sehenswürdigkeiten vermutlich kannte, hatte er einen Ausflug ans Meer geplant. Schon als Kind war es immer sein Herzenswunsch gewesen, ans Meer zu fahren. Nun konnte er seine Tochter mitnehmen.

»Wie wirst du den Weg finden?«, fragte Thora.

»Der Kutscher kennt ihn. Mach dich fertig. Nanny packt den Korb, und dann können wir losfahren.«

Der Weg zum Cottesloe Beach führte über weite Strecken durch den Busch, doch das Pferd war geschickt und der Kutscher gut gelaunt. Clem musste lachen, als Thora ihre Befürchtung äußerte, sie gingen verloren. Doch Lydia war die Hauptperson. Sie kletterte abwechselnd Clem, Nanny und Thora auf den Schoss und schien zu spüren, dass etwas im Gange war.

»Nimm du sie, Nanny«, sagte Thora, »sonst verknittert mein Kleid.«

»Gib sie mir.« Clem genoss es, seine Tochter auf dem Schoss zu halten, ließ sie aus dem Fenster schauen und erzählte ihr vom Meer, obwohl sie es noch gar nicht verstehen konnte.

Als sie die Sanddünen hinaufgestapft waren und der Ozean sich vor ihnen ausbreitete, vergaß Clem für einen Moment alle Sorgen. Ehrfürchtig sah er auf den weiten Strand hinunter, lauschte der donnernden Brandung und schmeckte das Salz auf den Lippen.

»Sieh sich das einer an!«, staunte Netta.

Clem wandte sich an Thora. »Was sagst du dazu? Schau nur, dieses Blau!«

»Ich finde es heiß hier oben.«

»Unten am Strand wird es kühler sein.«

»Ich kann da nicht runtergehen. Ich habe jetzt schon Sand in den Schuhen.«

»Dann zieh sie aus. Und die Strümpfe auch.«

Bald planschten sie im Wasser herum und rannten davon, wenn die Wellen an den Strand klatschten. Clem fand, dass sein erster Familienausflug ein voller Erfolg war. Trotz Thoras Befürchtung, er könne ertrinken, entschloß er sich, schwimmen zu gehen. Aus Rücksicht auf Nanny entfernte er sich ein Stück von ihnen, bevor er die Kleider ablegte und sich in die Wogen stürzte. Bisher war er nur in schlammigen Flüssen und Stauseen geschwommen. Welch ein Genuß, sich nun in kristallklarem Wasser tummeln zu können.

Während er auf den Wellen schaukelte, spähte er zum Ufer hinüber und entdeckte am Rande eines Gebüschs zwei Bungalows. Genau dort würde er sein Strandhaus bauen, mit Blick aufs Meer und dem Strand direkt vor der Haustür. Offensichtlich zogen die Bürger von Perth den Fluss dem Ozean vor, da außer diesen beiden keine weiteren Häuser zu sehen waren. Umso besser, dann würde ein Grundstück billig zu haben sein. Der Buschweg ließe sich befestigen, notfalls würde er das selbst in die Hand nehmen. Aber erst, wenn er ein paar Grundstücke gekauft hätte. Niemand würde ihm hier etwas wegschnappen. Clem witterte schon eine neue, vielversprechende Investitionsmöglichkeit.

Dann rief Thora ihn zu sich, und er watete an den Strand. Sie warf ihm, peinlich berührt von seiner Nacktheit, ein Handtuch zu und ergriff die Flucht. Clem grinste. Auch das würde sich im Lauf der Zeit ändern.

Zwei Wochen später fielen Thoras frustriertem Ehemann seine allzu optimistischen Pläne wieder ein. An manchen Tagen war Thora zu lethargisch oder gleichgültig, um aus dem Haus zu gehen. Dann wieder wurde sie richtig aufgeregt, wenn er sie zum Essen einlud. Sie brauchte Stunden für ihre Toilette, hatte aber selbst nach einigen Gläsern Wein kaum ein Wort für ihn übrig. Es schien, als wäre sie in seiner Gegenwart immer auf der Hut. Als ewiger Zankapfel erwies sich die Wahl des Restaurants. Thora bestand jedes Mal darauf, im *Palace* zu essen, und Clem lehnte es jedes Mal rundheraus ab. Inzwischen hasste er diese Nobelherberge. Zum Glück hatte sie den Streit meist schon vergessen, wenn sie die Kutsche bestiegen.

»Es ist wirklich harte Arbeit, einer Frau den Hof zu machen«, berichtete Clem Fred. »Ich bin oft kurz davor, sie einfach zu packen und auf meine ehelichen Rechte zu bestehen.«

»Keine gute Idee. Damit machst du dir Thora zur Feindin. Meinst du, es ist ein anderer Mann im Spiel?«

Clem war verblüfft. »Nein!«, Doch insgeheim hatte auch er schon daran gedacht. Thora hatte sich verändert. Sie konnte sich von einer Minute auf die andere von einer zuvorkommenden, warmherzigen Frau in jene kalte, harte Person verwandeln, die Clem in York flüchtig kennengelernt hatte. Sie schien seine Freundschaft zu schätzen, doch kam er sich oft vor wie ein Besucher, der zu lange geblieben war. Manchmal hatte er den Eindruck, dass ihm Netta, mit der er sich gut verstand, etwas sagen wollte. Sobald sich jedoch die Gelegenheit zu einem Gespräch unter vier Augen ergab, verschloß sie sich wie eine Auster. Dies weckte Clems Misstrauen.

In der Zwischenzeit hatte Fred ihm im Ausschuß für Landwirtschaft und Bergbau eine Stelle verschafft.

»Was soll ich dort?«, hatte er gefragt.

»Den Mund aufmachen! Du bist immerhin Schafzüchter. Es wird dir nicht schaden, deine eigenen Interessen im Auge zu behalten.«

»Das klingt gar nicht nach dir.«

»Mag sein.« Fred grinste. »Aber dieser Ausschuß ist zu schwerfällig geworden, nun, da sich die Pachten jeden Tag verdoppeln. Sie müssen ihn aufteilen. Du bist Schürfer und Schafzüchter in einer Person. Wenn du geschickt bist, angelst du dir den Posten als Vorsitzender des neuen Bergbauausschusses. Dann bist du direkt dem Parlament unterstellt. In dieser Position könntest du viel für deine Schürferkollegen tun.«

Da so vieles in diesem Staat sich in rasantem Wandel befand, wurden die Sitzungen, die Clem im Übrigen sehr interessant fand, im wöchentlichen Turnus abgehalten. Die meisten Mitglieder des Ausschusses waren Viehzüchter im Ruhestand. Ihre Kenntnisse über die Bergbauindustrie waren entsprechend begrenzt. Clem brauchte nicht lange, um sich aufgrund seiner Kenntnisse einen Ruf zu erwerben. Dafür wurde er im Gegenzug mit Bergen von Papier eingedeckt, die es durchzuarbeiten galt.

Dennoch hatte er Cottesloe nicht vergessen. Er erwarb zehn große Grundstücke, die erst kürzlich vermessen worden waren, für jeweils fünfzehn Pfund, und nahm Kontakt zu einem Bauunternehmer auf.

Als er versuchte, Thora zu erklären, dass er ihr ein herrliches Haus mit Blick aufs Meer bauen wollte, musste er verblüfft feststellen, dass sie sich nicht dafür interessierte.

»Wie nett«, war alles, was ihr zu dieser Neuigkeit einfiel.

Schließlich gab Clem nach.

»Wie du willst, Thora. Du hast gewonnen. Ich baue dir ein Haus hier in Perth. Mitten auf der Hauptstraße, wenn es sein muss.«

»Was habe ich gewonnen? Ich verstehe nicht, wovon du sprichst. Wenn du ein Haus kaufen willst, halte ich dich nicht davon ab.«

»Gut. Wirst du mit mir darin leben?«

Sie geriet in Aufregung, wie neuerdings so oft. »Ich weiß es nicht. Darüber muss ich erst nachdenken.«

Es passierte nicht von heute auf morgen. Allmählich hatte er es satt, dass sie ihm alles verweigerte, was über einen Kuss hinausging. Dass sie so unbeständig war und ihre Meinung dauernd änderte. Dass sie ihn zum Narren hielt. Es kam zu Auseinandersetzungen, die damit endeten, dass er vor Wut kochte und sie in Tränen ausbrach. Clem glitt allmählich hinüber in die Welt der Politik, in Fred Vospers Welt. Seine Arbeit führte ihn mit zahlreichen Geschäftsleuten zusammen und ließ ihm immer weniger Zeit, das Cottage aufzusuchen.

Als Tanner feststellte, dass Lord Kengally allein mit den Besitzern von Lady Luck ins Geschäft gekommen war, bekam er einen Wutanfall. Er hatte inzwischen noch weitere Eisen im Feuer und war daher nicht mehr so auf Kengally angewiesen, dass er diese Kränkung hätte unerwidert durchgehen lassen. Er konnte es sich nicht leisten, zum Gespött der Leute zu werden.

Tanner fand den Engländer im Billardzimmer seines Hotels.

»Sir, ich bin sehr enttäuscht von Ihnen. Von einem Mann in Ihrer Position hätte ich dieses Doppelspiel nicht erwartet.«

Kengally paffte unbeirrt seine Zigarre. »Ich habe es Ihnen nur mit gleicher Münze heimgezahlt, Edgar.«

»Und das heißt?«

»Das muss ich Ihnen doch wohl nicht erklären. Sie haben diese Schürfer betrogen. Die Provision, die Sie für den Verkauf der Mine erhalten haben, war exorbitant.«

»Was geht Sie das an? Die Männer waren einverstanden. Ich lasse mich von Ihnen nicht als Betrüger bezeichnen.«

»Aber mich beschuldigen Sie des Doppelspiels. Sie sollten Ihre Worte sorgfältiger wählen. Ich habe mich lediglich wegen Ihrer Torheiten von Ihnen distanziert. Wie Sie wissen, bin ich mit der Gründung von Aktiengesellschaften in London betraut. Die Gründungsgesellschafter müssen mir vertrauen können. Ich kann mir keine Fehltritte erlauben.«

»Gut, und wie steht es mit meiner Provision? Ich habe dieses Geschäft für Sie arrangiert!«

»Regen Sie sich ab. Ich zahle Ihnen eine Provision von zehn Prozent. So viel haben Sie doch auch Deagan und Price in Rechnung gestellt, nicht wahr? Deshalb brauchen wir doch nicht ausfallend zu werden. Ich möchte Sie nur darum bitten, in Zukunft überlegter vorzugehen.«

Tanner lachte. »Sie sind ein harter Bursche, Kengally.« Sobald er den Raum verlassen hatte, war seine gute Laune wie weggeblasen. Er hasste die herablassende Art des Engländers. Kengally behandelte ihn wie einen ungezogenen Jungen, den man mit einer Ohrfeige zur Räson bringen konnte.

»Wer zuletzte lacht …«, stieß er zwischen zusammengebissenen Zähnen hervor. »Dafür werden Sie teuer bezahlen!«

Es waren ihm Gerüchte über die sagenhafte Londonderry-Mine zu Ohren gekommen. Sie war zubetoniert worden und würde so lange bewacht werden, bis die Gesellschaft mit dem Abbau beginnen würde.

Die Schürfer hatten dort einen Klumpen Quarz gefunden, der zweihundertfünfzig Pfund wog und zu über einem Drittel aus Gold bestand. Diese Mine war so ergiebig, dass sie unter dem Namen »Goldgrube« berühmt wurde. An einem einzigen Tag im Juni gruben die Schürfer mehr von diesem glitzernd weißen Quarz aus, als ein kräftiger Mann auf die Waage der Bank heben konnte. Sie verkauften ihre Mine für einhundertachtzigtausend Pfund zuzüglich eines Sechstels der Aktien, die die Londonderry Gold Mine Company in London ausgeben würde. Wie viele andere hatte auch Tanner die Mine besucht, doch sie war durch einen hohen Zaun gesichert und wurde von zwei Männern bewacht. Er selbst hatte schon Aktien erworben und wieder verkauft. Kengally besaß ein ansehnliches Paket, doch inzwischen gelangten einige dieser Goldaktien in Coolgardie still und leise wieder auf den Markt.

Was war los? Die erste Aktienemission war überzeichnet gewesen. Die Mine zu schließen war ein geschickter Schachzug gewesen. Die Aktienkäufer wussten, dass sie auf der richtigen Fährte waren, da die Mine als wahre Schatztruhe galt. Londonderry war so sicher wie eine Bank.

Oder etwa doch nicht? Tanner wusste nichts Genaues, doch sagte ihm sein Gefühl, dass etwas im Busch war. Daher verkaufte er alle Anteile an dieser Mine gewinnbringend an eifrige Investoren, erwarb mit dem Erlös neue Aktien und stieß sie wieder ab. Besonders großzügig bedachte er die beiden Männer, mit denen er noch eine Rechnung zu begleichen hatte: Kengally und Mike Deagan.

Er durchkämmte ganz Coolgardie nach Londonderry-Aktien. Kengally verkaufte er einen Teil für tausend Pfund, während Deagan für die übrigen Aktien zweitausend Pfund hinblätterte.

»Ich bin nicht nachtragend«, hatte Tanner zu Mike Deagan gesagt. »War an diesem Abend nicht ganz bei mir. Ich möchte Ihnen jetzt zu einem guten Geschäft verhelfen.«

Mike grinste, da ihm solche Sinneswandlungen stets verdächtig erschienen. »Wer's glaubt, wird selig.«

»Ich habe ihm beinahe den Schädel eingeschlagen«, sagte er später zu Jocelyn. »Wieso will er mir dann zu einem guten Geschäft verhelfen?«

Und so suchte Mike einen anderen Börsenmakler auf, dem er alle Londonderry-Aktien gewinnbringend verkaufte.

»Warum wollen Sie diese Aktien loswerden?«, fragte ihn der Makler.

»Ich baue gerade ein Haus. Kostet mich ein Vermögen. Ist doppelt so teuer wie ursprünglich geplant.«

»Ist es das nicht immer?«, fragte der Makler philosophisch.

Zurück in Perth, genoss Edgar Tanner die Segnungen der Zivilisation und den prickelnden Reiz der Börse. Wann immer er durch die Tür trat, durchzuckte es ihn wie ein Blitz: Hier bot sich ihm die Möglichkeit, das beste aller Glücksspiele zu spielen – es war solider als Poker, packender als Pferderennen –, und vor allem wusste er es zu gewinnen. Trotz seiner Differenzen mit Kengally genoss er in Perth einen guten Ruf, da er einer der wenigen Börsenmakler war, die sich auf den Goldfeldern auskannten und einen Riecher für gute Investitionen hatte. Oft bestürmten ihn andere Spekulanten schon vor der Tür mit Fragen.

Auch war die Börse der beste Ort, um nach neuen Kunden Ausschau zu halten. Er sah Clem Price und Fred Vosper und erfuhr den neuesten Klatsch über ihre Pläne. Vosper wollte fürs Parlament kandidieren, was Tanner nicht weiter interessierte, da der Journalist nicht vermögend war. Bei Clem Price sah es jedoch ganz anders aus. Man sprach darüber, dass er sich als Mitglied einiger wichtiger Ausschüsse profiliert habe. Doch viel mehr schien niemand über ihn zu wissen.

Gut, sinnierte Edgar. Er würde Clem nicht in aller Öffentlichkeit ansprechen, sondern warten, bis er ihn allein erwischte. Sein junger Freund war ein reicher Mann geworden und somit ein vielversprechender Kunde. Nur schade, dass Thora nicht mehr allein in Perth lebte, da er die Bekanntschaft mit dieser reizenden Dame gern vertieft hätte.

Er bezog sein altes Zimmer im *Palace* und erfuhr bei dieser Gelegenheit eine wirklich interessante Neuigkeit: Mrs. Price wohnte noch immer im Hotel! Sie war mit Kind und Nanny, aber ohne Ehemann in ein Cottage auf dem Hotelgrundstück gezogen.

Also hatte sie sich von Clem *getrennt!* Einen besseren Grund für einen Besuch bei ihr hätte Tanner gar nicht finden können: Er würde sich bei ihr erkundigen, wo in der Stadt Clem sich aufhielt.

Thora freute sich, ihn zu sehen, da sie ihn nicht mehr mit

York in Verbindung brachte. Die Erinnerung an diese finstere Zeit verblaßte. Mr. Tanner gehörte genauso zu ihrem neuen Leben wie Clem. Wie nett es war, dass Clem sie immer besuchte und ausführte. Nur wenn er zudringlich und fordernd wurde, überkam sie diese schreckliche Nervosität. Mit ihm zu schlafen war für Thora gleichbedeutend mit einer Rückkehr nach Lancoorie und damit auch nach York. Wann immer er die Heimreise erwähnte, überfiel sie jene unsinnige Angst, die sie einfach nicht im Zaum halten konnte. Ihm zu erklären, was in ihr vorging, wagte sie jedoch nicht, da sie fürchtete, ihr Mann könne sie für verrückt halten.

Zunächst hatte sie mit ihm in den Speisesaal gehen wollen, sich dann aber anders besinnt. Eines Nachmittags, als sie mit Clem im Park saß, stiegen verschüttete Erinnerungen in ihr auf. Ihr fiel ein, dass sie im Speisesaal einen furchtbaren Tumult verursacht hatte. Im Geist sah sie die schockierten Gesichter der anderen Gäste, die sich von den Stühlen erhoben hatten, um nichts zu verpassen.

Thora presste die Hand vor den Mund und zitterte am ganzen Körper, als sie sich erinnerte, dass man sie aus dem Speisesaal geführt hatte. Die Bilder waren so real, dass es sich einfach so abgespielt haben musste. Aber wann? Inzwischen fühlte sie sich manchmal dem Wahnsinn nahe.

Die schreckliche Szene verschwand vor ihren Augen, ohne dass Clem etwas bemerkte, doch die Angst blieb. Sie griff nach seiner Hand und hielt sie fest in der ihren. Clem war da, alles war gut. Er würde sich um sie kümmern. Er war ein guter Mensch.

Clem legte strahlend den Arm um sie, und Thora wünschte sich, sie könnten für immer so sitzen bleiben. In letzter Zeit war er allerdings seltener gekommen. Natürlich war Clem ein vielbeschäftigter Mann, der häufig Termine hatte. Geschäftsleute führten nun einmal ein solches Leben. Thora grollte ihm deswegen nicht, doch sie war auf seine Gesellschaft angewiesen und fühlte sich einsam, wenn sie im Cottage auf ihn wartete. Deshalb war sie auch so froh über den unerwarteten Besuch.

»Oh, Mr. Tanner! Kommen Sie herein. Wie schön, Sie zu sehen. Waren Sie verreist?«

Er grinste. »Wie schnell Sie mich vergessen haben, meine Liebe. Ja, ich war auf den Goldfeldern.«

»Lord Kengally auch?«

»Ja, er hat den Touristen gespielt. Ich bin sicher, dass er inzwischen ebenfalls zurückgekehrt ist und Sie aufsuchen wird.«

Beim Tee redete sie wie ein Wasserfall, überschüttete ihn mit dem neuesten Klatsch aus Perth, schwärmte von der Stadt, dem herrlichen Wetter und dem aufregenden gesellschaftlichen Leben. Später fragte er sich, ob sie tatsächlich gesagt hatte, sie *lebe* in Perth, kam aber zu dem Schluss, dass er sich verhört haben musste. Schließlich gelang es ihm, das Gespräch auf ihren Ehemann zu lenken.

»Und wie geht es Clem?«

»Sehr gut. Er kommt vielleicht später vorbei. Sie müssen warten und ihn begrüßen.«

»Wohnt er nicht hier?«

»Oh, nein, das geht nicht. Dieses Haus ist zu klein. Mir gefällt es hier, und ich lebe hier sehr bequem, aber es gibt nur drei Zimmer. Nanny und das Baby schlafen in den beiden anderen. Sie werden verstehen, dass es unmöglich ist.«

Tanner verstand es überhaupt nicht, nickte aber wissend. Er war davon überzeugt, dass Thora vertuschen wollte, dass sie sich von ihrem Mann getrennt hatte.

»Wo wohnt Clem?«

»Im *United Services Hotel*. Er hat sehr viel zu tun. Und er baut ein prächtiges Haus. Ich kann es gar nicht abwarten.«

Vielleicht sagte sie tatsächlich die Wahrheit. Vielleicht hielt dieses seltsame Paar das Cottage wirklich für zu klein. Im

Grunde war es tatsächlich nur ein Ferienhaus. Dann jedoch sah Tanner im Spiegel über der Frisierkommode ein Doppelbett, das breit genug war für ein Ehepaar. Wirklich seltsam.

»Wo baut er denn das Haus?«

»Draußen vor der Stadt. Mit Blick auf den Ozean.«

»Auf den Hügeln?«

»Nein, Sie Dummer, am Strand. In Cottesloe. Es ist einfach göttlich. Wir haben dort ein Picknick veranstaltet und sind im Wasser herumgeplanscht.«

»Es ist weit draußen.«

»Schon, aber Clem bringt die Straße in Ordnung. Ich glaube, er hat dort viel Land gekauft.«

Das klang interessant. Tanner beschloss, der Sache nachzugehen: In Land zu investieren empfahl sich immer, vor allem, wenn es Meerblick und Strand zu bieten hatte. An Cottesloe hatte er noch gar nicht gedacht.

»Das passt zu Clem«, bemerkte er. »Schon als ich ihm das erste Mal begegnete, wusste ich, dass er es weit bringen würde. Und ich habe mich nicht geirrt.«

Dann erkundigte er sich höflich nach Thoras Eltern.

»Es geht ihnen gut.«

»Clem hat Ihnen sicher erzählt, dass ich ihn in Kalgoorlie getroffen und den Verkauf seiner Yorkey-Mine arrangiert habe. Dieses Geschäft wird er nicht bereuen. Ich vermute, Sie wissen darüber Bescheid.«

»Ja, natürlich«, erwiderte sie nervös. »Er erzählte mir, Sie seien sehr hilfsbereit gewesen. Er mag Sie gern und sagt, Sie seien ihm stets ein guter Freund gewesen.«

»Das freut mich zu hören. Ich muss ihn besuchen, nun, da wir alle wieder in der Stadt sind. Kalgoorlie ist ein unglaublicher Ort. Wussten Sie, dass die Postle-Jungs dort Gold gefunden haben?«

»Wer?«

»Die Söhne der Postles. Waren Sie nicht Nachbarn?«

»Ich kann mich nicht erinnern«, erwiderte Thora unsicher.

Da Tanner die Gesprächsthemen allmählich ausgingen, hoffte er auf Clems Erscheinen.

»Lassen Sie mich überlegen, wer sonst noch aus York dort war«, sagte er, um Zeit zu gewinnen. »Jim Forgan und sein Sohn. Sie wissen doch, er war Schuhmacher. Mit dem Gold hatte er weniger Glück, und so hat er in Kalgoorlie eine Schusterwerkstatt eröffnet. Damit verdient er mehr als je zuvor in York ...«

Thora erhob sich. Sie war leichenblaß. »Wenn Sie mich entschuldigen, Mr. Tanner. Ich muss mich ausruhen.«

Er stand hastig auf. »Natürlich.« Sie verschwand im Schlafzimmer, ohne ihn zur Tür zu begleiten.

Im Davongehen fragte er sich, womit er sie wohl aufgeregt haben mochte.

Und dann fiel es ihm ein! Wie konnte er nur so töricht sein? Über all seinen Bemühungen, Konversation zu machen, hatte er seine Frau völlig vergessen. Seitdem er nicht mehr in York war, hatte er kaum einen Gedanken an sie verschwendet. Er hätte York nicht erwähnen dürfen. Seine überstürzte Abreise hatte seinerzeit einen ungeheuren Skandal ausgelöst. Mit seinen Erzählungen über York hatte er Thora daran erinnert, dass er seine Frau im Stich gelassen hatte. Im Grunde hatte sich Thora sehr taktvoll verhalten, da sie seit ihrer Ankunft in Perth Mrs. Tanner nicht einmal erwähnt hatte.

Mist!

Andererseits war Thora so zerstreut, dass sie die Angelegenheit bald vergessen würde. Dennoch musste er sich vor solchen Fauxpas in Zukunft hüten, denn Thora war eine unerfahrene junge Frau, in deren Gegenwart man anstößige Themen am besten vermied.

Er machte sich auf die Suche nach Clem und fand ihn im Aufenthaltsraum des *United Services Hotel.*

»Da bist du ja!«, rief Tanner herzlich. »Ich war gerade bei Thora. Sie hat mich hergeschickt.«

»Woher wussten Sie, wo Thora wohnt?«

»Hat sie dir nicht erzählt, dass ich sie vor einem schrecklichen Schicksal bewahrt habe?«

»Nein. Was soll das heißen?«

Tanner lachte. »Typisch Frau. Ich wette, sie würde um keinen Preis zugeben, dass es, als sie im strömenden Regen in Perth eintraf, kein einziges Hotelzimmer gab.«

»Das hat sie mir in der Tat nicht erzählt.«

Tanner berichtete, dass er Thora in der Halle begegnet war und ihr sein Zimmer überlassen hatte.

»Ich stehe in Ihrer Schuld, Edgar«, erwiderte Clem. »Warum haben Sie mir nicht schon früher davon erzählt?«

»Wir hatten keine Zeit. Sie hatten Kalgoorlie verlassen, und außerdem war Kengally da. Er hatte sich in Thora verguckt. Schließlich ist deine Frau überaus reizend.«

»Kengally?«, fragte Clem. »Als ich erwähnte, dass er Yorkey gekauft hat, behauptete sie, ihn zu kennen. Ich habe ihr nicht geglaubt, da sie zu Übertreibungen neigt. Sie kennt ihn also wirklich?«

»Ja.«

Clem runzelte die Stirn. »Warum hat er mir nichts davon gesagt?«

»Weil er nicht zwei und zwei zusammengezählt hat«, log Edgar. »Dein Name ist nicht gerade selten. Ehrlich gesagt war er so begeistert von deiner Frau, dass ich ihm nicht unbedingt auf die Nase binden wollte, dass er mit ihrem Ehemann verhandelte. Sie selbst hatte ihm erzählt, du seist Viehzüchter, was ja auch stimmt. Ich bin gestern erst angekommen und konnte kaum erwarten, es dir zu erzählen.«

»Was? Dass meine Frau sich heimlich mit Kengally getroffen hat?«

»Nein. Dass er nicht gemerkt hat, dass Thora deine Frau ist.«

»Und Sie sagen, der alte Trottel habe ein Auge auf sie geworfen?«

»Und wie, aber Thora trifft keine Schuld. Im Übrigen haben sie sich nicht heimlich getroffen, deine Frau ist nämlich sehr zurückhaltend. Er hat sie zum Essen eingeladen, doch sie bestand stets darauf, dass ich mitkam. Es gab keine Tête-à-têtes.«

»Soweit Sie wissen«, ergänzte Clem.

»Ich würde für Thora meine Hand ins Feuer legen.«

»Und für Kengally?«

»Er ist ein Lebemann und kann gut mit Frauen umgehen. Dann ist da noch der Titel und ...«

»Dieser Schurke! Sie hätten es mir sagen müssen.«

»Was gibt es da zu sagen? Ich hatte ihn so weit, dass er Yorkey kaufen wollte, und konnte nicht zulassen, dass private Differenzen dieses Geschäft verdarben.«

Nachdem er Tanner losgeworden war, stürmte Clem ins Cottage. Thora lag im Bett.

»Sie hatte einen ihrer Anfälle«, erklärte die Nanny.

»Was für Anfälle?«

»Mrs. Price regt sich dann furchtbar auf, und ihr wird schwindlig. Sie musste sich hinlegen. Außerdem leidet sie unter Alpträumen und schreit manchmal im Schlaf.«

»Weshalb?«

»Wegen der Alpträume, nehme ich an.«

»War sie deswegen beim Arzt?«

»Sie hat mir verboten, einen Arzt zu rufen.«

Er ging zu Thora hinein und setzte sich auf die Bettkante. »Was ist los, Liebes?«

Als sie Clems Stimme hörte, ging es ihr sofort besser. Er würde sie trösten und die Dämonen, die sie quälten, vertreiben. Thora lächelte. »Ich habe nur Kopfschmerzen, das ist alles.«

»Soll ich einen Arzt rufen?«

»Um Himmels willen, nein. Frauen haben ab und zu Kopfschmerzen, Clem. Der Arzt würde dich nur auslachen.«

»Nanny sagt, du hättest Alpträume.«

Thora zuckte zusammen. Warum musste Clem sie daran erinnern? Und wie konnte Nanny es wagen, hinter ihrem Rücken über sie zu sprechen? Waren denn alle gegen sie?

»So ein Unsinn. Du weißt doch, dass ich niemals träume. Nanny ist ein albernes Ding. Außerdem schnarcht sie. Sollte sich die Polypen entfernen lassen. Gib mir bitte meinen Morgenmantel, ich möchte ein Bad nehmen. Und da du gerade hier bist – im Vorgarten müsste Unkraut gejätet werden. Könntest du das übernehmen? Ich habe einen Gärtner bestellt, aber sie sind so nachlässig, dass es schon tragisch ist. Sei so lieb und bitte Nanny, den Kessel aufzusetzen.«

Er half ihr in den Morgenmantel. »Weißt du noch, dass du mir von deiner Bekanntschaft mit Lord Kengally erzählt hast?«

»Ja.«

»Ich wusste nicht, dass du ihn so gut kennst.«

»Du hörst mir ja nicht zu, weil du nur mit deinen eigenen Angelegenheiten und deinen neuen Freunden beschäftigt bist. Vielleicht geht es dir ja jetzt in den Kopf, dass auch ich Freunde habe.«

Es gab keine Gartenwerkzeuge, und der sogenannte Garten vor dem Haus war von dürrem, fest in der Erde verwurzeltem Gebüsch überwuchert.

»Welches Unkraut?«, fragte sich Clem. »Auf diesem traurigen Fleckchen wächst nicht einmal anständiges Unkraut. Die Erde muss komplett ausgehoben und der Garten dann neu angelegt werden.«

Trotz Tanners Entschuldigungen wurde Clem nicht damit fertig, dass Kengally seine Bekanntschaft mit Thora verschwiegen hatte. Der leise Zweifel, der sich in seinem Herzen festgesetzt hatte, ließ sich nicht mehr vertreiben. Wie eng waren Thora und Kengally tatsächlich befreundet?

Clem versuchte, die Frage zu verdrängen. Obwohl sie sich oft merkwürdig verhielt, war Thora seine Frau und verdiente Vertrauen. Misstrauen sollte sich gar nicht erst einschleichen. Ihre Ehe war so schon schwierig genug.

Natürlich überraschte es Clem nicht, dass Kengally sich von Thora angezogen fühlte. Sie war eine attraktive Frau. Doch jetzt, da ihr Ehemann auf der Bildfläche erschienen war, sollte sich der alte Bock gefälligst nach einer anderen Herzensdame umsehen, die er mit seinem Titel beeindrucken konnte.

In Gedanken war er schon wieder bei seinem neuen Haus, einem bescheidenen Bungalow mit offener Terrasse, die einen herrlichen Ausblick aufs Meer bot. Thora hingegen lebte in der Vorstellung, er habe ihr eine Art Palast hingestellt. Sooft er sie daran erinnern mochte, dass es sich lediglich um ein Strandhaus handelte – sie konnte oder wollte es nicht begreifen. Sie hatte ihn auf der Suche nach den »richtigen« Möbeln bereits in verschiedene Geschäfte gezerrt, entschied sich jeden Tag um und bestand darauf, dass alles vom Besten sein musste. Bisher hatte sie sich allerdings noch nicht einmal festgelegt, welche Vorhangstoffe sie haben wollte, ganz zu schweigen von den Polsterbezügen. Clem war zufrieden, solange Thora ihren Spaß hatte. Sie vertiefte sich mit Begeisterung in die Pläne, was Clem die Gelegenheit gab, von einem gemeinsamen Schlafzimmer zu sprechen. Zum Glück erhob sie keine Einwände dagegen.

Vosper hatte geschmunzelt, als er davon erfuhr. »Sieht aus, als würde es sich auszahlen, dass du ihr schöne Augen machst. Wenn ihr umzieht, solltest du Lydia und ihre Nanny noch ein paar Tage hierlassen, damit du deine Frau über die Schwelle tragen und deine Flitterwochen nachholen kannst.«

Clem grinste. »Daran habe ich auch schon gedacht.«

Dennoch nagten Sorgen an ihm. Thora war nervös und

schreckhaft wie ein Fohlen. Wurde immer launischer. Schäumte sie im einen Moment über vor Begeisterung über das neue Haus, wirkte sie im nächsten geistesabwesend und gleichgültig. Clem wünschte seine Schwester herbei. Vielleicht hätte ihre Anwesenheit einen beruhigenden Einfluss auf Thora ausgeübt.

Thora war dazu übergegangen, das Strandhaus als ihr Heim zu bezeichnen. Clem gefiel das nicht. Nach wie vor betrachtete er Lancoorie als sein Zuhause. Er wusste, dass es ein Fehler gewesen war, eine Frau, die in York aufgewachsen war, übergangslos auf eine einsame Schaffarm zu verpflanzen. Nun versuchte er, diesen Fehler wiedergutzumachen.

Wenn sie nach Lancoorie zurückgekehrt waren, würden sie häufiger nach York und Perth fahren. Clem würde weitere Farmarbeiter einstellen, neue Unterkünfte errichten und einen Koch für sie anheuern, damit Thora und ihm das Personal nicht mehr auf der Pelle saß. Thora konnte gern die Nanny behalten, mit der sie sich gut verstand und die Lydia sehr gern hatte. Nicht mehr lange, und all diese Träume würden wahr. Doch zuvor, als krönenden Abschluss ihres Aufenhaltes in Perth, würden sie Urlaub im Strandhaus machen. Auch was Cottesloe betraf, war Clem fest entschlossen, aus seinen Fehlern zu lernen: In Cottesloe sollten Gäste stets willkommen sein.

Endlich war Thora angekleidet. Wie hübsch sie aussah! Überwältigt von seinen Gefühlen, brach Clem seine eigene Regel und beschloss, mit ihr im Hotel zu essen.

»Meine Liebe, du siehst wunderbar aus. Blau steht dir ausgezeichnet. Warum setzt du nicht einen Hut auf und kommst mit mir zum Essen ins Hotel?«

»In welches Hotel?«

»Ins *Palace* natürlich.«

Er sah, dass sie errötete, und entschuldigte sich. »Ich weiß, ich habe mich dumm angestellt. Man hört von allen Seiten, dass man dort hervorragend essen kann.«

»Ich möchte lieber nicht dorthin gehen.«

»Aber du hast doch gesagt, dass du gern im *Palace* essen möchtest. Wir haben genügend Zeit. Lass uns in aller Ruhe Fred abholen. Er wird sich uns gerne anschließen.«

»Du brauchst dir nicht so viel Mühe zu machen. Wir können hier im Haus essen.«

»Nein, ich bestehe darauf. Ich möchte mit meiner Frau angeben.«

Da auch Fred Vosper im *Palace* essen wollte, musste sich Thora dem Willen der Männer fügen.

Als sie mit ihren Begleitern durch die Halle auf die Tür des Speisesaals zuging, überfiel sie eine beklemmende Furcht. Der hellerleuchtete Raum kam ihr vor wie ein höllischer Abgrund. Die Geräusche darin klangen wild und grausam. Sie ballte die Hände zu Fäusten, bis die Fingernägel durch die Handschuhe drangen, und versuchte ruhig zu bleiben. Sagte sich, dass sie diesen Ort kenne, dass Clem und sein Freund sie beschützen konnten. Doch die Angst ließ sich nicht bezwingen, die Angst vor etwas, das hier geschehen war oder das sie sich eingebildet hatte.

Der Oberkellner, der sie ansprach, war eine schattenhafte Gestalt, die ebenso verzerrt wirkte wie die fratzenhaften Gesichter, die sie von überall her anstarrten. Thora stolperte. Clem fing sie auf und führte sie mitleidlos durch den riesigen Saal zu einem Tisch an der Wand.

Wie betäubt saß Thora zwischen den beiden Männern, die sich über das Essen unterhielten. Sie musste die allmählich aufsteigende Panik niederkämpfen.

Kengally sah sie hereinkommen und wollte sie begrüßen, zögerte aber beim Gedanken an Yorkey. Es ärgerte ihn, dass er Clem Price gegenüber nicht ehrlich gewesen war und seine

Bekanntschaft mit dessen Frau verschwiegen hatte. Einfach töricht. Selbst wenn Price nicht gewusst hatte, dass sie sich in Perth aufhielt – was ging ihn das an? Er hätte sich von Tanner nicht durcheinanderbringen lassen dürfen.

Er erhob sich von seinem Stuhl, entschuldigte sich bei seinen Begleitern und ging zu Clem hinüber. Seine guten Manieren ließen ihm gar keine andere Wahl.

Mr. Price stand auf und machte ihn mit dem anderen Herrn bekannt, doch seine Stimme klang abweisend.

»Ich glaube, meine Frau kennen Sie schon.«

»Ja, ich hatte bereits die Ehre. Und dass ich Sie nun beide treffe, freut mich ganz besonders. Ihre Frau ist äußerst charmant, Mr. Price.« Er wandte sich an Thora. »Ich hoffe, es geht Ihnen gut, meine Liebe.«

»Vielen Dank.« Sie nickte und fügte dann unvermittelt hinzu: »Das Haus ist überaus angenehm. Vorne haben wir eine Terrasse, wegen der Aussicht. Ich glaube, wir brauchen einen Windschutz, da sonst der Sand ins Haus weht, doch Clem meint, wir bräuchten uns darüber noch keine Gedanken machen. Ich muss gestehen, dass es eine Schande wäre, den herrlichen Blick zu versperren. Doch Staubstürme sind schon schlimm genug, von Sandstürmen ganz zu schweigen, und wir wohnen inmitten der Dünen …«

Sie redete weiter, ohne zu bemerken, dass Kengally, der wie angewurzelt neben dem Tisch stand, sich fragen musste, von welchem Haus sie eigentlich sprach. Schließlich unterbrach Clem sie sanft.

»Thora, wir können Lord Kengally ein andermal von unserem Haus erzählen. Seine Freunde warten sicher schon auf ihn.«

Sie hielt mitten im Satz inne, errötete und verfiel so unvermittelt in Schweigen, wie sie zu schwadronieren begonnen hatte.

Kengally versuchte die Situation zu retten. »Das klingt herrlich, Mrs. Price. Ich würde gern mehr darüber hören. Vielleicht könnten wir bei Gelegenheit ein gemeinsames Picknick im Kings Park veranstalten.«

An Clem gewandt sagte er: »Es war mir eine Freude, Sie wiederzusehen. Der Vorschlag mit dem Picknick ist ernst gemeint. Ich bin ein großer Bewunderer dieser herrlichen Gärten.«

»Ich bin dabei«, warf Vosper ein und lenkte die Unterhaltung damit wieder in normale Bahnen. »Ich liebe Picknicks, werde aber nie zu welchen eingeladen.«

Kengally musterte die seltsame Erscheinung mit dem wehenden Haar und lächelte. »Mir geht es genauso, Sir. Ich setze Sie ganz oben auf meine Gästeliste.«

Als Kengally an seinen Tisch zurückkehrte, empfingen ihn seine Freunde neugierig.

»Kennen Sie diese Leute?«, erkundigte sich eine Frau in mißbilligendem Ton.

»Sicher, sonst hätte ich wohl kaum mit ihnen gesprochen«, gab er zurück.

Zugegeben, die Unterhaltung hatte sich ein wenig problematisch gestaltet, doch Price war immerhin ein Geschäftspartner und Thora eine Freundin. Was also war schiefgelaufen? Price war von Thoras Redeschwall ebenso peinlich berührt gewesen wie er, hatte sich aber nicht dafür zu rechtfertigen versucht, was ihm Kengallys Sympathie eintrug.

»Ich hoffe, wir sehen Sie bald wieder«, hatte Price beim Abschied gesagt. Es klang aufrichtig. Doch was Thora betraf, hatte er ein ungutes Gefühl. Sie hatte nicht *mit* ihm gesprochen, sondern auf ihn eingeredet. In ihren schönen blauen Augen hatte es seltsam gefunkelt, und sie hatte geplappert, als ginge es um ihr Leben.

»Wer war der seltsame Vogel?«, fragte jemand.

»Vosper, sein Name ist Vosper.«

»Das ist Vosper? Er ist bei der Zeitung. Hat sozialistische Neigungen und politische Ambitionen. Als wenn irgendjemand eine solche Witzfigur wählen würde.«

Gelächter kam auf. »Muss er sich die Haare schneiden, bevor sie ihn ins Parlament lassen?«

»Keine Sorge, dazu wird es nicht kommen.«

»Und wer ist die Frau?«, wollte Gladys Hunnicutt, die Frau des stellvertretenden Premierministers, wissen.

»Mrs. Clem Price«, antwortete Kengally entnervt.

»Habe ich es Ihnen nicht gesagt? Sie ist berüchtigt. Durch und durch verwöhnt, wie es heißt. Sie hat hier einmal eine fürchterliche Szene hingelegt.«

»Was für eine Szene denn?«, fragte ihr Gastgeber gereizt.

»Nun, sie verlangte einen eigenen Tisch. Wollte, dass andere Leute ihr Platz machten. Es war unverschämt, einfach schrecklich!«

»Mrs. Price?«, fragte Kengally ungläubig.

»Ebendie. Und diese Frau sitzt jetzt da drüben. Mich wundert, dass man sie überhaupt hereingelassen hat.«

»Ich hätte sie auch hereingelassen«, entgegnete Hunnicutt grinsend. »Sie ist ein Traum auf zwei Beinen.«

Seine Frau runzelte die Stirn. »Damit hättest du einen großen Fehler begangen. Ich war an jenem Tag hier und habe sie kreischen hören. Man hat sie hinausgeworfen.«

»Hinausgeworfen?«, fragte Kengally. »Mrs. Price?«

»Nun ja, nicht mit Gewalt. Man hat sie hinausgeführt, und alle waren froh, sie los zu sein. Gott weiß, wo sie überhaupt herkommt.«

»Aus York«, antwortete Kengally. »Sie besitzen dort draußen eine Schaffarm. Im Übrigen ist Mrs. Price eine liebenswerte Dame und gute Freundin von mir.«

Hunnicutt starrte seine Frau an, während die anderen Gäste

in betretenes Schweigen verfielen und sich erleichtert auf das Essen konzentrierten, das soeben serviert worden war.

»Was sollte das eben?«, fragte Clem seine Frau, nachdem sie sich an der Ecke von Vosper verabschiedet hatten.

»Was meinst du denn?«

»Dieses ganze Geschwätz, das Kengally sich anhören musste. Du hast dich benommen wie ein albernes Schulmädchen.«

»Das ist nicht wahr. Ich weiß gar nicht, wovon du sprichst.«

»Warum bist du so nervös geworden, als er herüberkam? Ich denke, ihr kennt euch so gut.«

Thora fiel wieder ein, dass Kengally am frühen Abend an ihrem Tisch gewesen war, doch sie war so nervös gewesen, dass sie jetzt keine Ahnung mehr hatte, was sie zu ihm gesagt hatte.

»Es muss am Wein gelegen haben«, antwortete sie fröhlich.

»Du hattest zu diesem Zeitpunkt noch keinen Tropfen getrunken.«

»Na ja, das habe ich später nachgeholt, nicht wahr?«, Sie lachte und ergriff Clems Arm. »Sei bitte nicht so streng mit mir!«

Nachdem sie erst einmal begriffen hatte, dass die Decke nicht über ihr einstürzen würde, war ihr Selbstvertrauen wieder zurückgekehrt. Der Wein hatte das seine dazu beigetragen. Sie hatte sich gut geschlagen, war stolz auf sich und glaubte, dass ihre Nerven nun endlich kuriert seien.

Clem war noch im Cottage, als sie sich zum Schlafengehen bereitmachte. Beim Gutenachtsagen entschuldigte er sich. »Es tut mir leid, ich wollte nicht streng mit dir sein. Ich bin nur schrecklich eifersüchtig, vor allem dann, wenn du so reizend aussiehst wie heute Abend. Fred sagte, ich müsse ein sehr glücklicher Mann sein.«

»Hat er das wirklich gesagt?«

»Natürlich. Und er hat recht, mein Schatz.« Clem nahm sie in die Arme, küsste sie leidenschaftlich und schob sie in Richtung Bett.

»Nein, Clem, bitte nicht, Nanny könnte uns hören.«

»Das wird sie nicht. Ich habe sie nach Hause geschickt. Sie kommt erst morgen früh wieder.«

Der Gedanke, dass er auf Kengally eifersüchtig war, erregte sie und verlieh ihr ein Gefühl von Macht, das sie unwiederbringlich verloren geglaubt hatte. Sie sah zu, wie Clem sich auszog. »Er hat mich sehr gern, Lord Kengally, meine ich. Als wir uns zum ersten Mal begegneten, hat er die anderen Damen am Tisch gar nicht beachtet. Sie hatten nicht mein Format.«

»Wie könnten Sie?«, murmelte Clem und schlüpfte neben ihr ins Bett. »Wenigstens beweist Kengally Geschmack. Du bist herrlich. Ich liebe dich.«

Sie schliefen miteinander. Zunächst war Thora zurückhaltend, doch Clem verhielt sich so sanft und rücksichtsvoll, dass sie ihre Furcht in den Wind schoss, sich ihm leidenschaftlich hingab und seine Freude über ihre Ekstase genoss. Er bedeckte sie mit Küssen, flüsterte ihr zärtliche Worte ins Ohr, und sie klammerte sich an ihn, als wolle sie ihn nie mehr loslassen. Mochte diese Nacht, in der sie begriff, wie sehr sie Clem Price liebte, doch niemals enden.

Am Morgen brachte Nanny ihr lächelnd das Frühstück ans Bett, gefolgt von Clem, der in seinem offenen Hemd, das die Brust freigab, sehr männlich wirkte.

»Guten Morgen, Schlafmütze«, sagte er und küsste sie. »Ich habe schon gefrühstückt und reite heute morgen nach Cottesloe. Wenn du mitkommen möchtest, machen wir uns einen schönen Tag.«

»Nein«, antwortete sie lächelnd, »ich bin ein wenig müde. Ich werde mich ausruhen.«

»Tu das, Liebling, ich komme heute Abend wieder her. Was

hältst du von einem netten Abendessen zu zweit? Ich bringe dir ein hübsches Geschenk mit.«

Thora rekelte sich lustvoll im warmen Bett. Sie genoss dieses Liebesabenteuer.

»Eine Schachtel Pralinen?«

»Die größte Schachtel, die ich in der Stadt auftreiben kann.« Er küsste sie noch einmal und verließ das Haus.

11. Kapitel

Walter Addison war ein erfahrener Geologe und Mineraloge und arbeitete beim Ministerium für Landwirtschaft und Bergbau. Mit seiner hochaufgeschossenen, hageren Gestalt vermittelte er den Eindruck, jeder Windstoß könne ihn umwerfen. Doch Walter, ein bescheidener, ruhiger Mann, hatte bereits die entlegensten Gegenden von Westaustralien durchmessen, von den Kimberleys oben im Norden bis zu den großen Wäldern des Südens. Er war Schürfern in die unwegsamen Tropenzonen gefolgt, um seine Meinung über den Wert von Mineralfunden abzugeben, und danach Hunderte von Meilen in die Zivilisation zurückgekehrt, um seine Berichte vorzulegen. Er hatte erlebt, wie Goldfunde gleich Blitzen das Land in gleißendes Licht tauchten, das genauso schnell, wie es entstanden war, wieder erlosch. Im Grunde seines Herzens war Walter jedoch immer ein Beamter geblieben. Die Leute mochten ihn für ein Genie halten, den Experten in ihm sehen, der er sicherlich war, denn er hatte sich sein Fachwissen durch jahrelanges Studium angeeignet – doch in der Arbeit vor Ort sah er lediglich eine Erweiterung seiner Schreibtischaufgaben, egal wie gefährlich sie sein mochte. Er hatte ein eigenes Büro im Regierungsgebäude in der St. Georges Terrace, auf das er sehr stolz war: Für ihn war es ein Statussymbol, auch wenn die Regale mit staubigem Gestein und Proben gefüllt waren und ständig der Geruch nach billigen Zigarren in der Luft hing.

Walter war in Perth an zwei Orten zu Hause: in seinem Büro und in dem Backsteinhaus in der Hay Street, das er und seine Frau von dem Geld gekauft hatten, das sie sich in zwanzig Jahren zusammengespart hatten. Ihr Lebensstil war bescheiden, sie waren zufrieden mit ihrem Leben und bei den Nachbarn beliebt, da sie als freundliche und ehrliche Leute galten.

Als der Goldrausch in Coolgardie ausbrach, versetzten seine Vorgesetzten Walter als staatlichen Prüfer in die dortige Aufsichtsbehörde. Eine weitere kleine Dienstreise ihres hochgeschätzten Mitarbeiters. Entgegen ihren Erwartungen legte sich der Goldrausch aber nicht. Mehr und mehr Gold wurde an die Küste gebracht, und immer mehr Goldsucher traten den Weg nach Westen an.

Weitere staatliche Prüfer reisten auf die Goldfelder, um Walter im Wettkampf gegen die privaten Prüfer zu unterstützen, die sich dort niedergelassen hatten, um die Goldregister immer auf aktuellem Stand halten zu können. Zunächst waren die Steuern, die auf die Goldfunde erhoben worden waren, nur spärlich geflossen, inzwischen strömten sie jedoch in die Kassen der Finanzverwaltung.

Der Goldrausch erfaßte auch Kalgoorlie. Die Stadt schwamm im Geld. Die kränkelnde Wirtschaft erhielt Auftrieb, und das Finanzministerium kontrollierte mehr Einnahmen, als es sich in seinen kühnsten Träumen jemals erhofft hatte.

Der Bergbauminister stellte laufend neues Personal ein, das auf die Goldfelder entsandt wurde. Schließlich beschloss man, Walter Addison zum Hauptprüfer zu ernennen. Das hieß, er würde sich nun ständig in Kalgoorlie aufhalten.

Mr. und Mrs. Addison waren nicht gerade erfreut über diese Entwicklung, fügten sich aber ihrem Schicksal, schlossen das Haus in der Hay Street ab und bezogen eine kleine Wohnung in einem Häuserblock, den man auf die Schnelle für Regierungsangestellte errichtet hatte. Nach einem Jahr anstrengender Arbeit beantragte Walter eine Woche Urlaub. Obwohl er in seinem Schreiben nichts davon erwähnte, verdiente seiner Ansicht nach vor allem seine Frau, die sich die ganze Zeit über so tapfer gehalten hatte, eine Erholungspause. Da er keine Antwort erhielt, verfasste er einen weiteren, deutlicheren Brief, und der Urlaub wurde schließlich genehmigt. Auf dem schnellsten Weg kehrten sie nach Perth in ihr Haus zurück. Wie sehr sie sich auf die wohlverdiente Ruhepause freuten! Am meisten hatte ihnen im ausgedörrten Westen der Swan River gefehlt. Sie liebten nichts mehr, als auf der Esplanade spazieren zu gehen, sich dort auf eine Bank zu setzen und hinaus auf das ruhige Wasser zu blicken.

Als sie eines Nachmittags wieder dort saßen und nichts anderes taten, als sich ihres Daseins zu freuen, kam Lord Kengally vorbei. Er erkannte Walter und begrüßte ihn herzlich.

Überrascht sprang dieser auf und erwiderte die Begrüßung. Da er kein großer Redner war, stürzte er sich auf das einzige Gesprächsthema, das ihn mit dem englischen Gentleman verband.

»Das mit der Yorkey-Mine tut mir leid, Sir. Ich dachte, sie wäre ein Hauptgewinn. Aber Lady Luck wird die Hoffnungen erfüllen.«

»Wie bitte?«

»Ich sagte, Lady Luck wird sich als gute Investition erweisen.«

»Nein, was Sie über Yorkey sagten, interessiert mich, Mr. Addison.«

»Ach so. Am Anfang sah alles so vielversprechend aus, aber so etwas kommt eben vor.«

»Wollen Sie damit sagen, Yorkey sei eine Niete?«

»Genau das meine ich.«

Kengally pflanzte seinen Spazierstock vor sich auf. »Sie müssen sich irren, Mr. Addison. Yorkey ist der Hauptgewinn, nicht Lady Luck.«

»Du lieber Himmel, nein, Sir. Ich selbst habe die Erträge sorgfältig geprüft und diesen Bericht verfasst. Leider musste ich Sie enttäuschen.«

»Aber ich habe den Bericht gelesen. Er befindet sich bei meinen Akten. Die Firma ist in London eingetragen, und wir bereiten gerade den Börsengang vor. Bis jetzt sind wir außerordentlich erfolgreich.«

Addison schüttelte den Kopf. »Ich würde Ihnen dringend davon abraten, Sir.«

Als er Kengallys Verwirrung bemerkte, wandte er sich an seine Frau. »Meine Liebe, würde es dir etwas ausmachen, wenn wir auf dem Heimweg im Büro vorbeischauen würden? Ich habe dort eine Kopie des fraglichen Berichts. Es wird nicht lange dauern.«

»Aber gern«, erwiderte sie lächelnd. »Ich bin sicher, mein Mann kann diese Sache aufklären, Sir.«

Kengally überreichte ihm seine Karte. »Würden Sie mir die Ergebnisse bitte an diese Adresse senden?«

Walter war sich durchaus darüber im Klaren, dass der Herr glaubte, ihm, Walter, sei ein Irrtum unterlaufen, doch er wusste auch, dass er gewöhnlich keine Fehler machte. »Ich werde mich umgehend darum kümmern.«

Als Kengally zu Hause ankam, eilte er sofort ins Arbeitszimmer und durchwühlte seine Unterlagen, bis er den von Walter Addison unterzeichneten Bericht fand. Erleichtert ließ er sich in einen Sessel fallen. »Mein Gott, der Trottel hat mich wirklich irritiert.«

Er goss sich einen Brandy ein und hatte sich gerade gemütlich hingesetzt, um ihn zu genießen, als der Kurier mit einem braunen Umschlag aus dem Bergbauministerium eintraf.

Entsetzt las Kengally den Bericht, der ebenfalls von Walter Addison unterzeichnet war und genauso aussah wie der, den er bereits hatte, aber grundlegend andere Ergebnisse enthielt.

»Was, in Gottes Namen, geht hier vor?«

Er rief eine Droschke und fuhr zunächst ins Bergbauministerium, wo man ihm Addisons Privatadresse mitteilte. Wenig später klopfte er bei ihm an die Tür.

»Ich weiß nicht, was das hier soll, Sir«, fauchte er und hielt dem Hauptprüfer die beiden Berichte unter die Nase.

Walter holte seine Brille und überflog die Seiten noch auf der Türschwelle. Lord Kengally war viel zu aufgebracht, um sich mit Begrüßungsfloskeln aufzuhalten.

»Dieser hier«, sagte Walter, »ist der richtige. Ich kann mich vage erinnern, dass ich über die mageren Erträge von Yorkey recht enttäuscht war. Zunächst hatte es so ausgesehen, als gäbe die Mine einiges her.« Dann betrachtete er fassungslos den anderen Bericht. »Ich weiß nicht, woher dieser hier stammt. Er ist völlig unzutreffend.«

»Aber Sie haben ihn doch unterschrieben, Mann. Der, den Sie als den richtigen bezeichnen, ist nur eine Kopie. Das hier hingegen ist das Original, das wir von Ihrem Mitarbeiter erhalten haben.«

»Lord Kengally, auch der andere Bericht ist von mir unterzeichnet. Ich fertige immer Kopien für mich selbst an, um sicherzugehen, dass keine Fehler passieren. Wie Sie sehen, habe ich in der rechten Ecke den Vermerk ›Kopie‹ und die Prüfungsnummer eingetragen.«

»Was soll dann das hier?«

Walter trat mit dem Bericht in der Hand ins pralle Sonnenlicht und sah sich das Schreiben aufmerksam an. »Eines kann ich Ihnen sagen. Yorkey ist versiegt, dessen bin ich sicher. Bei diesem Bericht handelt es sich, so leid es mir tut, um eine Fälschung.«

»Wie bitte?«

»Wenn Sie genau hinschauen, wird Ihnen auffallen, dass die Zahlen unterschiedlich geschrieben sind. Ich schreibe eine Zwei beispielsweise ganz anders. Auch die Achten sind nicht einheitlich.« Er seufzte tief. »Aber ich muss zugeben, dass meine Unterschrift hervorragend gefälscht worden ist. Vielleicht sollten Sie hereinkommen, damit wir die Angelegenheit in Ruhe besprechen können.«

Mrs. Addison servierte dem Engländer einen widerlich süßen Sherry, doch dieser nahm ihn dankbar an.

Er brauchte dringend Addisons Rat.

»Wie konnte das passieren?«

»Lassen Sie mich überlegen. Ich habe den Bericht fertiggestellt und meinem Mitarbeiter am Schalter übergeben, damit er ihn den rechtmäßigen Empfängern aushändigt.«

»Könnte er sich daran zu schaffen gemacht haben?«

»Nicht in diesem Ausmaß. Ich verzweifle schon so an seiner Handschrift.«

»Wer dann?«

»Wer hat ihn aus meinem Büro geholt?«

»Edgar Tanner. Er kam damit sofort zu mir.«

Walter seufzte. »Dann könnte Mr. Tanner vielleicht Licht in die Sache bringen. Sind Sie sicher, dass dies die einzige Fälschung ist, die Sie erhalten haben?«

»Das bin ich. Was soll ich jetzt unternehmen?«

»Ich fürchte, wir müssen die Polizei einschalten.«

»Immer mit der Ruhe. Könnte jemand nach Ihnen die Mine noch einmal überprüft haben und zu gegenteiligen Ergebnissen gelangt sein?«

»Nicht mit meiner Unterschrift darunter.«

»O Gott. Ich muss nach London telegrafieren, damit man dort umgehend den Verkauf der Yorkey-Aktien stoppt und die eingezahlten Gelder zurückgibt. Wie sieht es mit der Zahlung aus, die ich an die Besitzer der Mine geleistet habe? Das Geld steht mir doch wohl zu.«

»Haben Sie den Bericht gesehen? Den gefälschten, meine ich?«

»Ja, ich habe ihn Mike Deagan gezeigt, einem der Besitzer.«

»Dann hat er in gutem Glauben an Sie verkauft. Unter diesen Umständen gestaltet sich eine Auflösung des Vertrages schwierig.«

»Also habe ich eine wertlose Mine gekauft?«

»Ja. Dürfte ich jedoch anmerken, dass es in Ihrem Interesse sein könnte, diesen doch ziemlich großen Claim genau zu überprüfen? Möglicherweise finden Sie die Ader wieder. Trotzdem würde ich an Ihrer Stelle umgehend nach London telegrafieren. Immerhin haben Sie einen Ruf zu verlieren.«

»Und die Polizei?«

Walter beugte sich über den Tisch und legte seine langen Finger aneinander. »Sprechen Sie mit Mr. Tanner darüber. Finden Sie heraus, was geschehen ist. Wenn sich Ihre Firma entgegenkommend zeigt und das Geld aus dem Vorverkauf der Aktien zurückzahlt, droht Ihnen keine Klage. Es ist jedoch Ihr gutes Recht, die Polizei mit der Untersuchung dieser Angelegenheit zu betrauen. Fälschungen sind nichts Ungewöhnliches. Auf den Goldfeldern wird mit allen Tricks gearbeitet. Es tut mir leid, dass Ihnen dadurch solche Unannehmlichkeiten entstehen.«

Kengally schickte seinen Diener auf die Suche nach Tanner.

»Wo soll ich nachfragen, Sir?«

»In seinem Büro. Im *Palace Hotel*. In den Bars in der Nähe der Börse. Fragen Sie nach ihm! Und finden Sie ihn!«

Kengally brauchte mehrere Brandys, um seine Nerven zu beruhigen. Kurz vor DienstSchluss war er im Telegrafenamt eingetroffen, um seine Nachricht zu kabeln. Er brachte es kaum über sich, eine solche Mitteilung als Telegramm aufzugeben, doch ein Brief nach London hätte Monate gebraucht. Er war sich der durchdringenden Blicke der Mitarbeiter des Telegrafenamtes bewusst, die sich mit den Informationen, die sie bei der Arbeit erhaschten, bekanntermaßen etwas dazuverdienten. Kengally verwendete als Codewort »Kreuz«. Es wies auf eine negative Nachricht hin. »Herz« hingegen stand für eine bestätigende Mitteilung.

»Kreuz ist gespielt. Plan sofort aufgeben. Yorkey ist Hauptziel.«

Die drei Schlüsselwörter dieses Telegramms würden seine Kollegen in London in Alarmbereitschaft versetzen. Doch würden sie ihm genügend Zeit geben, die Sache noch einmal zu überprüfen. Morgen würde er seine Kollegen und die Börse offiziell darüber informieren müssen, ob Yorkey tatsächlich so vielversprechend war, wie er geglaubt hatte.

Und andere hatte glauben lassen, dachte er seufzend.

Tanner traf in bester Laune ein, da ihn Lord Kengally zum ersten Mal zu sich eingeladen hatte.

»Was kann ich für Sie tun?«, fragte er herzlich und ergriff die Gelegenheit, sich umzusehen.

»Eine ganze Menge, glaube ich«, erwiderte Kengally. »Wissen Sie, dass Yorkey versiegt ist?«

»Wie kann das sein? Die Mine ist geschlossen.«

»Sie ist versiegt, bevor wir sie geschlossen haben.«

»Soll das ein Rätsel sein?«

»Keineswegs.« Kengally berichtete, was sich am Nachmittag abgespielt hatte, und überreichte Edgar den Prüfbericht. »Das hier ist eine Fälschung.«

Tanner kochte vor Wut. »Wer hat das behauptet? Das ist unser Bericht. Addison hat ihn mir persönlich überreicht. Was will er damit bewirken? Ist Ihnen klar, was das für Folgen haben kann? Wenn das hier bekannt wird, ist Yorkey mausetot. Ich kann einfach nicht glauben, dass Sie auf diesen Schwindel hereingefallen sind.«

»Sie halten es für einen Schwindel?«, fragte Kengally.

»Sicher. Wenn Gerüchte in Umlauf gebracht werden, die Yorkey in ein falsches Licht setzen, fallen die Aktien ins Bodenlose. Derjenige, der hinter dieser angeblichen Fälschung steckt, wird die Mine für einen Spottpreis aufkaufen. Nein, das müssen wir unbedingt verhindern. Dies ist keine Fälschung, sondern das Original. Sie haben doch wohl noch nichts unternommen, oder?«

»Ich musste. Ich habe nach London gekabelt, dass Yorkey ein Reinfall ist.«

»Oh, Gott, warum haben Sie das getan? Man hat Ihnen Angst eingejagt. Jetzt könnte ich übrigens einen Drink vertragen.«

»Entschuldigen Sie bitte.« Kengally goss ihm geistesabwesend einen Brandy ein.

»Addison besteht darauf, dass es sich um eine Fälschung handelt. Er sagt, Yorkey sei versiegt und dies sei der echte Bericht, das heißt, eine Kopie davon.«

Tanner verglich die beiden Blätter. »Christus! Welcher ist welcher? Nein … das ist unserer, der positive Bericht. Auf dem anderen steht nämlich ›Kopie‹.« Er sah sich die »Kopie« genau an. »So ein Unsinn! Wir haben das Original, alles andere ist Müll.«

Sie stritten, verglichen von neuem, untersuchten die Zahlen, rangen um eine Erklärung, bis die Diskussion in einen handfesten Streit mündete.

»Addison gibt zu, dass dieser Bericht nur eine Kopie ist«, rief Edgar. »Er hat einen Fehler begangen, die Kopie verhunzt.«

»Es geht nicht nur um die Berichte. Er besteht darauf, dass Yorkey versiegt und ausgebeutet sei, dass es sich bei diesem Bericht um eine Fälschung handle und das Ganze eine Angelegenheit für die Polizei sei.«

»Der Mann ist von Sinnen. Er nimmt so viele Prüfungen vor, dass er sie unmöglich auseinanderhalten kann. Wieso zum Teufel soll das eine Fälschung sein? Ich habe den Bericht selbst abgeholt und Ihnen ausgehändigt.«

»Das sagen Sie«, entgegnete Kengally. »Addison wird diese Sache nicht auf sich beruhen lassen. Er besteht darauf, dass er recht hat, und behauptet, jemand habe sich auf dem Weg zwischen seinem und meinem Büro an dem Bericht zu schaffen gemacht.«

Edgar knallte sein Glas auf die Anrichte. »Verdächtigen Sie etwa mich? Wollen Sie andeuten, dass ich diesen Bericht gefälscht habe?«

»Ich verdächtige niemanden. Ich kann mir nur einfach nicht vorstellen, wie es zu zwei so grundlegend verschiedenen Berichten kommen konnte.«

»Deagan und Price haben ihn bestochen«, antwortete Edgar boshaft. »Sie haben ihm vielleicht so viel bezahlt, dass er den Bericht nach ihren Wünschen abgefasst hat.«

»Addison ist nicht der Typ für so etwas.«

»Wenn man genug zahlt, ist jeder der Typ.«

»Warum hätte Addison denn eine Kopie aufbewahren sollen, die seinem eigenen Bericht widerspricht?«

»Weil er dumm ist, ganz einfach.«

Kengally behielt das letzte Wort. »Morgen werde ich mich als Erstes um diese Angelegenheit kümmern.« Er begleitete Edgar zur Tür. »Addison scheint mir ein ebenso fleißiger wie integrer Mann zu sein. Ich neige dazu, seiner Fälschungstheorie Glauben zu schenken.«

»Glauben Sie doch, was Sie wollen!«, schäumte Edgar und stürmte aus dem Haus.

Fluchend kehrte er in die Stadt zurück. Es war zu früh, um einen Verdächtigen zu benennen, doch er wusste, wo er zu suchen hatte. Die einzig mögliche Erklärung war, dass Deagan und Price Addison gekauft hatten. Sie hatten ihn für einen positiven Bericht bezahlt, damit sie Yorkey verkaufen konnten. War Clem nicht überaus erpicht darauf gewesen, so schnell wie möglich nach Hause zu kommen?

»Und das nach allem, was ich für Clem Price getan habe!«, tobte Tanner. »Diese Ratte! Nun, ab jetzt spielen wir ohne Regeln, mein Junge. Ich werde dich, deinen Kumpel und den ach so ehrenwerten Addison vorerst einbuchten lassen. Lancoorie siehst du so schnell nicht wieder, Clem Price! Wenn euer Bericht nicht echt ist, solltet ihr euch warm anziehen.«

Tanner verbrachte eine schlaflose Nacht. Er hatte zu viel getrunken und sich zu viele Sorgen gemacht, und das alles wegen eines Problems, das sich vielleicht in Luft auflösen würde. Am Morgen wollte er die Sache im Bergbauministerium überprüfen lassen. Es galt, die Sache nüchtern anzugehen und nicht, wie Kengally, in Panik zu geraten.

»Mr. Tanner« – das Zimmermädchen klopfte an die Tür – »Ihr Tee.«

»Verschwinden Sie«, brüllte er und warf sich im Bett herum. Er hatte noch nie verstanden, weshalb man in Hotels der Ansicht war, dass Gäste zu einer derart unchristlichen Zeit Tee und Gebäck benötigten. In den nächsten Stunden holte Tanner den Schlaf nach, den er nachts versäumt hatte, doch als die Tageshitze ins Zimmer drang, stieg er schwankend aus dem Bett.

»Zehn Uhr! Verdammt noch mal!«, So lange hatte er nun auch wieder nicht schlafen wollen. Eigentlich hätte er schon längst mit seinen Nachforschungen über Yorkey begonnen haben müssen, auch wenn er die Angelegenheit im Licht des neuen Tages als weniger bedrohlich empfand.

Er kaufte sich eine Zeitung, warf geistesabwesend einen Blick auf die Schlagzeile und blieb abrupt stehen. Dann eilte er zurück ins Hotel und breitete die Zeitung auf einem Lesepult aus.

»Londonderry zusammengebrochen!«, schrien ihm die fetten Lettern entgegen. Edgar überflog den Artikel und beglückwünschte sich selbst.

»Habe ich es doch gewusst«, sagte er zu sich selbst. »Irgendetwas war im Busch.« Beim Weiterlesen erfuhr er, dass die Inhaber der Firma zur Wiedereröffnung der Mine eingetroffen waren und symbolisch den ersten Spatenstich getan hatten. In einem Hotel in Coolgardie war ein großes Mittagessen arrangiert worden. Bei dieser Gelegenheit sollte der Earl of Fingall verabschiedet werden, der seine Tätigkeit für das Syndikat beendet hatte.

Tanner las den Rest des Artikels. Das Stammkapital bestand aus siebenhunderttausend Aktien zu je einem Pfund. Ein Drittel davon wurde von Fingall und seinen Freunden gehalten. Bis dato hatte man Londonderry als reichste Mine der Welt gefeiert. Bei einer Versammlung im Londoner *Cannon Street Hotel* hatte der Earl of Fingall eine Rede gehalten und gesagt, dass die Mine nach Expertenschätzungen auf jeweils zwanzig Fuß Schachttiefe Gold im Wert von dreihunderttausend Pfund abwerfen würde. Bei einer geschätzten Adertiefe von tausend Fuß erziele man eine Ausbeute im Wert von sagenhaften fünfzehn Millionen Pfund.

Die Tageszeitung von Perth brachte sogar ein Foto von Fingall. Es war an der Londoner Charing Cross Station aufgenommen worden, wo man ihn verabschiedet hatte, als er nach Australien aufgebrochen war.

»Oh, Mann«, sagte Tanner grinsend, »ich wette, auf solche Publicity kann er jetzt gut verzichten.«

Der Zaun um die Mine war entfernt und diese wiedereröffnet worden, doch zu ihrer Überraschung waren Schürfer, die nach Arbeit suchten, abgewiesen worden. Ein Mantel des Schweigens legte sich über das, was in der Mine geschah, bis Fingall schließlich das Postamt von Coolgardie betrat und seine Hiobsbotschaft nach London telegrafierte.

»Wir bedauern zutiefst, Ihnen mitteilen zu müssen …«

Tanner blätterte um. Schon wurden hitzige Diskussionen über das Schicksal der berühmten Mine geführt. Jemand sagte, Fingall und seine Firma seien betrogen worden, andere behaupteten, dass Londonderry geplündert worden sei. Manche gingen von einer glatten Fehleinschätzung der Mine aus. »Was auch immer schiefgelaufen ist«, las Tanner – hocherfreut, weil er seine eigenen Aktien abgestoßen hatte –, »angesichts dieses Skandals ist der Verleumdungsprozeß Queensberry gegen Oscar Wilde in London und Paris völlig in den Hintergrund getreten.«

Die Zeitung berichtete auf mehreren Seiten über die unglaublichen Neuigkeiten. Zu seinem Erstaunen las Edgar, dass Lord Fingall und zwei seiner Partner versprochen hatten, die Investoren aus eigener Tasche zu entschädigen. Der Herausgeber lobte dies als anständiges und ehrenwertes Verhalten, doch Tanner lachte verächtlich.

»Und was ist mit den ursprünglichen Besitzern der Mine? *Sie* sollten den Kaufpreis zurückerstatten.« Er selbst würde unter diesen Umständen keinen Penny zurückzahlen.

»Die Aktionäre kaufen auf eigenes Risiko«, murmelte er. Er befürchtete, dass Fingall mit seinem Vorschlag eine kostspielige Tradition begründen würde. »So ist es immer gewesen. Und was ist mit den ganzen Käufern, die wie ich ihre Aktien mit Gewinn verkauft haben? Wir sind der Katastrophe entgangen. Es trifft nur die Aktionäre, die nicht rechtzeitig verkauft haben. Ihr Pech.«

Er überflog den Rest des Kommentars und ärgerte sich über die Lobeshymnen auf diese Ehrenmänner. Dann warf er einen flüchtigen Blick auf den letzten Absatz. Er hatte genug von dieser Geschichte und noch eine Menge zu tun. Als Allererstes würde er sich zur Börse aufmachen, wo die Londonderry-Aktien vermutlich wie Konfetti durch die Luft tanzten.

Die Investoren würden nach neuen Anlagemöglichkeiten suchen. Addison konnte warten. Zunächst musste Tanner sich ums Geldverdienen kümmern.

Gerade als er die Zeitung zusammenfalten wollte, sprangen ihm die letzten Zeilen des Artikels ins Auge.

»Unbestätigte Gerüchte wecken Zweifel am Ertrag der Yorkey-Mine, die in letzter Zeit hier und in Übersee ebenfalls viel Aufmerksamkeit erregt hat.«

Fassungslos knallte er die Zeitung auf den Tisch, zerknüllte sie anschließend und warf sie in den Papierkorb. »Woher zum Teufel haben die das?«, knurrte er. »Natürlich, Kengallys verfluchtes Telegramm. Der Idiot hat die Nerven verloren. Von wegen kodierter Nachricht. Für die Morsespezialisten im Amt ist es ein Kinderspiel, die wahre Bedeutung einer Nachricht zu entschlüsseln.«

Unentschlossen stand er an der Vordertür des Hotels und überlegte, wohin er als Erstes gehen sollte. Die Zeitung konnte er immer noch verklagen. Mit Rücksicht auf seine Aktien, die er an der Yorkey-Mine hielt, musste er an der Börse zunächst Zuversicht verbreiten, doch dafür brauchte er Rückendeckung.

»Lord Kengally ist bereits hiergewesen«, teilte ihm Rivett, der Abteilungsleiter, in kühlem Ton mit. Der kleine, dickliche Mann mit den unecht wirkenden Locken hatte die Gestalt einer Bantamhenne, die die Brust vorstreckte, um ihre Wichtigkeit zu demonstrieren. Edgar empfand eine spontane Abneigung gegen ihn, versuchte seinen Ärger jedoch im Zaum zu halten.

»Das glaube ich Ihnen. Allerdings bin ich ein Geschäftspartner von Lord Kengally und habe noch nicht mit ihm sprechen können. Für Ihre geschätzte Meinung in Sachen Yorkey wäre ich Ihnen daher sehr verbunden. Vor allem nach diesem haarsträubenden Zeitungsartikel.«

»Ich nehme an, Sie sprechen vom Prüfbericht und von der Entscheidung über den Wert des Yorkey-Quarzes.«

»Genau.«

»Mr. Tanner, dies ist eine überaus unangenehme Angelegenheit. Wir schätzen es nicht, wenn Gesellschafter unsere offiziellen Berichte in Frage stellen.«

»Hat Lord Kengally das getan?«

»In der Tat. Er schien der Ansicht zu sein, sein Titel verleihe ihm hier irgendwelche Rechte, aber ich versichere Ihnen, dass dem nicht so ist. Die Anträge werden nach Dringlichkeit und in der Reihenfolge ihres Eintreffens behandelt. Hier haben große Firmen nicht mehr Einfluss als ein einfacher Schürfer. Daran habe ich ihn erinnert.«

Während Tanner dem eifrigen Bürokraten lauschte und regelmäßig nickte, um ihm eine Freude zu machen, fiel ihm Fred Vosper und dessen Credo ein, der Knecht sei so gut wie der Herr. Er nahm sich fest vor, für Vospers Kampagne zu spenden.

»Warum hat Kengally den Bericht angefochten? Ich frage nur, weil ich heute morgen so was in der Zeitung gelesen habe. Gibt es irgendwelche stichhaltigen Gründe für diesen hämischen Artikel?«

»Ich kann Ihnen nur die Fakten mitteilen, die ich auch an meinen Minister weiterleiten werde, selbst wenn dieser zufällig ein Freund Lord Kengallys sein sollte. Angesichts zweier widersprüchlicher Berichte über die Yorkey-Mine, die mir dieser Herr vorgelegt hat, musste ich Mr. Addison zu Rate ziehen.« Er seufzte schwer. »Wie Sie wissen, genießt Mr. Addison großes Ansehen in seiner Branche, hat aber zurzeit Urlaub. Wenn man den armen Mr. Addison hierherkommen lässt, so belästigt man ihn meines Erachtens auf unzumutbare Weise.«

»Ich verstehe. Was also ist geschehen?«

»Mr. Addison hat in seinem Büro in Gegenwart Lord Kengallys, eines Friedensrichters und meiner Wenigkeit als Zeugen eine Erklärung abgegeben, die besagt, dass der Bericht, der sich in Händen des Yorkey-Syndikats befindet, tatsächlich eine Fälschung ist. Es tut mir leid, Ihnen diese unerfreuliche Neuigkeit mitteilen zu müssen, aber eines möchte ich dennoch klarstellen: Die Gerüchte, die heute Morgen über die Zeitung verbreitet worden sind, sind nicht auf unserem Mist gewachsen. Wir sind uns durchaus unserer Verantwortung bewusst. Wenn irgend jemand eine Erklärung zu dieser unschönen Angelegenheit abgeben sollte, dann der Minister persönlich.«

Tanner wünschte, Rivett würde endlich den Mund halten. Am liebsten wäre er davongelaufen.

»Eine Fälschung?«, hauchte er. »Sind Sie sicher?«

»Es besteht kein Zweifel. Ich habe die Abweichungen selbst festgestellt, nachdem man mich darauf hingewiesen hatte.«

»Und was bedeutet das?«, fragte Tanner, obwohl er die Antwort bereits kannte. Noch immer suchte er nach einer Erklärung.

»Ich möchte Ihnen nicht zu nahe treten – aber das bedeutet, dass Yorkey nicht das hält, was die Spekulanten versprechen. Sie sehen richtiggehend entsetzt aus.«

»Könnte Addison sich nicht geirrt haben?«

Rivett seufzte. »Bitte fangen Sie nicht damit an. Um die Sache vollständig zu klären, hat Mr. Addison seinen Urlaub abgebrochen. Er befindet sich bereits auf dem Rückweg nach Kalgoorlie, um die Ergebnisse dort noch einmal zu überprüfen. Er hat sich freiwillig dazu bereit erklärt, was ungemein großzügig ist, aber so ist unser Mr. Addison nun einmal.«

»Vielen Dank, dass Sie sich die Zeit genommen haben«, entgegnete Tanner niedergeschlagen. »Wie schätzen Sie selbst die Ergebnisse ein?«

»Die Yorkey-Mine ist ausgebeutet. Mr. Addison macht keine Fehler. Seine Prüfberichte sind immer korrekt.«

»Nein, ich meine die Fälschung. Sie kennen sich in diesen Dingen aus. Wie konnte das passieren?«

»Es kann nur passiert sein, nachdem der Bericht im Büro des Hauptprüfers in Kalgoorlie abgeholt worden war. Ich habe Lord Kengally geraten, seine Mitarbeiter zu überprüfen, wenn er, wie er sagt, tatsächlich nichts von der Fälschung wusste. Den Vorwurf, es liege unsererseits fehlerhaftes Verhalten vor, weise ich kategorisch zurück. Das werden Sie hoffentlich verstehen, Mr. Tanner.«

»Nein, das tue ich nicht«, knurrte dieser und ließ alle Höflichkeit fahren. Dieser aufgeblasene Besserwisser! »Meines Erachtens sollte man Ihre Mitarbeiter einmal kontrollieren. Keiner von Ihnen ist ein Krösus. Ihr beschwert euch ständig über die schlechte Bezahlung. Ein kleiner Nebenverdienst käme euch doch gar nicht so ungelegen, nicht wahr? Sagen Sie mir nicht, Ihr Mr. Addison sei über jeden Verdacht erhaben. Vielleicht stecken Sie ja sogar mit ihm unter einer Decke.« Er riss die Glastür auf und schrie im Hinausgehen: »Sie werden noch von mir hören!«

Das Dach von Mikes Haus war gerade erst gedeckt worden, als ihm auch schon ein neu in Kalgoorlie eingetroffener Arzt ein Kaufangebot unterbreitete.

»Nennen Sie mir einen Preis, Mr. Deagan, und ich werde versuchen, das Geld aufzubringen. Bis jetzt konnten meine Frau und ich einfach kein passendes Haus finden, in dem man sowohl wohnen als auch praktizieren kann. Um ehrlich zu sein, hat meine Frau bereits einen Blick in Ihr Haus geworfen und mir vorgeschwärmt, wie kühl es darin sei und wie modern es wirke. Von Kalgoorlie selbst ist sie nicht sonderlich beeindruckt, weil Hitze und Staub ihr schwer zu schaffen machen, aber in dieses Haus hat sie sich gleich verschossen.«

Mike stellte in Gedanken einige Berechnungen an und schüttelte dann mit einem stolzen Blick auf sein neues Heim den Kopf. »Ich kann Ihre Frau gut verstehen. Nachdem ich so lange hier gearbeitet habe, sehne ich mich auch nach Sauberkeit und Frische. In diesem Haus wird es keine üblen Gerüche und kein Ungeziefer geben. Außerdem sind alle Fenster mit Fliegendraht versehen, da uns die Viecher schwer zu schaffen machen.«

»Das habe ich bemerkt«, erwiderte der Arzt düster. »Für eine Arztpraxis ist Sauberkeit das Nonplusultra. Die Fliegen scheinen eine wahre Plage zu sein. Und Sie sind sich hundertprozentig sicher? Sie würden den Verkauf nicht bereuen.«

»Ich habe mich schon sehr auf den Einzug gefreut«, erwiderte Mike ebenso düster. »Es würde mich hart ankommen, wenn ich noch einmal von vorn beginnen müsste, selbst wenn ich ein ebenso gutes Grundstück fände. Das Schlimmste hier draußen ist die glühende Nachmittagssonne, aber wie Sie sehen, ist das Haus nach Osten gerichtet, so dass man in den Genuß der Morgensonne kommt. An kalten Wintermorgen ist das sehr angenehm.«

»Dort wollte ich die Praxis einrichten. Warum denken Sie nicht noch einmal in Ruhe über einen Verkauf nach? Ich komme morgen wieder.«

»Ich muss es mir sehr genau überlegen, ob ich dieses schöne Haus aufgebe. Wir werden sehen. Ein Tag Bedenkzeit ist angemessen.«

Er machte sich auf die Suche nach Jocelyn. »Sieht aus, als würde ich wieder bei dir einziehen.«

»Warum?«

»Weil ich einen Fisch an der Angel habe. Er will mein neues Haus kaufen.«

»Gott im Himmel, Mike. Du wirst doch nicht dein Haus verkaufen?«

»Alles hat seinen Preis, meine Schöne. Wenn er mir doppelt so viel zahlt, wie es gekostet hat, gehört es ihm.« Er folgte ihr ins Büro.

»Ich bin froh, dass du gekommen bist. Ich möchte mit dir reden«, sagte Jocelyn.

»Worüber?«

»Über das *Black Cat*.«

»Ist etwas nicht in Ordnung?«

»Nein. Es geht um Clem. Er will seinen Anteil abstoßen …«

Mike zündete sich eine Zigarre an. »Ich dachte, das wäre geregelt. Ich habe ihm geschrieben, dass du seinen Anteil kaufen wirst. Eigentlich sollte ihn das freuen. Ich möchte ebenfalls keinen anderen Partner.«

Sie schaute sich unglücklich um. »Mike, ich weiß das, was du tust, zu schätzen, aber ich möchte nicht meine gesamten Ersparnisse ins *Black Cat* stecken. Und außerdem hasse ich es, Schulden zu machen.«

»Was für Schulden? Ich habe doch gesagt, dass ich die Differenz übernehme. Du kannst mir das Geld bei Gelegenheit zurückzahlen.«

Jocelyn holte tief Luft. »Warum kaufst du nicht selbst Clems Anteil? Du kannst es dir leisten.«

Er streckte sich und legte die Füße auf einen Stuhl. »Was für eine Frage! Du bist das Herz dieses Etablissements. Ein hälftiger Anteil steht dir einfach zu. Es ist ungerecht, dass du nur ein Gehalt beziehst.« Er grinste. »Wir sind Freunde. Es ist eine gute Investition.«

»Tatsächlich? Oder willst du dich nur versichern, dass ich hierbleibe? Willst du deine Investition schützen?«

»So kann man es auch ausdrücken. Du musst dich für die Zukunft absichern, Jossie, genau wie ich. Wenn du meine Geschäftspartnerin wirst und hierbleibst, wirst du eine reiche Frau.«

»Und was soll aus mir persönlich werden?«

»Hm?«

»Du hast mich ganz gut verstanden. Am Ende wäre ich eine alte Schachtel mit gefärbtem Haar, deren einziger Freund der Alkohol ist.«

»Nein, nicht du.«

»Was dann? Es war nie mein Traum, Hure oder Puffmutter zu werden. Ich hatte bloß keine Lust, Kellnerin zu werden und schließlich irgendeinen Bauernjungen zu heiraten. Etwas mehr wollte ich aus meinem Leben schon machen …«

Er drückte die Zigarre aus und erhob sich. »Komm schon. Ist dir heute Morgen eine Laus über die Leber gelaufen? Du hast doch was aus deinem Leben gemacht, und an Geld fehlt es dir auch nicht.«

»Geld ist nicht alles«, entgegnete sie traurig.

»Seit wann denn das?«, Er ging um den Tisch und küsste sie auf die Wange. »Sag nicht, du willst aussteigen. Das wäre das Dümmste, was du tun könntest.«

»Meinst du?«, Jocelyn trat ans Fenster und zog die Vorhänge zurück. »Sag mir eins, Mike. Du hast mit den Mädchen geschlafen, hattest sogar deine Favoritinnen, aber mich hast du nie angefasst. Warum?«

Er fuhr sich mit der Hand durch die Haare. »Na ja, du bist der Boss, oder nicht? Sozusagen unberührbar.«

»Das würde ich nicht sagen. Nicht, wenn es um dich geht.«

»Komm schon, Jossie, was soll das alles? Wir waren immer Freunde. Ich dachte, es würde dir nichts ausmachen, dass ich ab und zu meinen Spaß habe. Außerdem war ich immer der Ansicht, du hättest ein Auge auf Clem geworfen.«

»Das war einmal so, aber ich bin erwachsen geworden. Dies ist kaum der richtige Ort für eine Romanze, und er hat meine Zuneigung auch nie bemerkt. Er hängt viel zu sehr an Thora.« Abweisend raffte sie ihr Schultertuch zusammen. Es sah aus, als wolle sie ihn aussperren. »Tut mir leid, Mike, ganz ehrlich. Ich will dich nicht im Stich lassen, aber ich gehe fort. Ich halte es hier nicht länger aus.«

Nachdem sich Jocelyn einmal entschlossen hatte, war sie immun gegen seine Einwände, sein Süßholzraspeln, seine Komplimente.

»Kannst du mich nicht verstehen? Ich komme aus einer anständigen Familie. Das Geld bedeutet mir nichts mehr. Zuerst fand ich es aufregend. Bevor ich hierherkam, hatte ich kein eigenes Bankkonto. Aber nun, da ich ein Gehalt beziehe und viele Anlagehinweise bekomme, kann ich es mir leisten, dieses Leben hinter mir zu lassen.«

Er folgte ihr quer durchs Zimmer. »Ist das der einzige Grund?«

»Warum nicht?«, gab sie wütend zurück. »Ich will einfach nicht, dass mir mein Leben lang der Gestank eines Hurenhauses anhaftet.«

»Wohin willst du gehen?«

»Nach Osten. So weit weg wie möglich. In eine Gegend, in die mein Ruf noch nicht gedrungen ist. Es heißt, Melbourne sei eine schöne Stadt mit vielen Parks. Ich möchte ein Schiff besteigen und von einem Ende des Kontinents zum anderen segeln. Ich möchte etwas sehen von diesem Land. Und ich möchte sein wie andere Frauen auch – anständige Frauen.«

»Wer hat denn gesagt, du seist keine anständige Frau? Ich jedenfalls nicht. Geht es dir nur um einen Urlaub? Den sollst du haben. Ich halte dich nicht davon ab.«

»Mein Gott!«, schrie sie. »Muss ich es dir erst einhämmern? Ich liebe dich, Mike Deagan. So, jetzt ist es heraus. Aber du kommst zu spät. Ich gehe, wie ich es gesagt habe.«

»Du hast mir nie eine Chance gegeben«, erwiderte er ruhig. »Ich bin zwanzig Jahre älter als du und Clem, und meine Vorstrafen sind nicht gerade eine Empfehlung. Mach mich nicht für etwas verantwortlich, was ich nicht ändern kann. Ich bin keine gute Partie, aber ich werde dir helfen, wenn du in den Osten gehen möchtest. Vergiss, dass es das *Black Cat* je gegeben hat.«

Sie ließ sich Zeit mit ihrer Antwort. »Also abgemacht«, sagte sie schließlich steif. »Ich kaufe mich nicht ins *Cat* ein. Und ich breche auf, sobald du eine Nachfolgerin für mich gefunden hast.«

»Du würdest mich einfach so verlassen?«

»Ja. Du wirst einmal einer der reichsten Männer hier draußen sein, aber du wirst auch für immer der Exsträfling bleiben. Und ich weiß auch, warum du auf den Goldfeldern bleiben möchtest: weil sich hier keiner um deine Vergangenheit schert. Weil Ansehen hier nichts bedeutet. Du lebst nicht hier, Mike Deagan, du versteckst dich bloß. Trotz deiner großen Reden fühlst du dich so gedemütigt, dass du nicht wagst, den Kopf zu heben. Und soll ich dir noch etwas sagen? Wenn ich bleibe, werde ich so wie du. Das könnte ich nicht ertragen. Ich will kein Leben in Schande führen.«

Sie brach in Tränen aus, und er nahm sie in die Arme. »Liebste, hör auf damit. Ist es so schlimm?«

»Ja, das ist es«, schluchzte sie.

In dieser Nacht unterhielten sie sich lange und liebevoll in Jocelyns Bett.

»Die Kosten steigen rapide«, erklärte Mike dem Arzt am nächsten Tag, »und ich begehe vermutlich einen Fehler, den ich mein Leben lang bereuen werde, aber meine Freunde haben mir gesagt, dass in dieser Stadt dringend ein Arzt gebraucht wird.«

»Sie verkaufen also?«

»Sieht so aus, als hätte ich keine andere Wahl.«

Mit dem Erlös aus dem Verkauf seines Hauses erwarb Mike Deagan eine Brosche in Form eines goldenen Hufeisens, die er seiner zukünftigen Frau schenken wollte. Dann suchte er einen Immobilienmakler auf, unterbreitete ihm, wie viel Umsatz das *Black Cat* machte, und ließ es zum Verkauf anbieten.

Der Makler starrte die Zahlen an. In seinen Augen, die unter einem jener in Banken und Geschäftskreisen so beliebten grünen Schirme hervorlugten, blitzte die Gier auf. »Überlassen Sie die Sache mir, Mr. Deagan. Ich werde sehen, was ich erreichen kann. Möglichst diskret natürlich, das versteht sich von selbst.«

Mike lächelte. Er kannte sich in der Stadt gut aus und hatte den Makler sorgfältig ausgewählt. »Natürlich. Diskretion geht über alles.«

Sechs Tage später kaufte der Immobilienmakler das *Black Cat*. Er wusste nicht, dass die Madame das Etablissement verlassen würde, doch als ihm diese Nachricht zu Ohren kam, schenkte er ihr kaum Beachtung. Mr. Deagan hatte ihm den Namen einer anderen Dame genannt, die kürzlich in Kalgoorlie eingetroffen war und ihm würde aushelfen können, da sie einschlägige Erfahrung hatte. Sie hieß Glory. Für die zukünftige Leiterin einer Goldgrube wie dem *Black Cat* war das ein passender Name, dachte der Makler erfreut. Man hatte ihm versichert, Glory sei die Diskretion in Person. Seine Frau, eine Säule der methodistischen Kirche, sollte von seiner Investition nichts erfahren. Doch immerhin würde sie in den Genuß der Erträge kommen.

Jocelyn sorgte dafür, dass ihr Hochzeitsempfang im kleinen Kreis im Gemeindesaal der neuen katholischen Kirche stattfand. Speisen und Getränke lieferten die Frauen des Müttervereins. Sentimentale Schürfer, die sie ungern ziehen sahen, schenkten ihnen verschiedenartigste Andenken aus Gold, von Ringen über winzige Hacken bis hin zu kleinen Nuggets.

Mr. und Mrs. Deagan reisten zunächst nach York und von dort aus nach Lancoorie, wo sie eine Weile bei Alice und George wohnten. Danach wollten sie nach Perth fahren, der letzten Station vor der aufregenden Seereise von Fremantle nach Melbourne.

Kengally bekam den Aufruhr wegen des Londonderry-Krachs und der Gerüchte über Yorkey an der Börse hautnah mit.

»Soweit ich weiß«, sagte er zu den Reportern und runzelte die Stirn, als er Tanner kommen sah, »soweit mir bekannt ist, gilt Yorkey nach wie vor als profitabel. Ich habe die Verhandlungen lediglich für einige Tage ausgesetzt, um offene Fragen zu klären. Wie Sie alle wissen, bin ich ein vorsichtiger Mann und muss im Interesse unserer Investoren sicherstellen, dass alles seine Richtigkeit hat.«

»Wollen Sie damit andeuten, dass hier mit gezinkten Karten gespielt wurde?«, fragte ein Reporter eifrig.

»Ganz und gar nicht. Vielleicht habe ich meine Worte falsch gewählt. Ich würde eher von einem Missverständnis sprechen. Hier kommt Mr. Tanner, fragen Sie ihn selbst.«

Alle stürzten sich auf den Neuankömmling. »Wie sieht es in Wirklichkeit aus?«

»Bisher kann ich nur sagen, dass ein Fehler gemacht worden ist. Ein Versehen des Prüfers, um es milde auszudrücken, und es ist nun an ihm, uns allen zu versichern, dass Yorkey so ertragreich ist wie angenommen. Ich werde Sie auf dem Laufenden halten.«

Enttäuscht zerstreuten sich die Reporter.

»Warum machen Sie die Sache noch schlimmer?«, wollte Tanner von Kengally wissen. »Addison hat lediglich die Berichte durcheinandergebracht.«

»Das glaube ich nicht. Ich war heute morgen bei seiner Behörde. Inzwischen bin ich davon überzeugt, dass unser Bericht eine Fälschung ist. Das Original besagt unmissverständlich, dass es sich nicht lohnt, in Yorkey zu investieren. Ich möchte wissen, wie es dazu kommen konnte.«

»Das ist doch klar! Der Täter sitzt in ebendieser Behörde. Dort müsste ermittelt werden.«

»Ermittlungen sind bereits im Gange. Und sie schicken einen weiteren Prüfer los, der die Mine noch einmal bewerten soll. Ich mache mir keine Hoffnungen. Man hat uns betrogen, und ich bin unseren Investoren verpflichtet.«

»Welchen Investoren? Sie werden inzwischen Wind von der Sache bekommen haben. Wir sollten diesen Prüfer wegen Fälschung anzeigen.«

»Sie sollten nichts übereilen, sondern sich zunächst über Ihre eigene Position Gedanken machen. Ich habe diesen Bericht von Ihnen erhalten und auf dieser Grundlage gehandelt. Irgendwo wurden die Berichte ausgetauscht.«

»Nicht bei mir.«

»Wo denn sonst?«, fragte Kengally zornig.

Ein Mann unterbrach sie. »Tanner, ich möchte mit Ihnen reden!«, brüllte er. »Sie haben mir einen Haufen wertloser Londonderry-Aktien angedreht!«

»Ich habe Sie Ihnen in gutem Glauben verkauft!«

»Sicher doch! Und wie viele Aktien besitzen Sie selbst?«

»Das geht nur mich etwas an.«

»Gar keine! Sie halten nicht eine einzige Aktie, Sie Heimlichtuer! Und was ist mit dieser Yorkey-Sache? Stecken Sie auch dahinter?«

»Sie sollten aufpassen, was Sie sagen. Verleumdung kommt teuer«, gab Tanner zurück und stürmte davon.

Zur gleichen Zeit wurde in Kalgoorlie der Beamte John Beardley von seinen Vorgesetzten verhört, und zwar aufgrund eines Telegramms, das sie an diesem Morgen aus Perth erhalten hatten. Mr. Addisons Bericht stammte vom sechsten Juni, hatte also am siebten zum Abholen bereitgelegen. Sie mussten in Erfahrung bringen, wer das Dokument mitgenommen hatte.

John kratzte sich am Kopf. »Weiß nicht. Es gehen viele Berichte raus. Und es ist schon eine Weile her.«

»Denken Sie gut nach, es ist überaus wichtig. Mr. Addison schreibt seine Berichte und legt sie in den Ablagekorb da drüben. Sie kommen morgens als Erster herein, schließen die Büros auf und was dann?«

»Ich schließe Mr. Addisons Büro auf, nehme den Korb raus, damit sich die Leute die Berichte abholen können, und schließe sein Büro wieder ab, bis er oder Sie, Sir, eintreffen.«

»Können Sie uns sagen, ob in seinem Büro eingebrochen wurde?«

»Nein, Sir. Das hätte ich bemerkt. In Mr. Addisons Büro ist es immer sehr ordentlich, auch die Fenster sind immer verriegelt, weil der Safe dort drinnen steht. Yorkey, sagten Sie? Die Yorkey-Mine?«

Er seufzte. »Irgendetwas war da doch. Yorkey. Jetzt fällt es mir wieder ein. *Er* hat den Bericht abgeholt. Mr. Tanner aus York. Er konnte sich nicht mehr an mich erinnern, aber ich habe ihn wiedererkannt. Hat er gesagt, es sei jemand anderer gewesen?«

»Nein, wir wollen nur sicherstellen, dass von unserer Seite alles korrekt durchgeführt wurde. Es gab einige unglückliche Zwischenfälle, die Mr. Tanner hoffentlich aufklären kann. Das wäre alles.«

Der stellvertretende Hauptprüfer, der Minenbeauftragte und der Schriftführer lehnten sich zurück und starrten auf den leeren Stuhl, als könne er ihre Fragen beantworten.

»Wenn Mr. Addison sagt, die Berichte seien vertauscht worden, dann war es so«, erklärte der Prüfer. »Aber nicht in diesem Büro. Sie haben gehört, was Beardley gesagt hat. Er kann sich daran erinnern, Mr. Tanner den Bericht ausgehändigt zu haben. Also sind wir aus der Sache raus.«

»Dem Telegramm zufolge behauptet Tanner, dass diese sogenannte Fälschung aus diesem Büro abgeholt wurde«, warf der Schriftführer ein.

»Nicht ›sogenannte‹. Wir wissen, dass er Lord Kengally ein gefälschtes Dokument übergeben hat und damit die Verantwortung trägt. Ich möchte nicht, dass Vorwürfe gegen diese Behörde oder Mr. Addison laut werden.«

»Kein Grund zur Aufregung«, sagte der Minenbeauftragte. »Ich würde mein Geld darauf verwetten, dass Tanner derjenige, welcher ist. Ich könnte ein ganzes Buch über die Betrügereien schreiben, die sich hier abspielen. Dieses Land ist voller Gauner, und manche dieser Scharlatane sind teuflisch clever.«

Der Schriftführer war noch immer besorgt. Er öffnete einen Knopf seines steifen Kragens und rieb sich den roten Streifen am Hals. »Meine Herren, Ihnen dürfte klar sein, dass wir uns nach dem Londonderry-Debakel in einer schwierigen Situation befinden. Wir können uns so etwas nicht leisten. Warum sollte Tanner eine derartige Gaunerei versuchen, wenn er weiß, dass der Verdacht sofort auf ihn fallen wird? Ich begreife das nicht.«

Der Minenbeauftragte winkte ab. »Er hält sich für besonders schlau. Das ist hier nichts Besonderes, unter diesem Gesindel gibt es Betrüger wie Sand am Meer. Ich schätze, Tanner wollte die Sache schnell über die Bühne bringen: Er fälscht den Bericht über Yorkey, ködert damit die Investoren und macht sich aus dem Staub. Ich wette, Kengally hat davon gewusst, aber dann hat Addison Wind bekommen und Alarm geschlagen.«

»Wie hat er es herausgefunden?«, wollte die beiden anderen wissen.

»Keine Ahnung, aber es war ein Glück, dass es ihm gelungen ist, sonst befände sich diese Behörde in einer bedenklichen Lage. Wie es aussieht, werden die Prüfer in Coolgardie wegen Londonderry eine polizeiliche Untersuchung über sich ergehen lassen müssen.«

Der Prüfer war nervös. »Was also sollen wir tun?«

Der Schriftführer sah die anderen an. »Wenn Sie damit einverstanden sind, werde ich als dienstältester Beamter dem Minister berichten, dass unsere Ermittlungen Mr. Addison vollauf recht geben. Sollte ein Austausch stattgefunden haben, so kann dies nur geschehen sein, nachdem der Bericht dieses Büro verlassen hatte.«

Die anderen nickten zustimmend.

»Ich werde auch darauf hinweisen, dass der Beamte John

Beardley sich deutlich daran erinnern kann, Mr. Tanner den Bericht übergeben zu haben. Mehr werde ich jedoch nicht sagen. Wir müssen uns vor Verleumdungsklagen schützen. Allerdings«, er wandte sich an den Hauptprüfer, »fordert der Minister eine offizielle Untersuchung der Yorkey-Mine. Daher sollten Sie sich so bald wie möglich auf den Weg dorthin machen. Nehmen Sie einen der jüngeren Prüfer mit, damit er Ihren Bericht gegenzeichnen kann. Wir können uns keine weiteren Fehler leisten. Mr. Addison wird ebenfalls nach Kalgoorlie zurückkehren.«

»Ich glaube nicht, dass Mr. Addison einen Fehler begangen hat!«

»Natürlich nicht. Aber wir wollen ganz sichergehen. Sollte sich Yorkey wider Erwarten als ertragreiche Mine erweisen, ist uns ein bedauerlicher Irrtum unterlaufen.«

»Gut, ich gehe, aber es ist eine verdammte Zeitverschwendung. Mr. Addison macht einfach keine Fehler!«

Tanner saß in seinem Büro und rechnete sich gerade aus, wie viel Verlust er mit Yorkey machen würde, als Kengally ihn erneut zur Rede stellte.

»Stimmt es, dass Sie bereits zu einem früheren Zeitpunkt Kenntnis von den Problemen der Londonderry-Mine hatten?«

»Du lieber Himmel, was soll ich denn noch alles getan haben? Ich kaufe und verkaufe ständig Aktien. Was werfen Sie mir eigentlich vor?«

»Alles Mögliche.« Kengally ließ seinen Spazierstock auf Tanners Schreibtisch niedersausen. »Alles, was Sie tun, hat Auswirkungen auf meinen Ruf. Ich habe soeben im Bergbauministerium mit dem Minister höchstpersönlich gesprochen. Er hat eine Antwort von der Behörde in Kalgoorlie erhalten und besteht darauf, dass der Bericht, den man Ihnen übergeben hat, negativ war. Der Beamte kann sich sogar daran erinnern, dass er Sie wiedererkannt hat, weil Sie beide einmal in York gewohnt haben. Stimmt das?«

»Und wenn schon. Das hat gar nichts zu bedeuten. Setzen Sie sich. Es tut mir leid, dass ich so unfreundlich war, aber allmählich wird mir alles zu viel. Begreifen Sie nicht, dass man uns beide betrogen hat?«

Kengally blieb stehen. »Ich verstehe nur, dass man *mich* betrogen hat. Sie selbst haben zugegeben, dass Sie den Bericht auf dem Weg von der Behörde bis zu meinem Hotelzimmer als Einziger in den Händen hatten. Das Bergbauministerium hat einen negativen Bericht ausgestellt, aber trotzdem konnten Sie mir märchenhafte Ergebnisse präsentieren, die mich veranlaßt haben, den Kauf zu tätigen. Haben Sie dieses Dokument in irgendeiner Weise manipuliert?«

»Nein!«, Tanner war schockiert, dass Kengally ihm den Schwarzen Peter zuschieben wollte. »Denken Sie immer noch, ich hätte meine Hand im Spiel?«

»Wer sonst? Sie waren scharf auf die Provision. Hätte ich nicht zufällig Addison getroffen, wäre alles zu spät gewesen, bevor die Wahrheit ans Licht gekommen wäre. Vielleicht, wie im Falle Londonderrys, erst bei der Wiedereröffnung.«

»Und zu diesem Zeitpunkt wäre ich spurlos verschwunden gewesen?«

»So was in der Art.« Kengally zuckte die Achseln. »Wie es aussieht, haben Ihre Sperenzchen mich ein Vermögen gekostet. Sobald diese Mine eröffnet und bewertet ist, was nicht lange dauern wird, werde ich meine Entscheidung treffen.«

»Welche Entscheidung?«, schnappte Edgar.

»Ich habe Mr. Addison als aufrechten Mann kennengelernt, was ich von Ihnen nicht gerade behaupten kann. Im Grunde brauche ich gar keine Neubewertung, um zu wissen, dass Yorkey eine Niete ist.«

»Welche Entscheidung?«, bohrte Tanner weiter.

»Ich werde natürlich Anzeige gegen Sie erstatten: wegen Fälschung und Betrugs.«

Edgar überlief es kalt, doch er kämpfte die aufsteigende Angst nieder. »Wenn Sie das tun«, entgegnete er drohend, »dann werden *Sie* ein Vermögen an mich zahlen müssen: Schadenersatz und Schmerzensgeld wegen Rufschädigung. Ich werde Sie aus der Stadt vertreiben. Außerdem werde ich Sie verklagen, weil Sie hinter meinem Rücken ein Geschäft mit den Eigentümern der Lady-Luck-Mine abgeschlossen und mich damit um meine rechtmäßige Provision gebracht haben. Sie wollten mir eine Lektion erteilen, nicht wahr?«

Kengally wirkte entsetzt. »Das war nichts Unrechtes.«

»Das Gericht wird es anders sehen. Sie haben eine Genehmigung unterschrieben, die mich ermächtigt, in Ihrem Namen zu verhandeln.«

Edgar weidete sich an Kengallys offensichtlicher Erschütterung.

»Tun Sie, was Sie nicht lassen können«, erwiderte dieser.

»Das werde ich, Mylord, keine Sorge. Sie können sich auf mich verlassen. In der Zwischenzeit werde ich herausfinden, wer diesen verfluchten Bericht gefälscht hat. Trotz Ihres rührenden Vertrauens in die Moral der Beamten weiß ich genau, wo ich zu suchen habe. Addison war gekauft, Sie Narr, das ist so sicher wie das Amen in der Kirche. Price und Deagan wollten unbedingt verkaufen, haben Addison bestochen und dafür gesorgt, dass ich einen positiven Bericht erhielt.«

»Es fällt mir schwer, das zu glauben.«

»Natürlich. Es ist ja auch viel einfacher, mir die Schuld an allem zu geben. Sie möchten es sich nicht mit Ihrem Freund, dem Minister, verderben, nicht wahr? Hauen wir doch Tanner in die Pfanne. Aber nicht mit mir. Sie sind ganz und gar im Unrecht, und ich werde es beweisen. Und dann haben Sie eine Verleumdungsklage am Hals!«, Edgar stellte erfreut fest, dass Kengally bei dieser Attacke auf den Stuhl gesunken war, konnte sich aber nicht bremsen.

»Von mir aus können Sie den ganzen Tag da sitzen bleiben«, schrie er. »Wenn Sie eine Tasse Tee oder einen Brandy wollen, wenden Sie sich an meinen Sekretär. Sie werden den Tag, an dem Sie mich beschuldigt haben, noch verfluchen! Ihr Ruf! Was ist mit meinem? Wenn alle Welt erfährt, dass Sie sich an die Ehefrau von Clem Price, dem Besitzer der Yorkey-Mine, herangemacht haben, sehen Sie gar nicht mehr gut aus! Den Reportern würde diese pikante Wendung gefallen.«

Tanner nahm seinen Hut von der Garderobe. »Übrigens weiß Clem schon von Thora und Ihnen. Wenn Sie lange genug da sitzen bleiben, erzähle ich Ihnen bei meiner Rückkehr, was wirklich mit Yorkey geschehen ist.«

Lord Kengally nahm den Brandy von Tanners zuvorkommendem jungen Sekretär, der den lautstarken Wortwechsel gehört hatte, an.

»Ist alles in Ordnung, Sir?«, fragte er, als sich Kengally die Stirn mit einem seidenen Taschentuch abwischte.

»Ja, vielen Dank.«

»Wenn Sie noch etwas brauchen, rufen Sie mich bitte.«

»Vielen Dank, ich mache mich gleich auf den Weg. Ich möchte mich nur kurz erholen.«

Er blieb lange auf dem Stuhl sitzen und starrte in den makellos blauen Himmel. Eine Taube ließ sich auf der Fensterbank nieder und gurrte zufrieden, ohne sich durch den Lärm in den Straßen stören zu lassen. Gerald Kengally wünschte, er könnte sich ebenso gelassen wie diese Taube über alles hinwegsetzen.

Eigentlich hatte er diesen Posten gar nicht gewollt, aber seine Freunde hatten ihn dazu überredet. Sie hatten ihn zum Vorsitzenden ihrer Investmentfirmen gewählt und vertrauten blindlings auf seine Fähigkeit, ihre Geschäftsinteressen am anderen Ende der Welt zu vertreten.

Doch warum hatte er diese Aufgabe wirklich übernommen?

Ehrgeiz, sagte er sich, purer Ehrgeiz. Das Geld brauchte er nicht, er wollte sich lediglich in der Finanzwelt einen Namen machen. London war für ihn das Zentrum des Universums, und er hatte sich des Eindrucks nicht erwehren können, dass jüngere Männer in Bowler-Hüten ihn allmählich verdrängten. Die Goldfelder versprachen eine so gute Ausbeute und waren zwischenzeitlich so berühmt geworden, dass Kengally hoffte, sich durch den Umweg über Australien wieder ins Zentrum des Geschehens katapultieren und gleichzeitig seiner Stimme im Oberhaus mehr Gewicht verleihen zu können. Zuvor hatte er lediglich ein Hinterbänklerdasein geführt. Es war ihm nicht gelungen, ein Thema zu finden, das eines seiner Wissensgebiete berührte. Doch jetzt war er ein erfolgreicher Firmengründer, der dem Mutterland dringend benötigte Goldreserven verschaffte! Würde er nun zurückkehren, dann als Peer, der in dieser riesigen Kolonie unmittelbare Erfahrungen gesammelt hatte.

Daher hatte er Kontakt zu Regierungsmitgliedern aller Parteien aufgenommen und sich mehrfach mit dem Gouverneur, Sir Gerard Smith, und dem Premierminister, Sir John Forrest, getroffen.

Er glaubte, dass entgegen der in Westminster vorherrschenden Meinung die Bildung einer Föderation aller australischen Staaten – oder Kolonien, wie man zu Hause in England zu sagen pflegte – unmittelbar bevorstand. Er freute sich auf seine Rückkehr, wurde sogar aufgeregt, wenn er daran dachte. Er würde sich im Oberhaus erheben und verkünden, dass man sich der Föderation nicht entgegenstellen dürfe, da sie nicht mehr zu verhindern sei. Andernfalls würde Großbritannien Australien genauso verlieren, wie es Amerika verloren hatte.

Zunächst würde man auf seine Rede mit Verachtung reagieren. Dann jedoch, wenn sich seine Prophezeiung als richtig erwiesen hätte, würde die Stimmung ins Gegenteil umschlagen. Gerald Kengally würde sich schließlich und endlich einen Ruf als Visionär erwerben. Ein Mann, der vor Ort mit den Kolonialbürgern gesprochen und begriffen hatte, dass sie, auch wenn sie ihre Interessen verfolgten, der Krone keinen Schaden zufügen wollten.

»Selbstsüchtige Hirngespinste«, dachte er verbittert und wünschte sich einen weiteren Brandy herbei, damit er noch eine Weile bleiben konnte. Lord Kengally wusste nämlich nicht genau, wohin er gehen sollte.

Niedergeschlagen verabschiedete er sich schließlich von dem Sekretär und trat auf die Straße hinaus. Er hatte eigentlich vorgehabt, mit einem Taxi auf dem schnellsten Weg ins Haus seines Freundes zurückzukehren und damit dem im Entstehen begriffenen Skandal zu entfliehen, doch stattdessen betrat er mit hoch erhobenem Kopf den *Perth Gentlemen's Club*, wo man ihn herzlich begrüßte. Er nahm sich eine Zeitung und ließ sich im Salon nieder. Dort begegnete er Henery Whipple, einem freundlichen Burschen, der Parlamentssprecher gewesen war und ihm das Versprechen abnahm, am kommenden Samstag zu seiner Abschiedsparty zu kommen.

»Mit Freuden, Henery«, sagte Kengally mit allem Enthusiasmus, den er gegenwärtig aufbringen konnte. »Soll ich jemanden mitbringen?«

»Nicht nötig, mein Freund. Kommen Sie einfach vorbei. Man sagte mir, es gebe zuerst ein Essen und danach würde getanzt. Meine Freunde wissen, dass ich kein Freund von Förmlichkeiten bin. Wir machen uns einfach einen netten Abend. Sie sitzen selbstverständlich an meinem Tisch.«

»Das ist sehr freundlich von Ihnen.« Kengally überlegte, ob er ihn zum Mittagessen einladen sollte, doch Tanners Drohungen hatten ihn derart eingeschüchtert, dass er sich schon jetzt wie ein Ausgestoßener vorkam.

»Übrigens«, fügte Henery hinzu, »ein Freund von Ihnen wohnt zurzeit bei mir. Robert Warburton.«

»Tatsächlich?«, Diese Nachricht heiterte Kengally ein wenig auf. »Ich würde ihn gerne sehen.«

»Das sollen Sie auch. Kommen Sie mit zum Essen. Er müsste jeden Augenblick hier eintreffen.«

Noch nie hatte sich Gerald so gefreut, Robert zu sehen. Er hoffte verzweifelt auf eine Gelegenheit zu einem Gespräch unter vier Augen, bei dem er Warburton von seinen Schwierigkeiten berichten konnte. Robert würde ihn verstehen. Er war ein Mann, der sich nicht mit allen gemein machte und ein zurückgezogenes Leben führte. Doch es sollte anders kommen. Robert hatte eine beträchtliche Zahl von Londonderry-Aktien gekauft und beklagte unermüdlich seine Verluste, während Henery versuchte, ihn aufzumuntern. Kengally hätte es als taktlos empfunden, noch mehr schlechte Nachrichten zu verbreiten, und lenkte die Unterhaltung in sicheres Fahrwasser. Statt über Aktien sprachen sie über Botanik, ihr gemeinsames Steckenpferd.

Da Edgar sicher war, dass Price und Deagan Addison oder einen anderen Beamten des Bergbauministeriums bestochen hatten, machte er sich auf die Suche nach Clem. Zunächst begab er sich ins *United Services Hotel*, dann in jenes lächerliche Cottage, das seine Frau bewohnte. Es freute ihn, dass Thora noch immer von ihrem Mann getrennt lebte, und er hoffte, dass sich daran nichts ändern würde. Ihre Art der Eheführung hatte sie beide zum Gespött von Perth gemacht. Man erzählte sich, Clem genieße bei seiner Frau lediglich Besuchsrecht. Geschieht ihm recht, dachte Edgar.

Wütend eilte er durch die Straßen, fest entschlossen, Clem

nicht nur mit Anschuldigungen zu konfrontieren, sondern nötigenfalls auch die Polizei einzuschalten. Das Spiel war eröffnet, und falls Clem sich weigern sollte, seinen Betrug einzugestehen, musste er auch die Konsequenzen tragen. Eine Nacht im Gefängnis würde seine Zunge schon lösen. Die Vorstellung, Deagan wieder ins Zuchthaus zu schicken, verlieh Edgar zusätzliche Energie.

Thora freute sich über seinen Besuch, machte sich aber Gedanken über sein schlechtes Aussehen. »Sie wirken müde. Hatten Sie viel zu tun? Sie müssen eine Tasse Tee mit mir trinken und Kuchen essen. Nanny hat heute Morgen köstliche Hörnchen gebacken. Nehmen Sie doch hier am Fenster Platz. Ist das nicht ein herrlicher Tag?«

Sie war in Hochstimmung und rief sogar aus der Küche zu ihm herüber, während sie Tee kochte. Bevor er sich setzte, warf er einen Blick in den Flur und durch die Hintertür, wo die Nanny mit dem Kind spielte, doch von Clem war nichts zu sehen. Egal, eine Tasse Tee konnte er vertragen. Er wollte Kräfte sammeln für das Zusammentreffen mit Price und hatte außerdem nichts dagegen, ein wenig mit Thora allein zu sein.

Wer weiß? dachte er, »wenn sich die beiden auseinandergelebt haben und ihr Mann wegen Betrugs angeklagt wird, wird Thora dankbar sein für einen Freund, bei dem sie sich ausweinen kann.« Edgar malte sich genüsslich aus, wie er sie trösten und vor dem Skandal schützen wollte, den ihr krimineller Ehemann in Kürze auslösen würde.

Doch Thora zerstörte seine Hoffnungen.

Als er sich nach Clem erkundigte – er behauptete, er wolle ihn geschäftlich sprechen –, schenkte sie ihm jenes liebliche, engelhafte Lächeln, bei dem sein Herz jedes Mal einen Sprung machte.

»Oh, Mr. Tanner, das tut mir leid. Clem wird erst heute Nachmittag zurückkommen. Er ist nach Cottesloe geritten, wo er uns ein himmlisches Haus bauen wird. Ich kann es gar nicht abwarten. Diese Warterei ist wirklich furchtbar.«

Tanner musste ihre Schwärmerei über sich ergehen lassen. Sie breitete den Plan vor ihm aus, beschwerte ihn mit der Zuckerdose, erklärte ihn bis in die kleinste Einzelheit und würzte ihren Monolog mit glühenden Lobpreisungen auf ihren Mann.

Er spürte, wie Zorn und Eifersucht in ihm wuchsen, als sie das Mobiliar beschrieb und sogar davoneilte, um Muster der Vorhang- und Polsterstoffe zu holen. Als er schließlich wieder zu Wort kam, versuchte er, sie auf den Boden der Tatsachen zurückzuholen.

»Wussten Sie, dass Yorkey ausgebeutet ist? Die Mine Ihres Mannes.«

»Tatsächlich?«, fragte sie unbeeindruckt. »Was für ein Pech.«

»Ja. Es heißt, Clem sei dort draußen in krumme Geschäfte verwickelt gewesen.«

Thora stutzte und begann dann zu lachen. »So etwas würde Clem nicht tun. Sehen Sie sich dieses Muster an. Würden Sie dieses oder das dunklere Blau für die Vorhänge nehmen? Ich habe Spitzenvorhänge fürs Schlafzimmer ausgewählt. Sie sollen das Blau aufgreifen, das in den anderen Zimmern dominiert. Blau steht für das Meer, Sie verstehen. Clem sagt, das hellere Blau würde gut zu meinen Augen passen. Ist er nicht süß?«

»Er muss es ja wissen«, erwiderte Edgar hämisch. »Schließlich versteht er sich auf Frauen.«

Selbst Thora konnte diese Bemerkung nicht überhören. »Ja«, entgegnete sie zögernd, da sie nicht wusste, wie Edgars Worte gemeint waren, »er kann sehr charmant sein.«

»So sagt man«, grinste Tanner und blätterte lässig in einem Einrichtungskatalog herum. »Die Damen in Kalgoorlie sagen das jedenfalls. Sie vermissen ihn dort.«

Thora legte die Hand an die Kehle und spielte nervös mit einem Perlenknopf. »Das nehme ich an. Welche Damen übrigens? Im Zug habe ich den Eindruck gewonnen, dass dies kein Ort für Damen ist.«

»Da muss ich Ihnen beipflichten, meine Liebe, aber manche Männer erkennen eben nicht den Unterschied. Oder er stört sie nicht. Sie sind so weit von ihren Lieben entfernt.«

»Was hat das damit zu tun?«, fragte sie nun voller Neugier.

Tanner lächelte. »Einer Dame wie Ihnen sollte ich nichts davon erzählen. Kalgoorlie ist nicht gerade zivilisiert; Sie würden gar nicht wissen wollen, was sich dort abspielt.«

»Oh, doch. Was spielt sich ab? Sie können es mir ruhig sagen, ich möchte es wissen.«

»Nun, Sie kennen doch das Sprichwort ›Aus den Augen, aus dem Sinn‹. Damit sind die Ehefrauen gemeint. Seit ich mich von Mrs. Tanner getrennt habe, betrachte ich mich als ledigen Mann, und doch habe ich mich von den allabendlichen Orgien in Kalgoorlie ferngehalten.«

»Orgien? Du lieber Himmel! Ich hatte ja keine Ahnung!«

»Hat Clem Ihnen nicht darüber geschrieben?«

Thora schüttelte den Kopf. »Natürlich nicht. Mein Mann steht über solchen Dingen.«

»Wenn Sie meinen. Könnte ich noch eine Tasse Tee haben?«

Mit zitternder Hand hob sie die Kanne, und Edgar lächelte in sich hinein. »Du weißt noch nicht einmal die Hälfte, meine Liebe«, dachte er, während seine Rachepläne allmählich Gestalt annahmen.

»Mir haben die Ehefrauen oft leidgetan«, sagte er mitfühlend. »Wie oft musste ich mit ansehen, wie ihre Männer das ganze Geld für lose Mädchen ausgaben. Es ist ein echter Skandal. Es heißt, in Kalgoorlie gebe es mehr Freudenhäuser als in Perth.«

»Mehr was?«

Er seufzte. »Na, bitte, nun habe ich Sie doch schockiert.«

»Nein, das haben Sie nicht. Ich bin eine verheiratete Frau,

kein kleines Kind.« Sie errötete und senkte die Stimme. »Ich habe von diesen Orten gehört. Wie genau sieht es dort aus? Mr. Tanner, ich bestehe darauf, dass Sie es mir sagen. Rasch, bevor Nanny hereinkommt.«

»Sie sollten Clem fragen. Ihm gehört eines davon.«

Sie nahm auf dem billigen, harten Sofa Haltung an. »Sie haben meine Frage nicht beantwortet. Was genau ist ein Freudenhaus?«

Er hüstelte. »In Ordnung, wenn Sie darauf bestehen. Ein Freudenhaus ist ein vollkommen unmoralischer Ort, wo Männer Partys besuchen, die ich nicht zu beschreiben wage. Sagen wir einfach, dort handelt man mit den Körpern der Frauen. Die Männer stehen dort zu Hunderten Schlange, um mit den abstoßendsten Huren zu schlafen. So, nun wissen Sie es.«

Thora presste die Hände vor der Brust zusammen. »Ich glaube, ich wusste immer, dass es so etwas gibt«, sagte sie nervös, »aber es ist einfach zu furchtbar, um darüber nachzudenken.«

»Das stimmt. Sie brauchen nicht darüber nachzudenken. Nun, Thora, ich sollte jetzt gehen.«

»Bitte gehen Sie nicht, Mr. Tanner«, flüsterte sie, »noch nicht. Sie sagten, Clem gehöre eines dieser Häuser.«

»Ich habe bereits zu viel gesagt. Ich habe mich verplappert.«

»Ist es wahr oder nicht?«

»Versprechen Sie mir, nicht mit ihm darüber zu reden?«

»Natürlich.«

»Gut. Clem gehört das größte …« – »und beste«, lag ihm schon auf der Zunge, er bremste sich aber – »… und schlimmste von ihnen. Es nennt sich *Black Cat* und liegt an der Hauptstraße von Kalgoorlie.«

Thora hatte Mühe, das zu verdauen. Sie wurde sehr still und erhob sich dann. »Ich muss mich bei Ihnen entschuldigen, Mr. Tanner, weil ich Sie zu dieser abscheulichen Unterhaltung genötigt habe, doch was Ihre Anschuldigungen gegen meinen

Mann betrifft, so glaube ich Ihnen kein Wort. Verzeihen Sie, aber ich muss Sie bitten zu gehen.«

Ihr plötzlicher Sinneswandel erstaunte und ärgerte ihn. »Schon gut, schon gut. Ich wollte Sie keinesfalls beleidigen. Immerhin haben Sie mich ausgefragt. Ihr Frauen seid alle gleich. Ihr gebt gern das Geld eurer Männer aus, fragt aber nie, woher es stammt.«

»Mein Ehemann hat Gold gefunden.«

»Zum Teufel mit dem Gold! Mit seinen jämmerlichen Goldfunden hätte er weder Ihre Hüte noch Ihren unbegrenzten Aufenthalt im *Palace* finanzieren können. Wann werden Sie endlich erwachsen, Thora? Er ist kein Heiliger.«

Sie bemühte sich, Haltung zu bewahren. »Nur weil ihm eines dieser Häuser gehört, was ich bezweifle, sucht er sie noch lange nicht selber auf. Mein Mann ist anders.«

Tanners Lachen klang grausam. Er wusste, dass Clem diese Frau liebte. Nun war es an der Zeit, die Ehe ein für alle Mal zu zerstören. Dies war die gerechte Strafe für einen Mann, der einen alten Freund betrogen hatte. In seinem Zorn über die ungerechtfertigten Beschuldigungen in der Fälschungsaffäre hatte er sich in die Vorstellung hineingesteigert, er und Clem seien alte Freunde. Dabei hatte er sein Interesse an Clems Frau völlig außer Acht gelassen.

»Das ist richtig«, höhnte er. »Halten Sie sich fein aus allem raus. Sie brauchen ja nicht zu wissen, dass Huren das Geld verdienen, das Sie ausgeben. Und natürlich würde Ihr braver Ehemann keine Hure anrühren! Er war ein guter Kunde, bevor er Jocelyn begegnete!«

»Wer ist Jocelyn?«

»Ha, jetzt interessiert es Sie doch. Sie kennen Jocelyn, meine Liebe, Jocelyn Russell, eine kleine Hure aus York. Sie ist mit Ihnen zur Schule gegangen. In York hat sie als Kellnerin gearbeitet. Sie war mit den jungen Poussierstengeln bestens bekannt.«

»Jocelyn Russell?«, Thora schüttelte den Kopf. Sie wollte nichts mehr hören. Verwirrt wandte sie sich ab, sammelte Plan, Kataloge und die hübschen Muster ein und drückte sie an die Brust, als könnten sie ihr Schutz vor der erbarmungslos auf sie einredenden Stimme gewähren.

»Sie ist seine Lieblingshure«, fügte Tanner hinzu. »Sie hat ihm so gut gefallen, dass er ihr die Leitung des Bordells übertragen hat. Ihre alte Freundin Jocelyn führt ihm die Geschäfte und wärmt ihm das Bett. Dem Boss steht schließlich nur das Beste zu, nicht wahr?«

Thora blieb tapfer. »Mir war nicht klar, was für ein abscheulicher Mensch Sie sind. Verlassen Sie sofort mein Haus.«

Er zuckte die Achseln, nahm seinen Hut und spazierte seelenruhig zur Haustür hinaus.

Als er aus ihrem Blickfeld verschwunden war, rannte Thora ins Badezimmer, ließ Badewasser ein, riss sich die Kleider vom Leib und stieg in die Wanne, um sich von all diesem Schmutz zu reinigen – dem Schmutz, der Clem hieß.

Sie blieb so lange in der Wanne liegen, bis Nanny sie drängte, wieder herauszukommen. Anschließend hüllte sie Thora in Handtücher. »Sie werden sich erkälten, Madam. Sie zittern ja am ganzen Körper! Ziehen Sie den Morgenmantel an. Legen Sie sich ins Bett, damit Ihnen wieder warm wird. Ich mache Ihnen derweil eine schöne Tasse Schokolade.«

Thora versuchte zu schlafen, um das Grauen zu verdrängen, doch es gelang ihr nicht. Sie träumte, sie sei wieder in York, wo alle Leute sie verhöhnten und mit dem Finger auf sie zeigten. Sie lief halb nackt durch die Straßen und suchte verzweifelt nach ihren Kleidern, um sich damit zu bedecken. Ihr Vater schrie sie an, während ihre Mutter sich abwandte, weil sie sich für ihre Tochter schämte. Jocelyn Russell stand im Eingang des Hotels, hatte die Arme um Clem gelegt und beachtete Thora überhaupt nicht. Sie rannte auf die beiden zu und bat darum, ihr Zuflucht zu gewähren, doch Clem und Jocelyn konnten sie weder hören noch sehen. Ihre Schwestern bewarfen sie mit Steinen, und niemand hörte ihre Schreie.

»Was ist los, Madam?«, fragte Nanny und schüttelte sie.

»Psst, Sie haben schlecht geträumt. Lydia fürchtet sich.«

»Wer ist Lydia?«, fragte Thora.

»Ihr kleines Mädchen«, antwortete Nanny entsetzt.

Thora umklammerte ihre Hand. »Sie ist nicht mein Kind, Nanny«, flüsterte sie. »Sie denken, ich wüsste es nicht. Aber ich weiß es doch. Mein Baby ist gestorben. Jetzt fällt es mir wieder ein. Vorher hatte ich alles durcheinandergebracht, aber nun kann ich mich erinnern. Mein Baby ist gestorben, und sie haben mir dieses gegeben.«

»Oh nein, Madam, das ist nicht wahr.«

»Doch, doch. Du musst mir zuhören, Nanny, bevor sie kommen. Gib ihnen dieses kleine Mädchen zurück, bevor sie es herausfinden. Beeil dich.«

»Guter Gott, Madam, wem sollte ich es denn geben?«

»Ihrer Mutter natürlich. Sie war dort, ein dünnes, dunkelhaariges Mädchen. Sehr zerbrechlich. Sie sehnt sich nach ihrem Baby, und ich habe es gestohlen. Das war grausam, Nanny, grausam.«

»Gut, ich werde es tun. Ich finde sie, Madam. Jetzt müssen Sie aber schlafen. Mr. Price wird bald kommen und sich um alles kümmern.«

Thora setzte sich ruckartig im Bett auf. »Nein, sag ihm um Himmels willen nichts davon. Er darf es nicht erfahren.«

»Ich bringe Ihnen heiße Milch.« Nanny fachte das Feuer an und hantierte ungeduldig mit dem Topf, goss einen Schuß Brandy in die Milch und eilte wieder zu ihrer Herrin.

Dann nahm sie Lydia aus dem Bett und rannte ins Hotel auf der Suche nach Miss Devane. Sie konnte mit niemand anderem über diese Angelegenheit sprechen. Leider war Miss Devane für zwei Tage verreist. Die arme Netta spielte mit dem Gedanken, einen Arzt zu rufen, wusste aber nicht, ob sie das Recht dazu hatte. Wäre es um Lydia gegangen, hätte sie sofort alle Hebel in Bewegung gesetzt. Doch im Falle von Mrs. Price würde das die Sache womöglich nur noch schlimmer machen.

»Ich kann nur hoffen, dass sie im Bett bleibt, bis Mr. Price heimkommt.« Sie setzte sich das Kind auf die Hüfte und marschierte grimmig zum Cottage zurück.

Wie so oft unterlag Thora heftigen Stimmungsschwankungen, und ihre Furcht verwandelte sich in Zorn.

»Wieso verstecke ich mich hier? Nicht ich habe etwas Schlechtes getan, sondern er. Er ist schuld an meinen nervösen Zuständen. Das lasse ich mir nicht länger bieten.«

Sie durchwühlte die Schränke nach ihren farbenfrohsten Kleidungsstücken, fügte farblich unpassende Tücher und einen Schal hinzu und band sich die Haare mit schreiend bunten Bändern zusammen. Dann beschmierte sie sich Wangen und Mund mit Lippenrot, das sie sonst nur ganz sparsam verwendete.

»So waren die Frauen im Zug gekleidet und geschminkt. Clem mag es, wenn Frauen sich zur Schau stellen.« Zu ihrer Enttäuschung fehlten ihrer Garderobe die leuchtenden Purpur- und Rottöne, die diese Damen mit Vorliebe trugen, doch sie tat ihr Bestes, um aufzufallen. Sie würde ihm schon zeigen, dass sie ebenso attraktiv war wie diese Frauenzimmer.

»Warum starrst du mich so an?«, fragte sie Nanny.

»Ach, nichts, Madam. Möchten Sie jetzt zu Mittag essen?«

»Ja, bitte. Ich nehme Rührei und ein Glas Wein.«

»Ein Glas Wein?«, fragte Nanny mit aufgerissenen Augen.

»Du hast doch gehört, was ich gesagt habe. Oder bist du taub?«

»Nein, Madam.« Sie floh in die Küche.

Thora wartete einen langen, kalten Nachmittag lang. Eine

Wolkenbank hing drohend über der Stadt, und von den Hügeln tönte fernes Donnergrollen, das Regen versprach, der am Ende doch nicht kam. Unablässig schlugen Zweige gegen die Fenster, und ein Hund bellte ängstlich. Nanny machte mit Lydia ein Nickerchen in deren Zimmer und fuhr sie danach im Kinderwagen spazieren, ohne Thora um Erlaubnis zu bitten. Thora indessen starrte noch immer auf die Tür. Eine Stickarbeit lag unberührt neben ihr.

Als Clem lachend hereinpolterte und sie auf die Wange küsste, erstarrte sie. Alles, was sie ihm hatte sagen wollen, blieb ihr in der Kehle stecken. Er enthielt sich jeden Kommentars über ihre Aufmachung, falls er sie überhaupt bemerkt hatte, und überreichte ihr eine große Pralinenschachtel mit roter Schleife.

»Das Haus sieht gut aus, die Gipser kommen gut voran. Nächste Woche lasse ich die Möbel rausfahren. Du kannst mitkommen und die Möbelpacker anweisen, wohin sie die Sachen stellen sollen. Willst du deine Pralinen nicht probieren?«

»Später.«

»Geht es dir auch gut? Du wirkst so still.«

»Ich habe Kopfschmerzen.«

»Du solltest etwas dagegen einnehmen. Man sagt, ein Magnesiumpräparat würde helfen.«

»Wer sagt das?«

»Keine Ahnung. Jeder.« Er zog den Mantel aus. »Ich habe nachgedacht. Warum soll ich im Hotel wohnen? Ich kann meine Sachen ebenso gut herbringen.«

Thora schaute weg. »Nein. Ich möchte meinen Haushalt nicht durcheinanderbringen.«

»Sei nicht albern, Thora. Wie auch immer es in deinem Haushalt aussehen mag – ich werde ihn nicht durcheinanderbringen.« Er ging in die Küche, schnitt Brot ab, öffnete das Fleischfach und schmierte sich ein Brot. Er benahm sich, als wäre nichts geschehen. Als wäre er ein anständiger Ehemann und nicht der Besitzer eines Freudenhauses. Nicht der Liebhaber einer Hure, der auch noch die Stirn besaß, in ihr Bett zu kommen.

Endlich sah sie ihn, wie er wirklich war. Es lag ihr auf der Zunge, ihm das zu sagen, doch letztlich erschienen ihr die Anschuldigungen, die sie gegen ihn vorzubringen hatte, doch zu schrecklich, um sie in Worte zu fassen. Er merkte ihr nichts an. »Du hast dich so herausgeputzt. Hat das einen besonderen Grund?«

»Nein. Ich will, dass du gehst. Lass mich in Ruhe.«

»Was?«, Er starrte sie mit offenem Mund an.

»Sind eigentlich alle Leute um mich herum taub?«, fragte sie kalt. »Ich will, dass du gehst.«

»Was zum Teufel ist nun schon wieder los? Wir hatten uns gerade so gut verstanden. Thora, du bist letzte Nacht so zärtlich zu mir gewesen, dass ich dachte …«

Der Gedanke an die vergangene Nacht machte sie fast krank. »Du hast mich ausgenutzt«, schrie sie. »Wage es nicht, die letzte Nacht je wieder zu erwähnen.« Sie schaute nervös zur Tür, weil sie fürchtete, dass Nanny zurückkehren und die Auseinandersetzung mitbekommen könnte.

»Ich werde es so oft erwähnen, wie es mir passt«, knurrte Clem. »Wir sind verheiratet. So, wie du dich benimmst, könnte man glauben, wir hätten eine Sünde begangen.«

Wie konnte er von Sünde reden? Es war einfach zu viel. Thora sprang auf, rannte an ihm vorbei ins Schlafzimmer und knallte die Tür hinter sich zu. Clem folgte ihr.

»Raus!«, kreischte sie, »verschwinde! Du kannst nicht einfach weggehen und mich verlassen und dich dann wieder in mein Leben drängen. Das geht einfach nicht.«

»Oh Gott, nicht das schon wieder! Ich dachte, das wäre ein für alle Mal erledigt.«

»Du sollst nicht fluchen. Wie kannst du es wagen, den Namen des Herrn zu missbrauchen?«

Er stand völlig verwirrt auf der Schwelle. »Thora, ab jetzt werde ich in unserer Ehe ein Wörtchen mitreden. Ich habe mein Bestes für dich getan, und es ist an der Zeit, dass auch du etwas gibst.« Er packte sie am Arm und drückte sie aufs Bett. »Hör mir gut zu! Ich werde mir deine Launen nicht länger bieten lassen. Wenn du mich loswerden möchtest – ich kann mich durchaus alleine durchschlagen …«

»Vermutlich mit einer anderen Frau«, schnappte Thora schlagfertiger, als sie sich zugetraut hätte.

»Wieso nicht? Ich verschwende mit dir nur meine Zeit. Wenn du mich sehen willst, findest du mich im *United Services Hotel.* Du bist die verwöhnteste, launischste Frau …«

»Verschwinde«, schluchzte sie, »du hast alles verdorben.«

»Allmählich wird das zu einer schlechten Angewohnheit«, murmelte er, als er wieder einmal aus dem Cottage stürmte. »Das muss ein Ende haben. Zur Abwechslung kann sie mich jetzt einmal suchen kommen.«

Er ging zum Fluss hinunter, kaufte sich Bratfisch und Pommes frites an einer Bude am Pier und setzte sich niedergeschlagen auf eine Bank, um über Thoras neueste Laune nachzudenken. Er hatte es wirklich satt, ihren Lastern auch noch Vorschub zu leisten, und fragte sich zum ersten Mal, ob seine Ehe überhaupt eine Zukunft hatte.

Vermutlich war sie von Beginn an zum Scheitern verurteilt gewesen. »Sie hat mich nie geliebt«, dachte er, »doch damals war ich so hingerissen von ihr, dass ich sie unbedingt haben wollte und mir eingeredet habe, mit der Zeit würde die Liebe schon kommen. Es gibt so viele arrangierte Ehen, die halten. Jedenfalls kommt es mir so vor.«

Entschlossen, sie aus seinen Gedanken zu verbannen, lief Clem meilenweit am Flussufer entlang und genoss den kühlen

Wind. Wäre er doch wieder auf Lancoorie! Auch von dieser Stadt hatte er inzwischen genug.

Schließlich holte er tief Luft und machte kehrt. Sobald das Haus fertig war, würde er mit Thora eine Woche dort verbringen und dann nach Hause fahren. Falls sie nicht mitkommen wollte, konnte sie dort bleiben und tun, was ihr gefiel. Das Spiel war vorbei und ihre Ehe gescheitert. Es interessierte ihn nicht mehr, da es ohnehin nie eine richtige Ehe gewesen war.

Er schlüpfte durch einen Seiteneingang ins Hotel, da er keine Lust auf Gesellschaft hatte, ging auf sein Zimmer, das er mit Fred Vosper teilte, und ließ sich aufs Bett fallen.

»Wo zum Teufel bist du gewesen?«, fragte Vosper und rüttelte ihn wach.

Clem setzte sich benommen auf. Da er sich nur eine Weile hatte ausruhen wollen, hatte er nur die Stiefel abgestreift. »Wie spät ist es?«

»Acht Uhr, der Abend ist noch jung. Steh auf, Mann, die halbe Stadt sucht nach dir.«

»Wieso? Was ist los?«

Fred setzte sich auf Clems Bett. »Das wüsste ich gern von dir. Tanner ist auf der Suche nach dir. Er war schon hier und hat an die Tür geklopft. Hast du ihn nicht gehört?«

»Nein.«

»Ah, der Schlaf der Gerechten, ein gutes Zeichen. Hast du keine Zeitung gelesen?«

Clem wollte einfach nur schlafen. »Muss das sein?«

»Dann weißt du also nicht, dass Londonderry den Bach runtergegangen ist?«

»Um Gottes willen, Londonderry war die beste Mine von allen.«

»›War‹, in der Tat. Sie haben sie geöffnet – und nichts gefunden. Nun heißt es, auch Yorkey sei eine Niete.«

Clem war plötzlich hellwach. »Wer behauptet das? Woher

hast du diese Geschichte? Yorkey bringt gute Erträge, sonst hätte Kengally sie nicht gekauft.«

»Jedenfalls braut sich etwas zusammen.« Vosper erklärte, dass er in der Zeitung darüber gelesen hatte. Da er Clem nicht hatte finden können, hatte er mit dem Herausgeber geplaudert und daraufhin Erkundigungen beim Bergbauministerium eingezogen.

»Es sind keine guten Nachrichten, Clem.«

»Unmöglich.«

»Der Hauptprüfer hielt sich in Perth auf und konnte sich an den negativen Bericht über Yorkey erinnern. Er sagt, die Mine sei ausgebeutet. Es lohne sich nicht mehr, in sie zu investieren, da das Quarz nicht mehr genügend Gold enthalte.«

Clem klatschte sich das Gesicht mit kaltem Wasser ab, um einen klaren Kopf zu bekommen.

»Was hat das alles zu bedeuten? Ich habe noch nie solchen Unsinn gehört. Addison hat die Prüfung vorgenommen und folglich den Bericht verfasst. Weshalb sollte er auf einmal seine Meinung ändern?«

»Ich weiß es nicht. Was meinst du, was könnte geschehen sein? Tanner kocht vor Wut, deshalb wollte er auch mit dir reden.«

»Kein Wunder, er hat den Verkauf in die Wege geleitet und hat Angst, dass er jetzt Schiffbruch erleidet. Und Kengally ist im Begriff, an die Börse zu gehen.«

»Das stimmt alles«, erwiderte Vosper leise, »aber das Bergbauministerium gibt Addison Rückendeckung. Kennst du ihn?«

»Ja, er ist der beste Prüfer. Deshalb habe ich ihn auch beauftragt. Etwas stimmt an der ganzen Sache nicht, vermutlich hat irgendjemand mal wieder ein Gerücht in die Welt gesetzt. Addison ändert seine Meinung nicht von heute auf morgen. Das würde er gar nicht fertigbringen.«

»Das muss er auch gar nicht. Er behauptet, der Bericht, den Kengally in Händen hält, sei eine Fälschung. Kengally stimmt ihm zu. Im Moment hat Tanner den Schwarzen Peter. Es heißt, er habe den Bericht gefälscht, um Kengally bei der Stange zu halten.«

»Sicher nicht!«

Vosper zuckte die Achseln. »Anscheinend will sich Tanner aus der Sache herauswinden. Er gibt dir die Schuld.«

»Oh, ncin, sind denn alle durchgedreht? Woran gibt er mir die Schuld?«

»Er behauptet, es handle sich um eine Verschwörung, an der du, Deagan und Addison beteiligt wärt. Ihr hättet die Berichte frisiert, damit der Verkauf nicht platzt.«

Clem lachte. »Addison selbst! Das wird ihm gefallen.«

»Oh, ja. Er hat Tanner mit einer Verleumdungsklage gedroht.«

Sie diskutierten noch eine weitere halbe Stunde über diese Angelegenheit, doch Clem machte sich nicht allzu viele Sorgen. »Ich gehe morgen ins Bergbauministerium und bringe die Sache in Ordnung. Es muss eine einfache Erklärung dafür geben. Schade nur, dass Kengally in Panik geraten ist, das wird seinen Aktien nicht gut tun. Ist für heute Abend ein Kartenspiel angesagt?«

»Ja, wir sind schon zu dritt. Bist du dabei?«

»Aber sicher doch. Ich muss mich nur umziehen und rasieren.«

Vosper vertiefte sich währenddessen in eine Anglerzeitschrift, die er als passionierter Sportfischer abonniert hatte.

»Übrigens«, rief er, »ich habe zwei Eintrittskarten für die große Party morgen Abend, das Abschiedsfest für Henery Whipple. Du könntest mit Thora hingehen. Es gibt einen Empfang, und hinterher wird getanzt.«

»Vergiss Thora. Sie hat wieder einen ihrer Zustände.«

»Aber ihr würde die Party mit all den feinen Leuten gefallen.«

»Gut, ich werde ihr hinterher davon erzählen.«

Sie trafen sich mit den beiden anderen Männer zu einer Partie Whist in einem kleinen Hinterzimmer des Hotels. Die Einsätze waren wie immer niedrig.

Sie ließen sich an einem runden Tisch nieder. McRae, ein bärtiger Gewerkschafter, mischte die Karten und grinste Clem an.

»Nun, Clemmie, mein Junge, was hast du getrieben?«

»Meinem Haus beim Wachsen zugeschaut. Du musst kommen, wenn wir unseren Einzug feiern, Mac.«

»Nein, ich spreche von deiner Mine.«

»Er hat gar nichts getrieben!«, empörte sich Fred. »Und jetzt gib endlich.«

»Schon gut«, meinte Clem. »Er hat ja nur gefragt. Ich habe als allerletzter von der Sache gehört. Ich weiß nur, dass Addison sich niemals auf krumme Geschäfte einlassen würde.«

»Und wie steht es mit Tanner?«

»Er ist auch in Ordnung.«

Der andere Mann mischte sich ein. »Ist er ein Kumpel von dir?«

»Ja.«

Fred sah, dass die beiden sich einen Blick zuwarfen. »War«, warnte er Clem. »Er behauptet, du hättest ihn reingelegt und ihm einen gefälschten Bericht zugespielt.«

»Wie denn? Ich war zu diesem Zeitpunkt ja nicht mal in der Stadt. Ich bin aufgebrochen, bevor der Verkauf abgeschlossen war.«

McRae nickte. »Damit bist du raus, Clem. An deiner Stelle würde ich trotzdem auf Tanner achtgeben. War immer schon ein krummer Hund. Hat sich ein anständiges Darlehen ausgezahlt, ohne Sicherheiten nachzuweisen, und sich dann von der Yorker Bank verabschiedet.«

»Was?«, Clem fiel das »anständige« Darlehen ein, das Tanner ihm genehmig hatte. Er zuckte zusammen. »Davon wusste ich nichts. Dabei komme ich aus York.«

»Das konntest du auch nicht«, entgegnete McRae. »Über so was schweigen sich die Banken aus. Bankdirektoren gelten als Stützen der Gesellschaft, und man wäscht, was sie betrifft, keine schmutzige Wäsche in der Öffentlichkeit.«

»Ich wette, dass Tanner dahintersteckt«, sagte der andere Spieler. »Sieht aus, als hätte er den Bericht über deine Mine gefälscht, damit Kengally sie kauft. Daher solltest du den Leuten lieber nicht erzählen, er sei dein Kumpel, sonst steckst du mit drin.«

Clem griff nach seinen Karten. »Können wir dieses Thema jetzt beenden? Morgen werde ich herausfinden, was für ein Spiel hier gespielt worden ist.«

McRae schaute Vosper an. »Herz ist Trumpf, Partner.« Er konzentrierte sich auf seine Karten, konnte sich eine letzte Bemerkung jedoch nicht verkneifen: »Im Bergbauministerium sagt man, es handle sich um eine überaus professionelle Fälschung. Addison konnte die Unterschiede der beiden Handschriften nur mit einer Lupe erkennen. Tut mir leid für dich, Clem.«

»Ich gebe die Sache noch nicht verloren.«

Clem versuchte, über dem Spiel die Angelegenheit zu vergessen. Noch immer war er davon überzeugt, dass ein Irrtum vorlag, doch irgendetwas an dem Gespräch hatte ihn stutzig gemacht. Nur was?

Erst als er an der Theke stand, um Getränke zu bestellen, traf ihn die Erkenntnis wie ein Hammerschlag.

»… eine überaus professionelle Fälschung.«

»O Gott, nur das nicht«, stöhnte er. »Das darf doch nicht wahr sein!?«

Addison war nach Kalgoorlie gefahren, doch Mr. Rivett vom Bergbauministerium erklärte sich bereit, Auskunft zu geben, da Clem sich höflich benahm und offensichtlich die Wahrheit herausfinden wollte.

»Ich klage niemanden an«, sagte Clem gepreßt.

»Das ist mal etwas Erfreuliches. Gestern hatte ich einen unangenehmen Tag, Mr. Price, es war kaum auszuhalten. Sie sagen, dass Sie und Ihr Partner die Yorkey-Mine entdeckt und an Lord Kengally verkauft haben.«

»In der Tat.«

»Haben Sie direkt an ihn verkauft oder einen Vermittler eingeschaltet?«

»Nein. Mr. Tanner hat den Verkauf nach meiner Abreise mit meinem Partner abgewickelt. Ich hatte allerdings zuvor meine Zustimmung gegeben.«

»Und der Verkauf hing von dem Bericht des Prüfers ab?«

»Ja, natürlich«, erwiderte Clem vorsichtig.

»Und Mr. Tanner hat als Mittelsmann fungiert. Stand ihm eine Provision zu?«

»Ja, zehn Prozent vom Verkaufserlös. Die entsprechende Summe hat er auch erhalten.«

»Sehr gut.« Rivett führte Clem in ein kleines Büro und legte ihm zwei Blatt Papier vor. »Ich bitte Sie, diese Berichte sorgfältig zu prüfen.«

Mit klopfendem Herzen starrte Clem die beiden Yorkey-Berichte an, die die gleiche Unterschrift trugen.

»Mr. Addison sagt, dies sei der richtige?«, fragte er beklommen.

»Ja. Nehmen Sie Platz, Mr. Price. Was sagen Sie dazu?«

Clem schüttelte den Kopf. »Yorkey war anfangs sehr ergiebig. Ich wusste, dass die Erträge zurückgingen, aber es fällt schwer, sich das einzugestehen, wenn man das Gold funkeln sieht. Wir arbeiteten weiter, wollten die endgültigen Ergebnisse pro Tonne abwarten. Wenn ich das hier sehe, wünschte ich, ich wäre länger in Kalgoorlie geblieben. Leider musste ich mich um private Angelegenheiten kümmern. Ehrlich gesagt hätte ich mich über keinen der beiden Berichte gefreut.«

»Warum nicht?«

»Laut diesem hier war Yorkey ausgebeutet. Das ist natürlich sehr enttäuschend, wenn man, wie ich, anfangs davon überzeugt war, das große Los gezogen zu haben. An diesem Bericht wäre der Verkauf sicherlich gescheitert.«

»Meinen Sie, Mr. Addison hat einen Fehler gemacht?«

»Durchaus nicht. Aber er ist kein Schürfer. Meine Intuition sagt mir, dass die Goldader irgendwo weiterläuft. Wie auch immer, hinsichtlich des anderen Berichtes, den Mr. Addison als Fälschung bezeichnet, muss ich ihm zustimmen.«

»Tatsächlich?«

»Selbst ohne genaue Schriftanalyse hätte ich ihn als Fälschung erkannt.« Er grinste. »Dieser Bericht ist besser als der erste, der zu Beginn unserer Schürfarbeiten angefertigt wurde. Im ersten Moment wäre ich vielleicht versucht gewesen, den Verkauf abzublasen oder einen höheren Preis zu verlangen, aber der gesunde Menschenverstand hätte mich bald wieder auf den Boden der Tatsachen zurückgebracht. Ich habe selbst in dieser Mine geschürft. Sie kann unmöglich so reichhaltig gewesen sein, wie dieser Bericht behauptet. Er ist vollkommen lächerlich.«

»Dennoch hat er Lord Kengally zum Kauf veranlasst.«

»Selbstverständlich.«

Mr. Rivett kratzte sich am Kopf. »Sie würden Mr. Addison den Rücken stärken?«

»Ja.«

»Nun, es freut mich, das aus dem Mund des ehemaligen Besitzers zu hören. Doch eine Frage bleibt noch, Mr. Price: Von wem stammt diese Fälschung?«

»Keine Ahnung«, log Clem. »Ohne das Bergbauministerium und Mr. Tanner in die Ermittlungen mit einzubeziehen, dürfte das schwierig herauszufinden sein.«

»Meine Leute hatten nichts damit zu tun!«, rief Rivett.

»Soviel ich weiß, behauptet Tanner dasselbe von sich. Dasselbe gilt für meine Person, denn auch ich werde verdächtigt. Ich muss meinen guten Ruf wahren, genau wie Sie. Was diesen Punkt anbelangt, steht Ihr Wort gegen Tanners.«

»Er ist ein furchtbarer Mensch.«

»Und Verleumdung ist ein mieses Geschäft. Sie sollten Ihre Worte vorsichtig wählen. Wir müssen versuchen, die Situation in den Griff zu bekommen.« Clem war daran gelegen, Rivett und das Ministerium auf Trab zu halten, während er versuchte, einen Ausweg aus diesem Chaos zu finden.

»Ich gehe noch heute zu Kengally und gebe ihm sein Geld zurück. Das wäre doch ein Anfang, nicht wahr?«

»Allerdings. Sehr anständig von Ihnen, Mr. Price. Von Rechts wegen sind Sie nicht dazu verpflichtet, aber es würde seinen Zorn dämpfen.«

»Keiner von uns ist wirklich zu etwas verpflichtet, Mr. Rivett. Vielleicht wäre es sogar besser, wenn Sie ihm den Scheck überreichen würden. Natürlich abzüglich Tanners Provision, denn ich bin sicher, dass Mr. Tanner meinem Beispiel folgen wird. Wenn Kengally das Geld von Ihnen bekommt, erhält die Übergabe gleich offiziellen Charakter.«

»Und was ist mit der Fälschung?«

Clem lehnte sich in seinem Stuhl zurück und zündete seine Pfeife an, um Zeit zu schinden. Er suchte krampfhaft nach einer Antwort. Deagan wäre sofort etwas eingefallen, dieser Schweinehund hatte ein gottloses Mundwerk.

»Früher oder später wird die Wahrheit ans Licht kommen. Wenn ich auch nur irgendetwas darüber weiß, soll mich der Schlag treffen. Ich bin schon genug damit gestraft, dass ich das

Geld zurückgeben muss. Das Risiko einer Verleumdungsklage gehe ich nicht ein. Und Sie sollten es auch nicht tun.«

Rivett seufzte erleichtert, als Clem den Scheck ausstellte. »Das war ein anstrengender Morgen für mich, Mr. Price. Seitdem ich die Tür aufgesperrt habe, rennen mir die Reporter das Haus ein – alle wollen etwas über diesen schrecklichen Einbruch der Londonderry-Aktien erfahren. Was halten Sie davon, wenn wir vor dem Essen im *Crown and Anchor* einen Drink zu uns nehmen?«

»Nur zu gern«, antwortete Clem erschöpft. Es war zwar nicht gerade sein Traum, mit Rivett zu Mittag zu essen, doch konnte es nicht schaden, wenn er sich mit ihm in diesem beliebten Hotel sehen ließ. Auf jeden Fall konnte er damit Gerüchten vorbeugen, dass es Probleme zwischen dem ehemaligen Besitzer von Yorkey und den Behörden gebe.

Clem wartete, bis Rivett einen Boten losgeschickt hatte, der Lord Kengally zu einem nachmittäglichen Besuch einladen sollte. Dann schlenderten die beiden Männer über die Straße, beflügelt von dem Gedanken an einen Drink, der die Spannung lösen würde.

Clem hatte recht gehabt. Im *Crown* waren sie richtig. Das Hotel war nach dem Vorbild eines englischen Gasthofs gestaltet worden. Der Gastraum wurde von dunklen Holzbalken und glänzenden Messingbeschlägen beherrscht. Clem gefiel das Lokal ausgesprochen gut, doch er fragte sich, ob es in einem echten englischen Gasthof ebenso ruhig zuging wie hier. Den älteren Beamten und Einflussreichen Geschäftsleuten, die hier hauptsächlich verkehrten, fehlte der Drang, sich ihrer Freundschaft lautstark zu versichern. In den anderen Kneipen von Perth herrschte eine viel volkstümlichere Atmosphäre. Clem war dankbar für die Ruhe. Er setzte sich mit Rivett in eine holzgetäfelte Nische ans Fenster, und augenblicklich tauchte ein Kellner mit gestreifter Schürze auf. Clem entnahm Rivetts reichlich blasierter Unterhaltung mit dem Kellner, dass dies sein Stammtisch war.

Andere Gäste blieben an Rivetts Tisch stehen, um mit ihm ein Schwätzchen über die Londonderry-Katastrophe zu halten. Dieses Ereignis wurde weitaus wichtiger genommen als das Problem mit der Yorkey-Mine. Rivett zeigte sich jedoch wie Clem darauf bedacht, mögliche Gerüchte über Yorkey bereits im Keim zu ersticken, und stellte Mr. Price seinen Bekannten vor. Clem musste zugeben, dass der Beamte diplomatisches Geschick besaß.

Da es noch früh am Tag war, hielt Rivett in aller Ruhe Hof. Clem genoss seinen Whisky und malte sich derweil aus, wie sich seine Hände um Mike Deagans Hals schlossen.

»Wieso nur?«, fragte er sich unablässig. Er zweifelte nicht an Mikes Schuld, der im Gegensatz zu Tanner eine lange Karriere als Fälscher vorzuweisen hatte. Für Clem war Mike der Hauptverdächtige, so ungern er es sich auch eingestand. Rivett hingegen war nach wie vor davon überzeugt, dass Tanner den Bericht gefälscht hatte. Wieder und wieder hatten Rivett und Clem die Sache durchgekaut. Die Indizien sprachen am Ende jedes Mal gegen Tanner.

Doch was steckte wirklich dahinter? Clem zerbrach sich den Kopf. Er traute Tanner eine solche Dummheit einfach nicht zu. Tanner hätte gewusst, dass der Verdacht sofort auf ihn fallen würde. Zu Mitteln dieser Art griff man nur, wenn man schnelles Geld verdienen wollte und seinen Abgang schon vorbereitet hatte. Tanner hatte einfach kein Motiv.

Mike allerdings auch nicht! Clem wurde einem weiteren Bekannten vorgestellt und gab eine weitere Runde aus, was Rivett für eine Selbstverständlichkeit zu halten schien.

Mike war auf das Geld aus dem Verkauf von Yorkey nicht angewiesen. Was kümmerte es ihn, wenn die Mine versiegt war? Die ersten Funde hatten ihn und Clem für ihre Mühen durchaus entschädigt, doch das *Black Cat* war noch immer lukrativer als eine Goldmine. Wieder einmal ging Clem durch den Kopf, dass er froh war, das Bordell los zu sein. Schon witzig, dass Jocelyn seinen Anteil – offensichtlich mit Mikes Unterstützung – gekauft hatte.

In Gedanken wünschte Clem den beiden Glück. In seinem Leben hingegen hatte sich alles zum Schlechten gewandt. Zuerst hatte er sich nur auf die Suche nach Gold gemacht, um Lancoorie vergrößern zu können und Thora eine Freude zu machen. Dann war es ihm wie allen anderen gegangen: Er konnte nicht genug bekommen. Inzwischen war er dank der Goldfunde, des *Black Cat* und der ausgezeichneten Erträge von Lancoorie ein reicher Mann geworden. Außerdem hatte er sein Wissen über die Goldfelder in bare Münze umgesetzt, indem er erfolgreich in Goldaktien investiert hatte.

»Geld zieht Geld an«, dachte er, als Rivett vom Tisch aufstand, um seinem eigenen Boss, dem Staatssekretär, der gerade mit seinem Gefolge die Bar betrat, seine Ehrerbietung zu erweisen. Zweifellos wollte er ihm mitteilen, dass er mit dem früheren Yorkey-Besitzer hier saß.

Clem schaute sich um, nickte einigen Bekannten zu, die wie er in verschiedenen Ausschüssen tätig waren, und beschloss, in Zukunft häufiger herzukommen. Inzwischen ging es ihm nicht mehr ums Geld, sondern um die Karriere. Durch Vosper hatte er einen Eindruck davon gewonnen, wie es in der Welt der High-Society zuging – und Clem genoss es, sich unter den Mächtigen, der Elite von Perth, ja von ganz Westaustralien zu tummeln. An Vospers Kampf um einen Sitz im Parlament hatte er kein Interesse mehr. Er zog die Gesellschaft der Farmer, Siedler, Schaf- und Viehzüchter vor. Wenn er mit ihnen zusammen war, fühlte er sich wohl. Er kannte einige Männer, die aus dem Norden stammten und deren Anwesen als die größten der Welt galten. Bei dem Gedanken daran, dass ihm Mitglieder Einflussreicher Familien wie der Forrests und der Duracks die Hand geschüttelt hatten, musste er lächeln. Er gratulierte sich selbst zu seinem Einsatz gegen die Urbanisierung des Staates.

»Bei Ihnen dürfte das kaum eine Rolle spielen«, hatte er zu einem der jüngeren Duracks gesagt, der in seinem Alter war.

»Das stimmt, unser Problem sind die großen Entfernungen. Es fehlt uns an guten Häfen und Straßen, fachmännischer Unterstützung im Kampf gegen das Ungeziefer und an vielem mehr. Wir sind daher gezwungen, uns in Perth über die neuesten Entwicklungen auf dem laufenden zu halten. Man darf sich nicht auf seiner Schaffarm vergraben, muss aber trotzdem die Kontrolle darüber behalten. Zur Zeit unterstützt die Regierung blindlings alles, was mit Gold zu tun hat. Sie bauen die verdammte Eisenbahn nach Kalgoorlie, und es heißt, dass sie außerdem eine Wasserleitung von den Hügeln hier bei Perth bis auf die Goldfelder legen wollen.«

Clem war entsetzt. »Das kostet ein Vermögen und ist völlig überflüssig! Draußen auf den Goldfeldern regnet es ab und zu, aber das Wasser versickert einfach. Man könnte Dämme bauen oder Brunnen bohren. Es sind nur zusätzliche Kondensatoren vonnöten ...«

»Die Beamten in Perth interessiert das einen feuchten Kehricht, solange sie mit ihren Projekten Aufsehen erregen. Und zwar auf unsere Kosten.« Durack seufzte. »Clem, ich gebe Ihnen einen guten Rat: Sie dürfen Ihre Farm nicht im Stich lassen. Sie ist das Zentrum Ihres Lebens. Dennoch müssen Sie den Finger am Puls des Geschehens haben, hier, wo alle Entscheidungen getroffen werden, sonst landet Ihre Wolle in irgendeinem Lagerhaus am Hafen und vergammelt dort. Das Problem ist, dass Leute, die – wie Ihr Freund Vosper – ins Parlament wollen, nur an Tarifpolitik denken, während den Beamten nur das Gold im Kopf herumspukt. Wir zählen überhaupt nicht.«

Clem wusste, dass Duracks Rat vernünftig war. Doch er war sich ebenso darüber im Klaren, dass es ihm Freude bereiten würde, Sprecher der Schafzüchter zu werden und mit den sechs angesehensten Familien seines Heimatstaates zusammenzuarbeiten.

Wie gerne hätte er all diese Dinge mit Thora besprochen, doch sie hörte ihm einfach nicht zu. Sobald er dazu ansetzte, ihr von den Visionären zu erzählen, die er bei diversen Versammlungen und Banketten getroffen hatte, versank sie in ihren Phantasien. Obwohl sie keinen von ihnen kannte, verachtete sie die Farmer, tat so, als stünden sie gesellschaftlich unter den Stadtbewohnern.

Rivett unterhielt sich immer noch mit seinem Vorgesetzten, und Clem bestellte einen weiteren Drink.

Allmählich dämmerte ihm, dass Thora eine sehr törichte Frau war. Sie mochte zwar die Tochter eines Arztes sein, doch offensichtlich hatte sich ihre Herkunft nicht auf ihren Verstand ausgewirkt. Während Clem daran gearbeitet hatte, sich in Perth einen guten Ruf zu erwerben, hatte sie sich wie eine Idiotin benommen und vorgegeben, im *Palace* zu wohnen, obwohl man sie längst in dieses lächerliche Cottage verbannt hatte.

Im vergangenen Monat hatte man ihn und seine Frau zu verschiedenen privaten Festen und Essen eingeladen, doch er hatte stets abgesagt und anderweitige Verpflichtungen vorgeschoben, weil er Angst gehabt hatte, sie würde sich weigern mitzukommen oder in letzter Minute ihre Meinung ändern, was noch schlimmer gewesen wäre. Wegen ihrer lebte er in ständiger Sorge. Hatte Angst, dass sie ihn nicht liebte, wo sie ihm doch so viel bedeutete.

Oder vielleicht doch nicht? Allmählich war er mit seiner Geduld wirklich am Ende.

Thoras Begeisterung für das Strandhaus war ein weiteres Problem. Sie war regelrecht verrückt danach, dort einzuziehen.

Von Perth aus erreichte man es in einigen Stunden, doch lag es in einer sehr einsamen Gegend. Dort tobte ebenso wenig das Leben wie auf Lancoorie. Thora schien das bis jetzt nicht bemerkt zu haben und bezeichnete es bereits als ihr »Heim«.

»Mr. Price«, unterbrach Rivett seine Gedanken, »verzeihen Sie, aber der Minister ist eingetroffen.« Der Beamte strich sein graues Haar zurück. Seine Augen funkelten aufgeregt. »Ich hoffe, Sie vergeben mir, aber er hat mich zum Essen gebeten.«

Erst jetzt bemerkte Clem, dass die Manschetten an Rivetts Hemd verschlissen waren und dass sein abgewetzter Anzug glänzte. Er fühlte sich niedergeschlagen.

»Nein«, antwortete er freundlich, »es macht mir gar nichts aus. Wir sind ja nur auf einen Drink hergekommen. Ich möchte Ihnen jedoch mitteilen, dass ich morgen nach Kalgoorlie fahre. Ich werde mich mit Mr. Addison treffen und nach einer erneuten Prüfung der Mine mit ihm zusammen eine Erklärung abgeben. Sie wird vermutlich dahingehend lauten, dass Yorkey nicht profitabel ist. Sie können Lord Kengally entschädigen. Mehr kann ich nicht für ihn tun.«

»Das ist eine sehr ehrenwerte Haltung, Mr. Price, ich danke Ihnen vielmals und bin sicher, dass der Minister sehr erleichtert sein wird.«

Clem wusste, dass die Gefahr noch nicht vorüber war. Wenn sich herausstellte, dass sein früherer Partner den Bericht gefälscht hatte, würde kein Geschäftsmann von Perth mehr etwas von Clem wissen wollen. Wer würde ihm noch abnehmen, dass er nichts mit dem Betrug zu tun hatte? Zwei wichtige Fragen mussten daher geklärt werden: Wie hatte Mike den Austausch der Berichte bewerkstelligt? Und wie konnte Clem die Angelegenheit bereinigen, ohne seinen Partner und damit auch sich selbst zu belasten? Er konnte es nicht zulassen, dass man Tanner die Schuld gab.

»Wenn man vom Teufel spricht ...«, dachte er, als er Tanner

die schweren Türen aufstoßen, sich umschauen und direkt auf Rivett zumarschieren sah.

»Ich werde Sie auspeitschen lassen, Sie Mistkerl!«, schrie er Rivett an und zog ihn von seinem Stuhl hoch. »Ich bin also ein Betrüger, was? Das werden wir noch sehen!«

Rivetts Begleiter wichen fassungslos zurück, als Tanner den Beamten am Revers packte und schüttelte.

Clem eilte auf die beiden zu. Er wollte Tanner zwingen, den zappelnden Mann loszulassen.

»Verschwinden Sie«, zischte Rivett, »Sie machen alles nur noch schlimmer.«

»Dass du nicht weit bist, hätte ich mir denken können«, brüllte Tanner. »Ihr steckt unter einer Decke. Du kommst auch noch dran.«

»Raus!«, Clem packte Tanner am Arm und schob ihn durch die Menge nach draußen. Tanner war noch immer derart außer sich, dass er sofort eine Schlägerei beginnen wollte.

»Du versuchst, mich als Betrüger hinzustellen, Price«, knurrte er. »Damit kommst du nicht durch.«

»Benehmen Sie sich gefälligst«, rief Clem und stieß ihn beiseite. »Wenn Sie sich nicht zusammenreißen, schlage ich Sie zu Boden. Ich habe Sie nie als Betrüger bezeichnet und glaube auch nicht, dass Sie einer sind.«

Tanner hielt inne. »Was?«

»Für so dumm halte ich Sie nun auch wieder nicht«, fuhr Clem zornig fort. »Sie können ruhig aufhören, mich überall als Verschwörer zu verleumden. Ich bin nämlich auch nicht dumm.«

Verblüfft starrte Tanner ihn an. »Wer soll es denn sonst gewesen sein? Was zum Teufel ist passiert?«

»Ich habe nicht die geringste Ahnung, werde aber gleich morgen nach Kalgoorlie fahren und es herausfinden. Es hat irgendeine Verwechslung gegeben, doch zunächst muss ich einen Blick auf Yorkey werfen.«

»Sicher doch! Sie wollen mit Ihren Freunden sprechen, um die Geschichte hieb- und stichfest zu machen.«

»Übertreiben Sie es nicht, Tanner. Ich zweifle an Ihrer Schuld, aber Sie sollten mich nicht zu sehr provozieren. Sie sind auf mich angewiesen, wenn Sie aus diesem Schlamassel je wieder rauskommen wollen.«

Tanner musste sich eingestehen, dass Clem recht hatte, doch er traute ihm nicht über den Weg. »Ich komme mit und passe auf, was Sie tun.«

Das ließ sich wohl kaum verhindern. »Wie Sie möchten. Wir treffen uns morgen früh an der Bahn.« Tanner konnte ihn beobachten, soviel er wollte, aber die Unterredung mit Mike Deagan würde unter vier Augen stattfinden.

Mr. und Mrs. Deagan blieben noch einige Tage in York bei Jocelyns Familie, bevor sie nach Perth aufbrachen. Sie hatten in der Gesellschaft von Alice und George einen kurzen Urlaub auf Lancoorie verbracht. Jocelyn mochte das jungvermählte Farmerpaar sehr und war begeistert über den herzlichen Empfang. Sie genoss Alices Gesellschaft und lachte, als George darauf bestand, dass Mike sich während seines Aufenthalts nützlich machen sollte.

»Egal, was er getan hat«, berichtete sie ihrer Mutter stolz, »er hat fürchterlich gestöhnt und George mangelnde Gastfreundschaft vorgeworfen, natürlich nur im Spaß.«

Mrs. Russell freute sich für ihre Tochter. Immerhin hatte sie einen erfolgreichen Goldsucher aus dem Westen geheiratet, der sie offensichtlich sehr liebte. Sie wusste von Mikes Vergangenheit, doch nachdem sie ihn kennengelernt hatte, fand sie nichts mehr an ihm auszusetzen. Schließlich hatte man auch ihren Großvater aus England deportiert, und wer im Glaushaus saß, sollte nicht mit Steinen werfen. Mike war viel älter als ihre Tochter, doch er würde gut für sie sorgen, und das allein zählte. Es stimmte sie traurig, dass das junge Paar nach Melbourne ziehen wollte, aber die beiden mussten ihre eigenen Entscheidungen treffen und hatten versprochen, sie öfter zu besuchen.

Mike war in die Stadt gegangen, um Plätze in der Kutsche nach Northam zu reservieren. Sie wollten am nächsten Morgen aufbrechen. Als Erstes kaufte er jedoch eine Zeitung und ging in ein Pub, um dort in Ruhe alles über den Londonderry-Zusammenbruch zu lesen. Im letzten Absatz des Artikels wurde die Yorkey-Mine erwähnt.

»Himmel«, murmelte er, »wie sind die bloß so schnell darauf gekommen?«, Dann lachte er. Man würde Tanner die Schuld geben. Niemand würde darauf kommen, dass er seine Hand im Spiel gehabt hatte. Niemand außer Clem.

Diese eine Sorge nagte noch an ihm. Clem würde sich über seine Gaunerei mit Sicherheit nicht freuen. Daher wäre ein Besuch bei ihm vielleicht nicht angebracht. Statt für die Kutsche nach Northam kaufte er zwei Tickets für den Omnibus nach Albany.

»Wieso Albany?«, wollte Jocelyn wissen. »Ich dachte, wir fahren nach Perth.«

»So geht es schneller, Liebes. Wenn wir in Perth starten, müssen wir erst um die Spitze des Kontinents segeln, ehe wir nach Osten weiterfahren. Außerdem legt das Schiff ohnehin in Albany an. Man hat mir erzählt, dass die Südspitze sehr gefährlich ist, weil dort verschiedene Meeresströmungen aufeinandertreffen. Schon viele Schiffe sind dort gesunken.«

»Ja, davon habe ich auch gehört«, sagte Mrs. Russell. »Man sagt, die Reise sei fürchterlich.«

»Aber wir wollten doch Clem in Perth besuchen.«

»Oh, er wird sicher nicht böse sein, wenn es nicht klappt.«

»Jocelyn«, warf ihre Mutter ein, »Mike hat recht. Ihr schifft euch besser in Albany ein. Ich mache mir sonst schreckliche Sorgen.«

Albany war viel weiter entfernt als Perth, doch verglichen mit der Tour von Kalgoorlie nach Lancoorie war die Fahrt nach Albany eine Erholungsreise. Der Südosten Westaustraliens war berühmt für seine landschaftliche Schönheit und die vielen hübschen Kleinstädte, die sich für Zwischenaufenthalte anboten.

Bevor sie abreisten, schrieb Mike eine Karte an Clem. Die großen Neuigkeiten – den Verkauf des *Black Cat*, seine Hochzeit und den bevorstehenden Besuch in Perth – hatte er ihm bereits geschrieben, doch nun hielt er eine Erklärung für angebracht.

»Lieber Clem, tut mir leid, dass wir nicht nach Perth kommen können. Das mit Yorkey war nur ein Scherz. Brief folgt. Mike.«

Weil Clem nach der Auseinandersetzung mit Tanner nicht noch mehr Aufmerksamkeit auf sich ziehen wollte, kehrte er nicht ins *Crown*, sondern in sein Hotel zurück, wo er einen Brief von Mike vorfand. Er war in Lancoorie aufgegeben worden.

Er staunte über die Neuigkeiten, da er fest davon überzeugt gewesen war, dass sein Partner es noch eine ganze Weile in Kalgoorlie und dem *Black Cat* aushalten würde.

Clem hatte die Einkünfte aus dem Bordell als eiserne Reserve auf ein eigenes Konto eingezahlt, damit Alice gar nicht erst in die Verlegenheit kam, Fragen zu stellen. Schließlich gingen immer wieder Zahlungen ein, nachdem er Kalgoorlie schon längst verlassen hatte. Nach wie vor bezog er Einnahmen aus Lancoorie, doch für Mike war das *Black Cat* die einzige Verdienstquelle. Er schüttelte den Kopf. Wunder über Wunder! Und nun waren Mike und Jocelyn auch noch verheiratet.

»Zur Abwechslung mal gute Neuigkeiten«, murmelte er, doch seine eigenen quälenden Sorgen wegen Thora und Yorkey ließen sich nicht verdrängen. Mike hatte Yorkey in seinem

Brief gar nicht erwähnt und hielt sich überdies nicht mehr in Kalgoorlie auf.

Clem steckte gewaltig in der Klemme. Es würde seltsam aussehen, wenn er seinen Plan zur Untersuchung der Mine aufgab. Zudem hatte er eigentlich im Sinn gehabt, Mike bei dieser Gelegenheit auf den Zahn zu fühlen. Addison würde den Ertrag der Mine noch einmal berechnen. Vielleicht sollte Clem einfach warten, bis Mike und Jocelyn nach Perth kamen.

Jocelyn?

»O Gott!«, Ihr Ruf als Geschäftsführerin des *Black Cat* hatte sich durch die zahllosen Schürfer und Geschäftsleute, die zwischen den Goldfeldern und Perth hin- und herreisten, auch hier in der Stadt verbreitet. Wie oft hatten Männer in seiner Gegenwart von ihr gesprochen, während er vorgegeben hatte, weder von dem Bordell noch von seiner Chefin je gehört zu haben. Und nun brachte Mike sie geradewegs ins *United Services Hotel.* Warum nur hatte Alice ihm gesagt, wo er und Fred abgestiegen waren?

Er wusste, dass dieser Vorwurf ungerechtfertigt war. Mike und Jocelyn hatten das *Black Cat* natürlich mit keinem Wort erwähnt. Dennoch hätte Alice sich denken müssen, dass eine Frau wie Jocelyn, die sich nach und nach ebenso auffällige Kleidung zugelegt hatte wie Glory, nicht die passende Gesellschaft für Thora sein konnte.

Plötzlich hatte Clem sie alle satt. Es war an der Zeit, dass er sein Leben selbst in die Hand nahm. Man konnte weder von ihm erwarten, dass er Jocelyn mit offenen Armen empfangen würde – schließlich waren sie nicht im Busch –, noch dass er Mike schützte oder bei Tanner Händchen hielt. Und was Thora betraf, so konnte sie im Cottage wohnen bleiben, bis die Mietzeit abgelaufen war. Von diesem Tag an würde kein Geld mehr in die Kasse dieses Hotels fließen, nicht ein Penny. Sie würde entweder dort leben, wo er es wünschte, oder sie konnte zu ihren Eltern nach York zurückgehen. Er war es leid, sich von aller Welt zum Narren halten zu lassen.

Mit dem Gefühl, seine Probleme aus der Welt schaffen zu können, indem er mit Bestimmtheit auftrat, machte er sich auf den Weg zum Speisesaal. Er hatte Hunger bekommen. In der Luft hing der Geruch von brutzelndem Schweinebraten, seinem Lieblingsessen, das man hier mit viel knuspriger Kruste servierte.

Vosper saß bereits an einem Tisch und winkte ihm zu. »Wo hast du gesteckt? Du hast meine Wahlversammlung verpasst.«

»Hatte zu tun«, erwiderte Clem knapp.

»Setz dich. Ich hoffe, du hast heute Abend nicht auch zu tun.«

»Was gibt's denn heute Abend?«

»Henery Whipples Abschiedsparty. Das große Fest.«

»Ach so.«

»Jeder, der in Perth etwas zu sagen hat, wird dasein. Hast du deine Meinung, was Thora betrifft, geändert?«

»Nein«, erwiderte Clem fest. »Ich werde mich vorerst von ihr fernhalten. Sie soll zu Hause bleiben und sich abkühlen.«

Vosper lächelte. »Mit allem Respekt vor Thora, aber ich bin erleichtert. Ich möchte das Fest auf keinen Fall versäumen, habe aber nur noch zwei Karten erwischt. Aber du kommst doch mit, nicht wahr? Wir machen uns einen richtig tollen Abend. Bei diesen Feierlichkeiten gibt es immer einen Überschuß an jungen Damen, die gerne tanzen.«

Clem wollte schon ablehnen, besann sich aber eines Besseren. »Wieso nicht? Ich habe schon seit ewigen Zeiten nicht mehr getanzt. Ich nehme an, wir müssen uns in Schale werfen?«

»Das Zimmermädchen bügelt bereits unsere Sonntagsanzüge«, sagte Vosper lachend. »Ich hatte mir schon gedacht, dass du nicht darauf verzichten würdest. Übrigens habe ich mir eines deiner Hemden geliehen.«

Die Kellnerin kam, um Clems Bestellung aufzunehmen.

»Tut mir leid, Mr. Price, der Schweinebraten ist ausgegangen. Wir haben aber noch gebratenes Lamm.«

»Dann eben das«, sagte Clem und sah zu, wie Vosper seinen Schweinebraten verschlang. »Heute ist einfach nicht mein Tag.«

Thora wartete den ganzen Tag im Cottage auf Clem. Dank einer übelschmeckenden weißlichen Mixtur, die Nanny ihr besorgt hatte, hatte sie gut geschlafen und fühlte sich in der Lage, ihrem Mann gegenüberzutreten. Wie üblich würde er angekrochen kommen und sie anflehen, ihm zu verzeihen, doch diesmal würde sie standhaft bleiben. Sie würde ihm sagen, was sie wirklich von ihm hielt, und ihn leiden lassen. Sie würde ihn mit der Nachricht konfrontieren, dass sie von seinem bösen Haus und den Huren wusste, und ihn dann für immer aus ihrem Leben verbannen. In Gedanken spielte sie den Racheengel. Zuerst würde sie ihn zwingen, für seine Sünden zu büßen, und ihn dann von ihrer Schwelle weisen. Die dramatische Szene, die sich in ihrer Phantasie abspielte, erregte sie. Clem war tiefer gesunken, als sie sich hatte träumen lassen, und sie bezweifelte, dass Gott ihm vergeben würde.

In selbstgerechte Gedanken versunken, aß Thora sämtliche Gänge ihres Mittagessens auf: Suppe, kaltes Fleisch mit eingelegtem Gemüse und Karamellpudding. Nanny war sehr zufrieden mit ihrem Appetit. Thora nippte sogar an einem köstlichen Weißwein, der ihre Stimmung beträchtlich hob und ihr neues Selbstvertrauen verlieh.

»Wir ziehen bald um, Nanny. Ich möchte, dass du Miss Devane davon in Kenntnis setzt.«

»Das werde ich tun. Ist das Strandhaus fertig?«

»Mein Heim wird bald fertig sein«, korrigierte Thora.

Nanny war begeistert. »Wie aufregend, in einem Haus zu leben, wo man den Ozean gleich vor der Tür hat. Ich kann mit

Lydia am Strand spielen. Und Mr. Price wird auf uns acht geben.«

»Wovon redest du eigentlich? Wir brauchen niemanden, der auf uns achtgibt. Ich jedenfalls nicht. Ich bin durchaus in der Lage, meinen Haushalt ohne ihn zu führen.«

»Natürlich, Madam. Ich meinte auch nur, dass es vielleicht schön für Sie wäre, wieder mit Ihrer Familie zusammenzuleben. Und das Haus ist so viel geräumiger als das Cottage.«

»Ja, hier leben wir reichlich beengt. Warte nur, bis du die herrlichen Möbel siehst, die ich bestellt habe. Unser neues Haus wird vollkommen sein. Du bekommst ein eigenes Zimmer und Lydia auch. Mein Zimmer wird richtig edel eingerichtet. Wir brauchen Mr. Price nicht. Er wird nicht mit in dieses Haus ziehen.«

Sie sah Nannys missbilligenden Gesichtsausdruck und stieß einen mitleidsvollen Seufzer aus. »Du bist erst siebzehn und wirst noch erfahren, wie schlecht die Männer sind. Lass dich von einer Frau warnen, die es wissen muss. Halte dich fern von den Männern, sonst werden sie dich zerstören.«

»Das sagt meine Mum auch«, entgegnete Netta düster. »Sie redet von nichts anderem. Aber Mr. Price ist nett.«

»Da hast du's! Siehst du, wie leichtgläubig du bist? Er ist nämlich einer von den Schlimmsten.« Thora lächelte zufrieden, als Nanny bei dieser Bemerkung den Mund aufriß.

Der Nachmittag zog sich dahin. Clem war noch immer nicht aufgetaucht, und Thora wurde immer aufgeregter. Sie beschloss, an Alice zu schreiben und ihr zu berichten, was sie Schreckliches in Erfahrung gebracht hatte. Sie wollte ihr erklären, dass sie mit einem so liederlichen Mann nicht zusammenleben konnte.

Den Brief begann sie mit den üblichen Begrüßungsfloskeln, in denen sie ihrer Hoffnung Ausdruck gab, dass Alice glücklich und auf Lancoorie alles in Ordnung sei, doch schon bald wurde Thora klar, dass sie Alices Heirat nicht ignorieren konnte. Sie hielt es für unverzichtbar, ihre Schwägerin, deren einzige wirkliche Freundin sie war, vor den Männern zu warnen. Alice verdiente Mitleid, da sie erniedrigende eheliche Pflichten zu erfüllen hatte, und Thora bot ihr Rat und Hilfe an. Sollte sie jemals eine Zuflucht benötigen, wäre sie in Thoras Strandhaus immer willkommen.

Thora füllte Seite um Seite. Sie berichtete über ihr göttliches Heim, das so neu und rein sei, unberührt von *ihnen*. Schrieb von Männern, an denen der Schmutz der Freudenhäuser klebte, die mit Huren schliefen, scheue junge Frauen verführten. Von Männern, die sich mit lauten, übermütigen Huren wie dieser Jocelyn einließen. Sie selbst habe sie im Zug gesehen, Nutten, leichte Mädchen, die Huren von Babylon. Gegen ihre abstoßende Zurschaustellung und die Art, wie sie die Männer verführten, war keine Frau gefeit.

Thoras Feder flog über das Papier. Hektisch verfasste sie eine wilde Schmährede. Dabei verwechselte sie manchmal Clem mit Matt Spencer. Zugleich schwärmte sie von ihren Begegnungen mit wahren Gentlemen wie Lord Kengally. Doch allmählich drang die Wahrheit an die Oberfläche. Flüchtige Erinnerungen, grauenhafte Bilder, die wie Schatten zwischen den Worten lauerten, formten sich zu der Geschichte eines jungen Mädchens, das vergewaltigt worden war. Einer Geschichte von Entsetzen und Abscheu, Schmerz und nicht enden wollender Scham.

Nanny schaute zur Tür herein. »Ich habe mit Lydia die Mädchen im Hotel besucht. Sie freuen sich immer, wenn sie die Kleine sehen. Haben mir eine leckere Kartoffelpastete mitgegeben. Möchten Sie etwas davon, Madam? Sie ist noch heiß. Ich habe auch einen Becher Soße.«

Mrs. Price antwortete nicht. Sie schlug gerade eine Schlacht mit Tinte und Feder und konnte sich nicht um solche Kleinigkeiten kümmern.

Sie hatte völlig vergessen, dass sie an Alice schrieb. Von Schuldgefühlen und dem Wunsch, ein Geständnis abzulegen, getrieben, arbeitete sie sich schließlich bis in die Gegenwart vor, bis zu einem Mann, der sich als ihr Ehemann bezeichnete – einer abstoßenden Kreatur, die Huren beschäftigte und *solche Dinge* mit Huren wie Jocelyn Russell trieb.

Erschöpft legte Thora schließlich die Feder nieder. Sie warf noch einmal einen Blick auf die erste der zehn Seiten und bedauerte Alice, die nicht wusste, dass die Welt schlecht war.

Alice musste Jocelyn Russell ebenfalls kennen, denn sie waren im selben Distrikt aufgewachsen. Diese ordinäre Kellnerin, deren Vater Straßengräben ausgehoben und deren Mutter anderer Leute Wäsche gewaschen hatte! Alice musste erfahren, was ihr Bruder trieb und mit welchen Frauen er ins Bett ging, während er nach außen hin den treuen Ehemann spielte.

Die Dämmerung brach herein. Thora ließ ihren Brief auf dem Esstisch liegen und ging zum Gartentor, da sie Clem jetzt jeden Moment erwartete. Doch auf der Straße war es vollkommen ruhig. Wo steckte er nur? Wie konnte er es wagen, seine Frau zu vernachlässigen? Glaubte er etwa, er könne sich mit einer billigen Schachtel Pralinen ihren Respekt erkaufen? Bei Jocelyn mochte er damit durchkommen, aber nicht bei einer anständigen Frau wie Thora.

Wie ein unwillkommener Gast schlich sich Jocelyn in Thoras Gedanken, kicherte verstohlen, lachte hinter ihrem Rücken leise über sie, schnitt ihr im Schlafzimmerspiegel hässliche Gesichter. Thora trat ihr entgegen.

»Du brauchst nicht zu glauben, dass ich hierbleibe und das ertrage. Ich werde ihn bei dir zur Rede stellen. Er wird mir zuhören, wart's nur ab. Ich lasse dich ins Gefängnis werfen. Da gehört eine Frau wie du hin!«

Sie rief Nanny. »Könntest du bitte kommen? Ich möchte, dass du mir beim Frisieren hilfst.«

Nanny bürstete Thoras langes Haar, bis es glänzte, legte es mit einer Lockenzange in sanfte Wellen, steckte es am Hinterkopf hoch und drehte die langen Strähnen zu weich herabfließenden Locken.

»Oh, Madam, es sieht wunderbar aus. Ich werde immer besser. Gehen Sie aus?«

»Ja. Und nun bitte den weiten Unterrock mit der Spitze und das blaue Seidenkleid.«

Thoras elegante Erscheinung vertrieb Jocelyn aus dem Spiegel. Thora lächelte abschätzig. »Du kannst es nicht mit mir aufnehmen«, murmelte sie.

»Wie bitte?«, fragte Nanny.

»Nichts. Hol meinen Mantel. Nein, nicht den für tagsüber, den dunkelblauen Samtmantel, er ist so schön weit.«

Thora wirbelte in ihren schwingenden Röcken durchs Wohnzimmer. »Wie sehe ich aus?«

»Wunderbar! Wann kommt Mr. Price?«

»Er kommt nicht. Ich gehe allein aus.«

»Aber es ist schon dunkel. Abends sind die Straßen für Frauen viel zu unsicher. Soll ich Ihnen eine Pferdedroschke holen?«

»Nein. Die Droschken fahren nie durch diese Straße. Außerdem brauche ich keine. Ich gehe zu Fuß.«

»Wohin?«

»Natürlich zum *United Services Hotel.* Dort wohnt er ja.«

Nanny versuchte, sie von diesem Vorhaben abzubringen, doch Thora ließ nicht mit sich reden. Sie rauschte so zielsicher hinaus, dass sie sich drohender Gefahren gar nicht bewusst wurde. Inzwischen kannte sie sich in der Stadt ganz gut aus. Mit entschlossenen Schritten machte sie sich auf den Weg ins Hotel.

In dem schäbigen Foyer roch es nach gekochtem Kohl und Tabak. Verglichen mit dem *Palace,* war das hier eine drittklassige Absteige. Thora konnte es nicht fassen, dass Clem ihr vorgeschlagen hatte, sie solle hier einziehen. Unter der Treppe zu ihrer Linken standen einige Ledersessel, dazwischen ein welker Farn in einem Messingtopf und eine Lampe, deren Fuß aus einer rosa Gipsstatue bestand.

Die Wand zu ihrer Rechten war übersät mit Fotos, Plaketten und militärischen Andenken. Thora stand einsam und verlassen in der Halle und starrte die Wand an, unentschlossen, was sie jetzt tun sollte. Die beiden Türen, die von der Halle abgingen, führten laut Aufschrift in die Bar und ins Speisezimmer. Thora umklammerte den weichen Kragen ihres Mantels.

Es gab weder Pagen noch eine Rezeption, nur eine Art Büro, das durch eine Milchglasscheibe von der Halle abgetrennt war. Zaghaft klopfte Thora an die Scheibe. Eine dröhnende Stimme antwortete: »Das Büro ist geschlossen.«

»Das sehe ich«, antwortete sie und klopfte noch einmal. Eine Weile war nichts zu hören, doch dann wurde ein kleines Fenster geöffnet und ein pummeliger junger Mann schaute heraus. »Wir sind ausgebucht.« Er trug die durchgeknöpfte Uniform eines niederen Hotelangestellten. Offensichtlich hatte er es sich gerade mit einer Zeitung und einer Flasche Bier gemütlich gemacht, als Thora ihn gestört hatte.

»Habe ich denn nach einer Unterkunft gefragt?«

Er musterte sie von oben bis unten. »Nein, Miss, nein. Tut mir leid.« Erfreut stellte Thora fest, dass er von ihr beeindruckt war.

Seine blassen Augen leuchteten auf, und er wurde plötzlich sehr zuvorkommend. »Haben Sie das Speisezimmer gesucht? Ich kann Sie hinführen.«

»Nein. Hier wohnt ein Mr. Price. Holen Sie ihn bitte.«

»Ach, Mr. Clem Price. Lassen Sie mich nachsehen. Vermutlich ist er im Speisezimmer. Nein, Moment mal, sie sind ausgegangen. Heute Abend ist es sehr ruhig hier.«

»Wohin sind sie gegangen?«

»Zum großen Fest im Rathaus.«

Thora spürte, dass ihre Knie nachgaben. Sie hatte nicht damit gerechnet, dass er ausgegangen sein könnte. Um Selbstbeherrschung ringend, umklammerte sie den hölzernen Fenstersims. »Ja, das hatte ich ganz vergessen.«

Clem redete immer von irgendwelchen Veranstaltungen. »Das Fest dürfte schon richtig im Gang sein«, sagte der junge Mann vertraulich.

»Was für ein Fest ist es?«

»Eine Party für irgendeinen Politiker. Ich wäre auch gern hingegangen. Unsere Köche haben das ganze Essen geliefert, köstliche Sachen. Mir läuft schon beim Gedanken daran das Wasser im Mund zusammen.«

»Wirklich?«, fragte Thora. »Ist es ein offizielles Bankett?«

»Zunächst schon. Dann spielt ein Orchester, und es wird getanzt. Ein Ball, könnte man sagen. Sind Sie neu hier?«

»Ja. Und Mr. Price ist bestimmt dorthin gegangen?«

»Ich habe sie selbst gehen sehen. Hatten sich richtig in Schale geworfen. Habe Mr. Price sogar einige Zigarren besorgt.«

»Wie nett. Er raucht gern mal eine Zigarre.«

Der Hotelangestellte sah sie traurig an und fragte sich, wie er dieser Frau helfen könnte. »Sie müssen ihn knapp verpasst haben. Wollen Sie ihm eine Nachricht hinterlassen?«

»Nein, ich warte auf ihn. In seinem Zimmer.«

Er sah sich nervös um. »Ich weiß nicht recht. Das ist gegen die Vorschriften.«

Thora schenkte ihm ein gewinnendes Lächeln. »Sie haben ganz recht. Aber keine Sorge, ich bin Mrs. Price. Bitte bringen Sie mich zu seinem Zimmer.« Als sie den Handschuh abstreifte, um in ihrem Portemonnaie nach einer Münze zu suchen, fiel sein Blick auf ihren Ehering.

»Nun, in diesem Fall … ist es wohl in Ordnung. Es könnte allerdings sein, dass es spät wird bei ihm.«

»Nein, er weiß, dass ich komme«, log sie. »Er erwartet mich. Ich würde nur lieber in seinem Zimmer als hier in der Eingangshalle warten. Welche Zimmernummer hat er doch gleich?«

»Dreiunddreißig. Erster Stock, erster Gang rechts. Kann ich Ihnen eine Erfrischung bringen, Mrs. Price?«

»Nein, vielen Dank. Sie waren sehr freundlich.«

Sie fühlte seinen Blick auf sich ruhen, als sie voller Anmut die Treppe hinaufging. Sie fand Clems Zimmer ohne Schwierigkeiten und trat ein. Zu ihrer Erleichterung hatte er das Licht angelassen. Sie warf die Tür wütend hinter sich zu, lehnte sich dagegen und holte tief Luft, um ihr klopfendes Herz zu beruhigen. Beinahe wäre sie in Ohnmacht gefallen. So eine Beleidigung! Wie beschämend diese Unterhaltung gewesen war. Noch immer glühte ihr Gesicht. Der Bursche musste im Stillen über sie gelacht haben, so wie sie dagestanden hatte auf der Suche nach ihrem Mann, der mit seiner Hure unterwegs war.

»Ich habe sie gehen sehen«, hatte er gesagt. Zweimal sogar, um sie die Demütigung spüren zu lassen. Er hatte über sie gelacht. *Sie.* Er war mit Jocelyn unterwegs, seiner Hure!

»Dafür wird er teuer bezahlen!«, sagte sie, im Zimmer auf- und ab laufend.

Sie hatte ganz vergessen, dass Clem das Zimmer mit Vosper teilte. In ihren Augen gehörte alles, was darin herumstand oder -lag, ihm, dem Mann mit den zwei Gesichtern.

Und es standen zwei Betten im Zimmer.

Lebte Jocelyn hier mit ihm? Schlich sie sich Nacht für Nacht hier herein? Oder stolzierte er Arm in Arm mit diesem Flittchen die Treppe hinunter, gab mit ihr an, während seine anständige Ehefrau versteckt in einem Cottage leben musste?

In einem hysterischen Anfall riss sie die Bezüge und Laken von den Betten herunter. Rache war süß. »Ich werde es ihm zeigen!«, schrie sie und zerrte die Matratzen aus den Bettkästen.

Unter der einen fand sie eine Brieftasche. Da es nicht Clems war, musste sie wohl *ihr* gehören. Sie flog aus dem Fenster.

Thora inspizierte das ganze Zimmer, riss Schubladen und Schränke auf und schleuderte deren Inhalt durch die Gegend. Sie fand sein Rasiermesser und zerschnitt mit der scharfen, dünnen Klinge wie rasend die Luft. Der Boden war mit Kleidungsstücken übersät. Teils zerschnitt, teils zerfetzte Thora sie und warf sie dann wieder weg.

In der Ecke hinter dem schweren Kleiderschrank erspähte sie zwei Angelruten, die auf einem Kasten standen. Da sie mit dem Rasiermesser nicht viel ausrichten konnte, zerbrach sie die Ruten kurzerhand über dem Knie. Dann bückte sie sich, öffnete den Kasten und fand darin zu ihrem Erstaunen einen Revolver und eine Schachtel Munition, die in grünen Filz eingeschlagen war. »Sieh einer an!«, höhnte sie. »Wie gut du auf deine Sachen achtgibst!«, Er hatte die hölzerne Kassette, die einmal Noah gehört hatte, stets wie seinen Augapfel gehütet, das Holz regelmäßig poliert und die Lederriemen geölt. Nun sah sie schäbig und ramponiert aus und schien Silberfische zu beherbergen. Thora kam gar nicht auf die Idee, dass dies gar nicht Clems Kasten war, dass er gar keinen Grund hatte, überhaupt eine Waffe mit nach Perth zu bringen.

Sie lud den Revolver fachmännisch, wie man es ihr auf Lancoorie so oft gezeigt hatte, da man dort ständig vor Schlangen auf der Hut sein musste. Allerdings hatte Alice sich meist der Schlangen annehmen müssen. Thora hingegen war gewöhnlich samt Baby schreiend vor ihnen davongelaufen. Doch wie man eine Waffe lud, hatte sie nicht verlernt.

»Vor Waffen habe ich keine Angst«, sagte sie stolz und strich sanft über den kalten Lauf und den glatten Holzgriff.

»Doch *er* wird sich fürchten, wenn er hereinkommt und eine Waffe auf sich gerichtet sieht. Diese Lektion wird er nicht vergessen. Alles, was er mir über diese Versammlungen erzählt hat, war gelogen. Es ging ihm nur darum, zu verschleiern, was er tatsächlich getrieben hat.«

Voller Vorfreude malte Thora sich Clems Rückkehr aus, das Entsetzen, das ihn packen würde. Doch es galt, alles sorgfältig vorzubereiten.

Sie legte die Waffe vorsichtig auf den Toilettentisch und sah sich um. Als Erstes würde sein Blick aufs Bett fallen. Sie zerrte die Matratze wieder an ihren Platz, legte das weiße Laken über den hässlichen Drillich, glättete das Betttuch und ließ sich mit dem Revolver in der Hand auf dem Bett nieder, die Augen auf die Tür gerichtet. Dann arrangierte sie die Falten ihres dunkelblauen Mantels so vorteilhaft wie möglich auf dem weißen Bett. Sie hatte ihn vorne aufgeknöpft, so dass das helle Blau ihres Kleides hervorblitze.

Zufrieden faltete Thora die Hände über dem Revolver in ihrem Schoss und wartete. Sobald er das Zimmer betrat, würde sie die Waffe auf ihn richten.

12. Kapitel

Lillian hatte sich so an die Ausmaße von Minchfield House gewöhnt, dass der Anblick von Henery Whipples zweistöckigem Haus und dem kleinen Garten zunächst Enttäuschung in ihr auslöste. Sie hatte geglaubt, hier in St. Georges Terrace erwarte sie eine großartige Residenz. Doch schon bald wussten die Gäste die gemütliche Atmosphäre von Whipples Haus zu schätzen. Zu Roberts Ärger hatten Lil und er getrennte Zimmer. Doch Lil war überzeugt, dass auch ein gemeinsames Schlafzimmer ihm nicht recht gewesen wäre, denn Robert war ein notorischer Nörgler, der an allem etwas auszusetzen hatte.

»Henery weiß, wie wir zueinander stehen«, flüsterte er. »Und du weißt, dass ich ungern allein schlafe. Es ist schlecht für meine Verdauung. Sprich mit ihm.«

»Für den Augenblick wäre es besser, nichts zu sagen, mein Lieber. Henery wird sicher noch weitere Gäste empfangen und möchte ihnen vermutlich keinen Anlass für Gerede bieten.«

»Das Gerede interessiert mich nicht«, knurrte Robert. »Man sollte sich nicht vom Klatsch des einfachen Volkes beunruhigen lassen. Du bringst mir doch vor dem Schlafengehen heiße Milch, Brandy und meine Massagelotion, ja? Ich hoffe, du hast sie eingepackt.«

»Ja. Geh jetzt, während ich deine Sachen auspacke.«

Zu Lillians großer Freude war Robert eifersüchtig. Er hatte natürlich bemerkt, wie herzlich Henery Lil nach der Landung umarmt und wie unverschämt lange er sie geküßt hatte.

»Lillian«, hatte Henery schmeichelnd gesagt, »Sie sehen aus wie das blühende Leben! Robert, du solltest besser ein Auge auf die Burschen in Perth haben, sonst bist du diese Schönheit los.«

Robert wäre vermutlich am liebsten sofort wieder an Bord gegangen, doch Henerys Kutsche wartete bereits, um sie zu ihm nach Hause zu bringen.

Lillian gefiel das Zimmer, das Henery ihr gegeben hatte, ausnehmend gut. Es bot einen schönen Ausblick auf die Straße, in der es recht lebhaft zuging. Dieses Zimmer war nicht zu vergleichen mit jenem, das sie seinerzeit in Merles Pension bewohnt hatte. Lil war eigentlich ganz froh, dass sie es nicht mit Robert teilen musste.

»Man könnte denken, er sei neunzig«, murmelte sie, »so, wie er seine Wehwehchen pflegt. Er braucht seinen Schlaf, aber mir zieht er ständig die Bettdecke weg und weckt mich mit seiner Schnarcherei. In diesem Zimmer hier fühle ich mich wie im Paradies.«

Natürlich dachte sie nicht im Traum daran, irgendetwas an ihrer Situation zu ändern. Minchfield war ihr und Carolines Zuhause. Ihre Tochter wuchs zu einem hübschen Mädchen heran, das fröhlich durch die Gegend sprang und vom Personal vergöttert wurde. Lillian fragte sich noch immer, ob es gut gewesen war, sie allein zu lassen, doch sie wusste sie bei der Köchin in besten Händen.

Robert interessierte sich kaum für das Kind, was Lillian ganz recht war. Auf die Einmischung eines Junggesellen, der keine Ahnung von Kindererziehung hatte, konnte sie gut verzichten. Caroline gehörte ihr allein. Sie sollte es im Leben einmal leichter haben als ihre Mutter. Um dieses Ziel zu erreichen, würde Lillian zur Not auch mit hundert Roberts schlafen. Caroline würde die besten Schulen besuchen und die richtigen Leute kennenlernen. Sollte sie je ihrer Schwester, die im Luxus von Lancoorie aufwuchs, begegnen, so dürfte sich bei Caroline nicht der Eindruck festsetzen, dass das Schicksal sie benachteiligt hätte. Manchmal hatte Lillian das Gefühl, sie müsse darum kämpfen, dass Caroline gegenüber ihrer Schwester nicht ins Hintertreffen geriet.

Ihre Tage in Perth waren ausgefüllt. Wenn Henery keine Gäste hatte, gingen sie einkaufen, besichtigten die Sehenswürdigkeiten der Stadt, besuchten das Regierungsgebäude und wurden sogar zusammen mit hundert anderen Gästen zu einer Soiree ins prächtige Government House eingeladen. Henery führte sie zu einer Varietévorstellung ins Odeon-Theater, die Robert ebenso sehr missfiel, wie sie Lillian und ihren Gastgeber begeisterte. Die beiden lachten sich halb tot und stimmten fröhlich mit ein, als die Dame im grünen Kleid das Publikum zum Mitsingen animierte.

»Es ist mir unbegreiflich, dass ein Mann in deiner Position an einer derart gewöhnlichen Vorstellung Gefallen finden kann«, klagte Robert, als sie das Theater verließen, doch Henery lachte nur. »Das war die beste Show seit Jahren. Sei doch nicht immer so schlecht gelaunt. Sieh dir Lillian an, sie hat Bauchweh vor Lachen.«

Vor dem Schlafengehen rieb Lillian Robert den Rücken ein, der, so zankte er, vom Sitzen auf den harten Theaterstühlen völlig verspannt sei. Robert hatte eine fürchterliche Laune.

»Du scheinst dich gut mit Henery zu verstehen.«

»Das muss ich. Schließlich ist er unser Gastgeber.«

»Bei dieser Show hast du wie eine Hyäne gelacht!«

Sie drückte sein Gesicht ins Kissen, klatschte ihm die Lotion auf den Rücken und massierte ihn sanft ein – vor allem, damit er sich endlich beruhigte, denn sein wabbliger, weißer Rücken bedurfte ihrer Behandlung eigentlich gar nicht.

»Ich habe den Eindruck, du hast Henery wirklich gern«, beklagte er sich. Lillian entgegnete offen: »Wieso nicht? Er ist unser Freund und ein überaus unterhaltsamer Gesellschafter. Du musst zugeben, dass man sich mit ihm niemals langweilt.

Er kennt so viele Leute. Die Menschen in Perth sind viel netter als unsere eingebildeten Nachbarn. Das hast du selbst gesagt.«

Er rappelte sich hoch. »Warum tust du mir das an? Habe ich etwa nicht für dich gesorgt? Habe ich mich nicht deiner angenommen?«

»Was tue ich dir an?«, fragte sie unschuldig.

»Du bist lieber mit Henery als mit mir zusammen. Das ist ganz offensichtlich, und ich fühle mich gedemütigt. Glaube nicht, dass ich es nicht merke«, jammerte er, den Tränen nahe. »Er versucht, dich mir wegzunehmen. Seit dem Tod seiner Frau ist er ein sehr einsamer Mann. Eine Frau wie du könnte ihm das Haus besser führen als diese Hexen, die er beschäftigt. Und du ermutigst ihn auch noch.«

Lillian lehnte sich seufzend zurück. »Guter Gott, Robert. Du redest, als wollte ich dich verlassen. Ich muss zugeben, dass Henery hier in der Stadt ein aufregenderes Leben führt als wir in Minchfield, aber das sollte dich nicht beunruhigen.«

»Tut es aber. Wo ist dieser Cornish eigentlich abgeblieben?«

»Wer?«, Die Frage überraschte sie.

»Dein Mann.«

»Ach so. Ich habe keine Ahnung. Ich habe dir ja schon einmal erzählt, dass er mich verlassen hat, worüber ich im Nachhinein auch froh bin. Meine Mutter hatte mich von Anfang an vor ihm gewarnt.«

»Offensichtlich hatte deine Mutter mehr Verstand als du.«

»So ist es wohl. Darüber kann ich nicht mit dir streiten.«

»Ich streite ohnehin nicht gern.«

»Tut mir leid. Haben wir etwa gestritten? Was ist los mit dir, Liebster? Vielleicht hättest du auf die geschmorten Zwiebeln verzichten sollten, sie bekommen dir nicht.«

»Zum Teufel mit den Zwiebeln!«, Er stieg aus dem Bett und zog seinen Morgenmantel an. »Ich sprach von diesem Kerl, mit dem du verheiratet bist. Ich möchte, dass du ihn loswirst.«

»Ich bin ihn los.«

»Aber du bist nicht offiziell von ihm geschieden. Ich werde mit dir einen Anwalt aufsuchen und der Sache ein Ende bereiten. Dein Mann hat dich immerhin verlassen.«

Lillian blieb äußerlich ruhig, doch ihr Herz schlug schneller. Schon oft hatte sie erwogen sich scheiden zu lassen, doch wusste sie weder, wie man eine Scheidung in die Wege leitete, noch, was sie kosten würde. Ein Mann hatte es da viel leichter als eine Frau. In ihrem Fall würde sich jedoch ein wohlhabender Mann für sie einsetzen.

Sie schüttelte skeptisch den Kopf. »Ist das möglich?«

»Auf mein Wort. Am Montag gehen wir zu meinem Anwalt. Aber Henery darf nichts davon erfahren. Hast du gehört? Wir lassen uns eine Ausrede einfallen und gehen allein aus.«

»Robert, wenn du das für mich tust, bin ich dir unendlich dankbar.«

»Das solltest du auch sein. Es heißt aber nicht, dass du nach der Scheidung sofort zu Henery laufen und ihm davon erzählen sollst.«

»Warum denn nicht? Er wäre sehr verletzt, wenn wir ihn außen vor ließen.«

»Weil du nicht Henery, sondern mich heiraten wirst. Es geht ihn einfach nichts an.«

In dieser Nacht war es Lillian, die zur Abwechslung einmal die Initiative ergriff. Sie streichelte, liebkoste und erregte Robert mit einer Leidenschaft, die ihn vor Lust aufstöhnen ließ. In den frühen Morgenstunden schlich sie sich triumphierend in ihr Zimmer zurück. Wenn Robert nicht vor Eifersucht blind gewesen wäre, hätte er bemerkt, dass Henery ein wahrer Lüstling war, der seine Hände von keiner Frau lassen konnte.

Da unerwartet viele Gäste zugesagt hatten, fand der Abschiedsempfang nicht wie geplant im *Esplanade Hotel*, sondern im

Rathaus statt. Henery war in Perth überaus beliebt. Zweihundert Personen waren zum Essen geladen. Anschließend würde man die Tische wegräumen, und dann sollte ein achtköpfiges Orchester aufspielen.

Schon Tage vorher hatte Robert Lampenfieber und veranstaltete beim Schneider ein großes Theater wegen seines Anzugs. Er bestand darauf, Lillians Kleid auszusuchen. Sie erhob keine Einwände, da Robert in dieser Hinsicht einen ausgezeichneten Geschmack hatte. Er lehnte das rote Satinkleid, das die Besitzerin der exklusiven französischen Boutique vorschlug, kategorisch ab – denn es sei »gewöhnlich«. Auch das Argument, die Farbe betone Lillians dunkles Haar, ließ er nicht gelten. Die helleren Kleider bezeichnete er als »fade«. Der goldene Taft war ihm zu aufdringlich, und das weiße Kleid mit den roten Perlen erinnerte ihn angeblich an ein Varietékostüm.

Je störrischer sich Robert gebärdete, desto verzweifelter wurde Lillian. Allmählich wurde die Zeit knapp, und in allen anderen Geschäften waren sie schon gewesen.

»Nehmen wir das blaue«, sagte sie, »ich probiere es einmal an.«

Lillian hätte jedes dieser Kleider genommen. Noch nie in ihrem Leben hatte sie so prachtvolle Abendroben gesehen. Dass Robert sich der Besitzerin gegenüber so danebenbenahm, stieß Lillian ab.

Er setzte die Brille auf und sah sich das üppige Seidenkleid, dessen Mieder mit winzigen Perlen bestickt war, von allen Seiten an.

»Es ist wunderschön, Robert«, flüsterte Lillian.

»Lassen Sie mich sehen, was Sie sonst noch haben«, wies er die Besitzerin an. Als sie verschwunden war, um weitere Kleider aus dem Lager zu holen, wandte er sich an Lillian. »Sei so gut und überlasse mir die Entscheidung. Wir können das blaue nehmen, wenn es dir passt, aber es ist einfach nicht das Richtige. Wenn du meine Frau werden willst, darfst du nicht aussehen wie irgendjemand. Ich habe diesen blauen Fummel jeweils mit kleinen Abweichungen in jedem Schaufenster gesehen. Das Kleid ist einfach zu gewöhnlich, Lillian.«

Die Frau kehrte mit einer exquisiten Robe aus cremefarbenem Satin zurück.

»Allmählich kommen wir der Sache näher. Probier es an, Lillian.«

»Aber du magst doch keinen Satin.«

»Keinen roten Satin. Der hier ist champagnerfarben, das hier ist etwas völlig anderes. Sehr schlicht.«

Das elegante Kleid mit dem weiten Ausschnitt, der engen Taille, Tournüre und kurzer Schleppe verlieh Lillian ein ungeheures Selbstvertrauen. Als sie aus der Umkleidekabine trat und Roberts zufriedenes Lächeln sah, spürte sie auf einmal, welche Macht ihr ihre erotische Ausstrahlung verlieh. Ihre Brüste zeichneten sich unter dem üppigen Satin ab. Sie waren durch das Korsett derart hochgedrückt worden, dass ihr das Kleid beinahe zu gewagt erschien, doch Robert hatte keine Einwände.

»Hervorragend«, sagte er, »wir nehmen dieses Kleid. Muss etwas geändert werden?«

»Nein, Sir«, erwiderte die Ladenbesitzerin, »es passt Madam perfekt. Es ist aus dem allerbesten Satin, was sich natürlich im Preis niederschlägt ...«

»Dachte ich mir«, sagte er laut zu Lillian, »das Beste heben sie sich für den Schluss auf, weil sie hoffen, dass wir etwas kaufen, was andere Leute nicht wollten.«

In der Umkleidekabine entschuldigte sich Lillian. »Es tut mir leid. Es ist einfach seine Art.«

»Sie sehen wunderbar aus, Madam. Das Kleid ist wie für sie gemacht. Und entschuldigen Sie sich nicht für den Herrn, er wird es schon wissen.«

Lillian warf der Boutiquebesitzerin einen dankbaren Blick zu und begriff, dass sie aus den Schwächen von Männern wie Robert Kapital schlug. Sie seufzte.

Henery Whipple war hingerissen von dem Kleid. »Es ist herrlich! Ziehen Sie es für mich an, Lillian, bitte.«

»Das ist nicht nötig«, warf Robert ein. »Du wirst es beim Fest sehen.«

»Warte einen Moment.« Henery eilte davon und kam mit einem Paar tropfenförmiger Diamantohrringe zurück. »Nehmen Sie diese, meine Liebe. Sie passen ausgezeichnet zu Ihrem Kleid. Sie haben meiner Mutter gehört, die sie wiederum meiner Frau vermacht hat. Jetzt möchte ich sie Ihnen schenken. Was hältst du davon, Robert? Sehen sie nicht großartig aus?«

Doch an Henerys großem Abend nahm Robert Lillian beiseite. Sie waren im Begriff aufzubrechen. Henery war bereits vorausgefahren.

»Du kannst die Ohrringe jetzt ausziehen, Lillian. Sie sind farblos. Nimm diese.«

Er reichte ihr ein Paar kleine, in Gold gefasste Rubinohrringe.

»Sehr viel passender«, erklärte er. Lillian legte sie an, betrachtete sich im Spiegel und küsste ihn. »Du weißt immer, was das Beste ist, mein Lieber.«

Das Rathaus war mit Laub, Blumen und Luftballons geschmückt. »Sieht aus wie bei einem Scheunenfest«, bemerkte Robert.

Henery stand mit einigen Kollegen am Eingang und begrüßte die Gäste. Anschließend wurden sie in den überfüllten Rathaussaal geführt, wo sie dann steif und von Fremden umgeben an langen Tischen saßen und Austern, Suppe, Huhn mit Gemüse und Weincreme aßen. Dazu wurde in großen Mengen Wein ausgeschenkt.

Lillian fand alles herrlich: die große Tafel, an der wichtige Persönlichkeiten Platz genommen hatten, die Reden, die auf Henery gehalten wurden, die Huldigungen der Politiker, die darauf bestanden, ein paar Worte sagen zu dürfen. Sie war so stolz auf Henery, der all die Lobeshymnen so gelassen aufnahm, Scherze machte und sogar eines seiner Liedchen anstimmte, woraufhin die Gäste in Gelächter ausbrachen. Die Leute klatschten unermüdlich, bejubelten ihn und tranken auf das Wohl des guten alten Henery. Lillian platzte beinahe vor Aufregung.

Anders Robert, der das Essen ungenießbar, die Witze unpassend und Henerys Mangel an Taktgefühl absolut beschämend fand. Schlimmer als alles andere waren jedoch die Weine.

»Grauenhaft. Wie können sie es wagen, uns diesen billigen Fusel vorzusetzen?«

»Er ist immerhin umsonst«, bemerkte Lillian.

»Was hat das denn damit zu tun?«

»Weiß ich nicht«, seufzte sie. Sie haderte mit ihrem Schicksal, denn sie waren an einen Tisch gesetzt worden, wo niemand ihr herrliches Kleid beachtete. »Ein Rock und eine Bluse hätten es auch getan«, dachte sie.

Doch dann spielte das Orchester auf. Die Tische wurden beiseitegeschoben, die Stühle längs der Wände aufgestellt. Der glatte Boden wurde gekehrt und dann mit Sägespänen bestreut.

Lillian versteckte sich hinter Robert, als Henery geradewegs auf sie zusteuerte. Als Ehrengast gebührte ihm das Privileg des Eröffnungstanzes, und schon streckte er Lillian die Hände entgegen.

Robert zeigte seine Missbilligung deutlich, doch abgesehen davon verspürte Lillian einen Anflug von Schüchternheit. »Nein, Henery, ich kann nicht«, flüsterte sie ihm zu.

»Aber Sie müssen«, beharrte er. »Es ist mein Privileg, eine Dame meiner Wahl aufzufordern, und an unserer Lillian komme ich einfach nicht vorbei. Sie sehen so wundervoll aus, meine Liebe.«

Lächelnd führte er sie auf die Tanzfläche. »Jetzt können Sie endlich dieses herrliche Abendkleid vorführen.«

Der ganze Saal brach in spontanen Applaus aus, als Henery sich mit ihr im Walzerschritt drehte.

»Sie tanzen gut«, lobte er. »Wo haben Sie das gelernt?«

»Ich beherrsche nur die einfachen Tänze, die man auf dem Land tanzt«, murmelte sie, dankbar für Henerys ausgezeichnete Führung. Allmählich füllte sich die Tanzfläche, so dass es ihr erspart blieb, sich noch länger so zur Schau stellen zu müssen.

Als Henery sie nach dem Tanz zu Robert zurückbringen wollte, war dieser nicht zu sehen. Kurz darauf waren sie von gutgelaunten Menschen umringt, die sich mit Henery unterhalten wollten. Als die Musik wieder einsetzte, wurde Lillian von einem anderen Herrn zur Quadrille aufgefordert.

Verwirrt hielt sie Ausschau nach Robert. Da ihr keine Entschuldigung einfiel, nahm sie die Aufforderung an.

Quadrille zu tanzen machte immer Spaß. Mit dem Betreten der Tanzfläche wuchs Lillians Selbstvertrauen. Ausgelassen folgte sie den bekannten Formationen – bis sie ihm plötzlich gegenüberstand!

Ausgerechnet Clem Price! Er sah so gut aus in seinem Abendanzug.

Er schenkte ihr ein strahlendes Lächeln, als sie ihn umkreiste und zum nächsten Tanzpartner in der Reihe überwechselte. Sie errötete und fühlte sich auf einmal fehl am Platz. Dieser Mann schüchterte sie ein.

Als sie ihm wieder begegnete, ergriff er ihre Hand. »Kennen wir uns nicht?«

»Ich glaube nicht«, erwiderte sie gepreßt und tanzte weiter. Ihr fiel wieder ein, dass sie und Ted Cornish ursprünglich nach Adelaide hatten ziehen wollen.

Der Tanz nahm kein Ende. Lillian betete darum, es möge endlich vorbei sein, doch wieder und wieder trafen sie sich, und immer lächelte er sie an.

»Darf ich fragen, wie Sie heißen?«

»Lillian, Lillian Warburton«, antwortete sie und versuchte seinem Blick auszuweichen.

Sie hielt den Kopf gesenkt und versuchte sich darüber klarzuwerden, was in ihr vorging. Sie wollte ihn beiseitenehmen und nach ihrer Tochter, Carolines Zwillingsschwester, fragen. Wollte erfahren, ob auch sie zu einem hübschen kleinen Mädchen mit weichen, dunklen Locken herangewachsen war ... ob es ihr gutging. Doch das durfte sie nicht tun. Nicht hier und nicht jetzt. Sie war so verwirrt, dass sie sich beim nächsten Ruf aus Versehen nach rechts statt nach links wandte, was allgemeine Belustigung hervorrief, doch Clem Price kam ihr zu Hilfe und drehte sie geschickt herum.

»Darf ich um den nächsten Tanz bitten, Miss Warburton?«

»Es geht nicht«, hauchte sie.

»Dann den übernächsten. Mein Name ist Clem Price. Wir haben gemeinsame Freunde.«

»Tatsächlich?«, fragte sie erstaunt.

»Freunde von Mr. Whipple.«

Als sie mit ihrem Partner die Tanzfläche verließ, stand Clem Price wieder vor ihr. »Den übernächsten Tanz«, sagte er entschlossen.

Lillian stellte erleichtert fest, dass Robert noch immer nicht aufgetaucht war. Die Begegnung mit Clem hatte sie dermaßen erschüttert, dass sie von neuem darüber nachdachte. Warum fühlte sie sich so schuldig? Warum kam sie sich fehl am Platz vor? Was ging es Clem Price an, wo sie nun lebte? Gar nichts. Lillians angeborener Kampfgeist erwachte, und ihr wurde bewusst, dass sie gegen ihre Scham anging. Sie schämte sich des mageren Mädchens, das sie einmal gewesen war, schämte sich, dass sie sich von einem Nichtsnutz, der auf einer hoffnungslos kärglichen Farm lebte, hatte heiraten und schwängern lassen. Robert konnte sich gar nicht vorstellen, wie sie früher gelebt hatte, doch bei Clem Price sah es anders aus. Er kannte die Frau, die ihm eines ihrer Babys überlassen hatte.

Wo war überhaupt Thora Price? Wiederholt ließ Lillian ihre Blicke durch den Saal schweifen. Sie hatte Angst, Thora zu begegnen. Denn das eigentliche Problem war nicht Clem Price, sondern Thora …

»Mein Gott«, flüsterte sie, »es wäre furchtbar, sie hier zu treffen. Dieser Snob. Sie würde mich schneiden, wenn sie mich sähe. Hoffentlich hat sie nie erfahren, dass man ihr mein Baby gegeben hat.«

Lillian beurteilte die Bedeutung von Mutterliebe nach ihren eigenen Maßstäben. Caroline war für sie der wichtigste Mensch auf der Welt. Sie liebte dieses Kind verzweifelt und betrauerte noch immer den Verlust ihrer zweiten Tochter. Doch die Umstände hatten sie zu dieser Entscheidung gezwungen, und sie sagte sich immer wieder, dass sie zum Besten ihrer Zwillinge getroffen worden und daher richtig gewesen war.

Am Ende des Saals sah sie Clem Price mit einigen Männern reden. Thora hatte sich weder auf der Tanzfläche blicken lassen, noch stand sie jetzt bei ihm. Lillian vermutete, dass er seine Frau nicht in die Stadt mitgenommen hatte. Dafür sprach auch, dass er so ausgiebig mit anderen Damen tanzte. Lillian fiel ein Stein vom Herzen.

Sie beschloss, ihren Eltern von diesem Ball zu schreiben und in ihrem Brief zu erwähnen, dass sie sogar mit Clem Price aus Lancoorie getanzt habe. Sie würden schwer beeindruckt sein.

Als die Musik wieder einsetzte und niemand sie aufforderte, machte sie sich auf die Suche nach Robert. Er stand schmollend draußen und rauchte eine Zigarre.

»Du lieber Himmel, Robert! Ich habe dich überall gesucht.«

»Ich wüsste nicht, weshalb. Du scheinst ja großen Gefallen daran zu finden, dich zur Schau zu stellen.«

»Wieso? Weil ich mit Henery getanzt habe? Das meinst du doch nicht ernst. Ich hatte schreckliche Angst.«

»Ich spreche nicht nur von Henery. Ich habe gesehen, wie du bei diesem ordinären Ringelreihen die Beine geworfen hast.«

»So nicht, mein Lieber. Du hast mich allein gelassen. Als mich ein Herr zum Tanz aufforderte, hatte ich keine Ausrede.«

Er zuckte die Achseln. »Ich fand es sehr schäbig von Henery, dass er uns mit diesen unbedeutenden Menschen an einen Tisch gesetzt hat.«

»Er hat uns doch erklärt, dass er mit seinen Kollegen an der Ehrentafel sitzen musste.«

»Lord Kengally ist nicht einer von Henerys Kollegen, sondern *mein* Freund.«

»Das macht doch nichts, Liebster. Du hättest doch sicher nicht da oben auf diesem Podium sitzen und dich zur Schau stellen wollen. Das hast du nicht nötig.«

Lillian gelang es, ihn wieder in den Saal zu lotsen und ihn zu überreden, mit ihr den Pride of Erin zu tanzen, doch nach der Hälfte des Tanzes beklagte er sich, dass seine Schuhe zwickten, und er verließ die Tanzfläche.

»Diese Musiker spielen wie die letzten Menschen. Gott weiß, woher sie die haben. Ich kriege Kopfschmerzen von dem Lärm. Ich glaube nicht, dass ich es hier noch lange aushalte.«

Lillian war fassungslos. Dies war ihr erster großer Ball, und noch immer war sie wie betäubt von all der Pracht. Er konnte doch nicht von ihr verlangen, dass sie schon wieder gingen!

»Soll ich dir ein Glas Wasser holen?«

»Nein. Wo ist Henery? Wir können nicht gehen, ohne uns von ihm zu verabschieden.«

Glücklicherweise war Henery in der Menge untergetaucht.

»Im Foyer gibt es Erfrischungen«, sagte sie. »Soll ich dir einen Brandy holen? Gegen deine Kopfschmerzen.«

»Aus der Bar für die Herren? Wo denkst du hin? Ich gehe selbst. Henery steckt vermutlich auch dort.«

Sie schaute ihm nach. Er sah nicht so aus, als würden ihn die Füße schmerzen. Wenigstens war es ihr gelungen, den Aufbruch hinauszuzögern. Lillian schaute sich im Saal um, bewunderte die herrlichen Abendkleider und hielt gleichzeitig Ausschau nach Thora Price. Sollte sie auftauchen, würde sie nur allzu gern mit Robert den Rückzug antreten.

Dann kam Clem Price auf sie zu! Trotzig entschloß sie sich, mit ihm zu tanzen. Wenn es Robert nicht passte – bitte schön. Diesen Mann hatte sie schon immer attraktiv gefunden. Sie hatte große Lust, mit ihm zu tanzen.

Doch was sollte sie sagen, wenn er sie wiedererkannte? »Warte einfach ab, was geschieht, und genieße den Augenblick«, sagte sie sich.

»Kennst du eine Miss Warburton?«, fragte Clem Vosper.

»Nein. Auf zur Bar. Heute Abend wird gefeiert! Charlie Rogers hat mir soeben sein Wort gegeben, dass er und die Linken mich unterstützen werden. Jetzt habe ich genügend zusammen.«

»Genügend was?«

Er versetzte Clem einen Boxhieb. »Hör mir zu, mein Freund. Was ich sagen will, ist, dass ich am Montagabend der offizielle Kandidat der Labour Party für Perth-Süd sein werde.«

Clem freute sich mit ihm. »Gratuliere. Das sind gute Neuigkeiten. Was kommt als Nächstes?«

»Die erste Hürde habe ich genommen, der Rest dürfte nicht schwierig sein. Mit den Arbeitern und Schürfern im Rücken ist mir der Sitz sicher. Forrest und seine großkotzigen Freunde werden sich wundern.« Vosper war so aufgeregt, dass er in die

Hände klatschte und lauthals rief: »Ein Hoch auf die australische Labour Party!«

Einige antworteten mit Hurrarufen, doch die meisten starrten den seltsamen Vogel mit dem langen Zopf nur an und fragten sich, wovon er eigentlich sprach. Fred kümmerte sich nicht darum.

»Die kennen Vosper noch nicht.« Er grinste. »Bald werden sie erfahren, wer ich bin. Na los, Clem! Auf zur Bar!«

»Ich kann nicht. Ich habe diesen Tanz jemandem versprochen. Bist du sicher, dass du keine Miss Warburton kennst? Ich meine, ich kenne sie von irgendwoher. Sie ist die Dame, die mit Henery getanzt hat. Den ersten Walzer.«

»Wenn du ihr vorgestellt werden möchtest, sprich mit Henery.«

»Ich habe mich bereits selbst vorgestellt.«

»Wo liegt denn dann das Problem?«

Die Neuigkeit von Vospers Kandidatur hatte sich in Windeseile herumgesprochen, und einige Anhänger der Labour Party eilten nun herbei, um Fred zu gratulieren. Dann machten sich alle auf den Weg zur Bar.

»Kommst du mit, Clem?«, fragte Fred.

»Nach diesem Tanz komme ich nach.«

Als Zeitungsreporter, der immer die Konsequenzen von bedeutenden und weniger bedeutenden Ereignissen bedachte und kommentierte, fragte Fred sich später, was wohl geschehen wäre, wenn Clem, statt zu tanzen, der Einladung in die Bar gefolgt wäre.

Thora wartete lange. Sie hatte es nicht eilig. Gelegentlich wandte sie sich um und warf einen Blick in den Frisierspiegel, ohne die Unordnung um sich herum zu bemerken. Allmählich verlor sich ihre aufgesetzte Heiterkeit, die sie wie eine Schutzhülle umgeben hatte. Zurück blieb – Thora wusste es – ein reines

Nervenbündel. Nur der Revolver verlieh ihr ein wenig Selbstsicherheit. Sie begann, auf ihn einzureden: »Es wird ihm noch leidtun, durch diese Tür zu kommen. Er hält mich für eine Närrin. Vermutlich hat er geglaubt, ich würde nie herausfinden, dass ihm ein Haus voller Huren gehört. Dass er sein Geld nicht mit Gold, sondern mit Sünden verdient hat. Das Geld, das auch ich ausgebe.«

Plötzlich wurde ihr die Ungeheuerlichkeit dieser Bemerkung bewusst.

»Um Gottes willen!«, rief sie mit Tränen in den Augen. »Ist es so weit mit mir gekommen? Bin ich ebenso schuldig wie er? Was werden die Leute sagen, wenn sie uns begegnen? Etwa: ›Da gehen die Prices, ihnen gehört ein Freudenhaus‹?«

Nun wusste Thora auch, wieso Mr. Tanner so grob zu ihr gewesen war. Er verachtete sie und ihren Ehemann und das zu Recht.

Vor Angst wie von Sinnen, bemühte sie sich, einen klaren Kopf zu bekommen und die Sache noch einmal zu durchdenken. Sie wäre gern im Zimmer umhergegangen oder ans Fenster getreten, doch sie durfte sich auf keinen Fall von der Stelle rühren, obwohl sie selbst nicht wusste, warum.

Und wenn ihre Eltern nun davon erfuhren? Die Leute aus York, dieser verhassten Stadt? Sie hatte geglaubt, den Demütigungen, die sie dort hatte erfahren müssen, entkommen zu sein, indem sie die größtmögliche Entfernung zwischen sich und ihre Heimat gelegt hatte, doch nun fing alles wieder von vorne an.

Thora schaute sich sorgenvoll im Spiegel an. Niemand kümmerte sich um sie, sie war einfach nur Thora Carty, die die schlimmste aller Sünden begangen hatte. Sie hatte sich schwängern lassen. Damit hatte alles Unglück begonnen. Sie würde nie darüber hinwegkommen.

»Vielleicht wäre es am besten, wenn ich der Sache ein Ende

bereiten würde«, schluchzte sie. »Ich könnte mich erschießen. Es würde ohnehin niemanden interessieren.«

Mit einer dramatischen Geste drückte sie den Lauf des Revolvers gegen ihre Brust, schaute noch einmal in den Spiegel und entdeckte dort Jocelyns lachendes Gesicht. Zumindest hielt sie die Frau im Spiegel für Jocelyn. Ehrlich gesagt konnte sie sich an ihre Züge gar nicht mehr erinnern, doch das Gesicht kam ihr sehr vertraut vor. Es war ein Gesicht aus York.

»Nein, das wird dir nicht gelingen!«, schrie sie. »Willst du mich etwa auf diese Weise loswerden? Frauen wie dich kenne ich. Du glaubst, du kannst ihn für dich behalten, wenn du mich erst aus dem Weg geschafft hast.«

»Wen behalten?«, fragte der Spiegel.

Es fiel ihr schwer, seinen Namen auszusprechen. Sie nannte ihn so selten beim Namen. Mit einem nostalgischen Gefühl, wie man es empfindet, wenn ein altbekanntes Lied erklingt, erinnerte sie sich daran, dass sie ihn irgendwann vor langer Zeit einmal geliebt hatte. Wann, wusste sie nicht mehr genau.

»Clem Price«, antwortete sie entschlossen, »meinen Mann.«

»Das war einmal«, fuhr sie der Spiegel an. »Jetzt gehört er mir.«

Thora legte die Waffe nieder und betrachtete die Frau. Was hatte Clem nur dazu getrieben? Er war ein guter Mensch. Das hatte sie gleich am ersten Tag gemerkt, als er für sie eingetreten war und gefragt hatte, ob sie ihn wirklich heiraten wolle. Dieser Tag hatte sich wie ein Brandzeichen in ihre Seele gefressen. Ihre Eltern draußen vor der Tür, eifrig darauf bedacht, sie loszuwerden. Ihre Schwestern – sie lauschten. Und dann Clem, schüchtern, der die Situation nicht ganz durchschaute. Niemand verstand sie, weil sie es niemandem erklären konnte. Darüber konnte sie einfach nicht sprechen.

»Clem hat es versucht«, sagte sie. »Er hat versucht, mir zu helfen. Er baut das Haus am Meer, weil es weit weg ist von York. Damit will er mich glücklich machen.«

»Du bist eine bedauernswerte Närrin, Thora Carty. Das warst du immer.«

Wieder einmal fragte sie sich, wie sich Clem von einem netten Farmer, der sich nie um Kleinstadtklatsch gekümmert hatte, in einen Kompagnon der Huren hatte verwandeln können. Dann fiel es ihr ein. Jocelyn! Für Thora waren York und seine Bewohner die Wurzel allen Übels.

Jocelyn Russell stammte aus York. Sie hatte Thoras Ehemann verführt, ebenso wie Matt Spencer Thora verführt hatte.

»Du bist an allem schuld«, sagte sie. Endlich hatte sie einen Ausweg aus diesem Dilemma gefunden. Endlich wusste sie, wem sie die Schuld an allem geben konnte. Sie würde nicht zulassen, dass man Clem aus der Gesellschaft ausstieß, ihm das Gleiche antat, was sie erlitten hatte. Er war nur vom rechten Weg abgekommen. Sie wollte ihm sagen, dass sie ihn verstand. Er war von dieser Frau verführt und in die Höhle des Lasters gelockt worden, ohne dass ihn jemand eines Besseren belehrt hätte. Doch Thora würde ihn erretten! Diese Aufgabe war ihr von Gott dem Herrn übertragen worden.

»Wir werden nicht zurückblicken«, sagte sie. »Wir schließen mit der Vergangenheit ab und ziehen in unser Haus am Meer.«

»Dein Haus?«, fragte die Frau aus dem Spiegel. »Du vergisst da etwas. Du sitzt in diesem schäbigen Zimmer, während ich mit ihm auf dem Ball tanze. Du bedeutest ihm nichts mehr.«

Thora schlug sich die Hände vor den Mund. Es stimmte. Sie saß hier und machte sich zur Närrin. Suchte Entschuldigungen. Träumte in den Tag hinein, während er sich in aller Öffentlichkeit mit seiner Hure amüsierte.

»Ich sagte es doch schon: Du bist dumm, Thora Carty. Dieses Haus am Meer gehört nicht dir, sondern mir.«

»Nein«, wimmerte Thora, »bitte nicht. Tu mir das nicht an, Jocelyn.«

»Warum denn nicht? Du hast Clem nie etwas gegeben. Hast

den einzigen Menschen verstoßen, der dich wirklich liebte. Ich weiß es. Er hat es mir selbst gesagt.«

»Das Haus. Du würdest doch nicht unser Haus betreten?«, flehte Thora.

»Versuch doch, mich davon abzuhalten.«

Jetzt war der Spiegel leer. Thora konnte durch den Tränenschleier nicht einmal ihr eigenes Gesicht erkennen.

Sie blieb eine Weile reglos sitzen. Machte sich Sorgen. Erinnerte sich. Wer war Jocelyn Russell überhaupt? Ein Niemand. Eine billige Hure aus York. Jeder wusste, was für eine Art Frau sie war. Und sie, Thora Carty, war die älteste Tochter des Arztes, entstammte der angesehensten Familie des Distrikts. Sie war gebildet. Sah besser aus, als Jocelyn je aussehen würde, und war viel geschmackvoller gekleidet.

Allmählich wuchs Thora Cartys SelbstBewusstsein. In diesem Kampf standen sich letzten Endes Frauen von ganz unterschiedlicher Wesensart gegenüber: Frauen wie Jocelyn und Frauen wie Thora. Gäbe es Frauen wie Jocelyn nicht, wäre Matt Spencer nie auf die Idee gekommen, dass Thora ihm zu Willen sein würde. Dann gäbe es auch keine Bordelle, wo Männer wie Clem vom rechten Weg abkamen.

Sie tupfte sich mit ihrem Taschentuch die Augen trocken. Lächelte hart und entschlossen in den Spiegel.

»Du hast unrecht, Jocelyn«, sagte sie. »Du konntest und kannst es nicht mit mir aufnehmen. In der Schule wusstest du nicht einmal, wie man ›Ball‹ buchstabiert. Und mich hältst du für dumm? Das werden wir noch sehen!«

Thora erhob sich vom Bett, strich ihr Kleid glatt und trat mit entschlossenem Schritt auf den Flur hinaus. Stolz ging sie die Treppe hinunter. Leider war das Bürofenster wieder geschlossen. Die Nacht war klar, Tau hing in der Luft, frischer, reiner Tau, den sie als Wohltat empfand, da die Luft im Hotel sehr stickig gewesen war.

Thora raffte ihren Mantel mit der linken Hand zusammen und schritt ruhig die Straße entlang. Sie folgte dem Klang der fröhlichen Musik, die man bis auf die Straße hörte, und landete beim Rathaus, das hell erleuchtet war. Davor standen einige Männer. Als sie die Straße überquerte, wunderte sie sich, dass sie ihr Ziel so schnell erreicht hatte. Wieder einmal hatte ihr Gedächtnis sie im Stich gelassen. Sie konnte sich nicht erinnern, was geschehen war, seitdem sie das Hotel verlassen hatte.

Doch auch diese schwarzen Flecken in ihrem Bewusstsein würden verschwinden. Die neugierigen Blicke, die sich auf sie richteten, ignorierend, ging sie erhobenen Hauptes die Stufen zur Eingangshalle hinauf. Nach diesem Abend würden sich ihre Nerven endgültig erholen. Sie fühlte sich unendlich erleichtert.

Stolz und zuversichtlich betrat Thora die überfüllte Halle.

Gerade hatten die Musiker einen langsamen Walzer angestimmt, und die Paare betraten die Tanzfläche. Ein paar ziemlich ungehobelt wirkende Männer drängten zur Bar, und Lillian war enttäuscht, als sie sah, dass Clem Price sich unter ihnen befand. Sicher hatte er ihren Tanz vergessen. Oder hatte sie abgelehnt, mit ihm zu tanzen? Die Begegnung mit Clem hatte sie derart verwirrt, dass sie sich nicht mehr genau erinnern konnte, was sie zu ihm gesagt hatte.

Ein junger Mann trat auf sie zu und bat um den Tanz, doch aus dem Augenwinkel bemerkte sie, wie Mr. Price sich zu ihr umdrehte. Höflich lehnte Lillian ab.

»Ist dies unser Tanz, Miss Warburton?«, fragte Clem, und sie nickte lächelnd. Endlich würde auch sie ihren wohlverdienten Spaß haben. Sie genoss das sanfte Dahingleiten im Walzerschritt.

»Leben Sie in Perth?«, fragte er.

»Nein.«

»Woher kommen Sie denn?«

»Ich wohne flussaufwärts.«

»Aha.«

In ihren Augen verlieh die Tatsache, dass sie ihm keine Fragen zu stellen brauchte, da sie bestens über ihn informiert war, ihrer Konversation besondere Würze.

Er setzte zum zweiten Versuch an. »Sind Sie mit Mr. Whipple befreundet?«

»Ja. Ich bin bei ihm zu Besuch.«

»Tatsächlich? Ich habe ihn erst heute Abend kennengelernt, meine Freunde sagten, er sei ein sehr netter Herr.«

»Oh ja, das ist er. Sehr charmant.«

Clem trat einen Schritt zurück, um sie zu betrachten. »Darf ich Sie zu diesem Kleid beglückwünschen? Es steht Ihnen ausgezeichnet. Sind wir uns wirklich noch nie begegnet?«

»Vielleicht doch, Mr. Price.«

Er lachte. »Ich wünschte, Sie würden mir sagen, wo das war.«

»Es wird Ihnen schon noch einfallen«, antwortete Lillian geheimnisvoll. »Was für ein wunderbarer Abend. Ich weiß nicht, wann ich mich zum letzten Mal so gut amüsiert habe. Für Henery ist es der Tag seines Lebens.«

»Ja. Ich habe erst in allerletzter Minute eine Einladung bekommen. Ein Freund hat mich überredet mitzukommen, und ich muss sagen, dass ich es nicht bereue.«

Als der Walzer zu Ende war, standen sie am anderen Ende des Saals. Clem ergriff ihren Arm, um sie zu ihrem Platz zu begleiten. »Vielleicht dürfte ich Sie besuchen«, sagte er. »Wir könnten darüber nachdenken, woher wir uns kennen.«

Lillian antwortete nicht. Wie gebannt starrte sie auf die Tür.

Lord Kengally stand mit Henery und Robert Warburton an der Bar und sah sie hereinkommen. Allein.

»Was denn, das ist doch Thora!«, sagte er und ging auf sie zu.

»Thora!«, rief er, doch sie beachtete ihn nicht. Ihr langer

Mantel schleifte über den Boden. Sie machte keine Anstalten, ihn abzulegen, sondern lief einfach in den Saal.

»Wer ist das?«, wollte Robert wissen.

»Mrs. Price. Thora Price. Eine sehr charmante Frau. Ich habe ihren Ehemann heute Abend hier gesehen und war überrascht, dass sie ihn nicht begleitete.«

Henery lachte. »Besser spät als nie.«

Lillian ergriff seinen Arm. »Oh mein Gott! Da ist Thora!«

»Wie bitte?«, fragte er erstaunt. Woher kannte Miss Warburton den Namen seiner Frau?

Dann sah er sie auch.

Clem stöhnte. Was hatte sie hier zu suchen? Aus ihrer Haltung – sie marschierte hocherhobenen Kopfes in den Saal – und ihren zusammengepreßten Lippen schloß er, dass sie wütend auf ihn war. Hoffentlich machte sie hier keine Szene. So, wie sie dort in ihrem viel zu warmen Mantel stand und ihn anstarrte, zog sie schon jetzt alle Blicke auf sich. Da die Höflichkeit gebot, dass er Miss Warburton an ihren Platz begleitete, trat er einen Schritt vor und ergriff Lillians Arm.

Seine einzige Chance bestand darin, Thora hinauszuschaffen. Draußen könnte sie so laut schreien, wie sie wollte. Dann würde er sie ins Cottage zurückbringen. Was für eine Katastrophe, dass sie hier aufgetaucht war. Indem sie die Rolle der vernachlässigten Ehefrau spielte, verdrehte sie völlig die Tatsachen. Typisch für sie! Doch Clem würde das nicht auf sich sitzen lassen.

Thora war zornig. Und sie triumphierte. Jetzt wusste sie, dass sie recht hatte. Ein Blick in das Gesicht der Frau hatte genügt. Diese Frau stammte aus York! Und sie hatte Thora augenblicklich erkannt. Thora hatte genau gesehen, wie die Frau aus lauter Angst Clems Arm umklammert hielt.

»Oh mein Gott! Da ist Thora!«, hatte sie zu ihm gesagt. Selbstverständlich war das Jocelyn. Jocelyn, die Verführerin, die Hure, die sich in Satin gehüllt und mit Juwelen behängt hatte, die höchstwahrscheinlich Thoras Ehemann ihr gekauft hatte.

Sie hatte allen Grund, sich vor Clems Frau zu fürchten. Thora lächelte hämisch, als sie die Waffe unter ihrem Mantel hervorzog und auf sie zielte.

»Jetzt bin ich dran, Jocelyn!«, rief sie mit zitternder Stimme.

Frauen schrien, deuteten auf die Waffe, Leute drängten aus dem Saal, während andere aus der Halle hereinströmten. Thora trat einen Schritt zurück, hielt den Revolver aber unablässig auf Jocelyn gerichtet.

Die Hure verbarg sich hinter Clem.

»Jetzt fällt dir nichts mehr ein, was?«, fragte sie und sah zu, wie sich ihre Beute krümmte, doch Clem schrie sie an und streckte den Arm aus.

»Leg die Waffe weg, Thora!«, rief er mit flehender Stimme. »Leg sie bitte weg.«

»Halt dich da raus«, befahl sie grimmig.

Dann hörte sie, wie ein Mann etwas rief. Seine Stimme klang ruhig, gebildet und freundlich. »Lillian«, rief er, »geh langsam weg. Ganz langsam. Lass die beiden allein.«

Thora hatte keine Ahnung, wer Lillian war, doch das interessierte sie auch nicht. Sie hörte Gemurmel im Hintergrund, und eine Frau antworten: »Ich kann nicht.« Thora war verwirrt.

»Doch, du kannst«, erwiderte die Männerstimme. »Ich bin es, Robert. Ich hole dich.«

Ein fremder Mann trat aus der Menge hervor und ging mit ausgestreckten Händen auf Clem und Jocelyn zu, die allein auf der Tanzfläche standen.

»Gehen Sie weg«, rief Thora verunsichert. Dies ging ihn nichts an.

Noch während sie sprach, sah sie Jocelyn mit aschfahlem Gesicht hinter Clem auftauchen. Jocelyn wollte fliehen!

Thora richtete die Waffe auf sie, folgte ihr und feuerte mehrmals, ohne zu bemerken, dass Clem auf sie zugegangen war.

Die Schüsse hallten im Saal wider. Clem riss die Arme hoch. Er stand unmittelbar vor ihr, ein roter Fleck breitete sich auf seinem weißen Hemd aus, und einen Augenblick später stürzte er zu Boden. Thora nahm nichts davon wahr; sie suchte nach Jocelyn, doch die Frau war in der Menge untergetaucht. Ein Mann versetzte ihr von hinten einen brutalen Schlag und griff nach der Waffe, als sie auf die Knie sank.

Dann brach ein Chaos los. Menschen schrien. Noch nie hatte Thora einen solchen Tumult erlebt. »Laßt mich gehen«, schrie sie. »Dort liegt Clem. Ich muss mich um ihn kümmern.« Doch ein paar Männer hielten sie fest und zerrten sie davon.

»Sie haben schon genug angerichtet, Lady«, sagte einer von ihnen wütend.

Von allen Seiten drangen Menschen auf sie ein, so dass sie kaum noch Luft bekam. Sie schubsten und stießen sie. Jemand boxte sie in den Rücken, dass sie taumelte. Schwere Füße trampelten auf ihrem Mantel herum, der sie strangulierte, als sie sich aufrichten wollte, bis schließlich die Knöpfe absprangen. Der Mantel rutschte von ihren Schultern. Irgendwo in der Ferne hörte sie Leute nach einem Arzt und der Polizei rufen. Dann gaben ihre Füße unter ihr nach, und sie glaubte in die Hölle zu stürzen, doch man riss sie wieder hoch und stieß sie die Stufen vor dem Rathaus hinunter. Eine Frau spuckte sie an. Ein Mann in Uniform rief sie zur Ordnung.

Zwei Polizisten retteten sie vor dem Mob, drängten diese schrecklichen Menschen beiseite. Thora wäre beinahe in Ohnmacht gefallen und klammerte sich an den Beamten fest, bis man sie in eine Kutsche verfrachtete.

Sie ließ sich auf den Sitz fallen. Ihr Kleid war zerrissen, ein

Schuh verlorengegangen, ihre Arme waren zerkratzt. Sie kauerte sich weinend in einer Ecke zusammen. Jemand sprang hinter ihr in die Kutsche und hielt ihr den Mantel hin.

»Er ist schmutzig«, schluchzte sie.

»Das macht nichts, meine Liebe. Legen Sie ihn um.«

Mißtrauisch musterte sie den Mann. Sie fürchtete sich vor einem erneuten Angriff.

»Ich bin es, Kengally«, sagte er ruhig. »Sie werden sich an mich erinnern. Ganz ruhig, es wird alles gut.«

»Gott sei Dank«, flüsterte sie, »bringen Sie mich bitte nach Hause. Ich möchte nach Hause.«

»Ja.« Er nickte. »Natürlich. Ich komme mit.«

Ein anhaltendes Glockengeklingel kündigte die Ankunft der Ambulanz an. Fred Vosper sprach beruhigend auf Clem ein, während der Arzt sich bemühte, die Blutung mit diversen von den Gästen zur Verfügung gestellten Kleidungsstücken zu stillen.

»Wir werden dich jetzt bewegen müssen«, sagte Fred, obwohl er nicht sicher war, dass Clem ihn hören konnte; er atmete zwar noch, war aber halb bewusstlos. »Es wird alles gut.« Fred schaute sich verzweifelt um. »Warum brauchen sie so lange?«

Als er aufblickte, entdeckte er einen entsetzten Henery Whipple, der versuchte, die ebenso fassungslosen Gäste auf Distanz zu halten. Fred fragte sich, wie wohl die Schlagzeilen des Artikels über Henerys Abschiedsparty lauten würden.

»Wie geht es ihm?«, erkundigte er sich zum wiederholten Mal.

»Schlecht. Dort kommen sie endlich mit der Trage.«

Zu Freds großer Erleichterung hatte der Kutscher des Sanitätswagens die aufgebrachte Menge am Haupteingang umfahren und die Pferde in die Seitengasse gelenkt, so dass sie Clem rasch durch die Küche hinaustragen konnten. Die Gasse mündete in die Straße hinter dem Rathaus. Sobald Clem eingeladen war, stiegen Fred und der Arzt in die Kutsche. Die Pferde jagten durch die verlassene Gegend, angetrieben vom schrillen Klang der Glocken.

»Wie heißt er?«, wollte der Arzt wissen.

»Clem Price, Schafzüchter aus York.«

»Wer war die Frau?«

»Seine Ehefrau. Ich frage mich, was aus ihr geworden ist.«

Der Arzt zuckte die Achseln und wandte sich an den Sanitäter. »Muss er so schnell fahren? Mein Patient wird völlig durchgeschüttelt.«

»Wir sind bald da.«

»Ein Arzt ist schon vorausgefahren«, teilte Fred ihm mit. »Ich dachte mir, dass wir im Rathaus keine zwei brauchen.«

Der Arzt nickte zustimmend. »Das war eine gute Idee. Wir müssen sobald wie möglich operieren. Eine Kugel steckt in der Brust, die andere im Oberschenkel.«

»Wird er durchkommen?«, fragte Fred besorgt. Der Arzt schwieg. Fred folgte den anderen ins Krankenhaus und sah plötzlich einige Reporter auf sich zukommen, die ebenfalls auf Henerys Party gewesen waren.

»Ich habe euch nichts mitzuteilen«, sagte er knapp und schob sie beiseite. Ein Mann lachte. »Komm schon, Fred. Wenn du noch deine Zeitung hättest, stündest du jetzt in der ersten Reihe. Wir wollen die Geschichte nur überprüfen.«

»Vermutlich will er sie selber schreiben«, warf ein anderer ein, wich aber zurück, als Fred auf ihn zutrat.

»Halt den Mund! Clem Price ist ein Freund von mir. Seine Frau hat auf ihn geschossen, das ist alles.«

»Von wegen alles. Hier handelt es sich um ein Verbrechen aus Leidenschaft. Wer war die andere Frau? Seine Geliebte?«

»Welche andere Frau?«, Fred, der mit den anderen Gästen aus der Bar gestürmt war, nachdem er die Schüsse gehört hatte, war ehrlich überrascht. »Es gab keine andere Frau. Er war ohne Begleitung auf dem Ball.«

Doch sie ließen nicht locker, bestürmten ihn aus allen Richtungen mit Fragen.

»Das kannst du jemand anderem erzählen, Fred! Wer war die Frau?«

»Ich habe es genau gesehen. Sie hat nicht auf ihn, sondern auf seine Freundin geschossen.«

»Er ist ein Held! Er hat sich in die Schußlinie geworfen und hat die Kugeln abgefangen, die für sie bestimmt waren.«

»Wer ist Jocelyn?«

»Stimmt, er ist ein Held. Erzähl uns mehr über ihn.«

»Wieso ist er nicht mit seiner Frau gekommen, wenn er schon keine Freundin hat?«

»Sieht toll aus, die Frau. Kannst du uns ein paar Fotos besorgen?«

»Wie heißt seine Freundin?«

Als ein Polizist auftauchte, ergriff Fred die Gelegenheit zur Flucht und verschwand mit ihm in ein ruhiges Zimmer, um seine Aussage zu machen.

»Nach dem, was die Reporter sagen, scheint mehr dahinterzustecken, als ich glaubte«, sagte er verwirrt. »Sie sprechen von einer anderen Frau, doch davon weiß ich nichts. Clem hatte Streit mit seiner Frau, soviel ist mir klar, und sie hat ein aufbrausendes Temperament ...«

»Milde ausgedrückt«, bemerkte der Polizist trocken.

»Aber er war definitiv nicht mit einer anderen Frau dort. Seit wir in Perth sind, teile ich das Zimmer mit ihm. Es gibt keine andere Frau, das kann ich Ihnen versichern. Er liebt seine Ehefrau. Ich dulde nicht, dass man ihn in dieser Weise verleumdet. Sergeant, der Mann könnte sterben, lassen Sie ihm Gerechtigkeit widerfahren.«

Der Sergeant machte sich umständlich Notizen. »Dennoch

sagen die Zeugen im Rathaus, dass die Ehefrau mit Absicht auf die andere Frau gezielt hat und nicht auf ihn.«

»Gut, sie war sicher nicht zurechnungsfähig. Ist durchgedreht. Kam zum Ball, sah ihn mit jemandem tanzen und schoss in einem Anfall von Eifersucht auf diese Frau, die sie überhaupt nicht kannte.«

Der Polizist ging seine Notizen durch. »Der Name der Frau ist Lillian Cornish. Kennen Sie sie?«

»Nie gehört. Clem kannte sie auch nicht. Mir fällt nämlich gerade ein, dass er sich nach der Frau erkundigte, die mit Henery Whipple den Ball eröffnet hat. Eine sehr attraktive Frau.«

»Das ist sie. Mit ihr hat er getanzt.«

»Mag sein, doch er kannte sie nicht. Hat mich nach ihr gefragt. Ich kannte sie auch nicht. Da haben Sie den Beweis.«

Plötzlich hielt er inne. »O Gott! Ihre Tochter! Was wird mit ihr geschehen? Sie ist noch so klein. Was soll aus ihr werden, wenn ihr Vater im Krankenhaus liegt und ihre Mutter im Gefängnis sitzt?«

Robert hatte den Arm um Lillian gelegt, als die Sanitäter das Opfer von der Tanzfläche trugen. Sowohl er als auch Lillian standen unter Schock und hielten sich von der Menge fern, die Thora Price bedrängte. Doch sie hatten viele Fragen.

Lillian zitterte noch immer am ganzen Körper. »Warum hast du das getan, Robert? Sie hätte dich erschießen können.« Noch nie hatte sich jemand einer solchen Gefahr ausgesetzt, um ihr das Leben zu retten. Eins stand fest: Robert Warburton war der mutigste Mann, dem sie je begegnet war. Diese eine Tat wog alle seine Fehler und Schwächen auf, seine Hypochondrie ebenso wie sein ewiges Gejammer. Nun, da der Ernstfall eingetreten war, hatte Robert seine Charakterstärke unter Beweis gestellt.

»Ich konnte dich doch in dieser Situation nicht allein lassen«, sagte er. »Ich musste etwas unternehmen.«

Lillian weinte wie noch nie in ihrem Leben. Er mochte sie wirklich, und sie hatte ihn die ganze Zeit nur benutzt. Hatte geglaubt, für ihn nur eine nette Abwechslung, eine gute Haushälterin und Bettgenossin zu sein, die zu heiraten er sich gerade erst entschlossen hatte.

Noch nie hatte er gesagt, dass er sie liebte. Und auch sie hatte sich ihm gegenüber nie besonders leidenschaftlich verhalten.

Robert und Henery führten sie zur Garderobe.

»Komm schon, altes Mädchen«, sagte Robert, »Kopf hoch. Es ist vorbei.«

Lillian stammelte, an Henery gewandt: »Haben Sie gesehen, was er getan hat? Als Thora mit der Waffe auf mich zielte? Er hätte sterben können.«

»Ich weiß, meine Liebe. Heute Abend gibt es zwei Helden: Robert und Mr. Price. Leider wurde er getroffen. Sie sagten soeben ›Thora‹ – ich nehme an, das ist der Name seiner Frau. Woher kennen Sie sie?«

»Aus York. Es ist lange her. Allerdings muss sie mich mit jemandem verwechselt haben. Sie nannte mich Jocelyn, doch ich kenne niemanden, der so heißt. O Gott, Robert, sie wollte mich erschießen!«, Lillians Stimme klang jetzt hysterisch. »Mir ist schlecht.«

»Henery, du solltest dich um deine Gäste kümmern«, sagte Robert. »Ich bringe Lillian zu dir nach Hause. Bist du so gut und verständigst einen Arzt? Nach diesem Schock braucht sie ein Beruhigungsmittel.«

»Sicher. Die Musiker haben mich gefragt, was sie tun sollen. Meinst du, sie sollten weiterspielen?«

»Es ist schade, dass dieser wunderbare Abend so enden muss, aber du solltest sie besser nach Hause schicken.«

Lillian hörte verwundert zu, wie Robert dem ehemaligen Parlamentssprecher, der völlig außer sich war, mit ruhiger Stimme einen Rat erteilte.

»Meinst du wirklich?«

»Ja. Die meisten Leute sind ohnehin im Aufbruch. Ich denke, man sollte die Nationalhymne spielen und das Fest damit offiziell beenden.«

Lillian liefen noch die Tränen die Wangen hinunter, als sie sich bereits auf dem Heimweg befanden. »Ich muss dir von Thora Price erzählen.«

»Nicht jetzt, Lillian, warte bis morgen. Dann fühlst du dich besser.«

Lillian fürchtete sich davor, ihm am kommenden Tag die ganze Wahrheit zu erzählen. Clem könnte sterben. Thora würde ins Gefängnis kommen. Was also würde mit ihrem Kind geschehen, mit Carolines Schwester? Selbst wenn man Thora freiließe, würde man ihr keinesfalls das Sorgerecht für ihre Tochter zusprechen. Immerhin war sie geisteskrank. Lillian wollte ihr Kind zurückhaben, doch musste sie überaus vorsichtig und geschickt vorgehen, wenn sie dieses Ziel tatsächlich erreichen wollte. Vielleicht sollte sie Robert doch nicht alles erzählen. Er hatte sich an diesem Abend anständig und mutig verhalten, doch Lillian war sich darüber im Klaren, dass er sich deswegen nicht von Grund auf ändern würde. Vermutlich hätte er keine große Lust, eine Frau zu heiraten, die ein zweites Kind mit in die Ehe bringen wollte.

Sie seufzte. Robert hasste öffentliches Aufsehen. Dank der verrückten Thora war seine Verlobte nun in ein Drama hineingezogen worden, von dem ganz Perth sprechen würde. Falls jemand herausfand, dass Thoras Baby in Wirklichkeit Lillians Tochter war, würden die Zeitungen die Geschichte ausschlachten.

Auch Lord Kengally versuchte seiner Verwirrung Herr zu werden und Thora zu beschützen. Er hatte sie auf die Wache begleitet, wo man sie trotz seines Protestes in eine Zelle sperrte.

»Sehen Sie nicht, dass diese Frau krank ist? Sie befindet sich in einem beinahe katatonem Zustand und weiß überhaupt nicht, wo sie ist.«

Als sie in dem hässlichen Backsteingebäude ankamen, ging es dort ausgesprochen ruhig zu, doch das sollte sich ändern. Bald waren alle Polizisten von Perth auf den Beinen, um sich aus erster Hand über das Drama berichten zu lassen. Die Reporter drängten sich ebenfalls neugierig im Wachzimmer, und niemand fragte, ob sie überhaupt das Recht dazu hatten.

Schließlich traf der Chefinspektor ein. Er trug noch seinen Abendanzug und schien nicht gewillt, auf Kengallys Proteste zu reagieren.

»Was erwarten Sie von mir? Ich kann sie nicht freilassen. Sie wird angeklagt, vielleicht sogar des Mordes, das wird abzuwarten sein. Jedenfalls geht es ihr besser als ihrem Ehemann. Eine Nacht in der Zelle wird sie nicht umbringen.«

»Da haben Sie unrecht. Sie braucht einen Arzt.«

»Dann sollten Sie einen verständigen, Sir. Mir ist klar, dass für Ihre Bitte humanitäre Gründe ausschlaggebend sind, doch wäre ihr mit einem Anwalt besser gedient. Ich nehme an, Sie sind kein Verwandter?«

»Nein. Soweit ich weiß, ist ihr einziger Verwandter in dieser Stadt ihr Ehemann.«

Der Inspektor nickte. »Daran hätte sie denken sollen, bevor sie ihn niederschoß. Ich werde sie persönlich verhören.«

»Natürlich«, dachte Kengally ärgerlich, »damit du in die Schlagzeilen kommst.«

»Dürfte ich beim Verhör zugegen sein? Sie wird ohnehin keine vernünftige Aussage machen. Wenn sie nur eine Nacht schlafen könnte, würde sie sich vielleicht klarer an alles erinnern können.«

»Soll ich ihr etwa Zeit geben, sich eine gute Geschichte auszudenken?«, erwiderte der Inspektor barsch. »Das ist wohl kaum im Sinne des Gesetzes.«

Er wandte sich an die Menge. »Wenn Sie sich in Geduld üben, werde ich in Kürze eine Erklärung abgeben.«

»Wie wird die Anklage lauten?«, rief jemand.

»Versuchter Mord.«

»Wird sie hängen, wenn ihr Ehemann stirbt?«

»Das wird sie«, antwortete der Chefinspektor grimmig. Kengally hielt den Inspektor auf, als dieser zur Zelle marschieren wollte. »Das ist ungeheuerlich! Sie haben ein Gerichtsurteil vorweggenommen, Sir! Falls sie überhaupt vor ein Gericht kommt.«

Der Inspektor band seine Fliege los und nahm den steifen Kragen ab. »Warum gehen Sie nicht nach Hause? Das hier ist nicht Ihre Angelegenheit.«

Doch Kengally blieb hartnäckig. »Gibt es hier Frauen, die sich um Mrs. Price kümmern können?«

»Was für Frauen? Du lieber Himmel, das hier ist eine Polizeiwache!«

Ein junger Polizist kicherte. »Sie sitzt mit einer in der Zelle. Die gute alte Maggie Ryan hat es heute nacht wieder erwischt. Schläft ihren Rausch aus.«

Verzweifelt drängte Kengally sich durch die Menge nach draußen und bestieg seine Kutsche. Er spielte mit dem Gedanken, den Gouverneur zu verständigen, doch ihn um diese Zeit zu belästigen, wäre sicher nicht klug. Bis es ihm allerdings gelungen wäre, einen Anwalt und einen Arzt aufzutreiben, hätte der Inspektor sein sogenanntes Verhör längst beendet.

»Er wird es kurz machen«, murmelte er. »Dieser Emporkömmling kann es doch gar nicht erwarten, vor sein Publikum zu treten. Bis morgen früh kann ich nichts mehr unternehmen.«

Er hoffte, dass Thoras Freundinnen ihr frische Kleider und Toilettensachen bringen würden. Er wusste nicht, dass Thora gar keine Freundinnen hatte.

Fred blieb im Krankenhaus nichts mehr zu tun. Die Ärzte operierten Clem die Kugeln heraus. Im Wartezimmer saß nur noch ein dösender Reporter.

Vosper entschloß sich, auf der Wache nach Thora zu sehen. Außerdem wollte er herausfinden, wie es zu diesem Zwischenfall hatte kommen können. Sicherlich hatte sie Clem nicht deshalb angeschossen, weil er ohne sie auf eine Party gegangen war. Es musste mehr dahinterstecken. Auch wollte Fred von ihr wissen, was mit ihrer Tochter geschehen sollte, denn es war offensichtlich, dass sie noch eine Weile im Gefängnis bleiben würde. »Bete, dass er überlebt, Thora«, murmelte er, »sonst landest du im Gefängnis von Fremantle, und das ist die Hölle auf Erden.«

Da er noch eine lange Nacht vor sich hatte, kehrte er ins Hotel zurück, um sich umzuziehen. Als er an sich heruntersah, stellte er traurig fest, dass das weiße Hemd, das Clem ihm geliehen hatte, von dessen Blut befleckt war.

Die Verwüstung ihres Zimmers traf ihn wie ein Schlag. Ungläubig starrte er auf das Durcheinander.

»Wer zum Teufel war das?«, fragte er entsetzt. Vorsichtig stieg er über die überall verstreuten Kleidungsstücke und Habseligkeiten. Als er es unter seinem Fuß leise knacken hörte und den Blick auf den Boden heftete, entdeckte er eine seiner Lieblingsangelruten, besser gesagt, ein Stück davon. Sogar sie war zerbrochen worden. Als er in die Ecke spähte, sah er, dass die Kiste, in der er seinen Revolver aufbewahrte, offenstand.

Er nickte wie betäubt. Nun brauchte er sie nicht mehr zu fragen, woher sie die Tatwaffe hatte.

Wütend stürmte er die Treppe hinunter und riss den Nachtportier, der in seinem winzigen Büro ein Nickerchen hielt, aus dem Schlaf.

»Haben Sie eine Frau in mein Zimmer gehen sehen?«

Der junge Mann spähte schläfrig aus dem Fenster. »Ja,

Mrs. Price. Sie wollte oben auf ihren Mann warten. Was ist geschehen, Mr. Vosper? Sie sind ja voller Blut.«

»Holen Sie Ihren Boss!«

»Das geht nicht. Er schläft.«

»Holen Sie ihn, und zwar sofort.«

»Ja, Sir.«

Diese törichte Frau! Fred kochte vor Wut. Kein Wunder, dass Clem ihr keine vernünftigen Antworten abringen konnte. Wie konnte sie es wagen, sich an seinem Eigentum zu vergreifen.

Wie immer war Vosper knapp bei Kasse. Unter anderem hatten ihn finanzielle Gründe dazu bewogen, das Zimmer mit Clem zu teilen. Nun aber wurde ihm klar, dass es vielleicht doch keine so gute Idee gewesen war. Seine Kleider waren zerfetzt; er bezweifelte, ob überhaupt noch irgendetwas davon zu gebrauchen war.

Fred ließ seinen Ärger am Hotelbesitzer aus, der ebenso entsetzt war wie er. »Wer hat das getan?«

»Mrs. Price, würde ich sagen, bevor sie ihren Ehemann niedergeschossen hat. Doch das ändert nichts an der Tatsache, dass mein Hab und Gut, das in meinem Zimmer angeblich sicher aufbewahrt war, quasi mit Ihrer Erlaubnis zerstört wurde. Ich mache das Hotel dafür verantwortlich. Ihr Bursche da hat diese Frau in mein Zimmer gelassen.«

Fred wusste, dass seine Argumentation nicht wasserdicht war, doch brauchte er dringend Geld für neue Kleider. Er machte erneut die Runde durchs Zimmer und bejammerte lauthals seinen Verlust, bis sich der verwirrte Hotelbesitzer entschuldigte und ihm ein neues Zimmer kostenlos anbot.

Über eines schwieg Fred sich jedoch aus – über den Verlust seines Revolvers. Bislang war er der Einzige, der wusste, wo Thora die Tatwaffe herhatte. Das hieß, er hatte einen enormen Wissensvorsprung vor den anderen Journalisten.

Fred gab sich den Anschein, als hätten ihn die Bemühungen des Hotelbesitzers beschwichtigt, und bot einen Kompromiß an: »Ich nehme an, es ist in Ihrem Sinne, wenn Ihr Hotel heute noch nicht in den Zeitungen erwähnt wird. Polizei und Presse werden Ihnen ansonsten sofort die Bude einrennen, um die Verwüstung zu besichtigen, die Mrs. Price angerichtet hat, bevor sie versucht hat, ihren Mann umzubringen.«

Der Hotelbesitzer sah sich unglücklich um. »Gott bewahre! Mr. Vosper, ich wüsste es zu schätzen, wenn Sie das hier vertraulich behandeln würden.«

»Sie können sich auf mich verlassen. Allerdings muss ich diese Klamotten loswerden. Könnten Sie mir anständige Kleidung besorgen?«

»Wird gemacht.«

Später saß Fred in geborgten Kleidern in seinem neuen Zimmer und machte sich Notizen auf hoteleigenem Briefpapier. Diese Geschichte war nicht nur von lokalem Interesse. Er konnte sie auch an die Zeitungen im Osten verkaufen, vielleicht sogar bis nach London. Und es würde nicht bei ein oder zwei Artikeln bleiben, nein, er würde eine Serie daraus machen und alles von Anfang an erzählen. Skandalgeschichten wie diese wurden von den Lesern förmlich verschlungen.

Zunächst machte er sich auf zur Wache, wo sich noch immer ungewöhnlich viele Polizisten aufhielten, und bat um die Genehmigung für einen Besuch bei Mrs. Price.

»Keine Reporter, Mr. Vosper. Strikte Anweisung von oben«, sagte ein Sergeant.

»Ich bin kein Reporter. Meine Zeitung habe ich verkauft. Ich bin als persönlicher Freund von Mrs. Price hier. Wie geht es ihr?«

»Sie wirkt völlig betäubt. Der Chef konnte nichts aus ihr herausholen. Er weiß nicht mal, woher sie kommt, hat den Reportern aber den üblichen Stuß über eifersüchtige Ehefrauen erzählt, die die volle Kraft des Gesetzes zu spüren kriegen. Ich wollte ihm erklären, dass sie allem Anschein nach gar nicht den Ehemann erschießen wollte, doch er hat nicht zugehört. Hatte sich schon alles zurechtgelegt.«

Fred war hocherfreut. Je hartnäckiger der Chefinspektor an seiner Geschichte festhielt, desto größer war Vospers Chance, mit der Wahrheit groß herauszukommen. »Wie heißen Sie?«, erkundigte er sich. »Ich kenne Sie irgendwoher, Sergeant.«

»John Bonnington. Meine Freunde rufen mich Bonney. Ich war bei Ihrer Kundgebung. Gehöre zum Komitee, das eine Polizeigewerkschaft gründen will.«

»Ausgezeichnet. Sie werden auf Widerstand stoßen, aber eine Polizeigewerkschaft ist unverzichtbar. Machen Sie weiter so. Jetzt aber … ich bin ein Freund von Thora und Clem Price.«

Bonney grinste. »Sie heißt also Thora. Schon ein Anfang, was? Der Boss hat nicht einmal das herausgefunden. Meine Zeugen behaupten, sie habe ›Jocelyn‹ gerufen. Wissen Sie, wer das ist?«

»Ich habe darüber nachgedacht, und mir ist eine Idee gekommen, die mir plausibel erscheint.«

»War sie auf der Party?«

»Nein. Lassen Sie mich zu Thora rein, und ich liefere Ihnen den Hintergrund, bevor irgendjemand sonst ihn erfährt. Wie wäre das?«

»Abgemacht. Aber nur, wenn sie wach ist. Scheint eine nette Frau zu sein und hübsch ist sie noch dazu. Hat ein bisschen Ruhe verdient.«

Er nahm die Schlüssel und führte Fred die Hintertreppe hinunter.

Thora saß in der kalten Zelle steif auf einem Stuhl, den Mantel eng um sich geschlungen, und schaute nicht einmal auf, als Fred eintrat.

»Sie sollten sich ausruhen, Thora«, sagte er sanft. »Legen Sie sich hin.«

Als sie nicht antwortete, ließ er sich auf der Pritsche nieder und sah sie an. »Ich bin Fred Vosper. Sie erinnern sich an mich? Ich möchte Ihnen helfen. Sie gehören nicht hierhin. Ich werde versuchen, Sie herauszuholen. Dürfte ich Ihnen eine Tasse Tee bringen?«

Er ergriff ihre Hand. Mit der fahlen Haut und den zerzausten Haaren sah sie furchtbar aus, doch Fred hatte schon viele Gefangene gesehen und war daher von ihrem Anblick nicht allzu schockiert.

»Fred«, fuhr er beharrlich fort, »wir haben uns im *Palace* gut amüsiert. Sie sahen wunderbar aus, waren die schönste Frau von allen.«

Thora nickte. »Ja. Fred.« Ängstlich umklammerte sie seine Hand. »Wo ist Clem? Bringen Sie ihn zu mir? Ich mag sein Hotel nicht. Es ist schrecklich. Ich möchte nach Hause. Sagen Sie Clem, dass ich Furchtbares durchgemacht habe. Sehen Sie sich nur meinen Mantel an, er ist völlig ruiniert.«

Sie erhob sich. »Vielen Dank für Ihren Besuch, Fred. Ich wusste nicht, wie ich hier herauskommen sollte. Bringen Sie mich nach Hause, ich muss Clem alles erklären.«

»Was erklären?«, fragte er vorsichtig.

»Dass es mir nichts mehr ausmacht. Ich kann verstehen, was mit ihm geschehen ist. Ich habe darüber nachgedacht und festgestellt, dass es nicht seine Schuld war.«

»Was ist denn mit Clem geschehen?«

Mit angstvollem Blick wich Thora zurück. »Das ist privat. Wir werden nie wieder darüber sprechen. Können wir jetzt gehen?«

Fred war von Mitleid überwältigt und bedauerte, dass er sie nicht gleich nach Hause bringen konnte, doch als er draußen vor der Wache stand, ärgerte er sich über sich selbst, da er sich bei seiner Arbeit von Gefühlen hatte beeinflussen lassen. Immerhin hatte sie auf ihren Mann geschossen und seine eigenen Sachen zerstört.

»Verdammt! Jetzt bin ich ebenso verwirrt wie sie«, murmelte er auf dem Weg zum Cottage vor sich hin.

Die ersten Sonnenstrahlen tauchten die ferne Hügelkette in goldenes Licht. Fred nickte. »Wenn das kein Symbol für die Schätze ist, die hinter diesen Bergen liegen.« Da er noch nicht lange im Westen lebte, sah er diesem Naturschauspiel immer wieder voller Ehrfurcht zu. Hier ging die Sonne über den Bergen auf, anstatt sich aus dem Meer zu erheben wie im Osten. Schon oft war er ans Meer geritten, um zuzuschauen, wie die Sonne abends in den Ozean tauchte und die weite Wasserfläche mit einer ganzen Palette von Farben überzog. Sie changierten von Rot über Rosa bis zu Goldtönen. Fred wurde dieses Schauspiels niemals müde.

Von dem imposanten *Palace Hotel*, diesem von Menschenhand errichteten Wunder, auf das ganz Perth stolz war, ließ er sich hingegen nicht beeindrucken. Thora war es offensichtlich anders gegangen. Sie liebte dieses Haus, obgleich sie in das Cottage umgezogen war. Anscheinend hatte sie aber vor Clems Ankunft zunächst eine Weile im Hotel selbst gewohnt, was ihn eine Stange Geld gekostet haben dürfte.

Das Cottage lag in tiefer Ruhe. Fred setzte sich in den Park gegenüber und zündete seine Pfeife an. Er wollte die Nanny und das Kind nicht so früh wecken, und außerdem hatte er über vieles nachzudenken. Fred hatte nie ganz begriffen, weshalb Clem und Thora solche Probleme gehabt hatten. Möglicherweise hatte sie ihm übelgenommen, dass er sich so lange nicht zu Hause hatte blicken lassen, doch als Fred ihr begegnet war, hatte sie glücklich und zufrieden gewirkt. Die beiden gaben zweifellos ein hübsches Paar ab. Vielleicht ließe sich ein Foto von den beiden auftreiben? Mit schönen Menschen erzielte man höhere Auflagen als mit hässlichen. Er musste Thora anständige Kleider besorgen und sie dann so vorteilhaft wie möglich ablichten.

Bei diesem Gedanken kamen ihm leichte Gewissensbisse, doch andererseits würde ihr ein solches Foto nicht schaden. Sie war eine stolze Frau und offensichtlich sehr auf ihr Aussehen bedacht. Womit er wieder bei dem Thema Geld angelangt war.

Thora kleidete sich gut und teuer, was sich durchaus als Beweis für Clems Großzügigkeit werten ließ.

Allerdings war Clem auch ein reicher Mann. Außenstehenden galt er als Besitzer einer großen Schaffarm, der den Rest seines Vermögens mit Gold und Börsengeschäften verdient hatte, doch Fred war kein Außenstehender. Er hatte für seine Artikel auf den Goldfeldern recherchiert und dabei auch vom *Black Cat* und den wahren Besitzverhältnissen erfahren.

Einmal hatte er Clem darauf angesprochen. »Ich nehme an, ein gewisses Haus in Kalgoorlie sollte ich lieber nicht erwähnen?«

»Dafür wäre ich dir sehr dankbar.«

»Dein Geheimnis ist bei mir sicher. Wie bist du Landei eigentlich zu diesem Geschäft gekommen?«

»Durch Zufall. Nachdem mich dieser Speer getroffen hatte, stellte sich heraus, dass unsere damalige Mine wertlos war. Mein Partner kam auf die glänzende Idee, Glory das *Black Cat* abzukaufen. Sie war ganz erpicht auf das Geschäft, da ihr hohe Spielschulden im Nacken saßen.«

»Oh, ja, ich erinnere mich an Glory.«

»Als ich wieder unter die Lebenden zurückkehrte, musste ich feststellen, dass mir ein halbes Bordell gehörte. Zunächst habe ich getobt, doch als ich sah, wie viel dieses Haus einbrachte, habe ich mir die Sache noch einmal überlegt.« Er hatte Fred treuherzig angeschaut. »Es war mir peinlich, aber andererseits ein zu einträgliches Geschäft, um darauf zu verzichten. Ein

Sparstrumpf sozusagen, während ich mein Glück beim Schürfen versuchte.«

»Und was für ein Sparstrumpf!«, hatte Fred lachend gerufen.

Erst vor einigen Wochen hatte Clem einen Schlussstrich unter die Sache gezogen und seine Anteile am *Black Cat* verkauft. An Madame Jolie alias Jocelyn Russell aus York.

Jocelyn! Fred zog an seiner Pfeife und blies den Rauch in die klare Morgenluft. Am besten würde er nach Kalgoorlie fahren, um mit ihr zu sprechen, wenn sich die Aufregung erst gelegt hätte. Niemand würde mit ihrem Namen etwas anfangen oder herausfinden können, wer sie war.

Dann schüttelte er den Kopf. Die Reporter würden in Clems Vergangenheit wühlen und über kurz oder lang entdecken, dass er am *Black Cat* beteiligt gewesen war.

Fred sprach ein Gebet für Clem, der um sein Leben kämpfte, und fügte hinzu: »Den Verkauf hättest du dir sparen können, Kumpel. Jetzt kommt ohnehin alles raus. Doch was bedeutet das schon, wenn die eigene Frau auf einen geschossen hat?«

Dann sah er, wie das Mädchen die Tür des Cottages öffnete und blinzelnd in die Sonne schaute. Sie wirkte derb und bodenständig, hatte ihr Haar zu Zöpfen geflochten und trug, wie jede anständige Nanny, eine unauffällige Bluse und einen schwarzen Rock.

»Tut mir leid, Sir,« sagte sie, als er näher kam, »außer mir und Lydia ist niemand zu Hause.« Offensichtlich war sie nicht gewillt, einem Fremden mitzuteilen, dass ihre Herrin in der vergangenen Nacht nicht nach Hause gekommen war.

»Fred Vosper«, stellte er sich vor. »Vielleicht haben Sie schon von mir gehört, Miss. Es hat Schwierigkeiten gegeben. Dürfte ich hereinkommen?«

Sie hieß Netta Barnes und war, wie erwartet, völlig entsetzt, als sie die Neuigkeiten hörte. Vosper beantwortete ihre Fragen so gut er konnte. Sie hatte eine mütterliche Ausstrahlung – die

Kleine würde bei ihr in guten Händen sein. Das Cottage selbst war tadellos in Ordnung gehalten.

Fred kochte Tee und suchte Brot, Butter und Marmelade zusammen, während Netta weinend am Küchentisch saß.

»Ich war überrascht«, sagte sie schließlich, »als Mrs. Price gestern abend alleine ausging. Es war dunkel, und ich habe mir Sorgen gemacht. Ich wusste ja nicht, dass sie eine Waffe hatte!«

Fred ging nicht darauf ein. Über die Herkunft der Waffe würde er kein Wort verlieren. Aufmerksam hörte er sich an, was sie ihm zu erzählen hatte: »Ich habe sie frisiert und ihr Haar in Locken gelegt. Sie sah so schön aus. Ich dachte die ganze Zeit, dass Mr. Price sie abholen würde. Ich weiß nicht, wie sie von der großen Party in der Stadt erfahren hat. Mir gegenüber hat sie sich den ganzen Tag schweigsam verhalten. Hat einen langen Brief geschrieben und dort auf dem Tisch liegen lassen …«

»Verstehe. Wo ist er jetzt?«, fragte Fred behutsam.

»Es waren so viele Seiten. Ich habe sie beim Aufräumen in die Schublade dort drüben gelegt.«

Sie errötete, und Fred erriet sofort den Grund. »Haben Sie den Brief gelesen?«

»Nun ja, ich habe einen Blick darauf geworfen. Ich bin nicht neugierig, mir war nur langweilig. Ich habe aber nicht viel gelesen, weil nichts Interessantes darin stand. Er ist an jemanden namens Alice gerichtet.«

»Dürfte ich ihn sehen, Netta?«

»Ich weiß nicht so recht. Wäre das richtig?«

»Sagen wir so: Die Polizei wird hierherkommen, und Mrs. Price möchte sicher nicht, dass jemand ihre Privatbriefe findet. Die Lage ist schlimm genug. Ich werde den Brief aufbewahren. Ich kenne Alice.«

»Wirklich?«

»Ja, ich werde ihr den Brief geben. Sie sollten ihn mir besser aushändigen, bevor die Polizei kommt.«

Da sich die arme Netta mehr wegen der Polizei als um den Brief sorgte, gab sie ihn dem Besucher. »Ich will die Polizei nicht im Haus. Was soll ich denn sagen? Und was ist mit Mr. Price? Wird er sich wieder erholen? Wer kümmert sich im Gefängnis um sie? Und das arme kleine Mädchen da drinnen. Was soll aus ihm werden?«

»Keine Sorge«, murmelte Fred. Er musste unbedingt Thoras Brief lesen. »Ich werde dafür sorgen, dass Sie und Lydia nicht belästigt werden. Sicher wird ihre Familie von der Farm anreisen. Das Wichtigste ist, dass Sie hier bleiben. Würden Sie das tun, Netta?«

»Ja. Ich muss mich doch um Lydia kümmern.« Sie brach wieder in Tränen aus. »Die arme Kleine.«

Fred überflog rasch Thoras Brief. Ihm wurde immer klarer, dass diese Frau ernsthaft geisteskrank war. Ihre Probleme waren nicht plötzlich aufgetaucht. Der lange, weitschweifige, schwerverständliche Brief war ein einziger Hilfeschrei. Man würde sich eingehend damit beschäftigen müssen.

Noch bevor das Telegrafenamt öffnete, klopfte Vosper ungeduldig an die Tür. Wenige Minuten später hatte er eine Nachricht an George Gunne, Lancoorie, geschickt:

»Sie und Alice müssen dringend nach Perth kommen. Familie in Not. Fred Vosper. *United Services Hotel.*«

Auf diese Weise wollte er verhindern, dass ihre Identität sofort bekannt wurde. Sie würden ein paar Tage brauchen, bis sie in Perth eintrafen und in den Zeitungen lasen, was geschehen war. Fred hoffte, dass sie den Reportern aus dem Weg gehen konnten.

Dann machte er die Runde. Ging ins Krankenhaus, wo man ihm sagte, dass Clem die Operation überlebt habe, aber noch keinen Besuch empfangen dürfe. Die Entschuldigung des Arztes tat er mit einer Handbewegung ab. »Das ist schon in Ordnung. Halten Sie die Polizei von ihm fern. Sie wissen ja, dass er sich keinesfalls aufregen darf. Sollte sich sein Zustand verändern, senden Sie mir bitte eine Nachricht ins *United Services Hotel.*«

Die Vorfälle des vergangenen Abends hatten sich zu spät ereignet, als dass man bereits in den Morgenzeitungen darüber hätte berichten können. Lediglich der *Western Mail* brachte eine kurze Nachricht über die Schießerei. In dem Artikel wurden keine Namen genannt. Fred nickte. Um fünf Uhr nachmittags würde in Perth keine Abendzeitung mehr zu kriegen sein.

Er kehrte zurück ins Cottage und wurde dort von einer gewissen Miss Devane erwartet.

Fred war für seine schroffe Art bekannt, und im Moment hatte er nun wirklich keine Zeit, sich mit Frauen auseinanderzusetzen, die sich auch noch in die Sache einmischen wollten. »Wer sind Sie?«, fragte er knapp.

»Sie ist die Hausdame des Hotels«, erklärte Netta. »Sie sagt, ich müsse mit Lydia ausziehen. Ich weiß nicht, wohin wir gehen sollen, Mr. Vosper.«

»Braves Mädchen. Nun, Madam, würden Sie bitte dieses Haus verlassen?«

»Tut mir leid, Sir, ich habe meine Anweisungen.«

»Die hatte Napoleons Armee auch, und sehen Sie, was aus ihr geworden ist. Raus mit Ihnen.«

Sie richtete sich zu voller Größe auf.

»Zweifellos sind Ihnen die unerfreulichen Ereignisse des gestrigen Abends bekannt«, sagte sie. »Folglich verlangt der Geschäftsführer, dass Mrs. Price diese Wohnung räumt.«

»Schlecht fürs Geschäft, was?«

»Ein derartiges Benehmen kann vom *Palace* nicht toleriert werden. Unsere Gäste dürfen mit einem solchen Skandal nicht in Verbindung gebracht werden.«

»Das werden sie auch nicht. Wie Sie sehen, hat Mrs. Price

bereits das Haus verlassen. Genauer gesagt, sie sitzt im Gefängnis.«

Miss Devane zeigte keinerlei Reaktion. »Zurzeit schon. Doch sie wird möglicherweise entlassen und ist dann in diesem Hotel nicht mehr willkommen.«

»Diese Klitsche hier können Sie wohl kaum als Hotel bezeichnen.«

»Ich habe klare und deutliche Anweisungen, Sir. Wir haben Mrs. Price nur einen Gefallen getan, als wir ihr dieses Cottage anboten. Mit ihren Anfällen hat sie im Hotel schon genug angerichtet.«

Was sollte das heißen? »Miss Devane, ich kann Ihre Position verstehen und werde mein Bestes tun, doch mißfällt mir Ihre Bemerkung über Mrs. Prices Anfälle. Würden Sie mir das bitte genauer erklären?«

Auf dieses Stichwort hatte sie gewartet. Er lauschte ihren Klagen über die anspruchsvolle Frau, die im Speisesaal eine schändliche Szene verursacht hatte und hinausgeführt werden musste, die zudem bei privaten Festlichkeiten mehrere Damen grundlos beleidigt hatte. Der man aus purer Menschenfreundlichkeit das Cottage zur Verfügung gestellt hatte, wo sie auf ihren Ehemann gewartet hatte …

»Sind Sie nicht auf die Idee gekommen, dass diese Frau einen Zusammenbruch erlitten haben könnte?«, fragte Fred sanft.

»Wäre mir diese Idee gekommen, hätte man sie noch früher hinausgeworfen. Das hier ist ein Hotel, keine Nervenheilanstalt«, erwiderte sie harsch.

»Verstehe. Ihre Freundlichkeit rührt mich zu Tränen. Sind die Rechnungen bis jetzt bezahlt worden?«

»Mrs. Price hat das Cottage gemietet«, sagte Netta mit einem trotzigen Blick auf Miss Devane.

»Aha, das ist interessant. Wie lange läuft der Mietvertrag noch?«

»Wir kündigen den Vertrag.«

»Wie lange noch?«, beharrte Fred.

»Das Geld für die verbleibenden drei Wochen wird zurückerstattet. Falls wir jemanden finden, dem wir es aushändigen können.«

»Das ist nicht nötig«, erwiderte Fred. »Ihre Verwandten werden bald eintreffen und hier wohnen. Bestellen Sie Ihrem Geschäftsführer von mir, dass er seine Forderungen zurücknehmen soll. Ansonsten werde ich der Presse mitteilen, dass Mrs. Price Dauergast bei Ihnen ist.« Er wusste, dass die Journalisten ohnehin bald diese Meldung bringen würden. Sie würden Mrs. Price in der besten Suite des Hauses residieren lassen und das Cottage mit keinem Wort erwähnen. Schönheit und Reichtum waren aus journalistischer Sicht eine todsichere Kombination.

»Ich werde es ihm sagen. Allerdings bedauere ich Ihre Haltung sehr.«

»Es ist keine Haltung, sondern eine Tatsache«, stellte Fred fest. »Sie können die Namen von Mr. und Mrs. George Gunne in Ihr Gästebuch eintragen.«

»Sie haben sie ganz schön festgenagelt«, meinte Netta bewundernd. »Wo sollte ich denn ihrer Meinung nach mit dem Kind hingehen?«

»Das ist erst der Anfang, Netta«, erklärte er mitleidig. »Von nun an wird Mrs. Price zur Zielscheibe für viele boshafte Attacken werden, doch das darf Sie nicht stören. Die Schwester und der Schwager von Mr. Price werden bald eintreffen. Sie werden Ihnen gefallen. Nun möchte ich aber, dass Sie mir alles über Mrs. Price erzählen.«

Später kehrte er mit einem Koffer auf die Wache zurück, den die treue Nanny für Thora gepackt hatte.

Nachdem sie ihm von Thoras Nervenkrisen, ihren Depressionen und seltsamen Zuständen berichtet hatte, begann sich für Fred ein völlig neues Bild von dieser Frau abzuzeichnen. Addierte er im Geiste den Brief und Miss Devanes Erzählungen noch hinzu, so hatte er summa summarum eine ganz schön heikle Geschichte an der Angel. Die Fakten waren zugleich beunruhigend und faszinierend, und er hatte bei weitem noch nicht alles in Erfahrung gebracht. Eine solche Frau konnte man doch nicht vor Gericht stellen, oder?

Allmählich nahm eine Idee in ihm Gestalt an: Er würde zwei unterschiedliche Geschichten verfassen. Eine über die dramatischen Ereignisse auf dem Ball, die andere über Thoras Entwicklung. Diese Fallstudie über eine Frau, die eine Vergewaltigung hatte erdulden müssen und dadurch an den Rand des Wahnsinns getrieben worden war, erforderte sorgfältige Recherche. Denn dass Thora in ihrem Brief an Alice zwischen den Zeilen von ihrer Vergewaltigung berichtete, war sonnenklar. Fred hatte einige Aufsätze deutschsprachiger Autoren über Hysterie gelesen, die auf diesen Fall Anwendung finden konnten, doch würde er sich noch intensiver mit dem Thema beschäftigen müssen.

Über all das würde er später nachdenken, denn er konnte die Beschreibung von Thoras ganz persönlicher Hölle nie und nimmer unter ihrem Namen abdrucken. Es würde ihr den Rest geben.

Andererseits konnte ihr der Brief den Galgen ersparen, falls Clem sterben sollte.

Fred beschloss, ihn nur im Notfall rauszurücken. Er würde eine Kopie des Briefes anfertigen, darauf die Namen unkenntlich machen und das Original im Safe des Hotels hinterlegen. Die Kopie würde er als Grundlage für seine Nachforschungen benutzen.

Noch ein weiterer Freund war Thora geblieben. Lord Kengally freute sich sehr, Fred auf der Wache zu treffen, und war überaus erleichtert, dass jemand frische Kleidung und Toilettensachen für Thora besorgt hatte.

Ein Arzt hatte sie untersucht und zu Kengallys Empörung nichts weiter als einen Schock diagnostiziert. »Davon abgesehen ist Mrs. Price bei bester Gesundheit.«

»Dort draußen regiert der Hass«, berichtete Kengally. »Man könnte glauben, sie habe die Königin von England erschossen. Keine Spur von Mitleid.«

»Das war zu erwarten. Hass ist eine billige Droge. Können wir sie hier herausholen?«

»Ich glaube schon, doch wird sie in der Nähe bleiben müssen. Ich habe einen Anwalt beauftragt, der sich heute vor dem Amtsgericht für sie einsetzen wird. Sie wird zweifellos des versuchten Mordes angeklagt. Er wird auf geistige Unzurechnungsfähigkeit plädieren; das ist aber momentan nicht von Belang. Es besteht jedenfalls keine Hoffnung, dass sie auf Kaution freigelassen wird. Der Chefinspektor hat sich an diesem Fall festgebissen und würde Mrs. Price am liebsten öffentlich verbrennen, um sein Publikum zu erfreuen. Angeblich hat er noch nie von geistiger Unzurechnungsfähigkeit gehört.« Kengally nahm Fred beim Arm und führte ihn in eine ruhige Ecke. »Vielleicht sollte er einfach mal in den Spiegel schauen.«

Fred lachte. »So gefallen Sie mir. Wo könnten wir Thora bis zum Prozess unterbringen?«

»In der Kaserne. Mehr können wir nicht tun. Dort muss sie wenigstens keine Zelle mit Säufern und Huren teilen. Das Gebäude ist riesig, so dass sie sich neugierigen Leuten entziehen kann. Außerdem arbeiten dort auch Frauen.«

Zu ihrem Erstaunen fanden diese beiden Männer, die entgegengesetzte politische Meinungen vertraten, ein gemeinsames Ziel in ihrem Anliegen, Clem und Thora beizustehen. Thora wurde durch die Ställe aus dem Wachgebäude geschmuggelt, da die Menge den Eingang blockierte, und in die nahe gelegene Militärkaserne eskortiert, wo früher einmal die Wachen der deportierten Sträflinge untergebracht waren.

Sergeant Bonnington erwartete sie unter dem großen Torbogen. »Meine Frau ist gekommen, um Mrs. Price zu helfen. Sie wird sich um sie kümmern und ihr zur Hand gehen, wenn sie sich für ihren Auftritt vor Gericht zurechtmacht.«

Er wandte sich an Fred. »Sie haben versprochen, mir zu helfen.«

»Das habe ich nicht vergessen. Mr. und Mrs. Price gehört eine Schaffarm namens Lancoorie in der Nähe von York. Seine Schwester und ihr Ehemann werden in die Stadt kommen und im Cottage des *Palace Hotel* wohnen, wo Mrs. Price ihren Urlaub verbracht hat.«

Bonnington holte sein Notizbuch heraus. »Namen?«

»Mr. und Mrs. George Gunne. Aber behandeln Sie diese Information vertraulich. Wir möchten den Gunnes keine Unannehmlichkeiten bereiten.«

»Gunne? George Gunne? Ein stämmiger Bursche? Engländer, um die vierzig?«

»Ja. Kennen Sie ihn?«

»Sieht ganz so aus. Er ist hier gut bekannt. Hat ein langes Strafregister vorzuweisen. Was hat er denn mit der Sache zu tun?«

Fred stöhnte. Musste denn alles schiefgehen? »Eigentlich gar nichts. Schien mir ein anständiger Kerl zu sein. Er ist mit Alice Price verheiratet und führt ein vorbildliches Leben.«

»Wussten Sie nicht, dass er ein Deportierter ist?«

»Woher denn?«

Bonnington zuckte die Achseln. »Ich muss ihn überprüfen. Vom Gefängnis in Fremantle ins *Palace* – er hat es ganz schön weit gebracht.«

Chefinspektor Smythe hielt es für unverzichtbar, Mrs. Cornish persönlich zu vernehmen, da sie im Haus des ehemaligen Parlamentssprechers wohnte. Auch im Ruhestand galt Henery Whipple noch als Einflussreicher Mann.

»Es freut mich, dass Sie persönlich gekommen sind«, sagte Henery und führte ihn in den Salon. »Meine Gäste sind es nicht gewohnt, in polizeiliche Untersuchungen hineingezogen zu werden. Diese furchtbare Schießerei hat uns alle sehr durcheinandergebracht.«

Smythe bekundete Henery sein Mitgefühl. »Ich kann Ihnen gar nicht sagen, wie sehr ich dieses schreckliche Ende Ihres Abschiedsfestes bedauere. Dies ist wirklich das grässlichste Verbrechen, das mir seit langem untergekommen ist. Es ist kaum zu glauben, dass eine Frau sich ausgerechnet einen solch festlichen Rahmen für den Mord an ihrem Ehemann aussucht.«

»Ihrem Ehemann?«, fragte Henery. »Sie hat nicht auf Mr. Price gezielt, sondern auf Mrs. Cornish, meinen Gast! Das ist eine verdammte Schande.«

»Da irren Sie sich, Henery. Sie war hinter ihrem Ehemann her. Ich bin gekommen, um Ihnen zu versichern, dass Ihr Gast nicht länger belästigt wird. Ich werde Mrs. Cornishs Aussage zu Protokoll nehmen und es dabei belassen. Sie braucht auch nicht vor Gericht zu erscheinen. Der Schock des gestrigen Abends war groß genug.«

»Einen Moment, bitte.« Henery verließ das Zimmer und kehrte mit seinen Gästen zurück. »Darf ich Ihnen Mr. Robert Warburton aus Minchfield House vorstellen?«

»Oh, ein wunderbares Anwesen. Ich freue mich sehr, Sie kennenzulernen, Sir.«

»Und seine Verlobte, Mrs. Cornish.«

Smythe verbeugte sich. Mrs. Cornish war eine attraktive Frau mit dunklem, glänzendem Haar und einer guten Figur. Sie musste um einiges jünger sein als Warburton. Verständlicherweise wirkte sie sehr nervös.

»Sehr erfreut, Mrs. Cornish. Ich denke mit Entsetzen daran, wie Ihnen diese schreckliche Frau zugesetzt haben muss. Sie wird ihre gerechte Strafe erhalten.«

»Wie geht es Mr. Price?«, wollte Lillian wissen.

»Er schwebt noch immer in Lebensgefahr. Wenn er stirbt, werden wir Anklage wegen Mordes erheben müssen.«

»Es tut mir so leid«, sagte sie.

»Wie auch immer, ich würde gerne auf die ursprüngliche Frage zurückkommen«, warf Henery ein. »Robert und ich haben uns ausführlich darüber unterhalten und sind zu dem Schluss gekommen, dass Mrs. Price versucht hat, Mrs. Cornish zu töten.«

Erstaunt schaute Lillian Warburton an. Sie hatte gehofft, man würde sie aus dieser Sache heraushalten. Bei ihrer Rückkehr von der Abschiedsparty hatte sich eine Menschenmenge vor Henerys Haus versammelt gehabt, und alle schienen der Meinung gewesen zu sein, dass es sich um ein Verbrechen aus Leidenschaft gehandelt habe. Dass Thora gekommen war, um ihren Ehemann zu erschießen.

»Aber du sagtest doch …« Sie wandte sich an Robert.

»Ja. Wir dachten, sie hätte auf Mr. Price gezielt, doch nachdem du zu Bett gegangen warst, habe ich noch einmal mit Henery über den Vorfall gesprochen.«

»Und wir sind zu einem definitiven Schluss gekommen«, fügte dieser hinzu. »Sie irren sich, Inspektor. Alle Zeugen sagen aus, dass sie den Namen einer Frau gerufen und auf Mrs. Cornish gezielt hat, als diese weglaufen wollte. Hätte Mr. Price nicht eingegriffen, wäre sie vermutlich das Opfer gewesen.«

Lillian wagte nichts zu sagen. Sie dachte fieberhaft nach. Bevor sie heiraten konnte, musste die Scheidung ausgesprochen werden. Es war jetzt nicht an der Zeit, die Existenz eines zweiten Kindes bekanntzugeben. Andererseits würde es ihr viel Sympathie einbringen, wenn sie offen gestand, dass Thora ihr, Lillians, Kind betreute. Sie konnte behaupten, dass sie zu dem Zeitpunkt, als Thora das Baby zu sich nahm, selbst zu keiner Entscheidung fähig gewesen sei, da alle auf sie eingeredet hätten, sie solle ihre christliche Pflicht tun und sich von einem ihrer Kinder trennen. Sie konnte sogar aussagen, dass dies ein mögliches Motiv für Thoras Anschlag auf sie war – der Hass auf die leibliche Mutter ihres Adoptivkindes.

Während die Männer diskutierten, knüllte sie ihr Taschentuch im Schoss und konstruierte in Gedanken eine Geschichte, in der Thora nicht die Rolle der unglücklich Verheirateten, sondern der Grausamen, Berechnenden spielte.

Anscheinend war der Inspektor wenig begeistert von Henerys Einmischung.

»Darf ich davon ausgehen, dass Ihnen Mr. und Mrs. Price bekannt sind?«, fragte er Lillian.

»Es sind keineswegs enge Freunde von uns«, warf Robert hastig ein. Lillian war auf Draht. Sie beschloss, ihre Geschichte einstweilen für sich zu behalten.

»Ich kenne sie«, antwortete sie mit Bedauern in der Stimme. »Es sind flüchtige Bekannte aus meiner Zeit in York. Gesellschaftlich haben wir nicht miteinander verkehrt. Thora Price ist die Tochter des Arztes und genoss keinen guten Ruf.«

»Wie meinen Sie das?«, fragte Smythe weiter.

Lillian starrte auf das Teppichmuster, als wolle sie einer Antwort ausweichen.

»Man spricht nicht gern über solche Dinge. Sie verursachte einen Skandal, als sie schwanger wurde. Clem Price kam ihr zu Hilfe und rettete sie.«

»Was meinst du mit retten?«, wollte Robert wissen.

»Nun, sie war in Schwierigkeiten. Er heiratete sie in einer Kirche außerhalb der Stadt, quasi im Geheimen. Es war eine bescheidene Zeremonie. Ich kam an diesem Tag zufällig an der Kirche vorbei. Aus Mr. Prices Verhalten können Sie ersehen, dass er ein ehrenwerter Mann ist. Außerdem hat er mir offensichtlich das Leben gerettet.«

»Warum aber sollte Mrs. Price Sie erschießen wollen?«

»Ich habe nicht die leiseste Ahnung. Sie konnte nicht wissen, dass ich auf dem Fest war, und hätte sich auch nicht an mich erinnert. Sie ist einfach verrückt.«

»Na bitte«, sagte Robert, »jetzt kennen Sie die Geschichte, Inspektor. Mrs. Cornish tanzte mit Mr. Price, weil sie ihn von früher kannte. Ansonsten hat sie mit der Sache nichts zu tun.«

Der Inspektor kratzte sich am Ohr. »Mag sein. Aber diese Tatsache verkompliziert den Fall.«

»Durchaus nicht«, meinte Henery, »die Frau marschierte in den Saal und schoss auf Mrs. Cornish, da sie sie mit jemandem verwechselt hatte. Mit einer Frau namens Jocelyn. Soviel wir wissen, hatte auch das nichts mit dem Ehemann zu tun.«

»Das befürchte ich auch«, bemerkte der Inspektor unglücklich.

»Sie werden die Wahrheit schon herausfinden. Wenn das alles wäre … ich bin ziemlich erschöpft und muss mich ausruhen. Ich hätte nie geglaubt, dass meine Laufbahn mit einem derartigen Skandal enden würde.«

»Immerhin wird niemand so schnell Ihren Abschied vergessen.«

Robert missfiel diese Bemerkung. »Ich kann mir kaum vorstellen, dass dies ein Trost für Mr. Whipple ist. Wir alle möchten diesen Abend am liebsten vergessen.«

»Ich verstehe, Mr. Warburton. Die Bemerkung war unpassend. Ich möchte Sie nicht länger stören.« Smythe zog sein Notizbuch heraus. »Mrs. Cornish, ich nehme an, Sie sind nur zu Besuch in unserer schönen Stadt. Würden Sie mir bitte Ihre Anschrift mitteilen?«

»Minchfield House.«

Er zögerte. »Verstehe. Nun, ich werde Sie nicht weiter belästigen, bis der Termin für die Verhandlung feststeht. Ich werde Sie davon in Kenntnis setzen.«

»Wieso?«, fragte Robert aufgebracht. »Was hat Mrs. Cornish damit zu schaffen? Wir haben Ihnen doch erklärt, dass sie nur zufällig in diese Sache hineingeraten ist.«

»Wäre ich bei meiner ursprünglichen These geblieben, hätte es sich vermeiden lassen, sie vorzuladen«, entgegnete der Inspektor glatt. »Da Sie und Mr. Whipple jedoch darauf bestehen, dass Mrs. Price nicht auf ihren Mann, sondern auf eine Frau gezielt hat, wird Mrs. Cornish vor Gericht aussagen müssen.« Er nahm seine Mütze. »Mr. Whipple, ich kann Ihnen gar nicht sagen, wie leid es mir tut, dass dieses Höllenweib sich ausgerechnet Ihren großen Tag für ihr Verbrechen ausgesucht hat. Dass das Fest so enden musste! Alle grämen sich darüber. Auch meine Frau möchte Ihnen ihr Bedauern aussprechen. Ich wünsche Ihnen einen guten Tag, Gentlemen. Mrs. Cornish.«

Nach all der Aufregung kam Robert und Lillian Minchfield House wie ein ruhiger Hafen vor. Caroline freute sich unbändig, ihre Mutter wiederzusehen, und zeigte ihr stolz die Stoffpuppe, die die Köchin für sie genäht hatte.

Robert hatte Lillian auf dem Boot strengste Anweisung erteilt, mit niemandem über die Schießerei zu sprechen. Aus Angst, ihn zu verärgern, gehorchte Lillian und hielt sich von dem endlosen Klatsch der Dienstboten über die Frau, die ihren Mann niedergeschossen hatte, fern.

Jeden Tag ging sie die Zeitungen durch und faltete sie danach wieder ordentlich zusammen, doch Robert warf nie einen Blick hinein. Er interessierte sich nicht für das, was um ihn herum vorging. Lillian hingegen verschlang jedes Wort. Über die Prices wurde viel geschrieben. Clems Zustand war noch immer kritisch. Seine Schwester Alice und ihr Mann wachten ständig an seinem Bett. Thora wartete in der Kaserne auf ihre Verhandlung. Sie war des versuchten Mordes angeklagt worden. Mehrere Zeitungen brachten ein Foto von ihr. Darauf sah man sie, von Polizisten umgeben, auf den Stufen des Gerichtsgebäudes stehen. Lillian hätte sie kaum wiedererkannt. Das war nicht mehr das hochaufgeschossene, schlanke Mädchen, das durch York stolziert war, bevor es Clem Price heiratete. Diese Frau sah einfach atemberaubend aus, wie die Mannequins in den Modejournalen. Seltsamerweise konnte Lillian sich nicht daran erinnern, wie Thora bei dem Fest im Rathaus ausgesehen hatte. Nur der Anblick der auf sie gerichteten Waffe hatte sich in ihr Gedächtnis gegraben. Wann immer sie an diese Augenblicke dachte, erschauerte sie, und häufig fuhr sie schreiend aus dem Schlaf hoch.

Auch dafür würde Thora Price bezahlen.

Dann fand sie es. Ein Bild von ihrer Tochter, Carolines Schwester, mit der Bildunterschrift: »Die Unschuldigen haben darunter zu leiden«.

Es war eine hübsche, ovale Fotografie, die ein richtiges kleines Engelsgesicht mit üppigen Locken und einem reizenden Lächeln zeigte – das Ebenbild von Caroline. Lillian brach in Tränen aus.

Diesmal zögerte sie nicht. Sie schnitt das Foto aus und verbrannte die Zeitung in der Hoffnung, dass Robert ihr Fehlen nicht bemerken würde.

Natürlich fanden auch noch andere Zeitungen den Weg ins Haus, und Lillian wartete auf den Tag, an dem ein Dienstbote die Ähnlichkeit zwischen Caroline und der Tochter der Prices erwähnen würde, doch ihre Befürchtung bewahrheitete sich nie, und so konnte sie schließlich erleichtert aufatmen.

Jeden Tag wurde in den Zeitungen über die Schießerei im Rathaus berichtet. Manche Zeugenaussagen wirkten ziemlich weit hergeholt. Eine Frau behauptete sogar, dass die Schützin von einem Banditen beauftragt worden sei, den Damen die Juwelen zu rauben. Man diskutierte offen darüber, ob Thora Price gehängt werden sollte, selbst wenn ihr Mann überlebte. Die öffentliche Meinung richtete sich mehrheitlich gegen sie.

Noch immer wurden im Gefängnis von Fremantle regelmäßig Hinrichtungen vollzogen. Keine Zeitung erwähnte je die mysteriöse Jocelyn oder Mrs. Cornish. Lillian vermutete, dass das Henery zu verdanken war. Lillian ging hinunter zur Anlegestelle und schaute auf das samtige, dunkle Wasser des Flusses.

»Was wäre mit meinen Kleinen geschehen, wenn mich diese Wahnsinnige erschossen hätte?«

Mrs. Cornish war in einer gefährlichen Stimmung, nur konnte sie im Gegensatz zu Thora Price völlig klar denken. Sie würde mit äußerster Sorgfalt vorgehen.

Über ihr schien ein kalter Mond, und die Sterne glitzerten wie Stecknadelköpfe. Sie erinnerten Lillian daran, dass sie sich darüber klarwerden musste, was mit Robert nicht stimmte. Er hatte kein Wort über den Vorfall verloren und war allmählich wieder in seine frühere Lethargie versunken. Ganze Tage verbrachte er in der Bibliothek oder im Rosengarten. Ab und zu beriet er sich mit Jordan über die Leitung der Farm. Da nichts Ungewöhnliches passierte, konnte Lillian sich ihr Unbehagen nicht erklären, doch irgendetwas lag in der Luft, wenn Robert in der Nähe war, irgendetwas, das ihr kleine Nadelstiche zu versetzen schien. Sie versuchte, es als Einbildung abzutun.

Auch der nächste Tag versprach wieder heiß zu werden. Der Sommer hatte mit aller Macht eingesetzt. Lillian war zum Fluss gegangen, weil dort eine leichte Brise wehte. Sie wünschte, sie könnte die Kleider ablegen, vor allem das verfluchte Korsett, und sich ins Wasser stürzen, wie sie es in jenen Tagen getan hatte, als sie noch frei von Sorgen mit ihren Eltern auf Schaftrieb gewesen war.

So heiß es auch sein mochte – in Minchfield House schwamm niemand im Fluss. Robert missbilligte derartige Vergnügungen ebenso, wie Miss Lavinia es getan hatte.

Er hasste den Sommer. Vielleicht war dies der Grund für sein seltsames Verhalten. Trotz der Hitze bestand er darauf, sich wie ein Gentleman zu kleiden, sprich, Krawatte, Weste und Jackett anzuziehen. Darunter trug er noch ein seidenes Hemd und Flanellunterwäsche. Selber schuld, dachte Lillian.

Am folgenden Tag las sie einen Artikel über Chefinspektor Smythe, der die Publicity zu genießen schien, die ihm der Fall Price verschaffte, und einen Kommentar von einem Mann namens F. C. B. Vosper, der Thora zu einer Art heiliger Johanna stilisierte. Er behauptete, sie würde von einer sensationslüsternen Öffentlichkeit mit Schmutz beworfen, habe in Wirklichkeit jedoch einen Nervenzusammenbruch erlitten und sei nicht für ihre Taten verantwortlich.

»Wiederhole das, wenn man mit einer Waffe auf dich zielt«, knurrte Lillian. »Dann wird dir die Klugscheißerei schon vergehen.«

Sie las, dass Clem und Thora sich getrennt hatten. Sie hatte im *Palace* gewohnt, er im *United Services Hotel.*

»Ich wette, an diesem Punkt kommt Jocelyn ins Spiel.« Sie lächelte. »Clem hatte bestimmt eine Geliebte.«

Dann fiel ihr Blick auf eine andere Meldung. Eine Goldmine namens Yorkey, die dem Verletzten und seinem Partner gehört hatte, war unter mysteriösen Umständen versiegt. Lord Kengally hatte im Namen der jetzigen Besitzer Klage gegen einen Mr. Edgar Tanner wegen Fälschung und Betrugs erhoben. Bisher hatte Mr. Tanner sich jedoch den polizeilichen Ermittlungen entzogen. Man bemühte sich, jeden Schatten eines Verdachts von Clem Price abzuwenden.

»Das passt auch nicht zu ihm«, bemerkte Lillian. Sie hätte ihn gern im Krankenhaus besucht, um sich zu bedanken, doch es hatte keinen Sinn, auch nur darüber nachzudenken. Robert wäre außer sich. Außerdem gehörte Clem Price, sollte er denn überleben, dem feindlichen Lager an, da er Lydia inzwischen als seine Tochter betrachtete.

»Held oder nicht, deine Frau ist jedenfalls verrückt. Ihr werdet mein Kind nicht behalten. Ich hätte mir nie träumen lassen, dass Caroline es einmal besser haben würde als ihre Schwester. Immerhin ist ihre Mutter keine Kriminelle.«

Drei Wochen waren vergangen. Weder Robert noch Lillian hatten Lillians Scheidung je wieder erwähnt. Sie wartete darauf, dass er sich wieder beruhigte. Wie alles, was Robert betraf, brauchte auch dies seine Zeit.

Eines Morgens – er hatte gerade seine Nierchen mit Speck gegessen – lehnte er sich zurück und sagte: »Du hast die Köchin gut ausgebildet, Lillian. Das Frühstück ist eine wahre Wonne. Die Nieren sind einfach köstlich, und die Soße genauso leicht, wie sie zu dieser frühen Stunde sein sollte. Ich habe mit dir zu reden.«

»Sicher, Robert. Noch Kaffee?«

»Bitte. Und einen Hauch Sahne.«

Lillian wartete.

»Ah, wunderbar«, sagte Robert, nachdem er an seinem Kaffee genippt hatte. »Ich muss dir gratulieren, meine Liebe. Deine Menüs werde ich wirklich vermissen. Ich habe mich nämlich entschlossen, für eine Weile wegzufahren. Ich reise recht gern.«

»Das wusste ich nicht.«

»Reisen erweitert den Horizont. Ich interessiere mich für die schönen Künste und werde eine Studienreise unternehmen, nach Europa.«

»Nach Europa?«

»Natürlich. London als Ausgangspunkt, von da nach Paris und Florenz, das Herz der Kunstwelt.«

»Florenz? Wo liegt das?«, Sie kam sich unsagbar dumm vor.

»In Italien, meine Liebe.«

»Und wann fährst du?«

»Sagte ich das nicht? Morgen. Ich habe mich mit einer Schifffahrtslinie in Verbindung gesetzt und eine Luxussuite auf der *Mandalay*, einem Schiff der East India Company, gebucht, das bald in Fremantle ausläuft. Ich weiß, dass es kurzfristig ist, doch das Packen des Schrankkoffers wird nicht lange dauern. Vielleicht könntest du einige Dinge aufschreiben, die ich noch in Perth besorgen muss.«

Lillian war wie betäubt. »Was ist mit mir?«, wollte sie fragen. »Was ist mit deinem Heiratsantrag?«, Doch sie nickte nur. »Ja, natürlich.«

Wollte er sie auf den Arm nehmen? Vielleicht plante er doch, sie mitzunehmen?

Es hatte sich allerdings nicht so angehört.

Der Tag verging mit Reisevorbereitungen. Roberts Hemden mussten gestärkt, der Schrankkoffer gelüftet, die Abendanzüge gedämpft und gebügelt, die Schlafanzüge ordentlich gefaltet, Schuhe und Socken getrennt eingepackt werden. Die Taschentücher mit den Initialen wurden zusammen mit den Krawatten verstaut, die Manschettenknöpfe und perlenbesetzten Krawattennadeln kamen in kleine Schubladen. Während Lillian seinen schweinsledernen Koffer mit den notwendigen Dingen für den kurzen Zwischenaufenthalt in Perth packte, staute sich eine ungeheure Wut in ihr auf. Es war das zweite Mal, dass ein Mann sie verließ.

»Wann kommst du zurück?«, fragte sie nervös.

»Wer weiß, meine Liebe? Wenn ich Europa leid bin, komme ich nach Minchfield zurück. Wie du weißt, langweile ich mich sehr schnell.«

»Verstehe. Soll ich bis dahin hierbleiben?«

»Natürlich. Niemand könnte Minchfield so gut leiten wie du. Ich habe veranlaßt, dass Jordan dir dein Gehalt zahlt, so dass du dir darum keine Sorgen zu machen brauchst.« Er ergriff ihre Hand. »Ich zähle auf dich, Lillian. Bitte Lass mich nicht im Stich. Ich werde dir schreiben, und du musst mir berichten, wie die Dinge hier stehen. Versprich mir das. Ich werde viele interessante Dinge erleben. Hier habe ich das Gefühl, auf der Stelle zu treten.«

Das gesamte Personal versammelte sich an der Anlegestelle, um Mr. Robert zu verabschieden. Als er inmitten seines Gepäcks im Boot stand, winkten und lächelten die Hausangestellten, als bedeute er ihnen etwas.

Auch Lillian tat, als freue sie sich für ihn und habe nicht bemerkt, dass er sich von ihr ebenso förmlich verabschiedet hatte wie von den übrigen Dienstboten. Als wäre ihr nicht bewusst, dass das Personal hinter ihrem Rücken über sie lachte. Sie hatte zwar mit dem Boss geschlafen, doch nun hatte er sie fallenlassen.

Sie lächelte und winkte. Als das Boot verschwunden war, raffte sie ihre Röcke, ging zum Haus zurück und rief alle Dienstboten zusammen.

»Nur weil Mr. Robert eine Weile abwesend sein wird, dürfen wir in unseren Bemühungen nicht nachlassen. Zugegeben, ohne den Herrn wird etwas weniger Arbeit anfallen …« Sie sah das Grinsen auf den Gesichtern und hatte die entsprechende Antwort parat.

»… doch solange sich alle Mühe geben, werde ich niemanden entlassen.«

Das Grinsen erstarb.

Mrs. Cornish tat alles, um ihren Status aufrechtzuerhalten. Sie sorgte dafür, dass an diesem Abend der Tisch im Speisezimmer für sie gedeckt wurde, und aß an ihrem üblichen Platz. Dazu hatte sie eine Flasche des besten Rotweins dekantiert.

»Das wäre alles«, sagte sie zu der Serviererin, als diese das Hauptgericht aufgetragen hatte. »Sie können morgen früh abräumen.«

Dann genoss sie ihr einsames Mahl in vollen Zügen. Das Roastbeef und die Gemüsebeilage waren perfekt zubereitet. Auf dem Sideboard stand eine Fotografie von Robert in einem silbernen Rahmen, die, wie er ihr oft genug erklärt hatte, auf dem Gelände des Government House in Perth aufgenommen worden war. Sie erhob ihr Kristallglas und prostete ihm zu.

»Auf dich, du Bastard!«

»Ich lasse dich in dieser Situation nur ungern allein«, sagte George, doch Alice wollte nichts davon hören.

»Der Zug fährt in einer Minute ab, George. Steig bitte ein. Es ist Schurzeit. Du musst auf Lancoorie sein, bevor die Scherer eintreffen.« Sie küsste ihn. »Vergiss nicht, Mrs. Postle schickt dir eine Köchin. Sie kann die Bestellungen aufgeben und wird wissen, was sie an Vorräten für die Scherer braucht. Und übernimm dich nicht.«

Er stieg erst in den Zug, als sich die Räder schon zu drehen begannen. »Schick mir ein Telegramm, wenn du mich brauchst. Lass dich nicht unterkriegen.«

»Keine Sorge, ich komme zurecht.«

Der Pfiff ertönte, und die Lokomotive stieß eine Rauchwolke aus, als der Zug aus dem Bahnhof fuhr. Alice wich vor dem beißenden Rauch zurück, blieb aber auf dem Bahnsteig stehen, bis der Zug nicht mehr zu sehen war. Sie wusste nicht, wie sie den Tag, der vor ihr lag, bewältigen sollte. Sie würde George schrecklich vermissen und fragte sich, wie sie ohne ihn zurechtkommen sollte. Die ganze Woche war er wie ein Fels in der Brandung gewesen und hatte in seiner ruhigen Art alle Hindernisse aus dem Weg geräumt.

Mr. Vospers Telegramm hatte ihr einen regelrechten Schock versetzt. Sie hatte nicht aus noch ein gewusst, doch George hatte darauf bestanden, dass sie sofort abreisten. Er hatte das Packen ihr überlassen, während er den Farmarbeitern letzte Anweisungen erteilte. Als er ins Haus zurückkehrte, lief Alice noch immer wie in Trance herum, und so nahm er das Packen selbst in die Hand. Dann verfrachtete er sie eilig in den Wagen.

»Wir fahren direkt nach Northam«, sagte er. »Wenn wir auf die Kutsche warten, verlieren wir einen ganzen Tag.«

Die ganze Fahrt über machte sie sich Gedanken. Einen Todesfall hätte Vosper doch wohl erwähnt. Was also war geschehen? »Familie in Not.« Es konnte nur um Clem, Thora und das Kind gehen.

»Was auch immer passiert ist«, sagte sie schließlich zu George, »Clem kommt bestimmt damit zurecht. Manche Leute geraten einfach zu schnell in Panik. Meinst du, Mr. Vosper regt sich vielleicht wegen irgendeiner Bagatelle so sehr auf?«

»Wir werden sehen.«

Sie verbrachten die Nacht in einem Hotel in Northam und waren bereits am frühen Morgen auf dem Bahnhof. George kaufte eine Zeitung und steckte sie in eine Tasche. Erst als sie bereits ihre Plätze eingenommen hatten, holte er sie wieder hervor. Zum Glück, denn sonst wäre Alice auf der Stelle in Ohnmacht gefallen.

»Schüsse im Rathaus!«, lautete die fett gedruckte Schlagzeile.

»Du solltest das besser lesen«, hatte George gesagt.

Alice traute ihren Augen nicht. Thora hatte Clem niedergeschossen!

»Nein, das kann nicht wahr sein. So etwas würde sie nicht tun. Thora! Das kann ich einfach nicht glauben.«

Auf der langen Zugfahrt nach Perth las sie den Artikel wieder und wieder, weinte um Clem, betete für ihn, fragte sich nach Thoras Motiven und bemühte sich, den heftigen Zorn im Zaum zu halten, der sich in ihr anstaute.

»Das werde ich ihr nie verzeihen. Ich weiß, dass es schrecklich ist, so etwas zu sagen, aber ich hoffe, dass Gott sie für ihre Sünden bestraft. Sie wird doch ins Gefängnis kommen, oder?«

»Wir werden sehen.«

George war zwar ebenso entsetzt wie Alice, doch weitaus weniger überrascht. Er hatte schon lange vermutet, dass

Thora nicht richtig im Kopf war, beschloss aber, Alice auch jetzt nichts davon zu erzählen. Er würde warten, bis sie die ganze Geschichte kannten. Die Zeitung berichtete alles Mögliche über den hässlichen Vorfall, ging aber mit keinem Wort auf die Motive ein, die Thora zu einer solchen Tat getrieben haben könnten. Über Clem erfuhren sie nur, dass er schwer verletzt war. Obwohl Alice sich normalerweise bemühte, jedem Gerechtigkeit widerfahren zu lassen, brach sie über Thora sofort den Stab. George hörte ihr zu und war dankbar, dass seine Frau während der langen Zugfahrt ihren Gefühlen freien Lauf lassen konnte. Sie liebte ihren Bruder so sehr, dass sie nicht gezögert hätte, selbst eine Waffe auf Thora zu richten. Allmählich beruhigte sie sich jedoch. George ergriff ihre Hand.

»Du brauchst im Augenblick nur an Clem zu denken, alles andere wird sich von selbst ergeben. Versuch zu schlafen.«

Sie lächelte schwach und lehnte den Kopf an seine Schulter. »Du bist so gut zu mir, George.«

Fred Vosper holte sie am Zug ab und brachte sie auf dem schnellsten Weg ins Krankenhaus. Unterwegs berichtete er, dass man Clem je eine Kugel aus Brust und Oberschenkel entfernt hatte. Er war bei Bewusstsein, stand aber unter dem Einfluss starker Schmerzmittel. Alice begann zu weinen, als sie ihn sah, umklammerte seine Hand und sprach im Flüsterton mit ihm. Als sie sich schließlich verabschiedete, war sie auf Thora wieder genauso wütend wie vorher.

Die Reporter bedrängten sie und George mit Fragen, die sie beide nicht beantworten konnten. Mit gesenktem Kopf schoben sie sich schweigend durch die Menge – bis ein Mann George *die* Frage stellte: »Stimmt es, dass du ein Sträfling bist, Kumpel?«

»War«, sagte George ungerührt, doch Alice wandte sich voller Zorn an den Fragesteller.

»Wie können Sie es wagen, so mit Mr. Gunne zu sprechen!«, Sie holte mit ihrer Handtasche aus. »Aus dem Weg, Sie Grobian!«

Man brachte sie ins Cottage. Unterwegs erfuhren sie zu ihrem Erstaunen, dass Clem und Thora nicht zusammengewohnt hatten.

»Clem hat das nie erwähnt«, meinte George, »ebenso wenig Thora. Sie hat nicht mehr geschrieben, seit Clem in der Stadt war. Was ist denn geschehen?«

Vosper schüttelte den Kopf. »Ich habe Ihnen alles erzählt, was ich weiß. Sie schienen sich ganz gut zu verstehen und freuten sich auf den Umzug ins Strandhaus, doch vor einigen Tag muss es Streit gegeben haben. Ich dachte, es sei nichts Ernstes.«

»Das war wohl ein Irrtum«, sagte George. »Kennen Sie Thora?«

»Ich habe sie ein paar Mal getroffen. Sie war charmant.«

»Und Sie haben keine Ahnung, was sie dazu getrieben hat?«

»Nein.«

»Du lügst«, dachte George, »aber belassen wir es dabei. Clem wird es mir schon sagen können.«

Vosper verabschiedete sich, als sie im Cottage angekommen waren, und Alice rannte mit ausgestreckten Armen auf Lydia zu. »Meine süße Kleine, ich bin es, Tante Alice. Kannst du dich an mich erinnern?«

Lydia konnte sich nicht erinnern, doch bald hatten die beiden wieder Freundschaft geschlossen. Alice umarmte die Nanny und dankte ihr überschwenglich dafür, dass sie sich unter so schwierigen Bedingungen um das Wohl des Kindes gekümmert hatte.

Während sie sich unterhielten, schlenderte George durchs Haus und suchte nach einem Hinweis, der Thoras Verhalten erklären konnte. Doch im Cottage herrschte peinliche Ordnung, genau wie in Thoras Zimmer zu Hause.

»Woher hatte sie die Waffe?«, fragte er plötzlich. »Bewahrte sie sie hier im Haus auf?«

»Nein, Sir«, antwortete Netta. »Die Polizei hat mir diese Frage auch gestellt. Ich habe keine Ahnung, woher sie stammt. Was soll nur aus Lydia werden?«

»Wir nehmen sie mit nach Lancoorie«, erklärte Alice. »Sie war dort glücklich, es ist ihr Zuhause. Würden Sie sich um sie kümmern, bis wir heimkehren, Netta?«

»Nur zu gern, Mrs. Gunne.«

Alice weigerte sich, Thora zu besuchen. »Ich verstehe nicht, wie du einen solchen Vorschlag machen kannst«, sagte sie zu George.

»Dann gehe ich allein.«

»Du? Warum denn? Wir wollen nichts mit ihr zu tun haben.«

»Irgendjemand muss gehen.«

»Sie hat mit ihren vornehmen Freunden geprahlt. Die können sie doch besuchen.«

»Ich will nach ihr sehen.«

George kannte die Kaserne nur zu gut. Nicht nur einmal war er dort gefangengehalten worden. Als er durch den hohen Torbogen schritt, überlief ihn ein Schauer. Es kostete ihn echte Mühe, freiwillig diese Schwelle zu überschreiten. Die Angst vor dem Eingesperrtsein steckte noch tief in ihm. Auf dem großen Appellplatz verfiel er unwillkürlich in den schlurfenden Schritt, den er sich seinerzeit wegen der Fußketten angewöhnt hatte. Als ihm dies bewusst wurde, blieb er stehen und holte erst einmal tief Luft, um seine Fassung wiederzugewinnen. Doch immer noch war er fest entschlossen, das zu tun, was er als seine Pflicht erachtete. Kaum einer wusste so gut wie George, wie schrecklich es im Zuchthaus war und welche Auswirkungen es auf Thora haben würde.

»Wenn sie nicht alle ihre Sinne beisammen hatte, als man

sie verhaftete, wird ihr das Gefängnis den Rest geben«, sagte er sich. Eine so zerbrechliche Frau wie Thora würde es nicht überstehen. Ihre Mitgefangenen würden ihr das Leben zur Hölle machen. Er spürte tiefes Mitleid mit ihr.

George trat auf das Wachhäuschen zu und bat darum, Mrs. Price besuchen zu dürfen. Er sei ihr Schwager.

»Keine Besucher!«, erwiderte die Wache.

»Wer hat das angeordnet?«

»Ist ein Befehl.«

»Das Gericht hat keine solche Entscheidung getroffen! Es ist gut und richtig, dass keine Reporter vorgelassen werden, aber ich gehöre zur Familie und habe ein Recht, Mrs. Price zu sehen.«

»Dann müssen Sie ein schriftliches Gesuch einreichen.«

»Kommen Sie mir nicht damit. Holen Sie Ihren Vorgesetzten.«

Nach einer längeren Auseinandersetzung mit einem jungen Leutnant, der Thoras Gegenwart offensichtlich als ständiges Ärgernis empfand und sich von ihr in seinem Tagesablauf gestört fühlte, wurde George zu ihr gelassen.

Zum Glück war sie allein in der Zelle. Er hatte schon Schlimmeres gesehen. Wenigstens lagen saubere Decken auf der Pritsche, und das vergitterte Fenster war so niedrig, dass sie auf den Hof hinausblicken konnte.

Thora umarmte ihn stürmisch. »Oh, George! Gott sei Dank, dass du gekommen bist. Wo ist Alice? Kannst du mich nach Hause bringen? Alle versprechen es mir, doch es geschieht nichts. Sie gehen weg und vergessen mich.«

Es gelang ihm, sie etwas zu beruhigen. Da die Zeit knapp war, fragte er sie ganz direkt: »Thora. Was soll das alles?«

Sie begann, hysterisch zu weinen, und faselte von der Grausamkeit, dem Essen, den Demütigungen, ihren Kleidern und davon, dass ihre Freunde sie allesamt im Stich gelassen hatten. Schließlich packte er sie und schüttelte sie energisch.

»Hör auf, Thora, hör um Gottes willen auf damit. Ich weiß, dass es hart ist, aber du musst dich jetzt zusammenreißen.« Er holte ein Taschentuch hervor. »Hier, putz dir die Nase. Ganz ruhig, Mädchen. Ganz ruhig.«

»Du verstehst mich nicht, George«, wimmerte sie. »Dieser Ort ist furchtbar. Wo ist Alice?«

»Man hat sie nicht hereingelassen. Hör mir jetzt zu. Was ist geschehen?«

Sie schüttelte den Kopf. »Ich weiß es nicht. Ganz bestimmt nicht.«

»Oh, doch. Sag es mir.« Er wunderte sich, dass sie es geschafft hatte, sich unter den gegebenen Umständen so ordentlich, sogar elegant zurechtzumachen. Ihr Haar war gebürstet und am Hinterkopf hochgesteckt. Sie trug eine makellos weiße Bluse unter ihrem grauen Kostüm. Nur die dunklen Ringe unter ihren Augen verrieten, dass sie litt.

»Du siehst gut aus, Thora«, sagte er, um ihr eine Freude zu machen. »Aber du bist ja schon immer eine Schönheit gewesen.«

»Meinst du, George? Ist das dein Ernst?«

»Auf mein Wort.«

»Clem findet das nicht. Sonst hätte er keine anderen Frauen.«

»Hast du deshalb auf ihn geschossen?«

Entsetzt fuhr sie zusammen. »Sag das nicht. Alle sagen das. Ich habe nicht auf Clem geschossen.«

»Wer dann? Jemand hat auf ihn geschossen.«

Sie sah ihn von der Seite an. »Habe ich, George?«

»Ja, Thora.«

»O Gott! Er ist doch nicht gestorben, oder? Sie sagen, er sei nicht tot. Ist das die Wahrheit?«

»Ja, aber er ist sehr krank.«

Thora seufzte. »Darf ich dir etwas sagen, George?«

»Alles, was du willst.«

»Es sind meine Nerven. Ich habe Probleme damit. Und ich vergesse Dinge. Ich tue etwas Dummes und vergesse es. Wenn es mir wieder einfällt, bekomme ich schreckliche Angst.«

»Kannst du dich daran erinnern, dass du auf Clem geschossen hast?«

»Ich glaube schon, aber ich wollte *sie* treffen, nicht ihn. Und jetzt weiß ich nicht mehr, wieso. Es wird mir wieder einfallen. Ich bin im Gefängnis, nicht wahr? Wirst du Clem ausrichten, dass es mir leid tut?«

Eine Wache hämmerte an die Tür. George sah Thora eindringlich an. »Wie fühlst du dich jetzt? Abgesehen davon, dass du in dieser Zelle sitzt? Wie sieht es mit deinen Nerven aus?«

»Ich bin am Ende. Was hast du erwartet?«

»Aber dein Kopf ist jetzt klar, oder?«

Sie schaute überrascht hoch. »Ja, das stimmt. Das mit den Nerven kommt und geht. Es ist richtig tragisch.«

»Ja. Nun hör mir genau zu. Was immer dir über die Schießerei wieder einfällt, sag es niemandem.«

»Wieso nicht? Du weißt nicht, wie fürchterlich es ist, wenn man sich an Dinge nicht erinnern kann.«

»Das stimmt. Es ist gut, dass du dich erinnerst, und mir kannst du es gerne erzählen, aber sonst keinem.« Er ergriff verzweifelt ihre Hände und hielt sie fest. »Sei klug, Thora. Du bist keine dumme Frau. Du bist im Gefängnis und wirst lange hierbleiben müssen, wenn du irgendetwas von dem, was sich ereignet hat, weitererzählst. Sag einfach, du könntest dich an überhaupt nichts erinnern. Nur so kannst du dich retten.«

Sie dachte eine Weile über seine Worte nach und erwiderte schließlich mit Tränen in den Augen: »Sollen sie mich für verrückt halten?«

Er nickte. »Ja, es ist die einzige Möglichkeit.«

»Und hältst du mich auch für verrückt?«

»Ich glaube, dass deine Nerven dir übel mitgespielt haben. Doch jetzt bist du gesund, meinst du nicht auch?«

»Ich hoffe es.«

»Dann beweise es, Thora. Halt den Mund. Wenn du sagst, dass du dich nicht erinnern kannst, weiß ich, dass du nicht verrückt bist.«

Ihre Augen blitzten, als sie begriff. »Aber dann muss ich lügen.«

»Niemand wird wissen, dass du lügst, Thora. Du musst dich selber retten. Niemand sonst kann das für dich tun. Bleib auf jeden Fall bei deiner Aussage, sonst wirst du viele Jahre im Gefängnis verbringen. Sprich mir nach: ›Ich kann mich nicht erinnern.‹«

»Aber ich will nicht, dass mich die Leute für verrückt halten«, jammerte sie.

»Sie tun es ohnehin schon. Du hast auf deinen Mann geschossen, selbst wenn du jemand anderen treffen wolltest. Das kommt aufs Gleiche hinaus. Sag es!«

»Ich kann mich nicht erinnern«, flüsterte sie. Dann lauter: »Ich kann mich wirklich nicht erinnern.«

»Gut, bleib dabei. Später werden wir die Wahrheit herausfinden, doch im Augenblick ist sie nicht von Bedeutung. Ich muss gehen, Thora. Doch ich werde wiederkommen, das verspreche ich dir.«

Als George beim Tor anlangte, war dort gerade eine Diskussion zwischen einem stattlichen Herrn mit Bowler-Hut und der Wache im Gang. Wieder drehte es sich darum, wer das Recht habe, Mrs. Price zu besuchen. George trat interessiert hinzu.

»Mein Name ist Thomas Forbes. Ich bin ihr Anwalt«, erklärte der Besucher. »Ich bestehe darauf, Mrs. Price zu sehen.«

»Sie hat bereits Besuch«, erwiderte die Wache. »Sie werden

noch einmal kommen müssen. Und reichen Sie bitte einen schriftlichen Antrag ein.«

»Das habe ich bereits getan!«

George mischte sich ein und machte sich mit Forbes bekannt. »Ich war der Besucher. Sie können gern zu ihr hineingehen.«

Der Anwalt nahm ihn beiseite. »Familie, was? Freut mich sehr. Wie geht es Mrs. Price heute? Sie macht mir meine Arbeit nicht einfach. Da sie sehr deprimiert ist, mache ich überhaupt keine Fortschritte. Anscheinend versteht sie nicht, dass sie sich im Gefängnis befindet.«

»Nein. Sie war auch nicht in der Lage, mir zu erklären, was sich zugetragen hat. Das alles ist sehr eigenartig. Wie kann sie bloß vergessen, dass sie ihren Ehemann niedergeschossen hat?«

»Oh, ja, das ist für einen Laien schwer einzusehen. Doch ich habe mich mit diesen Fällen beschäftigt. Es ist der Schock, müssen Sie wissen. Vor allem bei einer vornehmen Dame wie Mrs. Price. Sie ist eine Freundin Lord Kengallys, mit dem auch ich gut bekannt bin. Seine Lordschaft hat mich sofort hinzugezogen und gebeten, den Fall zu übernehmen.«

»Was geschieht, wenn sie sich an nichts erinnern kann? Werden Sie sie auch unter diesen Umständen vertreten?«

»Ich werde mein Bestes tun. Möglicherweise empfindet sie so starke Schuldgefühle, dass sie die Erinnerung an den Vorfall komplett verdrängt hat.«

»Tatsächlich? Sie wirkte gegen Ende unseres Gespräches ruhiger. Als ich eintraf, war sie sehr erregt, doch der Besuch eines Familienangehörigen hat ihr anscheinend gutgetan.«

»Wunderbar! Jede Hilfe ist willkommen, denn sie befindet sich in einer gefährlichen Lage.«

»Dürfte ich Sie morgen aufsuchen, Mr. Forbes?«, erkundigte sich George. »Für meine Frau und mich ist das alles schwer zu verstehen, und der ganze Papierkram ist äußerst verwirrend. Für Ihren Rat wären wir Ihnen sehr dankbar.«

»Gewiß. Um elf Uhr? Mein Büro befindet sich in der Royal Arcade: *Forbes and Staybrook*. Doch eins müsste ich noch wissen, Mr. Gunne: Wer wird meine Rechnungen bezahlen? An ihren Ehemann werde ich sie wohl kaum schicken können.« Er hüstelte verlegen. »Eine heikle Situation, nicht wahr? Hat die Dame eigenes Vermögen?«

»Ich glaube nicht, aber ihr Vater wird ihr beistehen. Er ist wohlhabend und im Avon Valley gut bekannt. Sein Name ist Dr. Carty. Er wohnt in York.«

»Vielen Dank. Wenn Sie mich nun entschuldigen würden. Ich muss meine Klientin aufsuchen.«

George seufzte tief, als er die Straße entlangging. Das war vielleicht ein Schnösel. Und wer sollte nun tatsächlich Thoras Rechnungen bezahlen? Alice war kaum in der Stimmung dazu, und er bezweifelte, dass Carty besonders begeistert sein würde.

Beeindruckt von seiner eigenen Eloquenz zwang George sich ein Lächeln ab. Mike wäre stolz auf ihn gewesen. Doch wo steckten Mike und Jocelyn? Sie sollten längst in Perth sein! Er musste jemanden finden, der ihm erklären konnte, weshalb Thora dermaßen die Beherrschung verloren hatte. Die ganze Geschichte war für alle Beteiligten so verwirrend, dass Alice bisher nicht einmal bemerkt hatte, dass ihr Gatte zum ersten Mal im Leben als freier Mann den Fuß in die Stadt gesetzt hatte.

»Seltsam«, dachte Thora, »dass von allen meinen Bekannten ausgerechnet der gute alte George Gunne derjenige ist, dem ich am meisten vertraue. Er ist ein einfacher Mann, der geborene Farmer, doch seine Anteilnahme ist aufrichtig. Ich konnte in seinen Augen sehen, dass er es ehrlich mit mir meint. Ich muss tun, was er mir geraten, nein, befohlen hat.«

Mr. Forbes war da gewesen und schien sehr zufrieden gewesen zu sein, dass sie sich nicht an die Schießerei erinnern konnte. Er hatte über dieses und jenes geredet und versucht, sie ruhig zu halten. Hatte ihr die baldige Freilassung versprochen, wie so viele andere auch.

Die Suppe schmeckte grauenhaft, und der Eintopf noch schlimmer, doch Thora aß alles bis zum letzten Rest auf und wischte den Teller sogar noch mit altem Brot aus. Sie war fest entschlossen, nicht abzumagern und dadurch ihre gute Figur zu ruinieren.

Diese Zelle war der schlimmste aller Orte auf Erden, doch nun fühlte sie sich stark. Sie durfte sich nicht noch einmal der Verzweiflung überlassen. Es war sinnlos zu weinen.

Seit George sie geradeheraus gefragt hatte, ob sie auf Clem geschossen habe, waren einige Dinge wieder ins rechte Licht gerückt worden. Die Erinnerungen verflüchtigten sich nicht mehr, und die Bilder verschwammen nicht mehr vor ihren Augen. Thora entsann sich vielmehr ganz deutlich ihrer Tat. Und obgleich sie sich selbst in die größten Schwierigkeiten gebracht hatte, verspürte sie eine gewisse Erleichterung. Thora hielt sich selbst nicht mehr für verrückt. Sie hatte nur getan, was sie hatte tun müssen, und damit zugleich ihre Dämonen ausgetrieben. Seit sie auf der harten Pritsche des Gefängnisses schlafen musste, hatte sie keinen einzigen Alptraum mehr gehabt. Das war ein Segen. Und für den Spatz in der Hand sollte man dankbar sein, sagte sie sich.

Mr. Forbes hatte über Reue gesprochen. Thora bereute ihre Tat zutiefst. Sie hatte niemals auf Clem schießen wollen, auch wenn er es verdient hatte. Was würde Alice sagen, wenn sie erfuhr, dass ihrem Bruder ein Freudenhaus gehörte?

Thora hatte lediglich versucht, Jocelyn zu erschießen, die Hure, die Frau, die Familien zerstörte. Doch Clem war zwischen die Fronten geraten, und das tat Thora aufrichtig leid.

Die letzten Tage waren sehr verwirrend für sie gewesen, da sie von allen Seiten bedrängt, von der Polizei verhört und von hässlichen Gesichtern begafft worden war. Wenigstens war sie hier drinnen vor all diesen Leuten sicher. Heute Morgen war ein älterer Polizist namens Smythe zu ihr gekommen, ein echter Gentleman. Er hatte wissen wollen, woher die Waffe stammte, was sie ehrlich gesagt selber nicht genau wusste, doch es würde ihr schon wieder einfallen. Bevor sie erneut in Tränen ausgebrochen war, hatte sie ihm nur mitteilen können, dass sie das Cottage verlassen hatte und ins Rathaus gegangen war.

Er hatte sie so oft nach einer Mrs. Cornish gefragt, dass Thora schließlich ärgerlich geworden war. »Warum lassen Sie mich nicht in Ruhe?«, hatte sie geschrien. »Ich habe Ihnen doch gesagt, dass ich sie nicht kenne.«

Doch er war unnachgiebig geblieben. »Sie ist mit Mr. Robert Warburton verlobt. Vielleicht kennen Sie ihn?«

»Warum sollte ich? Wer sind diese Leute?«

Doch nun, da sie sich dank Georges Besuch ein wenig besser fühlte, kam ihr der Name irgendwie bekannt vor. »Oh Gott«, sagte sie ungeduldig, »ich habe Wichtigeres zu tun, als zu versuchen, mich an diese Frau zu erinnern. Der arme Clem! Ich wollte doch nicht auf ihn schießen. Ich bete zu Gott, dass es ihm bald bessergeht.« Plötzlich fiel ihr ein, dass sie den Anwalt hätte bitten können, sie zu einem Besuch bei Clem zu begleiten. Bei dieser Gelegenheit hätte sie ihm den ganzen Vorfall erklären können.

Man würde ihr doch sicher erlauben, ihren Mann zu sehen, wenn er so schwer krank war. Das konnten sie ihr einfach nicht verwehren. »Wenn er das nächste Mal kommt, werde ich darauf bestehen. Wie dumm von mir, dass ich ihn nicht schon heute darum gebeten habe. Was müssen diese Leute von mir denken?«

Sie ließ sich auf die Pritsche sinken, starrte die weiß getünchten Wände an und versuchte, sich an die Ereignisse der letzten paar Tage zu erinnern. Sie wollte sich den Vorfall, den sie laut Georges Anweisung auf keinen Fall erwähnen durfte, ins Gedächtnis rufen. So schwer es ihr fiel – sie musste sich darauf konzentrieren. Sie hatte Georges Warnung nicht vergessen. Nun, da Thora allmählich wieder einen Bezug zur Realität gewann, wurde ihr auch bewusst, dass es gefährlich für sie werden könnte, wenn sie nicht ganz genau aufpasste, was sie tat.

»Du bist also doch zu ihr gegangen? Obwohl ich dich gebeten hatte, es nicht zu tun?«, Alice kochte vor Wut.

»Es kann nicht schaden«, meinte George und rührte in seinem Tee.

»Und was ist mit meinem Bruder, der um sein Leben kämpft? Hast du dabei auch an ihn gedacht? Macht Thora sich Sorgen um ihn?«

»Ja. Es tut ihr leid.«

»Ein bisschen spät! Und Lydia? Hat sie vor ihrer Tat vielleicht über dieses arme Kind nachgedacht? Oh nein. Sie schießt auf Clem, wird verhaftet, und das Kind bleibt bei Fremden zurück. Was sagt sie denn dazu?«

»Nichts«, dachte George. Sie hatte nicht einmal nach ihrer Tochter gefragt. Und auch er war mit seinen Gedanken woanders gewesen.

Er zuckte die Achseln. »Sie ist sehr durcheinander und kann sich kaum an etwas erinnern.«

»Eine wunderbare Entschuldigung!«

»Vielleicht«, dachte George, »aber es ist auch ihre einzige.«

»Ich habe Thoras Anwalt kennengelernt.«

»Und wer soll ihn bezahlen? Wir jedenfalls nicht.«

»Vermutlich nicht. Alice, ich möchte nichts hinter deinem Rücken tun. Deshalb sage ich dir gleich, dass ich Thora wieder besuchen werde. Und du weißt auch, warum.«

»Du verschwendest dein Mitleid!«

»Mich hat nie jemand besucht«, sagte er ruhig.

»Tu, was du willst!«, rief Alice schließlich.

George besuchte Thora jeden Tag, hörte ihr zu, erfuhr, dass sie schon seit Jahren unter nervösen Zuständen gelitten hatte – was reichlich untertrieben klang. Sie erzählte ihm, dass ihr Freund Lord Kengally sich von ihr verabschiedet hatte, da er wieder nach England zurückkehren würde. George lauschte geduldig den vertrauten, tränenreichen Klagen über das Gefängnis, die Wachen und das Essen, ohne darauf hinzuweisen, dass Thora im Vergleich zu Sträflingen, die in einem echten Gefängnis saßen, eine erstklassige Behandlung genoss. Das hatte sie vermutlich Kengallys Einfluss zu verdanken. Doch zu keinem Zeitpunkt gab sie ihm irgendeinen Anhaltspunkt, weshalb sie auf Clem geschossen hatte.

Allmählich wurde die Zeit knapp. George würde bald nach Lancoorie zurückkehren müssen und begann daher, Druck auf sie auszuüben.

»Wenn es nicht Clem war, den du erschießen wolltest, musst du auf seine Tanzpartnerin gezielt haben. Wieso? Du musst es mir sagen.«

Thora kaute auf ihrem Taschentuch. »Das kann ich nicht. Es ist zu schrecklich. Du wärst schockiert.«

George grinste. »Das glaube ich kaum.«

»Oh, doch. Du kannst ihn selbst fragen.«

»Weiß er es denn?«

Sie dachte nach. »Vielleicht weiß er nicht, dass ich es weiß«, erwiderte sie geheimnisvoll. »Deshalb möchte ich ihn besuchen, aber sie lassen mich nicht zu ihm. Es ist grausam von ihnen.«

»Mach dir darüber keine Sorgen. Warum hast du den Namen Jocelyn gerufen?«

Thora fuhr zusammen. »Kennst du sie?«

»Ja. Sie ist Mike Deagans Frau. Die beiden haben in Kalgoorlie geheiratet und sind in den Osten gezogen.«

Thora sprang auf. »Du lügst! Sie ist hier in Perth und hat mit Clem getanzt.«

»Nein, das hat sie nicht. Sie ist noch nie in Perth gewesen. Ich habe eine Karte von Mike gefunden. Er hat Clem geschrieben, dass sie nicht nach Perth kommen werden. Jocelyn und Mike sind schon vor Wochen aus Kalgoorlie abgereist.«

»Sie hat Mike geheiratet?«

»Stört dich das?«

Thoras Blick wurde trüb. »Er sagte, es sei Clem. Er sagte, sie sei seine … seine …«

»Wer sagte das?«

»Sie war überhaupt nicht hier?«

»Nein.«

»War der Rest auch gelogen? Ich dachte, ich hätte sie gesehen. Sie war mit mir in diesem Zimmer. Ich wollte einfach nur, dass sie geht. Oh Gott. Habe ich mir das alles nur eingebildet?«

Sie begann zu weinen, und George fragte sich besorgt, ob er sie noch mehr in Verwirrung gestürzt hatte. Er legte den Arm um sie. »Sei ganz ruhig, meine Liebe. Alles wird gut.«

Er blieb lange bei ihr, während sie in Gedanken versunken dasaß. Anscheinend hatte sie völlig vergessen, dass er da war. Bevor er ging, stellte er ihr eine letzte Frage.

»Wer hat dir diese Dinge über Jocelyn erzählt?«

»Ich weiß es nicht mehr«, flüsterte Thora. George war sich nicht sicher, ob sie die Wahrheit sagte.

Er suchte Forbes auf, der ihm keine große Hoffnung machte.

»Ich habe einen Strafverteidiger engagiert, Mr. Gunne, doch es ist ein schwieriger Fall. Es gab so viele Zeugen.«

»Könnte er denn nicht andersherum argumentieren: Sie hat nicht Clem treffen wollen, der Frau aber hat sie keinen Schaden zugefügt? Zwar hat sie in der Öffentlichkeit eine Waffe abgefeuert, doch das gilt nur als minder schweres Verbrechen.«

Forbes lächelte. »Ach, ihr Laienanwälte! Mrs. Price wurde

wegen versuchten Mordes angeklagt. Ein Versuch beinhaltet eine Absicht. Darüber müssen wir uns Gedanken machen.«

»Wird sie sich schuldig bekennen?«, fragte George unglücklich.

»Laut dem Strafverteidiger: nein. Mr. Conway hat vor, die Anklage anzufechten.«

»Wie soll das gehen? Bei all den Zeugen …«

»Das bleibt abzuwarten«, antwortete Forbes vage, und George hatte den Eindruck, dass er nicht allzuviel Hoffnung hegte.

»Wird sie vor einem Geschworenengericht erscheinen müssen?«

»Selbstverständlich. Vor dem obersten Gerichtshof.«

»Die arme Thora. Nun, ich sollte besser gehen und meine Frau im Krankenhaus abholen.« George nahm seinen Hut. »Wer war übrigens die Frau, auf die Thora geschossen hat? Sie wird nicht in den Zeitungen erwähnt.«

»Die Dame hat bedeutende Freunde.« Forbes durchsuchte seine Unterlagen. »Da haben wir sie ja. Eine Mrs. Lillian Cornish aus Minchfield House, Verlobte von Mr. Robert Warburton. Eine bekannte Familie.«

George trat eilig den Rückzug an. Aus Angst, etwas Falsches zu sagen, hatte er seine Unterhaltung mit Thora nicht erwähnt, und nun das! Lillian Cornish, Teds Frau! War das möglich? Konnte es sich wirklich um diese Person handeln? Hoffentlich nicht.

George suchte ein Pub auf, in dem vor allem Arbeiter verkehrten. Dort konnte er an der Bar stehen und trinken, ohne dass irgendjemand etwas von ihm wollte. In der Zeitung war ein Foto von Alice und Lydia erschienen. Seitdem wurden sie ständig belästigt, und es war schwer, die Journalisten loszuwerden.

Das erste Pint löschte seinen Durst und löste ein Gefühl der

Erleichterung in ihm aus, das, wie er wusste, nicht von Dauer sein würde.

»Oh je«, murmelte er, »Lil Cornish. Und ich hatte gedacht, ich könnte die Sache deichseln. Was zum Teufel hatte Thora vor? Allmählich bringt sie mich genauso durcheinander, wie sie selber ist.«

Er schaute auf die Straße hinaus. Es war so heiß, dass man hätte Eier auf dem Pflaster braten können. Seine Gedanken schweiften zurück in die Vergangenheit. Einst hatte er in Perth als Kettensträfling wie ein Pferd geschuftet, um der Peitsche zu entgehen. »Ich habe die Hälfte dieser ganzen verdammten Straßen gebaut«, sagte er zu sich. Noch immer hatte er sich nicht daran gewöhnt, dass er jetzt in aller Seelenruhe vom Fenster eines Pubs aus den Verkehr beobachten konnte.

Es waren schlimme Zeiten gewesen. Am besten vergaß man sie.

Ein Mann in einem schwarzen Gehrock eilte am Fenster vorbei. Erst als George das lange, dunkle Haar sah, erkannte er Fred Vosper. George stellte sein Glas auf die Theke und lief ihm nach.

»Vosper, warten Sie!«

»Ach, George. Wie geht es Ihnen?«

»Nicht so gut.«

»Wenigstens scheint Clem auf dem Weg der Besserung zu sein.«

»Wirklich? Seit wann?«

»Ich komme soeben aus dem Krankenhaus. Er ist bei Bewusstsein, steht aber noch unter dem Einfluss der starken Medikamente. Alice will nicht, dass er erfährt, was geschehen ist. Passen Sie gut auf, was Sie sagen.«

»Das werde ich tun. Ich habe übrigens Thora im Gefängnis besucht.«

»Tatsächlich? Nett von Ihnen. Ich wollte auch noch einmal zu ihr, habe aber nicht die Zeit gefunden.«

»Das sagte sie bereits«, erwiderte George trocken. »Jeder verspricht wiederzukommen, doch keiner hält sich daran.«

»Bleiben Sie dabei. Ich habe mein Bestes für Thora getan, bin aber zur Zeit voll beschäftigt. Der Wahltermin wurde gestern bekanntgegeben. Ich habe nur noch vier Wochen Zeit, um den Sitz zu erringen.«

»Ach, das hatte ich vergessen. Ich muss Sie aber um einen Gefallen bitten, Fred. Ich weiß nicht, an wen ich mich sonst wenden sollte.«

Man sah Vosper an, dass er andere Dinge im Kopf hatte, und George wusste, dass er ihn aufhielt. Doch so schwer ihm seine Bitte auch fiel – er musste es einfach wissen.

»Noch einen Moment, bitte. Sie erinnern sich an die Frau, auf die Thora geschossen hat, Mrs. Cornish?«

»Ja. Ich kenne sie allerdings nicht persönlich.«

Vospers Antwort klang so vage, dass George sich fragte, auf wessen Seite er eigentlich stand.

»Das hat nichts zu sagen. Ich möchte nur wissen, wer sie ist. Könnten Sie das für mich herausfinden?«

»Wieso?«, fragte Fred neugierig.

»Sie haben zu tun. Wir werden ein anderes Mal darüber sprechen. Ich muss nur wissen, ob sie ein Kind hat, ein kleines Mädchen von ungefähr einem Jahr.«

»Das ist eine seltsame Frage.«

»Ich weiß. Möglicherweise irre ich mich auch. Wenn Sie mir diese Frage beantworten können, hätte ich Gewißheit.«

Erst jetzt bemerkte George, dass Fred mit Freunden unterwegs war. »Geht schon voraus, Leute, ich will mich nur noch kurz mit Mr. Gunne unterhalten.«

»Was ist los, George? Gibt es irgendwelche Neuigkeiten?«

»Nein. Thora kann sich an gar nichts erinnern. Ich muss bloß wissen, wer diese Frau ist.«

»Wieso? Schnüffelt ihr Anwalt herum?«

»Nein, außer uns beiden stellt niemand Nachforschungen an. Sehen Sie, Fred, ich habe mich zu Hause äußerst unbeliebt gemacht, weil ich Thora besucht habe.«

»Das kann ich gut verstehen. Alice würde sie am nächsten Baum aufhängen, wenn es nach ihr ginge. Sie hat mir gar nicht gesagt, dass Sie Thora besuchen.«

George bemerkte Freds wissenden Blick und lächelte. »Sie wissen doch Bescheid, oder? Dass ich ein Exsträfling bin, meine ich.«

»Das geht nur Sie etwas an.«

»Nun, es ist lange her. Jedenfalls waren Thora und Clem sehr gut zu mir, und daher möchte ich nicht für eine Seite Partei ergreifen. Finden Sie heraus, was ich wissen will. Wenn es etwas mit dieser verdammten Geschichte zu tun hat, werde ich es Ihnen sagen.«

George log. Sollte diese Mrs. Cornish tatsächlich Lydias Mutter sein, durfte sie auf keinen Fall in den Blickpunkt des öffentlichen Interesses geraten. Zum Glück hatte sie Einflussreiche Freunde und war augenscheinlich ebenfalls auf Diskretion bedacht.

Nach diesem Gespräch kehrte George zu seinem Bier zurück, doch inzwischen war es abgestanden.

George begegnete dem Arzt auf den Stufen des Krankenhauses. »Schön, Sie zu sehen, Mr. Gunne. Eine schlimme Zeit für Ihre Familie! Ich hörte, Sie hätten Mrs. Price besucht. Wie geht es ihr? Die Zeitungen kauen immer nur dasselbe wieder.«

George ärgerte sich über die Neugier des Arztes und wechselte das Thema. »Wie ich hörte, ist Mr. Price zu sich gekommen.«

»Wer hat das erzählt?«

»Fred Vosper.«

»Verstehe. Er sieht, was er sehen möchte. Auch, was die Politik angeht. Ein Dahergelaufener, der davon überzeugt ist, dass er unseren etablierten Abgeordneten einen Sitz im Parlament entreißen kann. Der Freund der Arbeiter! Du lieber Himmel, was wird als Nächstes kommen?«

»Wollen Sie damit sagen, dass es Clem nicht bessergeht?«

»Nicht direkt. Mr. Price hat sich erholt, doch er fiebert. Er weiß nicht, wo er sich befindet. Gestern hat er phantasiert, er würde von Aborigines angegriffen, und heute waren es Haie. Ich habe versucht, ihn zu beruhigen. Er glaubt, er habe im Meer geschwommen, sei von einem Hai angegriffen worden und habe irgendwelche Leute in irgendeinem Haus um Hilfe gerufen. Mrs. Gunne sagt, ihm gehöre ein Strandhaus. Vielleicht geistert ihm das durch den Kopf.«

»Oder alles Mögliche andere, was ihn von der Wahrheit ablenkt«, meinte George. »Er hat Thora sehr geliebt. Vielleicht sucht er nach einer Erklärung, die es ihm erspart, sich mit den Tatsachen auseinanderzusetzen.«

Der Arzt hörte nicht mehr zu. Seine Zeit war zu kostbar, um solche Spekulationen anzustellen. Er stürmte davon, um ein älteres Paar zu begrüßen. »Herzlichen Glückwunsch, Sie haben einen Enkel …«

George ging durch die Halle, lief an einer Dame, die mit einem ungebärdigen Jungen im Matrosenanzug kämpfte, vorbei, stieg die Treppe hinauf und gelangte dann in einen Flur, der mit eisernen Bettgestellen, Krücken und Wäschekörben vollgestellt war. Schließlich erreichte er den Ostflügel dieses Irrgartens. Dort lag Clems Zimmer.

Clem schlief. Alice saß an seinem Bett und sah so bleich und verhärmt aus, dass George ganz weh ums Herz wurde. Bisher war alles so glatt für sie beide gelaufen. Doch letztlich würde alles wieder in Ordnung kommen. Das war der Lauf der Dinge.

Er küsste Alice und legte Clem die Hand auf die Stirn. »Er

fiebert noch immer. Gelingt es ihnen nicht, das Fieber zu senken?«

»Der Arzt ist sehr freundlich, er tut, was er kann.«

»Was ist mit dir? Soll ich dir eine Tasse Tee holen?«

Sie schüttelte müde den Kopf. »Nein danke.«

George zog sich einen Stuhl heran. Er dachte über Gefängnisse nach. Clem war zur Zeit hier gefangen, doch Thora musste gleich mit zwei Gefängnissen zu Rande kommen – dem realen und dem in ihrem Kopf. Aus Letzterem würde sie sich noch lange nicht befreien können.

»Ich habe Fred Vosper getroffen«, sagte er, um überhaupt etwas zu sagen. »Er ist ganz aufgeregt wegen der Wahlen. Wäre schon komisch, wenn er gewinnen würde. In meinem ganzen Leben habe ich noch keinen Parlamentsabgeordneten kennengelernt.«

»Ja«, erwiderte seine Frau gleichgültig.

George fragte sich, wie sie wohl reagieren würde, wenn er Lil Cornish erwähnte. Obwohl niemand aus der Familie ihm und Mike erzählt hatte, dass Lydia nicht Thoras Tochter war, wussten sie es schon lange. Die alte Sadie hatte es ihnen verraten. Ihr entging nichts, was auf Lancoorie geschah.

Schließlich überredete er Alice, ins Cottage zurückzukehren und sich auszuruhen. »Wir können nach dem Tee wiederkommen.«

Sie gingen zu Fuß, machten einen kleinen Umweg am Fluss entlang und kamen am imposanten Eingang des *Palace Hotel* vorüber.

»Wenn ich mir dieses Ding anschaue«, meinte Alice, »dann könnte ich schreien. Sie hat nicht immer im Cottage gewohnt. In der ersten Zeit hat sie da drinnen residiert und Woche für Woche ein Vermögen ausgegeben.«

»Ja.«

»Wenn das *United Services Hotel* gut genug für Clem war, warum nicht für sie? Er war einfach zu nachgiebig, das war sein Fehler. Er hat sie schrecklich verwöhnt, und sie dachte, sie könne sich alles erlauben. Hat sie dir gesagt, weshalb sie auf Clem geschossen hat?«

»Es war keine Absicht.«

»Das sagst du dauernd. Warum wollte sie dann überhaupt jemanden erschießen? Sie hätte keinen besseren Mann als Clem finden können. Er hätte ihr niemals weh getan.«

»Ich weiß es auch nicht.«

»Dann verstehe ich nicht, wieso du sie laufend besuchst. Worüber unterhaltet ihr euch?«

»Über nichts Besonderes. Wenn man im Gefängnis sitzt, hat man nicht viel zu sagen.«

Wütend beschleunigte Alice ihren Schritt, so dass George sich beeilen musste, um mitzuhalten.

Als sie im Cottage ankamen, wurden sie von Dr. Carty und seiner Frau empfangen, die dort auf sie gewartet hatten. George stöhnte auf.

»Oh nein.« Er wusste nicht, wie Alice reagieren würde, und hielt sich daher im Hintergrund.

Das Gespräch verlief in angespannter Atmosphäre, die durch Lydias Gehversuche ein wenig aufgelockert wurde. Sie klammerte sich an Mrs. Carty fest und versuchte »Oma« zu sagen.

»Mein Gott, wie groß sie geworden ist!«, sagte ihre Großmutter fortwährend. Dr. Carty hingegen interessierte sich mehr für Clems Gesundheitszustand.

»Ich würde ihn gern besuchen, Alice, wollte aber zunächst deine Erlaubnis einholen.«

George war sicher, dass Alice diese Bitte abgelehnt hätte, wenn Clems Schwiegervater einen anderen Beruf ausgeübt hätte. In diesem Fall hatte Clems Wohlergehen jedoch Vorrang. »Das wäre mir sehr lieb. Vielleicht können Sie etwas für ihn tun. Wir machen uns große Sorgen um ihn. Das Fieber will nicht sinken.«

»Das liegt am Klima«, meinte Carty. »In dieser Hitze sind die Leute besonders fieberanfällig.«

»Es tut uns so leid«, sagte seine Frau mit Tränen in den Augen. »Wir wissen nicht, was über Thora gekommen ist. Nervös war sie allerdings immer.«

Während die Cartys sich mit Alice unterhielten und diese zähneknirschend ihre Entschuldigungen annahm, machte George sich seine Gedanken. In seinen Augen empfanden der Arzt und seine Frau am meisten Mitleid für sich selbst. Sie jammerten über den Schock, den sie erlitten hatten, über die Zeitungsberichte und das Aufsehen, das der Fall in York erregt hatte.

»Wir waren froh, dort wegzukommen«, erklärte Mrs. Carty. »Hier wohnen wir bei meiner Schwester und ihrem Mann. Sie konnten es selbst kaum glauben. Können Sie sich vorstellen, dass Thora die ganze Zeit hier gelebt hat, ohne sie zu besuchen? Sie hat ihnen nicht einmal Lydia vorgestellt. In Anbetracht der Ereignisse vermute ich jedoch, dass sie im Nachhinein froh darüber sind. Es sind angesehene Leute, die nichts mit einem solchen Skandal zu tun haben möchten.« Mrs. Carty wischte sich die Tränen aus den Augen. »Ich weiß nicht, ob ich je wieder meinen Nachbarn in die Augen blicken kann. Wenn ich mir vorstelle, dass meine Tochter mit einer Waffe in der Hand auf einen Ball gegangen ist, fühle ich mich einer Ohnmacht nahe.«

George nahm seine Pfeife und setzte sich auf die Veranda. Er hoffte, dass die Besucher nicht allzu lange bleiben würden. Alice hatte ihnen aus reiner Höflichkeit Tee angeboten, sie aber nicht gebeten, zum Essen zu bleiben, und er verspürte allmählich Hunger. Im Fleischfach lag ein Dutzend leckerer Würste. Um sich abzulenken, überließ er sich seinen Gedanken, die ihn in die Vergangenheit zurücktrugen, bis er plötzlich laute Stimmen hörte.

»Was ist denn jetzt los?«, fragte er sich seufzend und hievte seinen Körper aus dem bequemen Stuhl.

»Das werden Sie nicht!«, schrie Alice. »Ich lehne es kategorisch ab. George! Sprich du mit ihnen.«

»Worum geht es?«

»Um Lydia. Sie wollen sie mit nach York nehmen.«

»Es ist unser gutes Recht. Schließlich sind wir ihre Großeltern«, antwortete Mrs. Carty entschlossen.

»Was sagt Thora denn dazu?«

»Thora!«, rief ihr Vater aufgebracht. »Sie hat alle Rechte an dem Kind verwirkt.«

»Haben Sie sie denn gefragt?«

»Nein. Mrs. Carty hat es nicht nötig, sich zu demütigen, indem sie Thora im Gefängnis besucht. Wir haben auch an unsere anderen Töchter zu denken. Ihr guter Ruf steht auf dem Spiel.«

»Aber Sie werden doch noch zu ihr gehen, Dr. Carty?«

»Oh ja, das können Sie mir glauben, und zwar als Vater und Arzt. Wer ein solches Verbrechen begeht, ist verrückt. Ich werde sie für geisteskrank erklären und einsperren lassen. Das wird den Spekulationen über ihre Schuld ein Ende bereiten. Ich werde sie so bald wie möglich einweisen lassen.«

George sah zu Alice hinüber, doch sie hatte nur Augen für Lydia.

»Das Kind bleibt bei mir. Sie kennt mich, Lancoorie ist ihr Zuhause. Sie haben sie ohnehin selten genug besucht. Wie können Sie es wagen, hier hereinzumarschieren und sie uns wegnehmen zu wollen? Lydia kennt Sie gar nicht. Außerdem sollten Sie nicht vergessen, dass sie auch Clems Tochter ist, und er wird es niemals zulassen. Sie tun dies alles nur, um Thora zu verletzen.«

»Mir ist gar nicht aufgefallen, dass Sie sich auch nur einen

Deut um Thora scheren«, warf Mrs. Carty in eisigem Ton ein. »Clem wird auf uns hören. Warten Sie ab.«

»Darauf würde ich mich nicht verlassen«, sagte George schroff. Er hatte für diesen Tag genug geredet und ging zur Tür. Es hatte zu regnen begonnen, und das Wasser peitschte über die Veranda. Das Wetter hatte ihm die Flucht vorerst vereitelt.

13. Kapitel

Clem wusste, dass etwas mit ihm nicht stimmte. Als er seine Brust berührte, tauchte seine Hand in rote Flüssigkeit. Er ließ den Kopf zurückfallen, da ihn diese geringe Anstrengung bereits erschöpft hatte. Dennoch zwang er sich nachzudenken.

»Wo bin ich? Was ist geschehen? Was geht mit mir vor?«

Er atmete flach, denn schon bei der kleinsten Bewegung loderte in seiner Brust ein flammender Schmerz auf. Er lag ganz still und hielt die Augen geschlossen. Dann wanderten seine Gedanken zurück in die Vergangenheit.

Der Speer! Das war es also. Die Eingeborenen hatten einen Speer nach ihm geworfen und ihn anschließend wieder herausgezogen. Er spürte noch immer den quälenden Schmerz. Hörte seinen eigenen Schmerzensschrei.

Verdammt sollten sie sein! Warum hatten sie ihm das angetan? Er hatte es nicht böse gemeint. Wo mochten sie jetzt sein? »Ich muss hier verschwinden, bevor sie mir den Rest geben.«

Hände hielten ihn nieder. Er schrie, fluchte, versuchte zu entkommen, doch der überwältigende Schmerz gab ihm zu verstehen, dass er den Kampf um die Freiheit würde teuer bezahlen müssen. Sie waren ohnehin in der Überzahl. Clem zog sich wieder in die Finsternis zurück. In der Stille der Nacht kam er wieder zu sich und lauschte argwöhnisch ihren Stimmen. Er weigerte sich, irgendeinen Laut von sich zu geben oder sich zu rühren, während sein Gehirn fieberhaft nach Antworten suchte. Ihm war heiß, er war dabei zu verbrennen. Er schwitzte. Das konnte nicht sein. Es war Nacht. Nachts war es kalt in der Wüste. Bitterkalt. Wo waren sie? Verschwunden?

Er hörte die Stimme seines Vaters.

»Natürlich sind sie weg, du Narr. Es ist schon lange her. Wach auf! Ich weiß ohnehin nicht, was du hier draußen suchst. Lancoorie ist dir nicht gut genug, was?«

Clem schob ihn beiseite. Dies war nicht der richtige Zeitpunkt, um über diese Frage zu debattieren. Doch Noah hatte recht. Es war vor langer Zeit geschehen. Hatte sich die Wunde wieder geöffnet?

Er hörte das gleichmäßige Rauschen des Regens, es machte ihn froh, doch kein einziger Tropfen Wasser kühlte seine brennende Haut. Er drehte den Kopf in der Hoffnung, die Flüssigkeit würde ihm Erleichterung verschaffen – vergebens.

»Das Meer«, dachte er dann, »ich kann das Meer hören. Das Rauschen der Brandung, nicht den Regen. Ich liege am Strand. In der Nähe meines Hauses. Doch es ist dunkel. Deshalb kann mich keiner sehen.«

Während er dort lag und Rettung herbeisehnte, schoss ihm ein Bild durch den Kopf, und er zuckte zusammen. Erst erstaunt, dann entsetzt. Er weigerte sich, dem Bild Glauben zu schenken.

»Ich weiß, was geschehen ist«, dachte er, löschte dann aber diese Erinnerung aus seinem Gedächtnis und ersetzte sie durch seine eigene Version dessen, was sich jüngst ereignet hatte. »Ich bin geschwommen. Wurde von einem Hai angegriffen. Ich habe mich bis zum Strand geschleppt, bin aber nicht weitergekommen. Ich bin verletzt. Schwer verletzt. Kein Wunder, dass ich erst jetzt zu mir gekommen bin.«

An den eigentlichen Angriff konnte er sich verständlicherweise nicht erinnern. Er hatte um sein Leben kämpfen müssen. Kämpfte immer noch.

»Hai!«, schrie er. »Hai!«

»Nein«, sagte Alice, »nein, das war es nicht. Kannst du dich nicht erinnern, Clem?«

Da war es wieder. Irgend etwas. Nur eine Sekunde lang. Erschreckend. Falsch. Unmöglich! Er zuckte zurück, und der Schmerz flammte wieder auf, doch das war ihm egal.

»Hai!«, erwiderte er trotzig. Seine Brust war zerfetzt, sein Bein ebenfalls. Konnte sie das denn nicht sehen?

Thora stand auf den Dünen. Ihr dunkelblauer Mantel flatterte im Wind, ihr schönes Haar tanzte wild um ihren Kopf. Sie schaute ihn nicht an. Er rief ihr etwas zu, doch seine Stimme war nur ein Schrei.

»Thora!«

Alice ergriff seine Hand und drückte sie an ihr Gesicht. Ihr weiches, warmes Gesicht. Das tröstete ihn. Vermittelte ihm das Gefühl der Geborgenheit.

»Hatte ich wieder einen Sonnenstich?«

»Nein, Clem. Du bist im Krankenhaus in Perth.«

»Was tust du hier?«

»Ich besuche dich. George ist auch hier.«

»Wo ist Thora?«

Als er keine Antwort erhielt, wurde ihm schwindlig, und er begriff, dass die Wahrheit schlimmer war als jeder Fiebertraum.

»Ich bin angeschossen worden«, gestand er sich endlich ein. Der betroffene Ausdruck auf ihren Gesichtern bestätigte es.

»Werde ich sterben?«, fragte er. Es schien ihm fast die beste Lösung zu sein.

»Mein Gott, nein!«, rief Alice. »Daran darfst du nicht einmal denken. Dir geht es schon wieder ganz gut. Die Ärzte sagen, du seist stark wie ein Ochse. Sie können gar nicht fassen, dass du dich so schnell erholt hast.«

»Das macht das gute Leben in Perth«, scherzte George.

»Ist er dir ein guter Ehemann?«, wollte Clem wissen.

»Der beste«, entgegnete Alice lächelnd. »In letzter Zeit braucht er allerdings eine starke Hand.«

»Du machst das schon.«

Dann ruhte er sich aus. Niemand sagte etwas. Zumindest nichts, an das er sich hätte erinnern können.

Am nächsten Tag wurde er untersucht und an Brust und Rücken neu verbunden. Sie waren voller blutiger Stiche.

»Ist die Kugel durch mich hindurchgegangen?«

»Nein, Sir«, antwortete die Krankenschwester in sachlichem Ton. »Sie hat Ihre Lunge gestreift. Sie haben es von vorn versucht, sind aber nicht drangekommen, weil sie ziemlich weit hinten stecken geblieben war. Einige Rippen sind ebenfalls gebrochen. Vermutlich durch den Sturz.«

»Und mein Bein?«

»Die Kugel steckte in Ihrem rechten Oberschenkelmuskel. Für eine Weile dürfte Ihnen das ziemlich zu schaffen machen.«

Clem schaute hoch zu der Frau, deren graues Haar unter einem Schwesternhäubchen hervorlugte. Er fand sie sympathisch. »Sie kennen sich mit Schußwunden aus, was?«

»In der Tat, Mr. Price. Ich bin in den Kimberleys aufgewachsen, wo man als Erstes lernt, wie man schießt, und dann, wie man die Kugeln wieder herausholt. Ich könnte den Ärzten das eine oder andere beibringen, doch sie wollen nicht auf den Rat einer Frau hören.«

Sie verband ihn fertig, glättete sein Laken und schüttelte das Kissen auf.

»Würden Sie mir einen Gefallen tun?«, fragte er.

»Sicher.«

»Reden Sie mit mir.«

»Worüber?«

»Darüber, wer auf mich geschossen hat. Das Thema scheint hier tabu zu sein. Es war meine Frau, nicht wahr?«

»Ja.«

»Und?«

»Ich weiß auch nur, was in der Zeitung steht.«

»Das reicht mir schon.«

Er hatte genug. Sie entschuldigte sich und brachte ihm eine Tasse Kakao zur Beruhigung.

Clem dankte ihr. Sie hatte ihn über die Tatsachen aufgeklärt, so nüchtern, als wäre es das Normalste von der Welt, dass Frauen auf ihre Männer schossen. Vielleicht taten sie dies in ihrer Heimat, sinnierte er. Dann drehte er das Gesicht zur Wand und hielt verzweifelt Zwiesprache mit Thora.

»Warum haßt du mich so sehr?«

In den nächsten Tage erfuhr er weitere Einzelheiten, die ihn verwirrten und seinen Zorn entfachten. Wut war leichter zu ertragen als ein gebrochenes Herz. Die Polizei, Alice und das Ehepaar Carty kamen, die Nanny brachte die bedauernswerte kleine Lydia mit, und sogar Henery Whipple suchte ihn persönlich auf, um sein Mitgefühl zu bekunden und zu verkünden, dass er Clem für einen Tapferkeitsorden vorschlagen wolle.

»Das werden Sie nicht tun!«

Thora saß im Gefängnis, wo sie angeblich hingehörte. Niemand bemerkte, wie sehr ihn diese Behauptung verletzte, auch wenn er so wütend auf sie war. Ihm ging es nicht gut, dessen war er sich bewusst. Seine Gefühle fuhren Berg-und-Tal-Bahn. Manchmal hasste er Thora, dann wieder träumte er davon, wie er sie in seinen Armen hielt. Doch das konnte er ihnen nicht erzählen. Sie mussten ihn für einen Narren halten, wenn er sich nach einer Frau sehnte, die ihn beinahe getötet hätte.

Und Noah tauchte in seinen Träumen auf. Lachend. »Dora hätte nie auf mich geschossen.«

»Woher willst du das wissen?«, gab Clem zurück. »Sie war nur deine Bettgefährtin.«

»Ach, wie sich die Zeiten ändern. Was wolltest du denn von Thora? Du hast sie begehrt, anstatt sie so zu lieben, wie es die Bibel lehrt. Für dich war sie eine Trophäe, du hast sie benutzt, um deinen Ehrgeiz zu befriedigen, etwas zu sein, was du nicht bist.«

»Ich kann alles sein, was ich sein möchte!«, schrie Clem.

»Ja. Sieh, wohin dich das gebracht hat.«

Die Krankenschwester stand neben seinem Bett. »Mr. Price, Sie haben geträumt. Sie wecken die anderen Patienten.«

»Das tut mir leid«, entgegnete er, doch er wusste, dass er nicht träumte, dass er gerade anfing aufzuwachen und der Zukunft ins Gesicht sehen musste.

Endlich ergab sich für George eine Gelegenheit, allein mit Clem zu sprechen. Er wollte ihm unbedingt noch einige Dinge über Thora sagen, doch Alice durfte nicht dabei sein. Sie mißbilligte seine Besuche in der Kaserne noch immer, und beide mieden dieses Thema. An diesem Tag war Alice mit Packen beschäftigt. George würde abreisen, da die Schafschur bevorstand.

Clem konnte inzwischen im Bett sitzen und drängte ungeduldig auf seine Entlassung. Doch die Ärzte wollten ihn noch nicht ziehen lassen.

»Kannst du nicht etwas unternehmen, George? Ich muss hier raus.«

»Nur noch ein paar Tage. Du brauchst noch Bettruhe. Wohin willst du denn gehen?«

»Einige Tage ins Hotel und dann mit Alice und der Kleinen ins Strandhaus, wenn dir das recht ist.«

»Natürlich. Alice sollte so lange wie nötig bleiben. Ich komme bald zurück.«

»Hast du gehört, was Thora im Hotel angerichtet hat?«

»Nein.«

»Gut, dann hat Vosper also Stillschweigen bewahrt. Ich wollte vor allem nicht, dass Alice davon erfährt. Sie ist ohnehin schon schlecht auf Thora zu sprechen.« Er berichtete George von der Verwüstung des Hotelzimmers. »Ich muss Vosper und das Hotel entschädigen, keine Frage, doch darf davon nichts an die Öffentlichkeit dringen. Thora hat schon genügend Schwierigkeiten.«

»Wie stehst du nun zu ihr?«

Clem seufzte. »Sie ist meine Frau, George. Für all das muss es eine Erklärung geben. Ich weiß einfach nicht, was in sie gefahren ist. Carty beharrt darauf, dass sie verrückt ist, und will sie einweisen lassen. Er drängt Alice, ihnen Lydia zu überlassen, doch das kommt nicht in Frage. Wenn Thoras Eltern nicht in der Lage sind, uns zu helfen, fahren sie am besten wieder nach Hause.«

»Was ist mit Thora?«, hakte George nach.

»Ach ja. Ich mag der größte Trottel der Welt sein, aber ich liebe sie noch immer. Ich muss sie irgendwie aus diesem Schlamassel herausholen, doch kann ich zurzeit nicht viel tun.«

»Ich bin froh, dass du das sagst. Thora ist es wert, dass man um sie kämpft.«

»Ich weiß von Vosper, dass du sie besuchst. Dafür bin ich dir sehr dankbar. Erzähl mir von ihr.«

George berichtete frank und frei über seine Besuche, hatte aber noch mehr auf dem Herzen. »Was hast du in Kalgoorlie getrieben? Jemand hat Thora etwas erzählt, was genau, kann ich jedoch nicht rauskriegen. Jedenfalls bin ich der Ansicht, dass es der Auslöser für ihren Ausbruch war. Sie sagt, du wüsstest, worum es sich handelt.«

»Was soll ich wissen?«

»Das möchte ich von dir hören. Jocelyn war eine Hure, nicht wahr?«

Clem sah ihn verblüfft an.

»Für wie naiv hältst du mich eigentlich?«

»Hast du Alice davon erzählt?«

»Unsinn!«, erwiderte George ärgerlich. »Jocelyn ist Mikes Frau, die beiden haben uns besucht und Schluss, aus. Doch ich bin nicht dumm, ebenso wenig wie Thora. Irgend jemand hat Thora von dir und Jocelyn erzählt und vielleicht noch einiges mehr. Thora ging es schon seit langem nicht gut …«

»Das hast du nie erwähnt. Was genau meinst du damit?«

»Geistig, wenn du es unbedingt wissen willst. Denk mal darüber nach. Ich weiß nicht, was zwischen euch hier in Perth vorgefallen ist – das geht nur euch etwas an –, doch ich vermute, dass du etwas verschweigst. Am Ende wird es doch herauskommen. Warum hast du nicht erwähnt, dass du mit Lil Cornish getanzt hast?«

»Das stimmt nicht! Du bringst etwas durcheinander.«

George schüttelte den Kopf. »Nein. Vosper hat sie für mich ausfindig gemacht. Sie hat auf einem Anwesen namens Minchfield House gearbeitet. Es ist flussaufwärts gelegen. Doch das wirst du ja wissen …«

»Woher zum Teufel sollte ich das wissen? Diese Frau war eine Miss Warburton. Sie hat mir ihren Namen genannt. Wenn ich es mir allerdings recht überlege, kam sie mir bekannt vor.«

»Sie heißt nicht Miss Warburton. Die gute Frau hat dir einen Bären aufgebunden. Sie ist lediglich mit einem Robert Warburton verlobt. Es war Lil Cornish. Sie hat in Minchfield House als Warburtons Haushälterin gearbeitet. Er ist Junggeselle. So haben sie zusammengefunden.«

»Wie hat Vosper all das herausgefunden?«

»Über einen Mann, der hier in der Stadt Dienstbotenstellen vermittelt. Es ist definitiv Mrs. Cornish. Sie hatte ihr Kind bei sich.«

»Wo ist Ted?«

»Ein Ehemann wurde nicht erwähnt.«

»O Gott«, stöhnte Clem, »jetzt fällt es mir wieder ein. Sie hat Thora erkannt und ihren Namen gerufen.«

»Genau. So wie es aussieht, landete sie auf der Party, weil Mr. Warburton und Henery Whipple befreundet sind.«

Eine Krankenschwester kam herein und richtete Clems Bett. George sah so lange aus dem Fenster, um sich die Neuigkeiten durch den Kopf gehen zu lassen. Er war erleichtert, dass Clem seine Tanzpartnerin nicht erkannt hatte. Das Gegenteil hätte die Sache verkompliziert und ihn gezwungen, Clems Aufrichtigkeit in Zweifel zu ziehen. Doch es blieben immer noch Jocelyn und das, was Clem verschwieg.

George setzte sich wieder zu Clem ans Bett. »Dir kam Lil Cornish bekannt vor. Vielleicht ging es Thora ebenso. Doch sie hat einen Fehler gemacht: Sie hat Lil mit Jocelyn verwechselt. Warum war sie so zornig auf diese Frau, Clem? Du solltest darüber nachdenken.«

»Das tue ich doch. Thora ist nie viel ausgegangen. Wer immer sie so aufgeregt hat, muss sie im Cottage aufgesucht haben. George, frage Netta unbedingt, ob Thora Besuch hatte, bevor all das geschehen ist. Und noch etwas: Würdest du Thoras Anwalt herbitten? Ich muss dringend mit ihm sprechen. Wir können nicht zulassen, dass sie Thora ins Gefängnis stecken.«

»Gefängnis oder Irrenanstalt, was für eine Alternative«, dachte George auf dem Weg in die Stadt. Er wünschte sich, er hätte Thoras geistige Verwirrung früher zur Sprache gebracht, hätte nach Clem geschickt, irgendetwas unternommen. Nach einem Gespräch mit Netta hatte er ein klareres Bild von Thoras Verfall gewonnen. Auch ihr Anwalt wusste, was mit ihr los war. Was würde ihr Verteidiger aus der Sache machen?

»Ich habe mit Mr. Conway über Ihre Bitte gesprochen«, erklärte Forbes bei seinem zweiten Besuch im Krankenhaus. »Er ist dagegen und mißbilligt Ihren Wunsch, Ihre Frau hier zu sehen, auf das entschiedenste. Er gewinnt allmählich ihr Vertrauen und duldet keine Einmischung, da sie endlich zu sprechen beginnt.«

»Aber ich würde mich nicht einmischen. Sie braucht mich

und meine Unterstützung. Seit George Gunne abgereist ist, erhält sie gar keinen Besuch mehr.«

»Mr. Vosper darf sie besuchen, unter der Bedingung, dass Mr. Conway oder ich anwesend sind. Wenn Sie Ihrer Frau wirklich helfen möchten, sollten Sie sich aus der Sache heraushalten und Mr. Conway den Fall auf seine Weise vorbereiten lassen.«

»Soll ich vielleicht warten, bis man sie verurteilt hat?«, fragte Clem bitter.

»Mr. Conway ist ein ausgezeichneter Strafverteidiger.«

»Die Polizei war hier. Ich habe erklärt, dass ich nicht gegen meine Frau aussagen werde. Beweist das nicht, dass ich auf ihrer Seite stehe?«

»Das ist sehr löblich, doch Mr. Conway bleibt bei seiner Ablehnung. Es ist von großer Bedeutung, dass Sie sich nicht einmischen. Ich werde Mrs. Price Ihre guten Wünsche überbringen. Sie wissen wohl, dass ihr alles ausgesprochen leidtut.«

Alice war auf dem Rückweg vom Bahnhof. Sie würde George vermissen. Seine Besonnenheit hatte ihr so gutgetan. Es würde ihr schwerfallen, ab sofort alles allein regeln zu müssen. Andererseits war ihr sein starkes Interesse an Thora allmählich zu viel geworden.

»Verdammt sei die arme Thora! Sie hat Clem beinahe umgebracht, und nun soll ich auch noch Mitleid für sie empfinden. Sie wickelt jeden Mann um den Finger! Sogar Clem.«

Alice war entrüstet, dass Clem sich wegen Thora Sorgen machte, geradeso, als sei nichts geschehen. Nun, darüber musste er hinwegkommen. Die Geschworenen würden sich mit Thora befassen, und zwar emotionslos und nüchtern. Die Anklage lautete auf versuchten Mord, daran war nicht zu rütteln.

Sobald Clem aus dem Krankenhaus entlassen wäre, würden

sie in das vielgerühmte Strandhaus ziehen. Alice sehnte sich nach Abwechslung, denn im Grunde hatte sie in diesem blöden Cottage nichts anderes zu tun, als zu warten. Wenigstens würden im Strandhaus neue Aufgaben auf sie warten, so dass sie auf andere Gedanken käme. Es war gar nicht so einfach, einen Haushalt von A bis Z einzurichten. Sie musste überprüfen, was bereits eingekauft worden war, und den Rest selbst besorgen. Alice lächelte. So wie sie ihren Bruder kannte, hatte er die Möbel gekauft und das Besteck vergessen.

Clem freute sich, sie zu sehen, wollte aber nicht über Thora oder den bevorstehenden Prozess sprechen. »Das mit der Yorkey-Mine ist wirklich eine Schande«, sagte Alice. »Wenigstens hast du dein Geld verdient, bevor es dieses Durcheinander gab. Ich weiß gar nicht, wie er auf die Idee gekommen ist, dass er damit durchkommen könnte.«

»Wer?«

»Tanner natürlich.«

»Es war nicht Tanner«, erwiderte Clem müde. »Bestell ihm, dass ich ihn sprechen möchte.«

»Das geht nicht. Er ist weg. Hat sich mit dem Vermögen, das ihm überantwortet war, abgesetzt. Gut, dass wir ihn los sind. Du hättest dich ohnehin niemals mit ihm einlassen dürfen. Eins kann ich dir sagen, in York braucht er sich nicht mehr blicken zu lassen.«

»Ich bezweifle, dass er nach York zurückkehren würde.«

»Jemand muss die Berichte über Yorkey vertauscht haben. Wenn es nicht Tanner war, wer dann?«

»Mike. Vosper hat mir einen kurzen Brief von ihm mitgebracht, den er ans Hotel geschickt hat. Der verdammte Idiot hält das alles für einen Scherz.«

»Ein armseliger Scherz«, meinte Alice. »Wie hat er es angestellt? Er hatte doch überhaupt keine Gelegenheit dazu.«

»Das weiß nur Gott. Ich habe schon Verdacht geschöpft,

als man mir sagte, es handle sich um eine ganz hervorragende Fälschung: Deagans Spezialgebiet!«

»O Gott. Jetzt aber zu etwas anderem: Ich habe alles zusammengepackt. Morgen hole ich dich aus dem Krankenhaus ab. Du kannst im Cottage übernachten, und übermorgen fahren wir gemeinsam ins Strandhaus. Fühlst du dich kräftig genug, um zu verreisen?«

»Darüber wollte ich mit dir reden, Alice …«

Doch sie hörte nicht zu. »Netta kommt nicht mit. Sie wurde von der Polizei belästigt und sogar von Thoras Anwalt. Wie dreist von ihm! Sie möchte zu ihrer Mutter nach Hause fahren, was ich ihr nicht verübeln kann. Für das Mädchen muss die letzte Zeit schrecklich gewesen sein. Dieser Forbes, der Anwalt, hat sie sogar über Thoras Männerbesuche ausgefragt, was für ein Skandal! Das arme Ding wusste nicht aus noch ein.«

»Hatte sie denn Männerbesuche, Alice?«, fragte Clem ruhig.

»Nur einen, von diesem furchtbaren Tanner, doch er war eigentlich auf der Suche nach dir.«

»Tanner? Oh ja, er hat mich gesucht, weil er dachte, ich hätte ihn der Fälschung bezichtigt. Was hat er zu Thora gesagt?«

»Woher sollte Netta das wissen? Sie horcht nicht an der Tür. Das arme Mädchen hat Mr. Forbes wieder und wieder gesagt, dass sie Tanner nur hereinkommen und nach dir fragen hörte. Später hat sie Mrs. Price schreien hören. Sie war wütend. Wies ihn aus dem Haus. Wenigstens war Thora genügend auf Zack, um ihn hinauszuwerfen. Schade, dass sie nicht mehr Vernunft bewiesen hat …«

»Ich dachte, wir wollten nicht über Thora sprechen.«

»Ich sage nur, was ich denke. Jedenfalls wird Netta morgen abreisen, doch das ist nicht weiter schlimm. Ich kann mich ab jetzt um Lydia kümmern. Morgen wirst du ja entlassen.«

Clem fragte sich, was Tanner Thora erzählt haben mochte. Wirklich den Kopf zerbrechen musste man sich allerdings über Lil Cornish. Wie würde Lydias leibliche Mutter auf all das reagieren?

»Alice«, sagte er, »ich habe es mir anders überlegt. Thoras Fall wird erst später verhandelt. Ich halte es für besser, wenn du mit Lydia nach Lancoorie fährst, und zwar so bald wie möglich.«

»Ich dachte, wir sollten mit dir ins Strandhaus kommen. Ich hatte mich schon so darauf gefreut.«

»Ein anderes Mal. Das Kind ist schon so viel herumgeschoben worden. Es betrachtet Lancoorie als sein Zuhause und wird dort mit dir und George viel glücklicher sein.«

Alice war überrascht, aber nicht verärgert. »Ich denke schon eine ganze Weile, dass dies die bessere Lösung ist. Und was ist mit dir?«

»Ich komme schon zurecht. Ich ziehe zurück ins Hotel, bis ich wieder auf den Beinen bin. Der Arzt muss mich im Auge behalten.«

»Sieh zu, dass er das tut. Danach solltest du auch heimkehren. Clem, es war ein schrecklicher Schock für dich, du brauchst viel Ruhe.«

Er nickte. »Eins nach dem anderen. Ich würde mich schon viel besser fühlen, wenn du mit Lydia wieder zu Hause wärst.«

»Weit weg von Lil Cornish«, dachte er.

Die Skandalgeschichten über Thora Price waren inzwischen nicht mehr auf den Titelseiten zu finden, doch Lil stellte fest, dass sich vieles hinter den Kulissen abspielte. Als Inspektor Smythe und ein weiterer Polizist den Landungssteg betraten, zerbrach ihre Hoffnung, inkognito bleiben zu können.

Sie führte die Herren in die Bibliothek. »Leider ist Mr. Warburton nicht da. Er hat eine Reise nach Übersee angetreten.«

»Das ist schon in Ordnung«, sagte Smythe und nahm an Roberts Schreibtisch Platz. »Er hat mich vor seiner Abreise angerufen, um eine Aussage zu machen, doch er hatte nicht viel anzubieten, nicht mehr als die anderen Zeugen. Ich hoffe, dass Sie mehr Licht in die Sache bringen können, Mrs. Cornish.«

»Ich habe Ihnen bereits alles gesagt.«

»Sicher, aber haben Sie bitte noch ein wenig Geduld. Es ist immer noch nicht klar, weshalb Mrs. Price auf Sie geschossen hat. Was auch immer sie gesagt und welchen Namen sie auch gerufen haben mag, sie hat direkt auf Sie gezielt und gefeuert. Das stimmt doch, oder nicht?«

»Vermutlich schon.«

»Wie gut kennen Sie Clem Price? Sie scheinen ihn zu schätzen. Könnte es sein, dass Mrs. Price eifersüchtig war?«

»Natürlich nicht. Wollen Sie etwa andeuten, dass Mr. Price und ich ein Verhältnis hatten?«

»Ich deute gar nichts an. Mir geht es um die Fakten, und Tatsache ist, dass Sie Mr. Price bereits kannten und mit ihm getanzt haben.«

»Unsinn! Er konnte sich nicht einmal an mich erinnern. Ich bin ihm zuvor nur ein einziges Mal begegnet.«

»Oh. Und wo war das?«

Lil zögerte. Sollte sie bisher noch irgendwelche Zweifel an den Gründen für Roberts überstürzte Abreise gehegt haben, so wurden diese Zweifel nun zerstreut. Er hatte mit Smythe gesprochen und erfahren, dass ihr eine weitere Vernehmung bevorstand und sie vermutlich sogar vor Gericht erscheinen musste. Auch die Haltung des Polizisten hatte sich verändert. Er brauchte keine Angst mehr zu haben, Robert und Henery vor den Kopf zu stoßen, denn beide waren von der Bildfläche verschwunden.

Lil zerbrach sich den Kopf darüber, wie viel sie dem Inspektor erzählen sollte. Schließlich hatte sie mit diesem ganzen Zirkus eigentlich nichts zu tun. Die Presse hielt sich nur vorübergehend zurück. Spätestens zur Verhandlung würde der

Rummel wieder losgehen. Sie wollte nicht, dass Robert zu viel über sie und das andere Kind erfuhr. Das Gleiche galt für ihre Beziehung zu Clem und Thora Price. Lil zog es bei weitem vor, Robert nach seiner Heimkehr alles selbst zu berichten.

»Haben Sie mir zugehört, Mrs. Cornish«, fragte Smythe beharrlich. »Wo sind Sie Mr. Price begegnet?«

»In York.«

»Eine schöne Stadt. Ich werde in Kürze ebenfalls mal hinfahren. Wo genau in York? Bei welcher Gelegenheit?«

»Auf Lancoorie, seiner Schaffarm. Mein Ehemann hat dort gearbeitet.«

»Tatsächlich? Wie heißt Ihr Mann? Und als was war er bei Mr. Price angestellt?«, Er deutete seinem Begleiter mit einem Nicken, er solle sich Notizen machen.

»Ted Cornish. Er hat als Farmarbeiter auf Lancoorie gearbeitet. Dann und wann.«

»Habe ich Sie richtig verstanden: Sie sind noch mit ihm verheiratet?«

»Ich werde die Scheidung einreichen.«

»Und dennoch bezeichnen Sie sich als Mr. Warburtons Verlobte?«

»Ich bezeichne mich als gar nichts«, entgegnete sie wütend. »Mr. Warburton hat mich als seine Verlobte vorgestellt, besser gesagt, Mr. Whipple hat es getan. Wir haben vor zu heiraten, sobald ich geschieden bin.«

»Wann wird das sein?«

»Das weiß ich nicht. Mr. Warburton wollte alles in die Wege leiten. Vermutlich werde ich mich gedulden müssen, bis er zurückgekehrt ist.«

Als Smythe mit der Zunge schnalzte, wurde sie plötzlich sehr nervös.

»Das kann dauern. Ich habe den Eindruck gewonnen, dass Mr. Warburton es nicht eilig hat mit seiner Rückkehr nach

Australien. Im Gegenteil, er hat sogar sein Haus zum Verkauf angeboten.«

»Er hat was getan? Davon weiß ich nichts.«

»Zweifellos wird er Sie zu gegebener Zeit davon in Kenntnis setzen.«

Lil unterdrückte trotzig die aufsteigenden Tränen und schluckte krampfhaft. »Nun, das ist seine Entscheidung.« Jetzt spielte es keine Rolle mehr, was Smythe alles herausfand, doch er war Lil derart unsympathisch, dass sie nicht mit ihm kooperieren wollte.

»Sonst noch etwas?« fragte sie kurz angebunden. Jordan und die übrigen Dienstboten würden wissen wollen, was Robert ihnen allen angetan hatte.

»Ja«, antwortete Smythe. »Ich habe hier einen Brief von Mrs. Dodds, der Frau des Vikars von St. Luke's im Distrikt York. Sie hat ihn an den Bischof geschickt und der hat ihn an mich weitergeleitet. Sie bittet um Vergebung für ihre Beteiligung an einer gewissen Sache. Sie meint, sie habe einen entsetzlichen Fehler gemacht und besteht darauf, dass Mrs. Price, nachdem sie dieses schreckliche Verbrechen begangen hat, nicht in der Lage sei, für ein Kind namens Lydia Price zu sorgen. Mrs. Dodds verlangt, dass man Lydia unter Amtsvormundschaft stellt.«

Er sah auf. »Auch Ihr Name wird erwähnt, Mrs. Cornish. Möchten Sie mir etwas dazu sagen? Was für eine Beziehung haben Sie zur Familie Price?«

Lil saß regungslos vor ihm. »Weiß Mr. Warburton von diesem Brief?«

»Ich habe ihn natürlich gefragt, ob er diese Leute kennt. Er war sehr schockiert, denn er hatte keine Ahnung, dass Sie mit Mr. und Mrs. Price mehr als nur oberflächlich bekannt waren.«

Lil lächelte bitter. »Schockiert? Doch nicht Robert. Er ist einfach nur selbstsüchtig. Was interessiert es ihn, wenn er sein

Versprechen mir gegenüber bricht, obwohl ich nichts falsch gemacht habe? Und was soll aus dem ganzen Personal werden? Kein Wort hat er zu ihnen gesagt. Schleicht sich einfach davon, weil er nicht Manns genug ist, uns ins Gesicht zu sehen.«

Zu ihrer Überraschung nickte Smythe. »Diesen Eindruck hatte ich auch.« Dann führte er die Vernehmung in einem freundlicheren Ton fort. »Ich weiß nicht, ob es für den Fall überhaupt von Bedeutung ist, doch Sie müssen mir alles über Thora Price und das Kind Lydia sagen.«

Wie betäubt nickte Lil und berichtete, was in Lancoorie geschehen war. Sie erzählte auch, wie es sie nach Minchfield House verschlagen hatte. Smythe hörte zu, ohne sie zu unterbrechen, wofür sie ihm sehr dankbar war.

»Wie Sie sehen«, schloß sie, »hat Thora mich ebenso wenig erkannt wie Clem Price. Sie hielt mich für jemand anders.«

»Und Sie kennen niemanden namens Jocelyn?«

»Nein. Mag sein, dass Thora eine Frau dieses Namens aus ihrer Zeit in York kennt, doch ich kam erst nach meiner Heirat in die Stadt. Bevor das alles passierte, kannte ich Thora nur vom Sehen. Sie war stadtbekannt.« Sie unterhielten sich noch eine Weile, und Lil servierte den Polizisten schließlich Tee und Sandwiches, denn sie mussten auf die Rückkehr der Fähre warten.

»Man wird Lydia doch nicht unter Amtsvormundschaft stellen, oder?«

»Ich denke nicht. Sie sind hier, und Mr. Price ist ein ehrbarer Vormund. Ich gehe davon aus, dass keine offizielle Adoption stattgefunden hat?«

»Nein«, sagte Lil verzweifelt. »Als Thora diesen Anschlag beging, schwor ich mir, Lydia zurückzuverlangen. Da ich mit Mr. Warburton verlobt und, wie ich glaubte, finanziell abgesichert war, hätte ich mich selbst um sie kümmern können. Nun aber … Wenn dieses Haus verkauft wird, muss ich mich nach einer anderen Stelle umsehen. Mit einem Kind hat man es schon schwer genug. Alles ist zusammengebrochen.«

»Es tut mir leid, Mrs. Cornish. Vielleicht können Ihnen die neuen Eigentümer helfen.«

»Muss ich vor Gericht erscheinen?«

»Ja, als Zeugin der Anklage. Schließlich hat Mrs. Price auf Sie geschossen.«

»Irgendetwas muss sie furchtbar aufgeregt haben.«

»Das stimmt, doch wissen wir noch immer nicht, was es war. Ich neige dazu, Ihnen darin zuzustimmen, dass Sie sie mit jemandem verwechselt hat, mit dieser mysteriösen Jocelyn eben. Wenn wir sie finden, wissen wir die Antwort.«

»Was sagt Clem Price zu alldem?«

»Nichts. Er weigert sich auszusagen.«

Lil verbarg ein Lächeln. Sie wünschte, auch sie könnte die Aussage verweigern. Sie fürchtete sich davor, vor Gericht all diesen Leuten – und vor allem Thora Price – gegenübertreten zu müssen.

»Ich habe Warburton nie gemocht«, sagte Jordan zornig. »Der Mann ist gerissen, und er hat noch nie in seinem Leben für irgendetwas einen Finger gerührt.«

»Nun, wer auch immer hier einzieht, wird Personal benötigen. Ich weiß gar nicht, worüber du dir Sorgen machst«, warf die Köchin ein. Lil hingegen war sich nicht so sicher, dass sie ihre Stelle behalten würde. Minchfield House war das ideale Heim für eine Familie. In diesem Falle würde die Dame des Hauses nur Dienstmädchen und keine Haushälterin mehr brauchen.

»Wie kann er das Haus mit all den kostbaren Dingen darin verkaufen? Mit all dem Silber, den Gemälden, den schönen Lampen und den ganzen Möbeln.«

Das sollten sie bald erfahren. Eines Tages stand ein Makler

vor der Tür – »bewaffnet« mit einer schriftlichen Genehmigung von Robert Warburton, eine Inventarliste zu erstellen.

»Du lieber Himmel«, sagte er zu Lil. »Das wird eine Weile dauern. Ich bin noch nie zuvor in Minchfield House gewesen. Es ist großartig. Sieht aus, als müssten wir auch einen Schätzer herbestellen. Ich kann diese Dinge nicht versteigern, ohne zu wissen, was sie wert sind.«

»Versteigern?«, fragte Lil entsetzt.

»Ja. Auf diesem Weg wird man die Einrichtung am besten los. Wir können all diese Dinge nicht einfach mit dem Haus verkaufen. Einen Teil des Mobiliars werden wir allerdings stehen lassen, als verkaufsfördernde Maßnahme. Bei der jetzigen Wirtschaftslage ist es nicht leicht, ein Haus von dieser Größe zu verkaufen. Nicht nur der Kaufpreis, auch die Instandhaltungskosten sind hoch.«

»Dieses Haus zu unterhalten geht wirklich ins Geld«, stimmte Lil in der Hoffnung zu, potentielle Käufer würden sich dadurch abschrecken lassen.

Sie führte den Makler seinem Wunsch gemäß durch das Haus. Vom obersten Stock aus blickte er hinaus auf die Felder.

»Mr. Warburton hat recht. Das Haus ist eine schöne Sache. Doch wenn es mitsamt einer Farm verkauft werden soll, so wirft das gewisse Probleme auf. Ich stelle mir vor, dass eine Persönlichkeit des öffentlichen Lebens das Anwesen erwirbt, jemand, der gerne Gäste empfängt. Er sollte sich keine großen Gedanken über die Farm machen.«

Er öffnete eine Tür und spähte in Roberts Badezimmer. »Du lieber Himmel, das ist ja größer als mein Schlafzimmer! Ich muss meine Frau mal mitbringen, damit sie sich das ansieht! Wie ich schon sagte, man sollte die Farm separat verkaufen. Für das Haus mit dem ganzen Land wird man nicht viel bekommen. Es wäre sicher sehr viel besser, den Besitz aufzuteilen.«

»Das wäre aber schade«, antwortete Lil, doch der Makler hatte seine eigenen Vorstellungen.

»Überhaupt nicht. Solch ein riesiges Anwesen lässt sich kaum bewirtschaften. Parzellieren ist ein absolut üblicher Vorgang. Nun sollten wir uns besser an die Arbeit machen. Ich fange unten an.«

Sobald sie ihn los war, sauste Lil über die Felder, auf der Suche nach Jordan.

»Sie wollen den Besitz aufteilen«, keuchte sie. »Im Haus schnüffelt ein Makler herum. Er sagt, die Farm wird separat verkauft!«

»Wieso?«, fragte Jordan verblüfft.

»Um mehr Geld für Warburton herauszuschlagen. Was sagst du dazu? Und alles, was nicht zum normalen Mobiliar zählt, wird versteigert. Der Kerl ist schon dabei, eine Inventarliste anzufertigen.«

»Dieser Schweinehund Warburton! Er hat sich nie für die Minchfield Farm interessiert. Er würde ganz schön dumm aus der Wäsche gucken, wenn Miss Lavinia zurückkäme.«

»Genau wie ich«, dachte Lil. »Vom Regen in die Traufe.« Finster kehrte sie mit Jordan in die Scheune zurück. Unterwegs räsonierte er über ihre Zukunft.

»Du bekommst eine neue Stelle«, sagte sie, »doch ich werde es nicht leicht haben. Ich kann nicht einmal Referenzen vorweisen.«

»Zum Teufel mit den Referenzen! Ich schreibe dir eine Empfehlung. Bei Gott, der alte Warburton würde sich im Grab umdrehen!«

Am nächsten Morgen entdeckte Mrs. Lillian Cornish zum ersten Mal ihren Namen in der Zeitung.

Die Titelseite war den Wahlergebnissen vorbehalten worden. Ein Mr. Vosper hatte einen langjährigen Abgeordneten der

Konservativen aus dem Rennen geschlagen, und auch Henery Whipples Sitz war an einen Labour-Vertreter gefallen. Lil las den Artikel eigentlich nur, weil Henerys Name ihr ins Auge gesprungen war. Sie saß am Esstisch und blätterte die Seiten durch, bis sie auf ihren eigenen Namen stieß.

Die Schlagzeile des kurzen Artikels lautete: »Eine Frau und ihre Tragödie«. Der Autor äußerte sich ausnahmsweise einmal wohlwollend über Thora. Die Tochter von Dr. J. Carty aus York, eine schöne junge Frau, sei in einem beschaulichen Landstädtchen aufgewachsen und habe Clem Price von der Lancoorie-Farm geheiratet.

Lil fand den Artikel uninteressant, da er lediglich Thoras biographischen Hintergrund darstellte und sie als liebende Mutter der kleinen Lydia darstellte. Sogar ihre Musikstunden wurden erwähnt.

»Was also hat sie dazu getrieben, den Rathaussaal zu stürmen und einen Mordanschlag auf Mrs. Lillian Cornish zu verüben?«, fragte der Journalist – ohne eine Antwort anzubieten. Doch für Lil war ohnehin nur die Erwähnung ihres eigenen Namens von Belang.

»Jetzt helfen mir auch keine guten Referenzen mehr«, sagte sie zu sich. »Ich stecke bis zum Hals im Dreck. Und Dreck bleibt kleben.«

Bis zum späten Nachmittag wussten alle Bescheid. Die Mädchen bestürmten sie mit Fragen, die Lil ihnen in nüchternem Ton beantwortete. Alle waren zutiefst beeindruckt.

»Ich war einfach nur zur falschen Zeit am falschen Ort«, sagte sie.

»Haben Sie das Satinkleid getragen, das in Ihrem Schrank hängt?«, fragte ein Hausmädchen und gestand damit zugleich ein, dass es in Lils Sachen geschnüffelt hatte, doch ihr war inzwischen alles egal. Ihre Tage als Haushälterin waren ohnehin gezählt.

»Du bist eine Berühmtheit«, staunte die Köchin. »Warum hast du uns nicht erzählt, dass Mr. Warburton mit dir auf diesen Ball gegangen ist?«

Selbst Jordan kam zu ihr. »Hast du diese Frau gekannt?«

»Gewissermaßen.«

»Weshalb wollte sie dich erschießen?«

»Ich habe nicht die geringste Ahnung.«

»Hat Warburton dich deshalb sitzenlassen?«

»Vermutlich. Du weißt schon, guter Ruf und all das. Trotzdem glaube ich, dass er diesen Verkauf langfristig geplant hat.«

»Der Schweinehund. Viele Leute hier im Distrikt waren ganz und gar nicht von der Art angetan, auf die er diesen Besitz an sich gerissen hat. Ich muss mit einigen Nachbarn sprechen. Vielleicht lässt sich ja was machen. Minchfield wurde nicht ihm, sondern Lavinia hinterlassen.«

»Die im Irrenhaus sitzt.«

»Und wenn man sie wieder herausholen könnte?«

»Oh Gott!«, Lil wollte nichts weiter davon hören und unternahm mit Caroline einen langen Spaziergang am Fluss. »Wir sollten die Zeit, die uns hier bleibt, in vollen Zügen genießen. Ich weiß nicht, wohin es uns noch verschlagen wird.«

Jordan hatte die Nachbarn ermutigt, aktiv zu werden. Sie beriefen eine öffentliche Versammlung ein, um nachträglich ihrer Entrüstung über die widerrechtliche Aneignung des Besitzes von Miss Lavinia Warburton durch Robert Warburton Ausdruck zu verleihen, der Minchfield House nun auch noch ohne ihre Zustimmung verkaufen wollte.

»Warum haben sie nicht früher den Mund aufgemacht?«, fragte Lil Jordan.

»Weil alles gelaufen war, bevor sie es herausgefunden haben.«

»Aber Robert hat doch ihre Vollmacht oder wie immer man

es auch nennt. Er ist rechtlich befugt zu verkaufen, sonst wäre dieser Makler nicht hier gewesen.«

»Die Vollmacht kann widerrufen werden«, erklärte Jordan fröhlich, »falls Lavinia geistig gesund ist. Der Hausarzt wird ihr mit einer Abordnung der Nachbarn einen Besuch abstatten. Und sein Anwalt sagt, du sollst dem Makler den Zutritt zum Haus verwehren, bis diese Angelegenheit geklärt ist.«

»Wie soll ich das machen?«

»Er schickt ihm einen Brief, der ihn dir eine Weile vom Hals halten wird.«

Lil war für jeden Aufschub dankbar. Sie verkaufte das herrliche Satinkleid für acht Pfund an eine Schneiderin aus der Umgebung und freute sich, es los zu sein, da es ihr kein Glück gebracht hatte.

»Ich werde nie wieder die Gelegenheit haben, es zu tragen«, sagte sie zur Köchin. »Das Geld hilft mir im Augenblick mehr.«

Wochen vergingen. Die Gehälter wurden weiterhin gezahlt, doch zwei Hausmädchen suchten sich eine neue, sicherere Arbeit, und ihre Stellen wurden nicht wieder besetzt. Der Makler kam nicht wieder, da es offensichtlich ungeklärte Eigentumsfragen gab, und Lil versank in Lethargie, da ihr die ganze Warterei einfach unerträglich erschien.

Als Jordan ihr mitteilte, dass der Arzt und seine Freunde Miss Lavinia besucht hatten und guter Hoffnung seien, dass sie entlassen werde, spielte Lil mit dem Gedanken, sofort zu packen, ließ sich dann aber von Jordan überreden zu bleiben. Er selbst besuchte Miss Lavinia und kehrte entsetzt nach Minchfield zurück.

»Sie sieht alt und abgemagert aus, völlig ausgelaugt, ist aber geistig ebenso gesund wie du und ich. Einen Ort wie diesen habe ich im Leben noch nicht gesehen. Ekelerregend, schmutzig, der Alptraum einer Irrenanstalt. Die Insassen liegen in ihrem Dreck, faseln, sabbern, kreischen, kneifen einander und prügeln sich. Ich hatte Angst um mein Leben.«

Lil musste an Thora Price denken, und ein Schauer überlief sie. Es ging das Gerücht um, sie würde in die Irrenanstalt eingewiesen. So wie Jordan sich anhörte, war selbst das Gefängnis eine bessere Alternative.

»Sie fordern Lavinias Entlassung«, fuhr Jordan fort. »Reichen sogar beim Gouverneur eine Petition ein. Dein Mr. Warburton ist so beliebt wie eine ansteckende Krankheit.«

»Er ist nicht mein Mr. Warburton. Doch was ist mit mir? Ich habe seinerzeit die Einweisungspapiere mit unterzeichnet. Wenn Miss Lavinia herauskommt, bringt sie mich um.«

»Du hast unterschrieben, was er dir vorgelegt hat. Anderenfalls hätte er dich entlassen. Ich habe mit Miss Lavinia gesprochen. Sie erinnert sich an dich.«

»Darauf wette ich.«

»Sie erinnert sich daran, dass du sie aus den Flammen gerettet hast. Ihre Hand ist ganz vernarbt.«

»Und der Rest?«, fragte sich Lil. Vielleicht war Lavinia zu betrunken gewesen, um sich daran erinnern zu können, was vorher passiert war.

»Ich weiß nicht so recht. Wenn sie zurückkommt, fangen die Schwierigkeiten von vorne an. Sie war eine Tyrannin. Und grausam. Jordan, du kannst nicht so tun, als hättest du das vergessen.«

»Kannst du nicht noch eine Weile bleiben und es versuchen, Lil? Sie ist zu krank, um irgendjemanden zu tyrannisieren. Sie hat wie ein Kind geweint, als sie mich sah, und wollte alles über Minchfield House wissen.«

Lavinia kehrte ebenso plötzlich nach Minchfield House zurück, wie sie verschwunden war, diesmal in Begleitung eines Arztes und dessen Gattin, die der gebrochenen alten Frau aus dem Boot halfen.

Lil war in ihrem eigenen Interesse mit Caroline in das Cottage hinter der Küche gezogen, nachdem sie erfahren hatte, dass Miss Lavinia Chancen hatte, entlassen zu werden. Das Cottage gehörte definitiv nicht zum Hauptgebäude und war mit ihrer bisherigen Unterkunft gar nicht zu vergleichen, doch es war besser als die übrigen Dienstbotenquartiere. Ein Kompromiß eben. Sie wollte Miss Lavinia auf keinen Fall provozieren, und sie würde es sicher nicht gutheißen, wenn ein ehemaliges Dienstmädchen im Herrenhaus lebte.

Jordan legte sich sehr ins Zeug, um das Cottage wieder bewohnbar zu machen. »Ich hatte gehofft, du würdest ausziehen, Lil, habe mich aber nicht getraut, es zu sagen.« Sie hängten neue Vorhänge auf, legten schwere Matten auf die Steinböden und ließen Möbel aus den Lagerräumen kommen. Lil war von ihrem neuen Zuhause sehr angetan, obgleich sie sich darüber im Klaren war, dass es vielleicht nicht von Dauer sein würde.

Trotz Jordans Warnungen war sie nicht darauf gefasst gewesen, dass Miss Lavinia sich so sehr verändert hatte. Die Frau war ausgemergelt. Ging gebeugt. Trug keinen Hut, so dass man die kahlen Stellen auf dem Kopf erkennen konnte. Ihr Gesicht war voller entzündeter Stellen, und sie roch nach Urin.

Der Arzt sah, dass Lil zusammenzuckte, und sagte im Flüsterton: »Wir haben unser Bestes getan. Eigentlich wollten wir sie zunächst zu Freunden bringen, doch sie bestand darauf, sofort nach Hause gefahren zu werden. Würden Sie ihr bitte ein heißes Bad einlassen, Mrs. Cornish? Und Badesalz zugeben, falls Sie welches haben.«

Als die alte Frau schließlich in ihrem eigenen Bett lag, brachte Lil ihr das Essen hinauf. Sie wollte Miss Lavinia die Chance geben, sie zu entlassen, doch ihre Arbeitgeberin sagte nichts. Sie lächelte schwach und starrte gierig auf die Hühnerbrühe, als warte sie auf eine Erlaubnis, mit dem Essen zu beginnen.

»Sie sollten sie trinken, solange sie heiß ist«, sagte Lil. Sie fühlte sich schuldig und hatte großes Mitleid mit der Frau.

Lil wurde Lavinias Pflegerin. Sie badete sie und kleidete sie an, überwachte ihre Ernährung und stellte sie allmählich von einer Krankendiät auf gehaltvollere Nahrung um, damit sie wieder zu Kräften kam. Sie half ihr hinaus in den Garten, wo sie gemeinsam mit Caroline saßen, und von dort aus begann Lavinia, sich die Welt wieder zu erobern, allerdings auf recht unerwartete Weise.

Die Frau, die Caroline als Baby ignoriert hatte, war begeistert von dem Kleinkind, das große Sympathie für sie hegte. Caroline lief die ganze Zeit um sie herum, brachte ihr Spielzeug, warf es ihr in den Schoss und versuchte sogar, auf ihre Knie zu klettern.

Als Lil sie bremsen wollte, hielt Lavinia sie zurück. »Nein, Lass nur. Sie ist ein liebes kleines Mädchen.«

Lavinia amüsierte sich über Caroline, die Hand in Hand mit ihr spazierenging und sie aus unerfindlichen Gründen »May« nannte.

»Nein, das ist Miss Lavinia«, sagte Lil respektvoll.

»Du darfst nicht erwarten, dass sie dieses Wort schon aussprechen kann. ›May‹ genügt vollkommen«, lachte Lavinia.

Lil bemerkte, das sie Lavinia nie zuvor lachen gehört hatte. Vermutlich hatte es in dieser Anstalt überhaupt nichts zu lachen gegeben, so dass jetzt schon der kleinste Anlass genügte.

Mit fortschreitender Genesung interessierte sich Lavinia auch wieder mehr für das Haus. »Ich freue mich zu sehen, dass er das Anwesen in Schuß gehalten hat. Allerdings vermute ich, dass das in erster Linie dir zu verdanken ist«, sagte sie eines Tages zu Lil.

»Ich habe getan, was ich konnte. Soll ich Ihnen die Haushaltsbücher bringen?«

»Nein, ein anderes Mal.«

Doch nachdem Lavinia das Haus und die Farm inspiziert

und alles zu ihrer Zufriedenheit vorgefunden hatte, wusste sie nicht mehr weiter. Sie überließ Lil die Haushaltsführung, saß stundenlang auf der Veranda und blickte auf den Fluss. Nur Caroline leistete ihr Gesellschaft. Auch abends saß sie oft dort, eine einsame alte Frau.

»Ich frage mich, wie lange dieser Zustand anhält«, sagte Lil zu Jordan. »Ich warte darauf, dass sie wieder das Zepter schwingt wie in alten Zeiten.«

»Es ist diese Anstalt. Sie hat ihre Persönlichkeit zerstört.«

»Oh, nein. Manchmal schlägt ihr altes Wesen durch. Sie bekommt eine ganze Menge mit. Dass das Badezimmer einen neuen Anstrich braucht, dass Türknöpfe fehlen, dass der Kronleuchter schmutzig ist ... Um all das soll ich mich kümmern. Aber immerhin trinkt sie nicht mehr.«

Anscheinend hatte sie auch nicht einfach nur herumgesessen und gegrübelt, denn eines Nachmittages bat sie Lil zu sich und deutete auf ein Flussboot, das gerade vorüberfuhr.

»Nicht alle Leute auf diesem Boot haben ein festes Reiseziel. Sie wollen einfach nur die Landschaft genießen. Mir ist aufgefallen, dass sie häufig dieses Haus anstarren.«

»Ja, Minchfield House ist eine echte Attraktion.«

»Das stimmt. Ich dachte daran, sie zum Tee einzuladen.«

Lil war verblüfft. »Sie wollen einen Nachmittagstee geben?«

»Ganz sicher nicht! Ich möchte ihnen morgens oder nachmittags Tee servieren und sie dafür bezahlen lassen. Der Salon ist der größte Raum und liegt direkt am Vordereingang. Ich könnte Tische hineinstellen und einen anständigen Tee servieren, mit Kuchen und allem, was dazugehört. Meinst du, die Köchin bekäme das hin?«

Das sollte sie, dachte Lil. Lavinias Frage hatte eher wie ein Befehl geklungen. Fasziniert hörte Lil zu, als Lavinia ihr den Plan in allen Einzelheiten erläuterte. Sogar über die Schiffer hatte sie sich Gedanken gemacht.

»Sie wären froh über die zusätzlichen Gäste, die ihnen die *Minchfield Tea Rooms* bringen würden. Und die Besucher hätten die Gelegenheit, sich Haus und Park aus der Nähe anzusehen. Sie würden sicher gern dafür bezahlen.«

»Wir brauchen kleinere Tische für den Raum«, sagte Lil, »mehr Stühle, eine Serviererin.« Sie wusste, dass sie eigentlich auf zwei neuen Hausmädchen hätte bestehen sollen, doch sie wollte sich nicht unbeliebt machen. Falls Miss Lavinia diese Idee in die Tat umsetzte, wäre ihre Stelle gesichert.

»Daran habe ich schon gedacht. Morgen stellen wir eine Liste zusammen. Das könnte eine interessante Sache werden – solange wir nur das Beste vom Besten servieren, so wie es sich für dieses Haus gehört.« Sie sah Lil über den Rand ihrer Brille prüfend an.

Der Arzt kam nicht mehr zu Besuch, doch seine Gattin und einige andere Frauen sprachen gelegentlich vor und erfuhren schließlich die Neuigkeit.

»Was ist das für eine Geschichte mit diesem Teesalon?«, wollten sie von Lil wissen.

»Da müssen Sie sich an Miss Lavinia wenden.«

Später hörte Lil, wie die Frauen ihr gratulierten. »Das ist eine tolle Idee, Lavinia! Doch du wirst dich hoffentlich nicht auf Tagesausflügler beschränken. Du musst uns gestatten, ebenfalls zu kommen.«

Offensichtlich verlieh Lavinia dieses Lob den nötigen Schwung für den nächsten Schritt. Bisher hatte sie nur zaghafte Erkundigungen beim Fährmann eingezogen und endlose Listen aufgestellt, bei denen nichts Handfestes herausgekommen war.

Nun fühlte sie sich bestätigt. Inzwischen kamen die Frauen fast täglich. Sie wirkten noch begeisterter als Lavinia selbst und halfen ihr, alles minutiös zu planen. Nach diesen Treffen strahlte die frischgebackene Wirtin über das ganze Gesicht. Sie hatte nicht nur eine neue Aufgabe, sondern auch Freunde gefunden.

Das Wohnzimmer verwandelte sich in einen eleganten Teesalon. Die kleinen, zierlichen Tische wurden mit gestärkten, weißen Servietten geschmückt, da Lavinia auf keinen Fall wollte, dass der Salon irgendwie rustikal aussah. Sie besprachen gerade das Eröffnungsdatum, als Lil die Ladung zum Prozess gegen Mrs. Thora Price erhielt.

Ihr sank das Herz. Sie hatte gebetet, man möge sie vergessen, doch es hatte nicht sein sollen. Der lange gefürchtete Augenblick war da, und sie wagte nicht, die Ladung zu ignorieren. Nun musste sie Lavinia nicht nur um Urlaub bitten, sondern ihr auch den Grund dafür angeben, was wiederum einem Eingeständnis der Tatsache gleichkam, dass sie mit Robert einen Ball besucht hatte.

»Nun gut, ich werde in Merles Pension ziehen und mir von dort aus eine neue Stelle suchen«, dachte sie.

Schließlich nahm sie allen Mut zusammen und bat Lavinia, ihr ein paar Tage freizugeben.

»Es geht um den Prozess, nicht wahr?«, fragte diese kalt.

Lil zuckte zusammen. »Ja, Ma'am.«

»Du brauchst mich nicht so dumm anzuschauen. Ich weiß Bescheid. Die Leute reden. Man riet mir sogar, dich zu entlassen, damit ich nicht in den Skandal verwickelt werde. Sollte ich das deiner Meinung nach tun?«

»Ich hoffe, sie werden es nicht tun, Ma'am. Ich arbeite gern hier.«

»Ja. Deine Leistungen beweisen es. Und ich brauche deine Unterstützung für mein neues Unternehmen.« Sie vertrieb eine Fliege von der Glastür und schloß diese dann fest. »Mir scheint, die Warburtons haben für ihre eigenen Skandale gesorgt, lange bevor du überhaupt zu uns gekommen bist. Ich selbst bin ein lebendiger Skandal.«

»Oh, Madam, das ist nicht wahr.«

»Ach nein? Meinst du, die Leute vergessen, dass ich in die Irrenanstalt eingeliefert worden bin? Oh, nein. Deshalb kann ich hier auch nicht zurückgezogen leben. Ich gelte als die Irre von Minchfield! Wenn alle mich sehen, und zwar in der Öffentlichkeit, habe ich eine Chance, den guten Namen der Warburtons wiederherzustellen.«

»Oh!«, Lil war von Lavinias Argumentation beeindruckt, aber zu nervös, um etwas dazu zu sagen. Die Unterredung war noch nicht vorüber.

»Du bist nur knapp dem Tod entronnen«, sagte Lavinia naserümpfend. »Schade, dass sie meinen Bruder verfehlt hat. Du musst tun, was zu tun ist. Und jetzt möchte ich nichts mehr davon hören. Komm so bald wie möglich zurück.«

14. Kapitel

Nachdem die Siegesfeiern vorüber waren, wurde Fred durch zahlreiche Zusammenkünfte mit Wählern und Delegationen auf Trab gehalten, obwohl die Parlamentssitzungen erst in einigen Monaten beginnen würden. Auch zerbrach er sich über seine Jungfernrede den Kopf. Alle paar Tage schrieb er sie um, wütend, dass ihm, dem professionellen Schreiberling, anscheinend nichts gelingen wollte.

»Es ist viel einfacher, für andere Reden zu schreiben«, erklärte Fred. »Früher habe ich immer gewusst, was Politiker sagen müssen.«

Dennoch hatte er die Familie Price und Thoras Brief nicht vergessen. Er suchte das Cottage auf, um Alice Gunne, der ursprünglichen Adressatin, den Brief zu übergeben, fand das Haus aber verschlossen vor. Seine Anfrage im *Palace* ergab, dass Mr. und Mrs. Gunne heimgekehrt waren. Das erleichterte Freds Gewissen. Ihm war schon lange klar, dass Alice keine Sympathien für Thora hegte. Es würde Thora nicht helfen, wenn Alice den Brief bekäme. Alice war fest davon überzeugt, dass Thora wahnsinnig war.

Schließlich entschied Fred, dass Clem den Brief lesen sollte. Es war wichtig, dass er mehr darüber erfuhr, was in Thora vorging. So würde er ihre Motive besser verstehen können. Hoffentlich würde er sanft mit ihr verfahren.

Fred hatte Thora besuchen wollen, um sich zu entschuldigen, dass er sich so lange nicht hatte blicken lassen, doch man teilte ihm mit, dass nur ihr Anwalt sie aufsuchen dürfe. Trotz seiner Proteste schickte man ihn unverrichteter Dinge weg.

Allerdings hatte er bei dieser Gelegenheit erfahren, dass auch Clem sie nicht besuchte, was ihm eigenartig vorkam. Fred hatte Clem mehrmals im Hotel gesehen, ohne mit ihm sprechen oder sich bei ihm bedanken zu können. Clem hatte das Hotel auf Schadenersatz verklagt und seinem früheren Zimmergenossen einen Scheck hinterlassen. Inzwischen wussten die Behörden, dass Thora Freds Waffe aus dem Hotel entwendet hatte, doch der Rest der Geschichte war nicht an die Öffentlichkeit gedrungen, wofür der Hotelmanager sehr dankbar war.

»Zeit für einen freien Tag«, sagte sich Fred auf seinem Ritt nach Cottesloe. In seiner Satteltasche steckte eine Flasche Hennessy, die er Clem mit den Worten »Für medizinische Zwecke« überreichte.

Das Haus gefiel ihm. Es hatte große Fenster, aber keine Vorhänge, so dass man den Eindruck hatte, inmitten der grasbewachsenen Dünen zu sitzen, und den herrlichen, unverbauten Blick auf den Ozean genießen konnte.

»Ich koche selbst, aber wenn du das Risiko eingehen willst, bist du herzlich eingeladen.«

»Keine Frage«, antwortete Fred. »Wie geht es dir? Du siehst besser aus, hast wieder Farbe bekommen.«

»Das verdammte Pflaster klebt noch auf meiner Brust. Die Wunde heilt, aber sie juckt ganz schön. Das Bein ist die Hölle. Der zerfetzte Muskel heilt langsamer als die gebrochenen Rippen.«

»Geh einfach mit dem anderen Bein.«

»Vielen Dank, du bist mir wirklich eine große Hilfe.« Clem öffnete den Cognac.

»Ich hatte noch keine Gelegenheit, dir zu gratulieren, du warst immer von so vielen Leuten umgeben. Gut gemacht!«

Das Haus war bislang nur mit den notwendigsten Möbelstücken ausgestattet, doch die Männer saßen ohnehin lieber auf der breiten Vordertreppe. Sie sahen aufs Meer hinaus, während sie sich unterhielten. Später brieten sie Steaks, übergossen sie mit Worcester-Soße und legten sie zwischen dicke Scheiben Fladenbrot, das Clem am selben Tag gebacken hatte.

Schließlich fragte Fred, weshalb Clem seine Frau nicht besucht habe.

»Man hat es mir verboten«, antwortete Clem ungehalten. »Kannst du mit Conway sprechen, wenn du wieder in Perth bist? Es ist einfach unerhört. Ich sehe keinen Sinn in dieser Anweisung.«

»Vielleicht möchte sie dich nicht sehen.«

»Das glaube ich nicht. Fred, du verstehst mich doch. Ich muss mit ihr sprechen und herausfinden, was eigentlich geschehen ist.«

Fred dachte darüber nach. »Conway ist in Ordnung. Wenn er nicht will, dass du sie siehst, wird er seine Gründe haben. Ich weiß, dass es hart ist für Thora, aber er tüftelt gerade ihre Verteidigung aus. Der Fall ist spektakulär, und er will diesen Prozess gewinnen.«

»Kann er das denn?«, fragte Clem zweifelnd. »Sag mir die Wahrheit.«

Fred brachte es nicht übers Herz, seine Zweifel zu äußern. »Vielleicht versucht Conway herauszufinden, warum sie die Tat begangen hat. Mag sein, er denkt, du würdest Thora bei einem Besuch zu sehr ablenken. Die Situation ist wirklich verfahren. Sie hat den besten Anwalt der Stadt. Du musst ihn nach seiner Fasson verfahren lassen.«

Fred kämpfte immer noch mit sich, ob er Clem den Brief wirklich zeigen sollte, wog das Für und Wider sorgsam ab und legte ihn schließlich auf den Tisch. Das Gewissen hatte über die Vernunft gesiegt.

»Dieser Brief lag im Cottage. Ich habe ihn an mich genommen, bevor die Polizei darüber stolpern konnte. Thora hat ihn unmittelbar vor dem Zwischenfall geschrieben.«

Clem entfaltete die Blätter. »Er ist an Alice gerichtet.«

»Ja, aber sie hat ihn noch nicht gelesen ...« Er lehnte sich zurück, als Clem zu lesen begann.

»Das ergibt nicht viel Sinn«, meinte dieser verwirrt und las die erste Seite noch einmal, doch Fred sagte nichts. Er ging nach draußen und beobachtete ein Schiff am Horizont.

»Sie wurde vergewaltigt«, sagte Clem niedergeschlagen. »Warum hat sie mir nichts davon erzählt?«

»Wie konnte sie? Es steht doch alles da drin. Wenn du mir verrätst, unter welchen Umständen eure Heirat zustande kam, können wir das Puzzle vielleicht gemeinsam zusammensetzen. Würde es dir etwas ausmachen?«

»Nein, ich möchte endlich darüber sprechen. George Gunne sagte mir, er habe schon früher vermutet, dass mit Thora etwas nicht stimmte. Dies hier scheint der Beweis dafür zu sein.«

»Es steckt noch mehr dahinter. Wusste sie vom *Black Cat*?«

»Ich vermute, dass Tanner ihr davon erzählt hat. Aus Rache, obwohl ich ihn gar nicht beschuldigt hatte. Aus seinem Mund wird es besonders schlimm geklungen haben.« Er stöhnte auf. »Ich wünschte, ich könnte die Zeit um ein Jahr zurückdrehen. Die arme Thora, mir wird ganz übel, wenn ich an das Gefängnis denke.«

»Du bist ihr nicht böse?«

»Natürlich nicht. Sie wusste nicht, was sie tat.«

Sie gingen den Brief Seite für Seite durch. Clem wurde aschfahl, als ihm das volle Ausmaß von Thoras Zusammenbruch bewusst wurde. Was in ihrem Bericht fehlte, konnte Clem ergänzen, angefangen bei seinem ersten Treffen mit Dr. Carty bis hin zum Tod von Thoras Baby.

»Sie hat es die ganze Zeit gewusst«, sagte er verzweifelt. »Trotzdem glaube ich immer noch, dass Lydia ein Trost für sie war. Sie hat nie über irgendetwas gesprochen und wirkte immer so gelassen, als habe sie überhaupt keine Sorgen.«

»Klingt nicht gerade nach Gelassenheit, wenn sie ihrem Ehemann den Sex verweigert.«

»Das kann man hinterher immer sagen.«

Fred hätte gern Clems Einladung, im Strandhaus zu übernachten, angenommen, hatte aber zu viele anderweitige Verpflichtungen. Wie Clem war auch er an die Stille des Buschs gewöhnt und fand diesen Ort am Meer keineswegs einsam. Im Grunde seines Herzens beneidete er Clem um diesen herrlichen Zufluchtsort.

»Würdest du dem Anwalt bitte Thoras Brief übergeben?«, bat dieser.

»Bist du sicher, dass das richtig ist?«

»Nein, ich bin mir nicht sicher, aber Conway steht auf ihrer Seite. Er muss alle Fakten kennen.«

»Es könnte ihn dazu bewegen, auf Unzurechnungsfähigkeit wegen Geisteskrankheit zu plädieren. Dann würde sie in der Irrenanstalt enden.«

»Wäre das nicht besser als das Gefängnis?«, fragte Clem bitter. »Dort könnte ich sie wenigstens besuchen. Und versuchen, sie herauszuholen.«

Der Brief machte Fred Sorgen, doch er tat, worum Clem ihn gebeten hatte. Er übergab das Schreiben dem Anwalt und sah enttäuscht zu, wie Conway es kommentarlos überflog. Viel mehr als für diesen Brief schien er sich für Clems Gesundheitszustand und seine Haltung Thora gegenüber zu interessieren. Er erkundigte sich, was Fred über Clems und Thoras Ehe, ihre Familien und ein gewisses Bordell wusste. Und über Jocelyn.

Da Fred wusste, dass Clem auf eine Zusammenarbeit zwischen ihm und Conway Wert legte, beantwortete er dessen Fragen so genau wie möglich. Was Thora in seinem Hotelzimmer angerichtet hatte, erwähnte er nicht, da Conway ihn nicht danach fragte. Wie Clem war Fred der Ansicht, dass sie ohnehin genügend Probleme habe und es umso besser sei, je weniger die Geschworenen erfuhren.

Am nächsten Tag besuchte er Thora mit Conway zusammen. Sie freute sich, als sie von Clems Entlassung aus dem Krankenhaus erfuhr, war aber enttäuscht, dass er nicht zu ihr kam.

»Die Behörden gestatten es nicht«, erklärte Fred. Conway hatte ihn eindringlich davor gewarnt, ihn in ihrer Gegenwart zu kritisieren, damit das so mühsam aufgebaute Vertrauensverhältnis zwischen ihm und seiner Klientin nicht zerstört würde.

»Er lässt Sie aber von ganzem Herzen grüßen«, fügte Fred hinzu.

»Oh, ja«, sagte sie traurig, »wie immer aus weiter Ferne.«

Der Gerichtssaal war überfüllt. Es war erstickend heiß. Draußen drängte sich eine riesige Menschenmenge. Als die Rathausuhr zehn schlug, betrat der Richter den Saal, und die Gespräche erstarben.

Fred Vosper schaute sich um, konnte Clem jedoch nirgends entdecken. Er hatte angedroht, sich über die Anweisungen hinwegzusetzen und zur Verhandlung zu erscheinen. Anscheinend hatte er sich dann doch eines Besseren besonnen.

Als Thora hereingeführt wurde, ging ein gedämpftes Raunen durch den Saal. Sie sah traurig, verhärmt, aber unglaublich schön aus. Erstaunlich schön. Hatte sich ganz in Weiß gekleidet. »Vermutlich nach den Anweisungen Conways«, dachte Fred, denn statt für eines ihrer teuren, eleganten Kleider hatte sie sich für ein schlichtes Musselinkleid entschieden. Sie trug keinen Hut, und ihr blondes Haar fiel offen über ihre Schultern. In der Hand hielt sie ein winziges Spitzentaschentuch.

Die Anklage wegen versuchten Mordes wurde vorgebracht, und die Räder der Justiz setzten sich langsam in Bewegung. Thora war angewiesen worden, auf der Anklagebank Platz zu nehmen. Sie schaute geradeaus und wandte sich nicht ein einziges Mal der Menge zu. »Sicher eine weitere Vorsichtsmaßnahme Conways«, dachte Fred und überlegte, wie lange sie wohl durchhalten würde.

Als der Staatsanwalt seine Eröffnungsrede hielt, zitterten ihre Lippen. Fred schaute zu den Geschworenen hinüber, die Thoras Reaktion anscheinend gar nicht bemerkt hatten, so routinemäßig wurde die Anklage verlesen. Und trocken sollte es auch weitergehen. Bis zum Nachmittag war die Verhandlung beinahe uninteressant. Die Anklage legte den Fall dar und rief ihre Zeugen auf – und die Verteidigung schien angesichts der erdrückenden Faktenlage kein Bein auf den Boden zu bekommen. Fred fand Conways Eröffnungsrede schwach. Der Anwalt schwadronierte über Thoras guten Namen und erzählte, was für eine nette Frau und liebevolle Mutter sie sei.

Nachdem am nächsten Morgen die Vertreter der Polizei ausgesagt hatten, wirkte Thora entspannter, da sie die erste Nervenprobe ohne Zwischenfälle überstanden hatte. Dann jedoch wurde Mr. Clem Price in den Zeugenstand gerufen. Sie presste die Hände vor den Mund und sah ihn flehentlich an. Doch was konnte er tun, außer ihr liebevoll zuzulächeln und weiterzugehen.

Sie weinte, während er die Fragen des Staatsanwalts steif und korrekt beantwortete, ohne sich zu irgendeinem Kommentar hinreißen zu lassen. Erstaunlicherweise verzichtete die Verteidigung darauf, Clem zu befragen, so dass seine Vernehmung schnell über die Bühne war. Seine Aussage hatte keine neuen Erkenntnisse geliefert.

Erst als Mrs. Cornish den Zeugenstand betrat, wurde das Publikum wieder munter. Den Geschworenen wurde mitgeteilt, dass Mrs. Price die Zeugin kannte und eine ihrer Zwillingstöchter kurz nach deren Geburt adoptiert hatte. Doch Mrs. Cornish war keine vorbildliche Zeugin. Entgegen den

Anweisungen des Richters, nicht vom Thema abzuschweifen, beharrte sie darauf, dass alles nur ein Missverständnis sei.

Der Verteidiger verfolgte eine andere Strategie als der Staatsanwalt. Conway nagelte Mrs. Cornish nur bei einem Punkt fest.

»Hat diese arme Frau tatsächlich ihr Baby verloren? Wurde es tot geboren?«

»Ja.«

»Das muss ein furchtbarer Schlag für eine Frau sein, nicht wahr?«

»Selbstverständlich. Ihr ging es nicht gut. Sie war außer sich.«

»Und stimmt es, dass man Mrs. Price sagte, Ihr Baby sei ihr eigenes Kind?«

»Ich denke schon.«

»Und doch wusste sie unterschwellig, dass dem nicht so war.«

»Wirklich?«

»Das kann ich Ihnen versichern. Ihre Familie drängte sie jedoch, dieses Kind als ihr eigenes anzunehmen. Sie sind selbst Mutter: Wären Sie unter diesen Umständen verwirrt?«

»Ja.«

»Und aufgebracht?«

»Ja.«

»Wir haben es also mit einer jungen Frau zu tun, die verwirrt und aufgebracht ist und eine Last mit sich herumschleppt, die ihr in der Vergangenheit aufgeladen wurde. Stimmt das?«

»Ich weiß nicht, wovon Sie sprechen.«

»Oh doch, das wissen Sie. War Ihnen nicht bekannt, dass Mrs. Price zur Zeit ihrer Eheschließung schwanger war? Dass ihre Familie sie zu dieser Hochzeit gezwungen hat?«

Conway nahm Lil unerbittlich in die Zange und rang ihr schließlich das Zugeständnis ab, dass Thora ein Opfer sei. Fred nickte zustimmend und fragte sich, ob Conway mit dieser Taktik durchkommen würde.

Thora war so schockiert, dass sie das Weinen vergaß, doch auf ihren Wangen erschienen zwei rote Flecken. Schamhaft sah sie zu Boden.

Nun ging Conway zum Angriff über. Er holte Alice in den Zeugenstand, vermutlich, weil sie Thoras guten Ruf untermauern sollte, doch Alice erwies sich als schlechte Zeugin. Ihre Abneigung gegen Thora war allzu offensichtlich.

Wie dumm von ihm, sie vorzuladen, dachte Fred, doch schon bald hatte Conway sie so weit, dass sie zitternd auf ihrem Stuhl saß. »Haben Sie Mrs. Price je gesagt, dass Lydia nicht ihr Kind war?«

»Nein.«

»Sie haben versucht, diese verängstigte Frau, die unter Zwang in Ihr Haus gebracht worden war, noch mehr durcheinanderzubringen. Die mit anderen Worten abgeschoben worden war.«

»Nein, so war es nicht. Wir wollten nur das Beste.«

»Und ihr Ehemann ließ sie mehr als ein halbes Jahr allein mit Ihnen auf dieser gottverlassenen Farm?«

»Ja, aber …«

»Eine jungverheiratete Frau, nicht an ein Leben in der Einsamkeit gewöhnt, in einer gutbürgerlichen Familie aufgewachsen, wurde einfach auf Ihre Farm verpflanzt. War sie dort glücklich?«

»Nicht wirklich, aber …«

Conway wandte sich an die Geschworenen. »Meine Herren, allmählich bietet sich uns die andere Seite der Medaille dar. Sie haben natürlich das Recht zu fragen, was eine junge Dame zu dieser Tat bewegt hat. Das müssen Sie auch. Einige von Ihnen sind selber Väter. Wäre dies Ihre Tochter, würden Sie als Erstes nach ihrem Motiv fragen.«

Alice wurde entlassen. Mit unsicherem Schritt verließ sie den Zeugenstand. Clem erwartete sie in der Eingangshalle. »Es tut mir so leid. Ich hatte nicht geahnt, dass es so schlimm werden würde.«

Sie stieß ihn wütend beiseite und lief weinend auf die Straße hinaus.

George Gunne erging es besser. Er ließ sich von den Attacken des Staatsanwalts, der seine Glaubwürdigkeit als Entlastungszeuge in Frage stellte, nicht aus der Ruhe bringen und gestand ruhig ein, dass er all die Straftaten, die nun noch einmal aufgezählt wurden, auch begangen hatte.

Fred wand sich währenddessen in seinem Stuhl. War den Vertretern der Anklage denn nicht bewusst, dass sie mit solchen persönlichen Angriffen der Verteidigung in die Hände spielten? Schon bald befragte der Verteidiger Mr. Gunne.

»Waren Sie der einzige Mann, der Mr. Prices Frau und Schwester Gesellschaft leistete, nachdem dieser für eine unbestimmte Zeit auf die Goldfelder gezogen war? Sie, ein vorbestrafter Krimineller?«

»Ja.« George wirkte völlig ungerührt.

Fred gewann den Eindruck, dass George besser begriff, was hier vorging, als er selbst. Er unternahm keinerlei Versuch zu erklären, dass er inzwischen ein freier Mann war und Alice Price geheiratet hatte. Fred kam es vor, als wolle Conway Thora als Opfer aufbauen, um dann beweisen zu können, dass sie geisteskrank war.

Endlich kam er auf den Punkt. Fred fühlte sich erleichtert. Je schneller dies alles vorüber war, desto besser.

»Als Mrs. Price ohne ihren Ehemann auf der Schaffarm lebte, wie war da ihr Geisteszustand? Wie würden Sie ihn beschreiben, Mr. Gunne?«

»Ich bin kein Fachmann.«

»Nein, das sind Sie nicht. War sie reizbar?«

»Ja, und gekränkt. Wirkte geistesabwesend. Ihr schien alles Mögliche im Kopf herumzugehen.«

»Wirkte sie auch unglücklich?«

»Ja.«

Conway wandte sich an die Geschworenen. »Kein Wunder, nicht wahr? Eine junge, einsame Frau, der man das Kind einer anderen aufgedrängt hatte.«

Dann wieder zu George: »Haben Sie mit Mrs. Price gesprochen? Sie gefragt, weshalb sie unglücklich war?«

»Nein, das stand mir nicht zu.«

Conway nickte anerkennend. »Das stimmt, Mr. Gunne. Es stand Ihnen nicht zu. Es war Sache ihres Mannes, doch der war nicht da.«

Am schlimmsten traf es an diesem Tag Dr. Carty. Er hatte sich, wenn auch zögernd, bereit erklärt, dem Gericht zu bestätigen, dass Thora aus einer guten Familie stammte, eine hervorragende Ausbildung in York genossen hatte und eine gute Schülerin gewesen war.

»Würden Sie sagen, sie war ein wohlerzogenes Mädchen?«

»Ja, allerdings. Das gilt für alle meine Töchter.«

»Ist es dann nicht seltsam, dass sich eines dieser wohlerzogenen Mädchen so danebenbenommen haben soll, dass es schwanger wurde?«

»So etwas kommt vor«, meinte Carty ungerührt.

»Nicht in Familien wie der Ihren. Junge Damen aus dieser Gesellschaftsschicht sind doch eher auf zarte Romanzen aus.« Er lächelte den Geschworenen zu. »Sie können dabei völlig aus dem Häuschen geraten.«

Einige Geschworene nickten.

»Sie haben mir schon gesagt, dass Miss Thora von Ihren Töchtern die stolzeste war. Und überaus zurückhaltend.«

»Ja.«

»Ist Ihnen denn nicht in den Sinn gekommen, dass Miss

Thora die Beziehung zu diesem Burschen, dessen Namen wir hier nicht erwähnen dürfen, nicht freiwillig eingegangen sein könnte? Dass der Schock für sie selbst weitaus größer war als für ihre Familie? Dass sie vergewaltigt worden sein könnte?«

Der Saal tobte.

Der Brief! Conway hatte ihn in seine Verteidigung eingebaut. Ein Beweis aus erster Hand. Fred sah zu Thora hinüber, die mit gebeugtem Kopf dasaß.

Nach einigen Diskussionen mit dem Richter durfte Conway sein gnadenloses Verhör fortsetzen.

»Haben Sie oder Ihre Frau Miss Thora je nach den Umständen gefragt, die zu ihrer Schwangerschaft führten? Oder haben Sie einfach nur mit dem Finger auf sie gezeigt? Haben Sie denn kein Vertrauen in Ihre eigenen Töchter?«

Carty errötete, bestritt, stimmte zu, suchte nach einem Ausweg. Dann versetzte Conway ihm den nächsten Hieb.

»Und stimmt es nicht auch, dass Sie als Arzt, der nur allzusehr auf die Wahrung seines guten Namens bedacht war, von Ihrer Tochter die Zustimmung zu einer Abtreibung verlangten? Einer Abtreibung, die Sie selbst vornehmen wollten?«

»Nein!«, brüllte Carty.

»Und sie hat sich geweigert?«

»Nein!«

»Sie meinen also, sie hat sich nicht geweigert?«

»Doch, das hat sie.« Carty war völlig verwirrt.

»Vielen Dank«, erwiderte Conway rasch. Im Gerichtssaal herrschte Totenstille.

Doch Conway war noch nicht fertig mit Carty. Fred machte sich Sorgen. Auch Clem würde nicht ungeschoren davonkommen.

Conway interpretierte die Mitgiftzahlung als Bestechung. Er brachte Carty dazu, einzugestehen unter welchen Umständen die Hochzeit stattgefunden hatte, indem er ihm drohte, Alice Price erneut vorzuladen.

Eingeschüchtert beschrieb Carty die freudlose Hochzeit seiner Tochter, die diesen Tag nicht einmal mit ihrer Familie hatte verbringen dürfen.

»Haben Sie oder andere Mitglieder Ihrer Familie sich nach dieser heimlichen Hochzeit in der einsamen Landkapelle zum Empfang begeben?«

»Zu welchem Empfang?«

»Beantworten Sie meine Frage, Dr. Carty. Ich meine den Empfang, den die Schwester des Bräutigams ausgerichtet hat.«

»Nein. Wir mussten zurück in die Stadt.«

George hat ihm das alles erzählt, dachte Fred fasziniert. Es kann nur George gewesen sein. Niemand sonst hätte daran gedacht.

»Somit haben Sie nicht nur Alice Price vor den Kopf gestoßen, die ihr Bestes getan und ein Hochzeitsfrühstück vorbereitet hatte, Sie haben auch Ihre Tochter blamiert! Ihre Hände in Unschuld gewaschen. Die Hochzeit ist vorbei – und wir sind sie los. Haben Sie auch nur die leiseste Ahnung, wie sehr Sie Ihre Tochter damit gedemütigt haben? Sie hat beim Hochzeitsfrühstück in einem fremden Haus gesessen, von Fremden umgeben – ihrer neuen Familie, einigen Nachbarn, die sie nie zuvor gesehen hatte, und den Farmarbeitern.«

Als Conway sich wieder an die Geschworenen wandte, schien er den Tränen nahe. »Dieses Mädchen ist vermutlich Jungfrau gewesen. Vergewaltigung ist ein furchtbares Verbrechen. Konnte sie mit ihrem Vater darüber sprechen? Mit ihrer Mutter? Nein. Thora Price hätte nicht gewusst, wie. Und nun sitzt sie hier, noch viel mehr gedemütigt als damals. Hat sich irgendjemand um dieses zauberhafte Mädchen gekümmert? Anscheinend nicht. Ich bitte Sie, meine Herren Geschworenen, sich diese Frau anzusehen. Ich wäre stolz, wenn dies meine Tochter wäre. Sie ist der Inbegriff des schönen westaustralischen Mädchens, keine Hure aus irgendeinem Slum. Und was hat man ihr angetan? Denken Sie darüber nach, meine Herren.«

An diesem Abend traf sich Fred mit einer Gruppe Reporter in *Paddy's Bar*. Er hatte nur einen kleinen Teil der Artikel veröffentlicht, die er zum Fall Thora Price verfasst hatte. Der Rest lag in seiner Schublade. Meist war er nicht über die Rohfassungen hinausgekommen. Sein Wunsch zu helfen und die Angst, etwas zu zerstören, verhinderten, dass er den nötigen Abstand zum Thema gewann. Er sah nur wenig Hoffnung für Thora.

Die Reporter schlossen Wetten über das Urteil ab – Gefängnis oder Irrenanstalt. Einige empfanden auch Mitleid. »Sie hat ein schweres Leben gehabt.«

»So ein Blödsinn!«, rief ein Kollege. »Hat gelebt wie die Made im Speck. Meine Mutter hätte gern mit ihr getauscht.«

»Aber sie ist so schön«, schwärmte ein alter Reporter. »Ich habe mich in sie verliebt. Herr Richter, geben Sie sie mir!«

»Alter Trottel, sie würde dich nach zwei Sekunden erschießen.«

»Was soll der Kram mit der Vergewaltigung? Wer ist der Kerl? Da steckt noch eine andere Geschichte drin.«

»Sie hat einen Freund, Lord Kengally.«

»Es heißt, der Ehemann will nichts mit ihr zu tun haben.«

»Warum auch? Vielleicht vergisst er das nächste Mal, sich zu ducken.«

Ein junger Reporter aus Sydney hatte ebenfalls Gefallen an Thora gefunden. »Sie ist wunderbar. Ich muss sie die ganze Zeit anschauen«, sagte er zu Fred. »Den Geschworenen geht es genauso. Manche von ihnen sind richtig begeistert von ihr. Allerdings kommt ihr Anwalt nicht auf den Punkt. Ich meine, worauf will er eigentlich hinaus? Warum schüchtert er alle

Leute ein, die etwas Gutes über sie zu sagen haben? Ich glaube, er macht die Falschen fertig.«

»Na und?«, warf ein anderer ein. »Sie ist erledigt. An diesem ganzen Gerede verdienen nur die Anwälte. Sie war dort, um jemanden zu erschießen.«

Und genau das war die Crux, dachte Fred, als er an der Theke saß und eine Schweinepastete aß. Hatte sie es geplant? Oder nur auf all die Schicksalsschläge reagiert? War sie unzurechnungsfähig? Nein. Sie hatte mit Absicht geschossen.

Clem war wieder im Zeugenstand. Fred wurde sehr schnell klar, dass Dr. Carty noch Glück gehabt hatte. Clem wurde von Conway gekreuzigt. Kein Wunder, dass der Verteidiger keine Einmischung in den Fall geduldet hatte. Auf einmal war nicht Thora, sondern Clem Price der Täter. Thora schrie einige Male entsetzt auf und wollte ihren Mann verteidigen, doch Conway zeigte sich unerbittlich.

Er ließ sich von Clem darlegen, wie er Thora kennengelernt und unter welchen Umständen die Hochzeit stattgefunden hatte. Dann rang er Clem das Eingeständnis ab, dass sich seine Frau nicht für Sex interessierte.

»Und das bei einem angeblichen Flittchen, einem gefallenen Mädchen, das bei seiner Eheschließung keine Jungfrau mehr war? Ist Ihnen das nicht sonderbar vorgekommen? Haben Sie nicht den Rat ihres Vaters eingeholt? Immerhin ist er Arzt. Nein. Sie konnten ebenso wenig über dieses Problem sprechen wie Ihre Frau über die Vergewaltigung.«

Nachdem Conway sich über die zahlreichen Demütigungen ausgelassen hatte, die diese Frau hatte ertragen müssen, stellte er Clem die unvermeidliche Frage, ob er Besitzer eines stadtbekannten Bordells, des *Black Cat* in Kalgoorlie, sei.

Dann wandte er sich an die Geschworenen. »Was würden Ihre Frauen sagen, wenn Sie entdeckten, dass Ihnen ein berühmt-berüchtigtes Freudenhaus gehört? Denken Sie darüber nach, meine Herren. Sie wären entsetzt. Fühlten sich gedemütigt. Bekämen Angst. Sorgten sich um Ihren guten Ruf und den Ihrer Kinder. Sie wären verwirrt. All dies hat Mrs. Price erleiden müssen. Hat sie von ihrem Ehemann erfahren, was Sache war? Oh, nein. Sie musste es von jemand anderem hören.«

Clem, der während dieser Schmährede das Gesicht in den Händen vergraben hatte, antwortete wahrheitsgemäß und ohne Umschweife.

Thora rief Conway zu, er solle aufhören, doch Clem zuckte nur die Achseln und schüttelte den Kopf. Dann setzte er mit monotoner Stimme seine Beichte fort.

»Wer also ist Jocelyn?«, fragte Conway. »Mrs. Price hat weder Sie noch Mrs. Cornish beschuldigt, sie gedemütigt zu haben. Sie hat sich, wie wir von Mrs. Cornish gehört haben, geirrt. Die Alpträume, die sie ihrer Familie und den Prices zu verdanken hatte, machten ihr so zu schaffen, dass sie die Beherrschung verlor. Stimmt das?«

»Ja. Daran zweifle ich nicht.«

»Wer also ist Jocelyn?«

Der Gerichtssaal stand Kopf, als Clem eingestand, dass sie die Geschäftsführerin des *Black Cat* war oder gewesen war.

»Nicht Geschäftsführerin. Sie war die Madame, besser gesagt, die Puffmutter«, sagte Conway hart.

»Das habe ich bereits gesagt.«

»Und Ihre Frau hat sie gekannt?«

»Ja. Aus York.«

»Und hatten Sie jemals Sex mit dieser Frau? Dieser Hure?«

Clem zögerte.

»Sag nein«, flehte Fred innerlich, »sag um Gottes willen nein. Wen geht das etwas an? Clem, du darfst dich nicht so fertigmachen lassen, es ist ungerecht.«

»Ja«, antwortete Clem ruhig, »ja, das hatte ich.« Er sah zu

Thora hinüber. »Und ich bitte meine Frau um Vergebung dafür.«

Alice und George waren auf dem schnellsten Weg nach Perth gefahren, nachdem ihnen der Termin für die Verhandlung mitgeteilt worden war. Dass Alice vor Gericht erscheinen sollte, machte sie sehr nervös.

»Warum ich? Was habe ich mit alldem zu tun?«

»Thoras Anwälte wollen beweisen, dass sie aus einer guten Familie stammt«, erklärte George. »Diese Hilfe kannst du ihnen nicht verweigern. Sonst denken die Leute, es wäre dir egal. Sie ist deine Schwägerin.«

»Leider.«

Sie weigerte sich, in einem der Stadthotels zu wohnen und zog mit Lydia in eine ruhige Pension, die sich speziell auf Gäste, die vom Land kamen, eingestellt hatte.

»Wir sollten Lydia zu ihrer Mutter bringen«, sagte George.

»Ich habe dir bereits gesagt, dass ich keinen Fuß in dieses Gefängnis setzen werde.«

»Dann nehme ich sie mit. Und ich möchte mich nicht länger darüber streiten.«

Aus Angst, mit dem Kind abgewiesen zu werden, rief George den Anwalt an. Dieser erklärte sich bereit, sie zu begleiten, vorausgesetzt, es bliebe bei einem kurzen Besuch.

Thora war überglücklich.

»Wie gut sie aussieht! Komm her, mein Schatz, komm zu deiner Mama. Sieh mal, von diesem Fenster aus kannst du die Soldaten der Königin sehen.«

Sie wandte sich an George. »Wenigstens weiß sie nicht, an was für einem Ort sie sich befindet. Meinst du, sie wird sich später daran erinnern?«

»Ich glaube nicht.«

Sie blieben über eine Stunde, bis Lydia sich zu langweilen

und unruhig zu werden begann. »Es macht keinen Spaß, was? Du gehst jetzt mit George nach Hause.«

Bevor sie aufbrachen, erkundigte sich Thora nach Clem. »Hast du ihn gesehen? Geht es ihm gut? Sie lassen ihn nicht zu mir, das ist so grausam.«

»Mach dir keine Sorgen um ihn, Thora. Ihm geht es gut. Er ist damit beschäftigt, das Strandhaus fertigzustellen. Für dich.«

»Werde ich es denn je zu sehen bekommen?«, fragte sie niedergeschlagen.

»Natürlich«, sagte Forbes zuversichtlich. »Sie müssen nur tapfer sein und diese Verhandlung durchstehen. Denken Sie an Mr. Conways Rat: Stellen Sie sich vor, Sie wären im Theater – sehen Sie nie ins Publikum.«

George grinste. »Komm schon, Thora. Ich kenne mich aus bei Gericht; es ist todlangweilig. Lass es einfach an dir ablaufen.«

Doch es war überhaupt nicht langweilig. Alice befand sich nach dem Verhandlungstag in einer furchtbaren Verfassung. Sie weigerte sich, mit Clem zu sprechen.

»Das verzeihe ich ihm nie«, schluchzte sie. »Er hat mich in diesen Alptraum geschickt, und jetzt halten mich alle für einen schlechten Menschen.«

»Es hatte nichts mit dir zu tun«, protestierte George. »Er war ebenso durcheinander wie du.«

»Von wegen! Er ist dieser Frau hörig und interessiert sich für sonst niemanden. Mrs. Carty hatte vor dem Gerichtsgebäude einen hysterischen Anfall, weil man ihrem Mann so zugesetzt hat. Sie hat für immer mit Thora gebrochen.«

»Ich dachte, das wäre schon längst geschehen«, murmelte George. »Du solltest von nun an zu Hause bleiben. Ich glaube nicht, dass sie dich noch brauchen.«

»Keine zehn Pferde würden mich dorthin zurückbringen!«

Doch Alice las die Zeitung, und es dauerte nicht lange, bis sie erfuhr, dass ihrem Bruder ein berüchtigtes Bordell in Kalgoorlie gehört hatte, das von einer Miss Jocelyn Russell alias Madame Jolie geführt wurde.

»Du hast es gewusst!«, schrie sie George an, als dieser aus dem Gericht zurückkehrte.

»Nein, das ist nicht wahr. Mäßige dich bitte, sonst wirft man uns hinaus.«

»Sie hat in unserem Haus gewohnt!«, zischte Alice. »Mike hat diese Hure in unser Haus gebracht!«

»Sie ist keine Hure mehr, sondern seine Frau.«

»Was macht das für einen Unterschied? Lügen, alles Lügen. Clem hat sein Geld gar nicht mit Gold verdient, sondern mit diesem Bordell. Er und Thora haben einander wirklich verdient, einer ist so schlimm wie der andere. Mein Gott! Wenn ich gewusst hätte, dass ihm ein Bordell gehört, hätte ich ihn selbst erschossen.«

»Dann kannst du ja nachvollziehen, wie Thora sich gefühlt haben muss. Es war ein schrecklicher Schock für sie, als sie es herausfand. Und das nach allem, was sie durchgemacht hatte.«

Alice hielt sich die Ohren zu. »Sei still! Ich will nichts mehr hören, es ist einfach zu furchtbar. Können wir heimfahren, George?«

»Es dauert nicht mehr lange.«

Doch die Verhandlung zog sich hin. Schließlich fasste der Staatsanwalt die Anklage noch einmal zusammen und brachte erneut den gestohlenen Revolver zur Sprache, um zu belegen, dass Thora vorsätzlich gehandelt habe. Dass sie ruhig und gelassen mit einer geladenen Waffe ins Rathaus marschiert sei, ohne auch nur einen Gedanken an die Sicherheit der Gäste zu verschwenden. Dass sie auf eine unschuldige Frau, die Henery Whipple persönlich eingeladen hatte, gezielt und gefeuert habe in der Absicht, sie zu töten. Die Geschworenen hingen wie gebannt an den Lippen des Staatsanwalts, der wieder und wieder mit dem Finger auf Mrs. Price deutete, die erschöpft und mit gesenktem Kopf auf der Anklagebank saß.

Conway wirkte ruhiger, beinahe traurig. Er sprach voller Anteilnahme von all den Demütigungen, die diese junge Frau aus behüteten Verhältnissen hatte erdulden müssen, eine junge Frau, der eine große Zukunft bevorgestanden hatte, die mit Recht von sich überzeugt gewesen war, bevor sie von zahlreichen Schlägen niedergestreckt worden war. Schläge, die wohlgemerkt nicht nur von Seiten der Gesellschaft, sondern auch von ihrer eigenen Familie auf sie niedergingen. Ruhig und zuversichtlich führte Conway die Geschworenen durch das »Tal der Tränen«, wie er sagte, und George bemerkte, wie ein älterer Geschworener die Brille abnahm und sich eine Träne aus dem Auge wischte.

»Sie alle haben schon von Nervenzusammenbrüchen gehört«, sagte Conway. »Nun sehen Sie, wie es dazu kommt. Es geschieht nicht plötzlich, es ist ein schleichender Prozess, der das Gemüt aushöhlt wie ein steter Tropfen einen Stein. Man merkt gar nicht, was mit einem passiert, doch es fällt einem von Tag zu Tag schwerer, die Last zu tragen.«

Er berichtete über Geschäftsleute, die unter dem Gewicht beruflicher Belastungen zusammengebrochen waren und sich erschossen hatten. »Ich bin sicher nicht der Einzige hier, der so etwas schon einmal aus nächster Nähe erleben musste.«

Es heißt immer, diese hätten in einem Zustand geistiger Verwirrung Selbstmord begangen. Mrs. Price jedoch hat sich gewehrt. Sie gab nicht auf: Irgendetwas tief in ihr kämpfte weiter. Sie war allein im Wasser, dem Ertrinken nahe, und niemand war da, um ihr zu helfen.

Mrs. Price kann sich an ihre Tat nicht erinnern. Kein Wunder, sie stand unter Schock. Normalerweise würde es ihr nie in den Sinn kommen, auf jemanden zu schießen, doch sie hatte gerade erst von den nichtswürdigen Aktivitäten ihres Mannes erfahren.

»Befand sie sich in einem Zustand geistiger Verwirrung, als sie diese Tag beging?«, fragte er schließlich. »Ja. So ist es. Meine Mandantin ist nicht die Dämonin, zu der sie die Anklage so gerne machen möchte ...«

George seufzte. Also Wahnsinn. Die arme Thora. Was sollte nun aus ihr werden? Man würde sie nie wieder freilassen.

»Befand sie sich in einem Zustand geistiger Verwirrung? Ja«, fuhr Conway fort. »Kein Wunder, denn sie wurde in diese Verwirrung hineingetrieben. Sie können ihr nicht noch weiteres Leid zufügen, denn Mrs. Price ist nicht schuldig.«

Ein Raunen ging durch den Saal. Der Verteidiger konzentrierte sich weiterhin nur auf die Geschworenen. »Sie wurde zu einer Tat getrieben, an die sie sich kaum noch erinnern kann. Sie ist von tiefer Reue erfüllt. Ihr Ehemann wurde verletzt, weiß aber, dass auch seine Frau tief verletzt wurde. Sie haben ihn gehört, meine Herren. Er selbst weist ihr keine Schuld zu, nein, er bittet sie stattdessen um Vergebung. Endlich bricht sich das Ehrgefühl Bahn! Das war ein erhebender Augenblick! Denken Sie daran zurück, wenn Sie sich beraten, denn ich bitte Sie um Vergebung für Mrs. Price. Das Ansehen der Gesellschaft steht auf dem Spiel. Folgen Sie Ihrem eigenen Ehrgefühl, und vergeben Sie Mrs. Price, denn sie ist keine Verbrecherin, sondern ein Opfer. Sie können nicht eine Frau für schuldig erklären, die unter der Last ihrer Probleme zusammengebrochen ist. Sie müssen Mitleid zeigen. Das Urteil muss ›nicht schuldig‹ lauten.«

Als Clem und Thora sich wiedersahen, spürte selbst der wackere George einen Kloß im Hals. Er hatte Clem in die Kaserne begleitet, wo Thora die Entscheidung der Geschworenen und damit ihr Schicksal erwartete.

Ihrer beider Schicksal, dachte George, als Clem seine Frau in die Arme nahm. Beide waren dem Zusammenbruch nahe und klammerten sich aneinander fest. George verließ mit der Wache zusammen die Zelle und blieb verlegen vor der offenen Tür stehen. Ihm fiel nichts ein, worüber er mit dem fremden Mann hätte sprechen können, und er machte sich Gedanken über das bevorstehende Urteil.

Als er sich umschaute, sah er die beiden vor dem vergitterten Fenster stehen, schweigend, vorübergehend sicher in den Armen des anderen. George seufzte. Es waren schon zu viele Worte gefallen.

Beim Verlassen des Gerichtsgebäudes war Lil Cornish nervös auf Clem zugegangen. »Es tut mir sehr leid, Mr. Price. Wirklich.«

»Danke«, murmelte er und wollte weitergehen, doch sie hielt ihn zurück.

»Ich möchte bei Gelegenheit mit Ihnen sprechen.«

»Worüber?«

»Über Lydia.«

»Ihr geht es gut, Mrs. Cornish. Machen Sie sich keine Sorgen.«

»Ich weiß. Wir müssen uns dennoch unterhalten.«

»Jetzt nicht«, erwiderte er zornig und stieß sie beiseite. George sah neue Wolken am Horizont aufziehen. Würde dieser Alptraum je ein Ende nehmen?

»Thora hält sich besser, als ich dachte«, sagte George zu Clem, als sie aus dem finsteren Gemäuer in das gleißende Sonnenlicht traten.

»Ich weiß nicht, wie sie da drin überlebt hat«, stöhnte Clem.

»Sie hat es noch immer nicht ganz begriffen«, warnte ihn George, doch Clem schien ihn nicht zu hören. Forbes hatte George erzählt, dass sie dem Gericht ein medizinisches Gutachten vorgelegt hatten, um zu verhindern, dass Thora in den

Zeugenstand gerufen wurde, denn sie waren sich ihrer Aussage keineswegs sicher.

»Sie ist nicht berechnend«, hatte der Anwalt gesagt, »und könnte sich eben deshalb noch tiefer hineinreiten.«

»Sie wäre ohnehin zusammengebrochen«, meinte George. »Sie weint so viel, dass sie es gar nicht durchgestanden hätte.«

»Da bin ich mir nicht so sicher. Mrs. Price hat ab und an noch Anfälle von Geistesabwesenheit, und es wäre sicher nicht von Vorteil gewesen, wenn es alle mitbekommen hätten. Dennoch, Mr. Gunne, geht es ihr besser. Mr. Conway hat wie ein Beichtvater mit ihr gesprochen, und sie hat darauf reagiert. Sie musste sich einmal alles vom Herzen reden, nicht wegen der Verhandlung, sondern um wieder Halt in sich selbst zu finden. Ich bin der Überzeugung, dass es nicht so weit gekommen wäre, wenn Mrs. Price schon früher einen Gesprächspartner wie Maurice Conway gehabt hätte.«

Sie kehrten ins Gericht zurück, doch die Geschworenen berieten sich immer noch.

»Warum brauchen sie so lange?«, jammerte Clem. »Sie sind schon den ganzen Tag dort drinnen. Weshalb fällt ihnen die Entscheidung so schwer?«

»Solange sie diskutieren, ist noch nichts verloren. Komm, ich lade dich auf einen Drink ein.«

Bedrückt standen sie in einer ruhigen Bar und betrachteten die Bilder, die über den Flaschen an der Wand hingen. Prächtige Yachten waren darauf zu sehen.

»Wie geht es Alice?«, wollte Clem wissen.

»Sie ist missgelaunt«, antwortete George.

»Das kann ich mir vorstellen.«

»Du hast dort drinnen ganz schöne Prügel bezogen.«

Clem nickte. »Ja. Aber was soll's! Es stört mich nicht mehr. Hauptsache, Thora steht es durch.«

»Sieht ganz danach aus.«

»Wir werden sehen. Gehen wir zurück ins Gericht? Ich halte diese Warterei nicht länger aus.«

Am folgenden Nachmittag kehrten die Geschworenen in den vollgepfropften Saal zurück.

George war so nervös, dass er die Einleitungsrede kaum wahrnahm. Clem war draußen geblieben. Ihm war schlecht, und er wagte sich nicht einmal in die Nähe der Tür. An Conways Verhalten hatte sich nichts geändert. Er verfolgte das Geschehen, als stünde er über allem, während Forbes neben ihm unruhig auf seinem Stuhl herumrutschte. Mrs. Cornish hatte einen Platz hinten im Saal gefunden. Reporter drängten sich in der Nähe der Tür, um nach der Urteilsverkündung auf dem schnellsten Weg zum Telegrafenamt spurten zu können. Alice hatte sich natürlich geweigert zu kommen, und auch die Cartys ließen sich nicht blicken. Netta, die junge Nanny, stand zwischen den Reportern und schaute zu Thora hinauf.

Als der Richter den Sprecher der Geschworenen um deren Urteil bat, sah George unwillkürlich zu Thora hinüber. Sie trug ein elegantes blaues Kostüm im Marinestil. Ihr Haar, das in dem durch ein Fenster hereinfallenden Licht wunderbar glänzte, war zu einer modernen, dicken Rolle eingeschlagen. Sie war blaß, wirkte aber gefasst, als würde sie über den Dingen stehen. George war froh, dass sie aufgrund dieses letzten öffentlichen Auftritts den Leuten als anmutige, elegante Frau in Erinnerung bleiben würde. Ihre Augen suchten den Saal nach Clem ab. George lächelte ihr aufmunternd zu, bezweifelte aber, dass sie ihn sehen konnte, denn plötzlich brach ein Tumult los.

»Was? Was?«, fragte George verwirrt. Er hatte den Urteilsspruch verpasst!

»Nicht schuldig!«, riefen mehrere Leute. Die Menschen sprangen von den Stühlen auf. Rannten zur Tür. Zwei in Schwarz gekleidete Frauen jubelten und schwenkten ihre Sonnenschirme. »Eine verdammte Schande!«, schrie eine Männerstimme, doch der Mann neben George murmelte: »Gut so. Sie hat es schwer gehabt.« Der Richter hämmerte auf sein Pult. George konnte es einfach nicht fassen. Die Leute kletterten über ihn hinweg zum Ausgang, als sei ein Feuer ausgebrochen.

Dann sah er, wie Conway mit ausgestreckten Händen auf Thora zuging.

15. Kapitel

Und so wurde Thora entlassen. Als der Prozess vorüber war, überkam Lil eine Traurigkeit, deren Ausmaß sie selbst überraschte. Niemals hätte sie sich träumen lassen, dass Thora Price ihr einmal leidtun würde, doch nach ihrem eigenen kurzen Auftritt vor Gericht konnte sie nachfühlen, welche Tortur Thora durchgestanden hatte. Vor allem, als in aller Öffentlichkeit schmutzige Wäsche gewaschen und von den Zeitungen alles wiedergekäut wurde. Letztendlich war sie froh, dass auch die Geschworenen Mitleid bewiesen hatten.

An ihrer Situation änderte es jedoch nichts.

»Ich will mein Kind zurück«, sagte sie zu sich, »und nun ist der Augenblick dafür gekommen.«

Zwar hatte sie Gewissensbisse, weil Thora unter dem Verlust von Lydia leiden würde, doch den Gedanken daran verdrängte sie. Das Gerichtsurteil bewahrte Thora lediglich vor dem Gefängnis oder der Irrenanstalt. Der Skandal, den sie verursacht hatte, würde ihr für immer anhängen, sie war verschrien und außerdem geistig gestört. Niemand hatte sie als »geheilt« bezeichnet. Falls die Prices sich weigerten, ihr Lydia zurückzugeben, würde Lil den Vorwurf erheben, dass Thora keine gute Mutter sei. Ihr fiel die Frau des Vikars ein, die Lydia unter Amtsvormundschaft stellen wollte. Soweit durfte es auf keinen Fall kommen!

Lil hatte schon im Gericht versucht, mit Clem Price zu sprechen, dafür aber den falschen Zeitpunkt gewählt. Das war ihr in dem Moment, als sie den Mund aufgemacht hatte, klargeworden. Dann hatte sie ihn aus den Augen verloren. Nach der

Urteilsverkündung hatte sie inmitten der Menschenmenge vor dem Gerichtsgebäude auf Thora gewartet, doch von ihr und Clem war nichts zu sehen gewesen. Sie mussten durch die Hintertür verschwunden sein, um den sensationslüsternen Scharen zu entgehen. Lil hatte keine Ahnung, wo in Perth sie die Prices finden konnte.

Zumindest würden sie bald wieder auf Lancoorie anzutreffen sein, doch zuvor musste Lil eine weitere Hürde nehmen. Miss Lavinia.

Lil hatte festgestellt, dass selbst ihre Arbeitgeberin ihre Neugier kaum verhehlen konnte. Sie bombardierte Lil mit Fragen.

»Weshalb hast du mir nicht gesagt, dass Caroline eine Zwillingsschwester hat? Ich möchte so etwas nicht aus den Zeitungen erfahren. Warum, um Himmels willen, hast du dein Baby weggegeben?«

Lil errötete. »Ich weiß es nicht. Vielleicht, weil wir so arm waren. Ich war verwirrt. Damals hielt ich es für Gottes Wille.«

»So ein Unsinn!«, gab Lavinia unwirsch zurück.

Lil hatte zu ihrer Freude bemerkt, dass Miss Lavinia auch ohne Gottes Hilfe zur Antialkoholikerin geworden war und ihren früheren religiösen Eifer über Bord geworfen hatte.

»Gottes Wille«, schäumte sie nun, »pure Heuchelei. Gott hat mir nicht geholfen, als ich ihn brauchte, weder er noch einer seiner schmierigen Stellvertreter auf Erden, die vor dem Leid der Menschen die Augen verschließen. Wie kam es dazu, dass du dein Kind zurückgelassen hast?«

Lil war es unangenehm, darüber zu sprechen, und sie verhaspelte sich ständig, brachte unter Miss Lavinias strengem Blick aber dennoch eine Erklärung zustande.

»Verstehe«, sagte diese nur. Sie schien mehr an der Gerichtsverhandlung interessiert.

»Wie ist diese Mrs. Price?«

»Ich weiß es nicht. Ich kenne sie kaum.«

»Sie hat wirklich Glück gehabt«, sagte Lavinia erschauernd. »Was für eine Dreistigkeit! Marschiert mit einer geladenen Waffe ins Rathaus. Ihr Ehemann wird sich hüten, sie ein zweites Mal zu betrügen.«

»Er stand die ganze Zeit auf ihrer Seite.«

»Wirklich? Den Eindruck haben mir die Zeitungsartikel aber nicht vermittelt.«

»Nein, sie haben ja auch über ihn hergezogen.«

»Nun, er hat es nicht anders gewollt. Doch was willst du nun machen? Es ist schrecklich, dass die kleine Caroline auf die Gesellschaft ihrer Schwester verzichten muss. Unerhört! Du hättest nie in diese Lage geraten dürfen.«

»Du hast gut reden«, dachte Lil unglücklich. Sie hatte ein schlechtes Gewissen. »Ich bekenne mich schuldig.«

»Das kann nicht so weitergehen«, fuhr Lavinia fort. »Ich möchte diesen Leuten ungern noch mehr Leid zufügen, doch es hätte nie so weit kommen dürfen. Du musst die Kinder wieder zusammenbringen.«

Lil blinzelte. »Sie hätten nichts dagegen, wenn ich Lydia herbringen würde?«

»Warum sollte ich? Minchfield ist nicht gerade klein. Du bist ihre Mutter. Warum verhältst du dich hinsichtlich dieser Sache so zurückhaltend? Wie sehr würde Caroline sich über eine kleine Spielgefährtin freuen! Stell dir nur ihr Gesicht vor, wenn sie ihr begegnet.«

»Die Wege des Herren sind unergründlich«, sinnierte Lil. Caroline hatte diesen Sieg errungen, nicht Lil. Wäre sie ein weniger liebenswertes Kind gewesen, hätte Lavinia ihre Schwester sicher nicht willkommen geheißen.

»Du musst die Sache so freundschaftlich wie möglich regeln. Schreibe ihnen einen netten Brief, in dem du deine gegenwärtige Situation erklärst. Ich stelle dir eine Referenz aus. Lass sie wissen, dass du jetzt in der Lage bist, dich selbst um deine Kinder zu kümmern. Du musst betonen, dass die beiden nicht getrennt aufwachsen sollten.« Lavinia hielt inne. »Ach, überlaß mir die Sache, ich entwerfe einen Brief.«

Lil erwähnte nicht, dass sie durchaus in der Lage war, ihre Briefe selbst zu schreiben. Wenn sich Lavinia schon an dieser Sache festgebissen hatte, sollte sie sie ruhig in die Hand nehmen. Sie war ein Energiebündel.

Während Lil in Perth gewesen war, hatte man den Teesalon fertiggestellt. Am kommenden Sonntag sollte er eröffnet werden. Von Zeitverschwendung hielt Lavinia gar nichts.

Alice war entsetzt über die Schmähbriefe.

Thora war für nicht schuldig befunden worden, doch das schien die Verfasser dieser Schreiben nicht zu interessieren. Noch immer beschimpften sie Thora mit den übelsten Worten, natürlich anonym.

»Sie sind so schrecklich feige«, jammerte Alice, »mir wird ganz schlecht davon.«

»Dann lies sie nicht«, erwiderte George. »Wirf sie einfach weg.«

»Zum Glück bin ich hier und kann die Post sortieren. Alle sind an Thora gerichtet. Der Himmel weiß, wie sie darauf reagieren würde.«

Alice war über das Urteil erleichtert gewesen, da es der Familie eine Chance eröffnete, wieder zusammenzufinden. Andererseits war sie noch immer zornig auf Clem und hatte Thora gegenüber große Vorbehalte. Sie hatte befürchtet, Clem würde Thora geradewegs nach Lancoorie bringen, doch er hatte erklärte, dass sie Ruhe benötige und sich im Strandhaus erholen wolle.

Alice war Thora nach der Verhandlung nicht begegnet. Man hatte sie auf Umwegen ins Haus ihres Anwalts gebracht. Währenddessen hatten Clem und George Alice vom Ende des Prozesses berichtet.

Diese Zusammenkunft hatte in frostiger Atmosphäre stattgefunden. Alice war gereizt gewesen und hatte verkünden wollen, dass sie nicht bereit sei, mit Thora unter einem Dach zu leben, und notfalls mit George ausziehen werde. Clem hatte sie jedoch um einen Gefallen gebeten, den sie ihm nicht hatte abschlagen können.

»Würdest du Lydia bitte für eine Weile mit nach Lancoorie nehmen? Thora ist noch immer nervös, und wir brauchen Zeit für uns allein.«

»Das kann ich mir vorstellen«, antwortete Alice spitz. »Trotzdem ist es eine ausgezeichnete Idee. Auch Lydias Leben muss wieder in geregelte Bahnen kommen. Wir brechen morgen früh auf.«

Doch Alice machte sich noch immer Sorgen. Sie und George hingen völlig in der Luft. Sie würden auf Lancoorie festsitzen, bis Clem und Thora mit sich ins Reine gekommen wären. Ein wenig kamen sie sich vor wie Hausmeister.

George hatte keine Eile, doch Alice sah nicht so gelassen in die Zukunft. Sie wollte ihr Leben leben und nicht untätig warten, bis sie erfuhr, ob sie auf Lancoorie bleiben konnte oder nicht.

Als der berittene Postbote seine Runde machte, teilte er ihr mit, dass neue Verordnungen in Kraft getreten waren: Die Farmer mussten von nun an Briefkästen am Tor anbringen.

»Dann muss ich zwei Meilen reiten, nur um in den Briefkasten zu schauen, selbst wenn gar keine Post gekommen ist«, beklagte sich Alice.

»Sie bekommen jeden Tag die Zeitung, Alice. Es hält mich einfach zu lange auf, wenn ich auf dem Weg zum Haus diese ganzen Tore öffnen und schließen muss. Auf den Weizenfarmen ist das etwas anderes.«

»Ich weiß nicht, wohin das noch alles führen soll!«

Er übergab ihr einen Packen Briefe. »Noch mehr Post für Thora«, sagte er, einen neugierigen Blick darauf werfend, doch Alice beachtete ihn nicht weiter.

Im Haus legte sie Thoras Briefe beiseite und wandte sich den Immobilienanzeigen in der Zeitung zu. Sie konnten ja ruhig schon einmal anfangen zu suchen.

Beinahe hätte Alice Georges Rat befolgt und die Briefe im Herd verbrannt, doch die Neugier gewann letztendlich die Oberhand. Zwei Verfasser ergingen sich wie üblich in Hasstiraden, doch der dritte Brief war höflich formuliert und ordentlich unterschrieben.

Alice starrte ihn fassungslos an.

Lillian Cornishs Name stand darunter! Wie konnte sie es wagen! Schlimm genug, dass sie sich überhaupt in Clems Leben eingeschlichen und mit ihm getanzt hatte. Als ob er sie nicht erkannt hätte – Alice war sicher, dass mehr dahintersteckte, als es den Anschein hatte, denn Clem war ein Meister des Versteckspiels. Diese Jocelyn war zum Glück mit Mike in den Osten gegangen und würde hoffentlich nie wieder in Lancoorie auftauchen …

Alice wandte sich wieder dem Brief zu. »Was willst du denn jetzt noch?«, fragte sie. »Mehr Geld, vermute ich.« Doch als sie weiterlas, stiegen ihr die Tränen in die Augen. »Oh, nein! Nicht Lydia! Das kann sie uns nicht antun.«

Zorn vertrieb die Tränen. Thora war an allem schuld. Wie viel Schaden würde sie der Familie noch zufügen? Mrs. Cornish hatte in ihrem Brief höflich um die Rückgabe des Kindes gebeten, doch die Drohung war offensichtlich. Den Skandal hatte sie mit keinem Wort erwähnt und damit das Wesentliche ausgelassen. Alice war sicher, dass sie nie wieder von dieser Frau gehört hätten, wenn Thora nicht diesen Skandal verursacht hätte.

Verbittert spielte sie mit dem Gedanken, den Brief zu verbrennen, doch er würde nicht der einzige bleiben. Sie verfluchte Thora und Lil in einem Atemzug. Durfte Lil das tun? Durfte sie Thora das geliebte Kind wegnehmen? Tief im Herzen wusste Alice, dass es möglich war. Als George zum Mittagessen kam, warf sie ihm den Brief hin. »Lies das. Lydia kennt sie nicht einmal. Wie kann sie so grausam sein?«

»Ach ja«, sagte George, während er das Schreiben sorgfältig studierte. »Mrs. Cornish.«

»Das klingt, als hättest du so etwas erwartet.«

»Es lag auf der Hand.«

»Nun, was können wir unternehmen?«

»Clem den Brief schicken. Er muss sich darum kümmern.«

Clem traf sich im Teesalon des Rathauses mit Mrs. Cornish alias Miss Warburton.

»Ich dachte mir doch, dass ich Sie kenne.«

Lil seufzte. Was für ein charmanter Mann. »Geht es Ihnen wieder gut?«

»Noch ein bisschen kurzatmig, ansonsten bin ich gesund. Und wie geht es Ihnen?«

»Ich hatte schreckliche Angst. Ich weiß noch immer nicht genau, weshalb Mrs. Price auf mich gezielt hat«, log sie, um ihn zu schonen.

»Es ist eine lange Geschichte, die eigentlich nichts mit Ihnen zu tun hat. Wo ist Ted abgeblieben?«

»Er hat mich kurz nach unserer Ankunft in Perth verlassen.«

»Sie scheinen Ihr Leben gut im Griff zu haben.« Clem bestellte Tee und Hörnchen und kam direkt auf den Punkt. »Sie wollen Lydia zurückhaben?«

»Ja. So leid es mir tut.«

»Wir lieben sie sehr.«

»Das bezweifle ich nicht, aber es war alles ein furchtbarer

Fehler, Mr. Price. Ich gebe niemand anders als mir die Schuld und bedauere es sehr, aber ich kann ohne sie nicht mehr leben. Wie ich bereits geschrieben habe, lebe ich in gesicherten Verhältnissen, und meine Arbeitgeberin, Miss Warburton …«

»Die echte Miss Warburton?«

»Ja. Sie hat ein herrliches Haus und ist damit einverstanden, dass Carolines Zwillingsschwester …«

»Sie heißt also Caroline?«

»Ja. Wir sind beide der Meinung, dass die Mädchen gemeinsam aufwachsen sollen.«

»Und Sie wissen auch, dass ich keinen Rechtsanspruch habe?«

»Ja.«

Die Kellnerin brachte heiße Hörnchen mit Erdbeermarmelade und geschlagener Sahne. Clem fiel hungrig darüber her, Lil hingegen hatte keinen Appetit. Sie staunte über sich selbst, wie ungezwungen sie sich mit Clem unterhalten konnte, denn sie hatte sich vor dieser Begegnung sehr gefürchtet.

»Lass dich nicht von ihm einschüchtern«, hatte Lavinia zu ihr gesagt. »Bleibe hart. Stelle dein Anliegen dar, und belasse es dabei. Debattiert braucht darüber gar nicht werden.«

Clem schüchterte sie nicht ein, schien aber auch nicht bereit, ihr Lydia kampflos zu überlassen.

Schließlich blieb ihr nichts anderes übrig, als ihn zu fragen: »Wann kann ich Lydia sehen?«

»Das werde ich Ihnen mitteilen. Kommen Sie mit mir zu Thora. Sie hat bei der Sache auch ein Wort mitzureden.«

»Thora?«, fragte Lil fassungslos. »Ich bin mir nicht sicher. Muss das sein?«

»Sie wird weder beißen noch schießen«, sagte er müde. »Mir ist bewusst, dass Sie Lydia jederzeit zurückverlangen können, doch Sie werden das Kind nur bekommen, wenn Sie und Thora sich einigen. Sie hat viel durchgemacht, und ich dulde nicht, dass das Kind einfach verschwindet. Lydia befindet sich zur

Zeit auf Lancoorie und ist dort in besten Händen. Sie müssen Thora aufsuchen, müssen ihr sagen, wer Sie sind und wo Sie leben, damit sie sich allmählich an den Gedanken gewöhnen kann. Sind Sie damit einverstanden?«

»Ich denke schon. Ja.«

Er erhob sich. »Dann müssen wir uns auf den Weg machen. Wir leben am Strand. Ich bringe Sie mit dem Wagen hin und hole Sie heute Nachmittag wieder ab.«

Lil konnte den Ozean riechen, das Salz in der Luft schmecken. Früher hatte sie sich daran berauschen können, doch nun erfüllte sie der Geruch mit Angst. Clem Price hatte sie nicht eingeschüchtert, doch vor der Begegnung mit der eleganten, hochmütigen Thora fürchtete sie sich. Lil fühlte sich schon jetzt unterlegen. Hatte man ihr eine Falle gestellt? Hatte Clem erraten, dass Lil Cornish sich wieder in das elende Mädchen zurückverwandeln konnte, das mit seinem nichtsnutzigen Ehemann einst vor ihrer Tür gelandet war? Wie geschickt von ihm. Schon als der Wagen auf der sandigen Straße wendete, verließ sie der Mut, und sie hätte ihn am liebsten angefleht kehrtzumachen, doch selbst das traute sie sich nicht. Stattdessen blieb sie steif wie ein Stock neben ihm sitzen, als er das Pferd in Richtung Strandhaus lenkte.

Selbst wenn Thora nicht richtig im Kopf war, brauchte es doch eine gehörige Portion Mut, um mit einer Waffe in der Hand einen Ballsaal zu betreten. Würde sie sich überhaupt dazu herablassen, mit Lil zu sprechen? Oder würde sie einen Wutanfall bekommen? Lils Magen krampfte sich zusammen, als sie aus dem Gebüsch auf eine Lichtung fuhren. Vor ihnen tauchte ein kühl wirkender, weißer Bungalow mit grünem Dach auf.

Clem hielt den Wagen neben dem frisch gestrichenen Stall an und half ihr beim Aussteigen. »Passen Sie auf Ihr Kleid auf, Mrs. Cornish. Das Seegras ist scharf.«

»Das weiß ich selbst«, dachte sie missbilligend. »Ich bin keine Idiotin.« Ihre feindselige Haltung entsprang dem Bedürfnis nach Selbstschutz. Doch sie nickte nur stumm und hielt ihre Röcke fest umklammert.

»Das ist nicht der Hintereingang«, sagte Clem, als er sie zu einer langen Holztreppe führte. »Wir haben das Haus so gebaut, dass wir den Blick aufs Meer und die frische Brise genießen können.«

Lil schluckte und holte tief Luft, doch von Thora war nichts zu sehen. Schon lag Lils Hand auf dem grün gestrichenen Geländer, das einen lebhaften Kontrast zu den weißen Stufen bildete, als Clem sagte: »Gehen Sie hinauf.«

Lil erstarrte. Vermutlich wollte er an diesem heißen Tag zuerst das Pferd tränken. Sie machte Anstalten, auf ihn zu warten, doch er winkte ab.

»Kommen Sie nicht mit?«, fragte sie verzweifelt.

»Nein«, sagte Clem bestimmt. »Ihr seid die Mütter. Ihr macht es unter euch aus. Das wollten Sie doch, oder?«

»Aber …«

»Ich habe gesagt, was ich zu sagen hatte. Gehen Sie. Thora erwartet Sie.«

Lil stieg die Stufen hinauf und gelangte auf eine Veranda, die mit einem Holzgeländer eingefasst war. Auf Zehenspitzen schlich sie über die blankpolierten Dielen und putzte sich die Schuhe ausgiebig auf der Matte ab, bevor sie an die offenstehende Tür klopfte – so schüchtern, wie man es von der Frau des Farmarbeiters Ted Cornish erwarten konnte.

Thora Price trat aus dem Schatten hervor und sah auf Lil hinunter. Sie war größer, als Lil sie in Erinnerung hatte. Das lange, blonde Haar wurde nur von einem blauen Band zusammengehalten. Sie trug ein schlichtes, blaues Musselinkleid, das einem Vergleich mit Lils bestem Reisekostüm aus beigefarbener Ripsseide nicht standhielt. Robert hatte es ihr im Rausch seiner kurzlebigen Heiratspläne gekauft. Doch gleichgültig, was Thora trug, dachte Lil niedergeschlagen, sie triumphierte immer, weil sie so verdammt elegant aussah. Lil berührte ihr dunkles Haar unter dem ausladenden, modischen Hut, der mit gerollten Bändern und Seidenblumen verziert war, und murmelte etwas Unverständliches, als Thora sie hereinbat. Sie folgte ihr in ein sonnendurchflutetes Zimmer mit Blick auf den Ozean.

»Das ist sehr hübsch.«

»Ja. Tee?«

»Nein, danke.« Lil war zu nervös, um eine Tasse in die Hand zu nehmen.

»Dann müssen Sie etwas Kaltes trinken. Wir haben Zitronenlimonade.«

»Das wäre schön.« Warum hatte sie das gesagt? Lil stöhnte innerlich. Warum nicht einfach nur: »Vielen Dank«?

Sie beobachtete Thora, als diese mit einem Krug und zwei Gläsern zurückkehrte. Sie wirkte nicht geistesgestört. Mit der makellosen Haut, den hohen Wangenknochen und den himmelblauen Augen sah Mrs. Price so schön und gelassen aus, dass Lil ein wenig eifersüchtig wurde. Kein Wunder, dass Clem Price so verrückt nach ihr war, dass er zu allem, was sie tat, ja und amen sagte. »Hätte ich nur einen solchen Mann«, dachte Lil sehnsüchtig.

»Vielen Dank, Mrs. Price.« Lil nahm die Limonade und versuchte, sich beim Trinken zu beherrschen, denn bei der Hitze hätte sie das Getränk am liebsten gierig hinuntergestürzt. Sie sah zum Strand hinunter und sah Clem Price durch den Sand laufen.

»Da ist Mr. Price«, sagte sie. Wie dumm. Als ob seine Frau das nicht wüsste.

»Ja«, erwiderte Thora, »ihn hat das alles sehr getroffen. Die Sache mit Lydia, meine ich. Mehr, als er eingestehen will. Er sagt mir immer, ich solle nichts in mich hineinfressen und über jede Kleinigkeit mit ihm sprechen, und nun sehen Sie sich das an! Er grübelt, macht sich Sorgen und will nicht eingestehen, dass ihn etwas quält. Grübeln Sie auch, Mrs. Cornish?«

»Oh, ich denke schon. Wahrscheinlich. Nein. Eigentlich versuche ich stets das Beste für mich zu erreichen, doch in der Regel geht es schief. Ich habe gelernt, die Dinge ruhiger anzugehen. Ich meine, im Moment ist alles in Ordnung.«

»Von Lydia einmal abgesehen.«

»Bitte denken Sie nicht schlecht von mir, Mrs. Price. Sie müssen den Grund meines Kommens verstehen. Es sind Zwillinge. Sie sollten zusammen aufwachsen. Damals wäre ich überfordert gewesen, wenn ich zwei Kinder hätte versorgen müssen, aber inzwischen bin ich dazu in der Lage.«

»Ja, das hat Clem mir erklärt.« Thora wirkte ruhig, doch ihre Wangen hatten sich leicht gerötet. »Ich denke überhaupt nicht schlecht von Ihnen. Ich kann mich inzwischen daran erinnern, was im Rathaussaal geschehen ist, an die eine oder andere Einzelheit jedenfalls, doch Sie sehe ich dabei nicht vor mir. Das ist die Wahrheit. Es tut mir so leid.«

Lil war peinlich berührt. Sie hatte gedacht, dieses Thema sei tabu.

»Das ist schon in Ordnung«, murmelte sie.

Thora schaute sich nervös im Zimmer um. »Ich weiß nicht, ob es jemals in Ordnung sein wird, aber trotzdem vielen Dank. Ich habe Ihnen etwas Schreckliches angetan.«

»Ich möchte die ganze Sache am liebsten vergessen«, sagte Lil. »Auch für mich war es eine furchtbare Zeit. Mir ist alles schiefgegangen.«

»Was ist aus Ted geworden?«

»Er hat mich wenige Wochen nach unserer Ankunft in Perth verlassen, doch inzwischen bin ich darüber hinweg. Es ist kein Verlust. Ich werde so bald wie möglich die Scheidung einreichen. Ich bin sehr glücklich in Minchfield House, und meine Arbeitgeberin ist der Ansicht, dass auch Lydia bei uns leben sollte. Sie haben doch nichts dagegen, oder? Minchfield House ist wunderschön. Ich wünschte, Sie könnten es sich einmal ansehen.«

Thoras Antwort überraschte sie. »Das werden wir auch. Was Lydia betrifft, können wir keine Einwände erheben. Ich habe mich damit abgefunden und fühle mich nun, nachdem wir uns getroffen haben, besser. Clem wird mit Ihnen die Einzelheiten besprechen, doch bevor er kommt …« Sie beugte sich vor. »Ich liebe Lydia, ehrlich. Dennoch bin ich froh, dass Sie gekommen sind. Wenn Sie es möglich machen können …«

»Ich werde es möglich machen«, brach es aus Lil heraus. »Das schwöre ich.«

»Ja, Clem sagte, er wolle sich darum kümmern. Er möchte Ihnen finanzielle Unterstützung zukommen lassen.« Thora lächelte schwach. »Er sagt, Lydia habe ein Recht darauf. Ich hingegen glaube, dass Lydia ein Recht auf ihren eigenen Namen hat.«

»Ach, ja?«, fragte Lil verständnislos.

»Ich möchte nicht, dass sie als Lydia Price aufwächst. Ihr Bild war sogar in der Zeitung – die Tochter der skandalumwitterten Verrückten. Es wird lange dauern, bis ich die Sache überwunden haben werde. Und das Kind wäre von vornherein mit einer grausamen Hypothek belastet.«

Lils Hände zitterten. Es wäre ihr allzu grausam erschienen, Thora zuzustimmen. Doch hatte sie nicht selbst schon daran gedacht?

»Ihr Name wird Lydia Cornish lauten«, sagte Thora eindringlich. »In Clems Gegenwart kann ich nicht darüber sprechen, es würde ihn zu sehr verletzen. Schließlich geht es auch um seinen Namen.«

»Sie müssen ihn sehr lieben.«

»Ich wusste nicht, wie sehr«, gestand Thora traurig ein, »bis ich ihn beinahe verloren habe.«

Beide sahen zu, wie er über die Dünen kam und die Treppe hinaufstieg. Thora ging ihm entgegen, und Lil sah den fragenden Ausdruck in seinem Gesicht.

Seine Frau nickte lächelnd, und er küsste sie. »Braves Mädchen.«

Beim Essen besprachen sie die Einzelheiten, wie Thora angekündigt hatte. Clem war freundlich, blieb aber unnachgiebig. Lydia halte sich zur Zeit bei Alice und George auf Lancoorie auf, die sie, so hoffe er, immer als Tante und Onkel betrachten würde. Sie würden die Kleine so bald wie möglich nach Perth bringen. Damit Lydia nicht von einem Tag auf den anderen aus ihrer alten Familie gerissen werde, solle eine Übergangsregelung getroffen werden.

Zunächst war Lil enttäuscht, denn sie hatte sich ihre triumphale Rückkehr mit Lydia bereits ausgemalt. Sie war einfach davon ausgegangen, dass das Kind überglücklich sein würde, sah jetzt jedoch ein, dass Clem recht hatte. Mit einem überforderten Kind wäre nur schwer zurechtzukommen.

»Lil sagt, dieses Minchfield House sei wunderschön, Thora. Wir sollten einmal dorthin fahren. Die Bootsfahrt würde dir gefallen. Und wir können Lydia mitnehmen. Das wäre ein Anfang.«

Clem wandte sich an Lil. »Und Sie müssen Caroline oft herbringen. Ich verspreche Ihnen, dass ich mit Lydia im Gegenzug einmal wöchentlich zu Ihnen nach Minchfield komme. Wir müssen die Übergabe Schritt für Schritt vorbereiten. Ich hoffe, Sie können akzeptieren, dass Lydia Sie erst einmal kennenlernen muss. Das wird die Sache für alle einfacher machen.«

Sie nickte.

»Ich weiß, dass es aussieht, als wollte ich die Sache hinauszögern, doch Sie müssen uns vertrauen, Lil. Lydia ist Ihre Tochter, Sie lieben sie. Es ist an Ihnen zu entscheiden, wann sie für immer zu Ihnen kommen wird.«

Bevor er nach Perth aufbrach, wandte Clem sich noch einmal an die beiden Frauen. »Denkt vor allem an die Zwillinge. Jetzt haben sie zwei Onkel und Tanten, die in sie vernarrt sind.«

Thora holte ein silbern gerahmtes Foto von Lydia und überreichte es Lil. »Das ist für Sie und Caroline.«

SCHLUSS

Keine fünf Jahre nach seiner Wahl ins Parlament starb F. C. B. Vosper. Er erhielt ein Staatsbegräbnis. Bei seiner Beerdigung war die Kathedrale bereits brechend voll, ehe sich der Chor der walisischen Bergleute neben der prachtvollen neuen Orgel versammelt hatte.

Hunderte von Menschen folgten Freds Trauerzug bis auf den Friedhof hinaus, als könnten sie sich nicht von ihm trennen, unter ihnen auch der Anwalt Maurice Conway. Er hatte Fred gut gekannt und ihn wegen seiner politischen Integrität respektiert, auch wenn er mit den schwärmerischen Ansichten des Abgeordneten nicht immer einverstanden gewesen war. Vosper hatte sich mit ganzem Herzen für die Arbeiter eingesetzt und vor allem die Rechte der Schürfer vertreten. Er war ihnen ein guter Anwalt gewesen. Auf den Goldfeldern im Westen herrschte Hochbetrieb. Unter diesem ausgedörrten Boden schienen unerschöpfliche Schätze verborgen zu liegen. Inzwischen konnte es sich keine Regierung mehr erlauben, die Frage, welche Rechte den Schürfern zustanden, zu ignorieren. Männern wie Vosper war es zu verdanken, dass die Politiker ihre Lehren aus den Ballarat-Aufständen gezogen hatten.

Während der Zeremonie am offenen Grab trat Conway in den spärlichen Schatten, den ein kümmerlicher Eukalyptusbaum bot. Er litt unter der Hitze, und der Blick auf den ausgetrockneten Friedhof mit den weißen Grabsteinen tat seinen Augen weh. Rauch hing in der Luft, und von den Hügeln wehte der vertraute, stechende Geruch der Buschfeuer herüber. Während der Geistliche die Gebete sprach und Weihwasser auf den

Sarg spritzte, sah sich Conway in der Menge um und entdeckte das eine oder andere bekannte Gesicht. Eines jedoch konnte er nicht so recht einordnen – das eines schlanken Mannes mit dem sonnengebräunten Teint des Landbewohners. Der Mann stand etwas abseits, als halte er Zwiesprache mit dem Toten.

Erst als das Grab bereits mit der letzten Grassode bedeckt worden war und die Trauergemeinde sich auflöste, erkannte Conway den Mann und lief ihm auf dem sandigen Weg nach.

»Mr. Price! Schön, Sie zu sehen. Wie geht es Ihnen?«

Clem wandte sich um. »Mr. Conway! Ich habe Sie gar nicht bemerkt. Mir geht es gut, danke. Und Ihnen?«

»Wie soll es mir an diesem traurigen Tag schon gehen? Er war zu jung, um zu sterben, nicht wahr?«

»Ja, eine echter Verlust. Ich habe Fred immer gern gehabt und bin froh, dass ich rechtzeitig zum Begräbnis herkommen konnte.«

»Noch immer auf der Schaffarm?«

»Nein. Wir sind nie dorthin zurückgekehrt.«

»Aha.« Conway wollte es dabei belassen. Nach dem Prozess waren Price und seine Frau verschwunden. Manche behaupteten, sie seien nach Übersee ausgewandert, doch er selbst hatte immer angenommen, dass sie letzten Endes nach Hause zurückgekehrt seien.

Clem ging neben ihm her zum Friedhofstor. »Meine Schwester und ihr Mann leben jetzt auf Lancoorie. Sie haben einen prächtigen Sohn, den sie Noah genannt haben, nach unserem Vater. Er hat das Land um Lancoorie erschlossen.«

Maurice lächelte. »Ach ja, Mr. und Mrs. Gunne. Haben sie mir wegen des Prozesses damals verziehen? Ich habe sie nicht geschont.«

»Ob wir alle ihnen verziehen haben, meinen Sie wohl«, grinste Clem. »George ist ein Gemütsmensch, doch Alice brauchte Zeit, um sich zu erholen. Die Mädchen, die Zwillinge, haben alles wieder ins Lot gebracht. Alice brach beinahe das Herz, als wir Lydia verloren, doch sie musste den Tatsachen ins Auge sehen.

Letztlich hatte sie gar keine Wahl. Lil und die Mädchen stehen uns sehr nahe. Wir sind gute Freunde geworden, daher musste Alice sich entscheiden. Da sie es nicht ertragen hätte, den Kontakt zu Lydia abzubrechen, entschied sie sich für die Freundschaft. Wenn uns die Gunnes heute besuchen, richte ich es immer so ein, dass die Zwillinge auch da sind. Es sind hübsche kleine Mädchen.«

»Das kann ich bestätigen. Ich sehe sie gelegentlich auch.«

»Tatsächlich?«, fragte Clem erstaunt.

»Henery Whipple ist ein alter Freund von mir. Ich war in London, als er Lillian letztes Jahr geheiratet hat, doch seit meiner Rückkehr habe ich mich oft mit den beiden getroffen. Sie scheinen glücklich miteinander zu sein, und Henery ist ein wirklich liebevoller Stiefvater. Das letzte, was ich von ihm gehört habe, ist, dass er den Mädchen das Klavierspielen beibringt.« Er hielt inne. »Ich hoffe, ich habe nichts Falsches gesagt. Sie hegen doch keine Antipathien gegen ihn, oder?«

»Natürlich nicht. Ich war sehr erleichtert, als ich von Lils Scheidung hörte. Über ihren Ex-Mann hatte ich mir schon länger Gedanken gemacht, denn ihn hätte ich nicht in der Nähe der Kinder geduldet. Henery hat wirklich der Himmel geschickt. Bei ihm sind die Zwillinge wohlbehütet.«

Sie traten zwischen den eckigen Steinsäulen hindurch zum Friedhofstor, und Conway sah der Menge nach. »Sie halten eine Feier für Fred ab, fast alles Schürfer und Gewerkschafter«, sagte er. »Ich glaube, dort passe ich nicht hin. Würden Sie mit mir einen Drink in dem Pub dort drüben nehmen?«

»Nur zu gern.«

Andere Trauergäste hatten dieselbe Idee, so dass die Bar bald überfüllt war. Clem und Maurice stellten sich mit ihren Drinks an ein offenes Fenster und schauten zu, wie der leere Leichenwagen in die Straße einbog.

»Sie kannten Edgar Tanner gut, nicht wahr?«, fragte Maurice.

»Ja. Weshalb fragen Sie?«

»Ich bereitete seine Verteidigung vor. Er ist in mehreren Fällen des Betrugs angeklagt und ist von den Behörden in Adelaide ausgeliefert worden, um sich hier vor Gericht zu verantworten.«

»Tut mir leid, das zu hören. Ist er schuldig?«

»Das bleibt abzuwarten. Ich könnte allerdings einige Hintergrundinformationen brauchen. Da gab es doch diese Affäre um Ihre Yorkey-Mine. Was genau ist damals geschehen?«

»In dieser Sache war Tanner völlig unschuldig«, erklärte Clem. »Der Mann, der den Prüfbericht gefälscht hat, lebt nicht mehr in diesem Staat.«

»Wo lebt er denn jetzt?«

»Das weiß ich nicht. Er ist damals mit seiner Frau nach Melbourne gegangen. Ich erhielt einen Brief, in dem er mir versprach, seinen Anteil am Erlös von Yorkey zurückzuzahlen, aber dazu ist es nie gekommen. Ich habe schon vor Jahren den Kontakt zu ihm und seiner Frau verloren. Als ich Yorkey endlich verkauft habe, habe ich nicht viel dafür bekommen. Die Mine wurde erneut veräußert, und der dritte Eigentümer hat Gold gefunden und gut dabei verdient.«

»Das muss eine Enttäuschung für Sie gewesen sein.«

»Oh nein. Ich bin zu Beginn auch nicht schlecht mit der Mine gefahren und war ganz froh zu hören, dass sie wieder etwas abwarf.«

Conway grinste Clem an. »Ich vermute, Sie sind nicht daran interessiert, als Leumundszeuge für Tanner auszusagen.«

»Nachdem ich gesehen habe, was Sie mit Leumundszeugen veranstalten? Oh nein. Doch ganz davon abgesehen wissen wir beide, wie grausam Tanner sich Thora gegenüber verhalten hat, um sich an mir zu rächen. Das werde ich ihm nie verzeihen. Soll er doch im Gefängnis verrotten.«

Conway zuckte die Achseln. »Wir werden sehen.«

Clem stellte sein Glas auf der verwitterten Fensterbank ab. »Diesmal kann ich Ihnen kein Glück wünschen.« Er sah zu den Hügeln hinaus, über denen ein Dunstschleier lag, und sagte schwermütig: »Manchmal denke ich, dass Mike mit dieser Fälschung eine Menge auf dem Gewissen hat.«

»Mike wer?«

»Der Name tut nichts zur Sache. Aus irgendeinem Grund hegte er einen Groll gegen Tanner. Der gefälschte Prüfbericht war halb Scherz, halb Rache. Er wusste, dass man Tanner beschuldigen würde. Doch letztlich ist er auch verantwortlich dafür, dass Tanner sich an meine Fersen geheftet und uns in solche Schwierigkeiten gebracht hat.« Er seufzte. »Doch das ist alles längst vorbei. Ich sollte mich auf den Weg machen, ich habe noch einen langen Ritt vor mir.«

»Wohnen Sie nicht mehr in Cottesloe?«

»Nein, das ist nur unser Strandhaus. Wir haben ein Haus im Süden bei Bunbury gekauft. Herrliche Gegend.«

»Und Mrs. Price? Wie geht es ihr?«

»Dank Ihrer Hilfe hat sie sich gut erholt und ist dort sehr glücklich. Wir haben eigentlich nur Kontakt zur Familie, wozu ich auch Lil, Henery und die Zwillinge zähle. Unser Haus liegt nicht so abgeschieden wie Lancoorie und ist sehr viel malerischer. Thora hat geholfen es auszusuchen und ist sehr an allem interessiert.« Er lächelte. »Sie ist der Boss, könnte man sagen.«

»Haben Sie ihr je erzählt, dass ihr Vater sich geweigert hat, die Anwaltskosten zu bezahlen?«

»Nein. Und wenn ich ›Familie‹ sage, zähle ich diesen Zweig nicht dazu.«